世界文学名著名译典藏

全译插图本

罪与罚

〔俄罗斯〕陀思妥耶夫斯基◎著　曾思艺◎译

ПРЕСТУПЛЕНИЕ И НАКАЗАНИЕ

长江出版传媒｜长江文艺出版社

图书在版编目（CIP）数据

罪与罚 / （俄罗斯）陀思妥耶夫斯基著；曾思艺译
. -- 武汉 : 长江文艺出版社， 2018.6
（世界文学名著名译典藏）
ISBN 978-7-5702-0314-7

Ⅰ. ①罪… Ⅱ. ①陀… ②曾… Ⅲ. ①长篇小说－俄罗斯－近代 Ⅳ. ①I512.44

中国版本图书馆 CIP 数据核字(2018)第 062075 号

责任编辑：杨　岚　　　　责任校对：陈　琪
封面设计：格林图书　　　　责任印制：邱　莉　胡丽平

出版：长江出版传媒 | 长江文艺出版社
地址：武汉市雄楚大街 268 号　　邮编：430070
发行：长江文艺出版社
电话：027—87679360
http://www.cjlap.com
印刷：长沙鸿发印务实业有限公司

开本：880 毫米×1230 毫米　1/32　　印张：17.25　　插页：4 页
版次：2018 年 6 月第 1 版　　2018 年 6 月第 1 次印刷
字数：491 千字

定价：45.00 元

一部俄罗斯式的新长篇小说

——《罪与罚》译序

俄国伟大作家费奥多尔·米哈伊洛维奇·陀思妥耶夫斯基(1821—1881),1821年11月11日出生于莫斯科一个医生家庭。1843年毕业于彼得堡高等军事工程学院。早在中学时代,陀思妥耶夫斯基就阅读了大量的俄国和外国文学名著,普希金、果戈理、莱蒙托夫、茹科夫斯基、克雷洛夫、巴尔扎克、雨果、乔治·桑、司各特、席勒等人的代表作品更是为他所爱不释手。在高等军事工程学院,他不仅继续大量阅读俄国和外国文学名著,对果戈理产生了浓厚的兴趣,而且自己开始了文学创作——写出了两部历史悲剧《玛丽亚·斯图亚特》《鲍里斯·戈杜诺夫》。毕业后,他正式进行文学创作。1846年,他发表书信体中篇小说《穷人》,受到诗人涅克拉索夫和著名批评家别林斯基的高度评价,一举成名,在文学界引起了注意。后因参加俄国最早的进步知识分子革命组织——彼特拉舍夫斯基(1821—1866)小组,于1849年被沙俄政府逮捕,并被判处死刑,临行前几分钟获得沙皇的赦免,改为流放——先是在鄂木斯克要塞监狱服苦役四年(1850—1854),接着被派到塞米巴拉金斯克的西伯利亚第七常备营当了五年列兵(1854—1859)。1859年12月,获准回到彼得堡。回彼得堡后,他全身心地投入到创办报刊和文学创作之中,创作了许多优秀的作品,登上了世界文学的高峰。1881年1月28日因病去世。

陀思妥耶夫斯基一生致力于文学创作,创作成果颇丰,重要作品有:《穷人》(1846)、《被侮辱与被损害的》(1861)、《死屋手记》(1860—1862)、《地下室手记》(1864)、《罪与罚》(1866)、《白痴》(1869)、《群魔》(1871)、《少年》(1875)、《卡拉玛卓夫兄弟》(1879—1880)、《作家日记》(1873—1881)等。

《罪与罚》是陀思妥耶夫斯基的代表作之一,是作家完全走向独创性的一个成熟的标志。从欧洲长篇小说的发展历史中对之进行考察,可以说,这是一部俄罗斯式的新长篇小说。

这部小说是作家多年酝酿、苦心经营的艺术结晶。早在1859年10月9日写给其兄长米哈伊尔的一封信中，陀思妥耶夫斯基就已宣称，打算创作一部关于一个罪犯的忏悔录，而且相当自信地认为："这部忏悔录将会确立我的名声"。1860年底，在阅读法国的刑事案件汇编时，其中19世纪30年代轰动一时的皮埃尔·弗朗索瓦·拉塞内尔（1800—1836）诉讼案吸引了他的注意力，触发了他的灵感：一个准备从事法律研究的青年，为了抢钱，杀死了一个老太婆，被捕后他在狱中创作了一些诗歌，并写了回忆录，为自己进行辩解，宣称自己不是普通的罪犯，而是与社会的不公正做斗争的勇士，他敢冒天下之大不韪，为普遍的不公道复仇，结果变成了"社会的牺牲者"。1861年，陀思妥耶夫斯基在自己主办的《当代》杂志上发表了这一案件的审判记录汇编，并且亲自写了按语："在这件诉讼案中，涉及的是一个罕见的、神秘的、令人感到可怕而有趣的人的个性。卑劣的天性和对贫困的畏惧，使他变成一个罪犯，而他竟把自己说成是自己时代的牺牲品。"并且认为它"比各种各样的长篇小说还要吸引人，因为这类诉讼案照出人的灵魂的黑暗面，艺术是不喜欢触及这些黑暗面的，而假如触及了，也只是用插曲的形式顺便一提……"于是，他结合自己对俄国社会现实的观察以及对人的问题的思考，对这一材料进行了艺术加工和艺术虚构，让这个故事发生在俄国的首都彼得堡，经过一个较长时间的构思与创作过程，在1866年最后完成了这部长篇小说。

欧洲近代长篇小说，产生于16世纪至17世纪，到19世纪60年代已经相当成熟和繁荣。综观这几百年间欧洲长篇小说的发展历史，大致可以认为它经历了从情节小说到人物小说再到心理小说这样一个发展过程。

情节小说是16世纪至17世纪欧洲长篇小说刚刚产生时期的一种形态，由于它受到古希腊罗马神话传说和中世纪骑士传奇等的影响，更注重描写离奇的情节和一系列变化多端的事件，情节是压倒一切的，甚至主宰着人物的性格，而且叙述的是异乎寻常、介于真实与幻想之间的人和事，人物性格则往往是简单的、概念化的，一出场就已定型，其代表作品是法国拉伯雷（1494？—1553）的《巨人传》（1532—1564）、西班牙的骑士小说、塞万提斯（1547—1616）的《堂吉诃德》（1605—1616）。

17世纪以后的小说，逐渐转变为人物小说——法国小说家拉法耶特夫人（1634—1639）的代表作《克莱芙王妃》（1678）首开纪录，到18世纪这类小说趋于成熟。人物小说不再过多关注异乎寻常的带幻想色彩的人和事，而把普通的甚至是平庸的人物作为小说的主人公，并让主人公的活动与性格起主导作用，而情节则成为人物逼真的活动背景和场所，人物是独立的、有血有肉的，并且具有一定的完整性与稳定性，同时人物与情节开始融合起来。不过，异乎寻常的尤其是具有惊险色彩的事件仍有一定的市场（18 世纪后期的哥特小说尤其如此，19 世纪西欧不少作家，如巴尔扎克、雨果、狄更斯的作品中依旧还有这种痕迹）。代表作家和作品有：法国勒萨日（1668—1747）的《吉尔·布拉斯》（1715—1735）、英国笛福（1660—1731）的《鲁滨逊漂流记》（1719）等。

心理小说虽然最早的当推拉法耶特夫人的《克莱芙王妃》，但到 18 世纪末的感伤主义小说才产生颇大的影响，到 19 世纪后期才出现繁荣的局面。心理小说在人物小说追求逼真的情节与环境的基础上，更注重在人与社会、伦理、道德的种种冲突中揭示人的内心情感与灵魂深处，它适当地简化了人物小说对环境与事件过分详尽、逼真的描写，而把笔墨主要集中于揭示人物的内心世界，表现出一种从外化到内化的转折，直接通向了 20 世纪的现代小说尤其是现代主义小说。

作为一部俄罗斯式的新长篇小说，《罪与罚》在思想内容和艺术形式两个方面都明显地体现出这一特征。

从文艺复兴至陀氏创作《罪与罚》时的欧洲长篇小说，在思想内容上主要是弘扬人的个性，歌颂个人为维护各个方面的权利（追求个人发展、恋爱自由、婚姻自主、社会政治方面的平等和作为等）而进行的各种斗争，揭露或控诉不平等的社会对有才华、有追求的个性的扼杀。

《罪与罚》则在此基础上有较大的发展与创新，它既肯定了个人追求自由、捍卫个人权利的正当性，又深刻地揭穿了过分追求个性自由、个人权利从而发展为一切以自我为中心的西方自私自利的个人主义的实质。而这是对西方长篇小说在主题上的创新、推进与深化。小说的主人公拉斯科尔尼科夫，受西方思潮及拿破仑等的影响，形成了类似于后来德国哲学家尼采"超人"哲学的一种理论。这种理论把芸芸众生人为地分为"非凡的人"和"平凡的人"两类："一类是低级的人（平凡的人），也就是说，可以称之为仅仅是繁殖同类的材料；另一类是真正意义上的人，也就是具有天赋和才干，能在自己所处的社会提出新见解的人。"后一类人不仅能提出新见解，而且为了实现自己的新见解，可以为所欲为，甚至可以杀人："为了实现自己的思想，如果需要他哪怕踩着尸体，踏过血泊，那么，在他的内心深处，在他的良心上，依我看，是可能会允许自己踏过血泊的”。为了实践这一理论，他挑选了一个放高利贷的穷凶极恶的老太婆作为实验对象，并且又被迫杀死了正好发现他杀人的老太婆的妹妹——极其善良的莉扎薇塔。杀人后，拉斯科尔尼科夫的生活便堕入烦乱、焦躁和煎熬之中，三种来自不同方向的审判紧紧抓住了他。一种是代表法律和社会力量的波尔菲里，一种是代表上帝之爱的索尼娅，一种则是来自拉斯科尔尼科夫内心无时无刻不在进行着的道德谴责。这三种力量都使他深感自己犯了罪，但他又一时难以放弃自己那“非凡的人”的理论，千方百计试图逃避法律的惩罚。因此，小说的绝大部分细致生动地揭示了主人公的灵魂在善与恶、罪与罚两极之间的苦苦挣扎与激烈斗争。

较之西欧小说更为深刻的是，《罪与罚》把对社会现实问题的反映与对人的终极问题的思考有机地结合起来，从而使现实性、哲学性、宗教性三者融为一个有机的整体。

如前所述，这部小说的原型是法国的一桩刑事案件，但作家有意识地把它变成了一个俄国当代的犯罪故事，并以拉斯科尔尼科夫为中心，广泛反映了俄国社会的真实现状，思考了俄国农奴制改革后人的出路问题。小说的主人公拉斯科尔尼科夫本是学法律专业的大学生，由于家境贫寒（仅靠老母亲那一年一百二十个卢布的养老金维持一家三口的生活），被迫辍学。他的妹妹杜涅奇卡为了支持哥哥读完大学，先是到地主斯维德里盖洛夫家担任家庭教师，饱受侮辱，继之被迫试图嫁给一个比自己年长一倍的极端自私自利者——颇为富裕且拟在彼得堡开办律师事务所的市侩卢仁 。主人公结识的退职九等文官马尔梅拉多夫一家的遭遇更是惨不忍睹：由于没有收入，难以养家糊口，三个幼小的孩子啼饥号寒，饥肠辘辘，大女儿索尼娅被迫当了妓女，以卖身的钱来养活弟妹。而主人公在街上碰到的被欺骗玩弄的年轻少女，以及他的大学同学拉祖米欣的贫困，也无一不反映了当时俄国社会中人们的普遍贫穷。主人公正是深感人们的普遍不幸和贫困以及社会的不公正，才经过长时间的酝酿，形成了自己那把人按非凡与平凡两分的理论，并最终在多种现实环境力量的冲击下，去杀人以实践自己的理论。

然而如果仅此而止，那么这部小说与西欧小说就没有什么区别了（如司汤达的《红与黑》，也是对法国 1827 年《法院公报》上的一桩家庭教师枪击女主人的刑事案件的艺术加工与再创造，但它通过主人公于连的遭遇，反映的只是一系列社会问题：复辟势力的猖獗，人们之间冷酷的金钱关系，封建等级观念已告破产，大革命确立的自由、平等、自由发展的原则已深入人心，更主要的是，它生动深刻地描写了在不平等的等级社会里，有才华的个性如何扭曲自己以求发展并且最终遭到扼杀的悲剧，而很少触及人的灵魂）。这部小说的新颖与深刻之处在于，它不仅揭露了现实生活中人们的贫困与无奈，更进一步以此为基点，从哲学与宗教的高度，思考了人的出路与归宿问题。

首先，从哲学的层面来说，小说思考了面对西方资本主义的现状及其文化冲击，在俄国个人该如何发展的问题。西欧自文艺复兴以来便高扬起个性自由的旗帜，启蒙运动更是为这一个性自由奠立了全面而理想的哲学与社会政治基础。然而到19世纪中后期，西欧资本主义发展的历史和现实却以活生生的事实证明，这种个人主义已发展为一种极其自私自利的个人主义，一切以自我为中心，为达目的不择手段，完全无视社会伦理道德规范，给他人和社会带来了极大的灾难，甚至成为整个社会不安定的根源之一。在西欧思想与文化的冲击下，俄国也开始出现类似于西欧的情况（小说中的卢仁、拉斯科尔尼科夫即为显例）。那么，个人究竟该以何种方式与途径发展自己的个性呢？这就是这部小说的重要主题之一。俄国学者弗里德连杰尔指出："小说家通过对个别人的命运的分析把我们引导到有关过去与当代的全部文明的实质上来，而这种文明是建立在不平等和不公正基础之上的，是建立在一个人想靠肉体和道义上的暴行把自己的意志强加给别人的意愿上的。"① 作家通过拉斯科尔尼科夫的杀人抢钱以及犯罪后心灵深处激烈的善恶交战、最终的投案自首，彻底否定了他这种建立在西欧个人主义理论基础上的"非凡的人"的哲学（尽管拉斯科尔尼科夫的理论在某种程度上已并非西欧观念的再版，如他有一种朦朦胧胧的试图拯救穷苦大众的思想，他试图杀死一个百无一用而且危害人间的放高利贷的老太婆，以她一人的死换来成百上千人的生，详见第一章第六节），从而认为个人的发展不可能建立在自私自利、无视道德规范的基础之上。

进而，作家从宗教的高度开出了解决这一问题的处方。

作家生动地写到，拉斯科尔尼科夫虽然有一种类似于"超人"哲学的理论，并且在社会现实多种因素的刺激下把它付之于行动，但他

---

① 【俄】弗里德连杰尔《陀思妥耶夫斯基与世界文学》，施元译，上海译文出版社，1997年，第272页。

犯罪后良心不安，被他蔑视的道德规范暗暗地惩罚着他的灵魂，他噩梦连连，疑神疑鬼，惶惶不可终日，几次打算到警察分局去投案自首。这样，这部小说所写的真正惩罚就是道德与良心的惩罚，它所描绘的是发生在主人公内心深处的道德和心理斗争。弗里德连杰尔精辟地指出："在陀思妥耶夫斯基的小说中，主人公所犯下的罪行不仅触犯了社会法律，而且首先是触犯了那条最高的法律。这条法律的体现者，在陀思妥耶夫斯基看来，就是人民群众。这条法律已由永恒的不可磨灭的符号写在主人公的心上。所以，拉斯科尔尼科夫在杀死放高利贷的老太婆的时候，正如我们知道的，犯下了双重罪行：不仅杀死了她，而且也杀死了'自我'，用'剪刀'剪断了自己与周围人们和全人类的联系。拉斯科尔尼科夫犯下了双重罪行，所以也为之受双重的惩罚——刑事法律的惩罚和刻在他个人心上的道德法律的惩罚。拉斯科尔尼科夫的起诉人不是侦查员波尔菲里·彼得罗维奇，而是拉斯科尔尼科夫本人：主人公与包含在他自身的、即他良心上的道德法律的斗争决定了小说的情节和结构。"①

个人的出路尤其是作为知识分子的个人的出路与归宿问题，一直是作家关注的中心问题。早在1860年9月，他就在《当代》杂志上发表过一篇后来被称为"土壤派"（一译"根基派""根基主义"）② 宣

---

① 【俄】弗里德连杰尔《陀思妥耶夫斯基的现实主义》，陆人豪译，安徽文艺出版社，1994年，第210页。

② 19世纪50年代在俄国形成的一个文学批评流派和一种文化思潮，代表人物为陀思妥耶夫斯基、格里戈里耶夫、斯特拉霍夫，对俄罗斯命运的关怀和对俄罗斯民族精神的信念把他们结合起来，他们以陀氏兄弟创办的大型文学政治杂志《当代》（1860—1863）和《时代》（1864—1865）为中心和阵地，既反对革命民主主义者的唯物主义美学，又反对"纯艺术派"的唯美主义理论，而认为俄国社会的动荡不安和道德信念的沦丧在于俄国有教养的知识阶层长期脱离人民这一根基，出路在于知识分子必须与人民结合，吸取俄罗斯民族性格的根本因素——虔诚的基督教博爱精神和忠君思想，这样才能使俄国社会各阶层克服内部的矛盾冲突和信仰危机，重振俄国的经济文化，甚至为陷于道德精神危机的西欧社会指明新的出路。他们认为，真正的艺术体现的是人和人类思想，即基督精神，它永远能促进社会的道德进步和个人的道德完善，永远是人民的和民主的艺术，而普希金是俄罗斯精神和俄罗斯民族性格的最完美的体现者，他的艺术天才无可争议地表现了俄罗斯精神对于全人类兄弟般团结的追求。

言的声明。在声明中，他认为俄罗斯民族是一个出类拔萃的民族，它的任务是建立一种本民族所固有的形式，这种形式源于自己的“土壤”（或“根基”）——人民精神和人民大众。“我们本来活动的特点应该真正是全人类性的，俄罗斯思想也许会把欧洲各个民族以顽强意志和勇敢精神发展起来的各种思想融合起来，那些思想中一切敌对的因素也许会同俄罗斯民族性协调起来，并得到进一步发展。”而要真正做到这一点，首先必须让俄国知识分子与人民群众结合起来，因为俄国人民群众尤其是农民笃信宗教，温顺谦恭，逆来顺受，富有博爱精神，具有极强的自我牺牲精神，是道德的表率。可在俄国历史上，自彼得大帝改革以来，知识分子与人民群众只有过一次结合，那就是1812年的抗法卫国战争。当前，在西方思潮与文化的冲击下，俄国知识分子完全可以而且应该和人民群众结合起来，一起推行各阶级和睦相处的宗法制田园生活，这既与欧洲先进的社会思想相接，又植根于俄国民族历史的“土壤”之中。在《罪与罚》中，作家通过拉斯科尔尼科夫等的形象，把自己声明中的理论具体化、形象化了。

在小说中，主人公拉斯科尔尼科夫由于深受西方思想的影响，一度走上了犯罪的道路，然而在索尼娅的影响下，他终于克服了自己内心的矛盾，主动到警察局投案自首，并在宗教中找到了新生。索尼娅是作家塑造的一个理想的女性形象，她实际上是俄国广大人民群众的一个美好代表：她虔信宗教，温顺柔和，逆来顺受，而且具有突出的自我牺牲精神，是博爱的化身，她的继母卡捷琳娜·伊万诺芙娜曾当众指出她有着非同一般的深广的爱和高度的自我牺牲精神：“如果你们需要的话，她为了济人之难会脱下自己身上的最后一件衣服，光着脚去把它卖掉，再把钱送给你们。”她为了继母的三个孩子，不惜作出了对一个年轻姑娘来说莫此为甚的自我牺牲——出卖自己的肉体以换钱养活他们。正是在索尼娅这种极强的忍耐和高度忘我的自我牺牲精神（拉斯科尔尼科夫曾为此向她下跪）及其虔诚信仰的感召下，拉斯科尔尼科夫抛弃了西欧思想的影响，而回归到俄国人民与宗教之中，并且与索尼娅相爱了。这就是作家为俄国探求出路的知识分子及其他人开出的药方——回到人民群众之中，信仰宗教，信奉人民的道德，温顺谦恭，胸怀深广的爱，具有高度忘我的自我牺牲精神。

由上可见，作家的确在主题思想方面颇有创新，并且大大推进、深化和丰富了欧洲小说的主题。与此同时，这一主题又具有极其浓厚的俄罗斯特色。

俄罗斯文学有一个优良的传统，那就是关注当前社会现实问题，并且往往通过人物心理奥秘的揭示来反映并思考这一问题，同时又与道德尤其是宗教的内容、与对人性的探索结合起来，因而又具有了超越性——由当前的现实功利性上升为普遍性、永恒性。可以说，俄罗斯文学是一种既具当前现实功利性又相当具有人类性的极其难得的文学，它面向现实，但又颇具超越性；它关注彼岸，但又把根子深深地扎入俄罗斯劳苦群众的土壤。因此，这一文学具有以下一些特点。

首先，是强烈的民族激情。它具体表现为关心俄罗斯民族与俄国的前途与命运。这一点，仅从19世纪俄国文学中的人物形象体系——“多余人”①、“新人”②、“忏悔的贵族”③ 等——上即可一目了然，他们无一不表现了作家通过主人公的命运对俄国前途与命运的关注与思考。《罪与罚》植根于这一传统之中，但又有新的突破——“多余人”“忏悔的贵族”关注的是占少数的上层贵族的命运，“新人”虽有突破，但毕竟只是一些出类拔萃的平民知识分子；陀氏的主人公则是普普通通的城市知识分子和人民大众，他们在俄国农奴制改革后是绝大多数，也更具有普遍性，他们的命运与出路直接关涉到俄国的命运与前途，作家满腔热情地对此加以关注，更是体现了他那相当强烈的民族激情

---

① 俄国19世纪中期文学中的一系列优秀贵族知识分子形象，他们比较聪明，有良好的教养，在社会政治方面，既不站在政府一边，也不站在人民一边，在文化方面，则在西方文化与俄罗斯文化的冲撞中无所适从，因此，对平庸的生活不满但又找不到出路，于是，他们忧郁、苦闷、悲观，最终变成一事无成的“多余人”。主要有：普希金《叶甫盖尼·奥涅金》中的叶甫盖尼·奥涅金、莱蒙托夫《当代英雄》中的毕巧林、屠格涅夫《罗亭》中的罗亭、冈察洛夫《奥勃洛摩夫》中的奥勃洛摩夫。

② 俄国19世纪50年代至60年代文学中出现的平民知识分子（也包括革命民主主义者）形象，他们热爱自由，尊重劳动，主张人与人之间互相友爱、信任和支持，处世哲学是“合理的利己主义”，即追求个人的幸福不应损害他人的幸福，个人的幸福要与祖国和人民的幸福统一起来。描写这一形象的作品主要有：屠格涅夫的《前夜》《父与子》，车尔尼雪夫斯基的《怎么办》。

③ 俄国19世纪后期文学中的贵族知识分子形象，受过良好教育，有强烈的道德感，一度犯过错误，后来幡然悔悟，深深忏悔，并用实际行动来赎罪，主要见于托翁作品中。

（从前述作家写的声明中已可略见一斑）。可以说，正是从陀思妥耶夫斯基开始，俄国文学才真正转向了城市广大的普通民众，完全以他们为描写对象，深刻而全面地表现了他们的喜怒哀乐及出路问题。

其次，是独特的道德体系（道德内省与道德理想主义）。众所周知，俄罗斯文化是一种“罪感文化”。10世纪末，弗拉基米尔大公从拜占庭直接接受了基督教。拜占庭基督教中希伯来文化的强烈的原罪意识，被俄罗斯原封不动地保留下来。此后，由于被蒙古长期征服，这种原罪意识与苦难意识交融，在民族的心灵深处，产生了一种浓郁的罪孽意识，这种意识在俄罗斯人的心中渐渐扎根，使他们注重道德的修养，注重忏悔，并在灵与肉的冲突中肯定前者，否定后者，进而形成一种超越意识，一种执着于精神追求的理想主义和一种强烈的殉道精神。因之，形成了一种重视道德内省的民族传统。

最早奠定俄罗斯文学重视道德这一基础的是俄罗斯文学之父普希金。他在诗体长篇小说《叶甫盖尼·奥涅金》中，高举起俄罗斯式的道德旗帜，对当时相当流行的弘扬个性与自由，做出了独到的反思。他认为，弘扬个性与自由是必须的，但应该而且必须建立在责任的基础上。也就是说，个人在维护个性、追求自由时，必须意识到自己对自己，尤其是对他人的责任，妥善处理好为我与为他的关系。在诗体小说中，他对小说的男主人公奥涅金在采取行动时有无责任心，态度十分鲜明。当奥涅金以负责的态度，拒绝了达吉雅娜的求爱之后，普希金对其言行大加赞赏，不惜亲自站出来“现身说法”，并指出人们对他的不公：“我的读者，您一定会赞成，/说在伤心的达吉雅娜面前，/我们的朋友有着可爱的言行；/他并非在这里才初次表现/他的心灵中正直的高尚，/尽管人们由于存心不良，/对他丝毫也不宽宥……”而对奥涅金杀死自己的朋友连斯基的不负责任的举动，诗人则满腔义愤，痛加谴责。首先，他写到一个人为了些微小事而杀死自己的朋友该有何等难受的感触，接着，他展示了连斯基作为诗人可能建立的功勋——“他的竖琴原可能铿锵几千年”，最后忍不住深深感叹，愤怒声讨：“唉！读者啊，沉思的幻想家，/这位诗人和多情的少年，/已经死在他的朋友的手下！”更重要的是，他塑造了达吉雅娜这一美好的女性形象作为俄罗斯道德的理想化身。在诗体小说中，达吉雅娜的个性被置于具有崇高道德意义的地位上面。在她身上，那种严肃慎重地对生活以及对他人的态度，那种对自己行为负责的深刻责任感，那种将生活视为高尚道德事业的特点，使她成为典型的“俄罗斯灵魂”。她在道德上不可动摇的坚定性和责任感，远远超出了家庭生活的范围，它独特、深刻地表现了甘愿做出自我牺牲的一代人的崇高理想，体现了俄罗斯民族传统的道德理想，展示了俄罗斯民族的精神气质和巨大的道德力量，对此后的俄罗斯文学产生了深远的影响。①

此后的俄国小说对此进行了深化。小说家们更多地从人的道德内省或内心的善恶冲突中来表达道德的主题，高扬道德的旗帜。屠格涅夫极其强调人的反省意识的意义：“在每一个活人身上存在着否定、‘反省’的精神要素，这是我们现代生活的一个特点。‘反省’——这是我们的力量，也是我们的弱点，是我们的毁灭，也是我们的生路……按照我们俄国的说法，反省意谓‘反思自己心灵的意识’。”②并且，作者在小说中大量描写了人的反省意识。托尔斯泰刚登上俄罗斯文坛不久，车尔尼雪夫斯基就写了评论其《童年·少年》和《战争小说集》的文章，指出其创作具有两个突出的特点，一个是“心灵的辩证法”，一个是纯洁的道德情感。其实，这两者是密切相关的。纯洁的道德情感往往是通过不断进行的自我观照与自我反省来体现和达到的，这贯穿于托翁的整个创作之中，在著名的《复活》中尤为突出。在这部长篇小说中，托尔斯泰深入细致地描写了男女主人公的精神如何从动物式的人和麻木不仁中复活，升华到崇高的道德境界——不仅怜悯他人、爱他人，而且能为所爱的人作出巨大的自我牺牲（聂赫留朵夫为了重新爱玛丝洛娃，也为了赎罪，愿放弃一切，并陪同她走上了漫长的流放远方之路；而玛丝洛娃则在重新爱上聂赫留朵夫之后，为了他的名誉与前途，拒绝了他的求婚，而嫁给别人）。

陀思妥耶夫斯基深刻地把握和领会了普希金开创的这一重视道德理想的传统，并且以独特的创新予以深化。他从抽象的伦理道德

---

① 普希金对道德问题的重视，还体现在其“南方叙事诗”尤其是《茨冈人》中，其论述及以上关于《叶甫盖尼·奥涅金》中道德问题的阐述，均请参见曾思艺《文化土壤里的情感之花——中西诗歌研究》，东方出版社，2002年，第15-29、40-67页。

② 转引自胡日佳《俄国文学与西方审美叙事模式比较研究》，学林出版社，1999年，第354页。

原则出发，把人的心灵看作善与恶、上帝与魔鬼展开连续斗争的场所，因而，他十分善于展示人的灵魂中善恶两极的交战。他的作品总是描写人的心灵善恶两极的激烈交战，从早期的《双重人格》一直到最后的作品《卡拉玛佐夫兄弟》莫不如此。《罪与罚》真正奠定了他的这一思想体系。小说一方面描写了拉斯科尔尼科夫在西欧思想的影响下，试图无视“平庸”的道德规范，证明自己的确是“非凡的人”，可以为了社会的进步和人们的幸福，杀死对社会和人们有害无益的放高利贷的老太婆，另一方面杀人后又受到良心的谴责，深感痛苦。小说生动而震撼人心地描写了拉斯科尔尼科夫在决定杀人后的内心矛盾冲突，特别是杀人后灵魂中善恶两极的激烈争斗。最终，他在虔信宗教、为了他人勇于牺牲自己的索尼娅的影响下，善战胜了恶，主动投案自首了。这一作品早于托尔斯泰的《复活》(1889—1899) 二十多年，它在俄国文学史上比较早地把普希金式的人的外在道德冲突转到人自身的内心深处，让人的心灵成为善恶交战的道德战场，真正奠定了俄国文学中人的内心道德内省与善恶交战这一传统的基础。

再次，浓厚的宗教色彩。俄罗斯民族具有一种特别强烈的宗教情感，不少学者因而称俄罗斯民族是一个虔信宗教的民族。对俄罗斯人影响深远的是其国教——东正教。东正教有两个非常鲜明的特点，一是它的神秘主义，一是它的人道主义。神秘主义与本文关系不大，此处不赘。东正教较多地保留着早期基督教的人道主义传统，主要表现为：上帝“道成肉身”拯救人类、“爱上帝、爱邻人”的教义、“上帝是父亲，人人是兄弟”的精神、对社会不公的抗议、对弱者和受欺凌受侮辱者甚至罪人的同情与怜悯。东正教思想的影响，形成了俄罗斯人的人道主义传统，这在俄罗斯知识分子身上尤为明显，他们关心人的生存的意义和价值，极力追求无限、永恒。这样，他们一方面有一种现实的对人间的不幸与苦难的同情与怜悯，另一方面更有一种终极的追求——竭力探寻人的生存的意义与价值，关心人的灵魂能否进入永恒，最终能否得救。这二者的典型体现，一表现为19世纪后期俄罗斯知识分子对人民大众过分极端的负罪感乃至“民粹派”发起的“到民间去”的运动，一表现为俄罗斯的“最高纲领主义”①。

每一个俄罗斯作家都或多或少地受到东正教的影响。但真正奠定俄罗斯文学这一宗教传统并使之影响深远的，是陀思妥耶夫斯基和托尔斯泰。北京大学的任光宣教授在其《基辅罗斯——十九世纪俄国文学：俄国文学与宗教》一书中颇为系统、深入地论述了托翁和陀翁的文学创作与宗教的关系，归纳了其宗教思想体系。他指出，托尔斯泰是一位笃信基督的俄国作家，他一生都在寻找“正确的”宗教信仰，寻找上帝，最后终于找到了爱的上帝，爱的精神。爱的法则成了他救世的灵丹妙药，他在福音书里找到了人生的答案和真谛。基督教的原始教义是他进行文学创作的动力，他基于这个教义创造了自己的新的宗教哲学——托尔斯泰主义。这是一种福音书与东方宗教哲学相结合的新宗教，其核心思想是勿抗恶和人的道德的自我完善。而陀思妥耶夫斯基更是把渗透着基督精神、表现基督意识、思想和观念的俄国文学推进到一个新的阶段。他从人和神人、受难之路与爱的力量、人的自由之路、双重人格——善恶本性的嬗变探讨了人性及人的出路问题，但陀氏的宗教观虽来自基督教，又与之有所不同。他的宗教观的核心是人而不是神。他的宗教和他的文学创作都以人为中心。他所创作的人物形象表现人的善恶本性，表现人的“上帝”与“魔鬼”的搏斗，灵与肉的分裂所形成的双重人格；写出神人和超人以及由它们构成的启示世界和魔幻世界；展示人为了达到人格的完美和统一，为了达到精神的复活而走的一条痛苦的受难之路；写了人对基督的反叛后又向基督的皈依，也写了那些与神性的自由割断联系而不能得到复活，而导致个性的毁灭的人。总之，陀思妥耶夫斯基通过揭示“人的秘密”，展现出融于他的艺术世界中的全部宗教意识和形象体系。②

当然，这些特点不少在《罪与罚》中还不太明显，而主要体现在这部作品以后的一些重要作品，尤其是《卡拉玛卓夫兄弟》中。《罪与

---

① “著名的俄罗斯最高纲领主义，即冲破一切界限、注目深渊的不可遏止的欲望，不是别的，正是对于绝对物的永恒的、不可息止的渴望。在俄罗斯人那里，灵魂之根，正如在柏拉图那里那样，是系于无限的。”见【俄】叶夫多基莫夫《俄罗斯思想中的基督》，杨德友译，学林出版社，1999 年，第 31 页。

② 任光宣《基辅罗斯——十九世纪俄国文学：俄国文学与宗教》，世界图书出版公司，1995 年，第 185–251 页。

罚》的浓厚的宗教色彩，首先表现为皈依宗教，在温顺、忍耐和爱别人中获得人生的意义与价值。拉斯科尔尼科夫早年在母亲的影响下信教，读大学时受无神论及其他思想的影响，不再信教，走上了反叛基督的道路，为此他失去了内心的安宁，并且犯了杀人之罪，在法律与道德的双重惩罚下备受折磨，最终，在虔信宗教、温和恭顺、极其关爱别人甚至为了别人不惜牺牲自己的索尼娅的影响下几经挣扎（如小说第四章第四节相当生动地描写了一个卖淫女和一个杀人犯共读《圣经》的情景，以及拉斯科尔尼科夫的感动与抵触），逐渐觉悟，终于又皈依了基督（在小说的尾声中，拉斯科尔尼科夫主动向索尼娅要来《圣经》，枕在枕头底下，并且在心里认为，索尼娅的信仰已成了他的信仰，索尼娅的希望和感情也成了他的感情和希望，这就意味着，他也像索尼娅一样，认识到人生的意义与价值就在于温顺地对待一切，同时深深地爱别人）。小说的宗教色彩还体现为东正教式的人道主义——对社会不公的抗议、对弱者和受欺凌受侮辱者甚至罪人的同情与怜悯。小说中所有下层人的不幸遭遇以及拉斯科尔尼科夫的反抗行动，都表现了作家本人对社会不公的抗议。而拉斯科尔尼科夫在读书时尽管自己并不宽裕，依然用自己那点微薄的钱支援一个贫苦的、患有肺病的同学，后来，在极端贫困中，依然把身上仅有的钱倾其所有地资助马尔梅拉多夫的遗孀，充分表现了对贫穷的不幸者的同情、怜悯和帮助。而索尼娅在得知拉斯科尔尼科夫是杀人犯并且他极其痛苦时，马上宣布他是天底下最不幸的人，并且用拥抱和亲吻去安慰他，同时宣称要永远爱他，永远不离开他，愿意跟随他到天涯海角（详见第五章第四节），这更是只有东正教才有的一份极其深广的对罪人的同情与爱。

在艺术形式方面，《罪与罚》也充分体现出，它是一部俄罗斯式的新长篇小说。

如前所述，欧洲小说从16世纪至19世纪大约经历了情节小说、人物小说、心理小说这样一个发展历程。在《罪与罚》创作与发表的前后，西欧更主要的是人物小说，尽管它较之18世纪的人物小说已有较大的发展——它受到自然科学较大的影响，更注意环境的逼真性和反映生活面的广泛性，具有较明显的纪实色彩，在这方面，巴尔扎克、左拉是典型代表。当然，西欧也有心理小说，但它们还只是初创阶段较为原始的心理小说。感伤主义的心理小说，大多以自述或书信的形式揭示人物的心理，如英国理查生（1689—1761）的《帕梅拉》(1740—1741)、《克拉丽莎》(1747—1748)、法国卢梭（1712—1778）的《新爱洛伊丝》(1761)、《忏悔录》(1781—1788)、德国歌德（1749—1832）的《少年维特之烦恼》(1774) 等，其功绩在于使小说由重视客观、外部的描写转向注重主观、内心的展示，但其揭示内心的方法是比较原始、简单的类似内心独白的方法。法国现实主义文学的奠基作家司汤达(1784—1842) 由于在心理小说方面的创新，被一些评论家称为“现代小说之父”，这主要体现在其代表作《红与黑》(1831) 之中。该小说的心理描写确实独特而深刻。作家主要通过两种方式来揭示人物的心理。一种是心理分析，它主要由作家进行，往往通过风景、建筑、摆设、肖像、服饰、对话、动作等外部细节的描写来提示人物的内心世界，分析人物的欲望、观念的细微变化，解剖矛盾复杂的内心运动。一种是内心独白，它往往与个性特征、典型环境紧密结合，表现一个人物从强烈欲望的产生到行动所经历的内心运动过程。但由上可见，这两种方法依然是比较传统的，只是较之感伤主义心理小说更为灵活、深刻而已，而且，司汤达还极其重视环境的描写与情节的曲折性。书中刻意安排了于连一生经历的三个由小到大、从低至高的环境：唯利是图的外省小城维利叶尔市、阴森虚伪的省城贝尚松神学院、阴谋腐败的都城巴黎木尔侯爵府，同时精心设计了于连的两次恋爱及失败、两次预言性场面等，小说的结尾还颇具传奇色彩地描写了玛特尔小姐对于连头颅的独特安葬，这一切，都使这部小说与人物小说乃至情节小说关系密切，显得颇为传统。

《罪与罚》则是一部真正的心理小说，并且其创新之处还直接与20世纪的文学尤其是现代主义的文学相通。

这部小说主要是一部揭示人物心灵道德冲突、善恶交战的心理小说。如前所述，这部小说的主要篇幅是用于揭示拉斯科尔尼科夫心灵的道德冲突与善恶交战，因而它是一部真正的心理小说。这在艺术上，具体从两个方面体现出来。

第一，淡化西欧小说的逼真的环境与人物描写，缩小描写的空间范围，以便集中笔墨深入细致地揭示主人公的心灵冲突。尽管早在中学时代，陀思妥耶夫斯基就十分喜爱巴尔扎克、雨果的作品，其创作也受到他们较大的影响，但在艺术形式方面他又大大地突破和超越了他们。

巴尔扎克、雨果的作品有一个显著的特点，那就是喜欢连篇累牍、细致入微地逼真描写人物所生活的环境，对人物肖像的描写也是尽可能逼真入神，这在他们的代表作《高老头》(伏盖公寓外观与内部的描写)、《巴黎圣母院》(巴黎中世纪的街道、圣母院的建筑写得细致入微、栩栩如生，以致有评论家认为小说的真正主人公是“巴黎圣母院”）中尤为突出。同时，他们还喜欢也善于描写广阔的生活画面：巴尔扎克自称要当法国历史的书记官，恩格斯认为他的《人间喜剧》“汇集了法国社会的全部历史”，并且说，“我在这里，甚至在经济细节方面（如革命以后动产与不动产的重新分配）所学到的东西，也要比当时所有职业的历史学家，经济学家和统计学家那里学到的全部东西还要多”，泰纳更是称他的作品为“人类社会的百科全书”；雨果的《悲惨世界》《巴黎圣母院》都场景众多，反映的生活面极广。而这些，也是西欧19世纪所有小说家的一大具有时代特色的特点。

在《罪与罚》中，陀思妥耶夫斯基大胆地超越了以上这些，他大大地淡化了小说的环境与人物描写。这部小说的故事主要发生在彼得堡，但关于彼得堡的特点与民俗风情我们从小说中几乎可以说是一无所知，我们看到的只是在当时俄国的任何一个城市里都能见到的一般性的简单描写：“街上酷热难当，而且又闷又挤，到处是石灰浆、脚手架、砖头、灰尘，以及夏天特有的那种臭气……在城市的这一段区域，小酒馆特别多，从这些小酒馆里飘出一阵阵闻之欲呕的臭味，再加上虽然在上班时间也会不断碰到的那些醉鬼，给这幅画面添抹了最后一笔令人厌恶的阴郁色彩”。而小说中一再提到的干草市场，其环境描写更是简单：“当他经过干草市场时，刚好是九点钟左右。所有摆摊的、挑担的、开大小店铺的商贩们正纷纷在关门落锁、捡货收摊，像他们的买主一样，各自回家。在楼房底层开设的那些小吃铺附近，以及在干草市场上那些房子的臭烘烘、脏兮兮的院子里，特别是那些小酒馆旁边，拥挤着形形色色的、各行各业的手艺人和穿得破破烂烂的穷人。”

对于人物的描写也是如此，例如小说的主人公拉斯科尔尼科夫的外貌，作家根本就没打算浓墨重彩地加以细细描写，而只是相当简明扼要地粗粗提了一下他有一张清秀的脸庞，同时“顺便说一下，他长得俊秀，有一双漂亮的黑眼睛，一头深褐色的头发，身材中等以上，修长而匀称”。小说的另一重要人物索尼娅的肖像描写同样简单：“在这顶轻浮地歪戴着的圆草帽下面，露出一张瘦条条、白煞煞、惶惶不安的小脸，嘴巴大张着，两只眼睛因惊吓而直瞪瞪的。索尼娅身材纤小，大约十八岁，人虽瘦弱，却是一个长着一双美妙动人的浅蓝色眼睛、相当好看的金发女郎。”其他人物如拉祖米欣、卢仁、斯维德里盖洛夫等的肖像描写，也无一不是简洁而特色不多的。杜涅奇卡的外貌描写，在小说中可以说是最为细致的了，但与西欧的小说相比，却依然稍嫌简单了些：“阿芙多季娅·罗曼诺芙娜丽质天成——身材高挑，体格十分匀称，健壮有力，而且相当自信，——这种自信在她一颦一笑、举手投足的每一姿态中都流露出来，不过这丝毫也不损害她举止的温柔和风姿的优美。她的脸庞很像哥哥，甚至堪称美人儿。她的头发是深褐色的，比她哥哥头发的颜色稍浅一些；眼睛近乎黑色，亮晶晶的，颇为高傲，同时又时常偶尔变得异常善良。她肤色白皙，但并非那种病态的苍白；她的脸蛋容光焕发，红润健康。她的嘴略微小了些，鲜灵灵、红嘟嘟的下嘴唇和下巴一道微微向前突出，——这是这张秀美的脸上唯一的不足之处，但它也赋予这张脸庞一种特别的个性，顺便说说，仿佛使这张脸庞具有了一种傲慢的神情。她脸上的表情往往严肃多于欢快，总是在冥思苦想；然而，这张脸是多么适宜于微笑啊，欢快、青春、无忧无虑的笑容对于她来说，是多么适宜啊！”

此外，陀思妥耶夫斯基还尽可能地把描写生活的面集中到一个比较小的空间，这部小说虽然也写到外省的人物，如斯维德里盖洛夫、杜涅奇卡等，但他们在外省的活动是通过书信和回忆交代出来的，而后来作家干脆让他们来到彼得堡。因此，这部小说的空间和场面较之西欧小说狭小得多，主要集中于彼得堡的下层区域。小说的时间也主要高度集中在短短的几天里。

作家简化环境与人物描写、使时空高度集中的目的，是为了集中笔墨深入、细致地揭示人物的心灵（杀人只用一章来写，杀人后内心的善恶交战则写了五章）。在这方面他做出了独特而深刻的贡献，并且对20世纪文学产生了巨大影响。此处仅拟从主人公的双重人格和潜意识心理的揭示方面简单地谈一谈。

在整个欧美文学中，最早描写人的双重性格的是德国作家霍夫曼（1776—1822）和美国作家爱伦·坡（1809—1849）。霍夫曼在其名篇《斯居戴里小姐》（1819）中描写了一个金器首饰匠，他白天是一个文质彬彬、技艺高超的手艺人，晚上则变成杀人劫财的强盗；在其长篇小说《魔鬼的迷魂汤》中较早采用了分身人手法。爱伦·坡在其小说《威廉·威尔逊》(1839) 中也采用了“分身人”的手法来描写人的双重性格。此外，爱伦·坡还在《黑猫》《反常之魔》等小说中较早地描写了人的潜意识中的善恶交战。陀思妥耶夫斯基对霍夫曼和爱伦·坡的作品非常熟悉，并写过介绍、评论他们的文章，他的小说继承了他们描写双重人格的传统，但又加以推进和发展。1846 年他曾直接效仿他们，以“分身人”的方式创作了中篇小说《双重人格》，尽管这部小说奠定了此后作家题材与主题的一个重要方面，但在艺术上却由于缺乏独创性，而未获成功，也为作家自己后来所否定。从《罪与罚》开始，作家以新的方式来描写人的双重人格，这就是全面、深刻、细致入微地写出人身上天使与魔鬼共存的特性，展示人的灵魂深处善与恶的交战。

这部小说在这方面写得最精彩的是主人公拉斯科尔尼科夫。善与恶以奇特的方式统一在他身上。一方面，他的本性中更多的是善的一面，他心地善良，极富同情心，并且乐于助人，毫不考虑自己，如前所述，他在自己经济并不宽裕的情况下尽其所能地帮助患肺病的贫困同学，在这位同学死后又去照顾他那体弱多病的父亲，在这位老人生病时把他送进医院，在他死后又为他办了丧事；还曾冒着生命危险，冲进烈火熊熊的房子救出两个年幼的孩子，以致自己被烧伤；在自己痛苦不堪、极其贫困的情况下，依旧慷慨解囊，把所有的钱都用于资助与自己仅一面之识的死者马尔梅拉多夫的遗孀。但另一方面，他心中的恶也颇为活跃，他那“非凡的人”的理论本身就是对普通大众的蔑视，而认为“非凡的人”为了实现自己的主张可以杀人流血，更是极不人道的观念，这种理论最终导致了他在行动上的杀人作恶。在小说中，作家还通过一些小事，从细处写了主人公一些细小隐秘的作恶心理，如他曾两次十分残酷地向索尼娅揭穿其可能遭到的最大的不幸，使她备受折磨，痛苦不堪，而他则从她的痛苦中得到一种恶意的快感(详见第四章第四节、第五章第四节)。

小说对人物心灵的揭示还表现为对主人公潜意识的描写。这种潜意识主要是一种病态乃至变态的心理深层，包括幻觉、梦呓、梦境。按照弗洛伊德的理论，潜意识是人的深层心理，较人的意识更能体现人的灵魂的本质。小说的主人公拉斯科尔尼科夫身患热病，且时常发作，同时又饱受贫穷的折磨、深感社会的不公，心灵受到一定程度的扭曲，因此他的心理既是病态的也是变态的，小说生动细致地描写了他的这种心理。此处限于篇幅，仅拟通过主人公的三个梦境，来简单分析一下小说如何用潜意识来揭示人物的心理。

第一个梦境出现在主人公杀人之前。此时，他的内心善恶交战已比较激烈，他既想实践自己的理论去杀死老太婆，又受到良心和道德的制约，试图放弃这一杀人的计划。他喝了点酒，非常疲乏地躺在一片灌木丛中的草地上睡着了，并且做了一个噩梦。他梦见了自己的童年时代，尤其是梦见了一群喝得醉醺醺的庄稼汉在强逼一匹瘦弱不堪的小母马拉动只有高头大马才能拉动的大马车和众多的乘客，小母马竭尽全力也无法拉动马车，庄稼汉们拿起各种器械照准它狠狠抽打，可怜的小母马被打得倒在地上，依旧试图站起来拉动马车，但它终于被活活打死了（详见第一章第五节）。这个梦境内涵相当丰富，它揭示了拉斯科尔尼科颇为复杂的隐秘的内心情感。首先，这匹小母马是全体不堪重负、尽心尽力而又饱受欺凌与压迫的贫苦无助的俄国人民的象征，主人公在心灵深处同情他们，试图帮助他们（他之所以要杀死老太婆抢夺她的钱财，就是有一种朦胧的愿望，想用她的钱来救济上百成千个需要救济的穷人）。他的这种心情幻化为梦境，生动地出现在我们面前。其次，这匹小母马也是主人公自身的象征。尽管他雄心勃勃，要成为拿破仑，要杀死老太婆以证明自己确实是“非凡的人”，但他毕竟从小深受东正教和传统道德观念的影响（小说中多次写到主人公自己激励自己采取行动），因此，一方面是雄心和计划在拼命鞭策他不顾一切地向前；另一方面，他又的确不堪良心和道德观念的重负，随时可能在它们的鞭打下倒下。最后，这个梦境还可以理解为，拉斯科尔尼科夫要么像那匹瘦马一样任人驱赶，被折磨致死，要么成为那匹马的鞭打者、压迫者、统治者，也就是说真正超越“平凡的人”，而成为“非凡的人”。

第二个梦境出现在杀人后。拉斯科尔尼科夫被下意识支配，又来到被杀的老太婆家，向在那里工作的两个工人打听老太婆被杀时的那摊血迹，引起了怀疑，结果后来一个他不熟悉的小市民猛然钻出来称他为杀人凶手，他那本已疑神疑鬼的心灵顿时如遭雷击，他以为自己真的被人发现了，在极度的惊慌不安中昏昏入睡了，结果做了这一个梦。他梦见又遇到了那个小市民，于是一路跟踪，最后进入了一幢大楼，来到了老太婆的屋里。老太婆并没有死，她坐在角落里的一把椅子上，低垂着脑袋，拉斯科尔尼科夫拿起斧头就砍，但老太婆不仅没有砍死，反倒垂着头在偷偷地笑，卧室里也有窥视者的笑声和窃窃私语声。拉斯科尔尼科夫气得发疯，使劲用斧头砍老太婆，谁知每砍一下，卧室里的笑声和私语声就越大，而老太婆甚至哈哈大笑起来。拉斯科尔尼科夫吓得拔腿就跑，结果发现到处是人山人海，人们已把他围得水泄不通，大家都在观看他，也都在默默地等待着（详见第三章第六节）。这个梦境淋漓尽致地揭示了主人公隐秘的心态：原以为杀死了老太婆即实践了自己的理论，成了“非凡的人”，然而道德和良心却把这件事无可磨灭地刻在了他的心上，并使得他惶恐不安，随时担心被人发现。杀不死的老太婆和水泄不通的围观者，把他那因小市民而惊起的极度担忧被发现的隐秘心态，形象生动而又入木三分地揭示出来了。梦境细腻、真实地一方面重现了主人公杀人犯罪时的心理体验，一方面充分反映了他保存自我的潜意识再次诱惑他走向毁灭。但梦境的再现也使他备受精神的煎熬，在内心经历着与自己的理论、道德、良心的斗争，形成一种极其复杂、反复纠缠、变化无常、难以捉摸的心理冲突。

第三个梦境出现在主人公流放西伯利亚之后。拉斯科尔尼科夫流放到西伯利亚后十分痛苦，因为他不但肉体上受到惩罚（服八年苦役），而且在精神上也感到自己是个罪人，他的自尊心受到极大的伤害。他生病了，梦见全世界遭到瘟疫袭击，人一旦传染上就会发疯，痛苦不堪。于是，社会大乱，人们惶恐不安，互相争斗、残害，只有几个纯洁的特殊人物才能获救，只有他们才能担当繁衍新人种和创造新生活的使命。这个梦是幻想与受压抑的愿望产生的下意识活动。梦中“少数能获新生命之人”在某种程度上影射主人公自己。拉斯科尔尼科夫和索尼娅到西伯利亚后，他接受心灵的洗礼，开始悔过，以赎别人认为的罪，这表示他接受了惩罚，想以教徒的驯服来忍受一切，以换取精神上的获救。而这个梦是在复活节那个星期做的，这相当巧妙而含蓄地反映了主人公下意识里渴求复活和新生的愿望。

陀思妥耶夫斯基这种对人的潜意识的揭示，在当时是一种全新的开拓，对20世纪文学有着相当大的影响，弗里德连杰尔的《陀思妥耶夫斯基和世界文学》一书对此有一定的论述，详见该书《从陀思妥耶夫斯基到加缪（关于法国认识〈罪与罚〉的历史过程的记载）》及《陀思妥耶夫斯基与二十世纪德语小说》两部分中的有关论述。

第二，为了更好地集中笔墨揭示人物的灵魂深处，陀思妥耶夫斯基在艺术上还独具匠心地采用了戏剧化的手法。

运用戏剧的方法于小说创作，在西欧并非没有先例。巴尔扎克早年曾钻研过古典主义戏剧，并创作过戏剧，后来他的小说创作借用了戏剧的一些方法，如他的代表作《高老头》就是显例，其结构安排严谨而富有戏剧性。小说有两条主要线索，一条是拉斯蒂涅的堕落，一条是高老头的悲剧，两者由拉斯蒂涅与高老头同住伏盖公寓并相识而连接起来，相互映带。由这两条线索，又引出鲍赛昂夫人的被弃和伏脱冷的被捕两条次要线索。四条线索主次分明，以拉斯蒂涅的见闻与经历综合起来，既独立发展，又相互交织，使全书线索虽多而脉络分明。在这严谨的结构中，小说又善于以戏剧性的方式来表现主题、组织矛盾冲突，如伏脱冷对拉斯蒂涅的开导，高老头临死前的长篇大论，都像是戏剧中的独白，而伏脱冷的被捕、鲍赛昂夫人的告别舞会、高老头的惨死等，又像是最精彩的戏剧场面。但整部作品对戏剧手法的运用也仅此而已。

陀思妥耶夫斯基的独创之处在于，他完全以戏剧的方法来结构小说，安排人物，展开情节，揭示心灵。季星星先生在其《陀思妥耶夫斯基小说的戏剧化》一书中，从紧张、对白、淡化、集中四个方面对此进行了全面深入的论述，可以参看。此处，拟稍稍分析一下季先生未曾论述或谈得不那么透彻的两个方面——锁闭式结构和叙事方法。

《罪与罚》在结构上采用了西欧戏剧中最典型的锁闭式结构方式。这种结构方式往往运用因果倒置的叙事手段，从故事接近高潮的前夕进入情境，然后直奔高潮，走向尾声，展示事件的结果，而把事件的起因用追叙或插叙的方法交代出来，这样既能造成悬念，吸引观众，在写法上也既经济又集中，很能增强戏剧效果。而陀思妥耶夫斯基采用这种方法则是为了更集中深刻地揭示主人公的心灵。《罪与罚》正是从接近高潮的时候写起的。小说一开始就是拉斯科尔尼科夫去试探放高利贷的老太婆，并侦察她家里的情况，他打算去干一件事却又犹豫不定。他打算干的究竟是怎样一件事呢？他为什么要去干呢？他又为什么要犹豫呢？一系列悬念吸引着读者读下去。然后在几经周折后，他终于杀死了老太婆。故事开始进入高潮。杀人后他内心的善恶交战较之杀人前更为激烈，同时也引起了警方的怀疑。他被迫与侦查科长波尔菲里进行了三次心灵上的较量。在这较量的过程中，通过言谈、争论，以回忆的方式，介绍了拉斯科尔尼科夫杀人的原因及他的“非凡的人”的理论。最后在索尼娅的感召下，拉斯科尔尼科夫投案自首。在尾声中，交代了他开始皈依宗教并与追随他到西伯利亚的索尼娅正式相爱的情况，也交代了其他一些人的结局。由上面的介绍可以知道，小说的情节是相对简单的，中心事件只有一个——杀人，杀人后的内心斗争，最终投案自首。因而，这种结构方式的确可以更集中深刻地表现主人公内心深处的善恶交战。值得一提的是，虽然小说采用了戏剧式的结构，但它毕竟不是舞台艺术，它的写作自由度远远大于戏剧，因此，小说在写拉斯科尔尼科夫的同时，又写了马尔梅拉多夫一家、拉祖米欣、卢仁与列别贾特尼科夫等几条线索，从而反映了较为宽阔的生活。

在叙事手法上，这部小说有两个特点特别值得一提。第一，在叙事系统方面，西欧小说主要以人物、情节、环境为主，《罪与罚》则已主要转到人物心理方面，具有不少现代小说的特点，这是它的一个创新，但要注意的是，它毕竟还是19世纪的作品，因此其显著特点是把对外部生活的叙述与对心理的揭示有机地结合起来。如前所述，小说不仅描写了拉斯科尔尼科夫杀人、“非凡的人”的理论形成的前因后果，而且描写了马尔梅拉多夫、卢仁等的生活与活动。第二，在叙事视点上，多角度、多声部地揭示人物的心理，表现人物与自己、人物与环境、人物与他人的冲突。在这方面，苏联学者巴赫金在其名作《陀思妥耶夫斯基诗学问题》中已有经典论述，此处不赘。

陀思妥耶夫斯基上述的艺术创新也是俄罗斯式的，并且对俄国小说也有极大的推进。

俄罗斯文学有一种刻画心理、表现心理、分析心理的传统，起始于普希金，莱蒙托夫、屠格涅夫、托尔斯泰、陀思妥耶夫斯基等继续深化之，苏联学者弗赫特把这种文学现象称为“心理现实主义”。“心理现实主义”的奠基者是普希金，他的《叶甫盖尼·奥涅金》，像西欧小说一样，主要通过书信和内心自白来展示人物的心理。莱蒙托夫的《当代英雄》在这方面有所发展——通过多角度的方式（多个人谈论同一件事同一个人）揭示人物心理，尤其善于通过人物的自我分析揭开心灵的秘密。屠格涅夫则更多地受西方影响，注重通过行动和行为的结果揭示人物的心理①。托尔斯泰在俄国心理现实主义小说中的一大贡献是，把此前作为说明人物行为的心理动机的心理描写，变成观照和开掘人生的一种方法，并且独创了展示人物心理的独特方法——“心灵辩证法”，善于深入细致地描写连接心理两极的环节，尤其是善于描写心灵发展的隐秘过程，其中的一些描写，还达到了意识流的高度(如长篇小说《安娜·卡列尼娜》中对安娜自杀之前的一系列心理描写)。

陀思妥耶夫斯基是俄国心理现实主义小说的高峰，他的小说中，外部世界只是引发人物内心活动的一个条件，而且，他不仅善于描写一般的人物心灵世界（如早期小说《穷人》），他更擅长的是，展示人物的带有某种病态性质的心灵状态，特别是那种意识近似精神分裂而又具有双向转化的心灵状态，在艺术手法上则善于运用幻觉、梦呓甚至某些隐微的潜意识来揭示人物的心灵的深层，更善于运用复调小说的形式，通过多声部的对话、辩论、抗衡，展示复杂幽秘的内心世界。为了表现这种复杂隐微的内心世界，陀思妥耶夫斯基变西方和俄国此前小说的时间性叙事为空间性叙事，以便更好地聚焦于人物的心灵世界，从而使其小说成为一种共时性存在的空间体小说，并且，在艺术结构上更多地采用一种戏剧式的结构方式，甚至运用了一些戏剧手法，从而使小说戏剧化了。

总括来看，在《罪与罚》中，陀思妥耶夫斯基在艺术方面颇具俄罗斯特色的创新与推进有以下几点：第一，在心理描写方面，从此前的单一性走向多角度。在保留突出的内省性（主人公的自我分析、自我解剖）的同时，进而展示人物心灵的自我斗争，最终发展为多声部和挖掘深层心理；第二，在文体特征方面，从此前普希金、屠格涅夫、托尔斯泰的诗与散文的结合（人与自然的结合、抒情）走向戏剧化；第三，在叙事方法方面，则表现为把对外部生活的叙述与心理的揭示有机地结合起来的叙事系统和由定点到多角度的叙事视点。

综上所述，《罪与罚》的确是一部俄罗斯式的全新的长篇小说，它完全实现了作家自己预期的目的，不仅在俄国文学史上，而且在世界

① 有关论述详见朱宪生《在诗与散文之间——屠格涅夫的创作和文体》一书中第七章第二节“独特的心理描写”，陕西人民教育出版社，1999 年，第 225-232 页。

文学史上，确立了他作为伟大作家的名声，奠定了他极其重要的文学地位，而且在世界范围内影响深远。

本书译自1984年莫斯科“俄语”出版社（Издательство Русский язык）出版的《罪与罚》（《Преступление и наказание》），这个本子是俄罗斯人为外国读者出版的一系列俄国文学经典名著中的一种（Русская литература для иностранного читателя），全书的每一个单词都标有重音，并且附有详细的注释（книга для чтения с комментарием）——不仅说明了书中涉及的俄国和外国的一些历史、文化背景，而且介绍了俄罗斯的某些风俗民情，更对一些难以理解的词、句进行了简要的注析，这对更准确、深入地理解该作品有着极大的帮助。湘潭大学文学与新闻学院的张铁夫教授（1938—2012）十年前在本书初译时曾把他珍藏多年的这一版本慷慨惠借给译者，2012年临终前又嘱咐把他的俄文书籍和资料全部赠送译者。作为他的学生，只能努力工作，做出更好的成绩，用实际行动来表示深挚、永久的怀念，以告慰恩师的在天之灵。在翻译本书时，译者曾参考了国内出版的若干个译本，受益匪浅。在此，谨向各位前译者表示感谢。由于能力有限，本译本中的错误和不妥之处很可能在所难免，敬请读者批评指正。

这个译本是十年前翻译的，出版后颇受欢迎，反响不错。这次利用重新出版的机会，花了几个月的时间，认真核对俄文原文，对前五章进行了细致的校对和一定的修改；为保持作品语言风格的统一，对原来朱宪生先生翻译的第六章和尾声全部进行了重译。2012年6月，译者在圣彼得堡时，曾到陀思妥耶夫斯基生活过的地方以及《罪与罚》中的主人公拉斯科尔尼科夫所住的公寓等处进行过实地考察，这对作品的理解、修改和翻译大有助益。

2013年3月31日

天津华苑新城揽旭轩

目录 *Contents*

第一章

一

七月初，酷热蒸人①，傍晚，有个青年走出自己的斗室——这是他向C胡同的二房东转租的。他来到街上，然后慢慢腾腾地、仿佛犹豫不决地朝K桥方向走去②。

他顺顺当当地避开了在楼梯上碰见自己的女房东。他那间斗室，是一幢很高的五层公寓的顶楼，就在屋顶下面，与其说像间房子，倒不如说像口柜子。他向女房东租下这间兼包伙食并有女仆服侍的斗室，女房东就住在楼下一个单独的套房里。每次出门，他都得经过女房东的厨房，厨房的门紧对着楼梯，而且几乎总是大敞着。这青年每次从旁经过，总会产生一种又痛苦又胆怯的心理，并且深感羞愧，于是愁锁双眉。他欠了女房东一身的债，生怕见她的面。

这倒不是因为他胆小和被折磨傻了，甚至恰恰相反；然而，从某个时候起，他就处于一种极易动怒的紧张状态，仿佛患了多疑症。他常常沉溺于冥思苦想，离群索居，不仅仅是怕见女房东，甚至怕见任何人。贫困压得他抬不起头来；但是最近以来，就连这种窘困不堪的情况也不再使他感到苦恼。非做不可的事他完全不做，也不想做。其实，他毫不

---

① 据作者说，小说中的故事发生在1865年，这年的夏天炎热异常。

② C胡同即离干草市场不远的木匠胡同，K桥则是叶卡捷琳娜运河上的科库什金桥。过了这座桥，拐一个弯，就到达干草市场。

害怕女房东，不管她如何蓄意跟他作对。可是，站在楼梯上，就得听她纠缠不休地逼债、威吓、诉苦，自己则不得不想方设法搪塞一阵，抱歉一番，说些谎话——不，最好还是像猫儿一样溜下楼去，偷偷逃开，不让任何人看见。

不过，这次上了街之后，他对自己如此怕碰见女债主，也深感惊讶。

“我下决心要干的是怎样一桩大事啊，现在却害怕这样一些微不足道的琐事！”他想，脸上挂着怪异的微笑。“唔……对啊……事在人为嘛，如果胆小如鼠，定会错失良机……这是显而易见的道理……真有意思，人最害怕的是什么呢？他们最害怕的是新的步子，自己的新想法……不过话又说回来，我空话说得太多了。就是因为我净说空话，所以我无所作为。不过，也许是这样：正因为我无所作为，所以我净说空话。最近这个月来，我学会了说空话，成天整夜地躺在角落里胡思乱想……嗯，现在我去干什么呢？难道我能干这件事吗？难道这是真的？绝对不是真的。这不过是为了给自己解闷而异想天开；简直是儿戏！对了，无非是儿戏而已！”

街上酷热难当，而且又闷又挤，到处是石灰浆、脚手架、砖头、灰尘，以及夏天特有的那种臭气，无钱租用别墅的每个彼得堡人都十分熟悉这种臭气，这一切使这个青年本已不正常的神经受到痛苦的刺激。在城市的这一段区域，小酒馆特别多，从这些小酒馆里飘出一阵阵闻之欲呕的臭味，再加上虽然在上班时间也会不断碰到的那些醉鬼，给这幅画面添抹了最后一笔令人厌恶的阴郁色彩。刹那间，这个青年清秀的脸上闪现出一种深恶痛绝的神情。顺便说一下，他长得俊秀，有一双漂亮的黑眼睛，一头深褐色的头发，身材中等以上，修长而匀称。但不久他就似乎陷入了沉思，更确切地说，甚至似乎有点儿出神。他信步前行，不再关注四周的一切，而且也不想关注。他只是不时喃喃自语，这是因为他有自言自语的习惯，对此他现在已暗暗承认了。此时他自己也意识到，他有时思想混乱，并且他感到身体空乏虚软：他几乎已经一天多没吃任何东西了。

他穿得很差，如果换了别人，即使从来不修边幅的人，也会羞于大白天穿着如此破烂的衣服上街。不过，在这一街区，衣着如何是不会让人惊奇的。因为这里紧挨干草市场①，妓院密布，而且蚁居于彼得堡中心

① 干草市场曾为彼得堡最大的市场。

区这些大街小巷的居民，大多是工厂的工人和手艺匠，偶尔冒出几个这样的人物，只会使这幅街景变得更丰富多彩，倘若一遇到这样的人就大惊小怪，那反倒是怪事一桩。这个青年心里郁积了如此多的怒火，他蔑视一切，尽管他有着年轻人特有的爱面子心理，好赶时髦，但他在街上丝毫不曾因自己衣衫褴褛而难为情。当然，如果遇见某些熟人或老同学，那又是另一回事，他根本就不希望碰到他们……然而，就在此时，一个醉鬼坐着一辆大车从街上经过，车上套着一匹专拉货车的高头大马，不知这辆大车为何拉着个醉鬼，又把他送往何处。当大车驶过这个青年身边时，那个醉鬼突然向他大喊一声："嘿，你这个德国制帽仔！"他用手指着青年，扯着嗓子高喊。青年突然止步，赶忙抓住自己的帽子。这是一顶高筒圆礼帽，买自齐默尔曼帽店①，不过已经破旧不堪，因为年久而褪尽了颜色，破洞遍布，污迹斑斑，又没有帽檐，戴在头上，七扭八歪，十分难看。但他并不感到羞愧，向他袭来的完全是另一种感觉，一种甚至类似恐惧的感觉。

"我早就料到了！"他惊惶地嘟囔着，"我早已这样考虑过！这简直糟糕透了！就是这样的蠢事，就是这样毫不起眼的细事，会毁掉整个计划！是啊，帽子太显眼了……帽子滑稽可笑，所以惹人注意……我这一身破衣烂衫一定得配一顶鸭舌帽，即使是一顶煎饼式的旧帽也行，就是不能戴这种丑怪的玩意。谁也不戴这种帽子，一俄里外②就会引起注意，让人记住……最重要的是，事后被人想起来了，这就是罪证。干这种事，越不惹人注意就越好……小事，重要的是小事！……往往就是这种小事毁掉一切……"

他无须走很远，他早已知道，从他那幢公寓的大门到那里有多少步路：刚好七百三十步。有一次他完全幻想入迷的时候，曾经一步步数过。当时，他并不相信自己的这些幻想，只是想用那种荒唐而又诱人的大胆行为来刺激刺激自己。然而现在，过了一个月后，他已经开始改变看法。尽管他总是自言自语，嘲笑自己软弱无能和迟疑不决；但已经情不自禁地习惯于把"荒唐的"幻想当作一项正在付诸行动的事业，虽然他依旧缺乏自信。此刻，他已经决定对这项事业进行试验，因此他每往前走一步，他的激动不安便越发强烈一分。

---

① 当时开设在彼得堡的一家有名的时髦帽子店，老板为齐默尔曼。

② 1俄里等于1.06公里。

当他走到一幢高大的房子前，他的心紧张得似乎停止了跳动，神经也战栗起来。这幢房子的一面墙对着运河，另一面墙朝向X街①。房子分隔成许多小小的套间，里面住满了形形色色以各种低微职业谋生的人——裁缝、铜匠、厨娘、各种各样的德国人②、妓女、小官吏，等等。人们在房子的两道大门和两个院子里进进出出，来去匆匆。这里一共有三四个看门人。这个青年十分高兴，因为他居然没有碰见一个看门人，于是立即神不知鬼不觉地飞快溜进大门，从右边的楼梯向上奔去。楼梯又暗又窄，是一条“后楼梯”，不过这里的一切他都早已仔细调查过了，而且了如指掌。他很喜欢这整个环境：这里如此幽暗，即使遇到好奇的目光，也不会有任何危险。“如果现在我就这等胆怯，一旦真的去干那件事，又该怎样呢？”当他上四楼的时候，他不禁想道。在这里，几个改做搬运工的退役士兵挡住了他的去路，他们正从一个套间里往外搬家具。以前他就知道，这个套间里住着一个携家带口的德国人，一个官吏。“看来，这个德国人现在要搬走了；那么，在四楼上，在这道楼梯上和这个楼梯口，今后一段时间内，只有老太婆的住宅里还住着人。这很好……以防万一……”他又想道，然后拉了拉老太婆住宅的门铃。门铃发出微弱的丁零声，仿佛是用白铁制成，而不是用铜做就。这种公寓的这类小套间，几乎都装着这种门铃。他已经忘记了这种小铃铛的响声，现在这种特别的叮当声仿佛突然使他想起了什么，并且明晰地呈现出来……他猛地哆嗦了一下，这一次他的神经简直脆弱到了极点。不一会儿，房门开了一道小小的缝：女主人带着明显不信任的神情，从门缝里打量着来客，只能看见她那双在黑暗中一闪一闪的小眼睛。不过，当她看见楼梯口有很多人时，顿时胆壮，把房门全部打开。青年跨过门槛，走进用隔板隔开的黑黢黢的前室，隔板后面是间很小的厨房。老太婆一声不吭地站在他面前，疑惑地注视着他。这是一个干瘦矮小的老太婆，六十岁左右，长着一双锐利、凶狠的小眼睛，鼻子又尖又小，头上没有戴头巾，她那有点斑白的淡黄色头发搽了厚厚一层发油。她那鸡腿一般细长的脖子上缠着一条破烂的法兰绒围巾，虽然天气炎热，她的肩上还披着一件十分破旧、颜色发黄的毛皮大衣。老太婆咳个不停，呼哧呼哧喘个不休。

① 据专家考证，这里的“运河”是叶卡捷琳娜运河；“街”则是叶卡捷琳娜官街。

② 当时，在彼得堡大约有五万德国人，住在干草市场附近的大多为工匠和其他手艺人。

大概是青年用异样的眼光看了她一眼，因此她的眼睛里又倏然闪过刚才那种疑虑的目光。

“我是拉斯科尔尼科夫①，大学生，一个月前到您这里来过。”青年赶忙喃喃地说，并且微微躬身，因为他想到，应该显得客气一些。

“记得，先生，我记得很清楚，您来过。”老太婆明白而肯定地说，但是她那怀疑的目光仍然紧盯着他的脸。

“您瞧，还是为那样的事……”拉斯科尔尼科夫接着说。老太婆的怀疑使他有点发窘，也使他感到诧异。

“不过，也许她一向如此，只是上次我没有注意到而已。”他闷闷不乐地寻思着。

老太婆沉默了一会儿，似乎在斟酌，然后让到一旁，指指房间的门，示意客人先走进屋，并且说：

“请进，先生。”

青年走进一间不大的房间，四壁糊着黄色墙纸，窗台上摆着几盆天竺葵，窗户上挂着薄纱窗帘，这时夕阳把房间照得通明透亮。“那时候，也许，阳光也会照得这么亮！……”这个想法似乎无意中在拉斯科尔尼科夫的脑海里电光一闪。他飞速扫视了一下房间里的一切，以便尽可能看清并记住房间里的摆设。然而房间里并没有任何特别的东西。家具都十分老旧，全是黄木做的：一张带有巨大弯木靠背的长沙发，沙发前摆着一张椭圆形的桌子，两扇窗户之间放着一个镶有镜子的梳妆台，靠墙摆着几把椅子，墙上挂着两三幅嵌在黄色镜框里的廉价图画，画的都是手里捧着小鸟的德国小姐，——这就是全部家具了。角落里一幅小小的圣像前点着一盏小油灯。一切都很洁净：家具和地板都擦得亮铮铮的，闪闪发光。“这是莉扎薇塔干的。”青年心想。整个套间里都纤尘不染。“凶狠的老寡妇家里才这样洁净。”拉斯科尔尼科夫继续默想，并且好奇地瞟了一眼挂在第二个房间门前的那幅印花布门帘，那间房里摆着老太婆的床和一口五屉柜，他还从未朝房里看过。整个套间就这两个房间。

“您有什么事？”老太婆走进房间，厉声喝问，她仍旧站在他对面，以便直接对他察言观色。

“我带来一件抵押品，请看！”他从衣袋里掏出一块扁平的旧式银怀

---

① “拉斯科尔尼科夫（Раскольников）”俄文原意是“分裂”，作者特意为男主人公取这个名字，指明其具有分裂的性格（或称“双重人格”）。

表，表壳的背面雕刻着一个地球仪。表链是钢制的。

“知道吗，上次抵押的东西已经到期了，一个月的期限前天就满了。”

“我再付给您一个月的利息吧，请您再宽限宽限。”

“先生，是宽限几天，还是现在就把您的抵押品卖掉，这可得由我做主。”

“这块表很值钱吧，阿廖娜·伊万诺芙娜？”

“先生，不值钱的东西您都拿来了，这块表也值不了几个钱。上次那只戒指我给了您两张票子①，可是在珠宝商那里，花一个半卢布就可以买个新的。”

“请给我四个卢布吧，这是我父亲的表，我一定会赎回的。很快，我就会收到一笔钱。”

“既然您要抵押，一个半卢布，先扣利息。”

“一个半卢布！”青年突然大叫起来。

“随您的便。”老太婆说着把表还给他。青年接过表，气得刚要拔腿就走，可马上又改变了主意。他想起自己已走投无路了，而且上这里来还另有目的。

“拿钱来！”他粗野地说。

老太婆一边伸手到衣袋里掏钥匙，一边走向另一间挂着门帘的房间。青年独自留在房子中间，好奇地留神细听，暗自猜测。她开五屉柜的声音清晰可闻。“应该是最上面的抽屉，”他推断，“看来，钥匙是放在她右边的衣袋里……全都串在一只钢圈上……其中有一把钥匙特别大，比其他钥匙大两倍，带着锯齿，这肯定不是开抽屉的……可见，还有一个小匣子，或者小箱子……这倒要搞清楚。小箱子都配这样的钥匙……然而，这一切又是多么卑鄙啊……”

老太婆回来了。

“给您钱，先生：一个卢布每个月的利息是十个戈比，一个半卢布就应收十五戈比，我得先扣一个月的利息。上次借的两个卢布也按这个算法，扣掉二十戈比。加起来一共是三十五戈比。您抵押的这块表，总共还能拿到一卢布十五戈比。给，请收钱。”

“怎么！现在竟然只有一卢布十五戈比了！”

“正是。”

---

① 指两卢布纸币。

“您有什么事?”老太婆走进房间，厉声喝问，她仍旧站在他对面，以便直接对他察言观色。

青年没有争辩，收下了钱。他望着老太婆，并不急于出去，仿佛还想说点什么，或者做点什么，但又似乎连他自己也不知道，究竟要干什么……

“阿廖娜·伊万诺芙娜，也许就在这几天，我还会带一件东西来向您抵押……一只银质的……漂亮的……小烟盒……我从朋友那里一拿回来就……”他发起窘来，便停口了。

“唔，到那时再说吧，先生。”

“再见……您总是一个人在家吗？您妹妹不在家吗？”他一边走向前室，一边竭力用随便的语气问道。

“先生，您有事找她吗？”

“啊，没有什么事，我只是随便问问。可您马上就……再见，阿廖娜·伊万诺芙娜！”

拉斯科尔尼科夫极其惊惶地从屋里走了出来。这种惊惶有增无减，渐渐加剧。下楼时他甚至好几次停住脚步，仿佛有什么事情使他突然吃了一惊。最后，已经走到街上了，他才激动地叫出声来：

“哦，上帝啊！这一切是多么丑恶啊！难道，难道我……这是胡说，这真是荒唐至极！”他坚决地补充道，“如此可怕的想法难道会出现在我的脑海里？我的良心竟能容许我干这等肮脏的事情！总而言之：肮脏，下流，卑劣！卑劣！……而我，竟整整一个月……”

然而，自己内心的不安，他无法用言辞，也无法用惊叹表达出来。一种极端厌恶的感觉，在他刚上老太婆那里去时，就开始压迫和折磨他的良心，现在它已变得如此强烈，如此明显，以致他完全不知道该怎样摆脱自己的烦恼。他喝醉了一般走在人行道上，看不见路上的行人，不断撞到他们身上，直到走上另一条街，他才清醒过来。他四处张望，发现自己置身于一家小酒馆旁，要进小酒馆，必须从人行道沿着梯子往下进入地下室。恰在这时，两个醉鬼走出门来，他们相互搀扶着，骂不绝口，爬上街来。拉斯科尔尼科夫灵机一动，立即向下跑去。以前他从来没有进过酒馆，可是现在他感到天旋地转，而且火烧火燎地干渴。他很想喝点冷啤酒，而且他认为自己突然感到虚弱乏力，就是因为饥饿。他走到一个阴暗而肮脏的角落里，坐在一张黏糊糊的小桌子旁，要了啤酒，焦渴地一口气喝光了第一杯。他顿感全身舒畅，头脑清醒。“这全是胡思乱想，”他满怀希望地说，“没有什么值得你惊慌的！只不过是身体虚弱罢了！只要喝一杯啤酒，吃一小片面包干，——瞧，立刻就会精神健旺，思路清晰，意志坚强！呸！这一切是多么不值一提！……”尽管他鄙夷地啐了一口唾沫，但他显然欢快起来，仿佛突然甩掉了一副可怕的重担，于是向在座的所有的人投去友善的目光。然而，即使在这个时候，他也朦朦胧胧地预感到，这种一切都往好处想的乐观态度也是一种病态。

这时，小酒馆里的人已经屈指可数了。除了在梯子上遇见的那两个醉鬼以外，又有五六个男人带着一位姑娘，拿着一架手风琴，跟在他们身后，闹闹哄哄地走了出去。他们走后，小酒馆里变得安静而宽绰。剩下的人中，一个已经喝醉，但只是带有几分醉意，他坐在摆着啤酒的桌子旁，看上去像个小市民；他的同伴，是个胖大的汉子，穿着一件单领打褶的细腰短呢上衣，留着一部斑白的大胡子，已经烂醉如泥，躺在一条长凳上打瞌睡，有时仿佛似醒未醒，突然伸开两手，啪啪地用指头打着榧子，他并未从长凳上坐起来，只是将上半身不时上抬，嘴里哼着一支乱七八糟的小曲，他竭力想唱出歌词，这歌词似乎是：

整整一年我使老婆快活，
整——整一年我使老——婆快——活……

醒来后，又突然唱道：

顺着波季亚契大街跑，
找到了从前的老相好……

但是没有谁分享他的快乐，他那位一声不吭的伙伴对这种情感迸发甚至抱着敌视和怀疑的态度。屋里还有一个人，看上去像个退职的官吏。他独坐一旁，面前摆着一瓶酒，他不时喝上一口，朝四处望望。他似乎也有点心神不宁。

二

拉斯科尔尼科夫一向不爱交际，正如上面所说的那样，他总是躲避一切应酬，最近一个时期更是如此。然而现在，不知何故他突然特别想与人往来。他身上似乎出现了新的变化，同时深深渴望跟人们接触。整整一个月来，他愁海苦熬，惴惴不安，被弄得疲惫不堪。他迫切希望到另一个天地去透一口气，哪怕只有一分钟，也不论是什么样的天地。因此，尽管小酒馆龌龊不堪，现在他也很乐意待在这里。

小酒馆的老板待在另一间屋里，但他常会从那里走下台阶，进入这间大店堂，而且首先让人看到的是他那双十分考究、油光发亮、有着红色大翻口的皮靴。他穿着一件腰部打褶的长外衣和一件油迹斑斑的黑缎背心，没打领带。他的整个面孔仿佛搽了一层油，俨然铁锁上过油一样。柜台里面站着一个十四岁左右的男孩，另外一个男孩年纪更小，客人要什么，他就端过去。柜台上摆着黄瓜片、黑面包干和切好的小鱼块；这些东西散发出一股难闻的气味。酒馆里又十分闷热，让人简直无法坐住，而且酒气浓厚，充满屋内，似乎只要呼吸这种气味，五分钟就会使人醉意醺醺。

有时，我们会碰到一个素不相识的人，不知怎的，还没有开始交谈，刚一见面他就引起了我们的兴趣。那个坐得稍远、貌似退职官吏的客人，就使拉斯科尔尼科夫产生了这样的感觉。青年后来多次回忆这第一次印象，甚至把它当作一种预感。他频频打量那个官吏，当然，这也是因为那人一直在目不转睛地看着他，显然，他很想和他交谈。而对酒馆里的其他人，包括老板在内，那个官吏似乎已司空见惯，在看他们时深感索然无味，甚至还露出一种傲慢的鄙薄神情，仿佛对待无知无识的下等人，觉得跟他们无话可谈。那人已经年过半百，中等身材，身体结实，两鬓斑白，头顶秃了很大一块，由于经常酗酒，一张脸浮肿发黄，甚至有点发青，微肿的眼皮下，一双细若裂缝但又神采奕奕、微微发红的眼睛精光灼灼。但他身上有一种很古怪的东西；他的目光里似乎闪耀着一种亢奋，——也许，还闪耀着理性和智慧，——但同时也似乎隐约地闪耀着疯狂。他穿着一件破烂兮兮的老式黑色燕尾服，纽扣都快掉光了，只有一粒还勉勉强强吊着，他就是用这一粒扣子扣住衣服，显然是想保持一点体面。黄色土布背心下面露出一件皱成一团、被菜汤和酒渍弄得污迹斑斑的脏胸衣。他的脸按官吏的式样修刮过①，但已经修刮很久了，因此又密密麻麻地长出了大片青灰色的胡子茬。他的举止之间确确实实有一种庄重的官吏派头。但他焦躁不安，把头发挠得乱蓬蓬的，有时郁郁寡欢，把袖子已经磨破了的胳膊肘撑在脏兮兮、黏糊糊的桌子上，用双手托住头。最后他径直望着拉斯科尔尼科夫，毅然决然地高声说道：

“尊敬的先生，恕我冒昧，不知我能否向你请教？因为您虽然没有讲

① 按沙俄政府当时的规定，官吏不得留胡须。

究的衣着，但我凭经验看得出来，您是一个学识渊博的人，而且对喝酒很生疏。我向来尊重有学问而又情真意挚的人，而且我也是个九等文官①。马尔梅拉多夫②——这是敝人的姓，九等文官。请恕我冒昧地问一句，您供职了吗？”

“不，我在读书……”青年回答。对方同他说话时那种文绉绉的腔调，以及那种直截了当、开门见山的方式，使他颇感惊奇。虽然刚才他曾刹那间希望与人进行不管什么性质的接触，但当真有人和他说话，才听到第一句，他又突然感到讨厌和恼怒，平常他对所有与他接触或想要与他接触的人，就是怀着这种心情。

“看来，是个大学生，或者以前是大学生！”那个官吏高声说道，“果然不出我之所料！经验嘛，尊敬的先生，百试百灵的经验嘛！”他用一根手指按着额头，自我吹嘘道，“您曾经是大学生，或者钻研过学问！对不起……”他欠身起来，拿了自己的酒瓶和酒杯，踉踉跄跄地走到青年身旁坐下，身子稍微斜对着他。他喝醉了，不过说起话来依然滔滔不绝，口若悬河，只是偶尔有点前言不搭后语和啰啰唆唆。他急不可耐地要与拉斯科尔尼科夫交谈，似乎他也有整整一个月没跟任何人说过话了。

“尊敬的先生，”他几乎是神情庄重地开始说，“贫非罪，这是真理。我也知道，酗酒不是美德，这更是真理。然而行乞，尊敬的先生，行乞却是罪恶。虽然家徒四壁，您还能保持自己与生俱来的高尚情操；但挨家乞讨时，却无论何时也无论何人都无法再保持自己的情操。对于行乞者，人家甚至不屑于用棍棒把他从人类社会里赶出去，而是用扫帚扫出去，以便让他受到更大的凌辱；这也是公正的，因为我去向人乞讨，这首先是自己准备侮辱自己。因此我就喝起酒来！尊敬的先生，一个月以前，我的太太被列别贾特尼科夫先生毒打了一顿，不过我太太和我不是一类人！您明白吗？请允许我再问您一个问题，只不过是出于好奇：您是否在涅瓦河上的干草船③里过过夜？”

---

① 1722年，彼得大帝制定了“官秩表”，所有文武官员分为十四等，一等最高，十四等最低。其中，十四等到九等，相当于尉官；八等至五等，相当于校官；四等至一等，相当于将官。以后稍有变动，一直实施到1917年。这里的“九等文官”相当于军队中的大尉。

② “马尔梅拉多夫（Мармеладов）”，俄文原意是“水果软糖”，作家以此为这个人物的姓，带有一种苦涩的讽刺。

③ 19世纪60年代，那里是彼得堡的乞丐和流浪汉过夜的地方。

“不，没有去过，”拉斯科尔尼科夫回答道，“这是怎么回事啊？”

“唉，我就是从那里来的，已经住过四夜了……”

他倒满一杯酒，一饮而尽，然后沉思起来。果真，有一片片干草屑这里那里地粘在他的衣服上，甚至头发上。很可能，他已经五天没有脱过衣服，也没洗过脸了。他那双手更是肮脏无比，油垢层层，颜色发红，指甲污黑。看来，他的话引起了大家的注意，不过反应不太强烈。柜台后面的两个男孩吃吃地笑起来，老板似乎特意从上面的房间里走了下来，以便听听这个“现世宝”说些什么。他坐到稍远点的一个位子上，萎靡不振而又煞有介事地打着呵欠。显然，马尔梅拉多夫在这里早已是众所周知的人物了。他说起话来总是文绉绉的，大概这是由于他习惯于经常在酒馆里同各种各样的陌生人谈话的缘故。这种习惯已成为某些酒鬼的一种需要，特别是那些在家里深受禁锢、备遭虐待的人。因此，他们跟众多酒伴在一起时，总是尽力设法为自己辩白，如果可能的话，甚至试图博得别人的尊敬。

“现世宝！”老板高声说道，“既然你是一个官员，那你为啥不去工作，为啥不去上班呢？”

“我为啥不去上班，尊敬的先生，”马尔梅拉多夫接过话来，却只是对拉斯科尔尼科夫说，仿佛是他提出了问题，“为啥不去上班？难道我卑躬屈节也是枉然，自己就不感到痛心吗？一个月以前，当列别贾特尼科夫先生动手毒打我妻子的时候，我却醉醺醺地躺在床上，难道我就不感到痛苦吗？对不起，年轻人，您是不是曾经……嗯……譬如说，明明知道毫无希望，但还是向人开口借钱？”

“借过……可毫无希望是什么意思啊？”

“就是压根儿没有指望，事先就知道会毫无结果。比方说，您早就知道，而且十分肯定地知道，这个人，这个心肠最好、助人为乐的公民，哪怕您磨破了嘴皮，也绝不会借钱给您。因为，请问，他为什么要借钱给我呢？他本来就知道我不会还钱的。出于同情吗？然而经常关注各种新思想的列别贾特尼科夫先生，前几天解释道：在我们这个时代，就连科学也禁止同情。在创立了政治经济学的英国早已照此行事了①。请问，他为什么要借钱给我呢？瞧，虽然您事先知道他不会借，但您还是去

① 此处指英国经济学家、哲学家约·斯·穆勒（1806—1873）的《政治经济学原理》一书，书中认为：人的经济地位早已事先决定了其行为、愿望乃至苦难。该书1865年被译成俄文出版。陀思妥耶夫斯基反对其观点。

了……”

“您为什么要去呢？”拉斯科尔尼科夫追问道。

“那是由于没有别的人可找，也没有别的路可走啊！不是吗，任何人总得至少有条路可走啊。因为有时候一个人必须有条路可走！当我的独生女儿首次凭黄色执照①去拉生意时，我也出去了……（因为我的女儿是靠黄色执照谋生的……）”他附带补充了一句，有点惊慌地望着青年。“没关系，尊敬的先生，没关系！”柜台里面的两个男孩扑哧一下笑出声来，老板也露出了微笑，因而他急忙声明，但看样子他的心情是平静的。“没关系！他们的摇头不会使我难堪，因为大家早已知晓了一切，一切掩藏的事都已公开了②；对此，我不是抱着不屑一顾的态度，而是怀着逆来顺受的心情。让他们说去！让他们笑去！‘你们看这个人！’③ 请原谅，年轻人，您能不能……不，换一种更得劲、更生动的说法，不是您能不能，而是您敢不敢，此刻望着我，肯定地说，我不是猪猡？”

青年一句话也没有回答。

“唔，”等到店堂里因这番话引起的哄堂大笑停息以后，这位演说家又庄重地，甚至比原来更富有自尊感地继续说，“唔，就算我是猪猡吧，可是卡捷琳娜·伊万诺芙娜，我的妻子，是个有文化的人，一位校级军官的千金小姐。就算，就算我是个下流东西，但她有一颗高洁的心灵，受过良好的教育，满怀崇高的感情。然而……唉，假如她肯怜爱我的话！尊敬的先生，尊敬的先生，总得至少有那么一小块地方，让每个人能得到别人的怜爱啊！而卡捷琳娜·伊万诺芙娜虽然是一位宽宏大量的太太，但她并不公正……虽然我自己也明白，揪我的头发完全是因为她可怜我（不怕您笑话，年轻人，我反复说这事，因为她的确常常揪我的头发）。”他又听到一阵“嘿嘿”的笑声，便以加倍的自尊承认道，“不过，上帝啊，假如她哪怕有一次……然而，不！不！这一切都是枉然，没什么好说的了！没什么好说的啦！……因为已经不止一次，我的愿望变成了现实，我也不止一次得到了怜爱，可是……我就是这样一副德行，我天生是个畜生！”

---

① 沙俄时代由警察局颁发的妓女执照。

② 典出《圣经·新约全书·马可福音》第4章第22节：“因为掩藏的事，没有不显露出来的，隐瞒的事，没有不露出来的。”

③ 典出《圣经·新约全书·约翰福音》第19章第5节：“耶稣出来，带着荆棘冠冕，穿着紫袍。彼拉多对他们说：‘你们看这个人。’”

“那还用说！”酒馆老板打着呵欠说。

马尔梅拉多夫用拳头在桌子上断然一捶。

“我就是这样一副德性！您知道吗，您知道吗，我的先生，我甚至把她的长袜都拿去换酒喝了？不是她的皮鞋，因为这多多少少还合乎情理，而是长袜，我把她的长袜都拿去换酒喝了！她的一条山羊毛头巾也让我拿去换酒喝了，那是以前别人送给她的，纯属她自己的东西，不是我的；而我们住在一间寒冷刺骨的小屋里，去年冬天她受了寒，常常咳嗽，已经吐血。我们有三个幼龄的小孩，卡捷琳娜·伊万诺芙娜起早摸黑地忙碌，擦啊，洗啊，给孩子们洗澡啊，因为她从小就养成了爱清洁卫生的习惯。可是她的肺部非常虚弱，很可能得了痨病，我感觉到了这一点。难道我感觉不到吗？我酒喝得越多，就越感觉得到。因为这个缘故我才喝酒，试图在酒中寻找怜悯和发泄感情……我喝酒，是为了使自己加倍地痛苦！”说完，他似乎陷入了绝望，把头俯到桌面上。

“年轻人，”他又挺腰抬头，接着说道，“从您脸上，我发现您似乎有什么烦恼。您一进门，我就看出来了，所以我立即跟您攀谈。因为，我向您讲述自己生活的情况，并不是想在这些好逸恶劳之徒面前羞辱自己，这一切即使我不说，他们也全都知道，我是想借此结识一个富有同情心的、有学问的人。您要知道，我的太太是在省立高等贵族女子学校受的教育，毕业晚会上，她在省长和其他社会名流面前表演了披巾舞①，为此获得了一枚金质奖章和一张奖状。金质奖章呢……唉，金质奖章被卖掉了……那是很久以前……嗯……奖状至今还收在她的箱子里呢，前不久她还拿给女房东看过。尽管她与女房东经常吵架，但她总是无论对什么人都要炫耀一番，并且说说过去那些幸福的日子。我并不是指责她，我也并不责怪她，因为这是她记忆中仅存的最后一个亮点，其余的一切都已灰飞烟灭了。是啊，是啊，她是一位急躁、高傲而又倔强的太太。她能亲自擦洗地板，啃吃黑面包，但绝不容许别人对她有丝毫不尊敬。因此，她不愿原谅列别贾特尼科夫先生的粗鲁无礼，而列别贾特尼科夫先生为此打了她一顿，她就卧病不起了，这与其说是因为伤了皮肉，倒不如说是因为伤了她的自尊心。我娶她的时候，她已经是个寡妇，并且有三个孩子，一个比一个小。她的前任丈夫是个步兵军官，她深深地迷恋着他，便离开父母家跟他私奔了。她爱极了自己的丈夫，可他却嗜牌如

---

① 这是对学习成绩特别优异的毕业生所给的一种荣誉。

命，吃了官司，就这样死了。最后那些日子，他也常常打她，但她没有原谅他，对此我确切知道，并且有真凭实据。尽管如此，她至今仍然泪流满面地怀念他，还责骂我不如他。而我感到高兴，感到欢喜，因为她至少在想象中认为自己曾经是幸福的……丈夫死后，她带着三个幼小的孩子流落在一个偏远荒凉的县城里，当时我也在那里，她穷得昏天黑地，走投无路。虽然我久历沧桑，多见多闻，可我也无法形容她的处境。所有的亲戚都把她拒之于门外。而她依旧是高傲的，甚至高傲得有点过分……而当时，尊敬的先生，当时我也是个鳏夫，身边带着前妻留下的一个十四岁的女儿，我实在不忍心看她如此受苦，于是就向她求婚。她，一个有学问、有教养的名门闺秀，竟答应下嫁给我，她穷到何等地步，您就由此可想而知了！然而她居然嫁给了我！她绞着双手，痛哭流涕，但还是嫁给了我！因为她走投无路啊！您明白吗，您明白吗，尊敬的先生，什么叫走投无路？不，您还不能懂得这个问题……整整一年，我虔诚而神圣地履行着自己的义务，不曾碰过这东西（他用一个手指碰了碰那个能装半俄升①酒的酒瓶），因为我也是有感情的。即便如此，我也没能让她称心满意；而接着我又丢了差事，这倒不是因为我有什么过错，而是因为裁减编制，于是我就喝起酒来！……一年半以前，我们经过漫漫长途，历尽千难万险，终于来到了这雄伟壮丽、耸立着无数纪念碑的首都。在这里我又找到了一件差事……找到了，又丢掉了。您明白吗？这次是因为自己的过错而弄丢的，因为我又‘旧病复发’了……现在我们一家租住着半间屋子，房东是阿玛莉娅·费奥多罗芙娜·利佩韦赫泽尔，至于靠什么生活，用什么付房租，我不知道。除了我们，还有很多人住在那里……像所多玛②一样，混乱不堪……唔……是呀……而就在这时，我前妻生的女儿长大了，她，我的女儿，是怎样在继母的虐待中长大成人的，我就不说了。因为卡捷琳娜·伊万诺芙娜虽然心地宽厚，却是一位脾气暴躁、容易发怒的太太，而且粗暴地不许别人说话……是啊！这些事有什么好回忆的！您可以想象得到，索尼娅没受过什么教育。四年前我试图教她地理和世界历史；不过在这方面我自己也所知甚少，而且没有像样的教科书，因为手头的那几本书算什么书啊……唉，现在连

① 1俄升等于1.2299升。

② 据《圣经·旧约全书·创世记》第19章第24节记载，所多玛和蛾摩拉两城是耽溺男色而淫乱的城市，因罪孽深重而被上帝用硫黄和火烧毁，后用“所多玛”指“淫乱之城”。

这些书也没有了，因而整个教育也就到此结束了。我们只学到波斯的居鲁士大帝①这一章就停止了。后来，在她成年以后，她读过几本爱情小说，不久前，通过列别贾特尼科夫先生的帮助，她还读过一本刘易斯的《生理学》②，——您知道这本书吗？——她饶有兴味地读完了，甚至还念过其中的几个片断给我们听。这就是她受过的全部教育。我尊敬的先生，现在我以自己的名义，向您请教一个非正式的问题：依您看，一个贫苦但是正派的姑娘，凭诚实的劳动能挣许多钱吗？……先生，如果她老老实实，但没有特别的本事，那么即便她双手一刻不停地干活，一天也挣不到十五戈比！而且那个姓洛普什托克的五等文官，也就是伊万·伊万诺维奇，——这个人您听说过么？——借口她缝的衬衣领子不合尺寸，而且缝歪了，不仅至今未付那半打荷兰式衬衫的工钱，甚至还跺着双脚，污言秽语地百般辱骂，把她撵出门外。而这个时候几个孩子在家里正饥火烧肠呢……这时，卡捷琳娜·伊万诺芙娜绞着双手，在房间里走来走去，两颊泛出潮红——患这种病的人常常出现这种现象。她骂道：'你这个好吃懒做的东西，住在我们这里，白吃白喝，还要取暖，可是家里还有什么可吃可喝的东西呢，孩子们已经三天连面包皮都没看见过一丁点了！'当时我正躺在床上……唉，有什么办法呢！我醉醺醺地窝在床上，听见我的索尼娅（她性情温顺，说话的声音也是那样柔和不过的……一头金黄色的秀发，小脸蛋总是那么苍白、清瘦）说：'怎么啦，卡捷琳娜·伊万诺芙娜，难道真要我去干这种事吗？'而达里娅·弗兰采芙娜，这个不安好心的女人，警察局知名的挂号人物，已经通过女房东打听过三次了。'为什么不去？'卡捷琳娜·伊万诺芙娜讥讽地回答道，'有什么舍不得的？哎哟，还当作宝贝呢！'不过请不要责怪她，不要责怪她，尊敬的先生，请不要责怪她！她说这话时已理智失常，情绪焦躁，再加上身体有病，孩子们又饿得大哭大喊，而且她说这话不是真有那个意思，多半是为了羞辱她……因为卡捷琳娜·伊万诺芙娜就是这么一种脾气，只要孩子们一哭，哪怕是饿哭了，她也会立刻挥手就打。我看见，快六点的时候，索涅奇卡起身了，扎上头巾，披上披肩，从家里走了出

① 公元前558—529年的波斯国王，是古波斯帝国的创建者。"学到波斯的居鲁士大帝这一章就停止了"，指刚开始学习世界古代史就停了下来。

② 这是指英国实证主义哲学家和达尔文主义生理学家、文学评论家、戏剧家乔治·刘易斯（1817—1878）的《日常生活的生理学》。该书19世纪60年代在俄国青年中很受欢迎。

去，八点多钟才回来。一进屋，她径直走到卡捷琳娜·伊万诺芙娜跟前，一言不发地把三十卢布放在她面前的桌子上。她这样做的时候虽然瞥了她一眼，但一句话也没说，只是拿起我们那块绿色的德拉德达姆细呢大头巾（这是我们公用的一块头巾，是德拉德达姆细呢的）严严实实地蒙住头和脸，然后躺到床上，脸朝着墙，只是两个瘦小的肩膀和整个身子在不住地颤抖……而我依然像原先一样躺着……当时我看到，年轻人，我看到，随后卡捷琳娜·伊万诺芙娜也默默无语地走到索涅奇卡的床前，在她身边跪了整整一夜，吻着她的脚，不愿站起来，后来她俩相互拥抱着，一起睡着了……两人一起……两人一起……是的……而我……却醉醺醺地躺着。"

马尔梅拉多夫静默下来，仿佛他的声音突然断了。然后，他忽然飞快地斟了一杯酒，一饮而尽，咳了一声，清清嗓子。

"从那以后，我的先生，"他稍稍停顿了一下，又接着说，"从那以后，由于一件倒霉事，也由于几个居心不善的人告密，——特别是达里娅·弗兰采芙娜在其中煽风点火，似乎是因为她没享受到应有的尊敬，——就从那时开始，我的女儿，索菲娅·谢苗诺芙娜，被迫领了黄色执照，由于这个缘故，她不能再跟我们住在一起了。因为女房东阿玛莉娅·费奥多罗芙娜也不乐意让她住在这里（而她以前亲自帮过达里娅·弗兰采芙娜的忙），那位列别贾特尼科夫先生也……唉，就是为了索尼娅，他和卡捷琳娜·伊万诺芙娜才发生那件倒霉的事。起初他自己老是讨好索涅奇卡，这时候却突然宣称自尊心受了伤害而勃然大怒：'怎么，'他说，'我，这样一个饱受教育的人，难道竟要和这样一个女人住在同一幢房子里吗？'卡捷琳娜·伊万诺芙娜不服气，出来为她辩护……于是就吵起来了……现在，索涅奇卡大多是天黑的时候才到我们这里来，帮卡捷琳娜·伊万诺芙娜干活分忧，也尽其所能地送点钱来……她住在裁缝卡佩尔纳乌莫夫家里，租了他们的一个房间。卡佩尔纳乌莫夫是个跛子，又是个结巴，他那一大家子人都是结巴，他妻子也是个结巴……他们都挤住在一间房子里，而我的索尼娅独住一间，是用板壁隔开的单间……唔，是啊……他们都是一些穷到极点的人，说话都结结巴巴……是啊……不过那天我大清早就起床，穿上自己的破衣烂衫，举起双手向苍天祈祷，然后就动身去找伊万·阿法纳西耶维奇大人。您认识伊万·阿法纳西耶维奇大人吗？……不认识？嗬，这样一位道德高尚的人，您竟然不认识！这是一块蜡……上帝面前的一块蜡；像蜡一样容易融化！① ……听完我的倾诉，他竟然热泪盈眶。'唉，'他说，'马尔梅拉多夫，你已经有一次辜负了我的期望……现在我再次给你一件差事，责任由我个人承担，'他这样说，'你可要记住我的话'，他说，'回去吧！'我吻了吻他脚上的灰尘，不过是在心里吻的，因为他身为大臣，是个有着新的治国方略和教育思想的人物，实际上他是不会允许我这样做的；一回到家里，我就宣布，我又被正式录用了，又可领一份薪水了，上帝啊，当时大家是何等的快乐啊！……"

马尔梅拉多夫过度激动，又停住了。这时一群已经喝醉的酒鬼从街上走了进来，雇来卖唱的一架手摇风琴声和一个七岁孩子所唱《小小庄园》② 的发颤歌声也从门口传了进来。顿时热闹非凡。酒馆老板和伙计都忙着招待新来的顾客。马尔梅拉多夫却对这些进来的人视若无睹，继续讲着他的故事。此刻他看起来已极其虚弱，可是他醉意越浓，就谈锋越健。忆及不久前成功地谋到了一件差事，他似乎倏然变得生气勃勃，脸上甚至闪现出某种神采。拉斯科尔尼科夫凝神细听。

"我的先生，这已是五个礼拜以前的事了。真的……她俩，卡捷琳娜·伊万诺芙娜和索涅奇卡一听到这件喜事，上帝啊，我简直就像进了天堂。过去我老是挨骂：你就像畜生那样躺着吧！可是如今，她们都踮着脚尖走路，还制止孩子们吵嚷：'谢苗·扎哈雷奇工作累了，正在休息，别出声！'上班之前，给我喝咖啡，为我煮凝乳！弄来了真正的乳脂，您听见没有！我真不明白，她们是怎样积攒了十一卢布五十戈比？居然为我置办了一套体面的制服。靴子，细棉布胸衣——都是最考究的，还有一件文官穿的燕尾制服，所有的东西总共只花了十一卢布五十戈比，而且式样都精美极了。第一天大清早我下班回家一看，卡捷琳娜·伊万诺芙娜已经做好了两道菜：一道菜汤，一道洋姜烧腌牛肉，这样的菜，我以前是连想都不敢想的。她什么衣服也没有……也就是说，没有一件像样的衣服，然而这时候却精心打扮起来，好像要去做客一般，这并非说她穿了什么新衣服，而是说她什么也不用，照样能把自己打扮得漂漂亮亮：她梳好头，换了一个干净衬领，戴上一副套袖，就仿佛换了一个人，显得又年轻又漂亮。索涅奇卡，我的宝贝女儿，一直拿钱帮助我们，她说，现在这一段时间里，不便常来你们这里，除非是天黑以后，免得

① 此处喻指伊万·阿法纳西耶维奇脾气柔和，面慈心软，富有慈悲心肠。

② 根据俄罗斯诗人阿·弗·柯尔佐夫（1809—1842）的诗谱写的一首流行歌曲。

别人看见。您听见了吗？听见了吗？有一回午饭后，我回家午睡片刻，您猜怎么着？卡捷琳娜·伊万诺芙娜憋不住了：一个星期前，她才和女房东阿玛莉娅·费奥多罗芙娜相互大吵大闹了一场，现在却请她来喝咖啡了。她们在一起足足嘀嘀咕咕了两个小时。她说：'谢苗·扎哈雷奇眼下又上班了，又有薪水了，他亲自去拜谒大人，大人也亲自出来接见他，让其他人都等着，却拉着谢苗·扎哈雷奇的手，从他们面前走过，到办公室里去。'您听见没有？您听见没有？大人说：'谢苗·扎哈雷奇，您过去的功劳，我当然记得，虽然您有这种荒唐的嗜好，不过您现在既然做出了保证，而且没有您，我们的工作就每况愈下。'（您听见没有？听见没有？）他又说：'现在我相信您的允诺。'我得告诉您，上面所说的这些话，全是她信口胡编的，这倒并非她生性轻浮，喜欢瞎吹！不，她对这一切深信不疑，她用想象来安慰自己，的确如此！我并不责怪她，不，对此我一点也不责怪！……六天以前，我把我的第一次薪水——二十三卢布四十戈比——统统带回家时，她管我叫小宝贝。她说：'你真是个小宝贝！'这是在只有我俩的情境中叫的，您明白吗？唉，我又有什么值得称赞的地方呢，我又算个什么样的丈夫呢？不，她轻拧着我的面颊，说：'你真是个小宝贝！'"

马尔梅拉多夫住口不说了，他本想笑一笑，但他的下巴突然颤抖起来，不过他强忍住了。这家小酒馆，他那副穷愁落泊的外表，在干草船上度过的五个夜晚，还有一俄升酒；以及对妻子和家庭这种近乎病态的深沉的爱，这一切把听他说话的拉斯科尔尼科夫弄得晕头转向。拉斯科尔尼科夫聚精会神而又痛苦不已地听着。他后悔不该到这里来了。

"尊敬的先生，尊敬的先生！"马尔梅拉多夫控制住自己的感情，又高声说起话来，"哦，我的先生，也许您和别人一样，认为这一切只是茶余饭后的笑料，我这只是瞎扯一些琐屑不堪的家庭杂事来打扰您，但我认为这不是笑料！因为这一切都是我的切身体会……我曾在飞扬的幻想中度过一生中天堂般幸福的一整天和一整晚，也就是说，我幻想着怎样安排好这一切：让孩子们穿上新衣服，让她过几天安逸的日子，让我的独生女儿远离耻辱，回到家庭的怀抱……还有很多，很多想法……先生，这样想，应该情有可原吧。唉，我的先生（马尔梅拉多夫似乎突然打了一个哆嗦，抬起头来，紧盯着听他说话的人），唉，然而就在这一切幻想之后（就是说恰好在五天五夜之前），就在第二天，黄昏时候，我采用了欺骗的高招，像夜里偷东西的小偷一样，偷出卡捷琳娜·伊万诺芙娜锁箱子的钥匙，拿走了剩下的全部薪水，一共有多少钱，我记不清了，您看看我吧，全完了！我离家已经有五天了，家里的人在找我，差事也丢了，文官制服押在埃及桥畔的一家小酒馆里，我用它换了这身破衣服……一切都完了！”

马尔梅拉多夫用拳头“砰”地敲了一下前额，咬紧牙关，闭上双眼，将一个胳膊肘使劲地支在桌子上。然而过了一会儿，他脸上的表情就突然变了样，以一种假装的滑头，故作厚颜无耻地瞥了拉斯科尔尼科夫一眼，嘿嘿笑了起来，并且说：

“今天我去了索尼娅那里，要了点钱，买些解醒酒①！嘿，嘿，嘿！”

“难道说她真的给了你？”新来的一伙人中，有人大声嚷着，嚷完后就哈哈大笑起来。

“瞧，这半俄升酒就是用她的钱买的，”马尔梅拉多夫仅仅对拉斯科尔尼科夫说，“她给我三十戈比，她亲手拿的，这是她最后的一点钱，我亲眼所见……她一言不发，只是默然望了我一眼……尘世间不会有这样的事，然而那边②……他们为人发愁，为人哭泣，而毫不责备，毫不责备！可是这更叫人心痛，更叫人心痛！……三十戈比，是的。要知道，她自己现在也急需钱用，不是吗？您认为怎样呢，我尊敬的先生？要知道，她自己现在也必须讲究整洁。这种整洁，这种特殊的整洁，需要花钱。您明白吗？您明白吗？哦，她还要买化妆的香膏，不能不买啊；还要买上过浆的裙子，穿时髦精致的皮鞋，以便在不得不过水洼的时候，露出一双小脚来。先生，这种整洁意味着什么，您明白吗？唉，可是我，她的亲生父亲，却把这三十戈比拿来买酒喝了！我正在喝着！而且已经喝光了！……唉，谁会可怜我这种人呢？啊？先生，您现在是否可怜我呢？你说，先生，可怜还是不可怜呀？嘿，嘿，嘿！”

他试图斟酒，然而酒已倒光了。酒瓶已空空如也。

“为什么要可怜你呢？”重又出现在他们身旁的老板叫了一声。

接着响起了一片哄笑声，甚至还有辱骂声。听他说话的和没有听他说话的人，都只盯着退职的官吏一个人，大家都在又笑又骂。

“可怜！为什么要可怜我！”马尔梅拉多夫突然大叫起来，他异常激动地霍地站起身，向前伸出一只手，仿佛只等着这句话似的。“为什么要可怜我，你说？是的！我不值得可怜！我应该被钉死，被钉死在十字架

---

① 即醉醒后再喝点酒，以解不适之感。

② 指天堂，或彼岸。

上，而不是可怜我！钉死我吧，法官，钉死我吧，钉死以后，再可怜他！到那时我会自动走到你面前，让你把我钉死，因为我渴求的不是欢乐，而是悲痛和眼泪！……卖酒的，你是不是认为，你这半俄升酒让我喝出了快乐？悲痛，我在瓶底寻找的是悲痛，悲痛和眼泪，我尝到了，也找到了；而怜悯我们的人，将是那个怜悯一切的人，了解一切人和一切事物的人，他是我们唯一的主，他是法官。到那一天①，他将会来问：'那个女儿在哪里？她为了狠心的、患肺病的继母，为了别人的年幼的孩子们，不惜出卖自己的身体。那个女儿在哪里？她那人间的父亲，是个不可救药的酒鬼，她不仅不畏惧他的残忍，而且还怜悯他。'他还会说：'你来吧！我已经赦免过你一次了……赦免你一次了……现在你的许多罪孽都赦免了，因为你的爱多……'② 他一定会赦免我的索尼娅，会赦免她，我早已知道，会赦免她的……不久前我在她那里的时候，我的心感觉到了这一点！……所有的人都要受到他的审判，也将获得赦免，不管是好人和坏人、聪明的人与温顺的人……当他审判完他们，他就会传召我们：'你们也上前来吧！酒鬼们上前来吧，怯懦者上前来吧，无耻之徒上前来吧！'于是我们大家都走上前去，毫不羞耻地站到他的面前。他会说：'你们都是猪猡！作兽相，受兽的印记③；不过你们也上前来吧！'聪慧者和明理者都会说：'上帝啊！你为什么接收这些人呢？'他会说：'聪明的人啊，我之所以接收他们，明理的人啊，我之所以接收他们，是因为他们之中没有一个人认为自己是该当如此……'然后他向我们伸出双手，而我们都伏在地上……号啕大哭……我们将明白一切！到那时我们将明白一切！……而且所有人都会明白……就连卡捷琳娜·伊万诺芙娜……她也会明白的……上帝啊，愿你的天国早日降临人间吧！"

说罢他又坐到长凳上，精力衰竭，疲惫不堪，对任何人都不看一眼，

---

① 按基督教"千禧年"（一译"千年王国"）教义，在世界末日来临之前，基督将第二次降临人世，亲自为王治理世界一千年。在此期间，信仰基督的圣徒们将复活而与基督一同为王；魔鬼暂被捆锁，福音将顺利传遍世界。千年期满，即为世界末日，所有灵魂皆受审，有罪者下地狱，无罪者进天堂。此处指世界末日降临前基督降临人世。

② 见《圣经·新约全书·路加福音》第7章第47、48节。原文为："'所以我告诉你，她许多的罪都赦免了，因为她的爱多。但那赦免少的，他的爱就少。'于是对那女人说：'你的罪赦免了。'"

③ 见《圣经·新约全书·启示录》第13章第14节和第16节。

仿佛忘记了周围的一切，深深地陷入沉思之中。他的话产生了一定的影响；有一阵子鸦雀无声，但很快又响起了刚才那种笑声和骂声。

“他在作评判呢！”

“他瞎说一气！”

“好一个芝麻小官！”

以及诸如此类的许多话。

“我们走吧，先生，”马尔梅拉多夫突然抬起头，对拉斯科尔尼科夫说，“请您送我回家吧……柯泽尔公寓，从院子里上楼。是回……卡捷琳娜·伊万诺芙娜那里去的时候了……”

拉斯科尔尼科夫早已想离开；他私下也打算送他回家。马尔梅拉多夫走路的劲儿比他说话的劲儿无力得多，他全身都紧靠在年轻人身上。只要走两三百步路。离家越近，这个醉鬼就越发惊慌和恐惧。

“我现在害怕的并非卡捷琳娜·伊万诺芙娜，”他不安地嘀咕着，“也不是怕她揪我的头发。头发算得了什么！……头发不值一提！我就说这话！她要是揪我的头发，那倒还好些！我怕的不是这个……我……害怕的是她的眼睛……是的……眼睛。脸颊上的潮红我也害怕……还有……我害怕她的呼吸……你见过这种病的患者怎样呼吸吗？……在情绪激动的时候？孩子们的哭声我也害怕……因为，如果索尼娅不养活他们，那……我真不知道会怎么样了！真不知道！而挨打我并不怕……要知道，先生，这样挨打我不但不觉得痛苦，反而觉得是一种快乐……因为不这样，我自己倒还活不下去……挨打倒好些。让她打吧，让她出出气吧……打了还好些……就是这幢房子。柯泽尔的房子。他是个钳工，德国人，很富裕……请带我进去吧！”

他们穿过院子，走向四楼。越往上走，楼梯越昏暗。已经快到十一点了，虽然在这个季节彼得堡并无真正的黑夜①，但楼梯顶上还是相当昏暗。

在最高那层楼梯的尽头，一扇熏得乌黑的小门敞开着。一个蜡烛头照亮了一间十来步长的简陋不堪的屋子；整个屋里的情况从过道上即可

---

① 即白夜，这是指在纬度达到一定度数的地区（中高纬，接近极圈，但在极圈外）太阳落到地平线下只能达到一个很小的角度。由于大气的散射作用，整夜天并不完全黑下来。在彼得堡，春夏两季夜晚极短，尤其是夏至前后，黄昏过后紧接着就是晨曦，整夜几乎全是晨曦初露时分的柔和光亮，因此称为白夜。

一目了然。满屋子都七零八落、杂乱无章地放着各种东西，尤其是孩子们的破衣烂衫。后半间屋子前挂着一条百洞千孔的床单。床单后面大概放着一张床。外面房间里总共只有两把椅子和一张极其破旧的漆布面长沙发，沙发前摆着一张厨房里用的旧松木桌子，未曾油漆过，也没铺桌布。桌子边的一个铁烛台上，点着一段即将燃尽的脂油蜡烛头。看来，马尔梅拉多夫家是住在一间特殊的屋子里，而不是住在某屋子的一个角落里，也就是说他们的房间实际上是个过道。通向里边那些鸽子笼似的小房间的门半开着，这些房间是由阿玛莉娅·利佩韦赫泽尔的一个套间分隔而成的。里面人声喧哗，吵闹不休，哈哈大笑声不断。看来正在玩牌和喝茶。不时还飞出几句不堪入耳的脏话。

拉斯科尔尼科夫立即认出了卡捷琳娜·伊万诺芙娜。这是一个瘦骨伶仃的女人，身材纤秀，体态苗条匀称，还有一头美丽的深褐色头发，脸颊果真泛出一片潮红。她正在自己那间小小的屋子里走来走去，双手按着胸部，嘴唇干裂，呼吸很不均匀，上气不接下气。她的双眼仿佛患热病一般灼灼发光，但目光尖利而呆滞。残烛的余光在她脸上摇曳晃动，明暗不定，使这张肺病患者的激动不安的脸，给人一种痛苦难受的印象。拉斯科尔尼科夫觉得她大约有三十岁，与马尔梅拉多夫的确不般配……她既没听见、也没发觉有人进来；看来，她正陷入出神的深思状态，因此视而不见，听而不闻。屋子里窒闷异常，但她没有打开窗户；从楼梯上飘来阵阵恶臭，可通楼梯的门却未关上；从里面那些屋里，通过那扇未曾关严的门，涌来一阵阵香烟的烟浪，她咳个不停，却没有把门关紧。那个最小的只有五六岁的女孩，不知怎么睡在地板上，身子蜷缩成一团，头埋在沙发里，看上去就像坐着。一个比她大一岁的小男孩，站在角落里，浑身发抖，呜呜哭泣，大概是刚挨了打。大女儿九岁左右，身材高长又纤细，骨瘦如柴，穿着一件瘦小而又百孔千疮的旧衬衣，裸露的双肩上披着一件德拉德达姆细呢旧斗篷，这件斗篷大概是两年前给她做的，现在连她的膝盖都遮不住了。她站在角落里的弟弟身旁，用自己那细长干瘦如火柴棍一般的手臂搂住他的脖子。她似乎正在哄他，柔言细语地对他说着什么，使出浑身解数让他别哭，同时用自己那双乌溜溜的大眼睛恐惧地侦视着母亲，在她那清瘦而惊恐的小脸上，那双眼睛似乎显得更大了。马尔梅拉多夫不敢进屋，就在门口跪了下来，却把拉斯科尔尼科夫推到前面。那女人看见一个陌生人，心不在焉地站在她面前，霎时间回过神来，似乎在揣想：他进来干什么？但她随即想到，他大概是到别的屋里去，因为自己这间屋子是一条过道。想到这点，她就不再理会他，而走向通往过道的门口，打算把门关上，这时她才发现跪在门口的丈夫，便突然大叫起来。

“啊!”她怒气冲冲地大叫着，“回来了！你这个囚犯！你这个恶棍！……钱在哪里？你口袋里是什么，拿给我看看！衣服也不是那一件了！你的衣服在哪里呢？钱在哪里呢？你说！……”

说着，她扑过来搜他的身子。马尔梅拉多夫马上驯服而恭顺地张开双臂，让她更方便地搜自己的口袋。然而连一个戈比都没有。

“钱到底在哪里？”她大喊大叫，“噢，上帝啊，难道他把钱都喝光了吗！原来还有整整十二卢布在箱子里呀！……”突然她发疯似的一把揪住他的头发，把他拖进屋内。马尔梅拉多夫为了让她省些力气，乖乖地跟在她后边跪爬进去。

“对于我，这也是一种快乐！我并不觉得这是痛苦，而是快——乐，先——生。”他大声叫道，由于头发被揪住了，他的身子东摇西晃，甚至额头都在地板上碰了一下。睡在地板上的那个孩子被惊醒了，哇哇哭了起来。角落里的小男孩忍受不住了，全身瑟瑟发抖，他几乎是歇斯底里地尖叫着，失魂落魄般扑进姐姐怀里。大女儿仿佛从梦中惊醒，身子像树叶一样簌簌战栗。

“喝光了！全都喝光了，喝光了！”可怜的女人绝望地叫喊着，“衣服也不是那一件了！他们都饿着肚子，都饿着肚子呀！（她绞着双手，指着孩子们。）噢，该死的生活！而您，您就不感到羞愧吗？”她突然冲着拉斯科尔尼科夫骂道，“从酒馆里来！你和他一起喝酒吧？你也和他一起喝酒！滚!”

青年未发一语，匆匆离去。这时，里面的房门完全敞开，几个看热闹的人从门里探头张望。那些戴着小圆帽的脑袋一个个伸了出来，嘴里叼着香烟或烟斗，放肆无礼地嘻嘻哈哈着。可以看到有人身着睡衣，袒胸露腹；有人穿着夏天的内衣，有伤大雅；还有几个手里拿着纸牌。马尔梅拉多夫被揪着头发拖着走、大叫这对于他是一种快乐的时候，他们笑得异常开心。他们甚至开始走进屋里来了；最后，传来了刺耳的尖叫声：这是阿玛莉娅·利佩韦赫泽尔本人挤到前面，想要按自己的意志来整顿秩序，用骂骂咧咧的命令口吻叫她明天就搬走，而她这样威胁这个可怜的女人已经上百次了。拉斯科尔尼科夫离开时匆匆伸手到口袋里，摸出一把铜币，这是他在小酒馆里用一个卢布换来的零钱，神不知鬼不觉地放在窗台上。走到楼梯上的时候，他又改变了主意，想要转身回去。

“唉，我这是干了一件多么荒谬的蠢事，”他寻思，“他们自己有索尼娅帮助，而我自己正要钱用呢。”但他考虑到钱已经不可能拿回，而且即使能拿回来，他无论如何也不会再拿，便把手一挥，走回自己的住所。“索尼娅还得买化妆的香膏呢，”走在大街上，他继续想，并且讥讽地冷笑了一下，“这种整洁是要花钱的……哼！索涅奇卡自己说不定今天也失败了呢，因为这和猎获珍稀动物……开采金矿……一样冒险……因此，没有我那点钱，他们全家明天就只有干挨饿了……唉，可怜的索尼娅！然而，他们真是能干，挖出了一口多好的矿井！而且正在享受利益！不是吗，正在享受利益！而且习以为常了。开头哭哭啼啼，后来就习以为常了。人这种下流的东西，对什么都会习惯的！”

他沉思起来。

“喏，假如我想错了呢？”他突然情不自禁地惊叫起来，“假如人的确不是下流的东西，也就是说，从总体上看，整个人类不是下流的东西，那就意味着，其余的一切——都是偏见，只不过是臆造的恐惧，因此不存在任何障碍，因而那件事也就是理所当然的了！……”

三

第二天他很迟才醒来，夜里噩梦不断，很不安宁，睡眠并未使他恢复精力。他醒来后肝火很旺，脾气火暴而凶狠，他憎恨地看了一眼自己的斗室。这是一间很小的“鸽子笼”，只有六步长，外表极其简陋，墙纸发黄，布满灰尘，而且到处脱落，它是这么低矮，个子稍高一点的人在里面就得担惊受怕，总是感到脑袋就要碰到天花板上了。家具与这小屋倒是配得恰当：三把还没有完全损坏的旧椅子，一张上过漆的桌子放在角落里，桌上放着几个笔记本和几本书；笔记本和书上灰尘密布，单凭这一点便可以知道，已经很久没有人碰过它们了；最后，还有一张笨重的大沙发，几乎占据了一面墙壁的长度和半间屋子的宽度，以前沙发上蒙着印花布面子，但现在这面子已经破损得不像样子了。这张沙发就是拉斯科尔尼科夫的床。他常常和衣睡在沙发上，也不垫床单，盖着自己那件破旧的学生大衣，头下枕着一只小枕头，枕头下面垫着他所有干净的和穿脏了的内衣，以便使枕头增高。沙发前面放着一张小桌子。

不修边幅，邋里邋遢，已经无以为甚了；然而拉斯科尔尼科夫在目前的精神状态下，反倒觉得这样最称心惬意。他断然孤身独处，好似乌龟缩进自己的硬壳，就连那个负责服侍他的女仆偶尔朝他的房间里张望一眼，也会引得他大发脾气，甚至全身痉挛。那些过度全神贯注于什么问题的偏执狂常常就是这样。他的女房东已经有两个星期停止给他送饭了。虽然没有饭吃，但他至今仍未想过要去跟她交涉。女房东唯一的女仆兼女厨娜斯塔西娅，反倒有点喜欢房客的这种心情，于是干脆经常不来收拾、打扫他的房间，只是每星期偶尔一次拿起扫帚草草打扫一下。现在正是她叫醒了他。

“起床吧，干吗老睡觉！”她俯身朝他喊道，“都九点多钟了。我给你送来了茶；想喝茶吗？大概都饿瘪了吧？”

房客睁开两眼，颤抖了一下，认出了娜斯塔西娅。

“茶是女房东让你送来的吗？”他虚弱乏力，慢慢腾腾地从沙发上支起身来，问道。

“哪会是女房东让送的！”

她把自己专用的那把有裂痕的茶壶放到他面前的小桌上，壶里盛着已沏过多次的茶，还放了两小块发黄的方糖。

“给，娜斯塔西娅，请你拿着，”他在衣袋里摸了一阵子（他就这样和衣而睡），掏出一小把铜币，“请给我去买个小圆面包，再到香肠店随便买点香肠，挑便宜些的。”

“小圆面包我马上就给你拿来，你想不想喝点菜汤代替香肠？挺可口的菜汤，昨天做的。昨天我就替你留下了，可你回来得太晚了。挺可口的菜汤。”

菜汤端来后，他就开始喝起来。娜斯塔西娅坐在他身旁的沙发上，打开了话匣子。她是一个乡下娘们，而且是一个非常喜欢唠叨的娘们。

“普拉斯科维娅·巴甫洛芙娜想去警察局告你呢。”她说。

他皱紧双眉。

“去警察局？她想干什么？”

“你不给房钱，又不搬走。她要干什么，还用得着说吗！”

“唉，竟有这样见鬼的事，”他把牙齿咬得“格格”响，喃喃地说，“不，这对于我，眼下……真不是时候……她是个蠢货，”他大声补充了一句，“我今天就去找她谈谈。”

“她蠢倒是蠢，跟我一个样，可是你呢，一个聪明人，却像只口袋那样，成天躺着，又有什么益处？你说，从前你还去教孩子们念书，可如今干吗啥事也不干了？”

“我在干……”拉斯科尼科夫勉强地以严肃的口气说道。

“干什么？”

“工作……”

“啥工作？”

“我正在思考。”沉默了一会儿后，他一本正经地回答。

娜斯塔西娅立即放声哈哈大笑起来。她是个爱笑的人，只要一有什么事引她发笑，她就会不出声地笑个不停，笑得前仰后合，浑身乱颤，直到笑得自己都感到恶心，才会停止。

“莫非你思考出许多钱来了？”她终于能说话了。

“没有靴子，就不能去教孩子们念书①。而且，对于教书，我真想吐它一口痰。”

“你可别往井里吐痰哟。”②

“教孩子念书，只能挣几个小钱。几个戈比又能做什么呢？”他勉勉强强地继续说道，仿佛在回答自己思考的问题。

“莫非你想一下子就发大财？”

他奇怪地看了她一眼。

“不错，想发大财。”他沉思片刻，果断地回答。

“哟，你可得慢慢来呀，要不，会吓死人的；这实在太可怕了。小圆面包还要不要去买？”

“随你的便吧。”

“啊，我倒忘了！昨天你出去的时候，送来了你的一封信。”

“信！我的信！谁来的信？”

“是谁来的，我不知道。我代你给了邮差三个戈比③，你会还的，是吗？”

“那就快去拿来，看在上帝的分上，快去拿来！”拉斯科尔尼科夫急不可耐地大声叫了起来，“上帝啊！”

不一会儿，信就拿来了。果真是母亲从P省寄来的。接信的时候，他甚至连脸色都变白了。他已经好久没有收到家信了；然而现在还有另一件事突然揪紧了他的心。

“娜斯塔西娅，出去吧，看在上帝的分上；给，这是还你的三个戈比，不过，看在上帝的分上，你快点出去吧！”

---

① 俄罗斯的冬季漫长且十分寒冷，彼得堡由于临近波罗的海，湿气较大，感觉更冷，没有靴子这一冬季日用必需品，的确无法去做家教。

② 拉斯科尔尼科夫的意思是瞧不起教书。俄谚云：“别往井里吐痰，以后你也许会喝井里的水呢。”因此，娜斯塔西娅叫他“别往井里吐痰”，意即别看不起这事，说不定将来对你有用呢。

③ 旧俄时代，规定邮资应由收信人支付。

信在他手里微微颤动；他不愿当着她的面拆开信；他想独自一人看这封信。娜斯塔西娅出去后，他飞快地把信放到嘴唇上吻了一下；然后又久久地端详着信封上地址处的笔迹，端详着曾经教他读书写字的母亲那如此熟悉、如此亲切的纤秀斜体字。他极力延缓着；他甚至好像害怕什么似的。最后，他终于拆开了信：信又长又厚，足有两洛特①重，蝇头小字密密麻麻地写满了两大张信纸。

我亲爱的罗佳②，我已经有两个多月未曾与你通信谈心了，因此感到非常难受，有时夜里思前想后，转侧难眠。不过，对于我这种迫不得已的沉默，你想必不会责怪吧。你知道，我是多么爱你：你是我们——我和杜尼娅唯一的亲人，你是我们的一切，是我们的全部希冀，我们的期望。当我获悉，你因为缺乏赖以维生的东西，已经几个月未去大学听课，而且教课酬金和其他收入均已完全断绝时，我心如刀割！我一年仅有一百二十卢布养老金，这点钱我又能帮你什么呢？四个月前，我寄给你的那十五卢布，你自己也知道，还是我以这笔养老金作抵押，向本地商人阿法纳西·伊万诺维奇·瓦赫鲁欣借来的。他是个大好人，又是你父亲的故交。不过，把领养老金的权利转让给他之后，我就必须等到这笔债务还清，而现在才刚刚还清，因此在这一段时间里，我一直不能寄一点钱给你。不过现在，谢天谢地，看来我又能给你寄点钱了，而且总体看来，我们现在甚至可以自夸说，我们鸿运临头了，因而我急于要告诉你这一切。第一，你可否料到，亲爱的罗佳，你妹妹同我住在一起已有一个半月了，而且今后我们将永远不分离。感谢上帝，她所受的磨难总算熬到尽头了，但我要把这一切按先后顺序说给你听，让你知道事情的原原本本，以及我们至今对你隐瞒的情况。两个月前，你在给我的信中说，你听别人谈到，似乎杜尼娅在斯维德里盖洛夫先生家遭到粗暴无礼的对待，你向我询问真实的情况，——当时我能写什么答复你呢，假如我向你写明一切真情实况，那么你也许会抛下一切，哪怕步行，也会赶到我们这里，因为我很清楚你的性格和你的脾气，你是绝不会让自己的妹妹受人欺侮的。我自己也陷入了困境之中，

① 俄国旧用重量单位，1洛特等于12.8克。

② 罗佳是拉斯科尔尼科夫的名字“罗季昂”的爱称或小名。

而我又能干什么呢？当时我自己也不知道全部真相。主要的障碍是，杜涅奇卡①去年到他们家去做家庭教师的时候，曾预支过整整一百卢布，议定每月从她的薪水中扣还，因此，未还清借款前，她不能辞职。她借这笔钱（现在可以向你说明一切了，亲爱的罗佳）主要是为了给你寄六十卢布，你当时那样急需那笔钱，而且去年你已从我们手里收到它了。我们当时欺骗了你，在信里硬说这是从杜涅奇卡过去的积蓄中拿出来的，其实不是这么回事；现在我告诉你一切实情，因为一切现在都按照上帝的旨意突然好转了，同时也是让你知道，杜尼娅是多么爱你，她有一颗多么珍贵的心。确实，斯维德里盖洛夫先生最初对她很粗暴，用餐时常常有诸多无礼之举，并挖苦她……不过，现在这一切都已结束，我不希望再细述这些令人难受的事情，以免让你枉自心烦。简而言之，尽管斯维德里盖洛夫先生的夫人玛尔法·彼得罗芙娜和家里所有人待人慈善，宅心仁厚，但杜涅奇卡还是十分苦恼，特别是当斯维德里盖洛夫先生依循军队里的老习惯，受制于巴克斯②的时候。然而，后来怎样呢？你瞧，这个癫狂之徒早已对杜尼娅心生暗恋，却用表面的粗暴和蔑视来对此加以掩盖。也许他看到自己上了年纪，又是一家之主，还萌发如此轻狂的念头，连自己也觉得羞愧和害怕，因此情不自禁地迁怒于杜尼娅。也许他只是想以自己粗暴的态度和挖苦来遮人耳目，掩盖真相。然而，他终于春心难抑，竟然胆敢厚颜无耻地公然向杜尼娅求婚，许诺给她各种好处，除此之外，还许愿抛弃一切，同她一起私奔到另一个村子，甚至跑到国外去。你可以想象得到，她是多么的痛苦！立即辞职可不行，这不仅是因为借债未还，而且是顾惜到玛尔法·彼得罗芙娜，她可能突生疑虑，从而引起一场家庭纠纷。同时，对杜涅奇卡来说，这也是一件十分丢脸的事；因此这不是办法。此外，还有诸多各种各样的原因，因而六个星期以前，杜尼娅无论如何也没有希望摆脱这个可怕的家庭。当然，你是了解杜尼娅的，你清楚她是多么聪颖，性格多么刚强。杜涅奇卡善于忍耐，即使身临绝境，她也能泰然处之，意志坚强。在写给我的信中，她对这一切只字不提，以免让我伤心，而我们是经常互通信息的。结局竟是出乎意外

① 杜涅奇卡，或杜尼娅，都是阿芙多季娅的爱称或小名。

② 巴克斯，古罗马神话里的酒神，即希腊神话中的狄俄倪索斯，此处借指酒醉。

的：玛尔法·彼得罗芙娜偶然偷听到自己的丈夫在花园里央求杜涅奇卡，她误白为黑，把一切都归咎于杜尼娅，认为她是全部事情的罪魁祸首。于是花园里立即就出现了可怕的一幕：玛尔法·彼得罗芙娜甚至动手打了杜尼娅，她不愿听任何解释，而自己却大吵大闹了整整一个钟头。最后，她指令立即用一辆普通的农民大车把杜尼娅送回城里我的住处，把她所有的东西，内衣，外衣，既不堆叠，也不捆扎，就全部乱丢在大车上。这时瓢泼大雨哗哗直下，杜尼娅满腹委屈，饱受羞辱，还得和一个庄稼汉同坐一辆无篷大车，足足走十七俄里路程。现在你想一想，当我两个月前收到你的来信时，我又能在回信中写些什么答复你呢？我自己也陷入绝望的境地；我不敢告诉你实情，因为你会痛苦不堪，伤心欲狂，愤怒不已，而且你又能做些什么呢？也许你还会毁掉自己，何况杜尼娅也不让我告诉你；而我当时万分痛苦，我无法在信里写些风马牛不相及的琐事。这件事变成各种流言蜚语，在我们全城气势汹汹地足足闹腾了一个月，甚至闹到这种地步：我和杜尼娅连教堂都不能去了，因为人们对我们不屑一顾，窃窃私语，甚至当着我们的面高声说三道四。所有的熟人都纷纷回避我们，大家都不再向我们点头致意，我还确切地了解到，某些商店的小伙计和一些小公务员企图以卑鄙的手段侮辱我们，在我们家的大门上涂上柏油①，这样房东就开始逼我们搬家。这一切都是因为玛尔法·彼得罗芙娜的缘故，她挨个走家串户，指责杜尼娅，败坏她的名声。我们这里的人，她全都认识，这个月她频频进城，由于她有点儿多嘴多舌，喜欢谈论自己家里的事，尤其喜欢逢人就发自己丈夫的牢骚，这个习惯很不好，因此在短短的几天里，她就把这件事闹得不仅全城皆知，而且全县都晓。我病倒了，杜涅奇卡却比我刚强，要是你能看见就好了——她是如何忍受这一切，并安慰我，鼓励我！她真是个天使！但是，由于上帝的慈悲，我们的苦难结束了：斯维德里盖洛夫先生良心发现，幡然悔悟了，也许是怜悯杜尼娅吧，他向玛尔法·彼得罗芙娜提出了一个充分的、毫无疑义的证据，证明杜尼娅是清白无辜的，这是一封信，它是还在玛尔法·彼得罗芙娜在花园里撞见他们之前，杜尼娅迫不

① 俄罗斯风俗：在大门上涂柏油是对未婚少女的侮辱，表示她已失去贞操。受此侮辱后，少女便不能嫁人。

得已写给他的，而且已转交给他，为的是拒绝他执意要求的当面解释和秘密约会。杜涅奇卡离开以后，这封信还保存在斯维德里盖洛夫先生手里。在这封信里，她正气凛然、义愤填膺地斥责他，而且斥责的恰恰是他对玛尔法·彼得罗芙娜的不正派的行径，让他记住，他是一个父亲和有家室的人，最后斥责他说，对一个本已不幸和无力自卫的姑娘进行折磨和制造祸害，这是何等的卑鄙。总之，亲爱的罗佳，这封信写得如此光明正大，如此感人肺腑，竟使我读信时痛哭流涕，而且现在读它仍不能不热泪盈眶。此外，仆人们也终于纷纷出来做证，为杜尼娅辩护，他们的所见所闻远远超出斯维德里盖洛夫先生预料的，这也是正常的。玛尔法·彼得罗芙娜深感震惊，就像她自己向我们承认的那样，她'又一次痛苦不堪'，但是她已彻底相信杜尼娅是清白无辜的。第二天正好是星期天，她乘车直奔大教堂，跪在圣母像前，眼泪潸潸地祈求圣母赐给她力量经受这一新的考验，完成自己的义务。尔后，她走出教堂，没有去找任何人，径直来到我们这里，向我们细述了这一切。她号啕痛哭，悔恨万分，抱住杜尼娅，恳请饶恕她。当天早晨，离开我们家之后，她毫不耽搁，直接拜访城里的家家户户，泪流满面地为杜涅奇卡昭雪，到处对她赞不绝口，用最优美的言辞赞扬她感情高尚、作风正派，恢复她的清白。不仅如此，她还把杜涅奇卡写给斯维德里盖洛夫先生的亲笔信拿给大家看，念给大家听，甚至让人传抄（我觉得这纯属多事）。就这样，一连好几天，她访遍了全城所有的人。由于有些人抱怨她偏爱别人，于是就排好了次序，因此，每家都预先有人等待着她，而且每人都知道，玛尔法·彼得罗芙娜将于什么时间什么地方念这封信，每次念信时，就连那些按照顺序已经在自己家里和别的熟人家里听过好几遍的人，又汇聚在一起再听一次。我认为，这样做真是过分，太过分了，实在大可不必；但玛尔法·彼得罗芙娜就是这种性格。至少她完全恢复了杜涅奇卡的名誉，而这件事的全部卑鄙之处就落到了罪魁祸首——她丈夫的头上，使他蒙受了难以洗刷的耻辱，我甚至因此可怜起他来：对这个癫狂之徒的惩罚实在是太严厉了。立即有好几户人家邀请杜尼娅去教书，但她都委婉地谢绝了。总之，大家都对她突然开始特别尊敬起来了。而所有这一切，在很大程度上又促成了一个意想不到的机缘，可以说，由于这一机缘，我们的整个命运现在大大改变了。你要知道，亲爱的罗佳，有一个未婚的男子向杜尼娅求婚了，而她已经答应下来，这就是我急于要尽快告诉你的。虽然这件事的最终决定未曾征求你的意见，但你想必无论对我还是对你妹妹都不会有意见，因为你自己也可以看出，这件事我们不可能等待和拖延，直到你回信过来。何况依据通信，你自己也无法对全部事情做出准确的判断。事情是这样的：他已经是七等文官①，叫彼得·彼得罗维奇·卢仁，是玛尔法·彼得罗芙娜的远房亲戚，正是她在大力玉成这门婚事。起初，他通过玛尔法·彼得罗芙娜表达了和我们认识的愿望，我们好好地接待了他，请他喝了咖啡，第二天他就送来一封信，在信里彬彬有礼地提出求婚，并要求尽快给予明确的答复。他十分能干，而且很忙，现在他正急着去彼得堡，因此珍惜每一分钟。当然，我们起先大吃一惊，因为这一切发生得太快，太突如其来了。那一天我们一起整整考虑了一天，大为踌躇。他是个可靠、富裕的人，在两个地方供职，并且有一大笔财产。确实，他已经四十五岁了，但他仪表非凡，还能讨女人喜欢，而且总的来说，他是个十分庄重的体面人物，只是有点阴沉，似乎还有点傲慢。但这也许只是第一印象。我还要预先告诉你，亲爱的罗佳，你们将在彼得堡见面，这是很快就要出现的事，假如你一见到他，就觉得他身上有什么东西让你反感，你可不要感情冲动地匆匆作出判断。而你生性一向如此。我说这话是以防万一，虽然我也相信，他一定会给你留下良好的印象。何况，真要了解任何一个人，必须一步一步地细心观察，才不致产生错误和偏见，否则，以后纠正错误和消除成见就十分困难了。而彼得·彼得罗维奇，根据许多迹象来看，至少是个颇为可敬的人。他第一次拜访我们时就对我们宣称，他是个正派的人，但在很多方面，就像他自己说的那样，赞成我们‘最新一代人的信念’，而且是一切偏见的敌人。他还说了许多话，因为他似乎有点爱虚荣，而且很喜欢别人听他说话，但是这几乎算不上缺点。我当然懂得不多，但杜尼娅给我解释道，他这人虽然受教育不多，但人很聪明，而且看起来很善良。你是了解你妹妹的性格的，罗佳。这个姑娘性格刚强，通情达理，吃苦耐劳，宽宏大量，但她也有一颗炽热的心，对此我是十分清楚的。当然，无论是从她这一方，还是从他那一面来说，都还谈不上有什么与众不同的爱，但杜尼娅不仅是个聪颖的姑娘，而且也是个品质高

① 七等文官相当于旧俄武官中的中校。

尚的人，就像天使一样，把使丈夫幸福看作自己的职责，而他也会同样关心她的幸福，对于后面这点，我们暂时还没有足够的理由加以怀疑，虽然应该承认，事情决定得稍稍仓促了些。何况他是一个精细的人，当然，他自己也想得到，杜涅奇卡嫁给他以后越是幸福，他自己婚后的幸福也就越发稳妥。至于性格上的某些不一致，各自的某些老习惯的不和谐，甚至思想上的某些分歧（这是最美满的婚姻也难以避免的），杜涅奇卡自己对我说，她坚信自己可以处理好这一切，不必为此担心，许多事情她都能够忍让，只要今后两人诚心相待，平等互爱。比方说，起先我觉得他说话似乎有点不顾情面，但也许这正因为他是个性格爽直的人，因而必定如此。再比方说，他在求婚已被接受、第二次拜访我们的时候，在说话中提到，早在认识杜尼娅之前，他就已经决意娶一个贞洁但没有陪嫁的姑娘，而且她必须历经苦难；因为，他解释道，丈夫不应蒙受妻子的任何恩惠，而如果妻子把丈夫当作自己的恩人，那会好得多。我得补充一句，他说的比我写的要委婉得多并温和一些，因为我忘了他的原话，只记住了大意，此外，他说这话绝对不是早已深思熟虑的，而显然是谈兴勃发时脱口而出的，因而后来他甚至竭力加以修正，并把话说得更委婉；但我还是觉得这话似乎有点刺耳，并且后来把这想法告诉了杜尼娅。然而她甚至懊恼地回答我道，‘言语并非行动’，这话当然是对的。杜涅奇卡在拿定主意前，通宵未睡。她以为我已睡着了，便从床上爬起来，在屋里来来回回地踱了一整夜；最后她跪在圣像前，久久地、热烈地进行祈祷，第二天清晨便对我宣布，她已拿定了主意。

我已经提到，彼得·彼得罗维奇眼下就要动身去彼得堡。他在那里有许多重要事情要办，他还想在彼得堡开办一个律师事务所。他早已在承办各种诉讼案件，前不久刚打赢一场很大的民事诉讼官司。他必须去彼得堡，是因为他在那里的大理院①有一个重要的案子要办。因此，亲爱的罗佳，他对你可能会好处多多，你甚至在各个方面都将获益匪浅。我和杜尼娅已经认为，甚至从今天起你就可以开始明确筹划自己的前程了，并且认为自己的命运已经确定无疑。啊，如果这事能心想事成，那该多好！这是一件极其有利的事，只

① 大理院是帝俄时代最高的司法机构，负责监督下属法院是否严格执法。

能看作上帝给我们的直接恩赐。杜尼娅一个劲地整天幻想着这件事。对此，我们已冒险向彼得·彼得罗维奇试探过。他说话很谨慎，他说，当然啦，他没有秘书是不行的，更不用说，与其把薪水付给外人，不如付给自己的亲戚，只要这位亲戚能够胜任职务（你还会不胜任吗!），不过他又立即表示疑惑：你大学里的功课恐怕不会让你有时间去他的事务所工作。这次谈话就到此为止，但是杜尼娅现在除了这件事，其他什么都不想了。至今她已有好几天完全处于狂热状态，制订了一套完整的计划，使你以后能够成为彼得·彼得罗维奇诉讼事务方面的助手，甚至成为他的合伙人，因为你正好读的是法律系。罗佳，我完全同意她的意见，赞赏她的一切计划和所有期望，认为它们是完全能够实现的；尽管彼得·彼得罗维奇现在还比较含糊其词，这种态度是可以理解的（因为他还不了解你），但杜尼娅却坚信，通过自己对未来丈夫的良好影响，一定会天从人愿，对此她信心十足。当然，我们也十分留神不向彼得·彼得罗维奇透露我们这些未来幻想的丝毫内容，尤其是你将成为他的合伙人一事。他是一个讲求实际的人，也许对此会冷漠相待，因为在他看来，这一切只不过是空中楼阁而已。同样，无论我还是杜尼娅，都没有把我们的强烈愿望——资助你读完大学，向他透露只言半语；我们之所以闭口不谈，是因为，第一，以后这将是水到渠成的事，也许无须别人多说，他就会主动提出（在这件小事上，他还会拒绝杜涅奇卡吗），况且你自己可以在事务所里成为他的得力助手，你得到这种帮助，就并非以受人恩赐的形式，而是以领取应得薪水的方式。杜涅奇卡力求这样安排，我完全同意她的意见。第二，我们之所以闭口不谈，是因为你们即将见面，我特别希望，到时你和他能处于完全平等的地位。当杜尼娅欣喜若狂地向他介绍你的情况时，他回答道，对任何一个人作出判断，首先都必须亲自仔细观察，尽量与他接近，还说当他和你认识以后，他要自己形成对你的看法。你知道吗，我亲爱的罗佳，我觉得，考虑到某些方面的原因（不过这与彼得·彼得罗维奇绝对无关，而是出于我个人的，甚至可以说是出于上了年纪的妇道人家的某些任性念头），——我觉得，在他们结婚以后，我最好不跟他们住在一起，而像现在这样单独生活。我完全相信，他这人一定温柔敦厚，礼节周全，因此会主动邀请我，让我不要和女儿分开，至于他至今还未提出此事，那么，不言而喻，是因为他认为这是理所当然的；不过我会拒绝他的邀请。我这一辈子不止一次发现，丈母娘总是难讨女婿的欢心，而我不仅不愿意成为任何人的哪怕微不足道的累赘，而且自己也希望能享有充分的自由，至少我暂时还能勉强糊口，并且还有像你和杜尼娅这样的孩子。假如可能，我要住在离你们两个都不远的地方。罗佳，我把最激动人心的消息留到信末，因为你要知道，我亲爱的朋友，分别了三年后，也许我们很快就会重聚，三个人又将拥抱在一起了！我和杜尼娅去彼得堡一事已经确定，具体出发时间还不知道，但无论如何这将会很快，很快，也许就在一星期以后。一切都决定于彼得·彼得罗维奇的安排，他只要稍微熟悉一下彼得堡的环境，就会马上通知我们。由于某些原因，他希望尽快举行婚礼，如果可能，就在眼下这个开斋期①内，如果时间仓促，来不及办，那么过了这个圣母升天节斋期②就立刻举行婚礼。啊，我将把你紧紧地搂在怀里，让你紧贴着我的心，那是多么的幸福啊！杜尼娅一想到同你见面时的乐趣，便眉开眼笑，激动不已，有一次她开玩笑说，即使单为这一点，她也愿意嫁给彼得·彼得罗维奇。她真是个天使！现在她就不亲笔附言了，只是让我带上几句，说她有千言万语、万语千言要对你说，现在却无法提笔，因为纸短情长，寥寥数行难以尽意，反而只会使自己心烦意乱；她让我写上紧紧地拥抱你，频频地亲吻你。不过，虽然我们也许很快就会见面，但我还是要在近几天里尽我所能多寄一些钱给你。因为现在大家都知道杜涅奇卡即将嫁给彼得·彼得罗维奇，所以我的信誉也突然提高了，我确信，阿法纳西·伊万诺维奇现在一定会对我以养老金作抵押大放宽心了，甚至会借给我七十五卢布，那样我也许就可以汇给你二十五甚至三十五卢布了。很想多寄一点给你，但我担心我们旅途开支紧张；虽然彼得·彼得罗维奇心地善良，承担了首都之行的部分费用，也就是说，他主动提出负担我们托运行李和一只大箱子的费用（设法通过他在那里的熟人），但我们毕竟还得计虑到达彼得堡以后的开销，到那里后总不能囊空如洗，至少头几天不能如此。不过，我和杜尼娅已经把一切费用都精确计算过了，

---

① 指从圣诞节到大斋期之间的一段允许开斋的日子，因为东正教规定，斋期内不能举行婚礼，只能在开斋后举行。

② 圣母升天节在俄历八月十五日，八月一日至十五日（新历八月十三日至二十八日）为圣母升天节前的两个星期斋期；八月十五日至十一月十四日是秋季开斋期。

结果发现，路上不用花多少钱。从我们这里到火车站仅仅九十俄里，我们已经和一个我们认识的赶车的农民谈妥，可以随叫随到；然后我和杜尼娅就可以乘坐三等车平平安安地走完全程了。因此，也许我寄给你的不是二十五卢布，而大致肯定能寄三十卢布。好，够了；两张信纸两面都写得满满当当的了，再也没有多余的地方了；这就是我们所有的事情；可不是，多少事情都赶趟儿凑到一起了！而现在，我亲爱的罗佳，让我拥抱你，直到我们不久后会面之时，让我以一个母亲的爱心祝福你平安无事。罗佳，你要爱杜尼娅，你的妹妹；要像她爱你那样爱她，要知道，她对你的爱是无穷无尽的，胜过爱她自己。她是天使，而你，罗佳，你是我们的一切——我们的全部希冀和所有期望。只要你幸福，我们也就感到幸福。你是不是还像以前那样祷告上帝，罗佳，你是不是依然相信我们那创世主和救世主的仁慈？我忧心忡忡的是，你是不是已陷入近年来非常时髦的无神论思想？果真如此的话，那我要为你祈祷。你要记住，亲爱的，还在你童年时代，你父亲还活着的时候，你就常常坐在我的膝上咿咿呀呀地念祷词，我们一家那时是多么幸福啊！别了，或者最好还是说，再见！紧紧、紧紧地拥抱你，千万次地吻你。

至死爱你的

普莉赫里娅·拉斯科尔尼科娃

拉斯科尔尼科夫从开始读信时起，几乎在读信的整个过程中，一直泪流满面；但当他读完信以后，却面色苍白，由于阵阵痉挛，脸都变歪了，他的嘴唇掠过一丝痛苦、愤恨和凶狠的微笑。他把头枕在干瘪瘪、烂兮兮的枕头上，思索起来，思索了很久很久。他的心激剧地跳动着，思想也剧烈地波翻浪卷着。最后他深感在这墙纸发黄、像柜子或像箱子的斗室里，窒闷得发慌，压抑得难受。视线和思想都需要广阔的空间。他抓起帽子，迈步出门，这一次不再害怕在楼梯上碰见什么人了；他已经忘记这件事了。他穿过B大街，往瓦西里岛①方向走去，似乎急着到那里去办什么事，但他习惯性地不看道路就往前行走，嘴里喃喃地自言自语着，甚至还说出声来，使得过往的行人都万分惊奇。很多人认为他是

① 彼得堡号称“北方威尼斯”，河道纵横。横穿彼得堡的涅瓦河中，有许多大大小小的岛屿，其中最大的一个是瓦西里岛。

个醉鬼。

四

母亲的信使他备受折磨。但是对于信中最主要、最基本的一点，即使在他读信的时候，他也不曾有片刻的怀疑。事情的最实质之点在他的脑海里已经定型，而且完全决定下来了："只要我活着，就不会有这门亲事，让卢仁先生见鬼去吧！"

"因为这件事是再清楚不过的，"他自言自语地嘟囔着，得意地冷笑着，恶狠狠地预祝自己的决定获得成功。"不，妈妈，不，杜尼娅，你们骗不了我！……她们竟然还向我道歉呢，说什么未曾事先征求我的意见，未曾得到我的同意就作了决定！可不是吗！她们以为，大局已定，无法更改；可是咱们倒要瞧瞧，到底能不能更改！借口倒是堂而皇之：'彼得·彼得罗维奇是个能干的人，是个大忙人，因而得飞快举行婚礼，要快如驿马跑路，最好快似火车飞驰。'不，杜涅奇卡，我已看穿了一切，我也知道你打算跟我讲的那很多话内容怎样；还了解你在屋子里彻夜踱来踱去想些什么，更明白你在妈妈卧室里的那个喀山圣母像①前祈祷些什么，上各各他②是痛苦的。哼……这么说，已经最终定局了：阿芙多季娅·罗曼诺芙娜，请你嫁给一个精明干练、十分理性的人吧，他有一大笔财产（已经拥有自己的一大笔财产，这就更加可靠，更能打动人心了），在两个地方供职，而且赞成我们最新一代的信念（一如妈妈信上所说），并且'看来心地善良'，正如杜尼娅自己所说。这个看来真是妙不可言啊！因此杜涅奇卡就偏要嫁给这个看来了！……真是妙不可言啊！妙不可言啊！……

"不过，有意思的是，妈妈在信上为什么要向我提起'最新一代'呢？只不过是为了展示一个人的性格呢，还是别有深意：讨好我，让我对卢仁先生产生好感？嘿，真是用心良苦啊！还有一个情况要是搞清楚了，也一定十分有趣：她们两人究竟推心置腹到了什么程度，在那个白天和那个黑夜，以及后来的所有日子里？是不是所有的话都进行了开诚

---

① 喀山圣母像原在喀山供奉，后经复制，传遍俄罗斯，画的是圣母玛利亚举起右手做祝福状。喀山圣母像在俄罗斯民间极受尊敬，它被视为孤儿和穷人的保护者。

② 各各他一译"骷髅地"，在耶路撒冷近郊，相传耶稣在这里被钉死在十字架上。因而，在西方语言中，"各各他"成为苦难的同义词。

布公的交谈？抑或两人都明白，双方心有灵犀，所见略同，因此开怀畅谈也就纯属多余，甚至只言片语也无须吐露。也许或多或少就是这样吧；从信上可以看出：妈妈觉得他说话刺耳，有点而已，然而，天真的妈妈竟然硬是把自己的想法告诉了杜尼娅。而杜尼娅显然生气了，所以'懊恼地回答'她。这还用说吗！既然事情已经明白不过了，何必提出天真的问题呢，而且已经决定下来了，还有什么好商量的呢，谁能不发火呢。为什么她要在信中给我写上这样一句：'你要爱杜尼娅，罗佳，她爱你胜过爱自己'；是不是她为了儿子而同意牺牲女儿，因此受到良心谴责的隐秘折磨呢？'你是我们的希望，你是我们的一切！'啊，妈妈！……"他越来越气愤填膺，假如此刻他碰上卢仁先生，看来他定会把他杀了！

"呵，这句话倒是不错，"他继续想道，追踪着脑海里旋风般飞速转动的思想，"这句话倒是不错，'要了解一个人，得耐心而又细致地观察他'；不过卢仁先生的为人是一眼就可以看穿的。主要的是，'这人精明干练，而且看来心地高尚'：他负责托运行李，承担大箱子的运费，这可真不是闹着玩的！他的心地还不高尚吗？而她们两人，未婚妻和丈母娘，却要雇上一个庄稼汉，坐一辆席篷大车（要知道，我也乘坐过这样的大车）上路！没关系！仅仅九十俄里，'在火车站，我们就可以乘坐三等车平平安安地走完全程'，一千多俄里。这是合情合理的：要量体裁衣，看菜吃饭嘛，然而你呢，卢仁先生，你是怎么回事啊？要知道，这是你的未婚妻啊……而且你不可能不知道，丈母娘是以养老金作抵押预借路费的吧？当然，你们这是在做一笔合伙生意，一桩利益均沾的买卖，股金相等，开支也得对开；俗话说得好，吃饭在一起，烟叶分开吸。不过这个精明干练的人却有点欺哄她们：行李费远比她们的路费便宜，也许不要花一个子儿。她们两人为何竟然看不到这一点呢，还是有意不加计较呢？可不是吗，因为她们已经心满意足，心满意足了！但怎么也应该想到，这还只是蓓蕾初绽，真正的苦果在后头呢！要知道，这里最关紧要的是什么：不是吝啬，也并非极端小气，而是他的作风。要知道，这也是他将来婚后的作风，是一个预兆……但是妈妈干吗要花掉最后那一点点钱呢？她能有多少钱带到彼得堡来呢？是带三个卢布，还是带两张'票子'，就像那个……老太婆说的那样……哼！以后她在彼得堡靠什么生活下去呢？根据某些原因，她不是已经猜到，在他们结婚以后，她不能跟杜尼娅住在一起了，甚至在最初的一些日子里？那个可爱的人大概设法说漏了嘴，显露了自己的真相，尽管妈妈摇着双手对此加以否认，宣称：'我自己拒绝接受'。那么她指靠什么呢：指靠那一百二十卢布养老金吗？可还得扣除阿法纳西·伊万诺维奇的债款。她在那里可以编织冬天用的三角头巾，还可以缝制袖套，但这会弄坏她的一双老花眼睛。而且编织三角头巾，只能给她的一百二十卢布增加二十卢布的收入，我对此十分清楚。这就意味着，还是得寄希望于卢仁先生的高尚情怀：'他会主动提出邀请，全力劝我去住的'。别异想天开了！席勒笔下的那些好心人①总是这样：直到最后一刻，还在用孔雀羽毛装扮别人，直到最后一刻，都信赖善，而不相信恶；即使他们已经预感到勋章的反面②，但是他们无论如何也不肯事先对自己说真话；就连想到这一点，他们都会深感厌恶；他们摇着双手躲避真理，直到最后那个被他们装扮的人亲自出来愚弄他们。我倒想知道卢仁先生是否有勋章；我敢打赌，他的扣眼里一定挂着一枚安娜勋章③，出席包工头和商人的宴会时，他都会佩戴着它。在举行婚礼的时候，他也许会戴上它！不过，让他见鬼去吧！……

"……唉，妈妈，就随她去吧，愿上帝保佑她，她的本性就是如此，可杜尼娅又是怎么一回事呢？杜涅奇卡，亲爱的，我可是了解你的啊！我们上次见面时，你都已经快二十岁啦：你的性格我早已了如指掌啦。妈妈在信中写道：'杜涅奇卡善于忍耐'。对此，我也是清楚的。两年半以前，我就知道这一点了，而且从那时起，两年半以来，我一直顾虑着这一点，正是这一点，'杜涅奇卡善于忍耐'。既然她能忍受斯维德里盖洛夫先生及其所造成的一切后果，可见她的确善于忍耐。而现在她竟和妈妈都认为，这位卢仁先生她也可以忍受得了；此人搬出一套理论，说什么娶贫寒之家、蒙受丈夫恩惠的妻子好处多多，甚至几乎是初次见面就宣宣这一高论。就算他是'说漏了嘴'吧，至少他是一个理性的人(因此，也许他根本就不是说漏了嘴，而恰恰是有意尽快阐明自己的观点)，然而杜尼娅，杜尼娅呢？她可是对这个人洞悉入微的，而且她还得跟这个人一起生活啊。当然，即使只吃黑面包只喝白开水，她也不肯出卖自己的灵魂，也不会因为耽于舒适而放弃精神方面的自由；哪怕是给

① 席勒（1759—1805），德国诗人、戏剧家、美学家，其创作对陀思妥耶夫斯基影响颇大，他笔下的"好心人"形象在陀氏的不少作品中经常可见，不过往往带有讽刺色彩。

② 这是俄文成语，此处指事情坏的一面，下文谈到卢仁先生是否得过勋章，即是由这一成语产生的联想。

③ 帝俄时代授予文官的勋章，共有四级，最高奖励为一级圣安娜勋章，此处指的是四级安娜勋章，是一种无足轻重的勋章。

她整个石勒苏益格—荷尔斯泰因①，她也不会放弃，何况是卢仁先生！不，杜尼娅不是这种人，我相当清楚……而且，她现在当然也不会变！……还用说吗！斯维德里盖洛夫一家实在令人难以忍受！为了一年两百卢布，终生奔波外省当家庭教师，也是十分艰辛的，但我知道，我妹妹情愿像黑人那样去给种植场主干活，或者像拉脱维亚人那样在波罗的海东岸为德国人做苦工②，也不会糟蹋自己的灵魂和道德情感，去和一个她既不尊敬也毫无共同之处的人结婚——仅仅为了一己私利而永远委身于他！哪怕卢仁先生整个人是以一块纯金铸就，或者是用整块钻石雕成，她也绝不会应允去做卢仁先生的合法姘妇！可现在她为何又应允了呢？奥妙在哪里呢？谜底在何处呢？实情显而易见：为了她自己，为了自己生活得舒适，甚至为了拯救自己的性命，她绝不会出卖自己，而现在为了别人她却要出卖自己！为了一个她亲爱的人，为了一个她奉若神明的人，她却愿意出卖！全部奥秘就在这里：为了哥哥，为了母亲，她可以出卖自己！彻底出卖！啊，必要时我们会压制我们的道德情感；并且把自由、宁静，甚至良心，所有的一切，都拿到旧货市场上去拍卖。连生命也毫不顾惜！只要我们热爱的人能够幸福。不仅如此，我们还会编造出一套貌似有理的借口，向耶稣会会员学习③，也许这样便能聊以自慰，让自己相信应该如此，为了善良的目的，的确应该如此。我们就是这样的人，一切都像白昼一样清晰明朗。显然，罗季昂·罗曼诺维奇·拉斯科尔尼科夫无形中成了处于首要位置的人，除了他不会有别人。可不是吗，这将使他获得幸福，让他读完大学，成为事务所的合伙人，整

---

① 石勒苏益格—荷尔斯泰因原是属于丹麦的两个公国，位于日德兰半岛南部。为争夺它，1864 年普鲁士与丹麦、1866 年普鲁士与奥地利先后两次发生了战争。1867 年，它成为普鲁士的两个省。俄国 19 世纪 60 年代的报刊曾普遍刊载关于这两次战争的消息，陀思妥耶夫斯基主编的《时代》杂志也刊载过这方面的消息。

② 19 世纪 60 年代俄罗斯报纸经常报道美国黑人的痛苦处境，以及拉脱维亚农民不堪忍受地主的剥削和压迫而逃亡的情况——当时，波罗的海东岸的土地大部分属于德国人，他们残酷剥削当地的拉脱维亚人、立陶宛人、爱沙尼亚人，因此，他们大批逃亡。

③ 耶稣会是 1534 年根据罗马天主教教义创办的一个教会，其口号有："目的可以证明手段正确""目的为手段辩护""为了实现良好的目的，一切手段都是好的"（包括阴谋诡计、挑拨离间、暗杀、欺骗、收买等卑鄙手段）。

个一生有了保障；也许以后他会成为富翁，声名鹊起，受人敬仰，或许还会成为名人享誉一生呢！然而母亲呢？要知道，这件事关系到罗佳，她亲爱的罗佳，她的头生子①！为了这样的头生子，怎么能不牺牲这样好的女儿呢！啊，可爱而不公正的心灵！而且，真正到了这种地步：就连索涅奇卡那样的命运，我们大概都无法拒绝！索涅奇卡，索涅奇卡·马尔梅拉多娃，只要世界存在，就永远会有索涅奇卡②！这样的牺牲，这样的牺牲，你们俩都充分掂量过吗？掂量过吗？力所能及吗？有济于事吗？合乎理智吗？杜涅奇卡，你是否明白，索涅奇卡的命运丝毫也不比和卢仁先生结婚更坏？妈妈在信里说：'这里并没有什么爱情'。而假如既没有爱情，连尊敬都谈不上，那会怎样呢？而且恰恰相反，早已有的却是反感、蔑视和憎恶，那又会怎样呢？最终，又必然将是'讲究整洁'了。难道不是这样吗？您是否明白，您是否明白，这种整洁意味着什么？您是否了解，卢仁太太的整洁与索涅奇卡的整洁全无二致，或许甚至更坏，更丑恶，更卑鄙，因为您杜涅奇卡毕竟是为了有点多余的舒适，而她那边所面对的却正是事关饿死的大问题！'杜涅奇卡，这种整洁的代价太昂贵了，太昂贵了！'唉，要是以后感到无法忍受，您会后悔吗？将会有多少悲伤，多少忧愁，多少咒骂，多少背着人们流下的眼泪，因为您毕竟不是玛尔法·彼得罗芙娜啊！到那时，母亲将会怎样呢？要知道，她现在就已经心神不宁，忧心忡忡；一旦洞悉一切，又如何是好？而我又会怎样？……实际上，你把我看作什么人了？我不要您的牺牲，杜涅奇卡，我不要，妈妈！只要我活着，就绝不会出现这样的事，绝不会，绝不会！我拒绝接受！"

他突然从沉思中缓过神来，站住不动。

"绝不会吗？为了使这件事绝不会发生，你究竟又能做些什么呢？禁止吗？可你有什么权利呢？从你自身来说，为了拥有这样的权利，你又能给她们什么承诺呢？你会把自己的整个命运，全部未来都献给她们吗，等你大学毕业，有了职业之后？我们早已耳闻过这一类话，但这还只是空头支票，可现在该怎么办呢？要知道，在这方面，急需现在就做点什么，对此你明白吗？而你现在又在做什么呢？你是在把她们赖以维生的一点点钱掠夺一空啊。要知道，她们的钱是以一百卢布的养老金，以斯

① 套用"耶稣是圣母玛利亚的头生子"的说法，含有讽刺意味。

② 指被迫卖淫或变相卖淫的社会现象。

维德里盖洛夫先生家的薪水为抵押借来的啊！你这个未来的百万富翁，掌握着她们命运的宙斯①，用什么来保护她们，让她们远远离开斯维德里盖洛夫们的侮辱和阿法纳西·伊万诺维奇·瓦赫鲁申的盘剥呢？十年之后吗？可在这十年里，母亲会因编织三角头巾而双目失明，也许以泪洗面也是一个原因；还会因节衣缩食而虚弱不堪；而妹妹呢？唉，你想想看吧，十年以后或者就在这十年里，妹妹可能变得怎样，你猜想得到吗？”

就这样，他用这些问题折磨自己，逗引自己，甚至以此为乐。其实，所有这些问题都不是新问题，也并非突如其来，而是好久以前就已存在而又亟待解决的老问题。它们早已开始折磨他的心灵，并使他痛苦不堪。很久很久以前，现在的这一切烦恼就已在他心中生根发芽长叶，后来日积月累，枝繁叶茂，最近变得成熟，竟凝结出一个可怕、怪异、荒诞的问题，这个问题折磨着他的头脑和心灵，无可抵制地要求解决。现在，母亲的来信使他仿如突遭雷霆击顶。显然，当务之急并非愁锁双眉，消极地苦闷，徒自谈论问题无法解决，而是必须付诸行动，立即行动，越快越好。无论如何必须下定决心，不管是去干什么，或者……

“或者就干脆放弃生活！”他突然发狂般地大叫起来，“驯顺地接受命运的安排，不管它究竟怎样，永远扼杀心灵里的一切，放弃一切行动、生活和爱的权利！”

“您明白吗，先生，您明白无路可走意味着什么吗？”他突然记起昨天马尔梅拉多夫所提的问题，“因为总得让每个人哪怕有一条路可走啊……”

他突然震颤了一下：昨天就出现过的一个念头又掠过他的脑海。但他震颤并非由于掠过这个念头。因为他知道，他预感到这个念头必然会“掠过”，并且已经在等着它；而且这个念头完全不是昨天才出现的。只是区别在于，一个月前，甚至就在昨天，它还仅仅是个幻想，可是现在……现在它突然现身，不是以幻想，而是以崭新的、严酷的、完全陌生的面目现身了，他自己突然意识到了这一点……他的脑袋嗡的一下，双眼一阵发黑。

他匆匆扫视四周，在寻找什么东西。他很想坐一会儿，原来他是寻

① 宙斯是希腊神话中的主神，也是天神之父，统治着神和人的世界，支配着人类的命运。

找长椅；当时他正行走在K林荫道上。看得见前面约一百步远的地方，有一条长椅。他尽可能地加快步伐；但是途中出现了一个小小的意外，吸引了他的全部注意力有好几分钟。

在寻找长椅的时候，他发现有一个女子在他前面二十来步的路上行走，不过，起初他根本没注意她，就像此前他对在他眼前一闪即逝的所有东西一样。这种情况他已经出现好多次了，比方说，在回家的时候，他完全不记得走过些什么路，而他早已对此习以为常了。但这个行走的女子身上却有某种奇异的东西，初看一眼就很惹人注目，于是他的注意力渐渐被吸引到她的身上去了——最初是勉勉强强地，似乎有点懊恼，后来却越来越专注。他忽发奇想，试图弄清这个女子身上那种奇异的东西究竟是什么。首先，她想必是个十分年轻的姑娘，在赤日炎炎下行走，却既不戴帽子，也不打伞，更不戴手套①，而且有点可笑地挥舞着双手。她穿一件用轻盈柔软的料子（丝绸）做的连衣裙，但是不知为何穿得十分古怪，扣子未曾扣好，在裙子的最上端靠近后面腰部的地方被撕破了一块；有一大块布片倒挂下来，左右晃荡。一块小小的三角头巾披在裸露的脖颈上，但却歪斜到一边去了。此外，那姑娘走路脚步不稳，踉踉跄跄，甚至七歪八倒。这种状况终于吸引了拉斯科尔尼科夫的全部注意力。就在长椅旁边，他和这姑娘劈面相逢，但她刚走到那里，就突然倒在长椅的一端，仰头靠在椅背上，闭上双眼，显然是疲劳过度。他把她细细察看了一会，立即猜到她已喝得烂醉如泥。目睹这种情景，令人深感奇怪而荒唐。他甚至以为自己是不是搞错了。在他面前的是一张异常年轻的小脸，大约十六岁，也许甚至只有十五岁，——一头金黄的头发，一张漂亮而稚嫩的小脸，但却通红通红，并且似乎有点浮肿。这姑娘看来有点不省人事了；她把一条腿搭在另一条腿上，裸露出了不该露出的部分，这一切迹象无一不表明，她几乎完全不曾意识到自己是在大街上。

拉斯科尔尼科夫没有坐下，也不愿走开，而是莫名其妙地站在她的面前。这条林荫道上总是人迹罕至，而现在又是下午一点钟，烈日炎炎，几乎寂无人影。然而，在相距约十五步远的那边，在林荫道的边缘，有一位先生停住了脚步，种种迹象表明，他心怀某种目的，也很想到这个女孩跟前来。大概他也老远就发现了她，跟踪而至，但拉斯科尔尼科夫

---

① 当时阳伞和手套是上流社会妇女必备的两件东西。没有这一标志，说明该女性出身卑贱。

妨碍了他。他用恶毒的眼光不时盯上拉斯科尔尼科夫一眼，但又竭力不让他看见自己的目光，并且迫不及待地等着这个穿着破衣烂裳的讨厌鬼走开，以便自己一近芳泽。事情已不言而喻。这位先生约莫三十岁，身材敦实而肥胖，面色红润，嘴唇朱红，留着一撮小胡子，衣着十分入时。拉斯科尔尼科夫赫然大怒；他突然心生一念——侮辱一下这个胖乎乎的花花公子。他暂时撇下那个女孩，走到那位先生跟前。

“嘿，是您呀，斯维德里盖洛夫①！您在这里有何贵干？”他攥紧双拳，大声叫嚷，嘴角透着狞笑，愤恨得嘴唇沾满了唾沫。

“您这是什么意思？”这位先生皱紧双眉，傲慢地露出诧异的神情，厉声喝问。

“滚开，就这个意思！”

“你敢，流氓！……”

他挥舞着皮鞭。拉斯科尔尼科夫握紧拳头扑向他，他竟然没有想到，这位身体健壮的先生足足可以对付两个像他这样的人。然而，就在这时，有人从身后紧紧地拉住了他，一名警察站到了他们中间。

“好了，先生们，请别在公共场所打架。你们要干什么？您是什么人？”他发现拉斯科尔尼科夫穿得破烂不堪，便厉声问道。

拉斯科尔尼科夫仔细打量着他。这是一张雄赳赳的军人面孔，嘴唇上留着灰白的小胡子，满脸络腮胡子，目光中透出精明能干。

“我正要找您，”他抓住警察的一只手臂，高声说道，“我叫拉斯科尔尼科夫，以前是大学生……对此您能一目了然，”他转身对那位先生说，“而您也过来吧，我让您看一件事情……”

于是，他抓住警察的手臂，把他拉到长椅跟前。

“喏，您看，她已经烂醉如泥，刚才才从林荫道上走过来：谁知道她是什么人，不过不像是干那一行的。很可能在什么地方让人给灌醉了，上了别人的当……是头一回……您明白吗？然后就这样给扔到大街上来了。您看，连衣裙都被撕破到这种样子了，再看看，她的衣服是怎么穿的：显然，这是别人给她穿的，而不是她自己穿上的，并且是一个笨手笨脚的男人给她穿上衣服的。这是一望可知的。现在再请您看看这边：刚刚我想揍他的这个花花公子，我并不认识，我是头一回见到他；不过

① 此处并非真正的斯维德里盖洛夫，而是拉斯科尔尼科夫把那些花花公子统称为“斯维德里盖洛夫”。

他也是刚刚在路上盯上她的，她喝醉了，神志不清，因此他现在急不可耐地想走过来，中途拦截，——因为她正处于这种状态，——把她带到什么地方去……情况大致就是这样；请您相信，我不会弄错。我亲眼看见，他紧盯着她，一路跟踪她，只是我妨碍了他，现在他正等着我走开。瞧，现在他又稍稍走开一点，站在那里，好像在卷烟……咱们怎样才能不让他如愿以偿呢？咱们怎样才能送她回家呢，——请您想个办法吧！”

警察明白了一切，并开始思考。那位胖先生的居心当然十分明显，只是这个女孩的情况还弄不清楚。警察躬身贴近她细细察看，脸上流露出真挚的同情。

“唉，真可怜啊！”他摇摇头说，“还完全是个孩子呢！她让人骗了，定是这样。喂，小姐，”他开始大声叫她，“请问您住在哪里？”姑娘睁开一双疲倦不堪、黯然无神的眼睛，木然看了看盘问她的人，挥了挥手。

“喂，”拉斯科尔尼科夫说，“给（他伸手到衣袋里摸了一阵，掏出二十戈比；还有点余钱），给，请您叫辆马车，让车夫按地址送她回家。只是我们得先问清楚她住在哪里！”

“小姐，小姐？”警察收下钱后，又开始叫她，“我马上给您叫一辆出租马车，亲自送您回家。请您告诉我，送您到什么地方？啊？请问您住在哪里？”

“走开！……缠死人了！”小女孩嘟嘟哝哝着，又挥了挥手。

“哎哟哟，哎哟哟，多糟糕呀！哎哟哟，多丢人啦，小姐，多丢人啦！”他又摇摇头说，既带点挖苦，也带点怜悯，又带点愤怒。“真是个难题！”他转身对拉斯科尔尼科夫说，说着又飞快地从头至脚把他扫视了一遍。在他看来这个人大概也很奇怪：穿得破烂不堪，却还解囊助人！

“您发现她的那个地方，离这里很远吗？”

“我告诉过您：她在我前面东倒西歪地走着，就在这条林荫道上。一走到长椅跟前，就倒在上面了。”

“唉，上帝呀，现今这世上发生了多么可耻的事啊！这么年纪轻轻，就已经喝得醉醺醺的！让人家给骗了，一定是这样！瞧，她的连衣裙也给撕破了……唉，如今尽出些这样伤风败俗的事！而她没准出身名门贵族，没准生在贫寒家庭……如今这样的事太多了。看样子娇滴滴的，倒像个小姐。”他又躬身去看她。

也许，他也有几个这样的女儿——“像个小姐，娇滴滴的”，举止文雅，尽力追逐潮流，衣着打扮时髦。

“最重要的是，”拉斯科尔尼科夫关注地说，“千万不能让她落到这个流氓手里！他一定还会凌辱她！他的企图一望可知；瞧这个流氓，还恋恋不舍呢！”

拉斯科尔尼科夫高声说道，而且用手直指着他。那人听了，又想动怒，但随即改变了主意，只是轻蔑地朝这边瞥了一眼。然后，他慢悠悠地走开十来步，又停了下来。

“不让她落到他的手里，这倒好办，”警察凝思着说，“只要她说明往哪里送就行了，不然……小姐，小姐！”他又躬下身去。

那姑娘突然圆睁双眼，凝神细看，似乎明白了是怎么回事，从长椅上站了起来，转身朝她来的那个方向走去。

“呸，这些无耻之徒，老是缠着不放！”她又挥了挥手说。她走得很快，但身子仍像原来一样剧烈地东摇西晃。花花公子也紧随她而去，不过走的是另一条林荫道，一双眼睛只盯着她。

“别担心，我不会让他得手的。”小胡子警察斩钉截铁地说，也尾随他们而去。

“唉，如今尽出些这样伤风败俗的事！”他叹息着又高声重复道。

这时，拉斯科尔尼科夫似乎被什么东西蜇了一下；他顿时感到天旋地转。

“喂，您听我说！”他追着小胡子喊道。

那个小胡子转过身来。

“您别管了吧！跟您有什么关系呢？抛开吧！让他消遣消遣吧（他指指那个花花公子）。跟您有什么关系呢？”

警察疑惑莫解，瞪眼直望着他。拉斯科尔尼科夫哈哈笑了。

“哎——呀！”警察挥了挥手说，又尾随花花公子和那个姑娘走了，大概他把拉斯科尔尼科夫或者当作疯子，或者当作更糟糕的某种人。

“拿走了我的二十戈比，”拉斯科尔尼科夫愤恨地说，他被独自留了下来。“哼，让他也从那个家伙那里拿点钱，任凭小姑娘跟他走，事情就这样结束了吧……我何必多管闲事，在这件事上帮忙呢？用得着我帮忙吗？我有资格帮忙吗？就让他们互相把对方活生生地吃掉好了——跟我有什么关系？我怎么胆敢送掉这二十戈比。难道它们是我的？”

尽管他说出了这些奇言怪语，心里却感到非常沉重。他坐到空空的长椅上。思绪飘飞，纷乱无序……此时此刻，不论想什么，他都觉得难受。他真希望昏然入睡，忘怀一切，然后一觉醒来，一切从头开始……

“可怜的小女孩！”他看了看长椅空空如也的一角，说道，“她清醒后会痛哭一场，然后母亲知道了……先打她一顿，再用鞭子猛抽，痛心，羞耻，也许还会把她赶出门去……即使不把她赶出门去，达里娅·弗兰佐芙娜之流也会打听出来，我们的小女孩就得东躲西藏……不久就会进医院①（那些与十分正派的母亲住在一起又瞒着她们偷偷地不时寻欢作乐的女孩总是如此），那么以后呢……以后又是医院……喝酒……小酒馆……又是医院……两三年后，就变成残废，从呱呱坠地以来，她不过才活了十八九岁……难道我未曾见过这样的姑娘？她们是怎样堕落的呢？她们全都就是这样堕落的……呸！管它呢！据说，这是理该如此。据说，每年都应该有百分之几②……去那个鬼地方，想必是为了让其他的人保持清纯，不受搅扰。百分之几！他们的这些话实在说得可爱：它们如此令人安心，又如此合乎科学。宣称只有百分之几，就没有什么可担心的了。假如换一个词语，那么……也许更使人惊慌不安……假如杜涅奇卡也落在这百分之几里，那该怎么办呢……不是落到这个百分之几，就是落到那个百分之几？……"

"而我这究竟是往哪里去啊？"他突然想，"奇怪。我本来是为了什么事才出来的。刚一读完信，我就出来了……我是去瓦西里岛，找拉祖米欣，就是去那里，现在……我记起来了。可是，去干什么呢？去找拉祖米欣这一念头是怎样飘进我的脑海的呢，为什么恰恰是现在呢？这值得注意。"

他感到惊讶。拉祖米欣是他以前大学里的一个同学。奇怪的是，拉斯科尔尼科夫在大学里几乎没有什么朋友，他躲避一切人，不与任何人来往，也厌烦别人来找他。因而，大家也就很快不再理睬他了。无论是同学聚会，无论是闲谈聊天，也无论是娱乐活动，总之他一概什么也不参加。他学习倍加刻苦，从不吝惜身体，因此颇受大家尊敬，不过没有一个人喜欢他。他一贫如洗，却有一点目空一切地自高自大，并且离群索居；仿佛心里隐藏着什么秘密似的。有些同学觉得，他高高在上地把

---

① 指花柳病医院。据统计，当时俄国的花柳病患者，仅沙俄欧洲部分就有六十九万三千余人，彼得堡有七千一百人。

② 此处暗指比利时统计学家、数学家、天文学家、经济学家凯特勒（1796—1874）的理论。该理论认为，一定百分比的穷人、娼妓、罪犯和自杀者，是永远不可避免的，甚至是人类社会生存的必要条件。这一理论被译成俄语后，1865—1866年俄罗斯报刊上对此常加讨论。凯特勒是国际统计会议之父、近代统计学之父、数理统计学派创始人，其主要著作有：《论人》《概率论书简》《社会制度》和《社会物理学》等。

他们、把所有的人都看成小孩，似乎他在修养、学识和信念方面都远远胜过他们所有的人，并且认为他们的信念和兴趣都是低级趣味。

不知什么原因，他和拉祖米欣倒是情意相投，其实还谈不上情意相投，而是他跟拉祖米欣接触较多，坦诚相见一些。不过，跟拉祖米欣的关系不可能是别的样子。这是一个极其乐观、善于交际的小伙子，善良到了憨厚的地步。不过，在这种憨厚的外表下，蕴藏着深刻和自尊。他的好朋友都了解这一点，大家都喜欢他。他其实十分聪明，虽然有时他的确也有点儿缺心眼。他的外貌很惹人注意——身材又高又瘦，胡子总是没刮干净，头发乌油油的。有时他也胡闹，被人称为大力士。有一天夜里，他和伙伴们在一起，曾经一拳就把一个两俄尺十二俄寸①高的警察打翻在地。他的酒量大得没谱，喝起来可以无休无止，但他也能滴酒不沾；有时他顽皮起来简直令人无法容忍，但他也可以一点都不顽皮。拉祖米欣还有一个优点，就是任何失败从来也不会搅扰他内心的平静，任何恶劣的环境似乎也无法使他感到沮丧。他甚至能住在房顶上，能忍受极度的饥饿和非凡的寒冷。他身无分文，但他立志自力更生，干活挣钱糊口。他有许多挣钱的门路，这些门路当然是打工。有一年，整个冬天他的屋子里从来没有生过一次火，他还肯定地说，这样更使人舒适，因为在寒冷的屋里睡得更香。现在他也被迫停学，但为期不长，他正全力以赴地尽快增加收入，以便继续上学。拉斯科尔尼科夫已经有四个月左右没到他那里去了，而拉祖米欣甚至连他住在哪里都不知道。大约两个月前，有一次他们曾在大街上偶然相遇，但拉斯科尔尼科夫扭过头去，甚至走到街对面去，以免被他发现。拉祖米欣虽然看见了他，但不愿惊动朋友，便从一旁悄悄走过。

五

“不错，不久以前我还希望请拉祖米欣帮我找份工作，或者安排我教书，或者让我干点别的什么……”拉斯科尔尼科夫记起来了，“不过，现在他能给我什么帮助呢？纵然他帮我找到教书的工作，纵然他甚至把自己仅有的几个戈比也平分给我，假如他真有钱的话，那么我至少可以买双皮靴，换身像样点的衣服，以便去教书……哼……然而，以后呢？这几个钱对于我能有多大作用？难道我此刻需要的只是这几个钱吗？真的，

① 相当于1.97米。

我去找拉祖米欣，实在可笑……”

为什么现在去找拉祖米欣这个问题使他心绪不宁的程度，甚至超过了他原来的想象；他在这似乎十分寻常的行动中，惊慌地寻找某种预示自己不祥的征兆。

“怎么，难道我仅仅指靠拉祖米欣来解决所有问题，在拉祖米欣身上找到摆脱一切困境的出路？”他诧异地自己问自己。

他冥思苦想，并且揉着自己的额头，真是奇怪，经过长久的苦苦思索之后，一个非常古怪的想法不知怎的，仿佛是偶然地，又似乎自然而然地倏然出现在他的脑海里。

“唔……去找拉祖米欣，”他突然平心静气地说，似乎已经做出了最后决定，“我去找拉祖米欣，这是当然的事……但——不是现在……我去找他……必须在干完那件事的第二天，在那件事已经办完以后，在一切都重新做出安排的时候……”

他突然清醒过来。

“在干完那件事以后，”他从长椅上跳起来，高声叫道，“然而那件事难道会发生？难道真的会发生吗？”

他甩开长椅走了，几乎是一路小跑；他原本打算转身回家，但他突然又对回家非常厌恶：正是在那个地方，在那个角落里，在那个可怕的柜子里，这一切已经酝酿成熟一个多月了。于是他信马由缰地往前走去。

他那神经质的抖颤变成了某种疟疾般的抖颤；他甚至打起阵阵寒战来；置身于炎炎烈日下，他却感到浑身发冷。出于内心的某种需要，他几乎无意识地、似乎竭尽全力地开始注视劈面相逢的各种东西，仿佛在拼命寻找什么排遣，但效果极差，他反倒不断陷入沉思之中。当他又一次抖颤着抬起头来环视四周时，他立即忘记了刚才所想的是什么，甚至记不住走过的地方。就这样，他走遍了瓦西里全岛，来到小涅瓦河①边，过了桥，便转弯走向群岛。最初，浓浓翠绿和清新空气使他那疲倦的双眼感到十分舒适，那双眼睛看惯了城市的烟尘、石灰以及紧紧挤压在一起的高楼大厦。这里既无闷热，又无臭气，也无小酒馆。然而转眼间，这些新鲜、愉悦的感觉也变成痛苦和愤怒的东西了。有时他伫立在某栋绿树环抱的别墅前，透过篱笆朝里张望，看到远处的阳台和露台上有几个衣饰华丽的妇女，花园里有几个奔来跑去的小孩。鲜花引起了他特别

① 这是涅瓦河的一条支流，流经瓦西里岛北部。

的兴趣；他久久地观赏着鲜花。他还遇到过一些豪华的四轮马车和几个男女骑手；他用好奇的目光送走他们，但他们还未从视线里消失，他就已经忘记了他们。有一次他停住脚步，数了数自己的钱；发现还有将近三十戈比。“二十戈比给了警察，三戈比还了娜斯塔西娅代付送信的钱，——这么说，昨天给了马尔梅拉多夫家四十七戈比或者五十戈比。”他寻思着，他不知为什么算起账来，但是一眨眼他甚至忘记了为什么从口袋里掏出钱来。当他经过一家近乎小饭馆的饮食店门口时，他才想起算钱的事来，并且觉得肚子饿了。他走进小饭馆，喝了一杯伏特加酒，吃了一个不知馅为何物的馅饼。他走到路上时才把它吃完。他好久没喝伏特加了，虽然仅仅喝了一杯，但是酒劲立刻发作了。他感到两腿突然沉甸甸的，并且产生了浓浓的睡意。他迈步向回家的路走去；但当他走到彼得罗夫岛时，他停住了脚步，深感精疲力竭，于是离开大路，钻进灌木丛里，倒在草地上，立即沉沉入睡了。

人在病态中的梦境往往异常鲜明、清晰，并且与现实生活惊人地相似。有时会出现极其可怕的情景，但这情景及整个发展过程却如此真实可信，并且带着一个个如此逼真准确、出人意料而又很艺术地与整个情景十分吻合的细节，以致做梦者即使是像普希金或屠格涅夫那样的艺术家，在醒着的时候也无法构想出这样的细节。这种梦，这种病态的梦，总是让人久久难以忘怀，并且给失调和早已处于亢奋状态的人体留下强烈的印象。

拉斯科尔尼科夫做了一个可怕的梦。在梦中他回到了童年时代，还是在他们那个小城里。他约莫七岁，一个节日的傍晚，他跟着自己的父亲在城外散步。天灰蒙蒙的，又闷又热，那个地方和他保存在记忆中的印象如出一辙：甚至记忆中的印象，比他此时梦中出现的景象还要模糊得多。小城兀立在旷野之中，四周连一棵柳树都没有，一眼望去，了如指掌；只是在遥远的地方，在那最天边处，有一片黑乎乎的小树林。离城边最后一片菜园几步路的地方，坐落着一家酒馆，一家大酒馆，每当他和父亲出来散步，路过酒馆门口时，它总是让他产生厌恶之感甚至恐惧之情。那里老是聚集着一大群人，大喊大叫，哈哈大笑，骂骂咧咧，嘶哑着嗓子不成体统地唱歌，还常常大打出手；酒馆周围老是有那么一些爱酒如命、面丑如鬼的人来来往往……每次遇到他们，他就紧贴在父亲身上，浑身发抖。酒馆旁边有一条道路，一条乡间小路，总是尘土飞扬，而且这路上的尘土总是黑黑的。这条小路向前三百步左右，便绕过城市的公墓，向右边蜿蜒。在墓地的中间，有一座带绿色圆顶的石头教堂，他跟着父母每年要去教堂做一两次礼拜①，追悼他那去世很久、从未见过的祖母。去做礼拜的时候，他们每次都带一盘蜜饭，盛在一个白盘子里，再用餐巾包上，蜜饭甜甜的，用大米加白糖做成，还用葡萄干在饭上镶嵌出一个十字。他喜欢这座教堂和它里面那些古老的、绝大多数没有金属装饰的圣像，以及那位脑袋总在颤动的老神甫。祖母的坟墓上盖着一块石板，它的旁边还有一座小小的坟墓，那是小弟弟的，小弟弟出世才六个月就夭折了，这个弟弟他甚至一点儿也不知道，因此完全没有记忆：但是人们告诉他，他曾经有一个小弟弟，所以他每次上坟的时候，都要按照宗教仪式恭恭敬敬地对着这座小坟画十字，向它鞠躬，并且吻一吻它。现在他正梦见：他和父亲沿着那条小路走向公墓，从酒馆旁经过；他拉着父亲的手，畏惧地回头望着酒馆。他的注意力被一个特殊的景象吸引住了：这一次，这里仿佛在举办游园会，熙熙攘攘地挤着大群大群穿得五光十色的城市妇女，乡下娘儿们，她们的丈夫，以及各种各样看热闹的人。大家都喝得醉醺醺的，一齐唱着歌，而在酒馆的台阶旁，停着一辆大车，不过这是一辆奇怪的大车。这是一种通常套着高头大马，用来装运货物和酒桶的四轮大车。他一向爱看这些拉车的高头大马，它们有着长长的鬃毛，粗壮的四条腿，悠闲地迈着均匀的步伐，拉着的货物好似整整一座山，也泰然自若，毫不吃力，似乎拉车比不拉

---

① 有译本译成“望弥撒”，不当。基督教三大教派中，天主教“望弥撒”，新教、东正教“做礼拜”。“弥撒”为音译名词，来自拉丁文 Missa，在中文里为天主教所专用，新教、东正教不用这个名词，而用“礼拜”。从信仰的角度来看，天主教徒的“望弥撒”和新教、东正教徒的“做礼拜”基本相同，两者都是对上帝和耶稣的祭拜仪式与活动，同属于德文所称的 Gottesdienst（礼拜、敬神），两者的教堂也都是“礼拜堂”。区别在于：第一，天主教的弥撒在领受圣餐时认为酒（“圣血”）和饼（“圣体”）是耶稣身体真实的临在；新教、东正教的礼拜在领受圣餐时不认为饼、酒是耶稣真实的临在，而只具有纪念含义。第二，“弥撒”一词具有三层意思：1.（天主教）全套礼拜的过程及其全部活动内容；2. 全套礼拜中有关音乐的部分；3. 仅指礼拜音乐中，具有固定歌词，由《垂怜经》（《垂怜曲》）、《光荣颂》（《荣耀经》）、《信经》、《欢呼歌》（《圣哉经》）与《羔羊赞》五首歌构成的所谓“常用部分”（固定部分）。因此，“弥撒”一词还有“礼拜”一词时所无法兼具的意义，就是弥撒的音乐或弥撒曲也叫“弥撒”；弥撒可以指礼拜或礼拜的音乐，但礼拜的音乐却不能叫作“礼拜”。

车还要轻松些。然而现在，让人奇怪的是，如此大的一辆大车却套着一匹又小又瘦、黑鬃黄毛的农家劣马。以前他经常看到，这种马有时竭尽全力地拉动一车堆得高高的木柴或干草，尤其是当车轮陷入泥泞或车辙里的时候，农夫总是用鞭子狠狠、狠狠地抽打它们，有时甚至痛抽它们的脸和眼睛，看到这种情景，他每次都觉得极其极其悲惨，心酸得几乎痛哭起来，而妈妈总是照旧把他从窗口拉开。然而，这时突然人声鼎沸：从酒馆里走出一群喝得酩酊大醉的高大庄稼汉，他们身穿红衬衫或蓝衬衫，披着厚呢上衣，大喊大叫，高声歌唱，弹着巴拉莱卡琴①。"上车，大家都上车！"一个汉子叫喊着，他相当年轻，脖子很粗，一张胖乎乎的脸红通通的，红得就像胡萝卜，"我送大家回去，上车吧！"但应声响起的却是一阵哄笑和叫喊：

"这样一匹劣马拉得动我们吗！"

"米科尔卡，你没发疯吧：把这么一匹小母马套在这样大的一辆大车上！"

"这匹黑鬃黄毛马准有二十岁了吧，哥们！"

"上车，我把大家都送回去！"米科尔卡又大喊起来，并带头跳上大车，拉起缰绳，挺直身子站在大车的前部。"枣红马不久前让马特维给牵走了，"他在车上喊道，"而这匹小母马，弟兄们，只是让我伤心：真恨不得打死它，免得糟蹋粮食！喂，上车吧！我要让它飞跑！它跑起来像飞一样呢！"他手执马鞭，喜盈盈地准备抽打那匹黑鬃黄毛马。

"唔，上车吧，干吗不上呀！"人群中爆发出一阵哈哈大笑声。"听见了吗，它会飞跑呢！"

"它恐怕有十年没飞跑了吧。"

"它飞腾起来了！"

"别怜悯它，弟兄们，一人一根鞭子，准备抽它！"

"对哇！抽它！"

大伙儿笑嘻嘻的，说着俏皮话，爬上了米科尔卡的大车。上去了五六个人，还可以坐人。于是就又把一个面颊绯红的胖婆娘拉上去了。她穿着一身大红布衣服，戴着一顶镶有小玻璃珠的两角帽子，脚蹬一双女式暖鞋，喀吧喀吧地嗑着花生，不时发出咯咯的笑声。周围的人群也笑不住口，而且说实话，哪能不笑呢：这等瘦弱的小母马竟拉这样笨重的

① 俄罗斯民间一种三弦的三角琴。

大车，还说要飞跑呢！车上的两个小伙子立即一人拿起一根鞭子，准备帮米科尔卡。随着“驾！”的一声，小母马竭尽全力往前拉车，但它不仅不能飞跑，甚至连迈步都很艰难，只能半步半步地向前挪移，口里呼哧呼哧地喘着粗气，并且被雨点一样落在背上的三根鞭子抽打得直往下蹲。大车上的人和围观的人群笑得更起劲了，米科尔卡却怒火冲天，狂暴地用鞭子越来越快地连连抽打这匹小母马，似乎他当真认为它会飞跑呢。

“弟兄们，让我也上去！”人群中一个小伙子也来了兴致，大声喊道。

“上车！大家都上车！”米科尔卡嚷着，“它拉得动大家。我要抽死它！”他挥鞭啪啪啪啪地猛抽，气得已经不知用什么打它才能解恨。

“爸爸，爸爸，”拉斯科尔尼科夫叫着父亲，“爸爸，他们在干什么啊！爸爸，他们在毒打那匹可怜的小马呀！”

“我们走吧，走吧！”父亲说，“他们喝醉了，在胡闹，一帮傻瓜。我们走吧，别看了！”父亲想带他走，但他从父亲的手里挣脱出来，情不自禁地奔向小马。但是可怜的小马已经情况不妙。它气喘吁吁，站立了一会儿，又使劲拉车，几乎摔倒在地。

“抽死它！”米科尔卡大喊着，“不打不行。我要抽死它！”

“难道你没有心肝吗，魔鬼！”一个老头儿在人群中说道。

“哪里都没见过，让这样的小马拉这么重的大车。”另一个人补充一句。

“你会累死它的！”第三个人吼道。

“别瞎操心！我的东西！我想咋样，就咋样！再上来几个！大伙儿都上来！我笃定让它飞跑！……”

突然一阵哈哈大笑声齐发，盖住了一切声音：小母马忍受不了越来越快的抽打，竟开始无奈地尥起蹶子来。甚至那个老头儿也忍不住笑了起来。确实：这样一匹瘦骨伶仃的小母马，还想尥蹶子呢！

人群中又有两个小伙子，每人拿了一根鞭子，奔到小马跟前，抽打它的两肋。两人从各自的一边，冲上前来。

“打它的脸，打它的眼睛，瞄准眼睛打！”米科尔卡大叫。

“唱支歌吧，弟兄们！”有人在大车上喊道，于是车上所有的人随声唱了起来。欢乐豪放的歌声轰响着，铃鼓丁零当啷地敲击着，在曲调中还夹杂着口哨声。胖婆娘还在喀吧喀吧地嗑着花生，一边咯咯地笑。

……拉斯科尔尼科夫跑到马儿身旁，又奔到前面，他看见，这些人怎样抽打它的眼睛，而且瞄准眼睛抽打！他大哭起来。他的心怦怦剧跳，眼泪哗哗地往下直流。打马者中有一个人的鞭梢把他的脸碰了一下；他全然没有感觉到，他伤心地绞着双手，大声喊叫，冲向那个对这一切频频摇头并痛加斥责的须发斑白的老头儿身边。一个婆娘抓住他的一只胳膊，想拉开他；当他挣脱出来，又奔向小马。那匹马已经气息奄奄了，但它还是再次尥起蹶子来。

“你他妈见鬼去吧！”米科尔卡狂怒地大吼一声。他甩掉鞭子，俯身从大车底部拖出一根又长又粗的辕木，双手握住它的一头，使劲在黑鬃黄毛马的头上挥舞着。

“会劈死它的！”围观的人大喊着。

“会打死它的！”

“我的东西！”米科尔卡叫着，抡起辕木使劲往下打去。一声沉重的打击“嘭”地响起。

“抽它，抽它！干吗不抽了！”人群中有几个声音在喊。

于是米科尔卡再次抡起辕木，这全力的一击又重重地落在倒霉的劣马背上。马的整个屁股蹲落地面，但它又跳站起来，向前拉车，它竭尽最后的力气左拉右拖，想让大车转动起来；但有六根鞭子从四面八方一齐抽向它，而那根辕木又已高高地举起，第三次，随即是第四次，沉重而有节奏地落了下来。米科尔卡因为不能一棒致命而气得发疯。

“还活着呢！”周围的人高叫着。

“这就保准倒下啦，弟兄们，它就要完蛋啦！”人群中一个看热闹的大声说。

“干吗不用斧头砍它，一斧头就砍死了！”第三个人叫道。

“咳，别指手画脚啦！让开！”米科尔卡疯狂地大叫一声，他丢掉辕木，又朝大车俯身，拖出一根铁棒来。“当心！”他喊着，抡起铁棒倾尽全力打向自己那可怜的小马。铁棒“噗”的一声落下，小母马摇摇晃晃了几下，便无力地倒下了，它还想拉车，但铁棒又狠狠地打到它的背上，它跌倒在地，就像四条腿一下子被全部砍断了。

“打死它！”米科尔卡高叫着，发狂般地从大车上跳将下来。几个同样喝得满脸通红、酒醉醺醺的小伙子随手抓起碰到的东西——鞭子、棍子、辕木，冲向奄奄一息的小母马。米科尔卡站在一旁，用铁棒照准它的背部乱打猛击。马儿伸直头颈，艰难地喘了一口气，渐渐死去。

“打死了！”人群中有几个人叫道。

“谁叫它不飞跑呢！”

“我的东西！”米科尔卡喊着，他双手拿着铁棒，两眼充血。他站在那里，似乎因为再没有什么东西可打而深感憾恨。

“唉，这么说，你真的是狼心狗肺！”人群中已经有许多的声音在高喊。

但是，可怜的孩子已经无法控制自己。他大叫着，冲出人群，来到黑鬃黄毛马跟前，抱住那僵硬的、血迹斑斑的马头吻了起来，吻它的眼睛，吻它的嘴唇……随后，他突然一跃而起，捏紧两个小拳头发狂般地扑向米科尔卡。就在这时，一直在后面紧追他的父亲终于抓住了他，把他拖出了人群。

“我们走吧！我们走吧！”父亲对他说，“我们回家吧！”

“爸爸！为什么他们……要把可怜的马……打死呀！”他呜呜咽咽地说，他激动得喘不过气来，因此他的话变成叫喊，从他那窒闷的胸膛里直冲出来。

“他们喝醉了，在胡闹，与我们无关，咱们走吧！”父亲说。他用双手紧抱住父亲，但他感到胸口堵得发慌，憋得难受。他试图缓一口气，便大叫一声，却醒了过来。

他全身汗淋淋地睡醒了，头发也被汗水浸得湿漉漉的，他感到喘不过气来，便惊恐地欠起身子。

“谢天谢地，这只是一个梦！”他感叹着，坐到一棵大树下面，深深地喘了一口气。“然而，这是怎么一回事呢？我是不是在发着高烧：做了这样一个乱七八糟的梦！”

他觉得全身疲软无力；心里惊慌不安，郁郁寡欢。他把胳膊肘撑在膝盖上，用双手托住脑袋。

“上帝呀！”他大叫一声，“难道，难道我当真要拿起斧头，瞄准脑袋猛劈，劈碎她的头盖骨……滑行过黏黏的、暖暖的鲜血，去撬锁，偷窃，战战兢兢；藏藏躲躲，浑身沾满血迹……拿着斧头……上帝呀，难道果真要如此吗？”

他说这些话的时候，身子颤抖得像一片树叶。

“我这是怎么啦！”他接着想道，又低垂下头，似乎感到万分惊异，“我早已知道，干这件事我会受不了，那么为何直到如今我还在折磨自己呢？要知道，还在昨天，昨天，当我去进行这次……试探，要知道，昨天我就已彻底明白了，我会受不了的……那为何我现在还想着呢？为何我直到如今还没有定准呢？要知道，还在昨天走下楼梯的时候，我自己就说过，这件事是肮脏的，可恶的，卑鄙的，卑鄙的……要知道，只要真正地想着这件事，我就觉得恶心，感到心惊肉跳……”

“不，我会受不了，受不了！哪怕，哪怕所有的这些计划都已天衣无缝，哪怕这个月以来决定实施的这一切，清晰犹如白昼，准确好似算术。上帝啊！即使这样，我毕竟还是下不了决心啊！我定然受不了，受不了！……可为何，为何直到如今……”

他站起身来，惊奇地看了看四周，似乎很诧异自己竟然跑到这里来了，接着便走向T桥。他面白如纸，双眼灼灼发光，浑身筋疲力尽，但他突然间觉得呼吸似乎轻松了些。他感到，已经甩掉了长久以来紧压在身上的可怕的重负，心里倏然变得轻松和平静。“上帝啊!”他祈祷着，“给我指引一条回家的路吧，我要摈弃我这个该死的……幻想!”

过桥的时候，他心绪平静、悠闲自在地欣赏着涅瓦河上的风光，欣赏着亮丽的火红夕阳洒下的灿烂晚霞。虽然他十分虚弱，但他甚至没有感到疲累。似乎在他心里红肿了整整一个月的脓疱，突然间迸裂了。自由，自由了！现在，他挣脱了那些魔法，巫术，蛊惑，魔力，而获得了自由！

后来，当他一分钟紧接一分钟、一个地点紧挨一个地点、一条街紧连一条街地逐一回忆起这段时光和在这些日子里他所发生的一切时，有一个情况总是使他惊讶到迷信的程度，尽管这个情况实际上并不特别异常，但他后来老是觉得，这似乎是冥冥中天数注定的。

这个情况就是：他怎么也搞不明白，也无法对自己解释，那时劳累过度、疲惫不堪的他，最好是抄近路或走直路回家，可他为何还要纯属多余地绕道干草市场回去呢？虽然绕路不多，但显然是多此一举。当然啰，他回家时常常记不住走过的街道，这样的事已经有几十次了。但究竟为什么，他总是问自己，究竟为什么在干草市场（他甚至无须经过那里）的那次相遇，那次对他如此重要、如此具有决定意义同时又极其偶然的相遇，恰好发生在他一生中的现在这个时刻、这一分钟，而且恰好是他处在那种心境和那种状态下的时候？只有在这种境况下，这次相遇才能对他一生的命运产生决定性的、无法逆转的影响。这次相遇就像是早已特意在等候着他。

当他经过干草市场时，刚好是九点钟左右。所有摆摊的、挑担的、开大小店铺的商贩们正纷纷在关门落锁、捡货收摊，像他们的买主一样，各自回家。在楼房底层开设的那些小吃铺附近，以及在干草市场上那些房子的臭烘烘、脏兮兮的院子里，特别是那些小酒馆旁边，拥挤着形形色色的、各行各业的手艺人和穿得破破烂烂的穷人。当拉斯科尔尼科夫漫无目的地出来溜达的时候，首选的是这些地方和附近的所有胡同。在这里，他那身破衣烂衫不会招惹任何高傲的关注，穿着可以随心所欲，而不怕引起任何人的难堪。在K胡同的一个角落里，一个小市民和一个娘们（他的妻子）摆着两张货桌，卖的是针线，带子，印花布头巾等等物品。他们也准备回家，但是他们耽搁了一会，因为要和一个走过来的熟人聊天。这个熟人就是莉扎薇塔·伊万诺芙娜，或者就像大家那样直呼她为莉扎薇塔，她就是那个十四等文官夫人、放高利贷的老太婆阿廖娜·伊万诺芙娜的妹妹，昨天拉斯科尔尼科夫还到老太婆那里抵押过一块表，并且进行了试探……他早已了解这个莉扎薇塔的所有情况，而她，对他也多少了解一点。这是一个个子高高、反应迟钝、胆小怕事、性格柔顺的老处女，几乎像个白痴①，她已三十五岁，却是自己姐姐的十足的奴隶，起早摸黑地为姐姐干活，见了姐姐就吓得浑身发抖，甚至还老挨姐姐的打。她拿着包袱，沉思般地站在小市民和他的婆娘跟前，专心致志地听他们说话。那两口子正在热情非凡地向她解释着什么。当拉斯科尔尼科夫忽然看到她时，陡然被一种类似震惊的奇怪感觉所攫住，虽然这次相遇没有任何值得惊讶的地方。

“莉扎薇塔·伊万诺芙娜，您最好自己决定，”小市民大声说道，“您明天来吧，六点多钟。他们也会来。”

“明天？”莉扎薇塔拖长了声音、若有所思地说，似乎有点犹疑不决。

“唉，瞧阿廖娜·伊万诺芙娜把你吓成这样！”小商贩的妻子，一个乖巧的娘儿们，开始炒豆般地说了起来，“我看您呀，简直像个幼龄儿童。她又不是您的亲姐姐，又不是同一个娘生的，可什么都要您听她的。”

“对呀，这一次您什么都别给阿廖娜·伊万诺芙娜说，”丈夫打断她的话，“我建议您不用问她准不准，您自己径直来我们这里好了。这件事好处多多。以后您姐姐自己也会明白的。”

“那就来？”

“明天六点多钟；他们也会来的；您自己决定吧。”

“我们还会烧好茶炊呢。”妻子加上一句。

“好吧，我来。”莉扎薇塔说道，口气中依然有点举棋不定，然后慢悠悠地动身走了。

拉斯科尔尼科夫这时已经走过身了，没有听到后面的谈话。他静悄

---

① 在陀思妥耶夫斯基笔下，“白痴”并非通常意义上的“痴呆”，而是指心地纯洁、性格憨厚，典型代表就是其长篇小说《白痴》中的男主人公梅思金公爵。

悄地、不引人注目地走了过去，尽量不漏掉他们的一句话。最初的惊讶不已渐渐地变成了恐怖，似乎有一股寒气掠过他的背上。他了解到，他突然间，意外地、完全出乎意料地了解到，明天，晚上七点钟，莉扎薇塔，老太婆的妹妹和唯一的伴侣，将不在家，那时，正好晚上七点钟的时候，只有老太婆只身一人待在家里。

离他的住所只有几步路了。他走进自己的屋里，就像一个被判处死刑的犯人。他什么也不思索，而且完全丧失了思索的能力；他突然全身心都感到，他再也没有思索的自由了，再也没有自己的意志了，一切都无可更改、突如其来地决定了。

当然，为了万无一失地实现自己的计划，即使他整年整年地等待合适的时机，也未必能指望得到一个比现在这一突然出现的天赐良机更好的机会了。在任何情况下，都很难在动手的前夕，无须进行任何危险的探寻和调查，就确切得知，而且尽可能准确无误，尽可能减少风险地确切知道，明天，这个时刻，那个他蓄意杀掉的老太婆，将形单影只地独自在家。

六

后来，拉斯科尔尼科夫才偶然了解到，那个小市民和他的老婆究竟为什么要邀请莉扎薇塔上他们那里去。事情十分平常，毫无特别之处。有一户外来人家，穷困临身，准备卖掉一些什物、衣服，等等，全都是女性用品。因为到市场上出售划不来，所以想找一个帮忙推销的女小贩，而莉扎薇塔正是干这行的：她为人代销货物，收取一点儿佣金，为生意四处奔波，并且经验丰富，因为她极其诚实，定价总是公平合理：她出个什么价，就会照这个价成交。总的来说，她沉默寡言，而且就像前面所说，她性格柔顺，胆小怕事…

但拉斯科尔尼科夫最近一段时间变得颇为迷信。很久以后，迷信的影响还几乎不可磨灭地残留在他的身上。后来，他总是倾向于认为，整个这件事情似乎有某种奇异、神秘的东西，好像存在着某些特别的影响和巧合。早在去年冬天，他认识的一个大学生波科列夫去哈尔科夫之前，在一次谈话中告诉了他老太婆阿廖娜・伊万诺芙娜的地址，以便他万一急需用钱能去抵押点什么东西。他很长时间都没有去找她，因为他教了点书，生活还能将就着过下去。一个半月以前，他记起了这个地址；他有两件适宜作抵押品的东西：父亲的一块旧银表和一枚镶有三颗红宝石的小金戒指，这是临别时妹妹赠给他的纪念品。他决定把小戒指送去。

他找到了老太婆，虽然事先对她一无所知，也一点都不了解她有何特别之处，但第一眼看去，就对她产生了一种难以遏制的厌恶之情，他在那里当了两张“票子”，顺路去到一家劣等小饭馆。他要了一杯茶，坐着陷入了深思。一个怪异的念头仿如小鸡破壳而出那样出现在他的脑海，让他十分、十分地着迷。

在紧邻的一张小桌子旁，坐着一个他完全不认识也毫无印象的大学生和一个年轻的军官。他们刚刚打完一盘台球，正在喝茶。忽然他听到那位大学生向军官说起女高利贷者阿廖娜·伊万诺芙娜，十四等文官之妻，并且把她的地址告诉了他。光是这一点就已让拉斯科尔尼科夫觉得有点奇怪：他刚从她那里来，而这里恰好在谈说她。当然，这只是巧合，然而他现在却正是摆脱不了一个十分奇特的印象，而这里正好有人仿佛在讨好他：大学生突然开始向他的同伴介绍阿廖娜·伊万诺芙娜各方面的详细情况。

“她可是鼎鼎有名，”他说，“在她那里你总是能借到钱。她像犹太人一样富有，一次就能借出五千卢布，但是，只值一卢布的小抵押品她也照收不误。我们很多人都去过她家。只是这个老混蛋十分缺德……”

接着他开始述说，她是多么心狠手辣，翻脸不认人，只要你的借款过期一天，你的抵押品就没了。她的借款只值你的抵押品的四分之一，却要收取百分之五甚至百分之七的月息①，等等。大学生口若悬河地说着，他告诉军官，除此之外，老太婆还有一个妹妹，名叫莉扎薇塔，她被那个矮小而又卑劣的老太婆家常便饭般地殴打，被完全当作奴隶，当作幼龄儿童，然而莉扎薇塔的身材至少有两俄尺八俄寸高②……

“这也是一大奇观啊！”大学生高声感叹道，接着便哈哈大笑起来。

他们开始谈论莉扎薇塔。谈起她，大学生兴致勃勃，笑声不断，而军官也听得津津有味，并且请大学生介绍这个莉扎薇塔去给他补内衣。拉斯科尔尼科夫不曾听漏一句话，一下子就搞清楚了所有情况：莉扎薇塔是老太婆的同父异母（生自不同的母亲）的妹妹，已经三十五岁。她起早摸黑地给姐姐干活，在家里既当厨娘又当洗衣女工，除此之外，还做些针线活卖钱，甚至受雇去给人家擦洗地板，而劳动所得的报酬全都得交给姐姐。没有老太婆的准许，她不敢自作主张接受任何定做的针线

① 当时的月息一般只有百分之二或百分之三，也就是说只有二厘或三厘。
② 约相当于 1.78 米。

活和任何苦力活。老太婆早已立下遗嘱，莉扎薇塔本人对此也十分清楚，按照遗嘱，她一个子儿也得不到，只能继承一些动产、椅子之类的东西；所有的钱都指定捐给H省的一所修道院，用作永远追悼她的亡魂的费用。莉扎薇塔只是个小市民，而非官太太，又是个老处女，体形极不协调，高得出奇的身子，两只就像外八字的长脚，总是穿着一双破羊皮鞋，但身上总是干干净净的。最使大学生感到惊异和可笑的是，莉扎薇塔老是怀孕……

“依你所说，她不是个丑八怪吗？”

“对，她长得黑乎乎的，煞似一个男扮女装的大兵，然而，你要知道，她完全不是丑八怪。她的面容和眼神是多么善良啊，甚至极其善良。证据嘛——就是很多人喜欢她。她是如此温良、柔顺、驯服、随和；什么都能答应。而她的笑容甚至十分好看。”

“难道你也喜欢她？”军官笑着说。

“我是出于猎奇。不，我要告诉你的是，我真想杀死那个万恶的老太婆，抢走她的钱，请你相信，我丝毫不会为此感到良心的责备。”大学生激情洋溢地补充道。

军官又哈哈大笑起来，而拉斯科尔尼科夫却不禁打了个哆嗦。这是多么奇怪啊！

“对不起，我想向你提一个严肃的问题，”大学生热情似火，“我刚才当然是开玩笑的，但是，你看：一方面，是个愚不可及、毫无意义、微不足道、心狠手辣、体弱多病的老太婆，她不仅对任何人都无益，反倒对大家有害，她自己也不知道究竟为什么活着，而且一不小心明天就会自己死掉。你明白吗？你明白吗？”

“哦，我明白。”军官十分专注地望着情绪激昂的同伴，回答道。

“请继续听我说。另一方面，年轻的新生力量因为得不到资助而濒临绝境，这样的人千千万万，举目皆是！用老太婆必定要浪费在修道院的那笔钱，可以完成和改进千百件好事和创举！成千上万的人也许因此而走上正路；几十个家庭可以免于贫困、离散、死亡、堕落以及进花柳病医院，——用她的钱可以办成这一切。杀死她，取走她的钱，为的是以后用这些钱为整个人类以及公共事业服务：你难道认为，千万件好事还不能抵消一件小而又小的罪行吗？用一条性命，可以换来几千条性命免于堕落和离散。用一个人的死，换来一百人的生——这是多么合算啊！再说，以公共原则来衡量，这个痨病缠身、愚不可及、心狠手辣的老太婆的生命又有什么价值呢？不过像只虱子或蟑螂而已，甚至连它们都不如，因为老太婆危害人。她对别人吹毛求疵，任意欺压：前几天，她还恶毒地咬了莉扎薇塔的手指，差点没咬断呢！”

“当然，她不配活着，”军官说道，“然而，要知道，这是一种本性。”

“呃，老兄，要知道，本性也是可以纠正，可以引导的，不然，就会淹没在偏见之中。不然，世上连一个伟人也没有了。人们总是高喊‘责任’、‘良心’，——我丝毫也不想反对责任和良心，——但是我们究竟应该怎样理解它们呢？等一等，我再向你提一个问题。你听着！”

“不，你等一等；我也问你一个问题。你听着！”

“请说！”

“瞧你刚才说东道西，高谈阔论，那么，请你告诉我：你会不会亲手杀死这个老太婆？”

“当然，不会！我只是为了正义……那件事不是我……”

“可依我看来，假如你自己都不打算干，那就没有什么正义可谈了！走，我们去再玩一盘台球！”

拉斯科尔尼科夫处在极度的激动中。当然，这一切都是年轻人最平平常常、最司空见惯的议论和想法，他已不止一次听到过，只不过形式和话题略有不同罢了。但是，为什么正好是现在，他的头脑里刚刚萌生……一模一样的念头时，就恰巧听到同样的议论和同样的想法呢？而且为什么正好是现在，他带着刚刚萌生的念头才从老太婆那里出来，就恰巧碰上别人在谈论老太婆呢？……他总感到这种巧合有点古怪。小饭馆里这场微不足道的谈话，在事情继续发展的过程中，对他产生了非同寻常的影响：似乎这里真有什么定数和天意……

从干草市场回到家里，他急忙靠在沙发上，一动不动地坐了整整一个小时。这时天已昏黑；他没有蜡烛，而且他头脑里根本就没想到过要点蜡烛。无论何时他总想不起来：当时他是否思考过什么？最后，他感觉到前几天发过的热病①又缠身了，寒战阵阵，于是，喜盈盈地暗想，可以在沙发上躺下睡觉了。转眼间，浓厚的、乌灰色的睡意仿佛紧压一般罩裹住了他。

---

① 这里的热病，泛指一切急性发作，以体温增高为主要症状的疾病。通常引致热病的情况很多，可能是环境温度高而导致热病，亦可能是患者自身体温过高，或是由于长期暴晒。热病也有可能因天气热而致流汗多，并出现脱水而令身体无法反应所致。热病通常都发生在夏天。

他睡得出奇的久，而且连梦都没做一个。第二天上午十点钟，娜斯塔西娅走进他屋里，费了九牛二虎之力才把他叫醒。她给他送来了茶和面包。茶依然是沏过多次的淡茶，而且依旧是用她那把茶壶沏的。

“咳，瞧他睡得多死！”她愤懑地大叫道，“他老是睡觉！”

他艰难地撑起身子。他头痛欲裂；他本来已经站起来了，但在自己的斗室里转了一圈，又扑地倒在沙发上。

“又睡了！”娜斯塔西娅大叫起来，“你是病了，还是怎么的？”

他沉默以对。

“想喝茶吗？”

“待会儿吧。”他吃力地说道，又紧闭双眼，翻身朝着墙壁。娜斯塔西娅在他身旁站了一会。

“看来，真的病了。”她嘀咕一声，转身走了。

下午两点，她又端着一碗汤进来了。他仍旧像早上那样躺着。茶一滴未动地摆在原处。娜斯塔西娅甚至生起气来，她愤愤地狠推了他几下。

“干吗还在睡！”她厌恶地看着他，大叫一声。他欠着身子坐了起来，但默默无言，双眼望着地面。

“你是不是病了？”娜斯塔西娅问道，但依然没有回答。

“你哪怕上街走走也好啊，”她稍稍停顿了一下，又说，“哪怕是吹吹风透透气。吃点东西，好吗？”

“待会儿吧，”他微弱无力地说，“你走吧！”他挥了挥手。

她又站了一会，怜悯地望了望他，便出去了。

过了几分钟，他抬起头来久久地望着茶和汤。然后，一手拿起面包，一手抓起汤匙，吃了起来。

他吃得很少，毫无食欲，只喝了三四匙子汤，而且似乎是无意中吃下去的。头痛减轻了。吃完午饭，他又直挺挺地躺到沙发上，但再也无法睡着，只得一动不动地趴着，脸朝下埋在枕头里。他的脑海里不断涌现各种各样的幻想，全是些稀奇古怪的幻想，而浮现得最多的一个是：他置身在非洲的某个地方，在埃及，在一片绿洲上。商队正在休息，一匹匹骆驼安宁地躺着；四周环绕着棕榈树；大家正在吃饭。他却只是一个劲地喝水，趴着直接从小溪里喝水，小溪就在身边流着，水声淙淙。这里凉爽宜人，淡蓝的溪水是如此的妙不可言，如此的清凉沁人，它奔流在五颜六色的卵石上，奔流在晶莹洁净、金光闪闪的沙子上……突然，他清楚地听到，钟声当当地敲响。他打了个哆嗦，倏然惊醒，微微抬起头，望了望窗外，估算了一下时间，他完全惊醒了，猛地跳起身来，就像有人把他从沙发上拽下来一样。他蹑手蹑脚地走到门边，轻悄悄地把门开了一条缝，留心细听楼梯上的动静。他的心怦怦地狂跳着。但是楼梯上寂无声息，似乎所有的人都已沉沉入梦……他感到惊奇和不可思议的是，他竟然从昨天起就一直昏睡到现在，还什么都没做，什么准备也没有……而刚才，也许已经报过六点钟了……睡意和昏沉麻木消失后，代之而突然支配他的是十分狂热、有点不知所措的忙乱。其实，需要做的准备是很少的。他特别聚精会神地力求考虑到一切，不忘记任何事情；他的心还在怦怦地狂跳，跳得如此剧烈，以致他连气都喘不过来。首先，他应该做个绳套，并把它缝到大衣里面——这是分把钟的事。他伸手到枕头底下，从乱糟糟塞在那里的一堆内衣中摸出一件破烂不堪、未曾洗过的旧衬衫。他从这件破衬衫上撕下一块一俄寸宽、八俄寸长的布条。他把布条对折起来，接着从身上脱下自己那件肥大而又结实的粗布夏季大衣（他唯一的一件外衣），把布条的两端缝在大衣里面的左腋下边。在缝的时候，他双手发抖，但他尽力控制住了。当他缝好后穿上大衣，从外面看不见丝毫痕迹。针和线是他早已准备好的，用纸包着，放在小桌子里。至于说绳套，这是他本人的一项灵慧的发明：它是用来挂斧头的。总不能手拿着斧头招摇过市呀。如果把斧头藏在大衣里，毕竟还得用手扶着，那也很容易被人察觉。现在有了这个绳套，只要把斧刃套进去，整个路上斧头就会稳稳妥妥地挂在里面的腋下。在大衣侧面的口袋里伸入一只手，就能轻轻握住斧柄的顶端，使它难以晃动；而因为大衣相当肥大，简直是只口袋，所以从外面无法看出他用手隔着口袋握着什么。这个绳套也是他早在两星期以前就已设想好了的。

做完这件事后，他朝自己那“土耳其式”的沙发和地板之间的细缝里探进几个指头，在左边的角落旁摸了一会，掏出了早已预备并藏在那里的一件抵押品。这件抵押品其实根本不是什么抵押品，而只是刨得很光滑的一块小木板，大小和厚薄就像一只银烟盒。这块小木板是他有一次散步时，在一个院子里偶然捡到的，那个院子的厢房里开了一家什么作坊。后来他给这块小木板加了一块光滑的薄铁皮，——大概是什么东西的断片，——这也是那时在街上捡来的。他把两块东西叠放在一起，铁皮比木板小些，他用线十字交叉地把它们紧紧绑在一起；然后把它们整整齐齐、十分讲究地用一张洁净的白纸包起来，再用细绦带把包也成十字形扎上，结儿打得很有水平，解开它得大费周章。这是为了在老太婆解开结儿的时候，暂时分散她的注意力，赢得一点时间。而加上铁片，是为了增加重量，以便老太婆至少在接到手上的当儿不会想到这“东西”

是木头的。这两样东西他都预先藏在沙发底下。他刚拿出抵押品来，院子的什么地方就突然传来某人的叫喊：

“六点早就过啦！”

“早就过了！我的上帝啊！”

他飞扑到门口，留心细听了一会，然后抓起帽子，像猫一样小心翼翼、无声无息地溜下自己的十三级楼梯。眼下的头等大事是——从厨房里偷一把斧头。这件事必须用斧头干，这是他早已决定的。他还有一把花匠用的折刀；但他对折刀，尤其是对自己的力气，都不信赖，因而最后决定用斧头。顺便指出，在这件事情上，他所做出的所有最后决定都有一个特点。这些决定都有这样一种奇怪的特性：它们越是最终确定，在他眼里就越是立即变得杂乱无章，荒诞不经。尽管他一直处于痛苦的内心斗争中，但在整个这段时间里，无论何时，哪怕一瞬间，都未曾相信过自己的计划可以实现。

即使他对这件事的一切，甚至最后的一个细节，都进行过细致的研究，并且做出了最后的决定，不再有任何疑虑，——而现在他也似乎要放弃这整个计划，就像放弃一件荒诞不经、骇人听闻、难以想象的事情。不过，事实上没有解决的问题和疑难还真多如牛毛。至于说到什么地方去弄把斧头，这是小事一桩，不足为虑，因为没有比这更容易的事了。原来娜斯塔西娅经常不在家，尤其是傍晚：或是上邻居家聊天，或是到小铺子里买东西，而且厨房门总是敞开的。仅为此事，女房东就经常跟她吵个不休。这样，到时候他只要悄悄溜进厨房，拿走斧头，然后在一小时后（当一切都已结束）再溜进去放归原处就完事大吉了。不过，也有疑难之处：比方说，当他一小时后回来归还斧头时，万一娜斯塔西娅突然回来了呢？当然，那就得从旁边走过去，静候她再次出来。然而要是她当时发现斧头不见了，东寻西找，大喊大叫，——那就会引起怀疑，或者至少也是一件让人猜疑的事。

不过这都是些区区小事，他还不曾费神思考，也没有时间思考。他考虑的是重大问题，至于那些区区小事，则留待自己对一切都确信不疑时再说。不过，对一切都确信不疑，这似乎是完全办不到的。至少，他本人觉得如此。例如，他根本无法想象，会有那么一个时候他停止思考，抽身而起，——真的走向那里……就连不久前他进行的那次试探（就是有意对那个地方进行最后调查而作的访问），也只不过是他所做的一个试验而已，而绝非真刀实枪地干，而是这样：“让我，你就说，让我去试一试吧，为何老是幻想不休呢！”但他立即感到难以坚持，啐了一口唾沫，便逃之夭夭了，并且极其恼怒自己。而事实上就解决问题的道德意义来说，他所进行的一切分析似乎都已结束：他的诡辩锋利得就像剃刀一样，他在自己身上已经找不到有意识的反驳了。然而到了紧要关头，他又无缘无故地不相信自己了，并且固执地、盲目地从各方面寻找反驳的依据，似乎是有谁在强迫、诱引他去干那件事。最后一天竟这样不期而至，一切转眼间就决定了，而他几乎是完全机械性地顺应它：仿佛有人抓住他的手，难以抗拒地、盲目地、以超自然的力量、无可反对地拽着他走。就像他的一角衣服被车轮卷轧住了，结果连他也给拖到车子底下去了。

起初，——其实，已经是很久以前了，——有一个问题使他饶有兴致：为什么几乎所有罪行都会如此容易发觉和侦破，而几乎所有罪犯都会如此明显地留下暴露自己的痕迹？他渐渐得出了各种各样而又趣味盎然的结论，依他看来，最主要的原因与其说毁掉物证以掩盖罪行是枉然的，不如说在于罪犯本人；罪犯本人，而且几乎就是每一个罪犯，在犯罪的时候都会陷入某种意志衰退、理智减弱的状态，正是在最需要高度理智和谨慎行事的时刻，幼稚和罕见的轻率反倒取而代之。根据他的见解，可以得出一个结论：这种理智的一时糊涂和意志的暂时衰退就像疾病一样控制着人，逐渐加剧，到采取犯罪行动之前不久达到顶点；在犯罪的那一刹那和犯罪之后的若干时间内，这种状态依然如故，至于持续多长时间，则因人而异了；然后它将像任何疾病那样无踪无影。问题本身在于：究竟是疾病引起犯罪，还是犯罪由于其自身的特殊性，总是伴随着某种类似疾病的现象？——解决这个问题，他感到自己还力不从心。

得出上述结论后，他断定，他本人，在自己这件事情上，不会出现类似的病态大变化，在实施计划的整个过程中，他都将始终充分保持理智和意志，唯一的原因在于，他的计划——“并非犯罪”……关于他如何做出最后决定的整个过程，我们就略过不提了吧；我们就这样也已经扯得太远了……只是，必须补充一点：总的来说，这件事情中那些实际上的、纯物质方面的困难，在他的意识中只居于次要地位。“只要保持全部意志和全部理智以对付这些困难，在了解到事情的各种细节和微妙之处后，对一切困难都将战无不胜……”不过，事情还没有开始。他依旧不太相信自己的最后决定，因而时机一到，一切都彻底改变，而使人颇感突如其来，甚至几乎出人意料。

他尚未下完楼梯，就有一个最微不足道的情况搞得他不知所措。当他走到女房东的厨房门口时，厨房的门像往常那样大敞着，他小心翼翼地朝里面瞟了一眼，以便预先看清：如果娜斯塔西娅外出的话，女房东本人会不会在那里，假如不在，那么她的房门是不是紧关着，以免当他进屋拿斧头时，她从房间里看见。然而使他惊得魂飞魄散的是，他突然发现娜斯塔西娅这次不但在家，在自己的厨房里，而且正在干活：从篮子里拿出一件件内衣，晾到绳子上！一见到他，她立即不晾衣服了，朝他转过身来，久久地凝望着他，直到他走了过去。他把目光投向别处，似乎什么也没看见，就走了过去。然而事情已经泡汤了：没有斧头！他觉得遭到了可怕的致命一击。

"我有什么理由认定，"他走到大门口时想道，"我有什么理由认定，这个时候她必然不在家里？为什么，为什么，为什么我如此自以为是地这样判断呢？"他感到沮丧不已，甚至有点儿屈辱。他真想恶狠狠地嘲笑自己……一种隐隐的、兽性的愤怒在他心中激荡。

他站在大门口，陷入了沉思之中。煞有介事地上街散步吧，他深感恶心；回家去吧，更令人厌恶。"多好的机会呀，永远失去了！"他嘴里念念有词，漫无目的地站在大门口，正对着看门人那间黑漆漆的小屋，小屋的门也是敞开的。忽然，他打了个哆嗦。在离他仅两步远的看门人的小屋里，一条长凳的右下方，有个什么东西晃亮了他的眼睛……他环视四周——一个人也没有。他蹑手蹑脚地走到看门人的屋前，下了两级台阶，压低嗓子喊了看门人一声。"果真不在家！也许就在附近，在院子里，因为门是敞开的。"他飞速冲向斧头（这是一把斧头），从长凳底下的两块劈柴之间把它拖了出来；他没有走出屋门，就在原地把斧头挂到绳套上，双手插进衣袋，走出了看门人的小屋；没有任何人发现！"理智真无用，魔鬼显神通！"他怪里怪气地笑着，心想。这件事使他精神大振。

他缓缓悠悠，老成持重，不慌不忙地在路上走着，以免别人怀疑。他很少看过往行人，甚至力求完全不看他们的面容，尽可能做到平平常常。这时他忽然想起了他的帽子。"我的上帝啊！前天我就有了钱，可居然没去换它一顶制帽！"他打心眼里咒骂自己。

他偶然朝一家小铺子瞅了一眼，发现墙上的挂钟已经指着七点十分。必须加快步伐，但同时又得绕一个弯：从另一边绕到那幢房子跟前……

从前，当他偶然想象这一切时，他有时担心，自己会相当害怕。然而现在他并不太害怕，甚至压根儿不感到害怕。此时此刻，吸引他的注意力的是一些与此风马牛不相及的想法，不过它们吸引他的时间很短。

当他路过尤苏波夫花园①时，他甚至兴致盎然地萌生了建造高大喷泉的想法，想到这些喷泉似乎会使所有广场的空气清新宜人。他逐渐得出一个结论：如果把夏园②扩大到马尔斯广场③，甚至让它与米哈伊洛夫宫④四周的御花园连为一体，那么对于城市将是一件无比美好、利益多多的事情。这时他突然又对一种现象大感兴趣：为什么正是在所有的大城市里，人们并非出于需要，但却特别嗜好住在那些既无花园、又无喷泉并且污秽不堪、臭气熏天、垃圾成山的区域？这时他想起了自己在干草市场散步的情景，刹那间醒悟过来。“真是荒诞无稽，”他想，“不，最好任何事情也别想！”

“那些被押赴刑场的人想必就是这样，对路上所遇到的一切都产生一种依依难舍之情，”他的脑海里倏然冒出这样一种想法，不过它只是像闪电那样腾空一闪；他自己迅速掐灭了这个想法的火苗……不过，已经近在眼前了，就是这幢房子，就是这扇大门。突然不知什么地方的钟当地敲了一声。“这是怎么回事，难道七点半了吗？不可能，准是这钟快了！”

---

① 尤苏波夫花园位于彼得堡的花园街，原属尤苏波夫公爵家族，故名。

② 夏园是彼得堡的第一座花园，建于 1704 年，占地 11 公顷，中有彼得大帝的避暑行宫夏宫，位于彼得堡一个由丰坦卡河、莫伊卡河和天鹅运河环绕的岛上，园内风景秀美，人文景观与自然景观交相辉映，如诗如画，是彼得堡最浪漫和最令人回味的地方之一。

③ 马尔斯是罗马神话中的战神，即希腊神话中的阿瑞斯。马尔斯广场又名战神广场，是彼得堡最古老最美丽的广场之一，广场的规模是逐渐形成的，建设工程的高峰是在 19 世纪 20 年代。在此之前，这里被称为游乐场，后来被用做皇家草地，在这里常常举行游乐活动，施放烟火。从 19 世纪初开始，它成了阅兵和军队操练的场所，因此，被称为战神广场。广场上竖立着俄罗斯著名统帅苏沃洛夫（1730—1800）的塑像，是根据马尔斯的形象建造的，因此又称马尔索洛校场。

④ 米哈伊洛夫宫（一译圣米迦勒宫），又名工程师宫，是彼得堡市中心的一座皇家宫殿。沙皇保罗一世（1754—1801）担心遇刺，于 1797 年至 1801 年，在夏园以南修建了这座类似城堡的宫殿，周围环绕着莫伊卡河、丰坦卡河以及新开挖的两条运河（教堂运河和星期日运河），为一个人工岛，只能通过吊桥进入。但他搬到这座新建的宫殿仅 40 夜就被暗杀（1801 年 3 月 23 日被人谋杀在自己的卧室）。保罗一世去世后，米哈伊洛夫宫荒废，于 1819 年改为军事工程学院（今军事工程技术大学）。此后，这座建筑就称为“工程师宫”。1838 年至 1843 年，陀思妥耶夫斯基曾在此学习。

他很走运，又顺利地进了大门。不仅如此，甚至有点如有神助，就在这一瞬间，刚好有一辆装运干草的高大马车在他前面驶进大门，他跨进门口的时候，大车把他遮得完全不露形迹 。大车刚从门口驶进院子，他就从右边一溜烟猫了进去。可以听到，在大车的那边，有几个人在闹闹嚷嚷、争争吵吵，但没有一个人发现他，也没有谁与他劈面相逢。朝向这个正方形大院子的许多窗户在这个时候是开着的，但他没有抬头——没有勇气。通向老太婆那里的楼梯相距不远，从门口往右拐便是。他已经来到了楼梯上……

他喘了一口气，用一只手按着怦怦狂跳的心，随即摸了摸斧头，再一次把它扶正，然后小心翼翼、悄无声息地走上楼梯，还不时留神细听。然而，那时候楼梯上也完全是空寂无人；所有的门都紧闭着；没有碰见一个人。的确，二楼有一套空房子的房门洞开着，有几个油漆工正在里面干活，但他们根本未曾看他一眼。他稍停片刻，思考了一会，然后继续上楼。“当然喽，假如这些人根本不在这里，自然是最好不过了，然而……他们上面还有两层呢……”

不过，眼前就是四楼了，就是这扇房门，就是对面的那套房间；另一套是空荡荡的。根据种种迹象判断，三楼上老太婆住房底下的那套房间，显然也是空空如也：用小钉子钉在门上的名片取掉了——搬走了！……他感到呼吸急促。一个念头在他的脑子里刹那间闪过：“是否回去算了？”但他并未答复自己，而是留神细听老太婆房间里的动静：死一般的沉寂。随即他又谛听下面楼梯上有无动静，久久地听着，全神贯注……然后他最后一次环视四周，悄悄走到门口，整理了一下衣服，再一次摸了摸挂在绳套上的斧头。“我是不是脸色苍白……十分苍白？”他想着，“我是不是显得特别忐忑不安？她疑心很重……是否再等一会……等到心跳正常？……”

然而心跳并未正常。相反，倒还存心作对似的越跳越剧烈，越跳越剧烈……他无法忍耐，慢慢把手伸向门铃，拉了一下。半分钟后，他又拉了一次，声音更响。

毫无反响。再拉铃是徒劳无益的，而且对他来说也不合适。老太婆必定在家，但她生性多疑，而且是孤身一人。他多少了解一点她的习惯……他再一次把耳朵紧贴在门上。是他的感觉极其敏锐（一般来说这是难以设想的），还是确实听得分明，反正他突然听到一点似乎是手摸门锁把手的小心谨慎的沙沙声，以及似乎是衣服碰到门上的窸窣声。有人难以觉察地站在门锁旁，也像他在外面一样，躲在里面留神细听，看来，也把耳朵紧贴在门上……

他故意活动了一下，并且声音略高地嘀咕了一句，以免别人认为他是藏在那里；然后他第三次拉动门铃，不过拉得很轻，颇有风度，毫无急躁情绪。后来当他回忆这一情景时，它是那么清晰，那么鲜明，——这一分钟已经永远铭刻在他的脑海里。——但他无法理解，自己从哪里学来这些巧招，何况当时他的脑袋蒙了好一阵，甚至感到身体都几乎不属于自己……过了一会，传来了开门钩的声音。

七

像上次一样，门只开了一条很小的缝。又是两道犀利、多疑的目光，从黑暗中注视着他。这时拉斯科尔尼科夫一时慌张，犯了一个不小的错误。

他担心老太婆因为只有他们两人而心生畏惧，也不指望自己的表情会使她疑虑顿消，于是一把抓住房门，向自己这边猛拉，以免老太婆心有所忌再把门关上。看到这种情形，老太婆没有把门朝自己身边拉回去，然而也不曾松开所抓着的门锁把手，因此他几乎把她连门一起拉到楼梯上。他见她横着拦在门口，不让自己进去，便径直冲她走去。她惊吓地往旁闪开，想要说点什么，但又似乎说不出来，只是直瞪双眼望着他。

“您好，阿廖娜·伊万诺芙娜，”他试图尽量把话说得自然随便些，但声音太不如人意了，变得磕磕巴巴，而且不断打战，“我给您……带来了一件东西……哦，最好我们到这里来……到光亮的地方……”他把她抛在一旁，不等邀请便径直走进屋里。老太婆紧随他跑了进去，舌头终于灵活起来：

“上帝啊！您到底要干什么？……您是什么人？您有什么事？”

“得了吧，阿廖娜·伊万诺芙娜……您的熟人……拉斯科尔尼科夫……这不，带来了抵押品，前几天说好的……”说着，他把抵押品递给她。

老太婆本想看看抵押品，却又立刻睁大双眼直盯盯地逼视着这位不速之客的眼睛。她目不转睛、凶相毕露、疑心重重地看着他。这样过了分把钟；他甚至觉得她的眼睛里有一种近乎嘲讽的神情，似乎她已经洞察一切。他感到张皇失措，几乎恐惧起来，假如她再这样盯着他半分钟，而且一言不发，他就会恐惧地从她这里逃掉。

“呃，您为什么这样看着我，好像不认识似的？”他突然也凶巴巴地说，“有兴趣，就拿去，没兴趣，我就去找别人，我没工夫。”

他并不想说这些话，然而这些话却突然自己脱口蹦出。

老太婆镇静下来，客人那不容置疑的口气显然使她的精神为之一振。

“喂，你这是怎么回事，先生，这样突然……这是什么东西？”她瞄着抵押品，问道。

“银烟盒：我上次就已说过的。”

她伸出一只手来。

“啊，您的脸色为啥这样白？瞧，两只手也在发抖！您刚洗过澡是吗，先生？”

“寒热病发了，”他含含糊糊地回答，“脸色哪能不白……要是没有东西吃。”他补充了一句，勉勉强强才把话说完。他又觉得浑身无力了。不过他的回答倒也近乎情理；老太婆接过抵押品。

“这是什么东西？”她问道，手里掂量着那件抵押品，又一次仔仔细细地看了看拉斯科尔尼科夫。

“一个玩意……一个烟盒……银的……您看看吧。”

“可怎么不大像银的……咦，还捆着呢。”

她力求解开绳子，转身面向窗户的光亮之处（尽管天气闷热，她家里的所有窗户却全都关得严严实实），有几秒钟她完全把他抛在一边，背对着他站着。他解开大衣，从绳套上取下斧头，不过还没有完全拿到外面来，而是用右手在大衣里握住它。他的双手虚软得可怕；他自己觉得，一瞬间又一瞬间，手变得越来越麻木，越来越僵硬。他极怕手儿稍松，斧头就会掉落地上……他突然感到头晕目眩。

“嗐，他这是捆的什么玩意！”老太婆气恼地叫了起来，朝他这边挪了一挪。

连一刹那都不能再错过了。他彻底拿出斧头，双手举起往下一挥，几乎下意识地、几乎不费劲地、几乎机械性地用斧背砸向她的头部。这时，他似乎全无力气。但他的斧头刚一落下，就立即力透全身。

像往常一样，老太婆没戴头巾。她那稀稀疏疏、夹杂着斑斑白发的浅色头发，照例厚厚地抹了一层发油，编成一根老鼠尾巴似的细辫子，用一把断了的牛角梳子盘起，翘在后脑勺上。斧头正好落在头心，这是因为她个子矮小。她叫了一声，不过声音十分微弱，突然全身瘫软，倒在地板上，但是她还能举起双手护向头部。她的一只手还紧抓着“抵押品”。这时他竭尽全力猛地一砸，两砸，用的都是斧背，并且砸的都是头心。鲜血就像从一只翻倒的杯子里哗哗地飞涌而出，身子仰天倒了下去。他往后退开，让她躺下，接着立即弯腰去看她的脸；她已经一命呜呼。

眼珠鼓凸，好似要蹦出来一样，而前额和整个脸面因为抽搐，变得皱纹深陷，极其难看。

他把斧头放在死尸旁边的地板上，立即伸手去摸她的衣袋，尽力避免飞涌的鲜血沾到身上，——他摸的是右口袋，上次她就是从这个口袋掏出了钥匙。他的头脑已经十分清醒，神志不清、天旋地转的感觉早已烟消云散，但双手仍然嗦嗦发抖。他后来还记得，当时他甚至十分细致入微、小心翼翼，竭力不让任何东西沾上血迹……他眨眼间就掏出了钥匙，和上次一样，所有的钥匙都串成一串，挂在一个小钢圈上。他立刻拿着钥匙跑进卧室。这是一个很小的房间，一面墙上有一个供着神像的大神龛。靠另一面墙摆着一张大床，床上十分整洁，放着一床被面用碎绸子拼成的棉被。靠第三面墙摆着一个五屉柜。怪事一桩：他刚把钥匙插进五屉柜的锁孔里，刚听到钥匙咔嗒响了一声，就似乎感到全身痉挛。他突然又想抛开一切，抽身离去。但这只是一转瞬的念头；要离开已经晚了。当另一个令人忧虑的念头突然在脑海中浮现时，他甚至嘲笑起自己来。他突然觉得，老太婆兴许还活着，还会苏醒过来。他扔下钥匙和五屉柜，跑回尸体跟前，抓起斧头，又一次挥向老太婆，但中途停住了。毋庸置疑，她已经死了。他又俯身近前仔细察看，他明白无误地看到，头盖骨已被砸碎，甚至稍稍歪向一边。他本想用手指摸一摸，但又迅疾缩手；即使不摸也已昭然可见。这时血已经流了一大摊。突然他看见，她脖子上有一条细带子，他拉了一拉，但细带子拴得很牢，并未拉脱，而且浸透了鲜血。他试着从她怀里拉出它来，但不知有什么东西挡着，卡住了。他急不可耐地又试图挥动斧头，就在尸体上由上而下地把带子砍断，但他又不敢，他费了九牛二虎之力，弄得双手和斧头都血糊糊的，忙乱了大约两分钟，才没让斧头碰到尸体，割断了那条细带子，并把它取了出来；他没估计错——这是一个钱袋。细带子上系着两个十字架，一个是柏木的，一个是铜质的，除此之外，还有一个小小的珐琅圣像；同这些东西一起，还系着一个油迹斑斑的麂皮小钱袋，钱袋上面还套着一个小钢圈和一个小指环。钱袋塞得胀鼓鼓的；拉斯科尔尼科夫来不及细看，就把它塞进了衣袋，两个十字架则扔到老太婆的胸上，这一次他还顺手拿了斧头，然后转身跑回卧室。

他心急如焚，抓起钥匙又忙碌起来。但不知怎的，总是没有成效：钥匙插不进锁孔。这并非由于他的手剧烈抖颤，而是因为他老是搞错：例如，他明明看出那把钥匙不对，不配套，但还是往里插。他忽然想起，并恍然大悟，和其他几片小钥匙串在一起的这把带锯齿的大钥匙，必定

她叫了一声，不过声音十分微弱，突然全身瘫软，倒在地板上。

不是开五屉柜的（上次他就想到了），而是开某只什么小箱子的，而在这只小箱子里，可能藏着所有的财宝。他抛开五屉柜，迅速钻到床底下，他知道，老太婆们通常都把箱子藏在床底下。不出所料：床底下摆着一只颇为不小的箱子，长达一俄尺多，箱盖隆起，上面蒙着一层红色的山羊皮，钉着一些小钢钉。带锯齿的钥匙刚好配套，箱子应声打开。最上面盖着一条白床单，床单下面是一件用红色的法国图尔绸罩着的兔皮小袄；兔皮小袄下面是一件绸连衣裙，再下面是一条披巾，再继续往下似乎尽是些破衣烂衫了。他首先用那块红色的法国图尔绸擦拭干净自己那双血糊糊的手。“红色的，血在红色的东西上是难显痕迹的，”他产生了这样一个念头，但他又突然醒悟过来，“上帝啊！我不是疯了吧？”他吃惊地想。

不过，他刚一翻动这堆破衣烂衫，皮袄底下就突然滑出一只金表。他赶忙一层层翻遍这堆东西。果真，在这堆破衣烂衫里夹杂着不少金器——大概，都是抵押品，待赎的和不会来赎的——金镯子、金项链、金耳环、金别针，等等。有的装在小盒子里，有的索性用报纸包着，但包得整整齐齐、细致谨慎，而且包了两层报纸，四面还用小带子捆着。他争分夺秒，赶紧把这些东西塞进裤袋和大衣口袋，既不挑选，也未打开那些纸包和盒子看看；但他还是来不及拿很多……

突然他仿佛听到躺着老太婆尸体的房间有人在走动。他停止动作，像死人那样默无声息。然而，万籁俱寂，看来，这是他的幻觉。但突然他又分分明明地听见一声轻微的叫喊，或者仿佛有人在轻轻地、断断续续地呻吟，随即又住了口。然后又是死一般的寂静，足足有一两分钟。他蹲在箱子旁等着，屏息静气，但他忽然霍地跃身而起，抓起斧头，奔出卧室。

莉扎薇塔站在房子中央，双手抱着一个大包袱，呆若木鸡地望着被打死的姐姐，脸色煞白一如麻布，仿佛连叫喊的力气都没有了。一见到飞奔出来的拉斯科尔尼科夫，她就像一片树叶那样轻轻哆嗦着颤抖起来，整个脸孔都抽搐起来；她稍稍举起一只手，张大了嘴，但还是叫不出声来，于是慢慢地后退着从他跟前远挪到角落里，两眼一眨也不眨、直勾勾地盯着他，但仍然没有叫喊，仿佛连叫喊的气息都不足了。他拿着斧头向她扑将过去；她的嘴唇痛苦地抽搐歪了，就像被什么东西给惊吓住的幼儿，眼睁睁地看着吓坏他们的东西，想要叫喊出声一样。这个不幸的莉扎薇塔太过老实了，她以前已被打得永远胆小如鼠，因而甚至不曾抬起手来挡护一下自己的脸，虽然此时此刻，这是一个最必不可少、自然本能的动作，因为斧头高高举起，正照准她的脸。她只是微微抬起那只空着的左手，但远远没有达到脸部，慢慢地朝前向他伸去，似乎想要推开他。斧刃恰好劈在头顶，前额的上半部，几乎直到天灵盖，顿时被劈成两半。她扑通一声栽倒在地。拉斯科尔尼科夫彻底失魂落魄了，他抓起她的包袱，又扔掉它，然后跑向前室。

他越来越感到恐惧，特别是在第二次根本出乎意料的杀人之后。他只想尽快地逃离此处。假如在那时他能更加准确地观察和判断；假如他只要还能弄清自己处境的重重困难，想到自己的所有悲观绝望、所有丑陋行径、所有荒谬言论，同时明白，在此情况下，要想从这里逃回到家里，他还得面临多少障碍，也许还得学会并实施种种残暴行为，那么他就很有可能会抛下一切，立即前去自首，这甚至并非由于为自己忧虑，而仅仅是对自己的所作所为感到惊恐万状和厌恶透顶。厌恶的情绪特别突出地腾腾升起，而且每一分钟都在不断扩展。现在这世上再也没有什么东西能让他再去箱子跟前，甚至再走进那套房间。

然而，他渐渐感到有点儿神思恍惚，甚至似乎是陷入了沉思：有时他仿佛迷迷糊糊，或者更准确地说，忘掉了重大事情却紧紧抓住微不足道的小事。不过，当他打量了一下厨房，发现长凳上有一只盛着半桶水的水桶时，他醒悟到应该把自己的双手和斧头洗干净。他的双手血迹斑斑，黏黏糊糊。他把斧刃直接泡在水里，抓起放在小窗台上破碟子里的一小块肥皂，就在水桶里洗起手来。手洗干净后，他拿出斧头，洗净了铁上的污血，接着又花了长达将近三分钟的时间，清洗被血染污的木柄，甚至尝试用肥皂洗净上面的血痕。然后，用晾在厨房里绳子上的一件内衣把一切擦干，又走到窗前把斧头用心地久久检查了一遍。血痕完全洗净了，但斧柄还湿湿的。他把斧头仔细地挂在大衣里的绳套上。然后，在昏暗的厨房最大限度的光亮处把大衣、裤子和靴子检查了一遍。表面上初初一看，似乎没有什么漏洞；只是靴子上有几处血迹。他浸湿一块抹布，把靴子擦得干干净净。不过，他清楚，自己检查得比较潦草，也许，还有某些扎眼的东西，而他自己却疏漏了。他凝思地站在房子的中间。一个折磨人的阴郁念头在他的脑海里倏然升起——这个念头就是，他疯了，并且在此时此刻既不能理性判断，也无法保护自己，也许，根本就不应该做他刚才所做的事情……“我的上帝！该溜了，该溜了！”他嘀咕着，冲向前室。但是在这里等待他的却是极度的惊恐，当然，这样的惊恐他还从未经历过一次。

他站住一看，无法相信自己的眼睛：门，外面那道门，从前室通向楼梯的那道门，他方才拉铃后进来的那道门，竟然开着，甚至开了整整一只手掌那么宽：既未上锁，也不曾扣上门钩，在整个这段时间里，自始至终，一直如此！老太婆随他进屋后没有锁门，也许，是出于谨慎。然而，上帝啊！要知道他后来可是看见了莉扎薇塔呀！他怎么能，怎么能不想到，她究竟是从什么地方进来！她总不能穿墙而入吧。

他扑向门口，扣上了门钩。

“可是不对呀，又错了！该走了，该走了……”

他摘下门钩，开开门，细听楼梯上的动静。

他凝神听了很久。下面很远的某处，大约是大门口，有两个声音在尖叫大喊，争争吵吵，骂骂咧咧。“他们在干什么？……”他耐心地等待着。最后，叫喊声遽然停息，顿时万籁俱寂；人都一哄而散了。他刚要离去，但是突然下面那层楼一扇通往楼梯的门吱呀一声打开了，有人不知哼着什么曲调，走下楼去。“他们怎么老是这样吵吵闹闹！”——这个想法在他脑子里电光一闪。他只得关上门等着。终于一切都沉寂下来，不见一个人影！他已迈步踏上楼梯，突然又传来了某个人的新的脚步声。

这脚步声来自很远的地方，还在楼梯的入口底层，但他清清楚楚、明明白白地记得，他刚一听到脚步声，不知为何就顿生疑虑，它定然是上这里，到四楼来找老太婆的。为什么呢？莫非是声音特别，韵味独特吗？脚步声沉重，稳健，不慌不忙。是的，他已经登上了二楼，是的，他还在继续上楼；脚步声越来越清晰了！来人粗重的喘息声也已声声在耳。是的，已经到了三楼……奔这里来了！他突然觉得，他似乎全身僵硬，仿如做梦，梦见有人紧追在后，逼近身来，要杀死他，而自己却好像在原地生了根，连双手都无法动弹。

最后，当客人已经开始上四楼的时候，他才猝然一惊，总算及时迅速、机敏地从过道溜回屋里，随手关上了房门。然后抓起门钩，轻轻悄悄、毫无声响地扣入铁环。本能帮了他。做完这一切后，他立即屏息敛气，径直躲在门后。那位不速之客也已来到了门外。他们现在面对面站着，就像方才他和老太婆一样，当时门一里一外分开了他们，而他在外面留神细听。

客人沉重地不住喘气。“看来是个大胖子。”拉斯科尔尼科夫紧握着斧头想道。真的，这一切仿佛在梦中。客人抓住门铃，用力猛地一拉。

白铁皮的门铃声丁零一响，他突然似乎感觉到，房间里有人在动。他甚至认认真真地凝神细听了几秒钟。陌生人又丁零地拉了一次门铃，又等了一忽儿，突然急不可待地全力以赴，猛拉门的把手。拉斯科尔尼科夫提心吊胆地望着在铁环里跳动不已的门钩，满怀隐隐的恐惧等待着，门钩眼看就要跳出来了。这实在是大有可能：如此用劲猛拉。他本拟用手按住门钩，但那人定会发觉。他的脑袋似乎又开始天旋地转。“我就要晕倒了！”这个念头在他的头脑里刚一闪现，但陌生人开口说话了，他倏然警醒。

“她们到底在屋里干什么，是呼呼大睡呢，还是让人给掐死了？该——该——该死的！”他瓮声瓮气地咆哮着，声音就像从桶里传出。“喂，阿廖娜·伊万诺芙娜，老妖婆！莉扎薇塔·伊万诺芙娜，举世无双的美人儿！开门哪！唔，该死的，莫非她们都睡着了？”

他怒不可遏，又使尽全力，一口气拉了十次门铃。显而易见，这是个爱耍权威而又与这一家关系密切的人。

就在这时，突然从不远的楼梯那里传来匆促的碎步声。又有一个人走过来了。拉斯科尔尼科夫起初并未听清。

“难道没一个人在家？”新来的人声音洪亮、高高兴兴地对第一个来访者大声说，那人还在一个劲儿地拉门。“您好，科赫！”

“根据说话的声音来看，是个十分年轻的人。”拉斯科尔尼科夫突然想。

“鬼知道她们是怎么回事，锁都差点让我给弄断了，”科赫回答道，“请问，您又是怎样认识我的？”

“哦，是这么回事！前天，在‘冈布里努斯’①，我接连赢过您三盘台球。”

“啊——啊——啊……”

“这么说，她们不在家？真奇怪。愚蠢透顶，不过，也糟糕透顶。老太婆会上哪里去呢？我有事来着。”

“我也有事啊，老兄！”

“嗐，那怎么办呢？看来，回去算了。嗐——嗐！我原想到这里换点钱呢！”年轻人高声说道。

“当然，只好回去了，可她干吗约我来呢？老妖婆，这是她自己跟我约定的时间呀。我可是绕了个大弯来的。我真不明白，她能跑到哪个见鬼的地方去呢？老妖婆一年三百六十五天坐在家里，病歪歪的，腿又老痛，而现在却突然闲逛去了！”

① 这是彼得堡瓦西里岛的一家啤酒店。

“不去问问看门人吗？”

“问啥呢？”

“问她到哪里去了，啥时回来？”

“哼……问个……鬼……要知道，她是哪里都不去的呀……”他又拉了一下门锁的把手，“真见鬼，没法子，走吧！”

“且慢！”年轻人突然叫了一声，“您看：您注意到吗，拉门的时候，门在晃动？”

“那又怎样呢？”

“这就意味着，门没上锁，而是扣着，也就是用门钩扣着！您听到门钩卡拉卡拉地响吗？”

“那又怎样呢？”

“你怎么还不明白呢？这就意味着，她们两人中总有一个在家。如果两人都出去了，必定从外面用钥匙锁门，而不是从里面用门钩扣上。可是现在，——您听到门钩卡拉卡拉在响吗？而家里一定得有人，才能用门钩从里面把门扣上，您明白吗？因此，她们定然在家，可就是不开门！”

“哇！真是这么回事！”科赫惊奇地高叫起来，“那她们在里面这是干啥呀！”他又开始疯狂地拉起门来。

“且慢！”那个年轻人又叫了起来，“别拉了！这里有点不太对劲……您尽管又拉铃又拽门——她们却总是不开门；这就意味着，要么她们俩都已昏迷不醒，要么……”

“什么？”

“这样好了：我们去找看门人，让他亲自来叫醒她们。”

“有道理！”两人迈步向楼下走去。

“且慢！您就留在这里吧，我一个人跑下去找看门人。”

“干吗要留下？”

“这并不要紧吧？”

“好吧……”

“要知道，我正准备当法院侦察员呢！毫无疑问，毫——无——疑——问，这里有点不太对劲！”年轻人兴奋地大声叫嚷着，朝楼下飞跑。

科赫留在原地，又一次轻轻地拉了一下门铃，门铃丁零地响了一声；随即他轻轻地，似乎在一边沉思，一边细看，开始转动门把手，拉一下，又放开，以便再一次证实门只是用门钩扣上的。然后他气喘吁吁地俯身朝锁眼里张望；然而钥匙从里面插在锁眼内，因此什么也无法看见。

拉斯科尔尼科夫站在门里，手里紧握着斧头。他似乎头脑发昏。他甚至准备，假如他们进来，就跟他们拼杀一场。当他们敲门和商议时，他多次突然产生一个念头：一下子结束这一切，从门里对他们大吼一声。有时他想与他们对骂，逗弄他们，直到门被打开。“快些儿吧！”他的头脑里闪现出这么一个想法。

“但是他，真见鬼……”

时间飞逝，一分钟，又一分钟——谁也没来。科赫开始来回走动。

“真是活见鬼！……”他突然大叫一声，烦躁不安地抛下自己的岗位，也急匆匆地跑下楼去，楼梯上传来咚咚的靴子声。脚步声也完全消失了。

“上帝啊，究竟怎么办呢？”

拉斯科尔尼科夫摘下门钩，把门微微开了一条缝，听不到任何声音，忽然，他毅然决然走出屋子，随手尽可能地把门关严，然后向楼下走去。

他刚下完三道楼梯，就突然听到下面人声鼎沸，——往哪里躲呢！毫无藏身之处。他本已往回跑，想重回屋里。

“嘿，妖怪，魔鬼！抓住他！”

有人叫喊着从下面的某套房间里冲出来，这人并非沿着楼梯往下跑，而像是从楼梯上往下滚，同时还放开嗓门大喊大叫：

“米季卡！米季卡！米季卡！米季卡！米季卡！活——见——鬼！”

叫喊声最后变成了尖叫；余音传来时已经在院子里了；随即一切又归于寂静。但就在这个时候，有几个人叽里呱啦、吵吵嚷嚷地上楼来了。总共有三四人。他听出了那个年轻人洪亮的声音。“是他们！”

在彻底绝望中，他径直迎面向他们走去；听天由命吧！他们拦住的话，一切都完了，他们放过的话，一切也完了：他们记得他。他们已经快要劈面相逢了；在他们之间总共只剩一道楼梯了，——但他突然获救了！在离他几步远的地方，右边有一套房门大敞的空房子，这就是二楼工人正在刷油漆的那套房间，而现在，仿佛天从人愿，工人们都离去了。刚才大喊大叫跑下楼去的可能就是他们。地板刚刚刷过油漆，房子中间放着一只小桶和一只小罐，罐里盛着油漆和一把刷子。眨眼间他一溜便溜进敞开的门里，躲到墙后，时间恰好：他们已经踏上楼梯平台了。随即他们转身向上，经过门口，走向四楼，同时还大声谈论着。他稍等片刻，便轻手轻脚地走出门来，向楼下跑去。

楼梯上没有一个人！大门口也不见人影。他火速穿过门洞，转身左拐，来到了街上。

他十分清楚地知道，顶顶清楚地知道，此时此刻他们已经进入屋内，当他们发现房门没扣准会惊诧莫名，因为刚才房门还是扣着的，他们已经在察看尸体了，过不多久，他们就会想到，会全然明白，凶手刚刚就在这里，他成功地藏在某处，从他们身边溜走，跑掉了；也许他们还会猜到，他们上楼的时候，他就躲在那套空房间里。虽然离第一个转弯处只有百把步远，但他无论如何也不敢走得太快。“我是否溜入哪个门洞，在哪个陌生的楼梯上稍等一会呢？不，那才真要命呢！是否把斧头扔到某个地方呢？是否叫辆马车呢？真要命！真要命！”

终于前面就是一条胡同；他半死不活地折入胡同；这会儿他已经有了一半获救的希望，对此，他心中有数：在这里他会很少受到怀疑，何况这里人潮涌动，他会像一粒沙子被人潮所吞没。然而他经受的这一切痛苦已经把他折腾得疲惫不堪，他仅能勉强举步。他汗如雨下；整个脖子都汗涔涔的。“瞧，喝得大醉！”——当他走到运河边时，有人冲他嚷嚷。

他现在精神恍惚；越往前走，越是糟糕。不过，他还记得，当他走到运河边时，倏然一惊，这里人少，比较引人注目，因此打算转身回到胡同里去。尽管他走路跌跌撞撞，但还是绕了个弯，从截然相反的方向回到家里。

他神志不清地走入自己那幢公寓的大门；至少是上了楼梯后，他才想起那把斧头来。还有一项十分重要的任务摆在面前：把斧头送回原处，并且尽可能做到神不知鬼不觉。当然，进行思考他已经无能为力了，也许根本不把斧头送归原处，而把它扔到别人的院子里，即使以后去扔，也比送回原处好得多。

然而一切都一帆风顺。看门人的房门只是虚掩着，并未上锁，因而看门人八成是在家。但他已经彻底晕头晕脑了，所以对直走向看门人的屋子，推开房门。假如看门人问他：“有啥事吗？”——他兴许会直截了当地把斧头交给他。但是看门人又不在家，于是他得以尽快把斧头照原处放回长凳下；甚至照旧用一块劈柴遮住它。随后他直到进入自己的房间，一路上没有碰到一个人影；女房东的门关得严严实实的。一走进自己的房间，他就跟往常一样和衣倒在沙发上。他睡不着，但脑子里却昏天黑地。假如当时有谁走进他的房间，他定会立刻纵身跳起，大喊大叫。思想的各种断章残片在他的脑海里七零八乱地飘来飞去；尽管他竭尽全力，但却无法捕获其中的任何一个，也无法把思想集中到任何一点上……

第二章

一

他就这样躺了很久。偶尔有一次，他似乎醒了，发现这时早已夜色已深，而他也就不再有起来的念头。最后他发现，天色已经明亮如白昼。他仰面躺在沙发上，由于不久前的昏昏沉沉，现在还有点木然呆然。一阵阵骇人心魂、无所顾忌的哀号从街上刺耳地传来，不过，他每天深夜两点多钟①都能从自己窗下听到这样的哀号。现在正是这种哀号声吵醒了他。“啊！那些醉鬼已经从酒馆里出来了，”他想，“两点多钟了，”他突然跳起身来，似乎有人从沙发上把他拽了起来。“怎么！已经两点多钟了！”他坐到沙发上，——这时一切都想起来了！眨眼间一切突然都想起来了！

最初一刹那，他认为自己快要疯了。一阵可怕的寒战控制了他；不过寒战的原因是热病，当他还在睡梦中时就已开始发作了。现在他突然感到浑身发冷，冷得牙齿抖动着磕磕直碰，整个身子剧烈地哆嗦着。他打开房门，开始谛听：这幢楼里的一切都已沉沉入梦。他惊异地打量着自身和屋内四周的一切，深感难以置信：昨晚他进屋后竟然没扣上门钩，而且不仅没脱衣服，甚至连帽子也没摘，就径直倒在沙发上：帽子滑落下去，滚在枕头边的地板上。“假如有人进来，他会怎么想呢？以为我烂

---

① 时值彼得堡白夜，早晨几乎紧接着黄昏出现，深夜两点多钟，已开始亮如白昼。

醉如泥，然而……”他奔到窗前。天已经大亮，他赶忙开始从脚到顶检查自己全身，检查所有的衣服：是否还有血迹？但是这样检查显然不行：因为他冷得直打哆嗦，于是他干脆脱下所有衣服，又整个儿细查了一遍。他把所有的衣服全都翻了过来，连一根线、一块布都不曾漏过，但还是不敢相信自己，又翻来覆去地检查了三遍。但是什么都没发现，似乎没留下任何痕迹；只是裤脚磨破的地方吊着的毛边上粘着几点浓浓的凝血。他抓起大折刀，割掉了毛边。看来，再没有什么了。他猛然想起，他从老太婆身上和箱子里拿来的钱袋和金器，这一切直到目前还分别装在他的几个口袋里呢！直到目前他还未想到要把它们掏出来藏好！甚至刚才他检查衣服的时候，也不曾想到它们！这是怎么搞的？他立即匆促地把这些东西掏了出来，扔在桌子上。他掏得很彻底，甚至连口袋也翻出来了，以便检查是否还漏存着什么东西，然后他把这堆东西全搬到一个墙角里。就在那个墙角下，有个地方墙纸被撕破了，脱落下来：他立即把所有东西都塞进墙纸下面的窟窿里。“塞进去了！全都藏得看不见了，钱袋也藏好了！”他得意扬扬地想着，欠了欠身子，麻木地望着那个角落，望着那个更加鼓凸的窟窿。突然他惊恐得全身发抖：“我的上帝，”他绝望地嘀咕着，“我这是咋整的？难道这就叫藏好了吗？难道就这样藏东西？”

的确，他本未打算拿那些金器；他一个劲儿想的只是钱，因此事先并未准备藏东西的地方，“不过眼下，眼下我有啥好高兴的呢？”他想，“难道就这样藏东西？我真是神经不正常了！”他精疲力竭地坐在沙发上，一阵难以忍受的寒战立刻又使他浑身直打哆嗦。他下意识地拉过放在旁边椅子上的、他大学时代的那件冬大衣，大衣暖意融融，但几乎已经变成破衣烂絮了，他把它盖在身上，一下子就又沉沉入梦，并说起胡话来。他处于昏昏迷迷的状态中。

睡了不到五分钟，他又跳起身来，立即发狂般地奔向那件夏季大衣。“我怎能又睡着了，任何事情都还没做好呢！果真如此，果真如此：腋下的绳套直到目前还没有拆下来呢！忘了，竟然连这等事情都忘了！如此明显的罪证！”他扯下绳套，急忙把它撕得稀烂，塞到枕头底下的内衣里面。“粗麻布碎片无论如何是不会引起怀疑的；看来如此，看来如此！”他站在房间当中反反复复地说，并且聚精会神到头痛地又仔细检查四周，检查地板和所有地方，看看还有什么东西忘记了没有？他相信，他的一切，甚至记忆力，甚至正常的思考力，都已离他远去了，这种想法开始难以忍受地折磨他。“怎么，难道已经开始，难道惩罚这就已经降临了？

是的，是的，就是这样！”果然，他从裤脚上割下的那些毛边七零八落地扔在房间当中的地板上，进门第一眼就可看到！“我这是究竟怎么搞的？”他又惊慌失措地高声叫道。

这时一个古怪的念头在他的头脑里油然升起：也许，他所有的衣服全都沾上了血，也许还有许多血迹，只不过他未曾看见，没有发现而已，因为他的思考力衰退了，思维零乱……理智不复存在……他突然想起，钱袋上也有血痕。“啊呀！这么说，口袋上也应该有血迹了，因为我当时是把湿漉漉的钱袋塞进口袋里的呀！”他立刻翻出口袋，——果真如此——口袋的里子上有着斑斑、点点的血痕。“看来，我还并未完全丧失理智，看来，我还有思考力和记忆力，既然我能自己想到此事并醒悟过来！”他欣喜若狂地想，兴高采烈地敞开胸怀深深舒了口气。“不过是热病引起的虚弱，短暂的昏乱。”于是他彻底撕掉了左边裤袋的整个衬里。这时一束阳光照到他的左靴上：从破靴洞里露出的袜子上隐约可见血痕。他脱下靴子：“真是这样！整个袜尖都被血浸透了。”当时他大概一不小心踩进了那摊血……“但是现在该如何处理这事呢？这些袜子，毛边，口袋里子，扔到哪里呢？”

他把这些东西全都抓拢到手里，站在房子中间。“扔在炉子里吗？可首先就会搜查炉子。烧掉吗？可是用什么来点火呢？连火柴都没有呀。不，最好是外出找一个什么地方，把它们全都扔掉。是的！最好扔掉！”他又坐到沙发上，重复念叨着，“马上就走，即刻就走，毫不耽搁！……”然而代替这种想法的是，他的头又倒在枕头上；那种难以忍受的寒战又冷得他浑身发僵；他又把那件冬大衣盖到身上。长久地，在几小时里，他的头脑里幻觉般断断续续地一直想着：“马上就走，毫不耽搁，去一个什么地方，扔掉这一切东西，以免别人看见，赶快呀，赶快呀！”他好几次想从沙发上挣扎着站起来，但是没有成功。一阵猛烈的敲门声彻底惊醒了他。

“喂，开门呀，你还活着吗？他总是睡不够！”娜斯塔西娅用拳头砰砰地敲着门，高叫着，“整天整天，像狗一样，老是睡懒觉！真是一条狗！开不开门呀，都十点多了。”

“也许，不在家吧！”一个男人的声音说道。

“啊呀！这是看门人的声音……他来这干吗？”

他一骨碌爬起来，坐在沙发上。他的心如此怦怦狂跳不已，甚至跳得心痛。

“那门钩是谁扣上的呢？”娜斯塔西娅反驳说，“你瞧，锁上门的！难道他会把自己给偷走吗？开门，聪明人，醒醒呀！”

“他们来干吗？看门人干吗来了？真相已经大白了。硬顶着不开门，还是开门呢？玩完了……”

他欠起身子，俯身向前，取下门钩。

整个房间面积如此之小，不用下床就能取下门钩。

果真不错：门外站着看门人和娜斯塔西娅。

娜斯塔西娅用一种有点奇怪的目光看了看他。他则以一种挑衅和绝望的姿态望了望看门人。看门人一声不吭地递给他一张对折着的、封着深绿色火漆的灰纸。

“传票，办公室送来的。”他把纸递过去后说。

“从什么办公室送来的？……”

“警察局，就是叫你去那里的办公室。谁都知道，那是什么办公室。”

“去警察局！……为什么？……”

“我咋知道。要你去，你就去呗。”他凝神看了看他，又望了望四周，转身向外走去。

“你好像病得很重哇？”娜斯塔西娅目不转睛地看着他，问道。看门人这会儿也闻声回头望了他一眼。“从昨天起就在发烧了。”她又补充一句。

他没有回答，手里拿着那张纸，也不拆看。

“那你就别起床啦，”娜斯塔西娅接着说，她看到他从沙发上挪下双脚，不禁心生怜悯，“病了，你就别去了：又不是火烧眉毛。你手里拿着什么？”

他低头一看：他的右手攥着割下来的几条毛边、一只袜子和撕下来的几块口袋衬里。他就这样抓着这些东西睡着了。后来他想了一下这事，记起是他发烧时半睡半醒，手里紧紧攥着这些东西，就这样昏昏入睡了。

“瞧，他都拿了些啥烂玩意，还带着睡觉呢，就好像带着宝贝一样……”娜斯塔西娅发出一阵病态的、神经质的大笑。他立即把这些东西全都塞到大衣底下，并且双眼定定地直盯着大衣。虽然此时此刻他还不大能进行清晰的思考，但他感觉到，他们对人的这种态度，不像是来抓他的。“然而……警察局呢？”

“喝茶吗？要不要喝？我去拿来；还有啊……”

“不……我去：我马上就去。”他站起身来，嘟嘟囔囔着。

“只管去吧，你下得了楼梯吗？”

“我去……”

“随你的便。”

她跟在看门人后边走了。他立即扑到亮处，查看袜子和毛边：“真有血迹，不过不太显眼；都给弄脏了，有些给磨掉了，并且已经褪了色。谁事先不知道——那就什么也看不出来。娜斯塔西娅站得较远，也什么都看不出来，谢天谢地！”这时他嗦嗦颤抖着拆开传票看了起来；他看了很久，好不容易才搞明白。这是警察分局送来的一张普通传票，要他当天九点半钟去一趟分局局长办公室。

“究竟什么时候发生过这种事呢？我本人从来不曾与警察局发生过任何关系哪！而且为何恰恰是今天呢？”他满腹狐疑，痛苦不堪地想着。“上帝啊，尽快来吧！”他原想跪下祈祷，然而甚至他自己都笑了起来，——并非笑祈祷，而是笑他自己。他赶忙开始穿衣。“玩完就玩完吧，反正都一样！把袜子也穿上！”他突然想道，“在灰尘里多摩擦几下，血迹就无踪无影了。”但他刚刚穿上袜子，又立即憎恶而恐惧地扯了下来。但扯下之后，想到没有别的袜子，又拿过来穿上，——并且又大笑起来。“这一切都是有条件的，一切都是相对的，这一切都只是一种形式。”他灵光一闪般地想道，掠过的只是思想的一小部分，但他却浑身发抖，“瞧，我竟然还是穿上了！最终到底还是穿上了！”不过，笑声迅即变成绝望。“不，我无能为力……”他想。他的两腿抖个不停。“因为害怕，”——他喃喃地自言自语着。由于发烧，他的头晕晕乎乎，痛得厉害。“这是一个阴谋！他们阴谋诱我入圈套，然后突如其来地使我俯首就擒。”——他走到楼梯上时，还在继续自言自语。“糟糕的是，我几乎处于谵妄①状态……我可能漏嘴说出某些蠢话来……”

在楼梯上他想起来，所有的东西都那样放在墙纸后面的窟窿里，“而这也许是故意引开他，以便搜查。”这么想着，他就停住了脚步。然而，

---

① 谵妄是一种以兴奋性增高为主的高级神经中枢急性活动失调状态，在意识清晰度降低的同时，出现定向力及自身认识障碍，并产生大量的幻觉、错觉。临床主要表现为意识模糊、注意力变差、定向力（时间、地点、人物）丧失、感觉错乱、躁动不安、语言杂乱、睡眠—清醒周期混乱（有时清醒有时又变得昏睡），常常伴随着妄想（例如相信有人要害他）、幻觉（例如看到不存在的东西，过世的亲友）等。幻觉以幻视为多见，内容多为生动、逼真而鲜明的形象，如看到昆虫、猛兽、鬼神、战争场面等。病程起伏不定，时好时坏。因急性起病、病程短暂、病情发展迅速，故又称为急性脑综合征。

这时一种悲观失望的情绪和一种也许可以称之为对死亡的犬儒主义①态度突然控制了他，因而他挥了挥手，又继续下楼。

“但愿尽快到来！……”

街上又热得让人难以忍受；这些日子竟然没下过一滴雨。又是灰尘、砖块、石灰，又是小铺子和小酒馆里飘出来的臭气，又是络绎不绝的醉鬼、芬兰小贩②和破烂不堪的出租马车。太阳亮铮铮地直刺他的眼睛，刺得他眼睛疼痛，脑袋里天旋地转。——在阳光灿烂的日子里，一个患热病的人猛然来到街上，总是会有这种感觉。

走到昨天那条街道的转弯处时，他怀着痛苦不堪、惊慌不安的心情，望了望那条街，那幢房子……又马上挪开视线。

“假如问到了，我也许会说出来。”快到办公室时，他想。

办公室与他的住处相距约四分之一俄里。它刚刚迁到这幢新楼第四层的一套新房子里。他曾经偶尔匆匆去过一次那个旧办公室，不过那是非常遥远的事了。他一走进大门，就看见右边有一道楼梯，一个粗汉手拿户口簿正从楼梯上往下走；“看样子，是个看门人；看来，这里就是办公室了。”他瞎猜瞎摸地往上走。他不想向任何人打听任何事情。

“一进屋，我就跪下，招出一切……”登上四楼时，他想道。

楼梯又窄又陡，污水四流。整个四楼所有住房的全部厨房都朝着这道楼梯大敞开门，而且几乎全天都这么大敞着。因而简直闷热窒人。腋下夹着户口簿的看门人、警察局的信差、前来办事的各色男女，在这里绵绵不断地上上下下，出出进进。办公室的门也是大敞着的。他走进门去，站在前室。某些乡下人模样的人总是在这里等候。这里也闷热得让人难以忍受，此外，这些房间都是用掺有带臭味的干性油调和的油漆重新漆过的，那股新油漆的气味直冲鼻子，令人恶心。稍等片刻，他觉得还应往前走，到前面一个房间里去。所有的房间都又小又矮。一种急剧的迫不及待的心情驱使他一个劲地往前走。谁都不曾注意他。第二个房

---

① 公元前五至前四世纪古希腊安提西尼（前445—前365）、第欧根尼（前404—前323）等哲学家，主张弃绝财富、荣辱、声色、家庭，重返“自然”状态的生活方式，宣扬克己节欲，独善其身，尤其强调对一切都无动于衷。后来人们把行为怪僻、桀骜不驯、不满世俗、对一切都无动于衷的作风，称为“犬儒主义”，把具有这种行为的人称作“犬儒”。此处指对死亡无动于衷。

② 当时彼得堡近郊的农民，大都是芬兰裔俄国人，常常进城沿街叫卖，做些小生意。

间有几个司书正在抄写，他们的衣着只比他稍好一些而已，他们的样子都颇为古怪。他走到其中一个的跟前。

“你有何贵干?”

他出示了警察局的传票。

“您是大学生?”那人瞅了一眼传票，问道。

“是的，以前是大学生。”

司书看了他一眼，不过显得相当冷漠。这是一个头发极其蓬乱的人，从眼神可以看出他思想僵化。

“从此人嘴里探听不到任何消息，因为在他看来任何事情反正一样。”拉斯科尔尼科夫心想。

“到那边去，找办事员。”司书说着，伸出手指往前指了一指最后那个房间。

他走进那个房间（按顺序为第四间），里面窄小，挤满了来访者——他们都比前面几个房间的人衣着整洁一些。来访者之中有两位女士。一位身着寒酸的丧服，坐在办事员对面的桌子旁，听他口授写着什么。另一位女士十分丰满，面色紫红，脸上有几颗雀斑，是个仪态万方的女人，衣着颇为华丽，胸前佩戴着一只茶碟般大的胸针，她正站在一旁等候①。拉斯科尔尼科夫把自己的传票递给办事员。那人粗粗扫了一眼，说：“请稍候!”便又继续给那位穿丧服的女士口授。

他比较舒畅地吁了口气。“无疑，不是那件事!”他渐渐精神振奋起来，为自己不久前的态度感到羞愧，他试图竭力振作起来，尽量镇定自若。

“稍一糊涂，稍不小心，我就会暴露自己！唉……可惜这里的空气太污浊了，”他补充一句，“闷死人……头更晕了……理智也……”

他感到心绪混乱不堪。他生怕自己无法控制自己。他力求做点什么或想点什么，想点风马牛不相及的事，来分散自己的注意力，但这纯属徒劳。不过，那个办事员却使他倍感兴趣：他总是试图根据办事员脸上的表情猜出些什么，摸透其底细。这是一个十分年轻的人，大约二十二岁，有着一张黑乎乎的、表情丰富的脸，显得大于他的实际年龄，穿着很时髦，像个花花公子，头发在后脑勺上留着分头，梳得整整齐齐，搽得油光发亮，用小刷子刷得干干净净的白皙的手指上，戴了好几个镶宝石的戒指和普通戒指，背心上挂着几条金链。他甚至还对来这里的一个

① 这位女士，是一家妓院的鸨母。

外国人说了两句法语，说得还马马虎虎。

“露意莎·伊万诺芙娜，您坐呀。”他匆匆对那个衣着颇为华丽、面色紫红的女士说，她一直站着，似乎不敢擅自坐下，即使椅子就在她身边。

“Ich danke①。”那个女人说着，文静地坐到椅子上，绸衣发出一阵窸窸窣窣的声音。她那身缀着白色花边的浅蓝色连衣裙，好似气球一般扩展在椅子周围，占据了几乎半个房间。香气阵阵袭人。不过，那位女士显然感到羞怯不安，因为她占据了半个房间，身上又这样芳香扑鼻，尽管她畏畏缩缩而又涎皮赖脸地微笑着，但明显地流露出惊慌的神情。

穿丧服的女士终于办完了事情，站起身来。突然，伴着一阵喧哗，一个警官大模大样地走了进来，他每走一步就颇为特别地扭动一下肩膀，他把缀有警徽的制帽朝桌上一扔，一屁股坐到扶手椅上。那位衣着华丽的女士一看到他，霍地从椅子上站起，喜洋洋地向他行了个屈膝礼；但警官一点都不理睬她，而她当着他的面却已经不敢再坐下去了。这是分局的副局长，两撇淡褐色的八字胡平平地伸向上唇两边，脸盘小得出奇，不过除了有点儿傲慢无礼，脸上并无其他特别表情。他有点恼怒地斜眼看了拉斯科尔尼科夫一眼：他那身衣服太破旧不堪了，尽管他的衣着有损他的尊严，但他却依然有着与他的衣着不相称的气派；拉斯科尔尼科夫由于疏忽，太过长久地直盯着他，弄得他甚至发起火来。

“你有什么事？”他大叫一声，他大概惊讶不已，一个衣衫如此褴褛的人在他那咄咄逼人的目光下竟然不曾仓皇失措。

“是要我来的……有传票……”拉斯科尔尼科夫漫不经心地说。

“这是一件向这位大学生追索欠款的案子。”办事员放下手头的公文，赶忙说。“就是这个！”他把一个本子扔给拉斯科尔尼科夫，并指了指本子上的一个地方，“您看看吧！”

“欠款，什么欠款？”拉斯科尔尼科夫心想，“然而……这样看来，必定不是那件事！”他高兴得颤抖起来。他突然觉得无比的轻松，无法形容的轻松。千斤重担从肩上卸下来了。

“传票上通知你几点钟来呀，先生？”中尉高叫着，不知为何，他越来越感到恼怒，“明明叫你九点钟来，而现在已经十一点多了！”

“我接到传票还只一刻钟呢。”拉斯科尔尼科夫回头大声回答，他也突然出乎自己意外地怒火中烧起来，甚至从中感到某种快乐。“我带病而

① 德语，意为“谢谢”。

来，发着高烧，够好的了！”

“你别起高腔！”

“我并没有起高腔，而是很心平气和地说话，是您在对我起高腔；而我是个大学生，绝不允许别人对我起高腔。”

副局长怒火冲天，竟气得最初一刹那说不出话来，只是从嘴里直冒唾沫星子。他从座位上腾地跳了起来。

“请您住——住——住嘴！您这是在政府机关里。不要口出——出——出狂言，先生！”

“您也是在政府机关里，”拉斯科尔尼科夫高声说道，“而您不仅起高腔，而且在抽烟，因此，是您轻视我们大家。”拉斯科尔尼科夫说完这句话后，感到一种难以形容的满足。

办事员乐滋滋地看着他们。性急的中尉显然不知所措。

“这不关您的事！”最后他有点不自然地高声叫道，“现在请您按要求提出书面答复。给他看看，亚历山大·格里戈里耶维奇。有状子告您！您欠债不还！哼，还充什么好汉子！”

但拉斯科尔尼科夫早已不再听他说话，他急不可耐地一把抓起状子，赶忙寻找谜底。他看了一遍，又一遍，还是不明所以。

“这是怎么回事？”他向办事员问道。

“这是按照借据向你追索欠款。您理应或者如数还清欠款，并支付诉讼费、欠款罚金及其他费用，或者提出书面答复，说明什么时候能够还清借款，同时做出保证，在还清借款之前不得离开首都，也不得变卖和藏匿自己的财产。而债权人却有权变卖您的财产，并依法对你提出控告。”

“可是我……不曾欠任何人的债啊！”

“这已不关我们的事了。有人送来一张逾期未还并且拒付的一百一十五卢布的借据，呈请追索此款。该借据是您九个月之前写给八等文官太太扎尔尼岑娜寡妇的，而扎尔尼岑娜寡妇又把它转让给了七等文官切巴洛夫，我们就是为此请您来作出答复的。”

“可要知道，她不就是我的女房东吗？”

“是女房东又能怎样呢？”

办事员带着一种宽容、同情而同时又有点洋洋自得的微笑看着他，就像看着一个初次学习射击的新手：“喂，你现在感觉怎样？”但是现在他哪里顾得上什么借据，什么追索欠款！这等事现在也值得他担一点心，甚至哪怕引起他一丝注意吗！他站在那里，读着，听着，回答着，甚至还自己提问，但所有这一切都是机械性的。自我保全的欣悦，从危如累卵中获救的庆幸——这就是他此时此刻充盈整个身心的感觉，无须预测，无须分析，无须猜想未来和寻找谜底，没有怀疑，也没有问题。这是一个洋溢着自然的、纯动物性的欢乐的瞬间。然而就在这一瞬间，办公室里发生了一件雷鸣电闪般的事情。因有人胆敢不恭而深感震惊的中尉，依旧怒火万丈，显然他希望维护自己受了伤害的尊严，于是对那个“衣着颇为华丽的女士”雷电交加地大骂起来，而她，从他一进屋就一直带着傻乎乎的微笑望着他。

“而你，这个没出息的货色，”他忽然扯开嗓子高声大叫（那位穿丧服的女士已经出去了），“你那里昨天夜里出什么事了？啊？又是丢人现眼的事，闹得整条街都鸡犬不宁。又是打架斗殴，又是酗酒滋事。你是想进班房吧！我可是已经告诉过你了，我可是已经警告过你十次了，第十一次我可决不留情！而你又，又，你这个没出息的货色！”

连拉斯科尔尼科夫手里的传票都掉到地上，他惊讶地望着那个遭到无礼痛骂的、衣着华丽的女士；但很快他就悟出了个中奥妙，并且立刻对这件事甚至兴致勃勃起来。他乐不可支地听着，甚至想要哈哈大笑，哈哈大笑，哈哈大笑……他所有的神经都在欢呼雀跃。

“伊里亚·彼得罗维奇！”办事员关切地说，但立即刹住了话头，以等待合适的时机，因为根据个人的切身经验，要制止这个怒火冲天的中尉，唯有采用强制手段。

至于那个衣着华丽的女士，最初的确被这雷电交加的大骂吓得瑟瑟颤抖；但，怪事一桩：骂得越多越凶狠，她的神态就越发可爱，对那个可怕的中尉笑得也越发迷人。她在原地踏着碎步，一个劲地行屈膝礼，急不可耐地等待插话的机会，并且终于等到了。

“大尉先生，我那里没人闹事，也没有打架，”她突然噼里啪啦地说个不停，就像爆豆子一般，虽然俄语说得很流利，但带有浓厚的德国口音，“任何，任何丢人现眼的事都没有，而且他们来的时候就已经喝醉了，我把这事原原本本地告诉你，大尉先生，而我是没啥错的……我家可是规规矩矩的，大尉先生，为人处事也是规规矩矩的，大尉先生，我向来，向来不希望发生任何丢人现眼的事。而他们来的时候已经喝得醉醺醺的，后来又要了三瓶酒，后来有一个人跷起双腿，用脚在钢琴上弹了起来，在一个规规矩矩的家庭里，这实在不成体统，他把钢琴冈次①搞

① 德文ganz的音译，意为“完全”。

坏了，这十分，十分有失风度，我就是这样说的。可是他却抓起一个瓶子，逢人就从背后乱打一气。我赶忙去叫看门人，卡尔来了，他揪住卡尔，对准眼睛直打，还打了亨利埃特的眼睛，我也被扇了五记耳光。在一个规规矩矩的家庭里这太放肆了，大尉先生，我就喊了起来。而他打开朝着运河的窗户，冲着窗外像头小猪一样刺耳地嗷嗷尖叫；这真是丢人。怎么可以冲着窗外的大街，像头小猪一样刺耳地嗷嗷尖叫呢？呸——呸——呸！卡尔从背后抓住他的燕尾服，把他从窗口拉走了，这时，的确不错，把他的泽因·罗克①给撕破了。当时他高声吵闹，要求曼·穆斯②赔偿他十五卢布。大尉先生，我自己付给他五卢布赔偿他的泽因·罗克。这是个野蛮的客人，大尉先生，什么丑事都干得出来！他说，我要盖德留克特③一篇长文讽刺您，因为我在所有的报纸上都能发表文章骂您。”

“这么说，他是一个作家啰？”

“对，大尉先生，可在一个规规矩矩的家庭里，大尉先生，这是一个多么野蛮的客人啊……”

“噢——噢——噢！够了！我早已对你说过了，说过了，我不是对你说过吗……”

“伊里亚·彼得罗维奇。”办事员又意味深长地说。中尉连忙看了他一眼；办事员轻轻点了点头。

“刚才已经说过，最尊敬的拉维莎·伊万诺芙娜，我这是最后一次警告你，这是最后一次了，”中尉继续说，“如果在你那个规规矩矩的家庭里只要再发生一次丢人现眼的事，那我就要，高雅点说，追究你本人的责任。听见了没有？这么说，那个文学家，那个作家，在‘一个规规矩矩的家庭’里，拿了五卢布作为撕破后襟的赔偿费？滚蛋吧，他们这些作家！”他轻蔑地瞥了一下拉斯科尔尼科夫，“前天在一家小饭馆里也发生过一桩事：吃喝完了，却不想给钱；还说啥‘我要写文章讽刺你们’④。上个礼拜，在轮船上也有这么一位，竟然用最下流的话骂一个五

---

① 德文 sein Rock 的音译，意为“他的燕尾服”。

② 德文 man muss 的音译，意为“必须”。

③ 德文 gedrückt 的音译，意为“发表”。

④ 据 1865 年报载，俄国当时的风气很坏，有些下流文人专靠骂人为生，特别是骂酒店和饭馆等，并且往往以此为要挟，到处白吃白喝，并收受礼品和贿赂。

等文官的尊贵的眷属，他的夫人和女儿。前两天还有一位被从糖果点心店给撵了出来。瞧，作家，文学家，大学生，代言人，他们就是这么一副德行！……我呸！而你，回去吧！要是我亲自找上门来……到时候你可得当点心！听见了没有？”

露意莎·伊万诺芙娜赶忙礼貌地朝四方团团行屈膝礼，一边行礼一边向门口后退；然而在门口她的屁股却撞在一个仪表堂堂的警官身上，此人面色坦诚，容光焕发，蓄着漂亮、浓密的淡黄色络腮胡子。这就是分局局长尼科季姆·弗米奇。露意莎·伊万诺芙娜急忙行了个屈膝礼，膝盖都差一点碰到地板了，然后迈着小碎步，一蹦一跳地飞出了办公室。

“又是雷声隆隆，又是电光霍霍，又是旋风，又是飓风！”尼科季姆·弗米奇亲切、友好地对伊里亚·彼得罗维奇说，“又使别人惊慌不安了，又大发雷霆了！在楼梯上我就听见了！”

“是啊，怎么样！”伊里亚·彼得罗维奇气度高贵、毫不在意地说(他甚至不是说‘怎么样’，而不知怎的说成‘是啊——啊，怎么样——样’)，并拿着几份公文，走向另一张桌子，每走一步就姿态生动地扭动一下肩膀，脚迈向哪边，肩膀就扭向哪边，“喏，请看：这位作家先生，也就是大学生，就是说从前是大学生，立了借据，却欠债不还，也不搬走，债主接二连三地控告他，而他竟还心怀不满，责怪我当着他的面抽烟！自己的行——行——行为下流卑鄙，可您瞧，请您再瞧一瞧他：他现在这副样子多么招人喜欢！”

“贫穷不是罪过，朋友，这算得了什么呢！众所周知，他是个火药桶，受不得委屈。您大概受了什么气，对他有意见，无法控制自己，”尼科季姆·弗米奇回头亲切地望着拉斯科尔尼科夫，继续说道，“不过这可是您的不对了：我告诉您吧，他是一个最——最——高——高——高尚——尚的人，但是一个火药桶，火药桶！一点就呼地着火，烈焰轰轰，烧完了——也就没事了！就全都过去了！归根结底，他有一颗金子般的心！在团里大家就管他叫‘火药桶中尉’……”

“那是多好的一个团——团——团啊！”伊里亚·彼得罗维奇高声感叹着，他虽然还有点余怒未消，但他的自尊心得到了极大的满足，一时间觉得意得志满。

拉斯科尔尼科夫突然想向他们大家说几句特别友好的话。

“对不起，大尉，”他猛然转身，对尼科季姆·弗米奇毫不拘束地说，“请您设身处地想想我的境况……如果我有什么失礼之处，我甚至准备向他道歉。我是一个穷困而又有病的大学生，让贫穷给压垮了（他说的就是‘压垮了’）。我曾在大学念书，因为现在无法维持生计，但我会收到钱的……我母亲和妹妹住在某省……会给我汇款的，我……会还清债务的。我的房东是个心肠慈悲的女人，但是因为我丢掉了教书工作，三个多月没付房租，她怒气冲冲，连午饭也不给我送了……而且我完全搞不明白，这是一张什么借据！现在她凭这张借据向我讨债，但我拿什么还她呢，请您自己评判吧！……”

“这可不关我们的事……”办事员又说道。

“对不起，对不起，我完全赞同您的意见，不过请允许我解释一下。”拉斯科尔尼科夫又接下话头说，他并未转身向着办事员，而一直面对尼科季姆·弗米奇，但也尽力试图朝着伊里亚·彼得罗维奇，尽管那人顽固地装出一副翻寻公文的样子，轻蔑地对他不予理睬，“请允许我也从自己这方面解释一下，我在她那里租住房子已经快三年了，从外省来后就住在那里，从前……从前……不过，我为什么不敢承认呢，最初我答应娶她的女儿，这只是口头承诺，毫无约束力的……这是一个姑娘……不过，我倒很喜欢她……虽然我并不爱她……简而言之，年轻嘛，我想说的也就是，女房东当时让我赊了不少账，我在某种程度上过的就是这样的生活……我当时太轻率了……”

“先生，根本没人要求你讲这些个人隐私，再说我们也没工夫。”伊里亚·彼得罗维奇粗暴而得意地打断了他的话，但拉斯科尔尼科夫热情似火地抢过话头，尽管他忽然觉得说话十分困难。

“不过请允许，请允许我，多多少少说明一切……究竟是怎么回事……至于我……虽然再讲这些纯属多余，我同意您的意见，——但是一年以前这个姑娘死于伤寒病。我仍然作为房客住在那里，而女房东刚一搬到现在这个住处，就对我说……并且是友善地对我说……她始终百分之百地相信我……不过问我是不是愿意给她签写一张一百一十五卢布的借据，她认为这就是我的全部欠款数目。请允许我想一想：她正是这么说的，只要我给她签写这张借据，她就又会赊账给我，赊多少都随我的便，而且不管任何时候，无论任何时候，从她那方面来说，——这是她亲口说的，——她都不会利用这张借据，直到我自己还清她的欠款……可是瞧，现在，正当我失去了教书工作，连饭都没有吃的时候，她却来追索借款……现在我还有什么好说的呢？”

“所有这一切令人感动的细节，先生，都与我们无关，”伊里奇·彼得罗维奇粗野地打断他的话，“您必须做出书面答复和保证，而您在那里的罗曼史和悲剧性事儿，跟我们毫不相干。”

“唔，你真是……残忍……”尼科季姆·弗米奇喃喃地说，他坐到桌子旁边，也开始签署公文。他有点感到愧疚。

“您请写吧。”办事员对拉斯科尔尼科夫说。

“写什么？”他问道，不知怎的口气相当粗暴。

“我口授，您写。”

拉斯科尔尼科夫觉得，在他进行了一番自我表述之后，办事员开始对他更不客气，更加不屑一顾了，不过，奇怪的是，——他突然觉得，无论谁的意见都一律无足轻重了，而这种变化不知怎的是在转眼之间、在一分钟里发生的。假如他愿意稍作思考，他定然就会感到惊讶，一分钟以前他怎么竟然那样和他们说话，甚至硬要以情动人？而这种情又从何而来呢？相反，假如现在挤坐在这个房间里的并非这两位局长，而是他的心心相印的朋友，他也看来找不出一句体贴的知心话来对他们说，他的心突然变得万念俱灰了。他突然自觉地意识到，自己心里滋长着一种阴郁的情绪，痛苦地感到自己孤独到了极点，完全无依无靠。突然使他感到内心难受的，既非他在伊里亚·彼得罗维奇面前流露真情的卑劣，也非中尉对他那种洋洋得意的可鄙。啊，他自己的卑劣行径、这一切的傲慢自大，还有中尉、德国女人、追索欠款、办公室，等等，等等，这一切现在与他又有什么关系呢！假如此时他即使被判处火刑，那么他也会全然无动于衷，甚至未必会集中注意力听完宣判。他的内心出现了某种完全未曾体验过的、十分新鲜的、出乎意料的而且从未有过的变化。并非是他理解到，而是他分分明明地感觉到，全身心都感觉到，他不仅不能像刚才那样感情用事，而且甚至也不会以任何方式向警察分局办公室里的这些人进行申诉了，即使他们都是他嫡亲的兄弟姐妹，而并非中尉警官，甚至无论他多么走投无路，他也完全无须去向他们倾诉；在这一瞬间之前，他还从来不曾亲身体会过类似的奇怪而可怕的感觉。而且最令人痛苦不堪的是——这与其说是一种意识，一种理解，倒不如说是一种感觉；是一种直觉，是他迄今为止的生活中体会过的所有感觉中最为痛苦的一种感觉。

办事员开始向他口授在此情况下这种答复的通常格式，即本人无力偿还欠款，答应将于某时（随便写个日子）偿还，决不离开本市，既不变卖财产，也不将财产赠予他人，等等。

“啊，您不能写了，您连笔都握不住了，”办事员惊奇地凝视着拉斯科尔尼科夫，说，“您病了？”

“对……头晕……请继续说！”

“已经完了，签字吧。”

办事员收起书面答复，又忙别人的事去了。

拉斯科尔尼科夫退还了笔，但他没有站起身来，离开此地，而是用两个胳膊肘撑住桌子，双手紧紧地抱住脑袋。似乎有人正在朝他的头顶钉一枚钉子。一个奇怪的想法突然溜进他的心里：立刻起身，走到尼科季姆·弗米奇面前，把昨天的事一五一十地全部讲给他听，决不遗漏一个细节，然后和他一起回到自己的住处，把藏在墙角窟窿里的东西指给他看。这种欲望是如此强烈，以致他已经站起身来，准备付诸行动了。“是否再考虑哪怕一分钟？”脑海里又掠过这样一个念头，“不，最好还是别再费神，赶快卸掉这副千斤重担吧！”但突然他又木偶般站着一动不动了：尼科季姆·弗米奇正在情绪激昂地同伊里亚·彼得罗维奇谈话，飞进他耳里的是下面这些话：

“这绝不可能，两人都应释放。首先，一切都自相矛盾。您推想一下：如果这事是他们干的，那他们干吗还去叫看门人？是自己告发自己？或者是要花招？不，真是这样，那可就狡猾透顶了！最后，大学生佩斯特里亚科夫进大门的时候，两个看门人和一个女人在门口看见过他：他和三个朋友走在一起，恰好在大门口跟他们分手，他曾当着朋友的面向看门人打听住址。喏，假如他心怀不轨，他会打听她的住址吗？而科赫，在去老太婆家之前，在楼下一个银匠那里坐了半个小时，直到八点差一刻才离开他家，上楼去找老太婆。现在，您想想看……”

“不过，请问，他们的自相矛盾是怎么出现的呢：他们自己深信不疑地供称，他们敲过门，而门是扣着的，可是三分钟后，等他们和看门人一起上去时，门却开着了，门怎么开了呢？”

“症结就在这里：凶手必定待在屋内，从里面扣上门钩；如果不是科赫蠢里蠢气，自己下楼去找看门人，一定会当场捕获凶手。而他正是利用这个当儿成功地溜下楼去，并神不知鬼不觉地从他们的眼皮底下消失了。科赫双手画着十字说：‘要是我留在那里，他定会跳出来，用斧头劈死我。’他还打算为此去做一次俄罗斯式的感恩祈祷①呢，嘿——嘿！……”

“那么谁也没看见过凶手吗？”

---

① 科赫是德国人，信奉新教而非东正教，为感谢保住了性命，特意做俄罗斯式的感恩祈祷。

“唉，哪里看得见呢？那幢房子——诺亚方舟①啊！”在自己座位上细心倾听的办事员插了一句。

“事情已经明朗，事情已经明朗！”尼科季姆·弗米奇激动地重复着。

“不，事情还一团漆黑呢。”伊里亚·彼得罗维奇最终定论般地说道。

拉斯科尔尼科夫拿起自己的帽子，向门口走去，然而他没能走到门口……

当他苏醒过来，发现自己坐在一张椅子上，右边有个人扶着他，左边站着另一个人，他的手里端着一个黄色玻璃杯，杯里盛满了黄澄澄的液体②，尼科季姆·弗米奇站在他的面前，聚精会神地看着他；他从椅子上站起身来。

“您这是怎么回事，病了吗？”尼科季姆·弗米奇十分尖锐地问道。

“他刚才签字的时候，几乎连笔都握不住呢。”办事员说道，他坐回自己的位子上，又看起公文来了。

“那您早就生病了吗？”伊里亚·彼得罗维奇从自己的座位上大声问道，他也在翻阅公文。当然喽，病人昏迷不醒的时候，他也去看过他，但病人刚一苏醒，他就立即走开了。

“从昨天起……”拉斯科尔尼科夫含含糊糊地回答。

“那么昨天出过院子吗？”

“出过。”

“病了吗？”

“病了。”

“几点钟？”

“晚上七点多。”

“那么，请问，去哪里了？”

“逛街。”

“简洁，明晰。”

拉斯科尔尼科夫的回答语气生硬，句子也不完整，脸色像白手帕那样雪白，但在伊里亚·彼得罗维奇灼灼的目光下，并未垂下那双布满血

---

① 典出《圣经·旧约全书·创世记》第6—8章，上帝欲以滔天洪水毁灭人类，让诺亚造一方舟，把各种动物每种一对放置其中，逃脱大劫。此处指该幢房子是个大杂院，住户众多。

② 当时彼得堡饮用的是河水，水质极差，颜色发黄，连盛水的玻璃杯都染成了黄色。

丝的黑眼睛。

“他站都快站不稳了，而你……”尼科季姆·弗米奇说道。

“没——啥——事!”伊里亚·彼得罗维奇用某种有点特别的口气答道。尼科季姆·弗米奇原本打算再说点什么，但看了一眼那个同样目不转睛地凝视着自己的办事员，便住口不言了。大家突然都默默无语了。真是奇怪。

“哎，好啦，”伊里亚·彼得罗维奇最后总结般地说，“我们不耽误您了。”

拉斯科尔尼科夫走出门去。他刚一出门，还能一清二楚地听见，里面又突然热闹非凡地谈论起来，其中最响亮的是尼科季姆·弗米奇那表示疑问的声音……来到街上，他完全清醒过来。

“搜查，搜查，马上就会来搜查!”他一边匆匆忙忙往家里赶，一边反复自言自语着，“这些强盗！起疑心啦!”不久前的那种恐惧情绪又从头到脚彻底控制了他。

二

“如果已经搜查过了，那又怎么办呢？如果恰巧在家里碰上他们，又如何是好呢?”

然而，这就是他的房子。既没有任何事，也没有任何人；什么人也没来查看过。甚至娜斯塔西娅也不曾动过屋内的东西。但是，上帝啊！不久以前他怎么会把所有这些东西全都放在这个窟窿里呢?

他飞扑到墙角里，伸手到墙纸后面，掏出了所有东西，塞进几个口袋里。东西总共是八件：两只装着耳环或诸如此类东西的小盒子——他未曾认真看过；然后是四个小巧的山羊皮匣子。一条金链子就那么简单地用报纸包着。在报纸里还包着一件东西，看来是一枚勋章……

他把这一切东西分别塞进不同的口袋，塞在大衣口袋和裤子右边那个唯一完好的口袋里，尽可能放得难以发现。那个钱袋，他也和这些东西一起塞在身上。然后走出房间，这一次甚至让房门彻底敞开着。

他行走迅捷，步伐坚定，虽然觉得浑身筋疲力尽，但思维是清晰的。他担心有人跟踪，担心再过半个小时，再过一刻钟，也许就会发出监视他的指令。因而，无论如何得抢在这以前消灭一切证据。应该趁着现在多少还有一点点力气，多少还有一点点判断力，把事情处理妥当……究竟去哪里呢?

这是早已决定了的："把一切扔进运河，让它们沉入水底，然后完事大吉。"昨天夜里，当他还处在迷迷糊糊的状态中时，他做出了这样的决定。他记得，当时他三番五次试图挣扎着爬起来往外跑："快啊，快哇，扔掉一切。"然而，要扔掉它们看来十分困难。

他在叶卡捷琳娜运河①滨河街已经彳亍了大约半个小时，也许更多的时间，不止一次对所经过的河边码头仔细察看。但是要完成心愿，却是毫无希望：或者在岸边停靠着木筏，女人们在木筏上洗着衣服，或者在岸边泊留着小船，到处人潮涌动，而且从滨河街上，从四面八方，处处都可以看到，注意到：有人故意走下码头，静立不动，把什么东西扔进水里，形迹可疑啊。而且如果小匣子不沉入水里，反倒漂浮水面呢？当然可能这样。那就任何人都会看见。即便不如此，大家碰到他时，都已经特别注意他了，他们一个劲地打量他，似乎他们要做的事只是关注他。"为什么会这样呢，或者这也许是我感觉如此吧。"他想。

最后，一个念头钻进了他的头脑：去涅瓦河边是否好一些呢？那里人比较少，也不大引人注目，无论如何要方便一些，而主要的是——离这一带远一些②。他突然惊讶起来：他怎么能忧心忡忡、担惊受怕地在这个危险地带彳亍了整整半个小时，而不曾早点想到这个呢！这一不明智的举动浪费了整整半个小时，只是因为这个决定是在睡梦之中，在迷迷糊糊的状态下做出来的！他已变得极其漫不经心，极其健忘了，对此他心知肚明。应该断然采取行动！

他沿着 B 大街③走向涅瓦河边；但在路上他突然又冒出一个新想法："为何要到涅瓦河边去呢？为何要扔到水里呢？这样不是更好吗：去一个很远很远的地方，即使再去群岛④也行，在那里的任何一个地方，找一个偏僻之处，在树林里的某株灌木下面，——把这些东西全埋在树下，并且牢牢记住这棵树？"虽然他觉得此时此刻在这种状态下，他不可能把一切都考虑得那么明晰、正确，但他感到这个想法定然不错。

---

① 《罪与罚》的故事发生在叶卡捷琳娜运河（现名格里鲍耶陀夫运河）两岸。当时，陀思妥耶夫斯基就住在离运河很近的市民小街。

② 涅瓦河在彼得堡的偏北部，离叶卡捷琳娜运河较远。

③ 即升天大街。

④ 涅瓦河流入芬兰湾的河口，有许多大小不一的岛屿，它们与涅瓦河南岸，都属于彼得堡市区。

然而他注定了去不成群岛，另一种情况出现了：走出大街进入广场①时，他忽然发现左边有一个院子的入口，四周是围墙，完全没有门窗。一进入大门，右边，是紧邻的四层楼房的一道既未粉刷也无门窗、远远伸入院子里的墙壁。左边，也是一进大门，与那道没有门窗的围墙平行，一道板墙伸入院子深处约二十来步，然后就折向左边去了。这是一个与外界隔绝的冷僻之处，里面堆放着一些什么材料。再往里走，在院子的深处，从板墙的后面露出一座低矮的、被烟熏得黑乎乎的石头房子的一角，显然是什么作坊的一部分。这里大约是个作坊，是马车作坊，要么是五金装配作坊，或者是诸如此类的作坊；几乎从大门口起，乌黑乌黑的到处都是煤灰。"哇，就扔在这里，马上离开！"他突然灵机一动。他发现院子里没有一个人影，于是走进大门，恰好看到紧挨大门的板墙旁边，有一道流水槽（在住着大批工人、手艺人、马车夫等的这种房屋里，往往都有这样的流水槽），流水槽上面的板墙上用粉笔写着一句在这类场所司空见惯的俏皮话："次出（此处）严今（禁）占（站）立②"。因此，妙不可言的是，走到这里站上一会，不会引起任何怀疑。"在这里把所有东西扔作一堆，然后马上离开！"

他再次扫视了一遍四周，并且已经把手伸进了口袋，忽然发现外面那道围墙旁边，在大门和流水槽之间约一俄尺宽的空地上，有一块未曾加工过的大石头，约莫有一普特③半重，躺在那道紧临街道的石墙下。在这道墙外便是大街和人行道，行人匆匆行走的踏踏脚步声清晰可闻，这里的过往行人总是络绎不绝；然而门外的任何人都看不到他，除非有人从街上进来，不过，这也是十分可能的事，因此必须从速行事。

他俯身朝着石头，双手紧紧抠住它的上端，使出全身的力气，把它翻转过来。在石头底下压出了一个小小的坑洼；他马上把口袋里的东西全都掏了出来，一一扔进坑洼之中。钱袋落在最上面，可坑洼里仍然空有余地。然后，他又抠住石头，朝原来的那一面反向翻回，石头正好嵌在原处，只是显得稍稍高了一点点。不过，他扒了一些泥土，用脚把它

---

① 指彼得堡的伊萨大教堂（因有巨大的金圆顶，又称金顶大教堂，与梵蒂冈的圣彼得大教堂、伦敦的圣保罗大教堂和佛罗伦萨的圣母百花大教堂，并称为世界四大教堂）前的伊萨广场。

② 这类流水槽是供人小便用的，"此处严禁站立"意为"禁止小便"，因此是俏皮话。

③ 一普特等于16.38公斤。

踩实在石头四周。没留下任何蛛丝马迹。

接着，他离开那里，走向广场。又是一种强烈的、几乎无法抑制的喜悦，仿佛不久前在警察局里一样，刹那间使他沉浸于其中。“罪证消灭了！何人，何人能想到来这石头底下搜查？兴许，从房子建成之日起它就搁在这里，并且还将搁多少年。而即使被人找到了：谁又会想到我呢？一切都完事大吉了！罪证无影无踪了！”他笑了起来。不错，后来他记得，他发出的是神经质的、轻轻的、几乎听不见声音的、超长时间的笑声，穿过广场的这段时间里，他一直在笑着。但是，当他来到K林荫大道前天遇到那个女孩的地方时，他的笑戛然消失了。另外一些想法占据了脑海。他突然感到，此时他极其憎恶那条长椅，甚至不愿从它旁边经过，那天那个女孩走后，他曾坐在上面，左思右想，举棋不定，他也害怕遇到那个小胡子警察，遇到他心里会沉甸甸的，当时他曾给他二十戈比：“让他见鬼去吧！”

他一边走，一边漫不经心、愤愤不平地打量四周。现在他全部思想都围绕着一个主要问题运转——他自己也感到，这实在是一个主要问题，现在，正是现在，他形单影只地面对着这个主要问题，——这甚至是两个月来的头一次。

“让这一切全都见鬼去吧！”他想，满腔的怨愤突然火山般爆发，“哦，已经开始了，那就继续下去吧，让它见鬼去吧，让新生活见鬼去吧！上帝啊，这真是愚不可及！……今天我撒了多少谎，干了多少卑鄙的勾当啊！刚才我还多么卑鄙地对那个可恶透顶的伊里亚·彼得罗维奇讨好巴结，献媚逢迎啊！不过，这也是扯淡！我对他们这一伙都不屑一顾呢，甚至对自己那种讨好巴结、献媚逢迎也嗤之以鼻！根本不是这么回事！根本不是这么回事！……”

突然他止步不前；一个完全出乎意料、极其简单的新问题猝然使他晕头转向，并且痛苦地愕然：

“假如这件事始终果真是理性地进行的，而非愚蠢的蛮干，假如你果真有明确如一而又坚定不移的目标，那你为何直到目前对那个钱袋甚至都未曾看过一眼，你也不清楚自己究竟弄到了些什么东西，更不明白为何含辛茹苦，并且自觉地去干这种卑鄙、下流、丑恶的事情？要知道，你刚才还想把它，那个钱袋，以及那些同样未曾看过一眼的东西，全都扔进水里去呢……这究竟是怎么回事呢？”

对，就是如此；一切正是如此。他，其实，对此早先就已知道，对他来说，这根本不是什么新问题；昨天夜里当他决定把东西扔进水里去时，这个决定是毫不犹豫也义无反顾的，仿佛这是理所当然的，仿佛已别无选择……对，这一切他全都了然于心，也全都记忆于心；几乎就在昨天，当他蹲在箱子旁边，从中取出一个个小匣子的那一瞬间，这件事就已经决定了……不就如此吗！……

“这是因为，我病得太重，”最后他忧郁地论定，“我是自讨苦吃，自我摧残，自己也不知道自己在干什么……无论昨天，还是前天，整个这段时间我都在自我折磨……恢复健康后……我就不再自我折磨了……而要是我根本不能恢复健康呢，那怎么办？上帝啊！这一切是多么使我腻味啊！……”他毫不歇气地往前行走。他渴盼着能随便做点什么来散散心，但他又不知道，该做什么事，采用什么方法。一种新的、无法克服的感觉以每分钟逐渐增强之势控制了他：这就是对劈面相逢的、环绕四周的一切都怀着某种无比强烈的、几乎是生理性的反感，一种持续不断的、怒气冲冲的、恨之入骨的反感。他憎恶劈面相逢的一切人，——憎恶他们的面孔，步伐，举止。假如有谁来与他攀谈，他简直要啐他一脸唾沫，可能还会咬他一口……

当他走到瓦西里岛小涅瓦河滨河街的一座桥边时，他突然停步不前了。“瞧，他就住在这里，住在这幢房子里，”他想，“这是怎么回事，我竟然自己走到拉祖米欣这里来了！上次的故事，又再次重复了……但是，最有意思的是：我是自觉地走来的呢，或者只是无意中走到这里？反正一样；我说过……前天……干完那件事的第二天就去找他，那又怎样呢，去就去呗！倒好像我现在已经不敢去了似的……”

他走向五楼的拉祖米欣家。

拉祖米欣在家，在自己那间斗室里，这时正在工作，写个什么东西，他亲自为他开门。他们已有将近四个月未曾见面了。拉祖米欣穿着一件破烂得有碍观瞻的睡衣，赤脚趿拉着便鞋，蓬头乱发，胡子拉碴，也未洗脸。他流露出满脸的惊异。

“你怎么啦？”他上上下下地打量着进屋的同学，大声嚷道；接着便住口不言，只是吹了声口哨。

“难道已经糟糕到如此地步了？而你老兄在穿着这方面一向比我们讲究啊，”他望着拉斯科尔尼科夫那身破烂的衣衫，又补了一句，“请坐啊，恐怕累了吧！”当拉斯科尼科夫倒在一个比他自己的沙发更糟的漆布面土耳其沙发上时，拉祖米欣猛然发现，他的客人正患着病。

“瞧，你病得很厉害啊，你知道吗？”他开始给他把脉；拉斯科尔尼科夫把手挣了出来。

“不必啦，”他说，“我来……是这么回事：教书工作我已丢了……我原本想……不过，我根本不需要教书……”

“你知道吗？你这是在说胡话呢！”一直在专心致志地观察他的拉祖米欣说道。

“不，我没有说胡话……”拉斯科尔尼科夫从沙发上站了起来。上楼来找拉祖米欣时，他并未考虑到会与他当面相逢。现在，在这一瞬间，他根据切身体会领悟到，眼下他不愿与世界上的无论任何人当面相逢。满腔怒火腾腾往上直冒。一跨进拉祖米欣的门槛，他就开始憎恨自己，恨得几乎喘不过气来。

“再见！”他突然说道，接着向门口走去。

“喂，你等一等，等一等，怪人！”

“不必啦！……”他又把手挣了出来，重复道。

“那么鬼叫你上这里来！你发傻气，还是怎么的？这……真有点令人气恼。我不放你这样走。”

“好吧，你听着：我来找你，是因为在你之外，我不认识其他任何能帮助我的人……让我开始……因为你比所有人都心地善良，也就是说，比所有人都头脑聪明，心思缜密……而现在我发现，我什么也不需要了，听到了吗，根本不需要……任何人的帮助和同情……我自己……独自一人……嗨，够了！别管我吧！”

“喂，等一下，扫烟囱的！彻头彻尾的疯子！等我说完后，你尽可自行其是。你瞧：我也不再教书了，而且也看不起那种工作。可是旧货市场有个书商赫鲁维莫夫，为他干活，在某种意义上说，与当家庭教师完全是一回事。现在，即使五个富商请我教书，也不能替换我给他干活。他从事的是出版工作，出版自然科学图书，——市场红火着哩！光看书名就值得花钱！你总是说我傻乎乎的；的确，老兄，还有比我更傻的呢！现在，他也开始追逐时髦的社会思潮；可他自己啥都不懂，我呢，当然推波助澜。我这里有两个多印张的德文著作，——照我看，这是愚蠢透顶的招摇撞骗勾当：简而言之，就是探讨女人是不是人的问题。咳，当然啰，结果郑重其事地证明了，女人是人①。赫鲁维莫夫准备出版这部关

① 此处讽刺刊载在《现代人》杂志上的一篇文章，其副标题是《妇女问题面面观：女人是人吗？……》

于妇女问题①的著作；我正在翻译；他想把这部两个半印张的著作扩展成六印张的译著，再补充一个长达半页纸的极其花哨华丽的书名，每本卖半个卢布。必定畅销！翻译的酬金是每印张六卢布，这就意味着，我一共可以得到十五卢布，我已经预支了六卢布。这件事结束后，我们将着手翻译一部关于鲸鱼的书，然后，从《Confessions》② 第二部里摘译一些极其无聊的胡言乱语；有人告诉赫鲁维莫夫，在某种程度上，卢梭就是拉吉舍夫③式的人物。我当然懒得反对，去他的吧！哎，你愿意翻译《女人是不是人?》的第二章吗？假如愿意，那现在就把原文拿去，笔和纸也拿去——这些都是免费提供的呢——再拿三个卢布去：因为我预支的是全书的酬金，也即第一章和第二章的酬金，所以有三个卢布应该归你。而你译完以后——还可以拿三个卢布。噢，还有，请你别把它看作我对你的帮助。正好相反，你刚一进门，我就已经在捉摸着，你在哪方面将对我有所助益。第一，我对正字法所知不多，第二，有时候我的德文水平毫不管用，因此，我大体上是自编自写，甚至还以此自我安慰，这样一来，效果会更好些。咳，谁又知道呢，兴许效果不是更好，而是更坏……你接不接?"

拉斯科尔尼科夫默默拿起那几页德文原文，拿起三个卢布，一言不发地走了出去。拉祖米欣惊异地望着他的背影。然而，拉斯科尔尼科夫已经走到第一街④了，突然又转身回来，再次上楼去找拉祖米欣，他把那几页德文原文和三个卢布放在桌上，又一言不发，向外便走。

"你是发酒疯啦，还是怎么着?"气得发疯的拉祖米欣终于大声吼叫起来，"你装什么疯卖什么傻呀！把我也搞得糊里糊涂了……见鬼，你又

---

① 妇女问题，主要是男女平等问题，是俄国19世纪60年代的热门话题。当时，民主派和保守派都竞相撰文，热烈讨论这个问题，还翻译出版了一些讨论妇女问题的外国著作。

② 《Confessions》，即《忏悔录》，系法国作家卢梭（1712—1778）的自传性作品，1865年译成俄文。

③ 阿·尼·拉吉舍夫（1749—1802），俄国启蒙主义作家，主要作品为《从彼得堡到莫斯科旅行记》。此处暗指车尔尼雪夫斯基（1828—1889）《哲学中的人本主义原理》一文，曾称卢梭为革命民主主义者，皮萨列夫（1840—1868）也曾在自己的文章里用卢梭影射拉吉舍夫。

④ 彼得堡瓦西里岛自东到西的街名，是按顺序排列的，从第一街到第二十五街。

回来干什么？”

“不需要……翻译……”拉斯科尔尼科夫已经下楼梯的时候，才嘟嘟哝哝地说。

“那你究竟要什么鬼呢？”拉祖米欣在楼上高喊。拉斯科尔尼科夫一声不吭地继续往下走。

“嗨，你呀！你住在哪里？”

没有听到回答。

“喏，那你就见——鬼——鬼去吧！……”

但拉斯科尔尼科夫已经走到大街上了。在尼古拉桥上，他由于一件对他来说十分不愉快的事情，再次彻底清醒过来。一辆四轮马车的车夫在他背上结结实实地抽了一鞭子，因为尽管车夫对他大喊了三四声，他还是差一点就被碾到马车下。这一鞭抽得他暴跳如雷，赶忙蹿到栏杆旁（不知为何，他方才走在桥当中，那里是车行道，而非人行道），愤恨不已地咬着牙齿，咬得牙齿格格直响。当然啰，四周响起了一阵哄笑声。

“活该！”

“准是个惯骗！”

“肯定是假装醉酒了，故意往车轮子底下钻；而你就得替他吃哑巴亏。”

“他们就靠这个谋生，先生，就靠这个谋生……”①

然而，当他站在桥栏杆旁，还在茫然而又怒气冲冲地揉着背部，盯着那辆远去的四轮马车时，突然觉得有人正在往他手里塞钱。他回眸一看：一个中年以上年纪的商人太太，头上包着一块头巾，脚上穿着一双山羊皮鞋，身边跟着一个头戴帽子、手执绿伞的少女，可能是她的女儿。“先生，看在基督分上，收下吧。”他接过钱，她们便从旁边走过去了。这是一枚二十戈比的硬币。凭着那身衣服和那副样子，她们很可能把他看作乞丐，看作沿街一戈比一戈比讨钱的真正的叫花子了，而他得到这整整二十戈比的施舍，应归功于挨的那一鞭抽打，这一鞭引起了她们的恻隐之心。

他手里握着这二十戈比，往前走了十来步，转身面向涅瓦河，面向冬宫②。天空澄碧如洗，没有一丝纤云，河水几乎是蓝晶晶的，这种景观

---

① 据当时报纸报道，彼得堡的穷人往往故意让马车轧着，以便因伤残获得抚恤金。

② 冬宫在瓦西里岛斜对岸，中间隔着涅瓦河。

在涅瓦河难得一见。大教堂的圆顶灿灿发光①，无论从哪个角度看它，都不如从这里，从离小教堂二十来步远的桥上，看得清楚全面，透过纯净的空气，甚至连它装饰的每个图案都历历如在眼前。鞭打的疼痛倏然消失，拉斯科尔尼科夫也早已忘记了鞭打之事；现在，只有一个惊慌不安而又有点模糊的想法挥之不去地占据了他的心田。他伫立着，久久地凝望着远方；这个地方他特别熟悉。他上大学②的时候，常常——多半是回家的时候，——正是在这个地方凝立，全神贯注地细细观赏着这幅的确壮丽辉煌的全景画，这种情况也许有百来次，而且几乎每次都为一种模模糊糊而又难以解释的印象感到惊异。这幅壮丽辉煌的全景图似乎总是向他散发出一股莫名其妙的逼人寒气；在他看来，这幅华丽的画面满蕴含着沉寂、萧瑟之气……他每次都对这种忧郁而又神秘的印象感到惊讶，由于不相信自己的力量，于是把猜破谜底的重任推迟到未来。现在他突然分分明明地想起了自己以前关于此事的问题与疑惑，他深感现在想起这些绝非偶然。仅仅这一点就足以让他感到怪异不已、不可思议：他竟然像从前一样，站在同一个地方，似乎确实认为现在又可以像以前那样思考那个同样的问题，对不久前……还是饶有兴趣的那些论题和画面依然兴致勃勃。他甚至几乎感到好笑，同时又觉得胸中窒闷得发痛。他现在觉得，过去的一切，无论是过去的想法，无论是过去的任务，无论是过去的论题，无论是过去的印象，也无论这幅全景图，以及他自己，和一切的一切……全都躲藏在水下的深渊中，躲藏在脚下一个隐约可见的地方。他似乎在凌空飞升，一切都在他的眼里失去了踪影……他情不自禁地挥动了一下手臂，突然感觉到手掌中还握着那枚二十戈比的硬币。他松开手，留神看了看那枚硬币，扬手把它扔进水里；然后他身子一转，往家里走去。他觉得，此刻他仿佛已用一把剪刀剪断了自己和所有的人、所有的事的联系。

他回到家里，已经是薄暮时分，这就意味着，他在外面总共过了六个小时。他是从什么地方，又是怎样回家的，对此他已毫无印象了。他脱去衣服，浑身哆嗦地颤抖着，仿若一匹被赶得疲惫不堪的马，躺在沙发上，拉过大衣盖在身上，立即昏昏睡着了……

夜幕重重的时候，他被一阵可怕的叫喊声惊醒了。上帝呀，这是些

---

① 指河对岸的伊萨大教堂，它是彼得堡的主要标志之一，其金顶远远就能看见。

② 指彼得堡大学，它位于瓦西里岛东南的涅瓦河畔，面对伊萨大教堂。

什么样的叫声啊！这些极不正常的声音，这种哀号声，惨叫声，咬牙切齿声，泪水淋淋的哭声，拳脚交加声，恶毒谩骂声，他还从来不曾听见过，也从来不曾看到过。他简直无法想象竟有如此惨无人道、丧心病狂的行径。他吓得毛骨悚然，欠起身来，坐在自己的床上，每一瞬间都屏息敛气，十分痛苦。然而，殴打、号哭和谩骂的声音却越来越震耳。突然他大吃一惊：他听到了女房东的声音。她在号哭着，尖叫着，哭着数数落落，说话的声音匆忙而急促，因此无法听清她哀求的是什么，——当然是哀求别再打她，因为她正在楼梯上惨遭毒打。由于愤恨和狂怒，打她的那人的声音听起来如此可怕，完全变成了嘶叫，但是打她的那人也仍然在说着什么，也是说得飞快，难以听清，匆匆忙忙，上气不接下气。突然拉斯科尔尼科夫像树叶一样簌簌颤抖：他听出了这个声音；这是伊里亚·彼得罗维奇的声音。伊里亚·彼得罗维奇正在这里，并且在打女房东呢！他用脚踢她，抓住她的头往楼梯上撞，——这是清楚不过的，从响声、号哭声、撞击声中可以听得分明！这是怎么回事，难道乾坤颠倒了吗？听得到每一层楼、每一道楼梯上都挤满了人，听得到说话声、感叹声，有人咚咚地上楼，笃笃地敲门，砰砰啪啪地关门，哗啦哗啦都跑到上面来了。“然而，这是为什么，这是为什么，怎么能够这样呢！”他反复念叨着，并且当真认为自己完全疯了。但是，不，他听得极其分明！……不过，这样一来，他们马上就会到他这里来了，既然如此，“因为……这一切一定是因为那件事……因为昨天的事……上帝啊！”他本想用门钩扣上房门，但手抬不起来……而且徒劳无益！恐惧像冰一样包裹住他的心，使他痛苦不已，让他冻若僵尸……不过，这阵持续了足有十来分钟的喧闹声终于渐渐停息了。女房东还在呻吟和哼叫。伊里亚·彼得罗维奇仍在恐吓和谩骂……但是他也似乎终于安静下来了；喏，已经听不到他的声音了；“他真是走了！上帝啊！”是的，女房东也正在离开，她还在呻吟和哭泣……接着她的房门砰的一声关上了……接着人群也四散开了，纷纷下楼回各自的房间，——他们感叹不已，争论不休，此呼彼应，时而声音高得像大喊大叫，时而声音低得如窃窃私语。看来，人还真不少呢；整个一幢楼的人几乎都来了。“然而，上帝啊，这一切难道可能吗！而且为什么，为什么他会到这里来呢！”

拉斯科尔尼科夫无力地倒在沙发上，不过再也无法合眼；在极度的痛苦中，在一种他从未经受过的无法忍受的无限惊惧中，他躺了约莫半个小时。突然一道亮光照亮了他的房间：娜斯塔西娅举着一支蜡烛、端着一盘汤走了进来。她注意地看了他一眼，发现他是醒着的，便把蜡烛放在桌子上，并一一摆出拿来的东西：面包，盐，盘子，匙子。

“恐怕你从昨天起就没吃东西了吧。身上发着高烧，却还整天在外面晃荡。”

“娜斯塔西娅……为什么要打女房东啊？”

她目不转睛地望着他。

“谁打女房东了？”

“刚才……半小时以前，伊里亚·彼得罗维奇，警察分局的副局长，在楼梯上……他干吗那样歹毒地打她？还有……他来干啥？……”

娜斯塔西娅一声不吭，紧皱双眉细细打量着他，久久地这样看着他。他对这种打量很不喜欢，甚至觉得害怕。

“娜斯塔西娅，你为何不说话？”最后他用微弱的声音怯生生地问道。

“这是血。”她终于轻声轻气，似乎自言自语般地答道。

“血！……什么血？……”他嘟嘟哝哝地说，脸色惨白，身子紧挪向墙边。娜斯塔西娅继续一声不吭地望着他。

“谁也没打女房东。”她又用严厉而确定的口吻说道。他望着她，几乎喘不过气来。

“我亲耳听到的……我没睡……我坐着……”他更加怯生生地说，“我久久地听着……副局长来了……各家各户的人都跑到楼梯上来了……”

“谁也没来过。这是血在你身上叫唤呢。血流不动就会在肝脏里凝成血块，这时就会产生幻觉……你吃点东西好吗？”

他没有回答。娜斯塔西娅一直站在他的身旁，专心致志地看着他，没有离开。

“给点水喝……娜斯塔西尤什卡①。”

她下楼去了，两分钟后，用一只带把的白色陶杯装了一杯水回来了；然而，他已经记不起后来的情况了。他只记得，喝了一口凉水，并把杯里的水洒到了胸脯上。以后便不省人事了。

三

但是，在他生病的整个期间，他也并非完全失去知觉：这是患热病的一种状态，时而梦呓连连，时而迷迷糊糊。很多事情他后来记起来了。忽而他觉得有许多人围拢在他身边，想要抓他，送到某个地方去，为他

① 这是娜斯塔西娅的小名。

的事抬杠拌嘴，争吵不休。忽而突然只有他孤身一人在屋里，所有的人都离开了，人们都怕他，只是偶尔从微微推开的门缝里望他一眼，威吓威吓他，相互嘀嘀咕咕着什么，嘲笑他，戏弄他。他记得娜斯塔西娅总是在自己身旁；他还认出了一个人，他似乎非常熟悉，但究竟是谁——他却无论如何也想不起来，为此他苦恼不已，甚至痛哭流涕。有时候他觉得，他似乎已经躺了一个月了；有时候他又觉得——似乎依旧还是同一天。然而对于那件事——那件事他却全然忘记了，但是他又时时刻刻耿耿于怀的是，他忘记了一件什么事，而这件事是不能忘记的，——于是，他苦思痛想，倍受折磨，痛苦不堪，哀吟不断，陷入疯狂之中，或者说陷入了无法忍受的极端恐惧之中。于是他挣扎着起身，试图逃之夭夭，但总有人极力让他躺下，他又陷入衰弱无力、不省人事的状态。终于，他完全恢复了知觉。

这事发生在上午，在十点钟的时候。在上午的这个时刻，在天气晴朗的日子里，阳光总是把一条长长的带子投射在他右边的墙上，照亮了门边的那个角落。在他的床边，站着娜斯塔西娅和另一个人，那人十分好奇地仔细打量着他，可他与此人素未谋面。这是一个年轻的小伙子，身穿一件束着腰带的长襟上衣，留着小胡子，看上去像个信差。女房东正从半开着的房门外向里窥视。拉斯科尔尼科夫抬起身来。

“这是谁，娜斯塔西娅？”他指着小伙子问道。

“瞧，清醒过来了！”她说。

“清醒过来了。”信差附和着。在门外窥视的女房东得知他清醒过来了，赶忙关上房门，躲了起来。她总是很羞怯，拙于言辞，害怕与人交谈和解释什么；她约莫四十岁，身体又肥又胖，两道黑眉毛，一双黑眼睛，胖乎乎的身子和懒洋洋的神态使她显得颇为善良；她甚至还很有几分姿色，只是过分地害羞。

“您……是谁？”他面向信差本人，继续问道。然而，就在此时，门又大大敞开了，拉祖米欣走了进来，由于个子很高，他进门时稍稍弯着腰。

“好一个船舱哪，”他一进门，就高叫道，“总是碰到脑袋，这也能叫房间！而你，老兄，清醒过来了？我刚才听帕申卡说了。”

“刚刚清醒过来。”娜斯塔西娅说道。

“刚刚清醒过来。”信差满面堆笑，又附和了一句。

“请问您是哪一位？”拉祖米欣突然转身冲着他问道，“我姓弗拉祖米欣；并非拉祖米欣，像人们称呼的那样，而是弗拉祖米欣①，大学生，贵族子弟，而他是我的朋友。喏，您是什么人？”

“我是我们办事处的信差，来自舍帕耶夫商业办事处，到这里办事。”

“请坐在这把椅子上，”拉祖米欣本人坐到桌子另一边的另一把椅子上，“老兄，你清醒过来了，这太好了。”他转向拉斯科尔尼科夫继续说。“已经第四天了，你几乎粒米未进，滴水未饮。真的，就用匙子给你喂过一点茶。我领佐西莫夫来看过你两次。还记得佐西莫夫吗？他细心给你做了检查，立刻就说，没关系，——大概是精神受了点刺激。有点儿神经质地说胡话，伙食太糟，他说，啤酒和洋姜吃得太少，因此就生病了，不过这没什么，会好的，过些日子就复原了。好样的，佐西莫夫！他刚一开始治疗，就显出了疗效。噢，那么我就不耽误您了。”他又面向那个信差说道，“能否说明一下，您来这里有何贵干？请注意，罗佳，这已经是他们那个办事处第二次派人来了；只不过上次来的并非这一位，而是另一位，我还同他交谈过呢。上次来的那一位是谁啊？”

“大约这是前天吧，一定是前天。来的是阿列克谢·谢苗诺维奇；也在我们办事处做事。”

“他可是比您精明能干，您认为怎么样？”

“是啊；他确实比我能干。”

“很好；唔，请您继续说吧。”

“哦，是这样，阿法纳西·伊万诺维奇·瓦赫鲁申，我想，关于这个人，您已经不止一次听说过了吧，他应令堂的请求，通过我们办事处给你汇来一笔钱，”信差径直开始对拉斯科尔尼科夫说，“如果您头脑已经完全清醒，——那就要交给你三十五卢布，因为谢苗·谢苗诺维奇又收到了阿法纳西·伊万诺维奇应令堂请求按以前的方式付款的汇款通知。您知道这事吗？”

“是的……我记得……瓦赫鲁申……”拉斯科尔尼科夫沉思着说。

“您听见了吗：他知道这个商人瓦赫鲁申！”拉祖米欣大叫起来，“怎么会头脑不清醒呢？而我现在发现，您也是一个精明能干的人。噢！聪明话听起来就是叫人高兴！”

“就是他，这个瓦赫鲁申，阿法纳西·伊万诺维奇，上一次令堂曾经

---

① 弗拉祖米欣（Вразумихин）意为“开导”，拉祖米欣（Разумихин）则意为“理性”。两者合起来，表明作家在为这一人物取名时突出他的重理性和轻权威，属于当时大学生中的民主派。

请求他用这种方式给您汇过一笔钱，这一次他也没有拒绝令堂的请求，前几天通知谢苗·谢苗诺维奇交给您三十五卢布，希望能使您生活得更好。”

“‘希望能使您生活得更好’，这是您所说的话中最精彩的一句话；‘令堂’这个称呼也用得很好。呃，您认为怎么样：他是完全清醒了，还是没完全清醒，啊？”

“我看可以了。只不过还得签个字。”

“他能签字！回执本，您带了吗？”

“回执本，这不是吗？”

“放到这里来吧。哦，罗佳，坐起来吧。我扶着你；给他签上拉斯科尔尼科夫，拿起笔吧，老兄，因为现在对于我们来说，钱比糖浆还甜呢！”

“用不着。”拉斯科尔尼科夫说着，把笔推开。

“怎么用不着？”

“我不签字。”

“唉，真见鬼，不签字怎么行呢？”

“我用不着……钱……”

“这笔钱会用不着！嗨，老兄，你在撒谎，我就是证人！请放心，他这只是……又在说胡话了。其实，他清醒的时候，也常常这样……您是一个深明事理的人，我们来对他进行引导，也就是说，干脆捉住他的手，他就会签字了。来吧……”

“不过，我可以再来一趟。”

“不，不，何必再烦劳您呢。您是一个深明事理的人……嗨，罗佳，别耽搁客人了……你看，他正等着呢。”说完，他果真准备去捉住拉斯科尔尼科夫的手。

“住手，我自己来……”拉斯科尔尼科夫说，他拿起笔来，在回执本上签了字。信差把钱交给他，就离去了。

“棒极了！那么，现在想吃东西了吗？”

“想。”拉斯科尔尼科夫答道。

“您那里有汤吗？”

“昨天的。”娜斯塔西娅回答，这段时间她一直站在那里。

“是土豆加大米的吗？”

“是土豆加大米的。”

“我都背得出来了。拿汤来吧，还带点茶来。”

"我这就去拿。"

拉斯科尔尼科夫极其惊讶并带着一种隐约、莫名的恐惧注视着这一切。他决定一声不吭，静观其变：究竟还将发生什么事？"看来，我并非处于昏迷状态，"他想，"看来，这是真的……"

两分钟后，娜斯塔西娅端着汤回来了，并且说，马上送茶来。与汤一起带来的有两把匙子、两个碟子和整套调味瓶：盐瓶，胡椒瓶，吃牛肉时用的芥末，等等，已经很久不曾像以前那样把这些东西完整无缺地摆出来了。桌布也是干干净净的。

"娜斯塔西尤什卡，让普拉斯科维娅·帕甫洛芙娜送两瓶啤酒来，倒也不坏。我们一醉方休。"

"哟，你这机灵鬼！"娜斯塔西娅嘴里喃喃着，按他的吩咐办事去了。

拉斯科尔尼科夫继续惊异而紧张地注视着。这时拉祖米欣挨着他移坐到沙发上，像熊一样笨拙地用左手搂住他的脑袋，——尽管他自己也能坐起身来，——而用右手舀了一匙子汤，送到他的嘴边，还先吹了好几次，以免烫着他。其实汤只是温热而已。拉斯科尔尼科夫贪婪地喝了一匙子，然后是第二匙子，第三匙子。然而喂了几匙子后，拉祖米欣忽然停了下来，并说得问问佐西莫夫，能不能再喝。

娜斯塔西娅拿着两瓶啤酒走了进来。

"还要茶吗？"

"要。"

"赶快把茶拿来吧，娜斯塔西娅，因为喝茶，不用问医生，好像也可以喝的。瞧，啤酒倒是有了！"他又坐回到自己的那把椅子上，把汤和牛肉拉到自己面前，便狼吞虎咽地吃了起来，好像三天没吃东西一样。

"罗佳老兄，我现在每天都在你们这里酒足饭饱呢，"他竭力想从塞满牛肉的嘴里清楚地说话，但说得含含糊糊，"这都是帕申卡，你的女房东请客，真心诚意地招待我。我，当然，不曾强求，但也没有反对。瞧，娜斯塔西娅送茶来了。手脚真麻利！娜斯金卡，你想喝啤酒吗？"

"瞧你这个淘气鬼！"

"那么喝杯茶？"

"喝茶，行！"

"倒吧。且慢，我亲自给你倒；请坐到桌边吧。"

他马上忙碌起来，倒了一杯茶，接着又倒了一杯，丢开早餐，重又坐到沙发上。他照旧用左手搂住病人的脑袋，扶起他并开始用茶匙给他喂茶，又是接连不断、特别热心地吹匙里的茶，似乎吹茶这一过程就是恢复健康的居于首位的回春灵药。拉斯科尔尼科夫默然无言，也不反对，尽管他觉得自己已有足够的气力欠身坐起，无须任何外来帮助就能够坐到沙发上，不仅能用双手牢牢地握住匙子或茶杯，甚至也许还能够下地行走。然而由于某种奇怪的、几乎是野兽般的狡黠，他突然决定暂时隐匿自己的气力，藏而不露，装样作傻，如有必要，甚至假装尚未完全神志清醒，同时却留心细听，搞清这里究竟发生了什么事情？然而他无法克制自己的反感：喝了十来匙茶以后，他突然把脑袋挣脱出来，任性地一把推开茶匙，又倒在枕头上。现在他的脑袋底下实实在在地垫着真正的枕头——套着干净枕套的羽绒枕头；对此他早已发觉，而且暗暗地留意着。

“今天得叫帕申卡给我们送点马林果①酱来，做些饮料给他喝。”拉祖米欣说着，坐回自己的位子上，又开始大口喝汤，畅饮啤酒。

“她到哪里去给你弄马林果来呢？”娜斯塔西娅问道，她正叉开五指托住小碟子，嘴里噙着糖块喝茶②。

“马林果嘛，我的朋友，她到小铺子里买就是了。你瞧，罗佳，在你昏迷不醒的时候，这里发生了一大堆事呢。你那天瞒天过海从我那里溜走了，又不告诉我地址，我突然怒不可遏，下定决心找到你，惩罚惩罚你。当天我就开始行动。我走街串巷，寻东觅西，四面打听，八方探问！却忘了你现在住的这个地方；其实这个地方我从未记住过，因为我根本不知道。噢，你以前住的那个地方——我只记得是在五角场附近，叫哈尔拉莫夫公寓。我找啊，找啊，到处寻找这幢哈尔拉莫夫公寓——而我后来才搞清，根本不是哈尔拉莫夫公寓，而是布赫公寓③，——有时竟会把读音彻底搞错！我顿时火冒三丈！一气之下，第二天我就不管三七二

---

① 马林果，学名树莓，又名托盘、覆盆子等，俄罗斯也叫“红莓花”，是珍贵的稀有浆果，高糖、低酸，富含蛋白质、有机酸、果胶、矿物质、维生素。马林浆果（即悬钩子果实）果香浓郁，味道甘美，既是一种食品，又是一种药品（能抗菌、镇痛、解热、祛痰，促进新陈代谢）。它可以鲜吃，也可以制成各种果酱、蜜饯，但是功效最好的是冷冻。俄罗斯民间认为马林果能治病，因此拉祖米欣要用它做饮料给生病的拉斯科尔尼科夫喝。

② 俄罗斯人喝茶一定要放糖，“噙着糖块”喝茶，是为了节省糖。

③ 哈尔拉莫夫公寓位于干草市场附近的马儿胡同，布赫公寓则位于叶卡捷琳娜运河旁，是当时地区法院所在地。

十一，到居民住址查询处去问，你瞧：那里只用了两分钟就给我找到了你的地址。你的名字已经赫然登记在那里。”

“登记了！”

“那还用说。但是我也在那里看到，有人想查科别列夫将军的住址，就怎么也查不到。嗨，说来话长啊。我刚一猝然来到这里，就马上熟知了你的全部情况；全部情况，老兄，全部情况，一切我都清楚；哦，她①也亲眼看到了：我认识了尼科季姆·弗米奇，也为我介绍了伊里亚·彼得罗维奇，还认识了看门人以及扎苗托夫，亚历山大·格里戈里耶维奇，也就是这里警察分局的办事员，最后认识了帕申卡，——这可是最高成就：哦，娜斯塔西娅也知道……”

“甜嘴甜舌巴结上的。”娜斯塔西娅狡猾地笑着轻声说。

“您早就把糖放到茶里了②，娜斯塔西娅·尼基福罗芙娜。”

“去你的，狗！”娜斯塔西娅突然叫了一声，接着又憋不住哈哈大笑起来。“我可是姓彼得罗娃，不是姓尼基福罗娃。”笑声刚停，她便又突然补充道。

“我会牢记在心的。喏，那么，老兄，闲话少说，我起初本想在这里到处通上电，以便一下子就根除这里的一切偏见；但是帕申卡大获全胜。老兄，我怎么也没想到，她竟是如此的……avenante③，啊？你认为怎样？”

拉斯科尔尼科夫一言不发，虽然他那惊惶不安的目光一分钟都未从他身上挪开过，现在仍继续执拗地盯着他。

“甚至十分迷人，”拉祖米欣接着说，同学的缄口不语并未使他觉得难为情，而是好像在附和对方的回答似的，“甚至十全十美，方方面面都是如此。”

“你可真是个坏蛋哟！”娜斯塔西娅又叫了一声，看样子，这场谈话给她带来了一种无法形容的快乐。

“糟糕的是，老兄，你从一开始就对事情处理不当。不应该用这种方式同她打交道。要知道，这种人的性格，可以说，是最捉摸不定的！噢，关于性格的事，以后再谈吧……只不过是，譬如说，你怎么竟会搞到她连饭都不给送了呢？再譬如说，这张借据又是怎么回事呢？你定是疯了，

---

① 指娜斯塔西娅。

② 这话一语双关，照应上句“甜嘴甜舌”。

③ 法文，意为“迷人”、“讨人喜欢”。

还是怎么的，竟会在借据上签字！又譬如说，这门拟议中的婚事，当时她的女儿娜塔莉娅·叶戈罗芙娜还活着……我都知道！不过，我理解，这是一个极其微妙的问题，而我在这方面是头蠢驴；请你原谅我。顺便再谈一谈愚蠢这个问题：你的看法如何，老兄，普拉斯科维娅·帕甫罗芙娜完全不是那种初初一看就能断定的蠢货，对不对？"

“对……”拉斯科尔尼科夫望着一旁，漫不经心地从牙缝里挤出一声来，不过他懂得，保持谈话更为有利。

“难道并非如此？”拉祖米欣高声叫道，因为得到回答，他明显地欢天喜地起来，“但她也并不聪明，对不对？极端，极端捉摸不定的性格！老兄，请你相信，我真有点搞迷糊了……她笃定有四十岁……可她说——三十六岁，她有十足的权利如此说。不过我向你发誓，我更多的是从理性的角度，只是根据形而上学的观点对她进行判断；老兄，我们之间开始建立的就是这样一种象征性的关系，就像你的代数学一样！我简直啥都不明白！唉，这全都是胡说八道，不过她看见你已经不再是大学生了，书也没得教了，连件像样的衣服也没有了，她那位小姐死了，她已经没有必要再把你当作亲戚了，因而突然心生恐惧；而从你这方面来说，则是由于你躲进小楼，一点也不维系过去的关系了，因而她就想把你从屋里撵走。这个主意她老早就已打定，只是心疼那张借据。何况你亲自向她保证过，你妈妈会还钱给她。"

“我这样说是由于我卑鄙……我的母亲几乎到了乞哀告怜的地步了……而我撒这个谎，只是为了让我继续住在这里……能有饭吃。”拉斯科尔尼科夫高声说道，说得清楚明白。

“不错，你这样做是明智之举。只是全部问题在于，这时突然蹦出了切巴洛夫先生，一个七等文官，并且是老于世故的人。没有他，帕申卡是任何主意都想不出来的，她是太过羞怯了；而老于世故的人是不会羞怯的，首先他当然会提出这样一个问题：这张借据是否有兑现的希望？回答是：有，因为他有一个这样的妈妈，即使自己食不果腹，也要从自己那一百二十五卢布养老金中挤出钱来接济罗坚卡，他还有一个这样的妹妹，她为了哥哥宁愿卖身为奴。这就是他的根基……你为何吃惊了？老兄，现在我已搞清了你的全部底细，当你被帕申卡当作亲戚的时候，你对她坦诚相待，是不无好处的，而我现在说起这些事则是出于爱你……问题就出在这里：一个诚实正直而又情深意挚的人坦诚相待，而老于世故的人却边吃边听，最后吃个精光①。于是她似乎为了抵债，就把这张借据转让给了这个切巴洛夫，而他却恬不知耻地公然向你索债。当我了解了这一切后，我本想给他点颜色瞧瞧，以便对得起自己的良心，但就在这时我与帕申卡达成了协议，我担保你定会还钱，要求从根本上彻底解决问题。老兄，我替你作了担保，你听见了吗？我们把切巴洛夫叫了来，给了他十个卢布，就收回了那张借据，喏，我十分荣幸地把它交还给你，——现在她信任您了——给，拿去吧，我已经把它撕成碎片了。"

拉祖米欣把借据放到桌子上；拉斯科尔尼科夫向他瞟了一眼，哑然无言地转身朝着墙壁。甚至拉祖米欣也使他感到厌烦。

"看得出来，老兄，"过了不多一会，他又说道，"我又干了件蠢事了。我本想给你解解闷，说几句废话开开心，可好像只是惹得你生闷气。"

"在我神志不清的时候，我未曾认出来的人是你吗？"拉斯科尔尼科夫问道，他也沉默了不多一会，但并未把头转过来。

"是我，你甚至为此气得大发雷霆呢，尤其是我把扎苗托夫带来的那一次。"

"扎苗托夫？……那个办事员吗？……带他来干啥？"拉斯科尔尼科夫猛然转过身来，一双眼睛直盯盯地望着拉祖米欣。

"你干吗这样……为何惴惴不安？他想跟你认识认识；他本人要求的，因为我和他交谈过你的许多情况……否则，我还能从谁那里了解到你的这么多情况？老兄，他是一个可爱的人，他卑微，但非常好……当然，是在某一方面。现在我们成了朋友；几乎天天见面。要知道，我也搬到这一带来了。你还不知道吧？才搬来的。和他一块到拉维莎家去过两次。拉维莎你还记得吗，拉维莎·伊万诺芙娜？"

"我说什么胡话了吗？"

"这还用说！话不由己嘛。"

"我都胡说了些什么？"

"嗨！胡说了些什么？人人尽知，说胡话都可能说些什么……喂，老

---

① 典出俄国19世纪著名寓言作家克雷洛夫（1769—1844）的寓言诗《猫和厨子》，知书识字的厨子滔滔大论地教训偷吃烧鸡的小猫瓦西卡，而"瓦西卡边吃边听，不慌不忙"，最后"把整只鸡吃得精光"。寓意为：你说你的，我吃我的。

兄，为了不耽误时间，现在该干正经事了。”

他从椅子上站起身，拿起制帽。

“我都胡说了些什么？”

“唉，你真是不厌其烦啊！莫不是怕泄露了什么秘密？你大放宽心吧；关于那位伯爵夫人，你无一言及之①。不过，关于什么巴儿狗啊，耳环啊，什么金链子啊，十字架啊，还有什么看门人啊，还有尼科季姆·弗米奇啊，还有伊里亚·彼得罗维奇，分局副局长啊，说得可多啦。对了，除此而外，您对自己的一只袜子很感兴趣，甚至可谓兴趣非凡！您苦苦地哀求着：给我袜子吧，翻来覆去就是这么一句话。扎苗托夫为寻找您的袜子，亲自翻遍了所有角落，并用自己那双在香水里泡过、戴着宝石戒指的手把这个脏玩意递给您。这时您才安静下来，整整一个昼夜，您都把这个脏玩意攥在手里；拽都拽不出来。可能现在还藏在您被子底下的什么地方呢。而有时您又要裤腿上的什么毛边，而且还涕泪相求！我们追问道：您究竟要什么样的毛边？但却什么也搞不清楚……噢，话归正题吧。喏，这里是三十五卢布；我从其中拿了十个卢布，两个钟头后我会向你报账。同时我也会通知佐西莫夫，其实不用通知，他本来早就该到这里了，因为已经十一点多了。而您，娜斯金卡，我出去的时候，请一定勤来看看，问他想不想吃点什么，或者是不是需要别的什么……至于帕申卡那里，我这就亲自去告诉她，需要些什么东西。再见！”

“连帕申卡都叫上了！啊呀，你这个狡猾的无赖！”娜斯塔西娅望着他的背影说道；然后她打开门开始偷听，但又按捺不住，于是亲自跑下楼去。她心急如焚地试图弄清，他在那里和女房东谈了些什么；总而言之，她完全被拉祖米欣迷住了，这已一目了然。

房门还只是刚在她身后关上，病人就立即掀掉身上的被子，疯子一般从床上一跃而起。他焦灼不安、心烦意乱、迫不及待地盼望他们赶快走开，只要他们一走，他就立刻行动起来。然而究竟做什么，采取什么行动呢？——似乎有意和他作对，他现在竟然忘了这事：“上帝啊！你只告诉我一点：他们知道了一切还是什么都不知道？要是他们已经知道，只不过当我躺在床上时假装不知道，一起要弄我，而以后突然走进来说，一切都早已知之甚详，他们只不过是……现在究竟该怎么办呢？偏偏忘

---

① 暗指普希金（1799—1837）的小说《黑桃皇后》或诗歌《少年侍从，或尚未满十五周岁的人》，意即并未暴露自己的心上人。

记了，似乎有意作对一般，突然忘记了，可刚刚我还记得呢！……”

他站在房间中央，痛苦不堪、疑惑莫解地视察着四周；他走到门边，打开房门，留神细听；不过这并非他想要做的事。突然，他似乎想起了什么，飞快扑向墙纸后面有个窟窿的那个墙角，开始细细检查一切，他把手伸进窟窿里，掏掏摸摸，然而这也并非他想要做的事。他又走到炉子旁边，打开炉门，用手在炉灰里摸寻着：裤腿上的几条毛边和撕成碎块的几片口袋布依然是乱糟糟的一团，就像他原先扔进去时那样，可见，没有任何人检查过！这时他突然想起拉祖米欣刚才提到的那只袜子。不错，它就放在沙发上，放在被子底下，但是从那时起已经穿得如此烂兮兮又脏兮兮的，扎苗托夫当然看不出任何蛛丝马迹。

“啊呀，扎苗托夫！……警察局！……而他们为何叫我去办公室呢？传票在哪里？啊呀！……我弄糊涂了：叫我去这是上次的事！我当时也对袜子进行过仔细检查，而现在……现在我生病了。不过，扎苗托夫来干什么？拉祖米欣为何领他来这里呢？……”他又坐到沙发上，疲弱无力地喃喃着，“这究竟是怎么回事呢？是我依旧在昏迷中说胡话，还是这一切都实实在在地发生过？看来，这都是真的……啊，想起来了：逃跑！尽快逃跑，必须，必须逃跑！对……不过，逃到哪里去呢？我的衣服在哪里呢？靴子也不见了！被拿走了！被藏起来了！我心里有数！啊，大衣在这里——他们遗漏了！瞧，钱也在桌子上，谢天谢地！瞧，借据也在……我拿了钱，离开这里，另租一间房子，他们就找不到了！……对，然而居民住址查询处呢？定会找到我的！拉祖米欣也会找到的。最好是鸿飞冥冥……高翥远翔……到美国去，去他们的吧！借据也带上……它在那里会派上用场。还要带些什么呢？他们认为我已病魔缠身！他们根本不知道，我能走路，嘿——嘿——嘿！……从他们的眼神中我就看出，一切他们都已知道了！只要能够跑到楼下！要是他们在那里有人看守，有警察值班，如何是好呢！这是什么，茶！瞧，啤酒也剩了一些，半瓶，冰冷的！”

他抓起酒瓶，里面还剩有大约整整一杯啤酒，心满意足地一饮而尽，似乎要浇灭腾炽在胸中的烈火。然而不到一分钟，酒劲就嗡地一下冲上了头部，而一阵微微、甚至惬意的寒战则从背上掠过。他躺了下来，拉过被子盖在身上。他那本来就病态而且七零八乱的思想，开始越来越混乱不堪了，俄顷，一阵轻松而又愉快的睡意控制了他。他喜不自胜地把头放在枕头上，把那床柔软的棉被——现在他盖的已不再是以前那件破烂不堪的冬大衣了——裹得更紧一些，轻轻地吁了一口气，便笼着深沉、浓厚、有益健康的梦睡着了。

他察觉到有人进屋，便醒了过来，睁开双眼，看见了拉祖米欣。拉祖米欣大打开门，却又犹犹豫豫地站在门口：进去还是不进去？拉斯科尔尼科夫立即从沙发上欠身起来，凝望着他，似乎想极力记起什么来。

“啊，你睡醒了，瞧，我又来了！娜斯塔西娅，把包裹拿到这里来！”拉祖米欣朝楼下高喊着，“你马上就会收到账单……”

“几点啦？”拉斯科尔尼科夫问道，他惊惶不安地东张西望着。

“太好了，老兄，你睡了一觉：已经是傍晚了，快六点啦。你睡了六个多钟头……”

“上帝啊！我这究竟是怎么回事啊！……”

“而这算什么呢？有益健康嘛！你急慌慌的，要上哪里去吗？佳人有约，是吗？现在所有的时间都属于咱们。我已经等了你三个钟头啦；来过两次了，你都沉睡未醒。佐西莫夫那里我去找过两次：没人在家。不过，没关系，他会来的！我还出去办了几件私事。我今天已经搬了家，和舅舅一起完全搬走了。现在舅舅就住我那里……嗨，活见鬼，还是谈正经事吧！……娜斯金卡，把包裹拿到这里来吧。我们这就……啊，老兄，你觉得怎么样？”

“我健康着呢；我没病……拉祖米欣，你来这里很久了吗？”

“我说过啦，等了三个小时。”

“不，再以前呢？”

“什么以前？”

“你什么时候开始经常来这里的呢？”

“我不是早就对你说过；你难道不记得了？”

拉斯科尔尼科夫沉思起来。他仿若在梦中，不久前的一切又隐隐约约飘萦在眼前。他自个儿无法记起来，于是询问地望着拉祖米欣。

“哼！”拉祖米欣说道，“忘了！我不久前还隐隐觉得你还未完全清醒……现在一觉醒来，完全复原了……真的，看气色好多啦。好样的！好吧，谈正经事吧！您这就会想起来的。你瞧这里，亲爱的朋友。”

他动手开始解包裹，显而易见，他对这个包裹兴趣非凡。

“老兄，你相信吗，这是我至为关心的头等大事。因为，必须让你打扮得人模人样……咱们动手吧：从头开始。你看见这顶便帽了吗？”说着，他从包裹里拿出一顶相当美观但同时又极其普通、十分便宜的制帽，“试试看，好吗？”

“以后试，过一会再说。”拉斯科尔尼科夫说着，厌烦地挥挥手。

“不，罗佳老兄，不要反对啦，以后就迟了；而且我会整夜都睡不着觉的，因为没有尺寸，我是估摸着瞎买的。恰好！”试过以后，他得意扬扬地叫了起来，“不大不小，正好合适！老兄，帽子嘛，这是服饰中头等重要的东西，就像是一封介绍信。我的一位朋友托尔斯佳科夫，每逢进入公共场所，都非得摘下自己的帽子，而其他的人却都戴着礼帽或制帽。大家都认为，他天生的奴颜媚骨，其实他是为自己那顶鸟窝似的帽子感到难为情：他就是一个这么腼腆的人！喂，娜斯金卡，给您两顶帽子：您是要这顶帕麦斯顿呢（他把拉斯科尔尼科夫那顶破旧不堪的圆礼帽从墙角落里拿了出来，也不知为何把它叫作‘帕麦斯顿’①），还是要这顶精致的玩意儿？罗佳，你估个价，猜猜我花了多少钱？娜斯塔西尤什卡，您也猜一猜看？”他看到拉斯科尔尼科夫毫不搭腔，便转向她说。

“恐怕花了二十戈比。”娜斯塔西娅答道。

“二十戈比，傻妞！”他气得叫了起来，“现今二十戈比就连你都买不下来，——八十戈比！而且因为这还是顶旧帽。不错，还有个条件：这一顶戴坏了，明年免费再送一顶，真的！喏，现在来看一看美利坚合众国，我们读中学时都管裤子叫合众国②。预先声明一下，这条裤子使我感到骄傲！”他在拉斯科尔尼科夫面前铺开一条夏天穿的灰色薄呢料裤子，“既没有一个小窟窿，也没有一点儿污迹，虽说是旧的，可是还挺不错的，还配有同样料子的一件坎肩，也是同样的颜色，十分时髦。至于说旧货嘛，说真的，反倒还好些：更柔软，更温馨……你要知道，罗佳，在我看来，要想在社会上功成名就，随时注意季节的变化就行了；如果你一月份不吃芦笋，钱袋里就能省下几个卢布；这次买东西道理与此相同。现在是夏季，因此我只买夏天的东西，因为到了秋季需要的是更暖和些的料子，那就不得不把它抛在一旁……况且到那个时候这些东西就已经穿得无法用了，不是款式陈旧，就是料子朽了。喂，估个价吧！你看值多少钱？两卢布二十五戈比！并且你要记住，又是原先那样的条件：这条穿坏了，明年还可以免费另拿一条！这就是费佳耶夫铺子做生意的一向规矩：花钱一次，满意终生，因为你自己下次不会再去了。唔，现在来看看靴子吧——什么样的？显而易见，这是旧的，不过完全可以穿

① 亨利·帕麦斯顿（1784—1865），英国政治家、国务活动家，1855—1865年任英国首相。曾有一种男式长大衣以其名字命名，19世纪60年代初已经过时，故拉祖米欣称拉斯科尔尼科夫的帽子为帕麦斯顿。

② 英文States（合众国）与俄文штаны（裤子）发音相近。

两个月，因为这是外国造的外国货：英国大使馆的一个秘书上个礼拜在旧货市场卖掉的；总共才穿了六天，他急需用钱。价格是一卢布五十戈比。合算吧？”

“只怕不合脚！”娜斯塔西娅说。

“不合脚！那么这是什么？”他从口袋里掏出拉斯科尔尼科夫的一只老旧、粗硬、沾满干泥、净是窟窿的靴子，“我去的时候带着样鞋，他们就是比照这个怪物给我量出了合适的尺寸。整个这件事可花费了我不少心血。至于内衣，我已经与女房东谈妥了。瞧，首先，要三件粗麻布的衬衣，但领子的式样必须是时髦的……嗯，这样的话：帽子八十戈比，其他衣服两卢布二十五戈比，总计三卢布零五戈比；靴子是一卢布五十戈比，——因为是一双挺好的靴子，——总计四卢布五十五戈比，还有五卢布买了衬衣，——议定按批发价，——合计正好九卢布五十五戈比。找零四十五戈比，都是五戈比一个的铜币，请收下吧，——那么，罗佳，现在你全套衣服都置办齐了，因为依我之见，你这件夏季大衣不仅还可以穿，而且款式还挺高雅：在沙尔美①定做的就是不同！至于袜子和其他东西，你自己去买一下吧；我们还剩下二十五卢布，至于帕申卡和房租，你就不必担心了；我说过：可以无休止地赊账。而现在，老兄，请让我来给你换换内衣吧，要不，也许病魔此刻就藏在你的衬衣里呢……”

“住手！我不想换！”拉斯科尔尼科夫把手一挥，他一直厌恶地听着拉祖米欣紧张而又故作快活地讲述买衣服的事情……

“老兄，这哪能行呢；我磨穿鞋底究竟为的是什么啊！”拉祖米欣竭力坚持，“娜斯塔西尤什卡，别难为情，帮帮忙，就这样！”虽然拉斯科尔尼科夫一再抵抗，拉祖米欣还是硬把内衣给他换了。拉斯科尔尼科夫倒在床上，一言不发足足有两分钟。

“老是烦得我无法安宁！”他想，“这些东西是用什么钱买的呢？”他终于望着墙壁问道。

“什么钱？就是你自己的钱呗！不久前来过一个信差，是瓦赫鲁申派来的，你妈妈寄钱来了；难道连这件事也记不得了？”

“现在我记起来了……”拉斯科尔尼科夫在长久而忧郁的沉思后说道。拉祖米欣紧皱双眉，不安地关注着他。

---

① 沙尔美是当时彼得堡一家相当有名的裁缝店，陀思妥耶夫斯基的衣服也是在那里定做的。

门开了，进来一个身材高大、体表粗胖的汉子，拉斯科尔尼科夫深感此人似曾相识。

“佐西莫夫！你总算来了！”拉祖米欣兴高采烈地叫了起来。

四

佐西莫夫是一个身材高大、体表肥胖的人，脸膛发肿，面色苍白，脸上刮得光光滑滑，一头淡黄色的头发向上直竖着，鼻梁上架着一副眼镜，一只胖得有点发肿的手指上戴着一枚老大的镶宝石金戒指。他约莫二十六七岁。身穿一件宽松、考究、轻柔的大衣，下着一条浅色的夏季长裤，总而言之，他身上的衣服都是宽松、考究而且崭新的，内衣也毫无瑕疵，表链又粗又重。他的举止慢慢腾腾，似乎萎靡不振，同时又故作潇洒；他自命不凡，却又竭力加以掩饰，不过还是随时流露出来。所有认识他的人都认为他难以相处，但都说他医术高明。

“老兄，我已经去过你那里两趟了……你瞧，他清醒过来了！”拉祖米欣叫道。

“我看见了，看见了。喂，你现在感觉怎样，啊？”佐西莫夫转向拉斯科尔尼科夫，一边聚精会神地察看他，一边坐到他脚边的沙发上，并立刻尽可能懒洋洋地靠在沙发上。

“他老是郁郁寡欢，”拉祖米欣接着说，“我们刚给他换过内衣，差一点没哭出来呢。”

“这是可以理解的事情；内衣可以晚一点再换嘛，既然他自己并不心甘情愿……脉搏正常。头还是有点疼吗，啊？”

“我健康着呢，我没有一点病！”拉斯科尔尼科夫固执而又激怒地说，他突然在沙发上欠起身来，双眼熠熠有神，但立刻又倒在枕头上，转身面向墙壁。佐西莫夫凝神观察着他。

“很好……一切都正常，”他无精打采地说，“他吃了点什么东西吗？”

大家回答了他，又问可以让病人吃些什么。

“什么都可以给他吃……汤啊，茶啊……蘑菇和黄瓜当然还不能给他吃，牛肉也不要给他吃，还有……哎，在这里啰唆个什么呀！”他和拉祖米欣交换了一下目光，“药水别喝了，什么药都别吃了；明天我再来看看……今天也可以……唔，是的……”

“明天晚上我领他出去遛一遛！”拉祖米欣拿定主意，“先到尤苏波夫花园，然后再去‘水晶宫’① 逛一逛。”

“明天我一动也不能让他动，不过……稍稍动动也好……哦，我们在那里见面吧。”

“唉，真遗憾，今天我恰好因搬家请客，仅仅两步路，要是他能参加多好啊。即使在我们中间的沙发上躺一会儿也好啊！你会来吧？”拉祖米欣转向佐西莫夫，“请注意别忘了哦，你可是答应了的。”

“行啊，也许会晚一点来。你都准备了些什么吃的？”

“没准备多少，有茶啦，伏特加啦，鲱鱼啦。还有馅饼：自己人聚一聚。”

“都有谁？”

“都是此间的左邻右舍，差不多都是新朋友，的确，——除了老舅舅以外，就连他也是新来的；昨天刚到彼得堡，来办点什么事情；我们俩五年才见一次面。”

“他是干啥子的？”

“他当了一辈子县邮政局局长……已经领了退休金了，都六十五岁了，没啥好说的……不过，我很喜欢他。波尔菲里·彼得罗维奇也会来：他是本区警察分局的侦查科长……‘皇家法律学校’② 的毕业生。对了，你该认识他……”

“他也是你的亲戚吗？”

“九曲十八弯的远亲；呃，你为何皱眉头呀？你们吵过一次架，莫非你就为此不来了吗？”

“我才不把他当一回事呢……”

“那就太好啦。噢，来的还有——几个大学生，一位教师，一个官吏，一位乐师，一个军官，扎苗托夫……”

“请你告诉我，你或者他，”佐西莫夫朝拉斯科尔尼科夫那边点了点头，“与那个扎苗托夫能有什么共通点呢？”

“嗨，这些喋喋不休的伙计！开口就是原则……你太原则化了，就像站在弹簧上一样，连自由自在地动弹一下都胆战心惊；而在我看来，人好——这就是原则，其他任何东西我都不想知道。扎苗托夫是个非常好

---

① “水晶宫”，是彼得堡的一家大饭店，和尤苏波夫花园都在彼得堡的花园街。

② 皇家高等法律学校是1835—1917年在彼得堡专为贵族子弟设置的一种学校。

的人。”

“他大发不义之财。”

“哼，大发不义之财有什么了不得的！大发不义之财又怎么样！”拉祖米欣突然高声大喊起来，他颇为做作地发起脾气来，“难道我向你赞赏过他大发不义之财了吗？我只是说，他在某一方面人好！如果真正都从全方位严加考察——那么，世上还会剩下几个好人呢？我坚信，那样一来，我整个儿恐怕只值一个烤洋葱头，而且还得把你搭上！……”

“这太少了；我再给你两个……”

“而我只给你一个！再俏皮些吧！扎苗托夫还是个小毛孩呢，我会臭骂他一顿，因为应该拉他，而不能把他推开。把人远远推开——你就无法改造他了，尤其是对一个男孩子。对男孩子必须加倍小心。唉，你们这些自以为进步的蠢货，其实是一窍不通！不尊重别人，就是侮辱自己……如果你愿意知道，那么可以说，有一件共同的事情把我们联系在一起了。”

“愿闻其详。”

“就是那件关于漆匠，也就是关于油漆工的案子……我们一定要把他救出来！不过，现在已经没什么了。现在案情已经极其极其明白了！我们只要再使点劲就成功了。”

“哪里又有一个什么油漆工？”

“怎么，难道我没有说过吗？没说过？对，想起来了，我只给你讲了个开头……这就是关于那个放高利贷的老太婆，那个官太太被人杀死的案子……喔，现在有个油漆工也给拖累进去了……”

“关于这件凶杀案，在你告诉我之前，我就听说过了，我甚至还对这件案子产生过兴趣……或多或少……是由于一个偶然的机会……我在报纸上也读过！但是……”

“莉扎薇塔也给杀死了！”娜斯塔西娅猛地贸然冲着拉斯科尔尼科夫说道。她一直待在屋里，倚靠在门上听着。

“莉扎薇塔？”拉斯科尔尼科夫用勉强能听清的声音喃喃地说。

“莉扎薇塔，那个女小贩，难道你不认识？她常来这里的楼下。还给你补过衣服呢。”

拉斯科尔尼科夫转过身去，面向墙壁，在印着一朵朵白色小花的脏兮兮、黄糊糊的墙纸上，选定了一朵带褐色条纹的难看的小白花，仔细研究起来：花上有几片花瓣，花瓣上长着怎样的锯齿，有多少叶脉？他深感自己的双手和双脚都已麻木，好像瘫痪了一般，然而他并未尝试动一动身子，而只是执拗地看着那朵花。

“呃，那个油漆工怎么样了？”佐西莫夫极为不满地打断了娜斯塔西娅的饶舌。她叹了口气，不再出声。

“也被当作凶手啦！”拉祖米欣激愤地接言。

“莫非有什么罪证么？”

“见鬼的罪证！不过，确有罪证，可这罪证并不成其为罪证，这就需要咱们来证明！这和他们最初逮捕与怀疑这两个人如出一辙，不爽毫厘，这两个人叫什么来着……哦，科赫和佩斯特里亚科夫。呸！这一切干得多么愚蠢，甚至旁观者都觉得可恶！佩斯特里亚科夫也许今天会来我这里……顺便说一句，罗佳，这个案子你也是知道的，还在你生病以前就发生了，正好是你在警察分局晕倒的前一天，当时那里正在谈论这件事情……”

佐西莫夫好奇地看了看拉斯科尔尼科夫：后者毫无反应。

“而你知道些什么，拉祖米欣？我倒要看看：你究竟有多大能耐，真是个助人为乐的人。”佐西莫夫说。

“就算如此，不过我们反正得把他救出来！”拉祖米欣砰的一拳砸在桌子上，大声叫道，“要知道，这个案子最令人气愤的是什么吗？最令人气愤的并非他们撒谎；撒谎往往情有可原；撒谎甚至是件好事，因为谎言导出真理。不，令人遗憾的是，他们既要撒谎，又要对自己的谎言顶礼膜拜。我尊敬波尔菲里，不过……比方说，打一开头他们就被什么弄糊涂了呢？房门本来是扣着的，而他们和看门人一起回来——门却打开了：喏，这就意味着，科赫和佩斯特里亚科夫杀了人！瞧，这就是他们的逻辑。”

“少安毋躁，他们只是被拘留，总不能……顺便说一声：我遇到过这个科赫，他原来经常从老太婆那里收购过期的抵押品？是不是？”

“是的，这样的一个骗子！他也经常收购票据。是个投机商人。让他见鬼去吧！我为何感到愤慨，你知道吗？我感到愤慨的是他们那衰弱不堪，陈腐无味，一成不变的陈规陋习……而这个案件，单从这个案件里，就可以开辟一条全新的途径。光凭心理上的材料就可以看出，应该怎样做才能找到真正的线索。他们说：‘我们有的是事实！’但要知道事实并非一切；至少案子的一半取决于你如何对待这些事实！”

“而你善于对待这些事实吗？”

“不是吗，当你感觉到，切切实实地感觉到，你能对这个案子有所助益，那你是无法沉默的，假如……唉！……你一五一十地了解过这个案子吗？”

“我正等着听听那个油漆工的事情呢。”

“噢，对了！好吧，你就听听事情的经过：刚好在凶杀案发生后的第三天，大清早，他们依然还在格外照顾科赫和佩斯特里亚科夫时，——尽管他们每个人都能为自己的每一个行动提出证明：而且可谓准确无误！——就在这时，突然出现了最出乎意外的事情。一个姓杜什金的农民，也就是出事的那幢楼房对面一家小酒馆的老板，来到警察局办公室，并且带来了一只装着一副金耳环的小首饰匣，讲述了整个事情的经过：‘他跑来找我，是前天晚上，大约八点钟，’这个日期和这一时间！你注意了吗？‘就是那个油漆工米科拉，在这以前白天来过我这里，他给我带来了这个装着金耳环和宝石的小匣子，想用它抵押两个卢布，我问他：从哪里弄来的？他说，在人行道上捡的。我也就没再向他多问什么。’这是杜什金说的，‘而我就给了他一张票子，——也就是一个卢布，——因为我想，他不抵押给我，也会抵押给别人；反正一样——换钱买酒喝掉，而最好还是把东西留在我这里：放得合适，找起来不费事嘛，万一出了什么事儿，或者传出什么谣言，我马上就把它交出去。’唔，这当然是信口胡说，一派谎言，因为我认识这个杜什金，他本身就是一个放高利贷的人，而且常常窝藏赃物，他从米科拉那里骗取这件价值三十卢布的东西绝非为了‘交出去’。只是因为害怕才交出去的。哦，见他的鬼吧，你就听下去；杜什金接着说：‘我从小就认识这个乡下佬米科拉·杰缅季耶夫，我们同省又同县，因为我们都来自梁赞省扎赖斯基县。而米科拉虽然不是酒鬼，但也爱喝两杯，我们都清楚，他就在这幢楼房里干活，和米特莱一道搞油漆，而他和米特莱也来自同一个地区。他拿到票子后，马上把它换开，眨眼间就喝了两杯。抓起零钱就走了，但我当时并没看见米特莱和他在一起。而第二天我们就听说，阿廖娜·伊万诺芙娜和他的妹妹莉扎薇塔·伊万诺芙娜被人用斧头砍死了，她们姊妹俩我们都认识，这时耳环的事让我起了疑心，——因为我们都清楚，死者生前经常收下东西作抵押放高利贷。我就到那幢楼房里去找他们，小心地悄悄打听，最先问：米科拉在这里吗？米特莱说，米科拉逛街去了，天亮才醉醺醺地回来，在家里待了十来分钟，又出去了，而后来米特莱就再也没有看到过他，只好独个儿干完收尾的活。他们干活的地方在二楼，和两个死者共用同一条楼梯。打听到这一切以后，我对谁都没有说过一个字，’这是杜什金说的，‘杀人的事，我上下左右尽量打听清楚了，回到家里心里却老是犯疑。今天大清早，八点钟，’就是说，这已经是第三天了，明白吗？‘我看见，米科拉进来找我，他不太清醒，可也醉得不是太厉害，还能听懂别人的话。他坐到长凳上，闷声不响。除了他，那时酒馆里只有一个顾客，不过长凳上还睡着一个熟人，还有我们的两个小伙计。我问：“你见到米特莱了吗？”他说：“没，没见到。”“你也没来过这里吗？”他说：“没来过，前天起就没来过。”“那么昨夜你在哪里过夜呢？”他说：“在沙土区，住在科洛姆纳区的人那里①。”我说：“那么耳环是打哪里弄来的呢？”“在人行道上捡的呗。”他说这话时流里流气，而且也不看我。我说：“你听说了吗，就在那天晚上，那个时辰，那道楼梯上，发生了那么一桩事吗？”他说：“没，没有听说，”而他听着听着，眼睛瞪得老大，脸也唰地变得像白灰一样白。我一边给他讲这件事，一边瞄着他，而他拿起帽子，起身要走。这时我想把他留住，便说：“等一下，米科拉，你不想喝一杯吗？”说着我对一个小伙计使了个眼色，让他守住门口，我从柜台后走了出来：他哧溜一下就从我身边跑到街上，钻进了一条胡同，——眨眼间就没了踪影。这时我的疑心完全没有了，他是罪犯，这已清楚不过了……’”

“这还用说！”佐西莫夫说道。

“且慢！听我说完！当然，他们飞速出发去搜捕米科拉：杜什金也被拘留，并进行了搜查，米特莱也是同样处理；还审问了科洛姆纳区的人，——直到前天他们才突然把米科拉本人带来：他们在某城门附近的一家客店里拘留了他。他去到那里，从脖子上取下一个十字架，银质的，想用它换一什卡利克②酒。他们换给了他。过了一会，一个娘们到牛棚里去，从墙缝里发现：他在隔壁板棚里把宽腰带拴在房梁上，结了个活套；然后站在一块废木头上，正准备把脖子伸进活套里去；那个娘们拼命大喊大叫着，大家都纷纷跑来，说他：‘你原来是这种人！’他说：‘你们把我带到某某分局去吧，我全都供认。’于是大家规规矩矩地把他送到这个警察分局，也就是送到这里。于是，对他进行提审，问了这个，又问那个，姓甚名谁啦，什么职业啦，多大年纪啦，——‘二十二岁’——如此等等。问：‘你和米特莱一起干活的时候，某时某刻，在楼梯上是否看见过什么人？’答：‘谁都知道，一定有人上上下下，不过我们没有注意。’‘没听到什么响声或其他动静吗？’‘这类特别的声音啥也没听到

① 沙土区和科洛姆纳区都属彼得堡管辖，前者在彼得堡远郊，后者则在市内，相距颇远。

② 量酒的容量单位，相当于0.06千克。

过。’‘那么，你当天是否知道，米科拉，就在那一天那个时候，那位寡妇和她的妹妹被人杀害，而且财产遭劫？’‘我啥都不知道。头一次听说这事是从阿法纳西·帕福雷奇那里，第三天，在小酒馆里。’‘那么耳环是从哪里弄来的呢？’‘在人行道上捡到的。’‘为什么第二天没跟米特莱一道去干活？’‘我纵酒去了。’‘在哪里喝酒？’‘在什么地方什么地方。’‘为什么从杜什金那里逃走？’‘因为那时我怕得要死。’‘怕什么呢？’‘怕吃官司。’‘你怎么会害怕呢，既然你觉得自己没有什么罪？’唔，不管你相信不相信，佐西莫夫，这个问题已经提了出来，而且一字不差就是这样说的，我明确地知道，别人向我所作的转述是忠实可信的！怎么样？怎么样？”

“哦，不，但是罪证还是有的。”

“但我现在说的并非罪证，我说的只是问题，说的是他们如何理解实质！唉，活见鬼！……唉，他们就这样不断地向他施加压力，施加压力，再三逼供，逼供，于是他就认罪了，他说：‘不是在人行道上捡的，而是在我和米特莱刷油漆那套房子里捡的。’‘怎样捡到的呢？’‘这样捡到的：我和米特莱刷了一整天油漆，一直到晚上八点，正要离开，米特莱拿起刷子冲我抹了过来，抹了我一脸油漆，接着撒腿就跑，我就在后面猛追。我一面猛追，一面大喊；刚从楼梯上跑到大门口，猛地一下撞在看门人和几位先生身上，不过有几位先生和他在一起，我可记不起来了。就为这，看门人把我痛骂了一顿，另一个看门人也痛骂了我一顿，看门人的老婆也出来骂我们，刚进大门的一位先生和一位太太，也把我们臭骂了一顿，因为我和米特莱横躺在地上：我揪住米特莱的头发，把他掀倒在地，用拳头揍他，米特莱也从我身子底下揪住我的头发，用拳头揍我，而我们这样你揍我我打你不是因为有仇，反倒是因为要好，闹着玩儿。后来米特莱挣脱身子，撒腿跑上了大街，我跟在后面直追，可没追上，就一个人回到那套房子里，——得收拾收拾东西啊。我一面收拾东西，一面等着米特莱，也许他会回来。就在过道门后的墙旮旯里，我一脚踩着一个小盒子。我一看，它躺在地上，用纸包着。我拆开纸包，看见几个好小好小的钩钩，我扳开钩钩——盒子里装的是一副耳环……’”

“在门后面吗？就躺在门后面吗？在门后面？”拉斯科尔尼科夫突然叫了起来，用茫然不安、惊慌失措的眼光看着拉祖米欣，并且用一只手支撑着，慢慢地在沙发上欠起身来。

“对啊……怎么啦？你怎么啦？你为何这样？”拉祖米欣也从座位上欠起身来。

“没什么！……”拉斯科尔尼科夫用轻得刚能听见的声音答道，他又倒在枕头上，并再次转过脸去，对着墙壁。大家都沉默了好一阵子。

“他大概打了个盹儿，蒙蒙眬眬的。”拉祖米欣最后说，他以询问的目光看着佐西莫夫；佐西莫夫轻轻地摇摇头，表示不赞同他的说法。

“唔，还是接着说吧，”佐西莫夫说道，“后来怎样了？”

“后来怎样了？他一见到耳环，立即就把那套房子和米特莱忘得干干净净，抓起帽子，就跑到杜什金那里，众所周知，他抵押到一个卢布，却对杜什金谎称是在人行道上捡的，并立即就狂饮滥喝去了。关于杀人的事，他翻来覆去还是那几句现话：‘我啥也不知道，啥都不知道，直到第三天才听说。’‘那你究竟为了什么在此之前藏匿起来呢？’‘害怕啊。’‘为什么要上吊自杀？’‘想不开啊。’‘想不开什么？’‘怕吃官司。’喏，这就是事情的原原本本。现在他们从此中得出了什么结论啊，你如何认为呢？”

“还有什么好认为的，线索已经有了，不管是什么样的线索，但毕竟已经有了。事实胜于雄辩。总不至于该把你的油漆工放走了事吧？”

“但是现在他们都已经把他直接认定为杀人凶手了！他们已经认为铁案如山了……”

“真是瞎扯；你太性急了。喏，那么耳环呢？你自己得承认，如果耳环在那一天那一时刻从老太婆的箱子里落到了尼古拉①的手里，——你自己得承认，它们总得通过不论什么方式才能落到他的手里吧？这在侦查中可是举足轻重的线索。”

“怎么落到他手里的！怎么落到他手里的？”拉祖米欣大叫起来，“莫非你，一个医生，首先必须研究人，也较之任何人都更有机会研究人的本性的医生，——莫非你根据所有这些材料，还不曾看出，这个尼古拉的本性如何吗？莫非你还不曾一眼即明地看出，在审问中他所招认的一切，都是绝对千真万确的事实吗？耳环就是那样落到他手里的，一如他说的那样。他一脚踩在一只小盒子上，就把它捡了起来。”

“绝对千真万确的事实！但是他自己不是也承认，打一开头他就撒了谎吗？”

“请听我说。请留神细听：看门人，科赫，佩斯特里亚科夫，另一个看门人，第一个看门人的妻子，当时坐在她屋里的一个女人，还有恰在

① 即米科拉。尼古拉是米科拉的本名，米科拉则是小名。

此时走下马车、搀着一位太太的手刚走进大门的七等文官克留科夫，——所有的人，亦即八九个证人，都不约而同地齐声证明，尼古拉把德米特里①揪倒在地，骑在他身上用拳头揍他，而德米特里也揪住尼古拉的头发，同样揍他。他们横躺在地上，挡住了通道；所有的人都在大骂他们，而他们却'像小孩子一样'（这是证人原封不动的话），相互翻上翻下地缠扭，尖声大叫，拳来拳往，哈哈大笑，竟相用哈哈大笑压倒对方，扮出最为滑稽的鬼脸，像小孩子一样前奔后赶，跑到大街上去了。你听清了吗？现在请你格外留心：楼上的尸体还是温热的，听清了吗，当尸体被他们发现时，还是温热的！如果是他们杀死的，或者尼古拉单独一人干的，与此同时还撬开箱子，抢走财物，或者只是以某种方式参与抢劫，那么请允许我向你仅仅提出唯一的一个问题：这种精神状态，亦即尖声大叫、哈哈大笑、像小孩子一样在大门口打打闹闹，——这与斧头啊、鲜血啊、险恶用心啊、谨小慎微啊、抢劫财物啊，可能协调吗？刚刚杀了人，只不过才过了那么五分钟或十分钟，——因为尸体还是温热的，所以得出这样的结论，——明明知道有人会马上到这里来，却突然抛开尸体，门也未锁，并且抛开到手的财物，像小孩子一样在路上打着滚儿，哈哈大笑，让自己成为众目所瞩的目标，这是可能的吗？而且还有十个证人对此却异口同声地加以证实！"

"当然，有点古怪！当然，这是不可能的，然而……"

"不，老兄，并非然而，而是如果那耳环在那一天那一时刻落在尼古拉手里，确实足以构成对他不利的物证——但是他的招供已经对此作出了直接解释，因此这还只是一个有争议的物证，——那就应该考虑到那些证明他无罪的事实，何况这些事实都是无可反驳的。但是你怎样认为，根据我们的法学原则，他们会不会或者能不能把这样的事实，——仅仅基于心理上不可能、仅仅基于精神状态的事实，——当作无可反驳的事实以及推翻一切控告和物证的事实，而不管这些物证是什么？不，他们不会如此，决不会如此，因为发现了一个小盒子，而那个人又想上吊，'假如他不是觉得自己有罪，就不会如此行事！'这就是问题的根本所在，这也就是我着急的原因！你应该明白！"

"是的，我也看出你很着急。且慢，我忘了问你：何以证明装着耳环的那个小盒子，确确实实是出自老太婆的箱子里呢？"

---

① 即米特莱。德米特里是米特莱的本名，米特莱、米季卡则是小名。

“这早已证实了，”拉祖米欣答道，他紧锁双眉，似乎很不高兴，“科赫认出了这个玩意，并且指明了抵押者，而那人明确证实那玩意的确是他的。”

“糟糕。现在还有一个问题：是否有任何人看到了尼古拉，当科赫和佩斯特里亚科夫上楼的时候，并且能否用任何东西对此加以证明呢？”

“问题就在这里，没有任何人看到过他，”拉祖米欣沮丧地回答，“糟糕就糟糕在这里；甚至科赫和佩斯特里亚科夫上楼去的时候也没有看到他们俩，虽说他们的证明现在已没有太大的意义了。他们说：‘我们看见房门是敞开的，里面或许有人在干活，可是我们走过门口时没有留意，也记不清那时屋子里是否有工人。’”

“哼，由此可见，唯一可以证明他是无辜的，就是他们相互打闹并且哈哈大笑。纵然这是一个强有力的证据，然而……现在我问你：你自己究竟怎样解释这全部的事实？如果那副耳环确实像他招认的那样是捡到的，你又如何解释见到耳环这一事实呢？”

“我如何解释？这又有什么好解释的呢：事情明之又明啊！至少侦查案件的方法是明确的，被证实了的，而且恰恰是那个小盒子证实了的。真正的凶手无意中遗失了这副耳环。当科赫和佩斯特里亚科夫敲门时，凶手就躲在楼上的房间里，扣上了房门。科赫竟然傻不拉几地走下楼去；这时凶手跳将出来，也跑下楼去，因为他已经没有任何别的出路。为了避开科赫、佩斯特里亚科夫和看门人，他躲进了那套空房子里，而恰好在这个时候德米特里和尼古拉跑出了屋子，当看门人和其他人经过门口走上楼去的时候，他藏在门后，等到脚步声寂然以后，就悠然自在、从容不迫地走下楼去，而正好这时德米特里和尼古拉又跑到了大街上，所有的人都纷纷散场，大门口已经空寂无人。也许有人看见了他，但是不会留意：进进出出的人还少吗？而当他藏在门后面时，把小盒子从口袋里弄丢在地，但他并未发现掉了东西，因为他无暇顾及此事。小盒子无可置疑地证明，他正是站在那里！整个情况就是这样！”

“妙不可言！不，老兄，这真是妙不可言。这太妙不可言了！”

“可究竟为什么呢，究竟为什么呢？”

“因为这一切凑得太天衣无缝了……而且错综复杂……仿若演戏一般。”

“唉——唉！”拉祖米欣刚叫出声来，但就在这时，房门开了，一位陌生人走了进来，在场的人没有一个认识他。

五

这位先生已年纪不轻，拘谨古板，神态严肃，面容中透露出谨小慎微而又怨天尤人的表情，他起初站在门口，以一种毫不掩饰的、令人不快的惊讶神情打量着四周，似乎是用目光在发问：“我这究竟是到了哪里了？”他疑虑重重地、甚至带着矫揉造作的某种惊惶和近乎受了侮辱的神态，四处打量拉斯科尔尼科夫那间又窄又矮的“船舱”。接着他又以同样惊讶的神态把目光挪到了拉斯科尔尼科夫本人身上，凝神注视着他，拉斯科尔尼科夫没穿外衣，头发乱蓬蓬的，也没洗脸，躺在他那张小得可怜的脏兮兮的沙发上，同样凝神注视着那人。随后，那人又同样慢条斯理地开始打量破衣烂衫、胡子拉碴、蓬头散发的拉祖米欣，拉祖米欣端坐未动，同样用傲慢无礼、表示疑问的目光直盯着他的眼睛。紧张的沉默持续了大约一分钟，最后，如所预料，局面略有改观。进来的这位先生可能根据某些十分突出的迹象意识到，在这个地方，在这间“船舱”里，妄自尊大、盛气凌人的派头是毫无用处的，因此他就变得稍稍温和一些，尽管他在向佐西莫夫发问时，仍不无威严之处，但却彬彬有礼，并且每一个音都发得清清楚楚：

“您是罗季昂·罗曼内奇·拉斯科尔尼科夫，一位大学生或者以前的大学生先生吗？”

佐西莫夫慢慢腾腾地挪了挪身子，也许是准备回答他的，如果不是根本并非问话对象的拉祖米欣马上就抢先回答的话：

“喏，他就躺在沙发上！您有什么事？”

这句相当随便的“您有什么事”竟然使这位拘谨古板的先生怒从中来；他甚至差点儿朝拉祖米欣转过身来，但总算及时克制住了自己的感情，迅速又转脸对着佐西莫夫。

“这就是拉斯科尔尼科夫！”佐西莫夫把头朝病人点了一下，无精打采地说，接着又打了个呵欠，不知怎的把嘴张得极其大，而且这副过分张大嘴的姿势持续的时间又过分长了一些。然后，他慢吞吞地伸手到背心口袋里，掏出一只硕大、鼓凸的带盖金表，打开表盖，看了一看，又同样慢吞吞、懒洋洋地把它放回口袋里。

拉斯科尔尼科夫本人一直一声不吭地仰面躺着，死死地盯着来人，尽管他没有任何用意。现在他不再研究墙纸上那朵怪异的小花了，而是转过脸来，但他的脸色极其苍白，并露出非同寻常的痛苦表情，似乎他刚刚承受了一次痛苦的手术或者遭受了一次严刑毒打。然而进来的这位先生渐渐地、越来越强烈地引起了他的注意，进而又引起了他的困惑，接着又引起他的怀疑，甚至似乎引起了某种恐惧。当佐西莫夫用头指着他，说“这就是拉斯科尔尼科夫”时，他突然急速欠起身来，仿佛跳将起来似的坐到床上，用几乎是挑衅的但却断断续续的微弱声音说道：

“对！我就是拉斯科尔尼科夫！您有何贵干？”

来客留心地打量了他一眼，派头十足地说：

“彼得·彼得罗维奇·卢仁。我深信，我的名字对您来说应该早已不是完全一无所知了。”

但是对于拉斯科尔尼科夫来说，这一情况完全出乎他的意料，他面无表情、若有所思地望了一眼卢仁，一句话也没回答，似乎彼得·彼得罗维奇的名字他全然是第一次听到。

“怎么？难道您到这时还没有得到任何信息吗？”彼得·彼得罗维奇颇感不快地说道。

拉斯科尔尼科夫对此的回答是，慢慢倒在枕头上，双手垫在脑后，两眼望着天花板。卢仁的脸上显露出烦躁的神色。佐西莫夫和拉祖米欣怀着越发强烈的好奇心审视着他，最后他显然窘困不安起来。

“我推测和估计，”他慢慢腾腾、含糊不清地说，“信，已经寄出十几天，甚至将近两个星期了……”

“喂，您干吗老是站在门口呢？”拉祖米欣突然打断他的话，“如果有话要说，那就请坐吧，要不你们两位，您和娜斯塔西娅都站在门口，那里就太挤了。娜斯塔西尤什卡，让开点路，让他进来！进来吧，这把椅子给您，请到这里来！挤进来呀！”

他从桌子边挪开自己的椅子，在桌子和自己的膝盖之间腾出了一块小小的空间，有点紧张地等待客人“挤进”这条窄缝。这个时机挑选得恰到好处，以致客人无论如何也无法拒绝，因此他匆匆忙忙、磕磕绊绊地挤进了这条窄缝之中。到达椅子跟前，他坐了下来，疑神疑鬼地望着拉祖米欣。

“不过，您千万别感到难为情，”拉祖米欣贸然说道，“罗佳患病已经是第五天了，有三天昏迷不醒，不过现在清醒过来了，甚至胃口不错。这位坐着的就是他的医生，刚为他做过检查，而我是罗佳的同学，以前也是大学生，眼下正在照料他；因而您对我们不要过分在意，也不要局促不安，您想说什么，只管接着说吧。”

“谢谢你们。不过我的来访和谈话不会烦扰病人吗？”彼得·彼得罗维奇向佐西莫夫问道。

“不——不会，”佐西莫夫无精打采地说，“甚至还能够给他消愁解闷呢。”说完他又打了一个呵欠。

“哦，他早已清醒了，一大早就已清醒了！”拉祖米欣接着说道，他那不拘礼节的神态显露出一种毫不做作的朴直憨厚，以致彼得·彼得罗维奇想了一想，便振作起精神来，也许这或多或少是由于这个衣衫褴褛、形似无赖的人及时自我介绍说是大学生的缘故。

“令堂……”卢仁开了腔。

“哼！”拉祖米欣发出响亮的一声。卢仁疑惑地望了他一眼。

“没什么，我常这样；您说吧……”

卢仁耸了耸肩。

“……我还在她们那里的时候，令堂就给您写了一封信。到达此地后，我有意拖延了几天，没来找您，以便在百分之百地知道您深悉一切以后再上您这里来；但是现在，我深感惊讶的是……”

“我知道，我知道！”拉斯科尔尼科夫突然带着最不耐烦的苦恼的神情说道，“就是您这个人吗？未婚夫？吓，我知道！……这就够了！”

彼得·彼得罗维奇大为生气，但他保持沉默。他竭力想要尽快搞清楚，这一切意味着什么？沉默持续了将近一分钟。

其实，拉斯科尔尼科夫在回答他时，已经稍稍侧过身子对着他，突然又以某种特殊的好奇心专心致志地端详起他来，似乎刚才尚未来得及把他整个儿看清楚，或者似乎卢仁身上有某种新的东西使他感到不胜惊讶；为了看清，他甚至故意从枕头上欠起身来。确实，彼得·彼得罗维奇的整个外形似乎有一种令人惊奇的特异之处，似乎恰好印证了刚才那么无礼地奉送给他的称呼“未婚夫”。首先，可以看出，甚至显而易见的是，彼得·彼得罗维奇抓紧利用了停留在首都的这几天时间，挖空心思地把自己打扮得漂漂亮亮，修饰得仪表非凡，以便等待未婚妻的到来，不过，这根本就是无可非议的，也完全是情有可原的。在这种情况下，甚至他自我感觉良好，也许甚至过分地自鸣得意，以为自己打扮得更惹人喜爱了，这也是情有可原的，因为彼得·彼得罗维奇是个未婚夫嘛。他全身的衣服都是新做的，而且一切都尽善尽美，美中不足的只有一样，那就是一切都太过于崭新，太过于显露出某种一目了然的用心。甚至那顶考究、崭新的圆礼帽也证明了这个目的：彼得·彼得罗维奇不知为何对这顶礼帽太过于看重，太过于小心翼翼地把它拿在手里。甚至那一双精美的雪青色的真正茹文①式手套也证明了这点：他并不是把手套戴在手上，而只是拿在手里，摆摆阔气。彼得·彼得罗维奇的衣服是明快的浅色，这种颜色最为年轻人喜爱。他穿着一件雅致的浅咖啡色夏季西服上装，一条浅色的柔薄长裤，一件同样料子的背心，一件新买的轻柔内衣，系着一根有玫瑰色条纹的上等细麻布领带，而且妙不可言的是：这一切竟与彼得·彼得罗维奇十分相称。他的脸相当红润，甚至可以说是颇为漂亮，本来看上去就不到四十五岁。黑亮亮的络腮胡子好似两块肉排惹人喜爱地遮蔽了他的双颊，并密密麻麻地聚集到刮得光滑闪亮的下巴两边，显得非常漂亮。甚至他那刚有几茎银丝、梳得光溜溜并请理发师烫得卷曲的头发，也并未因此而显出任何可笑或任何愚蠢的样子，因为鬈发通常总是不可避免地使人类似于去举行婚礼的德国佬。如果说这张相当漂亮而又仪表威严的面孔确乎有什么令人不快和惹人生厌的东西，那一定是由于其他原因。拉斯科尔尼科夫毫不礼貌地审视了一番卢仁先生后，恶狠狠地笑了一笑，又倒在枕头上，照旧望着天花板。

但卢仁先生强压怒火，似乎下定决心，暂时无视这一切古怪的行为。

“看见您境况如此，我感到非常非常懊悔，”他又开始尽力打破沉默，“要是我知道您身体不适，我就会早些来了。但是，您要知道，我忙得不亦乐乎！……再加上要在大理院办理一件与我的律师事务有关的重要事情。至于那些完全在您预料之中的当务之急，就更不用提了。我随时都在恭候您的亲人，也就是令堂和令妹的到来……”

拉斯科尔尼科夫稍稍动了一下，想要开口说话；他的脸上露出了某种激动不安的神情。彼得·彼得罗维奇住口不言，等他开腔，但因为只言片语都不曾听到，于是又继续往下说：

“随时恭候。已经为她们找好了一套房子，让她们暂时安顿……”

“在什么地方？”拉斯科尔尼科夫有气无力地问。

“离这里不是很远，巴卡列耶夫公寓……”

“它就在沃兹涅先斯基大街②，”拉祖米欣插进来说，“那栋房子有两层改作小旅馆的客房，商人尤申是老板；我去过那里。”

“对，有客房……”

“那里糟糕透顶：脏兮兮，臭烘烘，而且让人生疑；经常有见不得人

① 茹文是比利时的一个城市，以制造时新的手套著称。

② 又名升天大街。

的事情发生；只有鬼知道，住着些什么鸟人！为了摆平一件不光彩的事，我亲自去过那里。不过，房租倒是便宜。”

“我当然不可能掌握这么多情况，因为我自己也是一个新来乍到者，”彼得·彼得罗维奇敏感地反驳道，“不过，这其实是两间极其、极其干净的小房子，因为这只是住极短的一段时间……我已经挑选到一套正式的房间，也就是我们未来的住房，”他转脸对着拉斯科尔尼科夫，“眼下房子正在装修；而我自己也暂时挤住在这种客房里，离这里只有两三步路，是利佩韦赫泽尔夫人的房子，住的是我的朋友安德烈·谢苗内奇·列别贾特尼科夫的房间；就是他向我介绍了巴卡列耶夫公寓……”

“列别贾特尼科夫？”拉斯科尔尼科夫慢悠悠地问着，似乎想起了什么事情。

“对，安德烈·谢苗内奇·列别贾特尼科夫，在部里供职。您认识他？”

“是的……不……”拉斯科尔尼科夫答道。

“对不起，您这么一问，我就以为您认识他了。我曾经做过他的监护人……是个十分可爱的年轻人……思想很新潮……我素来很喜欢和年轻人打交道：从他们身上了解到，什么是新事物。”彼得·彼得罗维奇满怀希望地环视着所有在座的人。

“这是指哪一方面呢？”拉祖米欣问道。

“指重中之重，也就是说，事情最本质的方面，”彼得·彼得罗维奇赶忙接过话头，他似乎很喜欢这个问题，“要知道，我已经有足足十年没来过彼得堡了。我们所有这一切的新事物啦、改革啦、新思想啦——凡此种种我们在外省也都有所接触；但是要想看得更加清楚和看得更为全面，还是必须到彼得堡来。噢，我的想法正好就是这样：只要注视我们的年轻一代，就可以有最多的发现，了解最多的情况。我承认：我很高兴……”

“高兴什么呢？”

“您的问题太过宽泛。我可能搞错了，但是我觉得，我似乎发现了一种更为明确的见解，可以说，是一种更富批评的精神；一种更为务实的精神……”

“这话不错。”佐西莫夫漫不经心地说。

“你瞎说，哪有什么务实精神，”拉祖米欣紧紧地抓住话柄，“要想形成务实精神，实属不易，而它又不会从天上飞下来。我们已经将近两百年任何一件事情都不敢做了……思想嘛，大概也在徘徊不定……”他转向彼得·彼得罗维奇，“善良的愿望也是有的，虽说颇为幼稚；甚至还能发现诚实正直的行为，尽管这里出现了数不胜数的骗子，然而务实精神仍然没有！务实精神是稀世之宝啊。”

“我不同意您的看法，”彼得·彼得罗维奇以溢于言表的喜悦反驳道，“当然喽，迷恋啦，差错啦，势所难免，但是对此应当宽容：迷恋证明对事情满腔热情，也证明事情所处的外部环境恶劣。如果说事情做得不多，那只是因为时间太少。至于方法的问题，我就不谈了。我个人认为，也可以说，甚至有些事情已经着手进行了：一些有益的新思想广为传播，一些有益的新著作大大普及，取代了以前那些空想的和浪漫主义的作品；文学有了更为成熟的色彩；不少有害的偏见得到根治，成为笑柄……简而言之，我们无可挽回地割断了自己与过去的联系，而以我之见，这已经就是业绩……”

“鹦鹉学舌啊！自吹自擂。”拉斯科尔尼科夫突然说。

“什么？”彼得·彼得罗维奇未曾听清，问了一声，然而没有得到回答。

“这些话都言之有理。”佐西莫夫赶忙插上一句。

“难道不对吗？”彼得·彼得罗维奇喜滋滋地看了一眼佐西莫夫，接着说道，“您得承认，”他转向拉祖米欣继续说，不过已经带着某种得意扬扬和居高临下的神气，只差一点没加上一句“年轻人”，“至少在科学和经济学真理……的探索方面，已经有了成就，或者用时髦的话来说，已经有了进步……”

“老生常谈！”

“不，决非老生常谈！譬如说，如果以前人们对我说：‘你要爱人’，于是我就爱了，那么结果怎样呢？”彼得·彼得罗维奇接着往下说，也许说得太仓促了，“结果是，我把一件长上衣一分为二地撕开，分一半给别人，于是我们两人都半裸着身子，这正应了俄国的一句谚语：‘同时追几只兔子，一只也逮不住。’科学却告诉我们：首先你应该只爱自己，因为世界上的一切都以个人利益为基础。你只爱你自己，那么你就会把自己的事情办妥，你的长上衣也就会完整如一。经济学的真理进一步告诉我们，社会上办得好的私人事业越多，也就是说完整如一的长上衣越多，社会的基础就越牢固，公共事业也就会办得越发兴旺。因此，我仅仅为自己发财致富，实际上也是为大家发财致富，其结果是使别人得到了比撕破的长上衣更多一点的东西，而这已经并非受惠于私人的个别恩赐，而是得益于社会的普遍繁荣①。这个想法很是平常，但不幸的是，未能传到这里来的时间太过长久了，它被狂热的激情和幻想遮挡住了，然而要领悟其中的奥妙，似乎并不需要多高的智慧……”

“对不起，我也没有多高的智慧，”拉祖米欣急躁地打断了他的话，“因而我们就此打住吧。我这样说毕竟是有目的的，否则，所有这些自我安慰的废话，所有这些经久不衰、没完没了的老生常谈，翻来覆去，总是那么几句陈词滥调，三年来已经使我厌烦透顶，真的，不仅仅我自己，就是听到别人当着我的面说这些话，我都要脸红。您，当然，是急不可耐地要炫耀自己在这方面的知识，这完全是情有可原的，我不会责怪您。我现在只想知道，您是什么人，因为，您要知道，近来有如此之多的五花八门的企业家热衷于公共事业，但不论他们接触到什么，都一律加以曲解，使之有益于自己的利益，结果把一切事情都搞得糟糕透顶。唉，够了！”

“先生，”卢仁以极度的自尊厌恶地开口说道，“您如此无礼地说话，是不是想以此说明，我也是……”

“噢，怎么会呢，怎么会呢……我怎么会呢！……唉，够了！”拉祖米欣遽然打断他的话，然后陡然转身面对佐西莫夫，以便继续刚才的谈话。

彼得·彼得罗维奇表现得相当聪明，马上就相信了这种解释。不过，他暗暗决定两分钟后就离去。

“我希望，现在我们已开始认识了，”他对拉斯科尔尼科夫说，“等您病体康复以后，并且由于您已知道的那些情况，我们的关系会进一步加强……特别祝愿您早日康复……”

拉斯科尔尼科夫甚至连头都未曾转过来。彼得·彼得罗维奇开始从

① 卢仁在此宣扬的是英国经济学家、功利主义哲学家边沁（1748—1832）及其信徒穆勒（1806—1873）的实用主义伦理学观点。他们的著作译成俄文后，俄国的报刊曾广泛讨论过这种观点。作家同时以此影射车尔尼雪夫斯基的《怎么办》和他的“合理的利己主义”——一种主张在不损害社会和他人利益的前提下追求个人利益的道德理论。认为人都是利己的，都有享受个人幸福，获得个人利益的权利。如果得不到，就要为之奋斗；利己心不仅不会损害社会利益，相反会促进个人利益和社会利益相一致；每个人个人利益的增加，也就增进了社会利益的总和。它反对损人利己，主张利己要“合理”，不能损害他人，否则就是不合理的。

椅子上站起身来。

“杀人的一定是个抵押人!”佐西莫夫深信不疑地说。

“肯定是个抵押人!”拉祖米欣附和着，“波尔菲里未曾透露自己的想法，不过依旧传审了那些抵押人……”

“传审抵押人?”拉斯科尔尼科夫大声问道。

“对，怎么啦?”

“没什么。”

“他从哪里找到他们的?”佐西莫夫问道。

“有些人是科赫供出来的；另外一些人的名字写在包东西的纸上，还有一些人是一听到这件案子，就自己跑了去……”

“哦，大概是个狡猾透顶、经验丰富的家伙!胆大包天!果敢无比!”

“问题在于，恰恰不是这么一回事!”拉祖米欣打断了他的话，“就是这一点让你们大家晕头转向。而我认为，他既非狡猾透顶，也非经验丰富，也许，这只是初次作案!如果认为这是精心策划的行动，凶手是个狡猾透顶的家伙，那是难以置信的。如果认为凶手并无经验，那就只有一个偶然的机会才使他侥幸脱险，而天假其便什么事不能办成?嘿，也许，他连重重障碍都未曾估计到!那么他是怎样干的呢?——他拿了一些只值十几、二十卢布的东西，让它们塞满口袋，又在老太婆箱子里那堆破衣烂衫中乱翻一气，——而在五屉柜最上面一格的一个小匣子里，除了债券，还足足发现了一千五百卢布现金!真是连抢劫都不会，而只会杀人!初次作案，我告诉你，保准是初次作案；他张皇失措。他侥幸脱险，并非精心安排，而是天假其便!”

“这，似乎说的是不久前一位身为官太太的老太婆被杀的事吧。”彼得·彼得罗维奇转向佐西莫夫插言道，他本已拿着帽子和手套站了起来，但离去前还忍不住要兜售几句聪明话。他显然想要给人留下一个好印象，他的虚荣心战胜了理智。

“对。您也听说了?”

“自然啦，邻居嘛……”

“详细情况您都知道?”

“那倒不敢说；但这个案子使我感兴趣的是另一种情况，可以说，是整个问题。我暂且不谈最近五年来下层阶级的犯罪日趋增多；也不说四面八方接连不断的抢劫和纵火；我最感奇怪的是，上层阶级中的犯罪也同样日趋增多，可以说与下层阶级是如出一辙的。听说，某某地方一位前大学生竟在大路上抢劫邮车；某某地方一些社会地位极高的人在制造假钞；在莫斯科逮住了一个伪造最近发行的有奖债券的犯罪团伙，——其中的一个主犯竟是一位教世界通史的讲师；在国外我们的一位使馆秘书被人杀害，因为金钱和某种莫名其妙的原因……假如现在这个放高利贷的老太婆是被一个抵押人所杀，那么这必定是一个社会地位较高的人，——因为庄稼汉不可能去抵押金器，——那么从某一方面来看，究竟该怎样解释我们社会中那一部分文明人士的道德沦丧呢?”

“经济方面的变化太大了①……”佐西莫夫答道。

“怎样解释?”拉祖米欣抓住卢仁的话柄不放，“正是因为从根本上太过缺乏务实精神，只能这样解释。”

“这是什么意思?”

“您的那个讲师在莫斯科受审时被问到为何伪造有奖债券时，答道：‘大家都千方百计致富，所以我也想快速发财。’原话我记不太清了，但意思就是不劳而获，尽快地大发横财！大家都习惯于坐享其成，以别人的思想为思想，吃别人的现成饭。哈，伟大的时刻来临了，每个人都露出了自己的本性，都在看用什么法子发财……”

“那么，到底还有道德吗？也可以说，行为的准则……”

“您究竟操心什么呢?”拉斯科尔尼科夫猛地插进来说，“这正是依照您的理论产生的结果啊!”

“怎么是依照我的理论呢?”

“把您刚才兜售的那种理论稍加引申，结论就是：杀人是可以的……”

“哪能呢!”卢仁高叫起来。

“不，并非如此!”佐西莫夫随声附和。

拉斯科尔尼科夫脸如白纸地躺着，上嘴唇不住颤抖，呼吸颇为困难。

“一切事情都有个限度，”卢仁傲慢地继续说，“经济思想并不是请你去杀人，而只是假设……”

“不过，这是真的吗，您，”拉斯科尔尼科夫又突然用恨得发抖的声音②打断了他的话，从声音中可以听出，他因受辱而产生了某种快乐③，

---

① 指俄国在1861年取消农奴制后资本主义的迅速发展。

② 拉斯科尔尼科夫之所以恨卢仁，是因为他们本质上是同类人，思想上有根本一致之处。

③ 陀思妥耶夫斯基早在弗洛伊德（1856—1939）之前就发现了某些人（尤其是女人）具有类似受虐狂的心理：喜欢受到侮辱，并从受侮辱的痛苦中感到快乐或获得乐趣。

“这是真的吗，您曾对您的未婚妻说……就在她刚刚接受您的求婚的时候，您宣称您最感到高兴的是……她是个穷人……因为娶一个家境贫寒的妻子更为有利，以便今后彻底驾驭她……责难她，说她受过您的恩惠？……”

“先生！”卢仁面红耳赤，窘困不堪，他恶狠狠、怒冲冲地大叫起来，“先生……您竟如此歪曲我的意思！请您原谅，但我必须向您声明，传入您耳中的流言蜚语，或者更确切些说，故意传给您的流言蜚语，纯属无稽之谈，因此我……怀疑，有人……简而言之……这支暗箭……简而言之，令堂……我本来就觉得，尽管她身上有足够多的优点，但她的思想却带有某种激情洋溢和浪漫主义的色彩……可是我终究万万没有想到，她居然会莫名其妙地曲解事实，把事情幻想成……最终……最终……”

“而您知道什么？”拉斯科尔尼科夫高声喊道，他从枕头上直起身子，用锋芒毕露、炯炯发光的眼睛直盯着他，“您知道什么？”

“知道什么？”卢仁停住脚步，满脸露出深受侮辱和挑衅的神情等待着。沉默持续了几秒钟。

“如果您再一次……胆敢提到家母……一个字……我就叫您骨碌碌地滚下楼去！”

“你怎么啦？”拉祖米欣叫了起来。

“啊，原来如此！”卢仁脸色发白，紧咬嘴唇，“先生，您听我说，”他开始慢条斯理一字一句地说，尽力控制住自己的感情，但仍然气得有点喘不过气来，“还在刚才，我一进门，就发现您对我很不友好，可我有意留在这里，想多了解一些您的情况。对于一个病人和亲戚，我本来可以原谅很多事情，然而现在……对您……我永远不会……”

“我没有病！”拉斯科尔尼科夫大叫起来。

“那就更加不会……”

“滚，见你妈的鬼去吧！”

然而卢仁话未说完，便已经再次穿过桌子和椅子之间，走向门外；拉祖米欣这次站起身来，为他让路。卢仁未看任何人一眼，甚至也不曾冲佐西莫夫点一点头，尽管佐西莫夫早就对他连连点头，让他别再搅扰病人的安宁。卢仁走了出去，当他稍稍低头走出房门时，小心翼翼地把帽子齐肩举着。甚至他那曲背躬身的姿势也似乎在表明，他随身带走了莫大的屈辱。

“怎么能这样呢，怎么能这样呢？”拉祖米欣困惑莫解，不断摇头说。

“别管我，大家都别管我！”拉斯科尔尼科夫发狂般地吼着，“你们到底让不让我安静安静，折磨人的家伙们！我不怕你们！现在我谁也不怕，谁也不怕！从我这里滚开！我想独身一人待在这里，独身一人，独身一人，独身一人！”

“我们走吧。”佐西莫夫朝拉祖米欣点点头，说道。

“那哪行啊，难道可以把他这样丢下不管吗？”

“我们走吧！”佐西莫夫坚决地再一次说道，并走出门去。拉祖米欣犹豫了一下，就跑着追他去了。

“假如我们不依顺他，情况可能会更糟，”已经到了楼梯上，佐西莫夫才开口说话，“不能让他受刺激……”

“他怎么了？”

“如果有那么一种有益的推动力，那就好了！刚才他情绪还正常……你要知道，他准有什么心事！某件让他魂牵梦绕、苦恼不堪的心事……对此我最是担心；必定如此！”

“也许就是这位彼得·彼得罗维奇先生吧！由谈话中可以听出，他想娶他的妹妹，并且罗佳在生病以前收到过一封信，信里谈的就是这事……”

“对；真见鬼，他偏偏现在来了；也许他会把整个事情都搞砸了。你发现没有，他对一切都漠然置之，对什么都避而不谈，唯独有一件事使他难以控制自己：就是这件凶杀案……”

“对，对！”拉祖米欣附和道，“我特别注意到了！他对这件事兴趣非凡，又心惊胆战。这是因为他开始发病那天，在警察分局局长办公室里受了惊吓；当场昏倒在地。”

“晚上你更详细地给我讲讲这件事，然后我也要给你谈谈一件事。他使我大感兴趣，兴趣很高！半小时后，我再来看他……不过炎症是不会有了……”

“谢谢你！而我这段时间里就在帕申卡那里等着，让娜斯塔西娅照料他……”

拉斯科尔尼科夫独自一人待了下来，他急不可耐而又愁思满怀地看了一眼娜斯塔西娅；但她依然磨磨蹭蹭，不愿离去。

“现在想喝点茶吗？”她问道。

“等一会吧！我想睡觉！别管我……”

他猛然转身面向墙壁；娜斯塔西娅走出房间。

六

然而她刚一出门，他就翻身起床，用门钩扣住房门，揭开拉祖米欣刚刚带来、又由他重新包好的那个包裹，开始穿起衣服来。怪事一桩：他似乎突然变得十分的心安神宁；既不像刚才那样疯狂地胡言乱语，也不像最近一段时间以来那样有一种失魂落魄的恐怖。这是某种颇为奇异、突如其来的镇静的最初瞬间。他的动作准确而有条理，显示出他有坚定的意向。“就在今天，就在今天！……”他自言自语着。但是他明白，自己的身体还很虚弱，然而极其强烈的精神紧张反倒使他变得从容不迫，变得思想坚定，并给了他力量和自信；不过，他希望千万不要跌倒在大街上。他通身都换上新衣服以后，看了一眼放在桌上的钱，踌躇了一下，抓起它们放进了口袋。这笔钱一共是二十五卢布。他把所有五戈比的铜币也带上，那是拉祖米欣用十卢布买衣服找回的零钱。然后他悄无声息地取下门钩，走出房间，在下楼梯时，他朝大敞开的厨房里瞟了一眼：娜斯塔西娅背朝他站着，弯着腰正在为女房东吹茶炊。她什么都未听到。而且有谁又会想到他会出门呢？转眼间，他已经来到了大街上。

已经八点钟了，夕阳西下。依旧是酷暑蒸人；但他还是贪婪地吸了一口受到城市污染的臭烘烘、灰扑扑的空气。他的头微微有点开始发晕；某种野性的精力却突然闪现在他那双布满血丝的眼里和他那瘦削不堪、白中透黄的脸上。他不知道，也不承想过上哪里去；他只知道一点：“这一切必须就在今天结束，一次性地结束，立即结束；否则他决不回家，因为他不愿意如此活着。”如何结束？用什么法子结束？对此他毫不知晓，甚至不愿加以考虑。他驱走了这个念头，因为这个念头让他苦恼不已。他只是感觉到并且知道，一切总归都必须改变，这样变或者那样变，“不管怎样变都行”，他怀着天不怕地不怕、无可动摇的自信和决心反复喃喃着这句话。

他按照老习惯，沿着从前散步时常走的那条路，直接走向干草市场。在离干草市场不远的地方，在一家小铺门前的马路上，站着一个满头黑发、背着手摇风琴的年轻流浪乐师，他正在演奏一首美妙动人的抒情乐曲。他这是为站在他前面人行道上的一位姑娘伴奏，那位姑娘年纪十五岁左右，穿着像一位小姐，下着一条钟式裙子，上披一件披肩，手上戴着手套，头上戴一顶插着一根火红色羽毛的草帽；这些东西都老旧而又破烂。她正在用街头卖唱的那种颤动的嗓音演唱一首抒情歌曲，不过却相当悦耳、嘹亮，企盼小铺子里的人会丢给她两个戈比。拉斯科尔尼科夫在两三个听众旁边停住脚步，听了一会，然后掏出一枚五戈比的铜币，放进姑娘手里。她正唱到最动人、最高亢的地方，突然住口不唱了，歌声戛然而止如刀切断，然后尖声向摇着风琴的乐师叫道："行啦!"两人便慢悠悠地向前走去，去到另一家铺子。

"您喜欢听街头卖唱吗?"拉斯科尔尼科夫突然转向一个和他一起站在手摇风琴乐师旁边的过路行人问道，那人已经年纪老大，外貌像个游手好闲之徒。那人奇怪地望了他一眼，大感惊讶。"我喜欢听，"拉斯科尔尼科夫接着说道，不过他那副神情却像在谈一件全然与街头卖唱无关的事情。"我喜欢在冷飕飕、黑幽幽、湿乎乎的秋天晚上听手摇风琴伴奏下的演唱，一定得在湿乎乎的晚上，所有的行人都脸上白里透青，满面病容；或者是微风不起，湿蒙蒙的雪花往下直落，那就更好了，您明白吗?煤气路灯透过雪花在闪闪烁烁……"

"我不懂……对不起……"那位先生喃喃地说，无论是拉斯科尔尼科夫的问题，还是他那古怪的神情，都使他深感恐惧，于是他走到街对面去了。

拉斯科尔尼科夫径直向前走去，来到干草市场的那个拐角处，那天那个小贩和他的娘们就是在这里和莉扎薇塔交谈的；不过眼下他们不在这里。认出这个地方后，他止步不前，东张张西望望，然后向一个正在面粉店门口打着呵欠、身穿红色衬衣的年轻小伙子问道：

"在这个拐角上，是不是有个小贩和一个娘们，和他的老婆做过买卖?"

"任何人都可以在这里做买卖。"小伙子高傲地打量了一眼拉斯科尔尼科夫，答道。

"他叫什么名字?"

"受洗的时候取名什么，现在就叫什么。"

"莫非你也是扎赖斯基人?哪一省的?"

小伙子又朝拉斯科尔尼科夫打量了一眼。

"我们那里，大人，不是省，而是县，我兄弟出门去了，而我待在家里，所以我不知道……大人，您大人大量，就请恕罪吧。"

"楼上是不是一家小饭馆?"

"是一家小饭馆，还有台球房；还可碰到公爵夫人①呢……棒极了!"

---

① 指妓女以及陪酒、卖唱的姑娘。

拉斯科尔尼科夫穿过广场。在那边的一个拐角上，密不透风地聚集着一大群人，全都是庄稼汉。他挤进人群最稠密的地方，观望着一张张面孔。不知何故，他很想和每一个人都交谈交谈。然而那些庄稼汉根本不曾注意他，他们三个一群五个一伙地挤在一块，相互小声交谈，叽里咕噜个不休。他站了一会，想了一想，就拐弯向右，沿着人行道走往 B 大街方向。过了广场，他来到一条小胡同里。

他以前也常常经过这条短短的小胡同，它转一个弯，就从广场通到了花园街。最近一段时间，每当他心烦意躁的时候，就总是很想到这一带来逛逛，“以便更加心烦意躁”。现在他什么也没想，就已置身于小胡同之中。这里有一幢高大的房子，里面开满了小酒馆和其他饮食店；从酒馆和饮食店中不时跑出一些女人来，她们的穿着打扮就像“去邻居家串门”那样随便——未戴头巾，仅仅穿着一件连衣裙。她们三三两两地挤聚在人行道上的两三个地方，主要是低层入口处的旁边，从那里向下走两级台阶，便可以进入让人十分快活的各种娱乐场所①。其中的一个娱乐场所，此时种种喧闹声阵阵涌出，震动全街：吉他手在嘣嘣嘭嘭地弹着吉他，有人在狂歌劲唱，欢声笑语，热闹非凡。一大群女人挤聚在门边；有的坐在台阶上，有的坐在人行道上，有的站着闲聊。旁边的马路上，一个喝得醉醺醺的士兵在瞎逛，他手夹一根纸烟，嘴里在高声大骂着，似乎是想走进某个场所，却又似乎忘了要到哪里去。一个鹑衣百结的流浪汉正在与另一个鹑衣百结的流浪汉对骂，一个烂醉如泥的醉鬼横躺在街上。拉斯科尔尼科夫在一大群女人身旁停住脚步。她们声音嘶哑地叽叽喳喳着；大家都身穿印花布连衣裙，脚着山羊皮的皮鞋，全都没戴头巾。一些人已经四十多岁了，但有些也还只有十六七岁，几乎所有人都被打得鼻青眼肿。

不知为何他被下面的歌声和种种喧闹声吸引了注意力……可以听出，在那里，在阵阵哈哈大笑和尖声怪叫中，在音调高亢雄壮的竖笛和吉他的伴奏下，有人在用鞋后跟打着拍子，拼命地跳舞。他专心致志、闷闷不乐、若有所思地听着，在门口俯下身去，从人行道上好奇地往前室里张望。

你呀，我那英俊的岗警啊，

① 指妓院，据当时记载，仅在这条小胡同里就有三家妓院。

你可不要平白无故地打我啊！——

歌手尖细的嗓音婉转悠扬。拉斯科尔尼科夫特别想听清歌唱的歌词，似乎一切事情都取决于此。

“是否进去呢？”他寻思着，“他们在哈哈大笑！都醉醺醺的。怎么样，我是否也进去喝他个一醉方休呢？”

“您不进去吗，亲爱的老爷？”一个女人用十分清亮、尚未完全嘶哑的声音问道。她很青春，甚至并不难看——她在这堆女人中可谓鸡群之鹤。

“瞧，多漂亮啊！”他微微挺直腰，看了她一眼，答道。她嫣然一笑；这句恭维话她感到很是中听。

“您自己也帅呆了。”她说。

“您瘦兮兮的！”另一个女人用低哑的声音说道，“刚出医院还是咋的？”

“好像都是将军的闺女儿，可惜全都是翘鼻子！”突然一个走过来的庄稼汉插嘴道，他微带醉意，穿着一件厚呢上衣，敞胸露怀，一张丑脸上露出油滑的微笑。“瞧，多快活！”

“已经来了，就进去吧！”

“我进去！我乐意进去！”

说着，他踉踉跄跄地往下走去。

拉斯科尔尼科夫也继续向前走去。

“请听我说，老爷！”那个姑娘在后面喊道。

“什么事？”

她忸忸怩怩起来。

“我呀，亲爱的老爷，随时都乐意陪您消遣，可这会儿不知咋的见了您就感到羞怯。可爱的先生，请给我六个戈比，买杯酒喝吧！”

拉斯科尔尼科夫伸手到口袋里掏出三枚五戈比的铜币。

“啊，心肠多好的老爷！”

“你叫什么名字？”

“您就找杜克丽达吧。”

“不行，怎么能这样呢，”那群女人中的一个突然冲着杜克丽达摇着头说，“我真不明白，怎么能这样向人要钱！要是我呀，会羞得钻进地缝里去……”

拉斯科尔尼科夫好奇地打量了一下那个说话的女人。这是一个满脸麻子的女人，约莫三十岁，脸上青伤遍布，上嘴唇也肿了起来。她心平气和而又郑重其事地边说边数落着。

“这在哪里，”拉斯科尔尼科夫一面向前走，一面寻思，“我是在哪里读到过①，一个被判处死刑的人，在临死前一小时，说过或者想过，假如他必须在高耸的悬崖峭壁上生活，而且是在仅仅能让两足站立的一小块地方生活，——而四周是无底深渊，汪洋大海，永恒的黑暗，永恒的孤独和永恒的暴风雨，——假如他不得不在这么一块仅仅一俄尺宽的地方站着，整整一生站着，千年万年站着，永永远远站着，——他也情愿这样活着，远胜马上去死！只要能活着，活着，活着！无论怎样活着，——只要活着就行！……多么好的真理！上帝啊，多么好的真理啊！人是卑鄙的东西！而因此宣称人是卑鄙的东西的那人，他自己也是卑鄙的。”过了一会儿，他又补上一句。

他走到了另一条街上。“噢，‘水晶宫’！拉祖米欣刚才还提到‘水晶宫’呢。只是，我究竟想干什么呢？对了，看报！……佐西莫夫说，他在报上读到……”

“有报纸吗？”他走进一家十分宽敞、甚至也相当整洁的小饭馆，问道，这家小饭馆有好几间屋子，不过却空落落的。有两三个客人在喝茶，稍远一点的一间屋子里坐着一帮人，一共有四个，在喝香槟酒。拉斯科尔尼科夫觉得，似乎扎苗托夫也在这帮人中。不过，相距较远，看不真切。

“他在他的！”他想。

“要伏特加吗？”伙计问道。

“来杯茶吧。你再给我拿几份报纸来，要旧的，最近这五天的都要，而我会按喝酒给你钱。”

“记住了。这是今天的报纸。还要伏特加吗？”

旧报纸和茶都送来了。拉斯科尔尼科夫坐了下来，开始翻找：“伊兹列尔——伊兹列尔——阿茨蒂克人——阿茨蒂克人——伊兹列尔——巴尔托拉——马西莫——阿茨蒂克人——伊兹列尔②……呸，见鬼！啊，这

---

① 指法国作家雨果（1802—1885）的著名长篇小说《巴黎圣母院》。陀思妥耶夫斯基十分欣赏该书。

② 这是报纸上的广告。伊兹列尔为彼得堡郊外“矿泉”花园的主人，当时城里人都爱到该花园去散步；巴尔托拉和马西莫是1865年在彼得堡展出的两个侏儒，据说他们是墨西哥一个已经灭绝的土著民族阿茨蒂克人（原是北美洲南部墨西哥人数最多的一支印第安人，其中心在墨西哥的特诺奇，故又称墨西哥人或特诺奇人）的后裔。

是新闻栏：一位妇女摔下楼梯——一位男市民因酗酒命丧黄泉——沙土区发生一起火灾——彼得堡区发生一起火灾——彼得堡区又发生一起火灾——又是彼得堡区发生一起火灾①——伊兹列尔——伊兹列尔——伊兹列尔——伊兹列尔——马西莫……啊，就在这里……”

他终于找到了他要找的东西，于是开始阅读；一行行字在他眼里跳来晃去，但他还是读完了全部“消息”，并且热切地开始在以后几天的报纸上搜寻最新的补充报道。在翻报纸时，由于焦虑不安、迫不及待，他的双手阵阵发抖。突然有人坐到了他的身边，就在他的桌子旁。他抬头一看——是扎苗托夫，就是那个扎苗托夫，依然那副老样子，手上戴着好几个镶宝石的戒指，身上挂着表链，黑油油的鬈发，梳成分头，抹了发油，穿着一件十分考究的背心，常礼服稍稍有些破旧，衬衫也不那么新。他喜滋滋的，甚至喜笑颜开，和蔼可亲。他那黑黢黢的面孔由于喝了香槟酒，而微微泛起了红晕。

“怎么！您在这里？”他困惑莫解地说，说话的口气就像是见到了老熟人，“昨天拉祖米欣还告诉我，您一直处于昏睡之中呢。真是奇怪！要知道，我到过您那里……”

拉斯科尔尼科夫料定他会过来。他放下报纸，转过脸来，朝着扎苗托夫。他的嘴唇上挂着一丝冷笑，就在这一丝冷笑里隐含着一种新的易受刺激的、急躁不安的情绪。

“这事我知道，您曾去过，”他答道，“我听说了。一只袜子您曾费力寻找……您知道吗，拉祖米欣为您欣喜若狂呢，他说，您和他一块去过拉维莎·伊万诺芙娜那里，就是因为她，那天您一个劲冲着那个火药桶中尉使眼色，可他就是不懂您的用意，您还记得吗？怎么就不懂呢——事情是清楚不过的嘛……啊？”

“他真是个好惹事的人！”

“火药桶吗？”

“不，是您的朋友，拉祖米欣……”

“您倒过得真逍遥，扎苗托夫先生；在最快活的地方享受，却不用花一个子儿！刚才是谁为您斟的香槟哪？”

“我们……喝光了……不就得斟酒吗？！”

---

① 彼得堡区与市中心区之间仅仅隔着涅瓦河。当时那里全是木头房子，1865 年夏季天气炎热，因此火灾更是频繁。

“这是酬劳嘛！一切您都可以利用呀！”拉斯科尔尼科夫笑着说。“没什么，善良的孩子，没什么！”他拍了拍扎苗托夫的肩膀，又补充道，“我可不是有意和您过不去，‘而是因为要好，我们闹着玩儿’，就像在老太婆那个案件里，您的那个油漆工用拳头揍米季卡时，所说的那样。”

“可您是怎么知道的啊？”

“我呀，兴许知道得比你们还多呢。”

“您这人真有点奇怪……大概，您还病得很厉害哩。您不该出来的……”

“您觉得我奇怪吗？”

“对。怎么，您在看报？”

“看报。”

“关于火灾有许多报道呢。”

“不，我并非看关于火灾的报道。”这时他神秘兮兮地望了望扎苗托夫，嘴唇一歪，又露出了讥讽的笑。“不，我并非看关于火灾的报道，”他冲扎苗托夫眨眨眼睛，接着说道，“您得承认，可爱的年轻人，您很想知道我在看些什么，是吧？”

“我完全不想知道；我只是随便问问。难道不可以问吗？您为何总是……”

“听我说，您是一个受过教育、有文化的人吧，啊？”

“我读完了中学六年级①，”扎苗托夫颇为自负地说道。

“都读完中学六年级了！哎呀，你呀，我的小麻雀！留着分头，戴着镶宝石的戒指——是个有钱人哪！嘿，多么可爱的小伙子呀！”拉斯科尔尼科夫说到这里，对着扎苗托夫的脸发出一阵神经质的哈哈大笑。扎苗托夫赶紧闪开，并非感到难受，而是惊诧莫名。

“啊呀，您真怪呀！”扎苗托夫一本正经地重复道，“我觉得，您一直都在说胡话。”

“说胡话？您瞎扯淡，小麻雀！……我就那么怪吗？哦，您觉得我很有趣，对吗？很有趣吗？”

“很有趣。”

“这么说，您想知道我在看什么新闻，找什么消息啰？瞧，我叫他们送来了这么多份报纸！很可疑，对不对？”

---

① 帝俄时代的中学实行八年制。

“唔，您说吧。”

“耳朵竖起来了吗？”

“为何要竖起耳朵？”

“我以后再说，为何要竖起耳朵，而现在，我最亲爱的朋友，我向您声明……不，最好说：‘承认’……不，这也不对。‘我招供，而您笔录’——这就对啦！那么我招供，我读的是，我感兴趣的是……我寻找的是……我搜索的是……”拉斯科尔尼科夫眯起眼睛，等待着，“我在搜寻——我到这里来就是为了这件事——关于身为官太太的老太婆被杀的那条消息。”最后他几乎是窃窃私语般地说着，并且让自己的脸近得几乎挨着扎苗托夫的脸。扎苗托夫直盯盯地看着他，一动不动，也不曾把自己的脸挪开。后来扎苗托夫感到最为奇怪的是，他俩就这样对望着，默默无语，足足相持了一分钟。

“您看什么，关我什么事？”他突然困惑莫解、极不耐烦地叫了起来，“这与我有何相干！究竟是什么意思？”

“我说的就是那个老太婆，”拉斯科尔尼科夫对扎苗托夫的大声叫喊全然无动于衷，依然窃窃私语般地接着说，“就是那个老太婆，您记得吗，在警察分局的办公室一谈起她，我就晕了过去。怎么样，现在您该明白了吧？”

“这话怎讲？什么叫……‘您该明白了吧’？”扎苗托夫几乎是惊恐不安地说。

拉斯科尔尼科夫那张呆板而严肃的面孔陡然改变了模样，他忽然又像刚才那样神经质地哈哈大笑起来，似乎他已完全失去了自制力。霎时间，他想起了不久前那一瞬间历历在目的感受：他手持斧头站在门后，门钩在跳动不已，门外的人骂不住口，想闯进门来，而他突然想向他们大吼一声，同他们对骂一阵，向他们吐舌头，嘲弄他们，讥讽他们，哈哈大笑，哈哈大笑，哈哈大笑！

“您或者是疯子，或者……”扎苗托夫说——他突然闭住嘴，似乎突然被脑海里闪过的一个念头吓住了。

“或者？什么‘或者’？呃，什么啊？呃，说呀！”

“没什么！”扎苗托夫气鼓鼓地说，“全是胡言乱语！”

两人都悄然不语。在一阵突然爆发的歇斯底里的狂笑之后，拉斯科尔尼科夫突然又开始陷入沉思，并且闷闷不乐了。他把胳膊肘撑在桌子上，一只手托住头。仿佛他把扎苗托夫忘了个一干二净。就这样沉默了相当长的一段时间。

“您为何不喝茶呀？都快凉啦。”扎苗托夫说。

“啊？什么？茶？……好吧……”拉斯科尔尼科夫端起杯子喝了一口茶，把一小块面包放进嘴里，突然看了一眼扎苗托夫，仿佛想起了一切，似乎猛然振奋起来：他的脸上又现出了最初那种嘲讽的神态。他接着喝茶。

“现今这类诈骗案可真不少，”扎苗托夫说道，“就在不久前，我还在《莫斯科新闻》上看到，在莫斯科抓获了一大帮制造伪币的罪犯。是整整一个团伙。他们伪造债券。”

“噢，这是好久以前的事了！还在一个月前我就读到了，”拉斯科尔尼科夫平心静气地回答，“这么说，您认为他们都是骗子喽？”

“怎么会不是骗子呢？”

“这些人？这些人都是孩子，布朗贝克①，而非骗子！整整五十个人为了同一目的结成一伙！难道这样能行吗？干这种事三个人就已嫌多了，而且还得让每个人对别人的信任程度超过对自己的信任！只要有一个人喝醉了酒，无意中泄了密，那么一切就全都泡了汤！布朗贝克！雇一些靠不住的人分头去各个银行办事处兑换债券：诸如此类的事能信托随便什么人去办吗？唔，即使这些布朗贝克们侥幸成功了，即使每个人都换到了一百万卢布，好，那么以后呢？整个一辈子怎么过呢？每个人一辈子都将受制于别人！倒不如上吊来得省事！然而他们连兑换都不会呢：有一个人在办事处兑换，才拿到五千卢布，双手就颤抖起来了。他点数了四千，最后那一千相信不会有错，根本没有点数就收下了，只想塞进口袋，尽快逃之夭夭。喏，这就引起了怀疑。就因为这么一个笨蛋，一切都彻底完蛋了！这样干难道行得通吗？”

“双手颤抖吗？”扎苗托夫附和道，“不，这是可能的。不，我百分之百地相信这是可能的。有时候会承受不住。”

“承受不住？”

“您，也许承受得住？不，我可承受不住！为了一百卢布的赏金竟会去干如此可怕的事！手拿假债券——究竟去哪里呢？——到银行的办事处去，那里的人可都是识别假货的行家里手，——不，我定然会窘困不已。难道您不会窘困不已吗？”

拉斯科尔尼科夫突然又很想“吐舌头”。他的背上掠过一阵阵的

① 法文 blanc-bec 的音译，意为“乳臭未干的孩子”“毛头小伙子”。

寒战。

“换了我，可不会这么干，”他从远处谈起，“换了我，就会如此兑换：最初换到的那一千卢布，反反复复地点数它四遍，每张钞票都要仔仔细细地加以检查，然后点数另一千卢布；开始是一张一张地点数，数到一半，抽出一张五十卢布的钞票，对着光亮看它一阵，再翻过一面，对着光亮又看一阵——不是假的吧？并说：‘我真担心，我有一个女亲戚前两天就这样损失了二十五卢布’；并且当即把经过讲说一番。开始点数第三千卢布了，——不，请原谅：我似乎觉得在第二扎一千卢布里，数到七百时没有数对，有点怀疑，于是丢下第三扎，又去点数第二扎，——整个五千卢布就依此法点数完。全部点数完之后，我从第五扎和第二扎里各抽出一张钞票，又对着光亮看它一阵，又表示怀疑，‘请换一张吧’，——把那个办事员直搞得精疲力竭，满头大汗，已经不知道如何把我打发掉才是！最后终于都点数完了，走出门口，却又推门回来——不，请原谅，我又回来了，问个什么问题，要求给予解释，——换了我，就这么干！”

“啊呀，您说了些多么可怕的事啊！”扎苗托夫笑眯眯地说，“这只不过是说说而已，真要这么干，准会栽跟斗。干这种事，我对您说，依我之见，不只是我和您，即便精于此道的亡命之徒也无法保证万无一失。无须到别处去找——例子眼前就有：我们管区有个老太婆被人杀害了。看得出来，是个胆大包天的家伙，居然在光天化日之下，不顾任何危险，玩命作案，只是奇迹出现，他才侥幸逃脱，——然而他的双手还是发抖了：财物未能全部偷走，没能承受得住；从案情可以看出……”

拉斯科尔尼科夫仿佛受到了侮辱。

“可以看出！那么您快去抓他呀，现在就去！”他高叫起来，幸灾乐祸地挑唆扎苗托夫。

“行啊，会抓住的。”

“谁？是您吗？您去抓他？您会累得晕头转向！这就是您认为最重要的一点：是不是有人突然挥金如土？本来身无分文，可突然却花钱如流水，——怎么还会不是他呢？就此而言，假若随便哪个小孩子照此办理，您定会受骗！”

“问题恰恰在于，他们总是如此干，”扎苗托夫答道，“这人极其狡猾地杀了人，胆大地玩儿命，而后来马上就在酒馆里被逮捕归案。就是在花钱如流水的时候被逮捕的。这些人并非总是像您这般狡猾。当然喽，您是不会到酒馆里去的吧？”

拉斯科尔尼科夫皱起双眉，专注地看了看扎苗托夫。

“您看来人心不足啰，还想知道，在这种情况下，我会如何行事吧？”他不满地问道。

“倒想知道。”扎苗托夫坚定地、郑重其事地回答。他说话的口气和目光不知怎的变得过于严肃。

“很想吗？”

“很想。”

“好。我当然会这样行事，”拉斯科尔尼科夫开始说道，又突然把自己的脸挨近扎苗托夫的脸，又直盯盯地看着他，又是窃窃私语般说了起来，这次竟弄得扎苗托夫哆嗦了一下。“换了我，就会这么行事：我会拿着钱和东西，赶忙离开那里，决不到处瞎跑，而是马上寻找一个荒僻的地方，那里只有几道围墙，几乎人迹罕至，——这是一个菜园子或诸如此类的地方。我事先就看中了那个地方，就在那个院子里，在一道围墙旁边的角落里，有一块一普特或者一普特半重的石头，或许从修建房子那天起就放在那里了；我会把这块石头搬起来——在它下面一定有一个坑，——并且把所有东西和钱都放进这个坑里。放好以后，我就把石头推回去，让它原模原样地躺着，再用脚把周围的土踩实，这才离去。过了一年，两年，三年，我都不去取它——哈，您就找去吧！一切都无踪无影了！”

“您是个疯子，”扎苗托夫不知为何也几乎窃窃私语般地说道，并且不知为何突然从拉斯科尔尼科夫身边挪远一些。拉斯科尔尼科夫两眼灼灼放光；面色惨白；他的上嘴唇哆嗦了一下，接着便颤抖起来。他俯身向扎苗托夫，尽可能地挨近他，嘴唇翕动不已；但没有发出半点声音；就这样过了大约半分钟；他对自己在做什么心知肚明，可就是控制不住自己。一句惊心动魄的话，仿若当时那个门钩，在他的唇边剧烈跳荡：马上就要脱口而出了，马上就要冲口而出了，马上就要蹦口而出了！

“假如老太婆和莉扎薇塔是我杀死的，那又怎样呢？”他猝然说出口来——但立即清醒过来。

扎苗托夫诧异莫名地看了看他，面色倏然白得像桌布一样。他苦笑得脸都扭歪了。

“难道这有可能吗？”他用低得刚刚能听见的声音说道。

拉斯科尔尼科夫凶巴巴地瞪了他一眼。

“您承认吧，您相信了？是吗？难道不是吗？”

“完全不是！现在比任何时候更不相信！”扎苗托夫连忙说道。

“终于逮着了！小麻雀被逮着了。既然‘现在比任何时候更不相信’，足见您此前是相信过的了，对吧？”

“根本就不是如此！”扎苗托夫大叫起来，显然感到颇为窘困，“您这是故意吓唬我，以便使我上当吗？”

“如此说来，您不相信啰？那天我离开警察分局办公室以后，你们背着我又说了些什么来着？我昏倒以后，为什么火药桶中尉要盘问我？喂，你过来，”他喊了一声伙计，并且站起身来，拿起帽子，“多少钱？”

“一共三十戈比。”伙计一边跑上前来，一边回答。

“再给你二十戈比小费。瞧，这有多少钱哪！”他把那只拿着钞票、颤抖不已的手伸向扎苗托夫，“红票子，还有蓝票子[1]，一共二十五卢布。从哪里弄来的呢？这身新衣服又是从哪里弄来的呢？您清楚地知道，我是一文不名的！女房东大概已经被你们传讯过了……哼，够啦！Assez cause[2]！再见……最愉快的再见！……”

他走出小酒馆，被一种奇怪的、歇斯底里的感觉搞得浑身发抖，在这种感觉中同时也多少包含着某些无可遏制的快感，——不过他郁郁不乐，疲惫不堪。他的脸是扭曲的，好像一场疾病刚刚发作过似的。他的倦意越来越浓。刚才他突然恢复得神旺气朗，但随着最初的一阵冲动，随着最初的怒火中烧，以及这种怒火的渐渐消失，他的精力也急速衰退了。

而扎苗托夫，独自一人留在那里，又在原处坐了好久，默默思索了好一阵。拉斯科尔尼科夫无意之中改变了他对某个问题的全部看法，并使他最终确定了自己的意见。

“伊里亚·彼得罗维奇——真是个大笨蛋啊！”他断然作出结论。

拉斯科尔尼科夫刚打开通向街上的门，就突然与在台阶上正要进门的拉祖米欣撞在一块了。两人甚至仅隔一步之遥，却谁也不曾发现对方，因而几乎两个脑袋碰个正着。他们俩彼此对视了好一会儿。拉祖米欣惊讶不已，然而突然间，一股怒火，一股真正的怒火，在他眼里可怕地闪射着。

“嘿，原来你在这里！”他放开嗓子大喊道，“从床上溜跑了！而我甚

① 红票子一张是十个卢布，蓝票子一张是五个卢布。

② 法语，意为“闲扯得够了”“聊够了”“别废话啦”。这是法国作家巴尔扎克（1799—1850）长篇小说《高老头》中一个人物伏脱冷的口头禅，陀思妥耶夫斯基很喜欢这句话，也很爱说这句话。

至连沙发底下都找过了！顶楼上也找遍了！娜斯塔西娅为了你差点没被我狠揍一顿……而你却在这里！罗季卡①！这到底是什么意思？你得完完全全说实话！说实话吧！听到了吗？"

"这意思就是，你们大家全都让我厌烦透顶，我想独自一人待着。"拉斯科尔尼科夫平心静气地答道。

"独自一人？在你连路都还走不稳，脸还像块麻布那样雪白，气喘吁吁的时候？傻瓜！……你在'水晶宫'里干什么？赶快说实话！"

"放我走！"拉斯科尔尼科夫说着，就想从他身旁走过去。这一下可让拉祖米欣怒不可遏了：他紧紧地抓住他的肩膀。

"放你走？你竟敢说：'放我走'？你知道我现在要如何对付你吗？我要抱住你，用绳子捆起来，夹在腋下，弄回家去，锁在屋里！"

"听我说，拉祖米欣，"拉斯科尔尼科夫开始轻声轻气，看来十分心平气和地说，"难道你不曾看见，我不愿接受你的恩惠吗？何必要把恩惠强加于……那些鄙夷它的人呢？特别是强加于那些认为这使他痛苦不堪的人呢？你为何要在我刚刚发病的时候找到我呢？说不定我倒很高兴一死了之呢！哦，难道我今天对你说得还不够清楚吗，你是在折磨我，你让我……厌烦透顶！你果真愿意以折磨人为乐吗？请你相信，这一切确实对我恢复健康大有妨害，因为这是接二连三地惹我生气。你知道，佐西莫夫刚才走掉，就是为了不让我生气。看在上帝的面上，你就别管我了吧！而且，你有什么权利强行控制我的自由？难道你竟会看不见，我现在说话时，头脑是完全清醒的吗？我用什么法子，什么法子，我求求你，请你教教我，才能使你不再缠着我，不再给我施恩惠？就算我忘恩负义，就算我鄙俗低贱，只是请你们大家都别再管我，看在上帝面上，别再管我！别再管我！别再管我！"

他开始说话时颇为平静，因为预先感到了倾泻满腔怨愤的那种快乐，然而说到最后，却变得怒火万丈，上气不接下气，就像不久前同卢仁说话时一个样。

拉祖米欣站了一会，略一踌躇，放开了他的手。

"滚啊，见鬼去吧！"他轻言细语几乎是沉思般地说。"且慢！"拉斯科尔尼科夫刚刚挪步，他又突然吼了起来。"你听着。我要告诉你，你们大家统统都是——空谈能手和吹牛大王！你们只要尝到一点苦味——马

① 拉斯科尔尼科夫的名字罗季昂的昵称。

上就会像母鸡生蛋一样，咯咯地叫唤个不停！甚至这种事你们也要拾人牙慧，剽窃别人的话。你们身上毫无独立生活的影子。你们是用鲸蜡膏做成的，浑身流淌的并非血液，而是乳浆①！你们之中的任何一个，我都不相信！最为主要的是，在任何情况下——你们似乎都不像人！站——住！”看到拉斯科尔尼科夫又举步要走，他倍加激怒地大吼起来，“你给我听完！你已知道，今天大家准备祝贺我的乔迁之喜，到我家一聚，也许现在已经去了，我让舅舅留在家里招待客人，——我刚才回去过一趟。那么，如果你不是一个傻瓜，不是一个俗不可耐的傻瓜，不是一个蠢得无以复加的傻瓜，不是目空一切、与世隔绝的傻瓜……你要知道，罗佳，我承认，你是一个可爱的聪明人，但你也是一个傻瓜！——那么，如果你不是一个傻瓜，今天你最好还是到我那里去，坐上一个晚上，总要强过你在马路上白白地磨破鞋底。既然你已经出了门，那就一定得去！我给你弄一把软柔柔的扶手椅来，房东那里就有……喝杯茶，和大家一起热闹热闹……啊，不，——我要让你躺到沙发上，——反正就躺在我们中间……佐西莫夫也会来。你去吧，好吗？”

“不去。”

“你——胡——说！”拉祖米欣很不耐烦地吼叫起来，“你知道为什么吗？因为你无法对自己的行为负责！而且你在这方面可真是一窍不通……我像这样和别人吵架足足有过一千次，后来又和好如初了……当你感到愧疚了——就回去找那个人！那么就请你记住了，波钦科夫公寓，三楼……”

“拉祖米欣先生，为了得到布施恩惠给别人的乐趣，你也许让人痛揍一顿也心甘情愿吧。”

“揍谁？揍我？谁只要胆敢轻举妄动，我就拧下他的鼻子！波钦科夫公寓，四十七号，官员巴布什金的寓所……”

“我不会来的，拉祖米欣！”拉斯科尔尼科夫转过身去，走开了。

“我敢打赌，你必定会来！”拉祖米欣追着他的背影喊道，“否则，你……否则，我就不再把你当朋友了！等一等，喂！扎苗托夫在那里吗？”

---

① 鲸蜡膏是从抹香鲸头颅中提炼出的一种油膏，既能药用，也可用于制造香料。此处指拉斯科尔尼科夫他们是软体动物，毫无自己的思想，完全受西欧的影响，企图用虚无主义、无政府主义甚至暴力手段来否定现状改变现实，而这一切都不过是鹦鹉学舌。

“在那里。”

“你看见了？”

“看见了。”

“并且谈了话？”

“谈了话。”

“谈了些什么？唉，见你的鬼去吧，也许，还是别说的好。波钦科夫公寓，四十七号，巴布什金寓所，千万记住！”

拉斯科尔尼科夫走到花园街，并且在街角转了一个弯。拉祖米欣沉思地望着他的背影。最后，他把手一挥，走进屋里，然而在楼梯当中又停住了脚步。

“活见鬼！”他继续沉思，但几乎说出声来，“他说话倒是颇有理智，不过似乎……我也是个傻瓜！难道疯子说话就没有理智吗？我看，佐西莫夫担心的正是这个！”他用一根手指敲了一下前额。“唉，如果……哟，这个时候怎么能让他孤零零地走呢？也许会淹死的……嗨，我错了！不行！”于是他转身飞跑回去追赶拉斯科尔尼科夫，然而他早已毫无踪影了。他啐了一口，健步如飞地跑回“水晶宫”，赶忙向扎苗托夫了解情况。

拉斯科尔尼科夫笔直走向某桥，站在桥中间的栏杆旁，用两个胳膊肘支在栏杆上，极目远望。和拉祖米欣分手后，他觉得虚弱至极，勉勉强强才走到这里。他多想找个地方坐上一坐，或者就在街上躺上一躺。他躬身对着水面，机械地望着夕阳的最后一抹粉红色反光，望着在越来越浓的暮色中逐渐模糊的排排房屋，望着左岸滨河街某处顶楼上一个遥远的小窗户，夕阳的余晖刹那间照射在小窗户上，使它红焰腾炽，闪闪发光。他还望着运河里渐渐变得青黑的河水，而且似乎是在细细端详。最后，一些红色的圆圈在他的眼前开始旋转起来，房屋也动将起来，行人、堤岸、马车——周围的一切都旋转着，舞蹈着。突然他哆嗦了一下，也许拯救他免于再一次昏倒的，是一个古古怪怪、丑陋不堪的幻象。他觉得，有个人紧挨着他并排站着，就在他的右边；他定睛一看——发现是一个身材高挑的妇女，头上戴着头巾，椭圆形的脸焦黄而枯瘦，一双眼睛深深凹陷，并微微发红。她直愣愣地望着他，但显然是视而不见，更没发现任何人。突然她用右手撑住栏杆，抬起右腿，跨过栏杆，然后又把左腿跨过去，飞扑进运河。灰暗的河水浪花四溅，眨眼间便吞没了这个牺牲品，但过不多久，那个沉没的女人又浮上水面，随着急流无声无息地往下游漂去，头和脚都浸在水中，背部朝上，蓬乱不堪的裙子在水里鼓胀得像个枕头。

“有个女人跳河了！有个女人跳河了！”数十个声音一齐喊了起来；人们纷纷跑了过来，两岸都挤满了围观者，桥上的人都一窝蜂拥聚到拉斯科尔尼科夫四周，紧挨着使劲从后面挤他。

“上帝啊，这不是我们的阿芙罗西尼尤什卡吗！”不远处传来一个女人的哭喊声。“上帝啊，救救她吧！好心的大爷，救她上来吧！”

“叫条小船来！叫条小船来！”人群中有几个声音喊道。

然而再叫小船是多此一举了：一个警察沿着码头的台阶跑到河边，三下五除二便脱掉了身上的大衣和靴子，纵身跳入水中。没有太费事：投河的女人已经被河水冲到离码头仅两步远的地方，他用右手抓住她的衣服，用左手成功地攥住了一个同伴伸给他的长竿，投河的女人转眼间就被拉了上去。他们把她放到码头的花岗石板上。她很快就苏醒过来，抬起身子，坐了起来，接二连三地打了几个喷嚏，鼻子里呼哧呼哧地直响，一双手下意识地在湿漉漉的连衣裙上乱擦一气。她闷声不响。

“她都醉傻了，上帝啊，她都醉傻了，”那个女人的声音依旧哭诉着，她已经来到了阿芙罗西尼尤什卡的身边，“前两天她也想上吊，是从绳子上救下来的。刚才我去小铺子买东西，留下一个小姑娘看着她，——瞧，这就出事了！她是个普通市民，上帝啊，我们的一个普通市民，就住在附近，从边上数第二栋房子，就在那里……”

人们四散走了，警察还在照料着投河的女人，有人大声交谈，提到了警察分局……拉斯科尔尼科夫以一种漠然置之、无动于衷的奇怪心情看着这一切。他感到恶心。“不，可恶……投河……不值得，”他喃喃地自言自语着。“不会有任何结果，”他又补上一句，“有什么好等的呢。这是什么，警察分局……而扎苗托夫为何不在警察分局？警察分局九点多钟还在办公呢……”他转过身来，背朝着栏杆，环视着四周。

“就这么样了！走吧！”他毅然决然地说，从桥上走了下来，往警察分局那个方向走去。他的心里是空荡荡又冷清清的。他什么都不愿想。甚至连烦恼也无影无踪了。他刚刚从家里出来时，力图“结束一切”的那股勃勃生机，现在早已荡然无存了。取而代之的是心如死灰。

“也好，这也是一条出路！”他一边慢慢腾腾、无精打采地走在滨河街上，一边心里想着，“我还是要了结此事，因为我希望了结……然而，这是出路吗？反正一个样！一俄尺大的空间总是会有的，——嘿！不过，这算是个什么结局啊！难道这就是结局？我是告诉他们，还是不告诉呢？唉……真见鬼！再说，我也累了：马上找个什么地方躺上一躺或者坐上一坐吧！最羞愧的是愚蠢透顶。但对此我毫不在乎。呸，脑瓜子竟会冒出这么多的愚蠢想法……”

到警察分局去，必须笔直朝前走，在第二个拐弯处往左拐：它与这里相距仅仅几步路。然而，走到第一个转弯处时，他停住了脚步，踌躇了一下，便拐进了一条小胡同，绕着弯儿，穿过两条街道，——也许是没有任何目的，而也许是为了赢得一点时间，哪怕是再拖延一分钟也好。他走路时眼睛盯着地面。忽然似乎有人在他耳边悄声细语着什么。他抬起头来，发现自己正站在那幢房子的大门旁边。从那个晚上起，他就再也不曾来过这里，也不曾从这里经过。

一种无可抗拒也无法解释的欲望控制了他。他走进那幢房子，穿过门洞，然后进入右边第一个入口，开始沿着熟悉的那道楼梯走向四楼。又窄又陡的楼梯上黑乎乎的。在每一层楼梯的平台上，他都要站上一会，好奇地四处张望一阵。在第一层楼的平台上，一个窗户的窗框完全拆掉了：“当时还没有拆呢。”他想。瞧，已经到了二楼尼科拉什卡和米季卡干活的那套房间：“挂了锁；门也重新刷过油漆；这就意味着，即将出租。”瞧，这是三楼……这是四楼……“就是这里！”让他疑惑莫解的是：这个套间的门大开着，屋子里有人，说话的声音清晰可闻；这是百分之百地出乎他的意料的。他稍稍犹豫了一下，便登上最后几级楼梯，进入了那个套间。

这个套间也在重新装修；里面有几个工人；这似乎也使他吃了一惊。不知为何他总以为，他将看到的一切依然原封未动，一如他离去时那样。也许，甚至连那两具尸体都还照旧躺在地板上的原处。现在却是：四壁空空，没有任何一件家具；真是奇怪啊！他走到窗前，坐在窗台上。

总共只有两个工人，都是年轻的小伙子，一个年龄稍大，另一个则年轻得多。他们正把印有淡紫色小花的白色新墙纸糊在墙上，以代替原来那些黄焦焦、烂兮兮的旧墙纸。拉斯科尔尼科夫不知为何很不喜欢这样；他用敌意的眼光看着这些新墙纸，似乎为这种风光殊异式的变化深感遗憾。

那两个工人显然是耽搁了下班的时间，现在正急匆匆地卷着墙纸，准备回家。拉斯科尔尼科夫的到来几乎不曾引起他们的注意。他们正在谈论着什么。拉斯科尔尼科夫交叉着双手，细听着他们说话。

“她一大早就来找我，”那个年龄大的对那个年龄小的说道，“大早大早的就来了，全身打扮得漂漂亮亮。我说：‘你干吗对我大献殷勤，干吗在我面前扭扭捏捏？’她说：‘季特·瓦西里耶维奇，从今天起，我愿意完全听您吩咐。’事情就是这样！她打扮得那份漂亮啊：就像时装杂志上一样，简直跟时装杂志上一模一样！”

“叔叔，这时装杂志是个什么呀？”年轻的那个问道。

“时装杂志嘛，这就是，我的老弟，那么一些彩色图画，每个星期六都从外国邮寄给这里的裁缝，教给人咋样穿衣打扮，男人穿啥衣服，女人穿啥衣服。就是说，是图画。男人大多穿腰部打褶的大衣，而女装那一部分，老弟，上面画的全是妖艳艳的女人①，你就是把她们全送给我，我还嫌少呢！”

“在这个彼得堡啊，真是没有啥东西没有的！”年轻的那个迷醉地高叫起来，“除了圣母，什么都有！”

“除了这个，我的老弟，什么东西都有。”年纪大的那个以教训的口气总结般地说道。

拉斯科尔尼科夫站起身来，走进另一间屋子，那里以前摆着一只箱子、一张床铺和一个五屉柜；他觉得屋子里没有了家具，显得小得可怜。墙纸依旧未变；角落里的墙纸上分分明明地显出原来供圣像的神龛的痕迹。他看了一眼，又回到窗前。年龄大的那个工人斜眼注视着他。

“您有什么事？”他突然面向拉斯科尔尼科夫问道。

拉斯科尔尼科夫没有回答，却站起身来，走到前室，抓住门铃的拉绳，拉了一下。还是那个门铃，还是那种白铁皮的丁零声！他又拉了第二次，第三次；他边凝神细听，边回忆着。过去那种痛苦得可怕的、无法形容的感觉越来越清晰、越来越鲜活地浮现在眼前，门铃每响一次，他就哆嗦一下，与此同时，他的心情却越来越愉快。

“您到底有什么事？您是什么人？”一个工人走到他面前，高声问道。拉斯科尔尼科夫又走进屋里。

“我想租套房子，”他说，“先来看一看。”

“没有谁在夜间租房子的，再说，您该同看门人一块来。”

“地板已冲洗干净了；还刷油漆吗？”拉斯科尔尼科夫接着说，“血没有了吗？”

“什么血？”

---

① 原意为戏剧中提台词的人，当时监狱中借用作切口和暗语，意指娼妓。此处形容时装杂志上的模特打扮得相当妖艳。

“老太婆同她的妹妹就在这里被人杀死了。这里本来是有一大摊血的。”

“你到底是干什么的?”那个工人惊慌不安地叫了起来。

“我?”

“正是。”

“你真想知道吗?……我们到警察分局去，在那里我会告诉你。”

两个工人疑惑莫解地望着他。

“咱们该走了，已经耽搁了。咱们走，阿廖什卡。门可得锁上。”年龄大的那个工人说道。

“哦，咱们走吧!”拉斯科尔尼科夫平心静气地答道，说着领先走了出去，慢慢悠悠地下了楼梯。“喂，看门的!”走到大门口时，他大声喊道。

有好几个人站在房子的入口处，观望着过往的行人：两个看门人，一个娘们，一个穿长衫的小市民，还有一个什么人。拉斯科尔尼科夫径直走向他们。

“您有什么事?”看门人中的一个问道。

“你到警察分局去过吗?”

“刚去过。您有什么事吗?”

“那里有人吗?”

“有啊。”

“副局长也在那里吗?”

“那时在。您有什么事?”

拉斯科尔尼科夫没有回答，站在他们身旁，沉思默想着。

“他是来看房子的。”年龄大些的那个工人走近前来说。

“什么房子?”

“就是我们干活的那套房子。他说：‘干吗把血冲洗掉了?’还说：‘这里发生过一件凶杀案，可我来租这套房子。’他还动手拉响门铃，绳子都差点拉断了。他还说：‘咱们到警察分局去，在那里我会说出一切。’死乞白赖地缠着我们。”

看门人莫名其妙地皱紧双眉，仔细打量着拉斯科尔尼科夫。

“您到底是什么人?”他颇为严厉地喝问。

“我是罗季昂·罗曼内奇·拉斯科尔尼科夫，以前是大学生，而现在住在希尔公寓①第十四号房间，就在离这里不远的一个小胡同里。你可以去问看门人……他认识我。”拉斯科尔尼科夫说这些话时，显得颇有点萎靡不振和心不在焉，他并未把头转过来，只是凝望着夜色渐浓的街道。

“您到底干吗要去那套房间？”

“看看哪。”

“那里有什么好看的？”

“这就把他抓起来，送到警察分局去吧？”那个小市民突然掺和着插了一句，接着就住口不言了。

拉斯科尔尼科夫回头斜着眼睛全神贯注地看着他，然后用同样慢悠悠、懒洋洋的声音说道：

“咱们走吧！”

“就把他带走！”那个小市民壮起胆子接住话茬，“他干吗老是想着那件事，莫不是心里有鬼，啊？”

“喝醉没喝醉，只有上帝知道。”那个工人嘀嘀咕咕着。

“您到底有什么事？”看门人当真怒气冲冲了，他又大声喝问道，“你干吗阴魂不散地缠人？”

“你害怕到警察分局去吗？”拉斯科尔尼科夫嘲讽地对他说。

“害怕什么？你干吗老是阴魂不散？”

“无赖！”那个娘们大叫一声。

“还跟他啰唆什么，”另一个看门人大声吼道，这是一个五大三粗的庄稼汉，穿一件厚呢上衣，敞着胸膛，腰带上挂着一串钥匙，“滚！……实在是个无赖……滚！”

他一把揪住拉斯科尔尼科夫的肩膀，猛地把他往街上一推。拉斯科尔尼科夫差点摔了个跟头，但是没有跌倒，他挺直腰板，一声不吭地看了看所有的围观者，便向前走去。

“这人真怪！”那个工人说。

“如今的人都变得古古怪怪的。”那个娘们说。

“还是该把他扭送到警察分局去。”那个小市民加上一句。

“管他干吗，”那个五大三粗的看门人断然说道，“完全是个无赖！明摆着是来找碴儿的，你只要一理他，他就缠得你脱不了身……我们

---

① 当时彼得堡有多处希尔公寓，一处位于升天大街和海洋小街的拐角处，作家曾经住过；一处位于木匠胡同，在作家写作《罪与罚》那座公寓的斜对面。

见过!”

“那么，到底是去，还是不去?”拉斯科尔尼科夫思索着，他站在十字路口的马路正中，张望着四周，似乎在等待着某人下达最后的指令。然而任何地方都没有一丝半缕的反应；一切都像他脚下踩着的石头一样冷漠无情，死气沉沉，对他来说，死气沉沉，只是对于他一个人……突然，在相距两百步的远处，在街道的尽头，透过愈来愈浓的夜色，他发现有一大群人，并且听到了谈话声，叫喊声……人群中间停着一辆轻便马车……一星灯火在街道中闪闪烁烁。“这是怎么回事呢?”拉斯科尔尼科夫转弯向右，朝人群走去。他今天似乎对任何事都要操心一番，想到这点，他不禁冷笑了一声，因为他早已确定去警察分局，他清楚地知道，一切马上就要结束了。

七

街道当中停着一辆豪华的贵族轻便四轮马车，车前套着两匹灰色的烈马；乘客已经走了，车夫本人也从座位上爬了下来，站在旁边；马的笼头被人抓住了。四周挤集着一大群人，几个警察站在最前面。其中一个警察提着一盏点着的马灯，正俯身用马灯照着马路上车轮旁边的什么东西。大家议论着，呼叫着，叹息着；车夫似乎感到莫名其妙，口里不时重复着：

“真倒霉!上帝啊，真倒霉啊!”

拉斯科尔尼科夫使劲挤进了人群里面，终于看到了那个引起所有这些忙乱和好奇的对象。一个刚才被马踩伤的人躺在地上，看来已经昏迷不醒了，他穿得十分褴褛，但却是“高贵的”装束，他全身都浸在血泊中。脸上，头上鲜血淋漓；整个面孔都给踩坏了，皮都撕掉了，完全改变了形状。显然，伤势不轻。

“上帝啊!”车夫哭诉道，“这怎么提防得了呢!要是我车赶得太快，或者没有向他吆喝，那还可以怪我，可是我赶得不急不慢，平平稳稳啊。大家都看见了：别人赶得好，我也一个样呀。喝醉的人连蜡烛都放不稳——这是谁都知道的!……我看见他横过马路时摇摇晃晃，差一点摔到地上，——我就吆喝了一声，跟着又吆喝一声，一连吆喝了三声，还勒住了马；可是他对直撞倒在马蹄底下!要么是有意的，要么就是喝得醉傻了……马是小马，容易受惊，——猛地朝前一拉，而他大叫一声——马儿就更慌张了……这就遭殃了。”

“确实是这么回事!”人群中有人高声做证。

“他吆喝过，这是真话，向他吆喝了三次。”另一个声音应和着。

“确确实实吆喝了三次，大家都听到的！”第三个声音叫道。

不过车夫没有十分沮丧，也并不过分惊恐。显而易见的是，这辆马车的主人有钱有势，他正在什么地方等着马车；警察当然已充分考虑到这一情况，会挖空心思妥善解决这场车祸。眼下首当其冲的是把受伤的人送到警察分局，然后再送到医院。可没有谁知道他的名字。

这时拉斯科尔尼科夫挤近前来，更近地俯下身去。突然灯光照亮了那个不幸者的脸庞；他认出了他。

“我认识他，我认识！”他一边挤向顶前面，一边高声叫着，“这是一位退职的官员，九等文官马尔梅拉多夫！他就住在这附近，住在科泽尔公寓……赶快请医生！我付钱，瞧！”他从口袋里把钱掏了出来，让一个警察过目。他心急如焚。

警察感到十分满意，因为有人认出了被踩伤的人是谁。拉斯科尔尼科夫向他们通报了自己的姓名，说明了自己的住址，并且极力劝说警察赶快把昏迷不醒的马尔梅拉多夫送回家去，仿若事关自己的亲生父亲。

“就在这里，只过去三栋房子，”他热心张罗地说，“科泽尔公寓，一个有钱的德国人的房子……他刚才大概喝醉了，正回家去。我认识他……他是个酒鬼……那里就是他的家，有妻子，几个孩子，还有一个女儿。送医院还得耽误一时半会儿，而这里，这幢房子里肯定有医生！我付钱，我付钱！……在家里到底有亲人照料，马上就会进行抢救，要不，还没送到医院，他就会死掉……”

他甚至已经把钱不露痕迹地塞到警察手里；其实事情是明之又明，合情合理的，无论如何，在这里可以就近抢救。受伤的人被抬了起来，送往家里；有几个自告奋勇的帮忙者。科泽尔公寓仅只三十步路。拉斯科尔尼科夫跟在后面，小心翼翼地扶着受伤者的头部，一边指引着道路。

“朝这里走，朝这里走！上楼梯的时候，要把头部向上；转个弯……这就对啦！我付钱，我谢谢你们！”他喃喃地说着。

卡捷琳娜·伊万诺芙娜像往常那样，一有空闲，便立即两臂交叉抱在胸前，在自己那间小小的屋子里踱来踱去，来来回回地从窗子旁走到火炉旁，一边自言自语，咳个不休。近来她越来越频繁也越来越多地和自己的大女儿、十岁的波莲卡谈话，波莲卡虽然有很多事情还听不懂，但她却十分明白，母亲需要她，因此她那双聪慧的大眼睛总是注视着母亲，尽力装出什么都懂的神态。这一次波莲卡正在给不舒服了整整一天的小弟弟脱衣服，以便他躺下睡觉。小男孩正等着给他换衬衣，换下的衬衣必须在夜里洗干净，他一言不发地坐在椅子上，一本正经，挺直身子，一动不动，向前伸着两条小腿，脚后跟紧紧地并在一起，脚尖朝两边分开。他噘着小嘴，瞪着眼睛，一动也不动地坐在那里听着妈妈和姐姐说话，那副姿态和所有那些乖孩子通常临睡前让人脱衣时如出一辙。一个比他更小的女孩，穿着一身破衣烂衫，站在屏风旁，等着轮到给自己脱衣。通向楼梯的门没有关上，为的是多少放出一些从其他房间涌来的一团团烟草的烟雾，这个可怜的、身患肺病的女人总是被烟雾呛得痛苦不堪地久久咳嗽。卡捷琳娜·伊万诺芙娜在这个星期里似乎变得更加消瘦，脸颊上的红潮也比以前更加红艳。

“你不会相信，你也想象不到，波莲卡，”她在屋子里一边走来走去，一边说话，“我们在你外公家的时候，生活过得多么快乐、多么豪华啊，而这个醉鬼却把我给毁了，并且也会把你们全毁掉！你外公是个五等文官，差不多就是省长①了；就只差那么一小步了，因此有许多人都来拜访他，说：‘伊万·米哈伊雷奇，我们已经把您当作我们的省长了！’当我……咳！当我……咳——咳——咳……噢，该死的生活啊！”她突然大叫一声，两手抓住胸口，想把痰咳出来，“当我……唉，在最后一次舞会上……在首席贵族的府邸……别兹泽梅莉娜娅公爵夫人一看到我，——波莉娅②，后来，我和你爸爸结婚的时候，她还为我祝福呢，——立刻就问：‘这不是那个在毕业典礼上跳披巾舞的可爱姑娘吗？’……（破了的地方得缝补好；你去拿针来，照我教你的方法，马上缝补好，不然的话，明天……咳！明天……咳——咳——咳！……就会破——成一个大洞！——她拼命喊出声来……）当时还有刚从彼得堡来的宫廷侍从谢戈利斯基公爵……他邀我跳了一场马祖卡舞，第二天就打算来向我求婚；但是我亲自委婉地推辞了，我说，我的心早已属于另一个人了。这另一个人就是你的爸爸，波莉娅；你外公火冒三丈……水准备好了吗？唔，把衬衣递给我；长袜呢？……莉达，”她对小女儿说，“今天夜里你就别穿衬衣睡一夜吧；将就一夜吧……把长袜也放到旁边……一起洗……这个叫花子，怎么还不回来，醉鬼！衬衣都被他穿得像抹布了，全都烂兮兮的了……最好都一起洗出来，免得接连两个晚上受罪！上帝啊！咳——咳——咳——咳！又咳起来了！这是什么呀？”她看了一眼站在过

① 五等文官相当于武官中的上校，可以当副省长，而省长必须是将军衔（三等以上文官）。

② 这是波莲卡的另一小名。

道里的人群，以及不知抬着什么东西向她屋里直挤的人，不禁大喊起来。“这是什么？这抬着的是什么？上帝啊！”

“放到哪里啊？”当浑身鲜血、昏迷不醒的马尔梅拉多夫被抬进屋里后，一个警察打量着四周，问道。

“放到沙发上！直接放到沙发上，头部就放这里。”拉斯科尔尼科夫指示着。

“在街上被轧伤了！酒鬼！”有人在过道里叫嚷。

卡捷琳娜·伊万诺芙娜呆呆站着，脸色惨白，呼吸艰难。孩子们都吓坏了。小莉多奇卡突然大叫一声，扑进波莲卡的怀中，紧紧抱住她，浑身瑟瑟颤抖。

安顿好马尔梅拉多夫，拉斯科尔尼科夫便飞奔到卡捷琳娜·伊万诺芙娜的跟前。

“看在上帝分上，您就安心吧，不要惊慌！”他连珠炮似的说，“他在横过马路时，叫马车给轧伤了，您别担心，他会醒过来的，是我吩咐他们抬到这里来的……我到过你们这里，你记得吗……他会醒过来的，我付钱！”

“他如愿以偿了！”卡捷琳娜·伊万诺芙娜忽地大叫一声，扑向丈夫身上。

拉斯科尔尼科夫很快就发现，这个女人并非那种动不动就一下子晕倒的人。眨眼间，那个不幸的男人头部下面垫上了一个枕头，而这是谁都还没有想到的；卡捷琳娜·伊万诺芙娜开始给他脱衣，细细检查他的伤口，忙忙碌碌，毫不惊慌，她忘记了自己，紧紧咬住颤抖的嘴唇，抑制住就要从胸中迸发出来的叫喊。

拉斯科尔尼科夫说服了一个人飞跑去请医生。原来医生住的地方仅隔一栋房子。

“我已经让人去请医生了，”他对卡捷琳娜·伊万诺芙娜强调说，“别着急，我付钱。有水没有？……给我一条餐巾，毛巾也行，就是要快；还不知道他的伤势如何……他只是受了伤，但没有死，请您相信……看医生怎么说吧！”

卡捷琳娜·伊万诺芙娜飞跑到窗前；那里，角落里的一把破椅子上，放着一只装满水的大瓦盆，本是准备夜里为孩子们和丈夫洗内衣的。卡捷琳娜·伊万诺芙娜夜里常常亲手洗衣服，每星期至少两次，有时还要多些，因为他们已经穷得连换洗的内衣都没有了，全家大大小小每人都只有一件内衣，而卡捷琳娜·伊万诺芙娜对不清洁简直无法容忍，宁肯等大家都上床睡觉以后，劳累不堪地亲手干这力不胜任的活儿，以便赶在天亮前把拉在屋里的绳子上的湿内衣晾干，让大家都穿上干干净净的内衣，而不愿看到家里人邋里邋遢。她依照拉斯科尔尼科夫的要求，端起那一盆水，刚要递给拉斯科尔尼科夫，却差点儿连人带盆一起摔倒在地。不过拉斯科尔尼科夫已经找到了一条毛巾，用水把它浸湿，开始擦洗马尔梅拉多夫那血迹斑斑的脸儿。卡捷琳娜·伊万诺芙娜站在旁边，痛苦地喘着粗气，双手紧紧地压着胸口。她自己也需要救护了。拉斯科尔尼科夫开始醒悟，他让人把受伤的人抬到这里来，也许大错特错了。那个警察也颇为疑惑地站在那里。

“波莉娅！”卡捷琳娜·伊万诺芙娜喊着，“快跑去找索尼娅。要是她不在家，对邻居说也是一样，告诉她爸爸被马踩伤了，让她马上到这里来……一回家就来。快去呀，波莉娅！给，扎上头巾！”

“用一百倍的力气跑！”坐在椅子上的小男孩突然大喊一声，喊完这一句，他又像原来那样挺直身子，闷声不响地坐在椅子上，瞪着双眼，脚后跟朝前，脚尖向两边分开。

屋子里人挤得满盈盈的，连苹果掉下来都没处搁。大部分警察都走了，只有一个暂时还留在这里，他费劲地把从楼梯上拥进来的人又赶回楼梯上去。但是利佩韦赫泽尔太太的所有房客几乎都从里面的房间一群群涌了出来，最初还只是挤在门口，后来却热热闹闹地一窝蜂拥进屋子当中。卡捷琳娜·伊万诺芙娜气得怒火冲天。

“人都要死了，总得给他点安宁吧！”她对着那群人大叫着，“倒像看戏似的！还叼着烟呢！咳——咳——咳！戴好帽子再进来吧！……还真有个人戴着帽子呢……滚出去！对死者至少也该有点尊敬吧①！”

咳嗽使她喘不过气来，然而她那示威性的大叫却产生了效应。显然他们都有点怕卡捷琳娜·伊万诺芙娜；房客们都怀着一种奇怪的内心满足之感相继鱼贯退回到门口。当某人突如其来地不幸临身，即使他的至亲好友也会毫无例外地产生这种心理，尽管他们怀着极其诚挚的同情和怜悯。

不过，从门外也传来了谈话声，有人谈到了医院，并且认为不该在这里徒劳无益地搅得四邻不安。

“死都不容许吗！”卡捷琳娜·伊万诺芙娜高叫着，冲向门口，打开

---

① 俄罗斯人的习俗：戴帽子、穿大衣进屋，是不礼貌的。

房门，以便痛骂他们一顿，但在门口却撞上了利佩韦赫泽尔太太，她刚刚听说这件不幸的事，马上跑来维持秩序。这是一个酷爱吵架而又蛮不讲理的德国女人。

“哎呀，我的上帝！”她双手一举一拍地说，“您那个酒鬼丈夫被马踩伤了。快送他上医院！我是房东！”

“阿玛莉娅·路德维希娜！请您记住您说的话，”卡捷琳娜·伊万诺芙娜高傲地说（她同女房东说话一向语气高傲，以便让她的“言行符合自己的身份”，即使此刻她也不愿放弃这种乐趣），“阿玛莉娅·路德维希娜……”

“我最后一次告诉您，您可永远也别再胆敢叫我阿玛莉娅·路德维希娜了；我是阿玛莉—伊万！”

“您不是阿玛莉—伊万，而是阿玛莉娅·路德维希娜①，因为我并非您的列别贾特尼科夫先生那类下流无耻、阿谀逢迎的人，此刻他正在门外笑呢（门外真的传来了笑声和喊声：‘吵起来了！’），因此我会永远管您叫阿玛莉娅·路德维希娜，虽然我实在搞不清楚，您为什么不喜欢这个名字。您已亲眼看到谢苗·扎哈罗维奇出什么事了：他就要死了。请您马上关好这道门，别放任何人进来。至少也得让他安安宁宁去死吧！否则，我向您保证，明天总督大人就会知道您的行为。我当姑娘的时候，公爵就已认识我了，而且他对谢苗·扎哈罗维奇颇有好感，还帮过他不少次忙呢。大家都知道，谢苗·扎哈罗维奇有很多朋友和靠山，只是他出于高尚的自尊心，知道自己有这么一个倒霉的弱点，主动疏远了他们，然而现在（她指了指拉斯科尔尼科夫）已经有一位慷慨的年轻人在帮助我们，他家财万贯，广有交际，在他很小的时候，谢苗·扎哈罗维奇就认识他了，请您相信，阿玛莉娅·路德维希娜……”

所有这些话都说得像放连珠炮似的，而且越说越快，但一阵咳嗽猝然打断了卡捷琳娜·伊万诺芙娜的滔滔雄辩。这时那个气息奄奄的人醒过来了，呻吟起来，她赶忙跑到他的身旁。受伤的人睁开两眼，但还认不出人，也没有意识，只是紧紧盯着俯身站在他跟前的拉斯科尔尼科夫。他呼吸困难，深深地吸一口气，很久之后才又吸一口气；鲜血红淙淙地溢出嘴角；汗水湿津津地沁满额头。他未曾认出拉斯科尔尼科夫，开始

---

① 阿玛莉娅是德国人，父亲叫路德维希，可她想冒充俄国人，因此把父称“路德维希娜”改为“伊万（诺夫娜）”，卡捷琳娜在此是揭穿她。

不安地转动眼珠。卡捷琳娜·伊万诺芙娜用忧伤而严厉的目光望着他，眼里却泪珠潸潸往下直滴。

“我的上帝啊！他的整个胸口都给踩伤了！血淋淋的，血淋淋的呀！”她绝望地说，“得把他上身的内衣全脱下来啊！谢苗·扎哈罗维奇，要是能动，你就把身子稍微侧一侧。”她对他大声喊道。

马尔梅拉多夫认出了她。

“请神甫来！”他声音嘶哑地说。

卡捷琳娜·伊万诺芙娜走到窗前，前额靠在窗框上，绝望地大叫一声：

“哦，该死的生活啊！”

“请神甫来！”短暂的沉默后，那个气息奄奄的人又说道。

“已经派人——去——啦！”卡捷琳娜·伊万诺芙娜对他大声喊道；他听到喊声，便沉默下来。他用怯生生、愁戚戚的眼光寻找着她；她又回到他的跟前，靠近他头部站着。他安静了一会儿，不过时间很短。他的眼睛很快直望着小莉多奇卡①（他的掌上明珠），她躲在角落里，发病般地瑟瑟颤抖，用自己那孩子气的惊讶的目光凝望着他。

“啊……啊……”他焦灼不安地指着她。他想说些什么。

“还想说些什么呢？”卡捷琳娜·伊万诺芙娜大声问道。

“她光着脚！光着脚！”他用疯狂的眼光望着小女孩那双赤光光的小脚，嘟嘟囔囔着。

“你住——嘴——吧！”卡捷琳娜·伊万诺芙娜气呼呼地喊道，“你自己知道，她为什么光着脚！”

“谢天谢地，医生来了！”拉斯科尔尼科夫高兴地叫了起来。

医生走了进来，是个衣冠楚楚的德国小老头儿，他带着疑惑的神情四处张望；走到伤者跟前，号了号脉，又仔细地摸了摸他的头，然后在卡捷琳娜·伊万诺芙娜的帮助下，解开鲜血浸透的衬衣，使伤者的胸部袒露出来。整个胸部被踩得惨不忍睹，血肉模糊，七凹八凸；右侧的几根肋骨折断了，左边，就在心窝上有好大一块青紫色的致命伤，这是马蹄重重践踏留下的痕迹。医生皱紧了双眉。警察告诉他，这个受伤的人给卷到了车轮底下，随着轮子滚动，在马路上又被拖了三十来步远。

“真让人吃惊，他怎么还能醒过来呢？”医生悄悄地对拉斯科尔尼科

① 这是莉达的另一小名。

夫耳语着。

“您说什么？”拉斯科尔尼科夫问道。

“眼看就死了。”

“难道没有一点希望了？”

“一线希望都没有了！只剩最后一口气了……而且头部也受了致命伤……唔，也许可以放血……不过……这也是白费力气。再过五分钟或者十分钟必死无疑。”

“那么您最好还是放一下血吧！”

“好吧……不过我预先告诉您，这完全是徒劳无益。”

这时又传来一阵脚步声，过道里围观的人群让出一条路来，门口出现了一位拿着圣餐①的神甫，一位白发苍苍的小老头儿。伤者还躺在街上的时候，警察就去请他了。医生立即把座位让给他，并意味深长地同他交换了一下目光。拉斯科尔尼科夫恳请医生再稍等片刻。医生耸耸肩，就留下来了。

大家都向后退去。忏悔礼进行了不多大一会儿。奄奄一息的人对这件事未必十分清楚；他只能发出一些断断续续、含糊不清的声音。卡捷琳娜·伊万诺芙娜抱起莉多奇卡，又把小男孩抱下椅子，然后走到炉子旁边的墙角里跪下，并让两个孩子跪在她的前面②。小女孩只是瑟瑟发抖；小男孩则光着膝盖跪在地上，从容不迫地抬起一只小手，规规矩矩地从肩部到腰部画了一个大十字，还磕了一个响头，看来，这使他感到了某种特殊的乐趣。卡捷琳娜·伊万诺芙娜紧咬嘴唇，强忍住眼泪；她也在祈祷，时而把小男孩的衬衣拉正一些，时而又从抽屉柜里拿出一块三角头巾，披在小女孩过分裸露的肩上，但她做这些的时候，仍然跪在地上，并继续祈祷。这时里面几间屋子的门又被那些好奇的人打开了。过道里的观众越挤越多，密密麻麻，整幢房子的房客都挤集在这里，不过他们都不曾跨过屋子的门槛。只有一个蜡烛头照亮着这整个场景。

这时跑去叫姐姐的波莲卡，穿过过道里的人群，飞快地挤了进来。由于跑得太快，她进来后仍然气喘吁吁，她摘下头巾，用目光寻找着母亲，然后走到她跟前说：“姐姐来了！在街上碰见她了！”母亲也把她按着跪在自己身旁。一个姑娘静悄悄、怯生生地从人群里挤了进来，她突

---

① 指面包和葡萄酒，它们分别象征着耶稣受难时为拯救人类所付出的肉和血。

② 基督徒家的圣像，一般都安放在墙角。

如其来地出现在这间屋子里，出现在贫困、破烂、死亡和绝望中间，令人惊异不已。她也穿着破衣烂衫；她的衣服都是便宜货，但却打扮得像街头的妓女，依照她那个特殊社会里形成的趣味和习惯，并且带有明目张胆、恬不知耻的目的。索尼娅在过道门口止步不前，未曾跨过门槛，她惘然若失地张望着，似乎什么都不明白，并且忘记了自己穿着的那件转手四次才买到、在这里极不成体统的花绸子衣服，绸衣的后襟长得可笑，也忘记了那条把整个房门都堵住了的过分宽大的钟式裙，忘记了那双浅色的皮鞋，忘记了那把夜里毫无用处、但却依然带着的奥姆布列尔①，更忘记了那顶插着一根红艳艳的羽毛的、滑稽可笑的圆顶草帽。在这顶轻浮地歪戴着的圆顶草帽下面，露出一张瘦条条、白煞煞、惶惶不安的小脸，嘴巴大张着，两只眼睛因惊吓而直瞪瞪的。索尼娅身材纤小，大约十八岁，人虽瘦弱，却是一个长着一双美妙动人的浅蓝色眼睛、相当好看的金发女郎。她目不转睛地望着床铺，望着神甫；由于如飞奔来，她也气喘吁吁的。最后，人群中的窃窃私语和风言风语大约传进了她的耳朵。她低下头，一步跨过门槛，进到屋里，不过仍然站在门口。

忏悔和圣餐仪式都已结束。卡捷琳娜·伊万诺芙娜再次走到丈夫床前。神甫退了出来，临走之前，说了几句话，对卡捷琳娜·伊万诺芙娜表示告别，加以安慰。

“我往哪里安置这些孩子啊?”她指着那些孩子，尖刻地、愤怒地打断了神甫的话。

“上帝是仁慈的，寄希望于至高无上的上帝的帮助吧!”神甫说。

“哼——哼! 仁慈，就是不管我们!”

“这样说是罪过啊，罪过，夫人。”神父摇着头说。

“难道这不是罪过吗?”卡捷琳娜·伊万诺芙娜指着生命垂危的人说。

“也许，那些无意中酿成惨祸的人，会同意给予你们赔偿的，至少是赔偿失去的收入……”

“您不明白我的意思!”卡捷琳娜·伊万诺芙娜挥了挥手，气愤愤地嚷道，“为什么要赔偿? 他可是自己喝得醉醺醺的，钻到马肚子下去的! 什么收入? 他没带来过收入，而只带来痛苦! 就是他，这个醉鬼，把什么都换酒喝光了。他常常偷走我们的东西，送到小酒馆里去，他自己的

① 法文 Ombrelle 的音译，意即“小伞”。

一生和我的一生就在小酒馆里给毁了！他就要死了，真是谢天谢地！损失就会少多啦！”

“对临死的人应该宽恕，说这种话真是罪过，夫人，这种情绪可是大大的罪过！”

卡捷琳娜·伊万诺芙娜本来在伤者身旁忙忙乎乎，喂他喝水，给他擦去头上的汗水和血迹，把枕头摆正，不时抽空转头和神甫谈上几句。这时，她竟突然气势汹汹地对神甫说：

“唉，神甫呀！这全是废话！什么宽恕！要是他今天没被轧伤，回家时一定喝得酩酊大醉，他只有一件衬衫，穿得脏兮兮的，并且破烂不堪了，他可以倒头便睡，而我却得整夜不停地搓搓洗洗，洗他的破衣烂衫和孩子们的衣服，然后在窗子外面晾干，天刚一放亮，就又得坐下来缝缝补补——我的一夜就是这样度过的！……还奢谈什么宽恕呢！我已够宽恕的了！”

一阵剧烈的可怕的咳嗽打断了她的话。她在手帕上咳出一口痰来，拿给神甫看，另一只手痛苦地紧紧按住胸口。手帕上全是鲜血……

神父低下头去，默默无语。

马尔梅拉多夫已经处于濒死的最后状态了；他目不转睛地望着又俯身朝着他的卡捷琳娜·伊万诺芙娜。他老是想对她说句什么话；他艰难地转动着舌头，开始说出了含糊不清的几个字，但卡捷琳娜·伊万诺芙娜明白，他是想请求自己的宽恕，立即就用命令的口气对他大叫道：

“住——嘴——吧！用不着！……我知道，你想说什么！……”于是伤者闭住了嘴；然而就在这时，他那游移不定的目光落到了门口，他看见了索尼娅……

在此之前他一直没有发现她：她站在一个阴暗的角落里。

“这是谁？这是谁？”他突然用嘶哑的声音气喘吁吁地说，完全处于惊慌不安中，一双眼睛恐惧地望着女儿所站的门口，极力想支起身来。

“躺着！躺——着——吧！”卡捷琳娜·伊万诺芙娜大吼道。

但他以超乎寻常的力量用一只手把身子撑了起来。他疯狂地、直瞪瞪地望着女儿，望了好大一会儿，好像不认识她似的。他还从来不曾见过她如此打扮。忽然他认出了她，认出了这个忍辱负重、伤心欲绝、穿戴时髦而又羞愧难当的女儿，她正温顺地等着轮到自己跟临终的父亲诀别。他的脸上出现了极端痛苦的表情。

“索尼娅！女儿！原谅我吧！”他叫了起来，试图向她伸出手去，但由于失去了支撑，扑通一声从沙发上脸朝下摔到了地板上；大家赶忙跑过去抬起他来，放回沙发上，然而他已快要咽气了。索尼娅软怯怯地叫了一声，跑到他跟前，一把抱住他，就这么一动不动地抱着。在她的怀抱中，他咽下了最后一口气。

“他倒如愿以偿了!”卡捷琳娜·伊万诺芙娜看着丈夫的尸体，高声说道，“唉，现在怎么办呢?我用什么来安葬他呢?又拿什么给他们，明天又拿什么给他们吃呢?”

拉斯科尔尼科夫走到卡捷琳娜·伊万诺芙娜跟前。

“卡捷琳娜·伊万诺芙娜，”他开始对她说，“上个礼拜，您这位刚去世的丈夫向我讲述了他一生的经历和全部境况……请您相信，他在谈到您的时候，对您的崇敬溢于言表。从那天晚上开始，我清楚地知道，他对你们全家人是多么忠诚，卡捷琳娜·伊万诺芙娜，而他对您是特别尊敬和爱恋，尽管他有那个不幸的弱点，从那个晚上开始，我们就成了朋友……现在请允许我……聊表心意……以便对我的亡友略尽义务。这里……似乎是二十卢布，——如果这点钱能对你们有所帮助，那么……我……总之，我还会来的——我一定会来的……我，也许明天就会来……再见!”

他大步如飞地走出屋子，迅速从人群中挤到楼梯上；但在人群中突然碰到了尼科季姆·弗米奇，他得知发生了惨祸，便亲自前来处理。从警察分局发生的那一幕以后，他们还不曾见过面，但尼科季姆·弗米奇一眼就认出了他。

“啊，是您?”他问拉斯科尔尼科夫。

“他死了。”拉斯科尔尼科夫答道。“医生来过了，神父也来过了，一切如常办理。请别过于打扰那个可怜的女人，她本来就有痨病。如果可能，请多鼓励她……您确是个好心人，我知道……”他直视着他的眼睛，嘲笑地补上一句。

“然而您身上怎么沾上血迹啦。”尼科季姆·弗米奇说道，在灯光下，他发现拉斯科尔尼科夫背心上有几处鲜红的血斑。

“对，沾上血啦……我全身都沾上血啦!”拉斯科尔尼科夫带着某种异样的神态说道，然后微微一笑，点一点头，向楼下走去。

他悄无声息、不急不慌地下了楼，浑身发着烧，却并不知道，心里充满了突然涌现的一种充沛而强大的生命力，这是一种从未有过的无边无际的感觉。这种感觉完全类似于一个被判处死刑而又突然出乎意料地获得赦免的人的感觉①。楼梯下了一半的时候，回家去的神甫赶了上来；拉斯科尔尼科夫一声不响地侧身让他走到前面去，又和他默默无言地彼此点头示意。然而已经下到最后几级楼梯时，他突然听到背后传来了仓促的脚步声。有人在追赶他。这是波莲卡；她一边跑着追他，一边呼喊着："喂！喂！"

他转身面向她。她跑到最后一段楼梯，停在他的面前，站在比他高一级的楼梯上。一道暗淡的光线从院子里照了过来。拉斯科尔尼科夫看清了小女孩那清瘦而可爱的小脸，这张小脸正向他微笑着，并且稚气十足地喜盈盈地望着他。她是带着使命飞跑来的，看来，她非常喜欢这一使命。

"喂，您叫什么名字？……还有：您住在哪里？"她急急忙忙地、上气不接下气地问道。

他用双手轻按着她的双肩，带着某种幸福的表情望着她。他望着她时心里是那样乐悠悠的——他自己也不知道这是为什么。

"是谁叫您来的？"

"是索尼娅姐姐叫我来的。"小女孩答道，她笑得更灿烂了。

"我就知道，是索尼娅姐姐叫您来的。"

"妈妈也叫我来。索尼娅姐姐叫我来的时候，妈妈也走到我跟前，说：'快跑，波莲卡！'"

"您喜欢索尼娅姐姐吗？"

"我最喜欢她啦！"波莲卡以某种特别坚决的口气说道，她的表情突然开始变得严肃起来。

"那么您会喜欢我吗？"

他发现代替回答的是，小女孩的小脸渐渐凑近他，并且把丰满的小嘴唇天真地伸过来吻他。突然小女孩那两条像火柴棍一般纤瘦的胳膊紧紧地搂住了他，头靠在他的肩上，低声哭泣起来，脸在他身上也越贴越紧。

---

① 陀思妥耶夫斯基因参加俄国最早的进步知识分子革命组织彼得拉舍夫斯基（1821—1866）小组的活动曾被判死刑，1849年12月22日与21名死囚站在处刑台上，经受了等待死亡的恐怖时刻，临刑前几分钟突然获得沙皇的赦免。这种精神上的折磨给他造成了终身难以平复的心灵创伤（著名作家茨威格的叙事诗《壮丽的瞬间》，专门描写这件事对作家的影响）。此处，作家充分利用自己的切身感受来做比喻。

突然小女孩那两条像火柴棍一般纤瘦的胳膊紧紧地搂住了他，头靠在他的肩上，低声哭泣起来。

“爸爸真可怜!”过了一会，她抬起泪水晶莹的小脸，用两手擦着眼泪，说道，“现今老是发生这种倒霉的事。”她出乎意料地又补上一句，神情特别庄重，每当孩子们突然想像大人一样说话的时候，总是极力装出这么一副神气。

“爸爸喜欢您吗?”

“他最喜欢我们之中的莉多奇卡，”她一本正经地接着说道，毫无笑容，已经是一副十足的大人说话的口气，“他喜欢她，是因为她最小，还因为她总是生病，常常带糖果给她吃，而他教我们念书，教过我语法和神学，”她自豪地补充道，“妈妈什么也没说，不过我们知道，她喜欢爸爸教我们，爸爸也知道她喜欢，可是妈妈还要我学法语，因为我已经到了受教育的年龄了。”

“那么您会祈祷吗?”

“噢，那当然啦，我们都会!我早就会啦；我已经大了，经常自己单独默默祈祷，而科里亚和莉多奇卡跟着妈妈大声祈祷；先念一声‘圣母’，接着就是一段祷告：‘上帝啊，求你宽恕并赐福给索尼娅姐姐吧!’接下来就是：‘上帝啊，求你宽恕并赐福给我们现在的爸爸吧!’因为我们的第一个爸爸已经死了，而现在这个是我们的第二个爸爸，我们也为那第一个爸爸祈祷。”

“波列奇卡①，我叫罗季昂；以后什么时候请您也替我祈祷吧；‘还有你的仆人罗季昂’——只加这么一句就够了。”

“今后我一辈子都要为您祈祷。”小女孩兴冲冲地说，她突然又笑了起来，扑入他的怀中，又紧紧地抱住他。

拉斯科尔尼科夫告诉了她自己的名字，并且留下了自己的地址，答应明天一定来。小女孩欢天喜地地离开了他。当他走到街上时，已经十点多钟了。五分钟以后，他已来到了桥上，正好站在那个女人不久前跳河的地方。

“够啦!”他毅然决然、郑重其事地说，“滚开吧，幻象；滚开吧，臆造的恐惧；滚开吧，幽灵!……生命就是活着!难道我现在不是活着吗?我的生命并未和那个老太婆一块死亡!愿她在天国安息吧——够啦，老大娘，你该安息了!现在是理智和光明的王国……也是意志和力量的世界……现在咱们走着瞧吧!现在咱们来拼一拼吧!”他豪情万丈地补了一

① 波列奇卡是爱称。

句，似乎他正冲着某种黑暗的势力说话，并且向它发出挑战①。“然而我早已同意在一俄尺大小的地方生活了！”

“这会儿我身体十分虚弱，然而……看来，病已完全好了。刚才出来的时候，我就知道病必定会好的。巧极了：波钦科夫公寓就近在眼前。即使不是近在眼前，我也一定要到拉祖米欣那里去……这场赌赛就让他赢了吧！……让他也开一开心——没关系，就让他高兴高兴！……力量，需要的是力量：没有力量你将一事无成；然而力量应该用力量去获得——对此他们却并不知道。”他骄傲而又自信地补充道，步履蹒跚地走下桥去。他内心的骄傲和自信每分钟都在增强；一分钟后，他已经变成了面貌一新的另一个人。但是，究竟有什么特殊的事情让他发生这种判若两人的变化呢？连他自己也一点都不知晓；他似乎抓住了一根稻草，突然觉得他“可以活着，生命还存在着，他的生命并未和那个死去的老太婆一块死去”。也许，他作出这个结论还过于仓促，但他对此并未多想。

“然而我还要人家为仆人罗季昂祈祷呢，”这个念头忽然闪过他的脑海，“唔，但这是……以防万一啊！”他补充说，但又立刻嘲笑自己言行的幼稚。他的心情好得出奇。

他毫不费力地找到了拉祖米欣，在波特钦科公寓里大家都已知道这位新房客，看门人立即给他指明去处。刚走完一半楼梯，就能听到众声嘈杂，谈锋甚健。通楼梯的门洞开着，传来一阵阵叫喊声和争论声。拉祖米欣的房间相当大，有十五个人在聚会。拉斯科尔尼科夫在过道里停住了脚步。在这里的隔板后面，房东的两个女仆正在两把大茶炊旁忙着，张罗着一瓶瓶酒和大大小小的盘盘碟碟里的馅饼和下酒菜，这些东西都是从房东的厨房里拿来的。拉斯科尔尼科夫请他们去把拉祖米欣叫出来。拉祖米欣喜眉笑眼地跑了出来。一眼就可以看出，他已经喝了相当多的酒，尽管拉祖米欣几乎从来也不曾醉醺醺的，但这次却显而易见的是他已有几分醉意了。

“听我说，”拉斯科尔尼科夫匆匆说道，“我来，只是为了告诉你，这次赌赛你赢了，实在是谁也不知道他自己会发生什么事。我无法进去了：

① 此处有点讽刺性地模拟巴尔扎克的长篇小说《高老头》的结尾：拉斯蒂涅站在高老头的坟前，面对他不胜向往的巴黎上流社会区域，气概非凡地说了句：“现在咱们俩来拼一拼吧！”然后，为了向社会挑战，他到纽沁根太太家吃饭去了。

我已虚弱得眼看就要倒下了。因此，只能说一声：你好，再见。明天请你到我那里去吧……”

“你听我说，我送你回家！你自己已经说了，你十分虚弱，那么……”

“那么客人们呢？这个满头鬈发的人是谁，就是刚刚探头往这里张望的人是谁？”

“这个人？鬼知道他是谁！大概是舅舅的熟人，也许是他自己来的……我请舅舅应酬他们；舅舅是个极其可爱的人；遗憾的是，你现在不能和他相互认识。不过，让他们大家见鬼去吧！他们现在根本不会想到我，而我也必须呼吸呼吸新鲜空气，所以，老兄，你来得正好；再过两分钟，我也许就会对人拳脚相加了，真的！他们在胡说八道……你简直难以想象，人能够信口雌黄到什么程度！不过，怎么想象不到呢？难道我们自己不也经常信口开河吗？那就让他们现在胡说八道好了：以后就不会再胡说八道了……你稍坐一下，我去把佐西莫夫叫出来。”

佐西莫夫甚至是急不可耐地朝拉斯科尔尼科夫奔了过来；显而易见的是他怀有某种特殊的好奇心；他的脸色很快就变得和悦可亲了。

“赶紧睡觉，”他尽可能仔细地给病人作了检查后，断然说道，“不过临睡前要吃一包药。您愿意吃吗？我不久前配制的……一种药粉。”

“吃两包都无妨。”拉斯科尔尼科夫答道。

他当即吃下了药粉。

“这太好了，你亲自送他回去，”佐西莫夫对拉祖米欣说，“明天怎么样，咱们明天看，而今天实在很是不错：和不久前几乎有天壤之别。活到老，学到老……”

“你知道咱们出来的时候佐西莫夫在我耳边悄声细语了些什么吗？”他们刚一走到街上，拉祖米欣就贸然说了起来，“老兄，我索性把什么都告诉你吧，因为他们全都是笨蛋。佐西莫夫吩咐我在路上随便同你聊一聊，也让你随便聊聊，然后把这一切都告诉他，因为他有个想法……你……是个疯子，或者类似疯子。对此你自己想想吧！第一，你比他聪明两倍，第二，如果你不是疯子，那么你对他头脑里的这种荒唐想法就会不屑一顾，第三，这一大团肥肉的本色当行是外科医生，现在却迷恋上了精神病，今天你与扎苗托夫的那场谈话，使他百分之百地相信，他对你的看法是正确的。”

“扎苗托夫把一切都告诉你了？”

“一切都说了，他做得对极了。我现在已经搞清了全部底细，扎苗托夫也搞清楚了……唔，对了，简而言之，罗佳……问题在于……我现在已微感醉意……不过这没什么……问题在于，这个想法……你明白吗？的确在他们的脑瓜子里产生了……你明白吗？也就是说，他们谁都不敢大声说出来，因为这个想法荒谬绝伦，尤其是在抓到那个油漆工以后，这一切就云开雾散，永无踪影了。然而他们这帮笨蛋究竟想干什么呢？我当时揍了扎苗托夫几下，——这只是我们两人之间说说，老兄；千万别说你知道这件事，就连稍稍暗示一下都不行；我发现，他很要面子；这是在拉维莎家里，——然而，今天，今天，一切都水落石出了。最主要的问题是这个伊里亚·彼得罗维奇！当时他利用了你在警察分局昏了过去这件事，但他自己后来也为此感到羞愧；因为我知道……"

拉斯科尔尼科夫全神贯注地听着。拉祖米欣酒后闲聊，说漏了嘴。

"我当时昏倒在地，是因为窒闷和那股油漆味。"拉斯科尔尼科夫说道。

"还用解释吗！而且不只是油漆味：你高烧了整整一个月呢；佐西莫夫就是证明！不过现在这孩子是多么失望，你简直难以想象！他说：'我简直比不上这个人的一个小指头！'也就是说，比不上你的一个小指头。老兄，他有时心地也很善良。然而教训，今天你在'水晶宫'给他的这个教训，真是好极了！要知道，最初你可把他吓坏了，吓得他浑身颤抖！你几乎又使他对这个荒诞无稽的想法深信不疑，突然，——你向他伸出舌头：'给，怎么样，让你逮着了！'棒极了！现在他已全线崩溃，彻底被打败了！你果然是个高手，对他们这些家伙就得这样。唉，可惜我当时未能亲临其境！现在他极其想见到你。波尔菲里也想同你结识……"

"可是……这个人也……可是他们为何要把我当作疯子呢？"

"实际上并不是把你当作疯子。老兄，看来，我对你说得太多了……你要知道，刚才他还惊讶不已呢，因为你只对这一件事兴趣颇浓；现在已弄清楚了，你为什么会兴趣颇浓；一切情况都了然于胸了……当时这件事对你刺激太大，再加上有病，两者一搅和……老兄，我有点醉了，鬼才知道，他心里的想法是怎样的……我对你说：他迷恋上了精神病。不过你别把这当回事……"

足有半分钟，两人默默相对。

"喂，拉祖米欣，"拉斯科尔尼科夫开了口，"我想开诚布公地告诉你：我刚刚在一个死人家里待过，一个官员死了……在那里我把所有的钱都捐给了他们……此外，刚才还有一个人吻了我，即使我杀过什么人，也会……总之，我在那里还看到了另一个人……帽子上插着一根火红色的羽毛……不过，我是在胡说八道；我十分虚弱，请扶扶我……眼看就要上楼梯了……”

“你怎么啦？你怎么啦？”拉祖米欣担忧地问道。

“头有点发晕，不过问题不在这里，而是在于极其多愁善感，极其多愁善感！像个女人……真的！你瞧，这是什么？你瞧！你瞧！”

“是什么吗？”

“难道你没有发现？我房间里有灯光，看见了吗？从门缝里……”

他们已经站在最后一道楼梯前面，停在女房东的门边，从下面确实可以看到，拉斯科尔尼科夫的斗室里有灯光。

“真奇怪！也许是娜斯塔西娅。”拉祖米欣说道。

“她任何时候都不曾在这个时间到我的屋里去，而且她早已睡了，不过……对我来说反正一样！再见！”

“你怎么啦？我是送你回家的，就一同进去吧！”

“我知道，你想和我一起进去，但我想在这里与你握手告别。喏，伸出手来，再见！”

“你怎么啦，罗佳？”

“没什么，咱们走吧；你将作为证人……”

他们开始登上楼梯，一个念头在拉祖米欣的脑子里电光一闪：也许，佐西莫夫是对的。“唉！我对他胡言乱语，搞得他心神不宁！”他自言自语地嘀咕着。走到门口，他们突然听到屋里有谈话的声音。

“这到底是怎么回事啊？”拉祖米欣大叫起来。

拉斯科尔尼科夫抢先抓住门把手，把门大打开，门打开后，他却木然站在门口。

他的母亲和妹妹坐在他的沙发上，已经等了他一个半小时了。为何他竟对她们的到来感到几乎出乎意料呢，并且极少想到她们呢，尽管就在今天还得到消息，她们已经上了路，正在旅途之中，马上就要到达？在这一个半小时里，她们争相寻问娜斯塔西娅，此刻她还站在她们面前，并且把所有情况一五一十地告诉了她们。当听说他“今天逃跑了”，又是病魔缠身，而且从她的讲述中可以听出，他一定头脑迷糊，她们都吓得心悸魂飞！“上帝呀，他是怎么啦！”母女俩都以泪洗面，在这一个半小时的等待里，两人更是忍受了非凡的痛苦。

她们以一声欢天喜地、激情盈溢的高呼迎接拉斯科尔尼科夫的出现。两人一齐向他扑来。但他却死尸般地僵立着；一种难以承受、突如其来的感觉仿若一声炸雷击中了他。他竟不曾抬起手来拥抱她们：手抬不起来。母亲和妹妹紧紧地抱住他，频频地吻着他，时而笑嘻嘻，时而泪淋淋……他后退一步，身子一晃，就“扑通”一声昏倒在地板上。

惊惶不安，恐惧的呼喊，声声呻吟……站在门口的拉祖米欣飞奔进屋，用自己那强壮有力的双手抱起病人，不大一会儿，病人便在沙发上醒了过来。

“没事儿，没事儿！”他对母亲和妹妹高声说道，“这是昏厥，这自然有点糟糕！但刚才医生说过，他已经好多了，他已完全康复了！拿水来！喏，他这不正在清醒过来，瞧，他已醒过来了！……”

说着，他一把抓住杜涅奇卡的手，差点儿把她的手扭脱了臼，请她弯腰去看“他已醒过来了”。母亲和妹妹深受感动、感激涕零地望着拉祖米欣，简直把他看作神明；她们已经听娜斯塔西娅说过，这个“机灵的年轻人”，在她们的罗佳生病的期间，对他进行了无微不至的照顾。当天晚上，普莉赫里娅·亚历山德罗芙娜·拉斯科尔尼科娃和杜尼娅亲密交谈的时候，也亲口称他为“机灵的年轻人”。

第三章

一

拉斯科尔尼科夫支起身子，坐在沙发上。

他有气无力地朝拉祖米欣摇一摇手，示意他别再说下去了——后者正在口若悬河地劝慰母亲和妹妹，虽然有点前言不搭后语，但却热情洋溢，——然后拉住母亲和妹妹的手，足足有两分钟一言未发，只是一会儿看看这个，一会儿看看那个。他的目光让母亲惶恐不安。在这目光里流露出一种强烈得痛苦不堪的激情，但同时又透露出某种呆板的、甚至近乎疯狂的神情。普莉赫里娅·亚历山德罗芙娜哭了起来。

阿芙多季娅①·罗曼诺芙娜面色惨白；她的手在哥哥的手里瑟瑟颤抖。

“你们回去吧……和他一起走，”他指着拉祖米欣，断断续续地说，“到明天，明天一切……你们来了很久了吗？”

“晚上到的，罗佳，”普莉赫里娅·亚历山德罗芙娜答道，“火车晚点的时间太长。不过，罗佳，无论如何我现在也不离开你！我就在这里你的身边过夜……”

“别折磨我了！”他怒冲冲地挥了挥手，说。

“我留下来陪他！”拉祖米欣叫道，“我一分钟也不离开他，让我家里的那些客人见鬼去吧，让他们气得发疯吧！那里有我舅舅掌管一切。”

---

① 阿芙多季娅是本名，杜尼娅是小名。

“叫我怎样，怎样感谢您呢！”普莉赫里娅·亚历山德罗芙娜说着，又紧紧地握住拉祖米欣的手，但拉斯科尔尼科夫再次打断了她的话：

“我受不了啦，受不了啦，”他怒冲冲地反复念叨，“请别折磨我啦！够了！你们走吧……我受不了啦！……”

“咱们走吧，妈妈，就是从屋里出去一分钟也行，”大惊失色的杜尼娅悄悄地说道，“我们使他痛苦不已，这是一目了然的。”

“整整分别三年了，难道我就不能好好看看他吗？”普莉赫里娅·亚历山德罗芙娜哭了起来。

“等一等！”他又叫住她们，“你们总是打断我的话，我的思想被搅得乱糟糟的……你们见到卢仁了吗？”

“没有，罗佳，不过他已经知道我们到达了。罗佳，我们听说，彼得·彼得罗维奇心肠真好，今天专程来看过你。”普莉赫里娅·亚历山德罗芙娜有点畏怯地补充道。

“对……心肠真好……杜尼娅，我不久前对卢仁说，我要把他轰下楼去，并赶他见鬼去了……”

“罗佳，你怎么啦？你，大概……你想说的不是这话。”普莉赫里娅·亚历山德罗芙娜惴惴不安地说，但望了一眼杜尼娅，又把话咽回去了。

阿芙多季娅·罗曼诺芙娜聚精会神地注视着哥哥，等着他继续说下去。她们娘儿俩已经事先从娜斯塔西娅那里听说过发生了争吵，娜斯塔西娅尽其所能理解地讲述了事情的经过。她俩都疑惑莫解，痛苦不堪，于是等着他继续说下去。

“杜尼娅，”拉斯科尔尼科夫费劲地往下说道，“我反对这门亲事，因而明天你要一开口就回绝卢仁，让他别再上门。”

“我的上帝啊！”普莉赫里娅·亚历山德罗芙娜大叫起来。

“哥哥，你想一想，你都说了些什么呀！”阿芙多季娅·罗曼诺芙娜冒出了无名之火，但马上就抑制住了。“你，也许现在身体欠佳，你已疲惫不堪。”她温婉地说。

“我在说胡话吗？不……你是为了我好才嫁给卢仁的。但我拒绝接受你的牺牲。因此你必须就在今晚写一封信……回绝他……明天早晨给我看看，这事就到此结束了！”

“我不能这么做！”深感抱屈的姑娘高声说道，“你有什么权利……”

“杜涅奇卡，你也这么急躁，别说啦，明天……难道你没看见……”母亲吓得手足无措，赶忙对杜尼娅说，“唉，咱们最好还是走吧！”

“他是在说胡话！”酒意微醺的拉祖米欣大叫道，“否则他怎么会这等放肆！明天就会聪明一些……今天他果真把他赶走了。这是真情实况。唔，那个人也恼羞成怒了……他在这里高谈阔论，卖弄学识，后来却夹着尾巴灰溜溜地走了……”

“那么，这是实有其事了？”普莉赫里娅·亚历山德罗芙娜叫了起来。

“明天见，哥哥，”杜尼娅怜悯地说，“我们走吧，妈妈……再见，罗佳！”

“你听见了吗，妹妹，”他鼓足最后的力气在他们后面重复了一遍，“我不是在说胡话；这桩婚姻——很不光彩。就算我是个下流的东西，可你不应该是……有一个就足够了……即使我是一个下流的东西，我也绝不会承认一个与我类似的妹妹。有我就没有卢仁，有卢仁就没有我！你们走吧！……”

“你简直疯啦！一副暴君做派！”拉祖米欣大吼起来，然而拉斯科尔尼科夫早已不再理他，也许是没有力气搭理他了。他躺到沙发上，转身面向墙壁，深感精疲力竭。阿芙多季娅·罗曼诺芙娜好奇地望着拉祖米欣，她那乌亮亮的眼睛炯炯发光：拉祖米欣甚至被这目光注视得打了个哆嗦。普莉赫里娅·亚历山德罗芙娜惊呆了一般站在那里。

“我无论如何也不能离开！”她近乎绝望地悄声对拉祖米欣说，“我要留在这里，随便找个地方……请您送送杜尼娅吧。”

“整个事情都将让您弄糟！”拉祖米欣也悄声说道，他也有点窝火，“咱们即使走到楼梯上也好。娜斯塔西娅，给照照亮！我向您发誓，”来到楼梯上后，他接着悄声说，“不久前他几乎把我和医生狠揍一顿！您得明白这点！几乎揍医生本人！连医生都让他三分，以免过分刺激他，乖乖地走了，而我却留在楼下守着，然而他却立即穿戴整齐，悄悄地溜之大吉。如果过分刺激他，现在他也会溜之乎也，深更半夜地溜到外面，不知会干出些什么事来……”

“哎呀，您都说的是什么呀！”

“再说，您如果不回去，阿芙多季娅·罗曼诺芙娜也不能单独一人住在旅馆里！您想一想，你们住的是什么地方！而彼得·彼得罗维奇，这个卑鄙家伙，难道就不能给你们找一个好一点的地方吗……不过，您知道，我有点儿醉了，因此……说了几句粗话；请别放在心上……”

“不过，我去找这里的女房东，”普莉赫里娅·亚历山德罗芙娜仍在坚持，“我会恳请她，让她给我和杜尼娅随便找个什么角落过夜。我不能就这样扔下他，不能！”

说这些话时，他们就站在楼梯平台上，恰好在女房东的门口。娜斯塔西娅从下一级楼梯上给他们照着亮。拉祖米欣极其激动。半小时前他送拉斯科尔尼科夫回家时，他是废话连篇，他自己也清楚这一点，不过他却神采焕发，头脑也近乎清醒，尽管这天晚上他喝的酒数量惊人。现在他的心情似乎更加喜之无甚，同时他喝下的那些酒似乎又忽地以加倍的力量涌向他的大脑。他同两位女士站在一起，抓住她们两人的手，劝说她们，并以令人惊讶的坦率向她们罗列种种理由，大约是为了增强说服力，他几乎每说一句话，都要把她们的手紧紧地握一下，使她们痛得就像被老虎钳夹了一般，而且他还以炽热的目光望着阿芙多季娅·罗曼诺芙娜，丝毫不曾感到不好意思。有时她们痛得试图从他那瘦筋筋的大手里抽出手来，可他不仅没有发觉这是怎么回事，反而更使劲地把她们的手往身边拉。假如她们为了自己的利益，吩咐他立刻头部向下跳下楼梯，他也定会二话不说、毫不迟疑地马上照办。普莉赫里娅·亚历山德罗芙娜心心念念只是想着自己的罗佳，惴惴不安，虽然她也觉得这个年轻人行为古怪，并且把自己的手握得发痛，但因为同时又把他当作神明，因此不愿计较所有这类行为古怪的细枝末节。不过，阿芙多季娅·罗曼罗芙娜虽然同样惴惴不安，却并非生性胆怯之人，然而看到哥哥的朋友眼睛里闪射的野火般的激情，也不禁感到惊讶不已，甚至几乎感到惊恐，只是因为娜斯塔西娅关于这个怪人的种种介绍使她对他无限信任，所以并未试图从他身边逃跑并拉着母亲一块跑掉。她也清楚，她们现在打算逃避他也许已经为时过晚。不过，十分钟后，她彻底放心了：拉祖米欣有个特点，不管他心情如何，都能对人坦诚地和盘托出一切，因而大家很快就了解到，自己是在和一个什么样的人打交道。

“可不能去找女房东，这个想法荒诞不经！”他高声叫道，尽力说服普莉赫里娅·亚历山德罗芙娜，“尽管您是母亲，假如您留下来，那会逼得他发疯，到那时鬼才知道会出什么事！您听我说，我看就这么办好了：眼下先叫娜斯塔西娅在他那里坐一会，我送你们两人到旅馆，因为没有人伴送，你们独自在街上走可不行；我们彼得堡在这方面……噢，管它呢！……然后我马上从你们那里跑回这里，一刻钟以后，我绝对保证给你们带来消息：他情况怎样？睡了，还是没睡？等等。然后，请听我说！然后从你们那里一下子跑回自己家里，——我家里有很多客人，大家都喝得酩酊大醉，——带来佐西莫夫——这是给他治病的医生，现在他坐在我家里，他没醉；这个人不会醉，这个人永远不会醉！我把他拖到罗季卡那里，然后立刻到你们那里去，这意味着，你们在一小时内可以两次得到他的消息，——而且有来自医生的消息，你们明白吗，是来自医生本人的消息；这跟从我嘴里听到的消息可就大不一样了！如果情况不妙，我发誓，我会亲自带你们到这里来；如果情况很好，那你们就可以恬然高卧了。我整夜都会守在这里，睡在过道里，他听不见，佐西莫夫嘛，我就让他睡在女房东家里，可以随叫随到。喏，现在对于他来说，谁更有用，是您还是医生？要知道，医生更有用，更有用。好吧，你们就回去吧！去女房东那里是不行的；我去可以，你们去可不行：她不让进，因为……因为她是个笨蛋。她会为了我而嫉妒阿芙多季娅·罗曼诺芙娜，您要知道，她也会嫉妒您……而对阿芙多季娅·罗曼诺芙娜，她的嫉妒确定无疑。她的性格十分、十分捉摸不定！不过，我也是一个笨蛋……我无所谓！我们走吧！你们相信我吗？唔，你们是否相信我？”

“咱们走吧，妈妈，”阿芙多季娅·罗曼诺芙娜说，“他是个一诺千金的人，他答应了的事，就一定会做到的。他已经救过哥哥一命，如果医生果真同意就在这里过夜，那不是绝妙的事吗？”

“瞧您……您……深知我心，因为您是天使！”拉祖米欣喜不自胜地大叫起来，“走吧！娜斯塔西娅！立刻上楼去，坐在他身边，带上灯；我一刻钟后就回来……”

普莉赫里娅·亚历山德罗芙娜虽然还是将信将疑，可也不再反对。拉祖米欣挽住她俩的胳膊，从楼上把她们拉了下去。不过他还是让她不太放心：“虽然他头脑机灵，心地善良，可他答应了的事能够如愿以偿吗？瞧他眼下这副醉相！……”

“啊，我明白了，您是在想，我眼下这副醉相！”拉祖米欣猜破了她的心思，打断了她的思路。他边说边迈开双脚，大步如飞地在人行道上走着，弄得两位女士使尽气力才能勉强跟上，然而他却未曾发现。“瞎扯……就是说，我醉得像个傻子，但问题不在这里；我醉了并非因为喝酒。而是一看到你们，我就醉意醺醺了……不过请甭理我！请你们别在意：我是在瞎说一气；我配不上你们……我根本配不上你们！……但是我一把你们送回去，就立刻在这里的运河里舀两桶水浇在头上，那就正常了……要是你们知道，我是多么热爱你们俩，那该多好！……请别嘲笑我，也别生气！……你们可以生任何一个人的气，可就是不要生我的气！我是他的朋友，因之也就是你们的朋友。我希望如此……我早已预感到会这样……去年，有过这么一个瞬间……不过，百分之百不是预感，因为你们仿若天上掉下来一般。而我，看来，会整夜辗转反侧，无法成眠……这个佐西莫夫不久前忧心忡忡，怕他会精神失常……因而不能激怒他……”

“您在说什么呀！”母亲高叫起来。

“难道医生亲口这样说过吗？”阿芙多季娅·罗曼诺芙娜惊慌失措地问道。

“说过，但不是这么回事，根本不是这么回事。他还给他吃过这样的药，一种药粉，我看见了，而你们那时候刚好来了……唉！……你们要是明天到来就好了！我们离开那里，这是做得对的。而一小时后，佐西莫夫会亲自告诉你们一切详情细节。这个人是不会喝醉的！我也将再不会喝醉了……我为何喝得这般醉意醺醺呢？是因为他们把我拖进了一场争论，这帮该死的家伙！要知道，我已经发誓不再参加争论！……都是满口胡言！我差点儿没对他们大打出手！我让舅舅留在家里主管一切……哦，你们信不信：他们要求人全无个性，并且乐此不疲！似乎一个人越不成其为他自己，越少像他自己，那才叫好呢！他们认为，这才叫最大的进步①。假使他们是按自己的思想在瞎说一气，那倒也好，然而……”

“请听我说。”普莉赫里娅·亚历山德罗芙娜怯生生地打断了他的话，但这只是使他的谈兴更高。

“那您认为怎样？”拉祖米欣嗓门更亮地喊了起来，“您认为我是讨厌他们的胡说八道吧？这是胡扯！我喜欢别人胡说八道！胡说八道是人类在所有生物中享有的唯一特权。胡说八道是通向真理的途径！正因为我胡说八道，所以我是人。如果不先胡说八道十四次，也许还得胡说八道一百四十次，就无法得到一个真理，而这从某种角度看，也是值得尊敬的；唉，然而我们却连用自己的智慧来别具匠心地胡说八道都不会！你尽管对我胡说八道，但要用自己的见解来胡说八道，那我就会吻你。用自己的见解胡说八道——总比千篇一律地转述别人的真理更好；在第一种情况下，你是一个人，而在第二种情况下，你仅仅是一只学舌的鹦鹉！真理不会溜走，而生活却可以被凝滞；例子有的是。喏，现在我们怎么样了？在科学、文化修养、思维、发明、理想、愿望、自由主义、理性、经验，以及一切，一切，一切，一切，一切方面，我们所有的人无一例外都是中学预备班的学生！喜欢依样画葫芦地搬用别人的智慧——这已

---

① 陀思妥耶夫斯基认为这是当时社会主义理论的特点，它要求消灭个性，不许人独立思考，不许人有自己的见解和追求。

经积重难返了①！不是如此吗？我说得不对吗？”拉祖米欣一边紧紧地握住两位女士的手摇晃着，一边高叫着。

“哦，我的上帝啊，我不知道。”可怜的普莉赫里娅·亚历山德罗芙娜说道。

“就是这样，就是这样……虽说我并不完全赞同您的意见。”阿芙多季娅·罗曼诺芙娜认认真真地补充道，随即又高叫起来，因为这一次他把她的手紧攥得疼痛难忍。

“就是这样？您说，就是这样？噢，那么从此之后您……您……”他喜出望外地叫了起来，“您是善良、纯洁、理性和……完美的源泉！请把您的手给我，给我……也请把您的手给我，我很想吻吻你们的手，就是现在，就在这里，跪下来吻你们的手！”说着，他就双膝着地跪在人行道当中，幸好这时候没有行人。

“别这样，我求您，您这是干什么呀？”惊慌到极点的普莉赫里娅·亚历山德罗芙娜高声喊道。

“起来，起来呀！”杜尼娅笑哧哧地说，她也感到惊慌不安了。

“你们不把手给我，我就决不起来！这就对了，够了，我站起来了，咱们走吧！我是一个可怜的傻瓜，我配不上你们，我喝醉了，真羞死人了……爱你们我不够格，可是跪在你们面前——这是每一个人的义务，只要他不是一个彻头彻尾的畜生！因此我跪下来了……这就是你们的旅馆，只要瞥一眼它，你就知道，不久前罗季昂把你们的彼得·彼得罗维奇赶了出去，做得对极了！他竟然敢安排你们住在这样的旅馆里？这真是荒唐！你们可知道，什么人才放到这里来住吗？而您毕竟是他的未婚妻呀！您是未婚妻，对吗？喏，我就告诉您，做出如此行径之后，您的未婚夫是个卑劣之徒！”

“您听我说，拉祖米欣先生，您忘了……”普莉赫里娅·亚历山德罗芙娜开口说道。

“是的，是的，您说得对，我忘乎所以了，真是惭愧！”拉祖米欣猛然醒悟，“然而……然而……你们不要因为我这样说就见我的怪哟！因为我出于一片赤诚才这样说，而不是由于……哼！那就卑鄙无耻了；总之，不是由于我对您……咳！……好啦，就这样吧，我不该，也不说原因了，

---

① 陀思妥耶夫斯基认为，彼得大帝的改革、俄国当时的社会主义、虚无主义、无政府主义以及无神论，等等，都属于西欧派系列，都是从外国引进的，不适合俄国国情，更不符合俄国的宗教和文化传统。

我哪敢啊！……不久前，当他一进屋，我们大家就全都明白了，这个人绝非我们圈子里的人。倒不是因为他在理发师那里烫过头发，也并非由于他急不可耐地卖弄自己的聪明，而是因为他是一个密探和投机分子；因为他是一个吝啬鬼和小丑，而这是显而易见的。您以为他聪明吗？不，他是个蠢蛋，蠢蛋！哼，他能与您匹配吗？哦，我的上帝！你们要知道，女士们，”他突然停住脚步，在已经走上旅馆的楼梯时，“那些人在我家里虽然全都喝得大醉酩酊，但他们全都是诚实正派的人，虽然我们大家也都胡说八道，因此我也胡说八道，然而最终我们还是会找到真理，因为我们走的是一条光明正大之路，而彼得·彼得罗维奇……走的不是一条光明正大之路。我刚才虽然破口大骂了他们一阵，但我毕竟尊敬他们每一个人；即便我不尊敬扎苗托夫，但我喜欢他，因为他是一个狗崽子！即便佐西莫夫这个胖猪我也喜欢，因为他诚实正派，医术高明……然而，够了，话都说完了，也都原谅了。原谅了？是不是这样？哦，咱们走吧。我熟悉这个楼道，曾经来过；瞧，就在这里，三号房间，发生过一件丑事……噢，你们住在这里的什么地方？几号房间？八号？哦，那么夜里千万要把门锁上，什么人也别让进来。一刻钟后我就带着消息回来，然后再过半小时，我会和佐西莫夫一块来，你们会看到的！再见，我跑步去！”

“我的上帝，杜涅奇卡，会发生什么样的事呢？”普莉赫里娅·亚历山德罗芙娜心急如焚、战战兢兢地对女儿说道。

“您放心吧，妈妈，”杜尼娅一边取下帽子和披肩，一边答道，“上帝亲自给我们派来了这位先生，虽然他是从酒宴上直接来的。他是可靠的，请您相信吧。而且他为哥哥早已做过的一切……”

“唉，杜涅奇卡，只有上帝知道，他会不会来！我怎么竟能忍心丢下罗佳呢！……我万万，万万没有想到，会这样见到他！他是多么冷酷啊，似乎不高兴见到我们……”

她的双眼里泪光闪闪。

“不，并非如此，妈妈。您一直在哭，没有看清楚。他大病在身，心绪不佳，——这就是所发生的一切的原因。”

“唉，这场病啊！要出事的，要出事的！而且他竟然那样跟你说话，杜尼娅！”母亲一边说，一边怯怯地望着女儿的眼睛，试图猜测出她的所有心思，而且她已得到了一些安慰，杜尼娅竟为罗佳辩护，由此可见，她已原谅了他。“我坚信，明天他保准改变主意。”她补上一句，以便彻底摸清女儿的真实想法。

“而我确信，对于这件事……他明天依然会固执己见。”阿芙多季娅·罗曼诺芙娜毫不犹豫地说道，当然，这是一个难题，因为其中有一点是普莉赫里娅·亚历山德罗芙娜眼下极怕谈及的。杜尼娅走向前去，吻了吻母亲。母亲默默无言地紧紧拥抱了她一下，然后坐了下来，万分焦虑地等着拉祖米欣回来，并且怯怯地注视着女儿，她双手交叉抱在胸前，一边在屋里踱来踱去，沉思默想着，一边也在等待着。如此沉思默想地从一个角落走到另一个角落，是阿芙多季娅·罗曼诺芙娜一贯的习惯，母亲总是有点害怕在这样的时候打断她的沉思。

拉祖米欣醉意醺醺之余突然燃起了对阿芙多季娅·罗曼诺芙娜的火热激情，这自然颇为可笑；然而，只要看一看阿芙多季娅·罗曼诺芙娜，特别是看看现在，当她双手交叉抱在胸前，满脸愁容而心事重重地在房间里踱来踱去的神态，也许很多人都会原谅他，何况他又是处在一种反常的心理状态之中。阿芙多季娅·罗曼诺芙娜丽质天成——身材高挑，体格十分匀称，健壮有力，而且相当自信，——这种自信在她一颦一笑、举手投足的每一姿态中都流露出来，不过这丝毫也不损害她举止的温柔和风姿的优美。她的脸庞很像哥哥，甚至堪称美人儿。她的头发是深褐色的，比她哥哥头发的颜色稍浅一些；眼睛近乎黑色，亮晶晶的，颇为高傲，同时又时常偶尔变得异常善良。她肤色白皙，但并非那种病态的苍白；她的脸蛋容光焕发，红润健康。她的嘴略微小了些，鲜灵灵、红嘟嘟的下嘴唇和下巴一道微微向前突出，——这是这张秀美的脸上唯一的不足之处，但它也赋予这张脸庞一种特别的个性，顺便说说，仿佛使这张脸庞具有了一种傲慢的神情。她脸上的表情往往严肃多于欢快，总是在冥思苦想；然而，这张脸是多么适宜于微笑啊，欢快、青春、无忧无虑的笑容对于她来说，是多么适宜啊！热情似火、坦率真诚、天真单纯、诚实正直、勇士一般强壮有力而又醉意醺醺的拉祖米欣，从来不曾见过类似的姑娘，因而一见到她便失魂落魄，爱意顿生，这是可以理解的。何况又正好碰上一个仿佛故意安排的机会，让他第一次目睹了杜尼娅与哥哥会面那样一个爱意融融、欢乐融融的美妙时刻。后来他看到，当她回答哥哥那粗暴无理、忘恩负义、冷酷无情的逐客令时，她的下嘴唇气得发抖，——他便再也按捺不住了。

然而，当拉祖米欣不久前在楼梯口酒后失言，脱口说出拉斯科尔尼科夫那个性格乖张的女房东普拉斯科维娅·帕甫洛芙娜，由于他的缘故，不但会嫉妒阿芙多季娅·罗曼诺芙娜，而且也许会嫉妒普莉赫里娅·亚历山德罗芙娜，这倒是句真话。普莉赫里娅·亚历山德罗芙娜虽然已经四十三岁，但她的容貌却风采依旧，而且显得比她实际的年龄年轻得多，那些直到晚年一直保持着心情开朗、感觉灵敏、为人正直、纯洁热情的女性，几乎总是这样。附带说说，保持这一切，也是人到老年而美丽永驻的唯一灵丹妙药。她的头发里已经点染着银丝，而且开始变得稀疏，一道道细小的鱼尾纹早已爬上了她的眼角，她的双颊由于操劳和痛苦，已经开始变得凹陷和干瘪，不过这张脸还是美丽如昔。这是一幅杜涅奇卡脸的肖像，只不过是大了二十岁，而且下嘴唇也不向前突出，因而神态大不相同。普莉赫里娅·亚历山德罗芙娜多愁善感，然而并不过分，她胆小怕事，宽容忍让，但是也有一定的限度：她对许多事都能容忍，对许多事都能迁就，甚至那些与她的信念相矛盾的事，不过她总是坚守着一条由正直、原则和最基本的信念组成的界限，无论任何情况都不能迫使她越雷池半步。

拉祖米欣走后刚好整整二十分钟，传来了两下轻微而急促的敲门声；他回来了。

“我不进来了，没空儿！”门刚一打开，他就急匆匆地说，“他鼾声如雷，睡得又香甜又安稳，上帝保佑，让他整整睡上十个钟头吧。娜斯塔西娅在守着他；我叫她在我回去以前别离开。我这就去把佐西莫夫拖来，他会向你们报告，然后你们就躺下睡觉；我看得出来，你们都已累得够呛啦。”

说完，他离开她们，沿着走廊远去了。

“多么机灵而又……忠实的年轻人哪！”普莉赫里娅·亚历山德罗芙娜欢天喜地地高声喊道。

“看样子是个好人！”阿芙多季娅·罗曼诺芙娜也带着几分热情答道，又开始在屋子里踱来踱去。

过了将近一个钟头，走廊里传来了脚步声，又响起了一阵敲门声。两位女士正在引颈张望，这一次她们对拉祖米欣的诺言确信不疑；他果真把佐西莫夫拖来了。佐西莫夫立刻答应离开酒宴，去看拉斯科尔尼科夫，但到两位女士这里来却很不乐意，疑虑甚多，因为他不相信醉意醺醺的拉祖米欣。然而他的自尊心立即得到了安抚，甚至有点受宠若惊：他亲眼见到，人家果真像等候先知一样在等候着他。他坐了整整十分钟，完完全全说服了普莉赫里娅·亚历山德罗芙娜，使她大放宽心。他说话时饱含深挚的同情，但又稳重得体，甚或有点儿故作严肃，完全是一个二十七岁的医生在重要的咨询中所应有的派头，没有一句话离开本题，而且也并未流露出丝毫想与两位女士建立更亲密的私人关系的愿望。一进门他就发现阿芙多季娅·罗曼诺芙娜有一种令人目眩的美丽，他立即竭力完全不看她一眼，而在整个会见的过程中，只跟普莉赫里娅·亚历山德罗芙娜一个人说话。这一切使他的内心得到了极大的满足。在谈到病人本身时，他说，病人眼下正处在良好的状态之中。据他观察，病人患病的原因，除了最近几个月生活方面恶劣的物质条件，还有一些精神因素，“可以说是各种各样复杂的精神因素和物质因素相互作用的结果，如惊恐、担心、忧虑、某些想法……等等”。佐西莫夫无意中发现，阿芙多季娅·罗曼诺芙娜特别留神倾听，便把这个话题稍稍加以扩展。普莉赫里娅·亚历山德罗芙娜焦虑而又胆怯地问道：“是否有怀疑为精神病的迹象？”对此他带着安详而坦率的笑容回答道，他的话被过分夸大了；当然啰，可以看到病人有一个极其顽固的念头，显示出偏执狂的某种征兆，——因为他佐西莫夫眼下正在特别留意医学上这一十分有趣的专科，——不过也得虑及，病人几乎直到今天都还神志不清……而且，当然啰，他的亲人的到来会使他增进健康，解除愁闷，起到妙手回春的作用，——“只是必须避免受到新的特殊的激动”，他意味深长地补上一句。然后他站了起来，庄重而亲切地鞠躬告辞，母女俩以祝福、热诚的感谢和央求为他送行，阿芙多季娅·罗曼诺芙娜甚至不等他开口请求，便主动伸出她的小手跟他握别，他出门时对这次访问十分满意，而对自己的表现就更是满意万分。

“咱们明天再谈吧；赶快睡觉，一定要睡！”拉祖米欣与佐西莫夫一道走出去时，总结性地说道，“明天，我尽可能早些来向你们报告情况。”

“这个阿芙多季娅·罗曼诺芙娜是个多么惹人喜爱的姑娘啊！”当两人走到街上时，佐西莫夫几乎垂涎三尺地说。

“惹人喜爱？你说她惹人喜爱！”拉祖米欣吼了起来，突然扑向佐西莫夫，掐住他的喉咙，“假如你什么时候胆敢……你懂吗？你懂吗？”他揪住他的衣领使劲摇晃着，把他直压到墙上，大喊大叫着，“你听见了吗？”

“喂，放手，醉鬼！”佐西莫夫竭力挣扎，当拉祖米欣松开手后，他全神贯注地望了望拉祖米欣，突然放声哈哈大笑起来。拉祖米欣垂下双手，站在他的面前，陷入阴郁而严肃的沉思之中。

“当然啦，我是一头蠢驴，”他说道，脸上阴云密布，“然而……你也一样。”

“噢，不，老兄，恰恰相反。我从不痴心妄想。”

他们悄然无语地走着，只是在快到拉斯科尔尼科夫的寓所时，忧心忡忡的拉祖米欣才打破了沉默。

“你听我说，”他对佐西莫夫说道，“你是相当不错的人，然而你除了具有种种恶劣品质外，也是一个色鬼，对此我十分清楚，而且是一个卑劣下流的色鬼。你是一个神经质的、软沓沓的坏蛋，你生性乖张，你养得脑满肠肥，你任性妄为，——而我把这一切叫作卑劣下流，因为它把人直接导向卑劣下流。你已把自己娇生惯养到这种程度，说实话，我简直无法明白，在这种情况下你怎么能成为一个优秀的甚至具有忘我精神的医生。睡在羽绒褥子上（是个医生呀!），而夜里却要爬起来出诊！三年以后，你就再也不会夜里起来为病人看病了……哦，对了，真见鬼，问题不在这里，而是在于：你今天得在女房东屋里睡上一夜（我好不容易才说服了她!），而我睡在厨房里：这是你们更亲密地结识的大好机会！但并非你心里想的那回事！老兄，那种事呀，连一点影子都没有……”

“我压根儿就没这么想过。”

“老兄，这个女人腼腼腆腆，寡言少语，万分羞涩，有一种冷酷无情般的贞洁，可与此同时，——她又唉声叹气，像蜡一样熔化，无休止地熔化！看在世界上所有妖魔鬼怪的分上，请你帮我摆脱她吧！她是一个迷人心魂的女人！……我会报答你的，舍了性命也要报答你!”

佐西莫夫的哈哈大笑声比刚才更响亮了。

“瞧，你已经为她神魂颠倒了！那么，我干吗要她?”

“请你相信，没有多少麻烦，只是要说些傻话，随心所欲，信口开河，不过要坐在她身边说。何况你还是个医生，可以随便给她看点儿什么病。我敢发誓，你绝不会后悔。她有一架旧式钢琴；你知道，我只能乱弹几下；我那里有一首歌儿，一首真正的俄罗斯歌儿：《我热泪滚滚……》。她喜欢真正的俄罗斯歌儿，——噢，就用歌儿来打头阵；而你又是个弹钢琴的高手，是个导师，鲁宾斯坦①……请相信我，你绝不会后悔的!”

“那么你是否对她许下了海誓山盟？是否签过正式的契约？也许还答应过和她结婚……”

“没有，没有，绝对没有这样的事！而且她也根本不是那种人。切巴洛夫追求过她……”

---

① 鲁宾斯坦（1829—1894），俄国19世纪著名的钢琴家、作曲家、乐队指挥。

“哦，那就抛开她！”

“可是不能就这么抛开呀！”

“究竟为什么不能哪？”

“哎呀，不知道为什么不能，反正只知道不能！老兄，这里有一个引力原则。”

“那你究竟为何要引诱她呢？”

“我百分之百不曾引诱过她，也许甚至我自己还被她引诱了呢，因为我太傻了，不过对于她来说，你也好，我也罢，只要有人坐在她身边，并且长吁短叹就行。此情此景，老兄……我无法向你形容，此情此景，——噢，你精通数学，而且现在还在继续钻研，这我知道……喏，你就教她微积分吧，真的，我不是说着玩，我是郑重其事地说的，对于她来说，一切反正都完全一个样：她会望着你唉声叹气，并且就这样整整一年不断地叹下去。顺便说一声，我曾经向她谈起普鲁士上议院的情况（因为究竟能跟她讲些什么呢？），谈了很久，接连谈了整整两天，——而她只是不住地叹气，香汗淋漓！不过你千万别跟她谈情说爱，——她会羞得浑身痉挛，——但是你要装出一副离不开她的样子，唔，这就行了。你会觉得舒服极了；跟在家里全然一样，——你想看书就看看书，想坐就坐一坐，想躺就躺一躺，想写就写一写……甚至还可以小心翼翼地吻她一吻……”

“可我要她干什么？”

“唉，看来我怎么也没法跟你说清楚了！你要知道：你们两人绝对是天造地设的一对！我以前就已想到你了……你毕竟总得结束现在这种独身生活！那么早一点或晚一点——对你反正不是一回事吗？老兄，这里有这么好的羽毛褥子作为奠基礼，——哎呀！而且还不仅仅是羽毛褥子呢！这里有吸引力；这里是世界的尽头，是抛锚停泊的地方，是宁静的避难所，是地球的中心，是由三条大鱼构成的世界的基础①；这里有春饼，有油乎乎的鱼肉馅烤饼，有夜晚的茶炊，有轻袅袅的恋爱痛苦的倾诉，有暖呵呵的敞胸女短上衣，有烧得热乎乎的火坑，——噢，你仿佛死了一般，可同时你又活着，真是一举两得！哟，老兄，真见鬼，我胡诌了一通，该睡觉了！你听我说：我夜里常常会醒来，嗯，那我就去看看他。不过没关系，我这是胡说八道，一切都会好好儿的。你也无须过

① 按古代传说，大地是由三条巨鲸驮在背上，支撑起来的。

分担心，假如你乐意的话，也不妨去看他一次。不过，你万一发现什么问题，比方说，他说胡话啦，或者发烧啦，或者其他什么的，就立即叫醒我。不过，不可能会有……”

二

第二天早晨七点多钟，拉祖米欣醒来时，忧心如焚，神情严肃。这个早晨，一串串前所未有的、未曾预料的、莫名其妙的问题涌上了他的心头。以前他根本不曾想到，有朝一日他会这样醒来。他想起了昨天发生的一切事情，他甚至对每一个细枝末节都记得一清二楚，并且意识到，他发生了非同寻常的变化，产生了一种他至今都还全然不知的、和以前判然有别的印象。同时他又分分明明地认识到，在他的脑海里灼灼燃烧的那个幻想，是根本无法实现的，——由于百分之百无法实现，他甚至为此感到羞愧不已，于是他赶紧转向别的事情，去考虑那些急需解决的操心事和困惑莫解的问题，它们都是“该死的昨天”遗留给他的。

他对于昨天最可怕的回忆是，他显得多么“卑鄙和下流”，这不仅仅是因为他醉意醺醺，而且还因为他出于愚不可及、迫不及待的嫉妒，竟然乘人之危，在一个姑娘面前痛骂她的未婚夫，而他不仅对他们之间的相互关系和义务全无了解，而且对那个人的情况一无所知。他究竟有什么权利如此急不可耐、如此冒冒失失地对那个人作出评判呢？又是谁请他当评判员的呢！像阿芙多季娅·罗曼诺芙娜这样的人，难道会为了金钱而嫁给一个卑劣小人吗？可见，这个人毕竟还是寸有所长的。然而，那个旅馆呢？可是他又怎么能实实在在地弄明白，这是一家什么样的旅馆呢？而且他正在装修另一套房间呢……呸，这一切是多么卑劣啊！他醉意醺醺，这就是辩白的理由吗？一个蠢兮兮的借口，只会更加贬低自己的人格！酒后吐真言，而真话全都说出来了，“就是说，从他那满怀妒意、粗暴鲁莽的心中，把一切肮脏不堪的东西统统倾泻出来了！”难道他拉祖米欣可以抱有一星半点这样的幻想吗？跟这样的姑娘相比，他算个什么玩意呢——只不过是一个爱惹是生非的醉鬼，昨天的吹牛大王吧？“难道能够进行这类无耻而可笑的对比吗？”想到这里，拉祖米欣的脸陡然变得红辣辣的，就在这一瞬间，仿佛故意作对似的，他猛然分分明明地想起，昨天站在楼梯上对她们说，女房东会因为他而妒忌阿芙多季娅·罗曼诺芙娜……这简直令人无法忍受。他挥拳猛击了一下厨房的炉灶，击伤了自己的手背，也击落了一块砖头。

“当然喽，”过了一会儿，他带着某种自卑感喃喃地自言自语着，“当然喽，现在所有这些下流行径都永远无法掩饰，也无法更正了……因此，关于这件事，没有必要多想了，因此，再去她们那里，只能一声不吭了……尽力完成自己的义务……也一声不吭，而且……既不请求原谅，也什么话都不说，而且……当然喽，现在一切都完了！”

然而，在穿衣服的时候，他却比平时更细致周到地察看了一番全身的服装。他没有别的衣服，而即使他有，说不定他也不会穿，——“就是故意不穿”。可是无论如何再也不能做一个玩世不恭、龌龊不堪的邋遢鬼：他没有权利侮辱别人的感情，更何况是那些需要他的帮助、自己主动上门叫他的人。他用刷子一丝不苟地把自己的衣服刷得干干净净。他身上的内衣向来都是过得去的；他特别注意这方面的整洁。

这个早晨梳洗时他特别精心，——在娜斯塔西娅那里寻来了一块肥皂，——仔细洗了头发、脖子，特别是一双手。但是出现了一个问题：刮不刮脸上的胡子呢（普拉斯科维娅·帕甫洛芙娜那里有非常好的刀片，是已故的扎尔尼岑先生遗留下来的）？对这个问题他斩钉截铁地彻底否决：“就这样照旧留着吧！否则她们会认为，我刮了胡子是为了……而且必然会这么想！那就不管怎样也不刮！”

“而……而最主要的是，他如此粗鲁无礼，邋里邋遢，举止粗俗；而且……而且，即便他知道，他是，哪怕并非完全是，但毕竟是一个正派人……唉，就算是个正派人，那又有什么值得骄傲的呢？任何人都应该做个正派人呀，而且还应该做得更好一些……而……而他毕竟（对此他记忆犹新）干过这样的勾当……虽然说不上什么可耻，但毕竟没什么不同！……而他曾经产生过什么样的念头啊！哼……而且还要把这一切与阿芙多季娅·罗曼诺芙娜相提并论！真是活见鬼！算了吧！哼，我就是要故意弄得肮里肮脏，油油腻腻，粗俗不堪，我毫不在乎！以后更要变本加厉！……”

在普拉斯科维娅·帕甫洛芙娜的客厅里过了一夜的佐西莫夫走进来的时候，刚好碰上他在这样自言自语。

佐西莫夫准备回家，临走前想匆匆看一下病人。拉祖米欣告诉他，病人熟睡得像只旱獭。佐西莫夫嘱咐，在病人自己醒来以前，不要唤醒他。他还答应十点多钟再来一次。

“只要他待在家里就行，”他补充道，“呸，见鬼！病人根本就无视医生的权威，你倒试一试给他治病吧！你可知道，是他去她们那里，还是她们到这里来？”

“是她们到这里来，我认为，”拉祖米欣答道，他懂得这个问题的潜台词，“他们当然会谈谈自己的家务事。我会走开的。你作为医生，自然有比我更多的权利。”

“可我毕竟不是神甫；我来看一下就走。没有他们，我的事情也已够多的了。”

“我担心一件事，”拉祖米欣紧皱双眉，打断了他的话，“昨天我醉意醺醺，在送他回家的路上，说走了嘴，对他说了不少蠢话……形形色色的……其中也谈到你担心，他似乎……会得精神病。”

“你昨天向两位女士也泄露过同样的秘密吧。”

“我知道，这愚不可及！真该痛揍一顿！怎么，你真的有什么铁定的想法吗？”

“呃，我只是瞎说罢了；哪有什么铁定的想法！你带我去他那里的时候，是你自己把他描述成偏执狂的……嘿，昨天我们又火上浇油，也就是昨天你说的那些……关于油漆工的事情；这场谈话真是妙不可言；说不定他就是因为这些话才发疯的呢！假若我确切知道那天在警察分局所发生的事，知道那里有那么一个流氓对他表示怀疑……使他蒙受侮辱！哼……昨天我就决不允许你们进行这场谈话了。要知道，这些偏执狂患者往往能把一滴水看成大海，把天方夜谭的事儿当成现实……昨天从扎苗托夫的那些谈话中，仅就我能记住的来看，我认为案情有一半已浮出了水面。啊，对了！我知道这么一件事，有个四十岁的疑病患者，无法忍受一个八岁的小男孩每天吃饭时对他的嘲笑，竟把他给杀死了！而这里的情况是：全身鹑衣百结，警察分局局长又蛮横无理，疾病开始发作，再遭到百般怀疑！全落到一个发狂的疑病患者头上了！而他又有着与众不同的疯狂的虚荣心！这也许才是致病的原因呢！噢，对的，真见鬼！……顺便说一下，这个扎苗托夫真是个可爱的孩子，只是，唉……他昨天真不该把一切都说破。真是多嘴多舌！”

“可他究竟是对谁说呀！不就是对我和你吗？”

“还对波尔菲里说了。”

“对波尔菲里说了，那又会怎样呢？”

“顺便问一句，你对那两位，他的母亲和妹妹，能否产生某些影响？今天对他应更加小心翼翼……”

“他们会相互达成谅解的！”拉祖米欣不乐意地回答。

“他为何那样对待这个卢仁呢？他很有钱，她似乎并不讨厌他……况且她们不是身无分文吗？啊？”

“可你为什么要喋喋不休地打听这些情况呢？”拉祖米欣气呼呼地叫

了起来，“我怎么知道她们是不是身无分文？你自己去问好了，也许会问清……”

“呸，有时候你真是愚不可及！昨晚的醉意余威仍在呢……再见；代我谢谢你那位普拉斯科维娅·帕甫洛芙娜，谢谢她为我提供了过夜的地方。她把门闩得紧紧的，我隔着房门对她说绷汝尔①，她毫无反应，而她七点钟就起来了，从厨房穿过走廊给她送去了茶炊……我无缘承蒙她的召见……”

刚好九点，拉祖米欣来到了巴卡列耶夫公寓。两位女士早已怀着歇斯底里般迫不及待的心情在期盼着他了。她们在七点钟，甚至更早的时候，就起床了。他进屋时，脸色像黑夜一样阴霾霾的，鞠躬行礼也笨手笨脚的，因而他立刻为此生起气来——当然是生自己的气。他完全估计错了：普莉赫里娅·亚历山德罗芙娜飞跑到他跟前，抓住他的双手，差点儿吻了起来。他畏畏缩缩地望了望阿芙多季娅·罗曼诺芙娜；然而此时此刻就连这张高傲的脸孔也盈溢着感激和友好之情，以及一种出乎意料的由衷敬意（而非嘲讽的目光和情不自禁、难以掩饰的蔑视!），假如迎接他的是劈面而来的一阵痛骂，那么他真的会觉得轻松一些，而现在反倒使他深感尴尬。幸好，有一个现成的话题，他赶忙把它紧紧抓住。

普莉赫里娅·亚历山德罗芙娜听说“他还在酣酣大睡”，然而“一切都很好”时，立即宣称这再好不过了，“因为她极其，极其，极其需要预先商量商量”。随即问他是否喝过茶，并邀请他跟她们一起喝；她们自己因为等待拉祖米欣，也还没喝呢。阿芙多季娅·罗曼诺芙娜按了一下铃，应声前来的是一个脏兮兮的破衣烂衫者，她吩咐他把茶送来，茶终于摆上了桌子，然而一切都那样脏乎乎的，而且不成体统，搞得两位女士怪难为情的。拉祖米欣痛骂了这个旅馆一顿，然而一想起卢仁，马上便闭口不言了，而且感到很不好意思。因此，当普莉赫里娅·亚历山德罗芙娜终于接二连三地向他提出一大堆问题时，他简直喜之无甚。

他足足花了三刻钟来回答这些问题，他的话一再被打断，同一个问题要重复回答好几次；关于罗季昂·罗曼诺维奇最近一年来的生活情况，他把自己所知道的最重要和最必要的事情讲述了一遍，最后一五一十地介绍了他的病情。不过，对许多必须避而不谈的事情，他也就略而不提了，其中包括警察分局的那件事情及其留下的后患。她们聚精会神地听

① 法语 bonjour 的音译，意为“早安”“日安”。

他讲述；然而当他以为已经意尽言止，并且使自己的听众感到心满意足的时候，他却发现，对于她们来说，他的讲述还正待开始。

“请告诉我，请您告诉我，您的看法怎样……哎呀，真对不起，直到现在我还不知道您的尊姓大名呢!”普莉赫里娅·亚历山德罗芙娜急匆匆地说道。

“德米特里·普罗科菲伊奇。”

“那么，德米特里·普罗科菲伊奇，我很想，很想知道……一般说来……他现在对各种事物的看法如何，也就是说，请明白我的意思，这该怎么对您说呢，最好这么说吧：他喜欢什么，不喜欢什么？他是不是经常这样动不动就大发脾气？他有些什么愿望，也就是说，他有些什么理想，假如可以这样说的话？现在究竟是什么在对他产生特殊的影响？总而言之，我希望……”

“哎哟，妈妈，他怎么可能一下子回答这么一大堆问题呢!”杜尼娅说道。

“啊呀，我的上帝，我可是完完全全，完完全全不曾料到会这样跟他见面，德米特里·普罗科菲伊奇。”

“这是自然不过的事情，”德米特里·普罗科菲伊奇答道，“我母亲过世了，唔，但是舅舅每年都来看我，几乎每次都认不出我来，甚至连外表都认不出来，尽管他是个聪明人；哦，你们分别已三年了，多少日子如水消逝了啊！而我究竟能对你们说些什么呢？我认识罗季昂已一年半了：他性格阴沉，郁郁寡欢，目空一切，高傲自大；最近一段时间（也许，还要更早）他神经过敏，得了多疑病。他慷慨大度，心地善良。他不喜欢流露自己的感情，宁愿装出一副冷酷无情的外表，也不愿用言辞表明自己心里的真情实意。然而，有时他彻头彻尾不像疑病患者，而只是冷漠无情、麻木不仁到了不近人情的地步，真的，似乎在他身上有两种截然相反的性格交替出现。有时他一声不吭！他总说没空，什么都干扰他，可他却老是躺着，什么事也不干，他不嘲讽他人，这倒并非因为他不够俏皮，而似乎是他不愿意在这种小事上浪费时间。他向来难得听完别人说的话。当前大家都兴趣浓厚的热点问题，他漠不关心。他自视甚高，看来这也并非毫无根据。噢，还有什么呢？……我觉得，你们的来临，会对他产生妙手回春般的影响。”

“哎哟，但愿上帝保佑!”普莉赫里娅·亚历山德罗芙娜高叫起来，拉祖米欣对罗佳的评价使她难受到了极点。

而拉祖米欣最后终于大胆地望了一眼阿芙多季娅·罗曼诺芙娜。在谈话的过程中他不时看她，但都只是那么匆匆一瞥，立即便把目光移向别处。阿芙多季娅·罗曼诺芙娜一会儿坐在桌前凝神细听，一会儿又站起身来，依照自己的老习惯，双手交叉抱在胸前，紧咬嘴唇，从一个角落到另一个角落地踱来踱去，有时她也提出自己的问题，但并未停下自己的脚步，继续冥思苦想。别人说话的时候，她也有不能听完的习惯。她身穿一件轻薄的深色连衣裙，脖子上系着一条透明的白色围巾。拉祖米欣依照各种迹象立即发现，两位女士的生活极其窘困。要是阿芙多季娅·罗曼诺芙娜穿戴得像一位皇后，那他似乎就会对她毫无惧意；现在，也许正因为她穿得如此寒酸，正因为他发现了她们这种贫寒不堪的境况，他心里才感到万分恐惧，对自己所说的每一句话、所作的每一个手势都惴惴不安，对于一个本来就缺乏自信心的人来说，这当然会使得他更加拘谨了。

“您讲了我哥哥性格的许多挺有意思的情况，而且……说得十分公正。这太好了；我认为，您很敬重他，”阿芙多季娅·罗曼诺芙娜笑盈盈地说。“您认为他身边得有个女人，这话看来也不错。”她在沉思中又补上一句。

“我没有说过这话，不过，也许您这句话说到点子上了，只是……”

“什么?”

“要知道，他无论谁都不爱；也许永远也不会爱谁。”拉祖米欣直人直话。

“您是说，他没有能力爱?”

“而您要知道，阿芙多季娅·罗曼诺芙娜，您本人像极了您哥哥，甚至一切方面都像!”他突然出乎自己意料地贸然说道。但他立刻想起刚才对她所谈关于他哥哥的情况，不由得脸红得像落汤的龙虾，窘困不已。阿芙多季娅·罗曼诺芙娜望着他，忍不住哈哈大笑起来。

“关于罗佳，你们俩也许都搞错了，”有点儿不快的普莉赫里娅·亚历山德罗芙娜接下话题，“我说的并非眼下的事，杜涅奇卡。彼得·彼得罗维奇在这封信里所描述的那些……以及我和你的推测，——也许都是错的，不过您简直无法想象，德米特里·普罗科菲伊奇，他是多么耽于幻想，以及，这怎么说呢，多么变幻莫测。他的性格我从来都捉摸不透，从他十五岁开始就是如此。我相信，他现在也可能突然对自己干出某件任何时候都没有一个人愿干的事情……不久前就有现成的例子：您知道吗，一年半以前，他使我深感震惊，几乎折磨死我，因为他突发奇想，要娶那个，她叫什么来着，——也就是他的女房东扎尔尼岑娜的女儿?”

“关于这件事，您知道些什么详情细节吗？”阿芙多季娅·罗曼诺芙娜问道。

“您以为，”普莉赫里娅·亚历山德罗芙娜心潮起伏地往下说道，“当时我的淋淋热泪，我的央祈哀求，我的病病痛痛，我的生死存亡，也许我会因伤心而死，还有我们的贫困窘迫，能使他回心转意吗？他会满不在乎地冲决这一切障碍。然而难道他，难道他不爱我们吗？”

“关于这件事，他本人从来不曾跟我说起过什么，”拉祖米欣谨慎地回答，“不过我从扎尔尼岑娜太太那里略知一二，她在某种程度上也是一个寡言少语的人，我听到的情况甚至有点儿叫人感到奇怪……”

“什么，您究竟听到了些什么？”两位女士异口同声地问道。

“其实，并没有什么太过特殊的情况。我只是知道，这门亲事已经安排得一切就绪，只是因为新娘夭折了，才没有举行婚礼，但这门亲事却很不称扎尔尼岑娜太太本人的心……此外，据说新娘甚至长得并不漂亮，也就是说，甚至长得很丑……而且体弱多病……脾气又古怪……不过，似乎也有某些优点。肯定会有某些优点的；否则就完全无法理解了……也没有任何嫁妆，而且他也根本不会指望嫁妆……总之，对这种事很难作出评判。”

“我相信她是一个般配的好姑娘。”阿芙多季娅·罗曼诺芙娜亲切地说。

“请上帝宽恕我吧，当时我还为她的死而额手称庆呢，虽然我并不知道，他们俩究竟是谁毁了谁：是他毁了她，还是她毁了他？”普莉赫里娅·亚历山德罗芙娜最后结束了这个话题；然后又小心翼翼、欲言又止地问起昨天罗佳和卢仁吵架的情景，而且频频偷偷向杜尼娅那边张望，搞得杜尼娅显然不太高兴。显而易见，这件事特别使她揪心，甚至使她相当胆战心惊。拉祖米欣又原原本本地细述了一切，但是这次却加上了自己的结论：他索性指责拉斯科尔尼科夫故意侮辱彼得·彼得罗维奇，这一次并未因为他有病而宽容他。

“早在生病以前，他就决定这样做了。”他补充道。

“我也这么认为。”普莉赫里娅·亚历山德罗芙娜伤心欲绝地说。然而使她大吃一惊的是，拉祖米欣这次谈到彼得·彼得罗维奇时竟如此小心翼翼，甚至似乎还颇为尊敬。这也使阿芙多季娅·罗曼诺芙娜惊讶不已。

“那么，这就是您对彼得·彼得罗维奇的看法了啰？”普莉赫里娅·罗曼诺芙娜忍不住问了一句。

“对令嫒未来的夫婿，我不可能有别的看法，”拉祖米欣态度坚决而又颇为热情地回答，“而且我这样说，并非出于世俗的客套，而是由于……由于……唔，至少是由于阿芙多季娅·罗曼诺芙娜本人心甘情愿选中了这个人。如果说，昨天我大骂特骂了他一顿，那是因为我昨天醉得一塌糊涂，而且……精神失常；对，精神失常，头脑糊涂，完全发了疯……今天我还为此深感羞愧！……”他满脸通红，缄口不言了。阿芙多季娅·罗曼诺芙娜脸上泛起了红霞，可她并没打破沉默。从谈到卢仁那一分钟开始，她就不曾说过一句话。

然而，普莉赫里娅·亚历山德罗芙娜没有女儿的支持，显然不知如何是好。最后，她一边频频观望着女儿，一边嗫嗫嚅嚅地说，现在有一件事情让她牵肠挂肚。

“您瞧，德米特里·普罗科菲伊奇……”她开始说道，“我推心置腹地和德米特里·普罗科菲伊奇谈一谈，杜涅奇卡，好吗？”

“那是当然啦，妈妈。”阿芙多季娅·罗曼诺芙娜一本正经地说。

“事情是这样的，”她赶忙说，允许她倾诉自己的痛苦，仿佛是搬走了压在她身上的大山般的重负。“今天大清早，我们收到了彼得·彼得罗维奇的一封便函，答复的是我们昨天关于我们已经达到的通知。您要知道，昨天他本来应该信守诺言，到车站来接我们。可是他没有去，只是派了一个仆人到车站去接我们，那个仆人带来了这家旅馆的地址，为的是给我们指明道路，彼得·彼得罗维奇还叫仆人转告我们，他本人将在今天清晨上我们这里来。但是他今天早晨又没来，只叫人送来这封便函……您最好还是自己看看吧；便函里有一点让我忧心如焚……您这就可以亲眼看到，这一点是什么了，而且……请您直言不讳地把您的看法告诉我，德米特里·普罗科菲伊奇！您比谁都更了解罗佳的性格，因此您也比谁都更能给我们出主意。我得预先告诉您，杜涅奇卡当机立断，看完信就做出了决定，可我还不知道怎么办才好，所以……所以我一直在等您。”

拉祖米欣打开了便函，上面注明的果然是昨天的日期，他读到了如下的文字：

仁善的普莉赫里娅·亚历山德罗芙娜夫人：

我谨敬通知您，因突有要事缠身，未能亲赴车站恭迎尊驾，特派干员一名前往迎候二位。又因大理院有若干当务之要事亟待处理，且不愿有碍您与令郎、阿芙多季娅·罗曼诺芙娜与其兄久别重逢，明晨亦难以有与夫人晤面之荣幸。深以为憾。兹定于明晚八时整亲赴尊寓荣幸地拜谒夫人，并不胜冒昧地顺带提出一项恳切而坚决之要求：我等会面之时，谨望罗季昂·罗曼诺维奇并不在场，因昨日我曾去探望其病情，他竟对我空前无礼地肆意侮辱；此外，另有一事我须亲自向夫人作必要的详细说明，亦望夫人本人能对此有所解释。我谨预先奉告，若置我之请求于不顾，届时我竟遇罗季昂·罗曼诺维奇，我将被迫立即告辞，则夫人后果自负，勿谓言之不预也。我写此信，盖欲预防此种情况：我探望罗季昂·罗曼诺维奇时，其重病缠身，而两小时后竟沉疴顿愈，因此其极有可能出门看望你们。我对此深信不疑者，实因昨日曾亲见其在一丧生于马蹄下之醉鬼家中，以资助安葬为名，将二十五卢布之巨款悉赠醉鬼之女，而该女系一品行不端、臭名远扬之女人，我为此深感震惊，因我得知，夫人为筹集此款真乃煞费苦心。谨此，请夫人接受我诚挚的敬意，并代向尊敬的阿芙多季娅·罗曼诺芙娜特别致意。

您忠实的仆人
彼·卢仁

“德米特里·普罗科菲伊奇，我现在到底该怎么办呢？”普莉赫里娅·亚历山德罗芙娜说着，眼泪几乎就要夺眶而出了，“噢，我怎么能不让罗佳来呢？昨天他那样固执己见地要求妹妹一口回绝彼得·彼得罗维奇，而现在人家又吩咐我们叫他自己别来！他只要一知道这事，肯定会故意来这里，那……那时会发生什么事啊？”

“就照着阿芙多季娅·罗曼诺芙娜的决定去办好了。”拉祖米欣马上心定气闲地回答。

“啊哟，我的上帝！她说……她说什么，只有上帝知道，而且也不向我解释她的用意！她说，最好，也不是最好，而是不知为何一定要让罗佳今晚八点故意来这里，让他们两个势所必然地见面……而我却连这封信都不想让他看到，因此希望您想个高招妙法，让他别来……因为他是如此的感情冲动……而且我一点儿也不明白，又是死了个什么醉鬼，又有个什么女儿，他又怎么会把自己仅有的一点钱倾其所有地送给这个女儿呢……这些钱……”

“这些钱可是您历尽艰辛筹集的，妈妈。”阿芙多季娅·罗曼诺芙娜补充道。

“他昨天神经不太正常，”拉祖米欣若有所思地说，“假如你们知道他昨天在一家小饭馆里干了些什么就好了，尽管他干得很聪明……哼！昨天我们一块回家的时候，他的确对我说到过一个死人和一个什么姑娘，但我一句话也没听明白……不过，昨天我本人也……”

“妈妈，我们最好还是亲自去一下他那里，请您相信，到了那里我们立即就会知道怎么办了。而且时间也早已经到了，——上帝啊，十点多钟啦！”她望了一眼用一条细细的威尼斯表链挂在脖子上的那块华贵的珐琅面金表，惊叫了一声，这块金表与她的全身衣妆极不协调。“未婚夫的聘礼。”拉祖米欣暗自猜测道。

“哎哟，时间到啦！……时间到啦，杜涅奇卡，时间到啦！”普莉赫里娅·罗曼诺芙娜惊惶不安地忙乱起来，“他又会认为，打昨天起咱们在生他的气，所以这么久都不去他那里呢。唉，我的上帝呀！”

她一边说着，一边手忙脚乱地披好披肩，戴上帽子；杜尼娅也穿戴妥当。拉祖米欣发现，她的手套不仅戴旧了，而且满是破洞，但是，这种一目了然的寒酸服饰，反倒赋予两位女士一种特别庄重的神韵，那些衣着寒酸而又善于打扮的人，总是具有这种特别庄重的神韵。拉祖米欣怀着崇敬的心情注目杜涅奇卡，并为能够陪伴她而深感自豪。他暗暗寻思：“那位在监狱里缝补自己长袜的王后①，在当时看上去，当然更像一位真正的王后，甚至比她出席最隆重的庆典和接受朝觐的时候都像。”

“我的上帝呀！”普莉赫里娅·亚历山德罗芙娜高声叫道，“我怎么也

---

① 指法国国王路易十六之妻玛丽·安托瓦内特（Marie An-toinette，1755—1793）。生于维也纳，是神圣罗马帝国皇帝弗朗索瓦一世之女，哈布斯堡王朝的公主，奥匈帝国皇帝的妹妹。奥地利宫廷出于政治需要，1770 年将她嫁给法国王储，即后来的路易十六。到法国宫廷后，她热衷于舞会、玩乐和庆宴，奢侈无度，有“赤字夫人”之称。在法国大革命开始后，她表现得比路易十六更有主见，也更为顽固。1789 年 7 月 14 日群众攻打巴士底狱时，她曾劝说路易十六带兵去梅斯避难。她支持国王拒绝了国民议会提出的废除封建制度和限制王权的要求，结果成为众矢之的。1789 年 10 月，随同路易十六从凡尔赛迁回巴黎，处于革命群众的监视之下。她暗中活动，向一批流亡贵族求援，于 1791 年 6 月与国王一同秘密出逃，但至边境城市瓦伦时，被发现，外逃未遂。1792 年，法国对奥地利宣战，她继续勾结奥地利，并把作战计划提供给外国干涉军，企图借外部势力镇压革命。事情败露后激怒了法国人民，导致 1792 年 8 月 10 日巴黎人民起义，起义推翻了君主制。她和国王一起被囚于当普尔监狱。次年 10 月，被交付给革命法庭审判，判处死刑，送上了断头台。

没想到，我竟会害怕和儿子见面，和我亲爱的、亲爱的罗佳见面，就像现在这样！……我好害怕，德米特里·普罗科菲伊奇！”她怯怯地看了他一眼，补充道。

“不要怕，妈妈，”杜尼娅说着，吻了吻她，“最好是信任他。我很信任他。”

“唉，我的上帝！我也信任，但我整整一夜无法入睡呢！”可怜的女人高声说道。

他们走到了大街上。

“你要知道，杜涅奇卡，天快亮的时候我刚蒙眬入睡，突然梦见了死去的玛尔法·彼得罗芙娜……她全身素衣白裳……走到我跟前，握住我的一只手，对我频频摇头，而且神色极其严厉，仿佛在责怪我……这会是好兆头吗？唉，我的上帝，德米特里·普罗科菲伊奇，您还不知道吧：玛尔法·彼得罗芙娜去世啦！”

“不，我不知道；玛尔法·彼得罗芙娜是谁？”

“她是暴死的！您要知道……”

“以后再说吧，妈妈，”杜尼娅打断了她的话，“他根本不知道玛尔法·彼得罗芙娜是何许人呢。”

“啊哟，您不知道吗？我还以为您已经无所不知了呢。请您原谅，德米特里·普罗科菲伊奇，最近几天我说话做事都昏头昏脑的。真的，我把您看作我们的神灵，因此才坚信不疑，认为您已无所不知。我把您当作亲人……我这么说，您千万不要见怪。啊呀，我的上帝，您的右手怎么这个样子！受伤了吗？”

“对，受伤了。”感到幸福无比的拉祖米欣喃喃地说。

“我有时候说话太直，怎么想就怎么说，所以杜尼娅老是纠正我的话……可是，我的上帝啊，他住的是一个什么样的小窝呀！不过，他醒来了吗？而且这个女人，他的房东，竟会认为这也叫房子？您听我说，您说他不喜欢流露自己的感情，那么我，也许，我的那些……弱点使他感到讨厌了吧？……德米特里·普罗科菲伊奇，您能否教一教我？我该怎样和他相处呢？我啊，您要知道，已完全心慌意乱，不知如何是好了。”

“您如果看见他双眉紧皱，那就千万别再钉着他多问；特别是不要寻根究底地追问身体方面的事情：他不喜欢。”

“唉，德米特里·普罗科菲伊奇，当个母亲着实不易呀！不过，瞧这楼梯……多么可怕的楼梯啊！”

"妈妈，瞧您脸色惨白，快静下心来，我亲爱的妈妈，"杜尼娅亲热地抚慰她，"他见到您总是会觉得幸福的，而您却这样折磨自己。"她补上一句，两眼灼灼闪亮。

"且慢，我先去看看，他是否已经醒来?"

两位女士静悄悄地跟在先上楼去的拉祖米欣的后边，往上走去。当他们走到四楼女房东的门口，发现女房东的房门微微打开一条细小的缝隙，一双黑亮亮的眼睛骨碌碌地从暗处窥视着她俩。当她们的目光碰到一起时，那扇门突然砰的一声关了起来，声音震耳，吓得普莉赫里娅·亚历山德罗芙娜差点儿高叫起来。

三

"他好啦，他好啦!"佐西莫夫向着进屋的人欢天喜地地喊道。他已经到了十分钟光景，依旧坐在昨天他坐过的那个沙发角落上。拉斯科尔尼科夫则坐在他对面的另一个角落上，已经衣冠整齐，甚至还精心地梳了头，洗了脸，而他已好久不曾这样做了。屋子里一下子人满为患了，然而娜斯塔西娅仍旧赶忙跟在客人后面挤进屋子，以便听他们说话。

果真，拉斯科尔尼科夫几乎已经痊愈，尤其是与昨天的情况相比，只是他仍然脸色惨白，心不在焉，闷闷不乐。从外表上看，他颇像一个伤员或者熬受某种强烈肉体痛苦的人：他紧皱双眉，严闭双唇，两眼灼灼发光。他很少说话，金口难开，即使说话也似乎勉为其难，或是在履行义务，他的动作有时显露出某种焦躁不安。

假若胳膊上缠上绷带，或者手指上套一个塔夫绸套子，那么他就百分之百地像一个，比方说，手指严重灌脓，或是手臂受伤的人，或者有着诸如此类伤痛的人。

不过，当母亲和妹妹进屋的时候，这张惨白而又闷闷不乐的面庞眨眼间容光焕发，然而这只是给它原来那种阴云密布、心不在焉的神情增添了似乎更为强烈的痛苦。焕发的容光很快就暗淡了，可是痛苦却留存下来，佐西莫夫怀着一种刚刚行医的年轻大夫的满腔热情，观察和研究着自己的病人，大为惊讶地发现，亲人们的到来，并未给他带来任何欢乐，反倒使他暗中痛下决心，准备忍受一场一两个小时的无法逃避的刑讯。他随后注意到，在紧接而来的谈话中，几乎每句话都触及并刺痛了他的病人的创伤；然而与此同时他又颇感惊奇，病人今天竟然能自我控制，并隐藏起自己的情感，而昨天，这个偏执狂为了一句无足轻重的话，竟几乎发起疯来。

“对啊，我眼下自己也感觉到差不多好了，”拉斯科尔尼科夫说着，和蔼可亲地吻了吻母亲和妹妹，普莉赫里娅·亚历山德罗芙娜因此立即变得眉开眼笑，“而且我说这句话已不再用昨天的方式了。”他转身对着拉祖米欣补充了一句，并且友好地和他握了握手。

“他今天简直使我不胜惊讶。”佐西莫夫开口说道，客人们的来临使他兴高采烈，因为在这十分钟里他同自己的病人已经说得无话可谈了。“要是照此发展，过三四天就会复原得和以前一模一样，也就是说，跟一个月以前，或者两个月以前……或者也许是三个月以前？要知道，这病是冰冻三尺，从很久以前日积月累而成……对吗？现在您得承认，这也许是您自己的过错吧？”他小心翼翼地赔着笑脸，又补上一句，似乎他依旧担心一不小心就会激怒了他。

“很有可能。”拉斯科尔尼科夫冷冰冰地答道。

“我之所以这样说，”佐西莫夫说瘾大发，接着往下说道，“是因为您的彻底复原，现在主要决定于您自己了。现在既然能够和您谈话了，我想提醒您一下，必须清除最初的病因，也就是说，引发疾病的根本原因，那样您的病才能得到根治并痊愈，否则病情甚至会进一步恶化。这初始的病因是什么，我无从知道，但您对此应该一清二楚。您是一个聪明人，当然会进行过自我观察。我觉得，您开始得病和您从大学辍学多少有些巧合。您不能无所事事，所以我觉得，为自己找一份工作，给自己树立一个坚定的目标，将会使您获益匪浅。”

“对，对，您说得十分正确……我这就赶快重回大学，那么一切就会……一帆风顺了……”

佐西莫夫提出这些聪明的劝告，多多少少是有点为了在两位女士面前留下好印象，但他说完以后，看了一眼自己劝告的对象，却在他的脸上发现了明显的嘲笑神情，便觉得有点窘困了。不过，这种情况转眼间便无踪无影了。普莉赫里娅·亚历山德罗芙娜马上开始向佐西莫夫深表谢忱，尤其感谢他昨天深夜到旅馆去看望她们。

“怎么，他深夜还去过你们那里？”拉斯科尔尼科夫问道，他似乎担心起来，“这么说，你们在长途奔波以后，并没睡觉？”

“啊呀，罗佳，要知道这是两点以前的事情。我和杜尼娅在家里的时候，从来没在两点以前上床睡过觉。”

“我也不知道用什么感谢他才好，”拉斯科尔尼科夫突然紧皱双眉，眼睛望着地面，继续说道，“钱的问题先且放下不说，——请您原谅我提到这个问题（他转向佐西莫夫说），我实在不明白，我有哪一点值得您如此特别青眼相看？我真是无法明白……而且……而且这种另眼相看甚至使我感到不堪重负，因为这不可理解：我开诚布公地告诉您。”

“请您先不要激动，”佐西莫夫苦笑着说道，“假定您是我的第一个病人吧，唔，而我们这种初出茅庐的医生都热爱自己的首批病人，就像热爱自己的孩子一样，而有些人几乎对他们心醉神迷。而要知道，我的病人寥寥无几。”

“至于他，我就更不用说了，”拉斯科尔尼科夫指着拉祖米欣，补充道，“他也一样，除了侮辱和烦劳，他从我这里什么都得不到。”

“嘿，真是瞎说！今天，你是不是有点太多愁善感了吧？”拉祖米欣高叫起来。

假如他的目光更加敏锐一些，那么他就会发现，这里压根儿就没有什么多愁善感，而甚至是恰恰相反。然而阿芙多季娅·罗曼诺芙娜注意到了这一点。她惴惴不安地凝神注视着哥哥的一举一动。

“至于您，妈妈，我什么都不敢说了，”他接着说道，就像在背诵清早就背熟了的功课，“今天我才能多少理解，您昨天在这里等我回来的时候，该是何等的痛苦。”说这句话时，他突然满面笑容地默默向妹妹伸出一只手。不过这一次笑容中流露的是一片真情实意，而非虚情假意。杜尼娅马上握住伸给她的这只手，热烈地握了一握，喜笑颜开，满怀感激。在昨天的小小争执后，这是他第一次对她表示真情。眼见兄妹俩这种默默无言的彻底和解，母亲喜形于色，脸上洋溢着幸福的光芒。

“我就是爱的他这种性格！”老爱夸张的拉祖米欣悄声说道，他在椅子上猛地一扭身子。“这样的举动对他来说是家常便饭！……”

“这一切他做得多么漂亮啊，”母亲暗自寻思，“他有多么高尚的激情，这场昨天和妹妹的误会，他是多么简单明快而又委婉有礼地了结了呀，——只是抓住时机伸出一只手来，亲切地望上一眼……他的眼睛多么漂亮啊，他的脸庞多么俊美啊！……他甚至比杜涅奇卡更美……可是我的上帝，他穿的是一身什么样的衣服啊，他穿得多么寒酸啊！阿法纳西·伊万诺维奇店子里那个叫瓦西里的信差，穿得比他都强！……我多想，多想扑上前去，把他抱在怀里……放声大哭，——可是我担心，我担心……上帝啊，他是多么怪呀……瞧，他说话虽然那么和蔼可亲，可是我害怕！然而我究竟害怕什么呢？……”

“哎呀，罗佳，你难以相信，”她突然接过话柄，以便及时回答他说的话，“我和杜涅奇卡昨天是多么……不幸啊！现在一切都已过去了，结束了，我们大家又感到幸福无比了，——可以告诉你一切了。你想想看，我们跑到这里，为的是拥抱你，几乎是一下火车就直奔这里，而这个女人，——啊，对了，就是她！你好，娜斯塔西娅！……她突然告诉我们，你患了热病，并且刚才悄没声儿地离开了医生，神志不清地跑到街上去了，大家都忙着到处找你。我们是何等的心急如焚，你简直难以想象！我马上想起了波坦奇科夫中尉的惨死，他是我们的熟人，你父亲的朋友，——你大约不记得他了，罗佳，——他也是患了热病，也是这样跑了出去，掉进院子当中的一口井里，直到第二天才被打捞上来。而我们当然把问题想象得更加严重。我们本想去找彼得·彼得罗维奇，希望至少得到他的帮助……因为我们形单影只，完全无依无靠。”她用愁苦的调子拖长声音说，但突然刹住了话头，因为她想起，尽管“大家又感到幸福无比了”，但是提到彼得·彼得罗维奇还是相当危险的。

“对，对……这一切当然令人苦恼……”拉斯科尔尼科夫嘟嘟囔囔地回答，然而却带着那样一种心不在焉和几乎漠不关心的神情，以致杜涅奇卡不胜惊讶地看了看他。

“我还想说什么来着，”他苦苦回想着继续说道，“对了：妈妈，还有你，杜涅奇卡，请你们千万别以为，我今天不愿先去看望你们，而等着你们先上我这里来。”

“你这说的是什么话呀，罗佳！”普莉赫里娅·亚历山德罗芙娜大声嚷了起来，她也感到大为惊讶了。

“他怎么啦，莫不是为履行义务才回答我们吧？”杜涅奇卡暗暗思忖，“又是重归于好，又是请求原谅，活像公事公办，或者背诵功课。”

“我刚一睡醒就打算过去，但是却被衣服给耽误了；昨天忘了告诉她……告诉娜斯塔西娅……洗掉这块血迹……直到现在才穿上衣服。”

“血迹？什么血迹？”普莉赫里娅·亚历山德罗芙娜惊慌失措地问道。

“是这么回事……请您放心。这块血迹是由于，昨天我有点神志不清地在街上闲溜达的时候，碰见了一个被轧伤的人……一个官吏……”

“神志不清？可你竟然记得一切！”拉祖米欣打断了他的话。

“这话很对，”拉斯科尔尼科夫答道，不知怎么他对这个问题特别关注，“我记得一切，甚至小到细枝末节，然而实在奇怪：我为何做那件事，为何到那里去，为何说那些话？我却怎么也解释不清。”

“这是一种众所周知的现象，”佐西莫夫插嘴道，“有时一件事情干得越是巧夺天工，越是高深莫测，而支配这些行为的力量，这些行为的动机却越是混乱不堪，它取决于各种病态的印象。这就像做梦一样。”

“而这也许是一件好事呢，他几乎把我看作一个疯子了。”拉斯科尔尼科夫心想。

“即便健康的人，也似乎会出现这样的情况。”杜涅奇卡说道，她忐忑不安地望着佐西莫夫。

“您的话相当正确，”佐西莫夫答道，“就这个意义来说，我们大家在通常的情况下，的的确确几乎和疯子差不多，只有极其微小的区别，就是‘病人’比我们疯得稍稍厉害些，因此必须划清这个界限。而百分之百正常的人，千真万确，几乎根本没有；几十个人中，也许几十万个人中，也许才能碰到一个，而且那也是千年一遇的例子……”

一谈到自己心爱的话题，佐西莫夫就口若悬河地说个不休，一时不慎脱口说出了“疯子”一词，听到这个词，大家都皱起了眉头。而拉斯科尔尼科夫却似乎听而不闻，他坐在那里，陷入沉思，苍白的嘴唇上挂着一丝怪笑。他在继续思索着什么事情。

“噢，这个被轧伤的人怎么样了？我打断了你的话啦！”拉祖米欣赶忙大声喊道。

“什么？”拉斯科尔尼科夫如梦初醒，“对了……哦，当我帮忙把他抬回家时，就沾上了血迹……顺便说一声，妈妈，我昨天干了一件不可饶恕的事；实在是神经不太正常。我昨天把您寄给我的钱，全都送给了……他的妻子……用作安葬费。现在她成了寡妇，又得了肺痨，是一个可怜兮兮的女人……三个幼小的孩子成了孤儿，嗷嗷待哺……家徒四壁……还有一个女儿……如果您目睹此情此景，也许您也会捐钱给他们的……然而，我得承认，我没有任何权利这样做，尤其是因为我知道，您本人是怎样筹集这笔钱的。要想帮助别人，首先得拥有这样做的权利，否则，只能说：‘Crevez，chiens，si vousn’êtes pas contents！’① ”他纵声哈哈大笑起来。“是这样吗，杜尼娅？”

“不，并非这样。”杜尼娅毅然决然地回答。

“哈！就连你……也有企图！……”他喃喃地说着，用几乎是憎恨的眼光看了看她，嘲弄般地微微一笑，“对此我本应想到的……好哇，这也值得赞赏；对你来说，这样更好……你会一直走到那条界限，如果你不能跨越它——你将不幸，而你跨越了它——也许将更加不幸……不过这都是胡言乱语！”他怒气冲冲地补上一句，对于自己这种情不自禁的激情深感懊恼，“我只是想告诉您，妈妈，我请求您原谅。”他陡然生硬地结

① 法文，意为：“畜生，要是你们觉得不满意，那就死掉算了！”

束了自己的说话。

“够了，罗佳，我相信，你所做的一切都是好事！”母亲笑逐颜开地说。

“您可别相信。”他撇嘴一笑，回答道。接着便鸦雀无声了。在整个这场谈话的过程中，无论是沉默，无论是和好，也无论是宽恕，自始至终都存在着某种紧张气氛，而且大家对此都有感觉。

“她们竟然好像都在怕我。”拉斯科尔尼科夫紧皱双眉望着母亲和妹妹，暗自寻思。普莉赫里娅·亚历山德罗芙娜的确是越不说话，就越是胆怯。

“通信联系的时候，我倒觉得很爱她们。”他的脑海里突然闪过这么一个念头。

“你知道吗，罗佳，玛尔法·彼得罗芙娜死啦！”普莉赫里娅·亚历山德罗芙娜霍地站起身来。

“这个玛尔法·彼得罗芙娜是什么人？”

“哎呀，我的上帝，就是玛尔法·彼得罗芙娜·斯维德里盖洛娃！我早在给你的信里那样连篇累牍地谈到过她。”

“啊——啊——啊，是的，我记起来了……那么她死了？哎哟，是真的吗？”他突然颤抖了一下，仿佛大梦初醒，“真的死了吗？是怎么死的？”

“你想想看，是暴死！”普莉赫里娅·亚历山德罗芙娜被他的好奇心所鼓舞，忙不迭地说了起来，“正好是我给你寄信的时候，恰恰就是那一天！你明白吗，这个可怕的人就是她暴死的祸根。据说，他可怕地毒打了她一顿！”

“难道他们就是这样过日子的吗？”他转向妹妹问道。

“不，恰好相反。他对她向来很有耐心，甚至彬彬有礼。在许多情况下，甚至过分迁就她的性格，整整七年啊……不知为何，他突然失去了耐心。”

“既然七年他都忍耐过来了，可见，他完全不是那么可怕了？杜涅奇卡，你似乎是在为他辩护哪？”

“不，不，这是一个可怕的人！我无法想象有谁会比他更可怕。”杜尼娅几乎是颤抖着回答，她双眉深锁，沉思起来。

“他们这件事发生在早上，”普莉赫里娅·亚历山德罗芙娜又忙不迭地接着往下说，“挨打以后，她立即吩咐套马，准备吃过午饭马上进城，因为每逢遇到这种事情，她总是要进城去；据说，她吃午饭时胃口极其好……”

“在挨打以后？”

“……不过，她素来有这么一个……习惯，一吃完午饭，就马上出发去浴场，为的是不耽误进城……你要知道，她似乎在那里进行浴疗；他们那里有一处冷泉，她每天按时在冷泉里洗浴，可这次她刚一泡到水里，便突然中风了！”

“那是自然的！”佐西莫夫说。

“他打她打得凶狠吗？”

“这还不是一样。”杜尼娅应声回答。

“哼！不过，妈妈，您倒乐意讲这种乱七八糟的事。”拉斯科尔尼科夫气恼地又仿佛是无心地说道。

“啊呀，我亲爱的，我真不知道该说些什么呀。”普莉赫里娅·亚历山德罗芙娜脱口说道。

“怎么啦，莫非你们大家都怕我吗？”他撇嘴一笑，说道。

“这是千真万确的，”杜尼娅严厉地直视着哥哥，“妈妈上楼梯的时候，甚至吓得画起了十字呢。”

他的脸似乎因抽搐而变了样子。

“哎呀，杜尼娅，你说的什么话？请别生气，罗佳……你为啥这样说呢，杜尼娅！”普莉赫里娅·亚历山德罗芙娜惊慌地说，“确实，我坐火车来这里的时候，一路上总是浮想联翩：我们怎样见面，怎样相互天南海北地畅谈一切……我完全沉浸在幸福之中了，漫漫旅途转眼就到了！唉，我这是在说什么呀！我现在也无比幸福呀……你不该说那种话，杜尼娅！……只要看到你，我就觉得无比幸福了，罗佳……”

“行啦，妈妈，”他不好意思地喃喃着，不曾看她，可是紧紧地握着她的手，“我们有的是时间尽情畅谈啊！”

说到这里，他突然感到惊慌不安，脸色也变得惨白：不久前体验过的那种恐怖感又带着死一般阴森的寒意掠过他的心灵；他再次突然清清楚楚、明明白白地意识到，刚才他撒了个弥天大谎，现在他不仅永远无法尽情畅谈，而且永远不能跟任何人随便谈点什么了。这个撕心裂肺的想法对他的影响是如此强烈，竟使他刹那间几乎忘记了一切，从座位上站起身来，也不看任何人一眼，便向屋外走去。

“你怎么啦？”拉祖米欣抓住他的一只手臂，大叫一声。

他又坐了下来，悄然无言地四处张望；大家都莫名其妙地望着他。

“你们大家竟然这样沉闷！”他忽地全然出乎意料地大喊起来，“随便说点什么呀！真的，为何这样枯坐着呢！喂，你们倒是说话呀！我们都说呀……我们欢聚一堂，却又默默无语……喂，随便说点什么呀！”

“谢天谢地！我还以为他又故态复萌，像昨天那样了呢。”普莉赫里娅·亚历山德罗芙娜画了个十字，说道。

“你怎么了，罗佳？”阿芙多季娅·罗曼诺芙娜疑虑地问道。

“哦，没什么，我想起了一件事情。”他回答着，突然笑了起来。

“唔，既然只是想起一件事情，那就再好不过了！否则，我还以为……”佐西莫夫一边念念叨叨，一边从沙发上站起身来，“不过，我该走了；也许，我还会来的……如果你们还在这里……”

他行礼告辞，出门去了。

“多么好的人啊！”普莉赫里娅·亚历山德罗芙娜感叹道。

“对，是个优秀的、卓越的、学识渊博的、聪明绝顶的人……”拉斯科尔尼科夫忽然说了起来，出人意料地连珠炮般说得又急又快，而且前所未有地活跃，“我已经记不起来，生病以前在什么地方遇见过他……好像在哪里见过他……瞧，这也是一个大好人哪！”他朝拉祖米欣那边点了点头，“你喜欢他吗，杜尼娅？”他问她，并且不知为什么突然大笑起来。

“十分喜欢。”杜尼娅答道。

“呸，你真是一个……无情无义的家伙！”拉祖米欣说，他被说得窘困不堪、面红耳赤，并且从椅子上站了起来。普莉赫里娅·亚历山德罗芙娜莞尔一笑，而拉斯科尔尼科夫则纵声哈哈大笑起来。

“你到哪里去？”

“我也……该走了。”

“你百分之百不该走，请留下来！佐西莫夫走了，因此你也认为该走。不要走……几点啦？有十二点了吗？你的那块表多漂亮啊，杜尼娅！你们怎么又一声不吭了？老让我一个人喋喋不休！① ……”

“这是玛尔法·彼得罗芙娜送的礼物。”杜尼娅答道。

“而且很贵呢。”普莉赫里娅·亚历山德罗芙娜补充道。

“啊——啊——啊！真大啊，简直不像女式表。”

“我就喜欢这样的表。”杜尼娅说。

“看来，并非未婚夫的聘礼了。”拉祖米欣心想，并且莫名其妙地高

---

① 据陀思妥耶夫斯基夫人安娜·格里戈里耶夫娜·陀思妥耶夫斯卡娅(1846—1918)回忆，每当亲人团聚而又坐着不说话的时候，陀思妥耶夫斯基老爱说这样太沉闷，如果大家老是听他一个人说话，他更是生气。

兴起来。

“而我还以为，是卢仁送的礼物呢。”拉斯科尔尼科夫说。

“不，他还没给杜涅奇卡送过任何礼物呢。”

“啊——啊——啊！您还记得吗，妈妈，我曾经恋过爱，并且准备结婚呢。”他望着母亲突然说道，话题出人意料的转变，以及说这话时的口气，都使母亲大为惊讶。

“啊哟，我亲爱的，是的！”普莉赫里娅·亚历山德罗芙娜和杜尼娅及拉祖米欣相互交换了一个眼色。

“唔！对啊！而我能给你们说些什么呢？我记得的东西已少之又少了。她是一个病恹恹的女孩子，”他继续说道，似乎又突然陷入了沉思，低下头去，“她总是病歪歪的；喜欢向乞丐施舍东西，一个劲地想着进修道院，有一次她跟我谈到这件事，竟然热泪盈盈；对，对……我记得……我清清楚楚地记得。她长得……很丑。说实话，我不知道我当时为何对她心醉神迷，似乎是因为她老是生病……假如她是个瘸子或是驼背，看来我会更痴迷地爱她……（他若有所思地微微一笑。）是的……这是一场春梦……”

“不，这不仅仅是一场春梦。”杜涅奇卡神采奕奕地说。

他心情紧张地凝神看了看妹妹，不过未曾听清她的话，或者甚至没有听懂她的话。随即，他沉入深思默想，站起身来，走到母亲跟前，吻了吻她，又回到自己的座位上坐下。

“你现在还在爱着她啊！”普莉赫里娅·亚历山德罗芙娜深受感动地说。

“她？现在？噢，对的……您说的是她呀！不。这一切现在已经恍若隔世……而且非常遥远。就连四周的一切，也似乎不是发生在这个世界上……”

他全神贯注地扫视了一下他们。

“哦，就连你们……我也似乎是远隔千里在遥望你们……而且鬼才知道，我们为何要谈这些！为何要翻来覆去问个不休？”他苦恼地补上一句，便一声不响了，咬着自己的指甲，又沉思默想起来。

“罗佳，你住的房间太糟糕了，真像一口棺材，”普莉赫里娅·亚历山德罗芙娜突然说话，打破了令人难堪的沉默，“我相信，你变得这样抑郁寡欢，有一半得归咎于这间房子。”

“房子？……”他心不在焉地答道，“对，很多问题是房子引起的……我也想过这个问题……但是，妈妈，您是否知道，您刚才说出了一个多么奇怪的想法。”他突然补了一句，古怪地笑了一笑。

再过一会，这一群人，这些分别三年后又重新聚首的亲人，以及完全不可能再谈任何事情的这种亲人间谈话的亲切语调，——最终就都会让他感到完全无法忍受了。不过，有一件迫在眉睫的事情，无论如何必须在今天解决，——早上醒来以后，他就下定了决心。现在他为这件事而喜形于色，仿佛它就是一条出路。

“是这么回事，杜尼娅，”他郑重其事、冷漠无情地说，“昨天的事情，当然，我要请你原谅，然而我认为我有责任再次提醒你，对于主要问题，我是坚持到底的。或者是我，或者是卢仁，二者任选其一。就算我是个卑鄙小人，你却不应该这样。有一个人就足够了。假如你嫁给卢仁，那我就立刻不把你当作妹妹。”

“罗佳，罗佳啊！这不就是昨天那一幕的重演吗，”普莉赫里娅·亚历山德罗芙娜悲痛欲绝地大叫起来，“你为什么总是称自己为卑鄙小人呢，对此我无法忍受！昨天也是如此……”

“哥哥，”杜尼娅毅然决然、同样冷漠无情地回答，“所有这一切都起源于你的一个错误的想法。我彻夜不眠地反复思想，找出了你的这个错误。全部问题在于，你似乎认为，好像我是为了某个人而做出牺牲嫁给另一个人。可完全不是这么一回事。我只是为了自己才出嫁，因为我自己处境艰难；其次，如果能对亲人有所助益，我当然也乐于为之，不过这并非我做出这一决定的最主要动机……”

“撒谎！”他愤懑地咬着指甲，暗自寻思，“骄傲的女人！她试图施恩行善，却又不愿承认！哦，下贱的人啊！他们即便是爱着，也好像是恨。哦，我是多么……憎恨他们大家！”

“总而言之，我打算嫁给彼得·彼得罗维奇，”杜涅奇卡接着说，“是因为两害相权取其轻。我准备忠实地完成他希望我做的一切，因此，我不会欺骗他……为什么你刚才那样笑呢？”

她也气冲冲的，眼里闪射着愤怒的火花。

“完成他希望的一切？”他狞笑着问道。

“有一定的限度。透过彼得·彼得罗维奇求婚的态度和求婚的方式，我立刻看出他需要什么。当然啦，他也许自视过高，然而我希望他也能尊重我……你又在笑什么？”

“你为什么又面红耳赤了呢？你在撒谎，妹妹，你在故意撒谎，仅仅由于女性的固执，为的只是向我表示你坚定不移……你决不会尊重卢仁：我见过他，跟他谈过话。因此你是为了钱而出卖自己，因此，不管怎样，你的行为都是卑劣的，我感到高兴的是，你至少还会为此脸红！”

“不对，我没撒谎！……”杜涅奇卡完全失去了冷静，大叫大嚷起来，“假如我不相信他会尊重我，珍视我，我是不会嫁给他的；假如我不是确信我自己会尊重他，我也不会嫁给他。幸好我对此是确信无疑的，甚至今天就能做到。而这样的婚姻绝非像你说的那样卑劣！就算你说得对，就算我当真下定决心要干卑劣的事情，——你这样跟我说话，难道不是太残酷无情了吗？那种连你自己都可能没有的英雄气概，你为什么要求我表现出来呢？这是专横霸道，这是蛮不讲理！即使我会毁掉什么人，那也只会毁掉我自己一个人……我又没杀害过任何人！……你为啥这样看着我？你的脸色为啥变得这样惨白？罗佳，你怎么啦？罗佳，亲爱的！……”

“上帝啊！你都把他说昏厥了！”普莉赫里娅·亚历山德罗芙娜高声嚷道。

“不，不……胡扯……没关系！……稍稍有点头晕。完全不是昏厥……你念念不忘的就是昏厥！……哼！……对了……我想说什么来着？是的：你今天究竟以什么来证明你会尊敬他，而他也会……尊重你，你是这样说的，对吗？你似乎说的是今天，对吗？或者是我听错了？”

“妈妈，请您把彼得·彼得罗维奇的信拿给哥哥看一下。”杜涅奇卡说。

普莉赫里娅·亚历山德罗芙娜用双手抖颤颤地把信递了过去。他十分好奇地接过信来。然而，在打开信以前，他不知为何突然惊异地看了看杜涅奇卡。

“奇怪啊，”他慢吞吞地说，似乎又一个新的想法使他大吃一惊，“我为啥要多管闲事？为啥要这样吵吵闹闹？你爱嫁给谁就嫁给谁好了！”

他似乎是自言自语，但声音颇大，他朝妹妹望了好一阵子，好像有点不知如何是好。

他终于打开了信，依旧保持着某种万分惊异的神情；然后他慢慢腾腾、全神贯注地开始看信，一连看了两遍。普莉赫里娅·亚历山德罗芙娜十分焦虑不安；而且大家都静待着有什么特别的事发生。

“这使我大吃一惊，”他沉思默想了一阵后，把信还给母亲，开口说道，但又不是对某一个人说，“要知道，他是办理案子的，是个律师，就连他说起话来都是那么……一副腔调，——然而这封信却写得文理不通。”

大家都轻松起来；这真是出人意料啊。

“哦，要知道，他们大家都这样写啊。”拉祖米欣简短、生硬地说。

“你难道读过？”

“对。”

“我们给他看的，罗佳，我们……不久前还商量过呢。”普莉赫里娅·亚历山德罗芙娜局促不安地说。

“这其实是诉讼文体，”拉祖米欣插嘴道，“时至今日，诉讼文书仍旧这么写。”

“诉讼文体？对，这正是诉讼文体，公文体……并非文理不通，但也并不完全合乎规范；公牍体嘛！”

“彼得·彼得罗维奇一点都没隐瞒，他只勉强读了几个铜板的书，甚至还自以为荣地说，他是靠自我奋斗成才的。”阿芙多季娅·罗曼诺芙娜说道，对哥哥说话的那种新语调有点气恼。

“好吧，既然他自以为荣，那就是说有自以为荣的资本，——我并不反对。妹妹，你似乎是见怪了，因为我看完这封信后，提的竟是这么一个轻率的意见，你准以为，我是为了消除心中的恶气，才故意鸡蛋里挑骨头，以便挖苦挖苦你。恰恰相反，从这种文体，我想到了在目前情况下绝非多余的一个意见。信上有这么一句话：‘后果自负’，这话非同寻常，用意明显，此外，还有一句威胁性的话，说什么如果我去了，他就立即告辞。这种‘立即告辞’的威胁——相当于威胁说，如果你们不听我的话，就要把你们两个抛弃，而且是现在就抛弃，是把你们刚叫到彼得堡的现在就抛弃你们。喏，你认为怎样：假如这话并非卢仁所写，而是他（他指了一下拉祖米欣），或者是佐西莫夫，或者是我们当中的任何一个人写的，会不会同样让人愤慨呢？”

“不——不，”杜涅奇卡答道，她活跃起来，“我十分明白，这句话说得过分直率，也许只是他不会写信……这个问题你评判得非常正确，哥哥。我简直没有料到……”

“这是诉讼文体的表达方式，而采用诉讼文体就非这样写不可，而且写出来的东西也许要比他想写的更拙劣。不过我还要稍稍扫扫你的兴：这封信里还有一句话，一句诽谤我的话，而且是十分卑鄙的诽谤。我昨天把钱给了那个寡妇，一个患有肺痨、悲痛欲绝的女人，并不是‘以资助安葬费为名’，而是正经八百地用于安葬的，也不是交给他女儿——像他信里说的‘品行不端、臭名远扬’的那位姑娘（而且我昨天是有生以来第一次见到她），而是直接交给了寡妇本人。我在这一切中发现的是，他迫不及待地诋毁我，挑起我和你们的争吵。这句话又是用诉讼文体说出来的，也就是说，过于露骨地暴露了自己的目的，而且那种急于求成的心情十分天真。他是一个聪明人，然而要想做得聪明——光有聪明是不够的。这一切勾画出了一个人的嘴脸，而且……我不认为他十分珍视你。我告诉你这些事，唯一的目的是为了让你吸取教训，因为我诚心诚意地希望你好……”

杜涅奇卡没有回答；她的决定早在不久前就已作出，她只是等着晚上的到来。

“那你怎么决定呢，罗佳？”普莉赫里娅·亚历山德罗芙娜问道，他那种突如其来的、井井有条的新语调比刚才更使她焦灼不安。

“这‘决定’是什么意思？”

“喏，就是彼得·彼得罗维奇信上写的，希望你晚上别去我们那里，如果你去……他就走。那你究竟……去不去呢？”

“这件事嘛，当然不是由我来决定，而首先该由您决定，如果彼得·彼得罗维奇的这个要求并不让您感到屈辱的话，其次，应由杜尼娅决定，如果她也不感到屈辱的话。你们觉得怎样好，我就怎样做。”他冷冰冰地补充道。

“杜涅奇卡早已做出了决定，我完全赞同她的意见。”普莉赫里娅·亚历山德罗芙娜赶忙插嘴道。

“我决定请你，罗佳，坚决请求你一定参加我们这次会面。”杜尼娅说，“你来吗？”

“来。”

“我也请您八点钟去我们那里，”她对拉祖米欣说，“妈妈，我也邀请他。”

“真是太好了，杜涅奇卡。噢，你们怎么决定，”普莉赫里娅·亚历山德罗芙娜补充道，“那就怎么办吧。我自己也会感到轻松些；我不喜欢装腔作势，撒谎骗人；我们最好还是实话实说……彼得·彼得罗维奇生气也好，不生气也罢，由他去吧！”

四

这时房门轻轻地打开了，一个姑娘怯生生地边环视四周，边走进屋里。所有的人都惊讶不已而又十分好奇地扭头看着她。拉斯科尔尼科夫第一眼没能认出她来。这是索菲娅·谢苗诺芙娜·马尔梅拉多娃。昨天他是头一次见到她，不过是在那样的时候，那样的环境中，并且她又穿了那样一身衣服，因而他记忆里留存的完全是另一种形象。现在这一位却是衣着朴实，甚至穿得很寒酸的姑娘，年纪还很小，几乎像个小女孩，她举止谦恭温雅，彬彬有礼，脸上神情开朗，但又似乎带有几分胆怯。她身穿一件极其朴素的家常连衣裙，头戴一顶过时的老式帽子；只是还像昨天一样，手执一把小伞……她出乎意外地看到满满一屋子人，与其说是忸怩不安，不如说是完全惊慌失措，她像小孩子一样畏畏缩缩，甚至做了个后退的动作。

“啊……是您呀？……”拉斯科尔尼科夫极其惊异地说，自己也突然感到不好意思起来。

他立即想到，母亲和妹妹已经从卢仁的信中粗略地知道，有这么一位“品行不端、臭名远扬”的年轻姑娘。他刚刚才抗议过卢仁的诽谤，提到自己是第一次见到这个姑娘，现在她却忽然找上门来了。他还记起，他压根儿就不曾抗议过“品行不端、臭名远扬”这种说法。所有这一切在他的脑海里朦朦胧胧地刹那间闪过。然而，当他更全神贯注地看了她一眼之后，他突然发现，这个受尽屈辱的人竟已变得如此逆来顺受，不禁可怜起她来。当她吓得想要逃跑时，他简直难受极了。

“我压根儿没有想到您会来，”他赶忙说道，同时用目光示意她留下来，“请进，请坐吧。您大概是从卡捷琳娜·伊万诺芙娜那里来的吧。对不起，不是这里，请坐那里……”

拉祖米欣坐在拉斯科尔尼科夫三把椅子中紧靠门边的那把椅子上，索尼娅进屋的时候，他欠起身来，让她进去。拉斯科尔尼科夫原本打算让她坐在沙发上佐西莫夫坐过的那个角落上，但转念一想，让她坐在沙发上未免太过亲昵，因为沙发就是他的卧榻，因而赶忙请她坐在拉祖米欣坐过的那把椅子上。

“而你呢，就坐这里吧。”他对拉祖米欣说，吩咐他坐到佐西莫夫坐过的那个沙发角落上。

索尼娅坐了下来，害怕得几乎浑身发抖，她畏首畏尾地望了望那两位女士。显而易见，她自己也弄不清楚，她怎么能够与她们坐在一起呢。想到这点，她吓得突然又站了起来，窘困不堪地对拉斯科尔尼科夫说：

“我……我……只来一会儿，请原谅，打扰您了，”她结结巴巴地说，“是卡捷琳娜·伊万诺芙娜让我来的；她没有人可派……卡捷琳娜·伊万诺芙娜吩咐我恳请您明天去参加安魂祈祷，早晨……做日祷的时候……

在米特洛法尼墓地①，然后到我们家里……到她家里……吃饭……请您千万赏光……她叫我来请您。”

索尼娅结结巴巴地说完，一声不响了。

“我一定设法来……一定，”拉斯科尔尼科夫答道，他也欠起身子，也结结巴巴起来，没有把话说完。“请您，坐下，”他又突然说道，“我想和您谈一谈，请坐下吧，——您也许很忙，——麻烦您给我两分钟时间……”

于是他把椅子推到她跟前。索尼娅又坐了下来，又畏畏怯怯、心慌意乱地飞速望了一眼两位女士，突然低下头去。

拉斯科尔尼科夫惨白的脸突然涨得通红；他似乎浑身哆嗦了一下；两眼灼灼闪光。

“妈妈，”他坚决而又固执地说，“这是索菲娅·谢苗诺芙娜·马尔梅拉多娃，是那位非常不幸的马尔梅拉多夫先生的女儿，我昨天亲眼看到他被马踩伤，而且我已经跟你们谈过他的情况……”

普莉赫里娅·亚历山德罗芙娜瞥了一眼索尼娅，微微眯起了眼睛。尽管她被罗佳那执拗的、挑衅的目光弄得仓皇失措，但她无论如何也不能放弃这种乐趣。杜涅奇卡严肃地目不转睛地径直看着这位可怜姑娘的脸庞，困惑莫解地仔细打量着她。听完介绍，索尼娅又抬起头来，但却比原来更惊慌不安了。

“我想问问你，”拉斯科尔尼科夫赶忙对她说，“你们那里今天安排得怎样？是否有人找你们的麻烦？……譬如说，警察局的人。”

“没有，一切都办完了……要知道，死亡的原因是清楚不过的；没有人找麻烦；只是那些房客很生气。”

“为什么？”

“因为尸体停放得时间过长……现在天气很热，有气味……所以今天晚祷前要送到墓地的小教堂②，直放到明天。卡捷琳娜·伊万诺芙娜起初不同意，而现在她自己也发现不行……”

“那么就是今天？”

“她请您明天赏光去教堂参加安魂祈祷，然后到她家参加葬后的酬客宴。”

---

① 彼得堡的贫民公墓，用于埋葬小官吏、手艺人、士兵，建于1831年。

② 死人入殓后，一般先放在附属于教会公墓的小教堂，然后再下葬。

“她要举办葬后酬客宴?”

“是的，几样下酒菜；她千叮万嘱，要我好好感谢您，感谢您昨天给我们的帮助……假如没有您的帮助，我们压根儿就没有钱安葬他。”她的嘴唇和下巴突然颤抖起来，但她竭力克制自己，终于忍住了，又赶忙垂下眼睛望着地面。

在谈话之际，拉斯科尔尼科夫全神贯注地端详着她。这是一张瘦削，而且苍白的小脸，脸型不太端正，有点儿尖削，长着尖细细的鼻子和尖细的下巴。她甚至说不上漂亮，然而她那双蓝汪汪的眼睛却是那样亮彩彩的，当它们炯炯闪烁时，她脸上的神情就会变得十分善良仁慈，十分天真无邪，使人不由自主地被她吸引住。此外，在她那张脸上，以至她的整个体态中，还显示出另一个十分鲜明的特点：尽管已年满十八岁了，但她看起来简直像个小女孩，比她实际的年龄小得多，几乎完全是个小孩子，这一特点有时甚至在她的某些动作中可笑地表现出来①。

“不过，就靠那么一点钱，卡捷琳娜·伊万诺芙娜难道能应付过去，甚至还打算举办葬后酬客宴?……”拉斯科尔尼科夫问道，他执意要把谈话继续下去。

“要知道棺材买的是最普通的……一切都是最简单的，所以花钱不多……我不久前才跟卡捷琳娜·伊万诺芙娜总计过，还能剩下几个钱，可以举办葬后酬客宴。卡捷琳娜·伊万诺芙娜很想这样办理。要知道不这样可不行……这对她也是一个安慰……她就是这么一个人，您是知道的……”

“我明白，我明白……当然……您为啥老是打量我的房间?我妈妈也说，它像口棺材。”

“昨天您把钱全都给了我们!”索涅奇卡突然有力而又急促地答道，接着突然低低地垂下头去。她的嘴唇和下巴又一次颤抖起来。她早已对拉斯科尔尼科夫的清贫状况深感震惊，现在这句话就情不自禁地脱口飞出了。随之而来的是一阵沉默。杜涅奇卡的双眼不知怎的光彩熠熠起来，而普莉赫里娅·亚历山德罗芙娜甚至亲切地看了看索尼娅。

---

① 《圣经·新约全书·马太福音》第18章第3—5节：“你们若不回转，变成小孩子的样式，断不得进天国。所以，凡自己谦卑像这小孩子的，他在天国里就是最大的。凡为我的名，接待一个像这小孩子的，就是接待我。”受基督教影响，陀思妥耶夫斯基十分重视小孩或儿童。在这部小说中，索尼娅从内心到形体都像个孩子。

“罗佳，”她边站起身来边说，“我们当然一起吃午饭了。杜涅奇卡，咱们走吧……而你呢，罗佳，先出去散一会儿步，然后休息休息，稍微躺上一会，但要早点去我们那里……要不然，我担心，我们会使你太累的……”

“好，好，我一定来，”他急慌慌地站起来，答道，“……不过，我还有点事……”

“难道你不跟她们一块吃饭吗？”拉祖米欣十分惊异地望着拉斯科尔尼科夫，高声问道，“你这是为什么？”

“好，好，我一定去，当然，当然……请你留下一会儿。你们现在可用不着他吧，妈妈？能让我抢过来吗？”

“啊，行，行！可您呢，德米特里·普罗科菲伊奇，也请来吃午饭吧，您会赏光吗？”

“请您一定来！”杜尼娅邀请道。

拉祖米欣喜笑颜开地鞠了个躬。有那么一瞬间，所有的人都突然莫名其妙地不好意思起来。

“别了，罗佳，我是说再见；我不喜欢说‘别了’。别了，娜斯塔西娅……哎哟，又说‘别了’①！……”

普莉赫里娅·亚历山德罗芙娜本想也跟索涅奇卡道别，可不知为何未曾这么做，便匆匆忙忙地走出了屋子。

但是阿芙多季娅·罗曼诺芙娜似乎在等着轮到她告别，当她随着母亲经过索尼娅身旁时，殷殷勤勤、彬彬有礼地深深鞠了一躬。索涅奇卡窘迫不堪，赶忙有点急匆匆、惊慌慌地躬身还礼，脸上甚至露出某种痛苦的神情，仿佛阿芙多季娅·罗曼诺芙娜的礼貌和殷勤使她感到难堪和痛苦。

“杜尼娅，别了！”拉斯科尔尼科夫追到过道里喊道，“握握手吧！”

“可我们早已握过手了，你忘了？”杜尼娅答道，温柔而又不好意思地转身面向他。

“那也没关系，再握一次嘛！”

于是他紧紧地握了握她的小手。杜涅奇卡对他嫣然一笑，脸都红了，赶忙抽回自己的手，跟在母亲后面，走了出去，不知为何她也感到全身

---

① 据作家夫人安娜回忆，陀思妥耶夫斯基很不喜欢他所爱的人在告辞时对他说“别了”，他马上会说：“干吗说‘别了’，还是说‘再见’好。”

都沉浸在幸福里。

“啊，真是太好了！”他回到自己的房间里，神舒气畅地望了望索尼娅，对她说道，“愿上帝让死者安息，但活着的人必须活下去！是这样吗？是这样吗？难道不是这样？”

索尼娅甚至不胜惊讶地看着他那突然间变得神采奕奕的脸庞；他一言不发、聚精会神地注视了她一会儿，她那已故的父亲所讲的关于她的那些事情，突然一一在他的脑海里闪过……

“上帝啊，杜涅奇卡！”普莉赫里娅·亚历山德罗芙娜刚一走到大街上，立即开口说道，“我们出来了，我现在竟似乎感到高兴；不知何故有一种轻松的感觉。喏，昨天在火车上，我哪曾想到，竟然会为这种事而感到高兴呢！”

“我再对您说一次，妈妈，他仍然病得很重。难道您看不出来？也许他是因为我们而深深痛苦，才表现出病态。应该宽宏大量，那么，很多、很多的事情就可以原谅了。”

“可就是你并不宽宏大量！”普莉赫里娅·亚历山德罗芙娜立即急急火火、满怀妒忌地说，“你要知道，杜尼娅，我瞧着你们兄妹俩，你跟他简直毫无二致，不仅外貌一模一样，而且性格也何其相似：你们俩都性格忧郁，两人都闷闷不乐，又性子急躁，两人都心高气傲，并且两人都慷慨豁达……要知道，他不可能变成自私自利的人，杜涅奇卡，是吗？……不过，只要一想到今天晚上我们那里会怎么样，我的心都要停止跳动！”

“别担心，妈妈，该来的自然会来。”

“杜涅奇卡！你只要想一想，我们眼下处于什么样的境地？假如彼得·彼得罗维奇取消婚约，那该怎么办呢？”可怜的普莉赫里娅·亚历山德罗芙娜慌乱中出错，突然说出了这样一句话。

“要是那样，他就分文不值！”杜涅奇卡鄙夷地厉声答道。

“刚才离开那里，我们这样做很对，”普莉赫里娅·亚历山德罗芙娜赶忙打断她的话，“他急于到什么地方去办事；让他出去走一走，哪怕呼吸一点新鲜空气……他那里闷得厉害……但是这个地方哪里可以呼吸到新鲜空气呢？就连站在这个大街上，也像是闷在没有气窗的屋子里一样。上帝啊，这算是什么城市啊！……站住，往边上让让，会轧死人的，拉着什么东西飞跑！哦，原来是拉着一架钢琴，真的……简直是横冲直撞……这个姑娘，也使我心里七上八下的……”

“哪个姑娘，妈妈？”

“就是那个，刚才在他那里的索菲娅·谢苗诺芙娜……”

“究竟为什么呢？”

“我有这么一种预感，杜尼娅。喏，信不信由你，她刚一进屋，我马上就感到，这就是问题的根源……”

“完全不是这么一回事！”杜尼娅懊恼地高叫起来，“您那是什么预感，妈妈！他只是昨天晚上才跟她相识，刚才她进屋的时候，他都没认出来呢。”

“喏，你等着瞧吧！……她使我心烦意乱，你等着瞧吧，等着瞧吧！我觉得六神无主：她望着我，望着我，那样一双眼睛，我在椅子上都几乎无法坐下去了，你记得吗，当他开始介绍她的时候？我感到奇怪的是：彼得·彼得罗维奇在信里把她写成那样，而他倒把她介绍给我们，甚至还介绍给你！可见，对他来说，她非常珍贵！”

“管他信上写什么呢！我们不也让人说三道四过，甚至在信上写过，您忘记了吗？不过我相信，她……是一个好姑娘，所有这一切——都是胡说八道！”

“愿上帝保佑她吧！”

“而彼得·彼得罗维奇是个卑鄙无耻、造谣中伤的家伙。”杜涅奇卡突然毅然决然地说。

普莉赫里娅·亚历山德罗芙娜哑然无语。谈话中断了。

“是这样的，我要告诉你这么一件事。”拉斯科尔尼科夫把拉祖米欣拉到窗前，对他说……

“那么我就告诉卡捷琳娜·伊万诺芙娜，说您一定来……”索尼娅匆匆忙忙地说，她鞠了个躬，准备回去。

“马上就完，索菲娅·谢苗诺芙娜，我们没有秘密，您并不妨碍我们……我还有两句话想跟您说说……是这么回事，”他没有把话说完，就收住了话头，转向拉祖米欣，“你是不是认识这个……他叫什么来着！……波尔菲里·彼得罗维奇？”

“当然！他是我的亲戚。有什么事吗？”他补上一句，好奇心油然而生。

“现在这个案子……喏，就是这件凶杀案……就是你们昨天谈论的……是他在办吗？”

“对……怎么啦？”拉祖米欣突然圆瞪起双眼。

“他正在查问抵押人，而那里也有我的抵押品，都是不值钱的小玩意，不过有我妹妹的一枚戒指，是我来这里时她送给我的纪念品，还有我父亲的一块银表。总计也就值五六个卢布，然而对于我来说，却十分珍贵，是纪念品啊。我现在怎么办呢？我不希望丢失这两样东西，特别是那块银表。刚才谈到杜涅奇卡的那块表时，我都吓得心儿怦怦直跳，唯恐母亲提出要看看我那块表。这是父亲去世后保存的完整无损的唯一遗物。如果丢失了，她准会大病一场！女人嘛！现在该怎么办呢，你教教我吧！我知道，应该到分局登记。不过直接找波尔菲里本人不是更好吗？你认为怎么样？事情得尽快办妥。你看吧，在吃午饭以前妈妈准会问起！”

“绝不能去警察分局，一定得找波尔菲里！”拉祖米欣异常激动地叫了起来，“哦，我多么高兴！为何还站在这里，我们立刻动身，才两步路，准能找到他！”

“好吧……我们走吧……”

“而他将会十分、十分、十分、十分高兴和你认识！我曾大量地向他介绍过你的情况，不止一次……就是昨天还曾谈到。我们走吧！……这么说，你认识那个老太婆？这就对了！……这一切就极——其——清——楚了！……啊，对了，索菲娅·伊万诺芙娜……”

“索菲娅·谢苗诺芙娜，”拉斯科尔尼科夫纠正他，“索菲娅·谢苗诺芙娜，这是我的朋友，拉祖米欣，他可是个大好人……”

“如果你们这就要走……”索菲娅开口说道，她根本就不敢看拉祖米欣一眼，然而这样一来反倒更加不好意思了。

“我们走吧！”拉斯科尔尼科夫断然说道，“我今天会去你们那里，索菲娅·谢苗诺芙娜，只是您得告诉我，您住在哪里？”

他不是惶惑不知所措，倒似乎是忙于出去，并且避开她的目光。索尼娅涨红着脸，给了他自己的住址。大家一起走了出去。

“你难道不锁门？”拉祖米欣一边跟着他们下楼，一边问道。

“从来不锁！……不过，已经两年了，我总想买把锁，”他漫不经心地补了一句，“没什么可锁的人是幸福的，对吗？”他笑吟吟地对索尼娅说。

他们在靠街的大门口旁停了下来。

“您是往右走吧，索菲娅·谢苗诺芙娜？顺便问一下：您是怎么找到我的？”他问着，可似乎想对她说的完全是别的什么事。他老是想看看她那双温和、晶亮的眼睛，但不知为何，总是难以如愿……

“要知道您昨天可是把住址告诉了波列奇卡哦。”

“波莉娅？啊，是的……波列奇卡！这个……小姑娘……她是您的妹妹吧？这么说，我告诉了她住址？”

“难道您已忘记了？”

“不……我记得……”

“不过我早已听过世了的父亲说起过您……只是那时候还不知道您的姓名，甚至他本人也不知道……而现在我来……是因为知道了您的姓名……所以今天就问：拉斯科尔尼科夫住在这里的什么地方？我并不知道，您也是租住二房东的屋子……再见……我去告诉卡捷琳娜·伊万诺芙娜……”

她异常欣喜，因为她终于可以走了；她低着头，急匆匆地往前直奔，以便尽快走出他们的视线，尽快走完这二十步路，在转弯的地方往右拐，走到大街上，等到最后只剩下独自一人时，再匆匆忙忙地往前走，这时她就可以对任何人都视而不见，对任何东西都视若无睹，只是考虑、回忆、思索说过的每一句话，每一种情况。她任何时候，任何时候都不曾产生过类似的感觉。一个完整的、崭新的世界神秘莫测、似隐似现地降临到她的心里。她突然想起，拉斯科尔尼科夫本人今天想到她那里去，也许还在早晨就想去，也许是现在就打算去！

“只是千万别今天去，请不要今天去！”她喃喃自语着，心都快要停止跳动了，仿若一个惊惧不安的孩子在恳求什么人一般，“上帝啊，去我那里……在这间屋子里……他会看见……哦，上帝啊！”

此时此刻，她当然不可能发现，有一个素不相识的先生目不转睛地注视着她，紧紧地盯着她。她刚一出大门，他就尾追着她。当他们三人，即拉祖米欣、拉斯科尔尼科夫和她站在人行道上又说了几句话告别时，这个过路人正好走过他们的身旁，似乎突然打了一个哆嗦，因为他无意之中听到了索尼娅说的这句话：“就问：拉斯科尔尼科夫住在这里的什么地方？”他飞快然而仔细地打量了这三个人一番，特别仔细地端详了正在与索尼娅谈话的拉斯科尔尼科夫；随后，他看了看那幢房子，把它牢记在心。这一切都发生在他路过的那一瞬间，过路人甚至极力不露一丝痕迹，他继续向前走去，但却放慢了脚步，似乎是若有所待。他等待的是索尼娅；他看到，他们分手了，索尼娅现在正要回自己的家。

“她到底住在哪里？我在什么地方见过这张面孔，”他一边回忆索尼娅的面孔，一边思忖着，“应该搞清楚。”

走到转弯的地方时，他穿过马路来到了街道对面，扭头一看，索尼娅正跟在他后面，走的是同一条路，但她什么都没发觉。走到转弯的地方，她也正好拐到这条街上来了。他从对面的人行道上，跟在她后面，全神贯注地紧盯着她；走了五十来步后，他又穿过街道，回到索尼娅走的那一边，赶上她并紧跟着她，相距仅五步路。

这是一个五十来岁的人，中等以上身材，粗壮结实，双肩宽阔而且微微上拱，因此看上去有点儿像驼背。他衣着考究而且舒适，俨然是一位神气十足的老爷。他手提一根精美的手杖，每走一步，就用它敲一下人行道，他的手上戴着一副崭新的手套。他那张颧骨高隆的宽脸膛相当讨人喜欢，而且面色红润，不像彼得堡人。他的头发依然十分浓密，一片淡黄中夹杂着几根银丝，而那部宽阔浓密的大胡子就像一把铲子，颜色比头发更浅。他的眼睛是蔚蓝色的，显出冷若冰霜、全神贯注、若有所思的神色；嘴唇红红的。总之，这是一个极其善于保养的人，看上去比自己的实际年龄要年轻得多。

当索尼娅走到运河边的时候，人行道上就只有他们两人了。他凝神察看着她，发现她若有所思，神思恍惚。走到自己的住所，索尼娅拐进了大门，他跟在她后面，似乎感到有点吃惊。进了院子，她便往右走，那个角落里有通向她那房间的楼梯。“啊！”那个陌生的老爷轻声感叹着，跟着她一级级登上楼梯。直到此时索尼娅才发现他。她走上三楼，拐进楼道，拉响了九号房间的门铃，房门上用粉笔写着：“裁缝卡佩尔纳乌莫夫之家”。“啊！”那个不认识的人又感叹了一声，对这奇怪的巧合惊讶不已，接着便拉响了紧邻的八号的门铃。两扇门仅仅相隔六步远。

“您就住在卡佩尔纳乌莫夫家呀！”他望着索尼娅，笑眯眯地说。“他昨天给我改了一件背心。我就住在这里，您的隔壁，格尔特鲁达·卡尔洛芙娜·列斯莉赫太太家里。巧极了！”

索尼娅全神贯注地看了看他。

“我们是邻居，”他不知为何特别高兴地继续说道，“要知道，我来到城里还不到三天呢。好，暂时再见。”

索尼娅没有回答；门打开了，她溜进自己的房间。不知为何，她既感到害羞，又似乎感到恐惧……

拉祖米欣在去波尔菲里家的路上，一直兴奋异常。

“这太好了，老兄！”他接二连三地重复这一句话，“我真高兴！我真高兴！”

“你究竟高兴什么呢？”拉斯科尔尼科夫暗自思忖。

“我根本不知道你也在老太婆那里抵押过东西。那么……那么……这已很久了吗？也就是说，很久以前去过她那里？”

“多么天真的傻瓜！”

“什么时候？……”拉斯科尔尼科夫停了一下，努力回想，“就在她死前三天，我好像去过她那里。不过我现在可不是去赎那两件东西，”他赶忙接着说，似乎对那两件东西另眼相看，心急如焚，“要知道，我身上又总共只有一个银卢布了……这都是由于昨天那一阵该死的神志昏乱！……”

“神志昏乱”这个词，他说得特别响亮。

“唔，对，对，对，”拉祖米欣急忙随声附和，也不知是附和哪一句话，“这就是为什么你那天……多少有点吃惊……可你知道吗，你在说胡话的时候老是口口声声念叨什么戒指和表链！……唔，对了，对了……这件事就清清楚楚了，现在一切都清清楚楚了。”

“原来如此！嘿，这个想法已经在他们中间广为流传了！要知道，就是这个为了我甘愿被钉在十字架的人，他十分高兴，因为终于弄清楚了，为什么我在说胡话的时候总是提到戒指！嘿，原来他们大家都确定无疑地有了这种想法！……”

“咱们能见到他吗？”他高声问道。

“能见到，能见到，”拉祖米欣连忙回答，“老兄，这可是一个挺好的小伙子，你一见便知！有点儿笨，也就是说，他是一个雍容文雅的人，说他笨指的是另一个方面。他是个聪明的小伙子，很聪明，甚至聪明透顶，只是思想方法有点特别……生性多疑，怀疑一切，而且脸皮也厚……喜欢骗人，也可以说不是骗人，而是捉弄别人……使用的还是只重物证的老一套侦查方法……不过，是个内行，是个内行……去年他侦破了一个案子，这是一件类似的凶杀案，几乎一点线索都没有！他十分，十分，十分希望与你认识！”

“他究竟为何十分希望呢？”

“其实并不是为了……你要知道，近来你生病，我一而再再而三地多次提到你，……喏，他听了以后……得知你是学法律的，由于家境贫寒无法毕业，便说：‘真是可惜！’所以我断定……也就是说，根据所有这些因素，而不只是依据这一件事；昨天扎苗托夫……你要知道，罗佳，昨天我喝得酩酊大醉，送你回家的路上，对你胡说八道了一通……因此，老兄，你可别夸大了我说的话，要知道……”

“你说的是什么意思？是指把我当作疯子那件事吗？是的，也许他们是对的。”

他苦笑了一下。

“是的……是的……就是说，呸，不是那么回事！……唔，而且我说过的一切话（也包括别的话），全都是瞎说一气，醉话连篇。”

“你又何必道歉呢！这一切真叫我讨厌透顶！”拉斯科尔尼科夫以夸张的怒气冲冲高声叫道。其实，他多少有点儿假装。

“我知道，我知道，我心里清楚……请你相信，我心里是清楚的。说起来都羞死人……”

“既然羞死人，那就别再说了！”

两人都默然无语。拉祖米欣更加兴高采烈，而拉斯科尔尼科夫却对此深感厌恶。而且拉祖米欣刚才谈到的波尔菲里的情况，也使他惴惴不安。

“对这一位也得唱一唱拉撒路之歌①才行”，他思忖着，面色苍白，心儿怦怦狂跳，“而且要唱得自自然然。什么都不唱是最为自然。要竭力做到什么也不唱！不行，竭力就又不自然了……唔，那边该怎么应付呢……走着瞧吧……此时此刻……我去那里，是好还是不好？这正是飞蛾扑火。心儿怦怦直跳，这可有点不妙！……”

“就在这幢灰扑扑的房子里。”拉祖米欣说。

“最重要的是，波尔菲里是否知道我昨天去过那个老巫婆的屋子……并且问起过那摊血迹？这个问题得马上搞清楚，一进门就察言观色，首先搞清楚；否——则——的——话……即便完蛋，也要搞清楚！”

“你知道吗？”他突然脸上带着调皮的微笑，对拉祖米欣说，“老兄，今天我发现，你从清早起就因某件事而异常激动？对吧？”

“因某件事而激动？我根本就没有任何激动。”拉祖米欣不禁颤抖了一下。

“不，老兄，真的，这是显而易见的。你刚才坐在椅子上的那副样子就是前所未有的，不知为何坐到了椅子边上，而且总是像抽筋那样扭来扭去。不时无缘无故地跳起身来。时而勃然变色，时而又不知为何笑容可掬，突然变得像一块最甜蜜的冰糖。甚至满脸通红；特别是当她们邀

① 典出《圣经·新约全书·路加福音》第16章第19—31节。拉撒路是耶稣的朋友和信徒，他是个浑身长满疮的乞丐，经常躺在富人门前求乞。本句意为：装成不幸的人，向人诉苦。在帝俄时代，经常有一些人在街头演唱关于拉撒路的宗教诗。

请你去吃午饭时，你的脸竟然红彤彤的。”

“我根本不是这么一回事；你胡说！……你这么说是什么意思？”

“你干吗像个小学生一样躲躲藏藏的！呸，真见鬼，他又满脸绯红了！”

“你可真是一头猪！”

“那你究竟为啥害羞呢？罗密欧①！你等着吧，我今天可要找个合适的地方说一说这件事，哈——哈——哈！让妈妈开一开心……而且也让另一个人……”

“你听着，你听着，你听着，这可不是一件闹着玩的事儿，这可是……你要是说出来，后果难以设想，见鬼！”拉祖米欣已完全六神无主，吓得栗栗冷战，“你要告诉她们什么呢？我，老兄，……呸，你可真是一头猪！”

“你简直就是一朵春天的玫瑰！你要知道，这个比方对于你再贴切不过了；两俄尺十俄寸②高的罗密欧啊！瞧你今天洗得多么干净彻底，连指甲缝里都纤尘不留了，对吗？什么时候出现过这样的事情？噢，真的，你的头发也搽了油呢！低下头来看看！”

“猪!!!”

拉斯科尔尼科夫哈哈大笑起来，似乎无法抑制自己，就这样一面笑着一面走进了波尔菲里·彼得罗维奇的住所。拉斯科尔尼科夫需要的就是如此：让屋里的人亲耳听到，他们是笑着走进门的，并且到了过道里还在哈哈大笑。

“在这里不许泄露只言片语……否则我就把你……打得稀烂！”拉祖米欣抓住拉斯科尔尼科夫的肩膀，怒气冲冲地耳语着。

五

拉斯科尔尼科夫已经走进屋里。他进门时的那副神态，似乎正在拼命控制自己，以免扑哧一下笑出声来。跟在他后面走进屋子的是满面羞惭的拉祖米欣，他神情尴尬，怒形于色，脸儿红得像芍药一般，又高又瘦，笨手笨脚。此时此刻，他脸上的表情和全身的姿态确实令人发笑，说明拉斯科尔尼科夫的确该笑。拉斯科尔尼科夫未经介绍，就向站在屋

① 莎士比亚名剧《罗密欧与朱丽叶》中的男主人公。

② 两俄尺十俄寸合1.86米。

子中间用疑问的目光望着他们的主人点了点头，并伸出手去跟他握手，看得出他仍然在以最大的努力抑制自己的欢笑，以便至少能说三言两语，进行自我介绍。然而，他刚一恢复正经八百的神态，嘟嘟哝哝地说了一句什么，——突然，他似乎是不由自主地又看了一眼拉祖米欣，这时便再也忍俊不禁了：被强压住的笑声突然迸发出来，此前越是忍得厉害，此时就越是笑得无法抑制。听到这"发自内心"的笑声，拉祖米欣气得七窍生烟，这就为这一场景增添了一种最真挚的欢乐色彩，更主要的是自然的色彩。拉祖米欣还故意帮忙似的，使这一场景更为生动。

"呸，真见鬼！"他怒吼一声，猛一挥手，刚好打在一张小圆桌上，桌上放着一只茶已喝完的玻璃杯。所有东西都飞了起来，发出乒里乓啷的响声。

"先生们，为什么要摔坏椅子呢，国库可要遭受损失了①！"波尔菲里·彼得罗维奇喜滋滋地高声喊道。

接着便出现了这样一幕场景：拉斯科尔尼科夫仍旧笑着，忘记了自己的手还握在主人的手里，但他知道要有分寸，等待时机，以便更快、更自然地结束。由于打翻了桌子，打碎了玻璃杯，拉祖米欣窘困不堪，他闷闷不乐地看了一眼玻璃杯的碎片，啐了一口唾沫，陡然车转身子走到窗前，背朝大家站在那里，愁眉锁眼地看着窗外，但却视而不见。波尔菲里·彼得罗维奇笑吟吟的，也想笑一笑，但显然在等待他们对此做出解释。角落里的一把椅子上坐着扎苗托夫，客人进门时他就已站起身来迎候，咧嘴微笑，但却莫名其妙甚至似乎疑团莫释地看着这一场景，而看到拉斯科尔尼科夫时，甚至还有点惊慌失措。扎苗托夫出乎预料的在场，也使拉斯科尔尼科夫吃了一惊，大为不快。

"这还得费点心思！"他思量着。

"请原谅，"他开口说道，装出羞窘的样子，"拉斯科尔尼科夫……"

"哪里的话，十分高兴，您这样进门，我也十分高兴……怎么啦，他连个招呼都不愿打吗?"波尔菲里·彼得罗维奇朝拉祖米欣那边把头一点。

"真的，我不知道，他为什么对我横眉怒目、怒火冲天。我只不过在路上对他说，他像罗密欧，并且……并且提供了证明，此外就似乎没有其他原因了。"

---

① 这是果戈理的喜剧《钦差大臣》第一幕第一场中市长的一句台词。

“猪!”拉祖米欣头也不回地答道。

“为了一句话就怒气冲冲，这么说，这里面一定大有文章喽。”波尔菲里笑了起来。

“得了吧，你这个侦察员！……嗨，你们大家见鬼去吧!”拉祖米欣很不客气地说，突然他自己也哈哈大笑起来，满面春风，仿佛什么事也没发生过似的走到波尔菲里·彼得罗维奇跟前。

“够啦！全都是傻瓜；谈正事吧：这是我的朋友罗季昂·罗曼内奇·拉斯科尔尼科夫，第一，他是久闻大名，想和你认识，第二，他有件小事求你。咦！扎苗托夫！你怎么会在这里？难道你们竟然认识？交往很久了吗？”

“这又是怎么一回事呀!”拉斯科尔尼科夫忐忑不安地想道。

扎苗托夫似乎不好意思，不过并不那么发窘。

“昨天才在你家里认识的呀。”他随口答道。

“这么说，上帝帮忙，省了我的麻烦。波尔菲里，上个礼拜你急不可耐地请我把他介绍给你，而现在你们竟然无须我介绍就沆瀣一气了……你的烟在哪里？”

波尔菲里·彼得罗维奇一身家居打扮——穿着长睡袍，内衣干干净净，脚上是一双穿破了的便鞋。此人三十五岁上下年纪，中等以下身材，腰宽体胖，甚至有点大腹便便，脸上刮得光溜溜的，既没有留唇髭，也未曾蓄络腮胡子，修剪过的头发浓浓密密地覆盖着圆溜溜的大脑袋，不知何故后脑勺特别突出。圆乎乎、胖鼓鼓的脸上长着一个微微上翘的鼻子，脸色暗黄，显出几分病态，不过精神焕发，甚至还流露出嘲讽的神情。这张脸甚至可以说是和善可亲的，假如不是受到眼神的影响的话：那双眼睛闪射着一种暗幽幽、淡溜溜的光，遮住眼睛的睫毛近乎白色，不住地眨动着，仿佛是在向谁使眼色。他的眼神和他那甚至带点女性模样的整个身形极不协调，因此他给人的印象比乍见之下要严肃得多。

波尔菲里·彼得罗维奇一听说客人有件“小事”求他，便马上请他坐到沙发上，自己则坐在沙发的另一头，全神贯注地望着客人，迫不及待地等着客人讲述这件事情。他是那么专心致志，甚至可以说过于认真，以致初来乍到者，尤其是素昧平生者，特别是当您自己认为您所说之事远远不值得他如此郑重其事地重视时，往往感到尴尬，甚至难堪。然而拉斯科尔尼科夫却用简明扼要、条理井然的语言，清楚准确地讲述了自己的事情，并且自我感觉相当不错，甚至把波尔菲里仔仔细细地打量了一番。在谈话的整个过程中，波尔菲里·彼得罗维奇也一直目不斜视地望着他。拉祖米欣坐在桌子的对面，热心而急切地倾听着他的陈述，眼光在两人之间穿梭般移动，已经显得有点儿失去了分寸。

“傻瓜！”拉斯科尔尼科夫在心里暗骂。

“您应该向警察局递一份申请书，”波尔菲里·彼得罗维奇摆出一副公事公办的姿态答道，“就说，获悉发生了这样一个案子，即这件谋杀案，——您还要请求通知受理此案的侦察员，有这样几件物品属您所有，您希望赎回它们……或者那里……其实他们会给您书面通知的。”

“问题就在这里，我，眼下，”拉斯科尔尼科夫尽可能地做出难为情的样子，“囊中羞涩……甚至连这几件小玩意也无法赎回……您要知道，我眼下只想声明一下，这些东西是属于我的，但是等我有了钱……”

“这都一个样，”波尔菲里·彼得罗维奇冷若冰霜地听了他关于经济情况的说明后回答道，“不过，如果您愿意的话，您也可以直接给我写份申请书，也是同样的内容，就说，获悉发生那件案子，特声明有哪几件东西属我所有，请求……”

“能写在普通的纸上吗？”拉斯科尔尼科夫连忙打断他的话，又把话题扯到经济问题上。

“哦，就写在最普通的纸上吧！”突然，波尔菲里·彼得罗维奇不知为何用明显的嘲讽眼光望了望他，似乎向他使了个眼色，不过，这也许只是拉斯科尔尼科夫的感觉，因为它发生在电光石火般的一个瞬间。但至少有过这种情形。拉斯科尔尼科夫敢以上帝的名义起誓，波尔菲里向他使了个眼色，鬼才知道是为什么。

“他心里有数？”这个念头闪电般掠过脑海。

“很抱歉，我用这样一些琐屑的事情打扰您，”他有点心神不宁地继续说道，“我那几样东西虽然总共只值五卢布，但这些东西对我来说却特别珍贵，因为这是对赠送者的一种纪念，因此，说实话，我刚一听说这件事时，不禁大惊失色……”

“无怪乎，昨天我向佐西莫夫谈及波尔菲里在调查抵押人时，你会那样激动不已！”拉祖米欣用意明显地插嘴说。

这可太令人难堪了。拉斯科尔尼科夫忍无可忍，用自己那冒出怒火的黑亮的眼睛恶狠狠地瞪了他一眼。但他又立即恍然大悟。

“老兄，你似乎是在嘲笑我吧？”他狡猾地装出一副恼羞成怒的样子，对拉祖米欣说道，“我承认，也许，我过于看重这些在你眼里分文不值的玩意儿；然而，你不能因此就把我看作一个自私自利的人或者是一个吝啬鬼。在我眼里，这两件微不足道的玩意儿绝非什么破烂。我刚才已经告诉过你了，这块不值几何的银表是先父留下的唯一遗物。你可以嘲笑我，可是母亲看我来了，”他突然转头面向波尔菲里，“假如她知道，”他又赶忙转头朝向拉祖米欣，拼命用颤抖的声音说话，“这块表丢失了，我敢发誓，她定会痛心入骨！女人嘛！”

“根本不是那么一回事！我根本就不是这个意思！我的意思恰恰相反！”伤心不已的拉祖米欣叫了起来。

“这样做好吗？自然吗？是否过火了？”拉斯科尔尼科夫心惊肉跳地暗暗嘀咕，“为什么要说‘女人嘛’这句话呢？”

“令堂来这里看您了？”波尔菲里·彼得罗维奇不知何故问道。

“是啊。”

“这是什么时候的事啊？”

“昨天晚上。”

波尔菲里闷声不响了，似乎在思索什么。

“您的东西无论如何也不会丢的，”他平静而冷漠地继续说道，“要知道，我在此早已恭候您多时了。”

他俨然一副若无其事的样子，却关心地把烟灰缸递给满不在乎地把烟灰乱弹在地毯上的拉祖米欣。拉斯科尔尼科夫颤抖了一下，但波尔菲里仿佛没有看见，依旧在担心着拉祖米欣的烟灰。

“什——么？你在恭候？难道你知道，他也在那里抵押过东西吗？”拉祖米欣叫了起来。

波尔菲里·彼得罗维奇径直对拉斯科尔尼科夫说：

“您那两件东西，一只戒指和一块手表，在她那里用一张纸包着，上面用铅笔清清楚楚地写着您的名字，还有她从您手里收到这些东西的月份和日期……”

“您的眼睛怎么这样尖啊？……”拉斯科尔尼科夫难堪地笑了一笑，拼命正视他的眼睛；但他未能坚持到底，又突然补充道，“我刚才之所以那么说，是因为抵押者一定为数不少……因此您很难把所有的人全都记住……可您，却恰恰相反，把所有的人都记得一清二楚，而且……而且……”

“愚蠢！拙劣！我何苦要补充这几句话呢！”

“几乎所有的抵押者现在都已弄清楚了，只有您一个人尚未光临。”波尔菲里用一种勉强可以察觉的讥讽口吻答道。

“我身体欠佳。”

“我也听说过这件事。甚至还听说，您不知为了什么而心烦意乱。就是现在，您的脸色也似乎很苍白?”

“根本就不苍白……相反，我十分健康!”拉斯科尔尼科夫突然改变语气，粗咧咧、恶狠狠地断然答道，他火冒三丈，再也无法压住。“然而一发火就会说漏嘴!”他的脑海中又闪过这个念头，“他们为啥要折磨我呢!……”

“他还没有完全好呢，”拉祖米欣插嘴道，“尽说蠢话!直到昨天他还几乎是神志不清，呓语不断……哦，你相信吗，波尔菲里，昨天他刚能勉强站稳，可我们，我和佐西莫夫，刚一转身，他就穿上衣服，偷偷地溜之乎也，也不知在那里逛到将近半夜，而且，我告诉你吧，这是在他完全神志不清的情况下发生的事，这你能想象得到吗!真是神乎其神了!”

“难道真的是完全神志不清吗?您说说看。”波尔菲里像个娘们似的摇了摇头。

“唉，瞎说一气!您别信他!其实您本来就不相信!”拉斯科尔尼科夫怒火冲天，不禁脱口而出。然而波尔菲里·彼得罗维奇似乎没有听清这些古里古怪的话。

“如果不是神志不清，你怎么会跑出去呢?”拉祖米欣勃然大怒，“你为啥跑出去?去干什么?……又为什么偏偏要偷偷地溜出去?当时你的头脑正常吗?现在，一切危险都已云散雾消了，我就坦率地告诉你吧。”

“昨天他们让我厌烦透了，”拉斯科尔尼科夫突然面带一种无赖的、挑衅的微笑对波尔菲里说，“于是我就逃离他们，出去租间房子，好让他们找不到我，我还随身带了一大笔钱。就是这位扎苗托夫先生亲眼见过这些钱。扎苗托夫先生，昨天我是神志清醒还是神志不清呢?这个争端就请您裁决吧!”

此时此刻，他似乎真恨不能掐死扎苗托夫。扎苗托夫的眼光和一声不响都令他厌恶。

“依我看，您说话合情合理，甚至十分巧妙，只是肝火太盛。”扎苗托夫冷冰冰地说。

“今天尼科季姆·弗米奇告诉我，”波尔菲里·彼得罗维奇插言道，“昨天他很晚的时候遇见了您，是在一个被马踩死的官员家里……”

“好，那就拿这个官员来说吧!”拉祖米欣接口说，“喂，你在那个官员家是不是像个疯子?你把剩下的最后一点钱都送给那个寡妇作丧葬费了!喏，想帮她一把，——给她十五卢布，给她二十卢布就行了，哪怕给自己留下三个卢布也好啊，可你却出手阔绰，把二十五卢布全都送给她了！”

“或许我在什么地方找到了宝藏，而你不知道呢？因此我昨天就出手阔绰啰……这个扎苗托夫先生就知道，我发现了宝藏！……请您原谅，”他嘴唇颤抖着对波尔菲里说，“我们用这种七零八碎的无聊事情打扰您足足半个小时了，讨厌透顶，对吗？”

“哪里哪里，正好相反，正——好——相反！你还不知道，我对您多么感兴趣啊！无论是看着你，还是听着你说话，都使我兴味盎然……而且，不瞒你说，你终于大驾光临，我欣喜若狂……”

“喂，哪怕给杯茶也好啊！喉咙都冒烟了！”拉祖米欣高声叫道。

“好主意！也许大家都一起奉陪！难道不希望……在喝茶前先来点更厉害些的东西①？”

“不必了！”

波尔菲里·彼得罗维奇出去吩咐送茶。

一个个念头在拉斯科尔尼科夫的脑海里旋风般旋来转去。他怒发冲冠。

“主要的是，他们竟毫不掩饰，也不讲客气！既然压根儿不认识我，那你凭什么跟尼科季姆·弗米奇议论我呢？可见，他们已经不想隐瞒，而像一群狗一样在跟踪我！如此肆无忌惮地鄙视我！”他气得浑身发抖，“好吧，你们就直截了当地打我吧，可别玩猫捉老鼠的游戏。这可太不礼貌，波尔菲里·彼得罗维奇，要知道，也许我还不允许呢！……我会站起来，就当着你们大家的面，把真相一五一十地兜底说出；也让你们瞧瞧，我是多么鄙视你们！……”他艰难地喘了一口气，“然而，假如这仅仅是我的一种感觉，那可怎么办呢？假如这是一个幻象，我大错特错，由于缺乏经验而大动肝火，无法继续扮演这个卑鄙的角色，那可怎么办呢？也许，这一切都并没有什么意图？他们大家的话都平平常常，不过话中又隐含着点什么……这些话任何时候都可以说，但是话中别有所指……为什么他单刀直入地说‘在她那里’？为什么扎苗托夫补充说，我说得十分巧妙？为什么他们都用这种语气说话？对了……语气……拉祖米欣也坐在这里，为什么他毫无感觉呢？这个天真的糊涂虫，任何时候都不会有任何感觉的！热病又发啦！……刚才波尔菲里到底有没有向我使眼色呢？大概，这是我的幻觉；他为什么要使眼色呢？是想刺激我的

① 指酒。

神经呢，还是打算戏弄我？要么这一切全都是幻象，要么他们已心知肚明！……连扎苗托夫都那么放肆……扎苗托夫是不是放肆呢？扎苗托夫一夜之间就改变了看法。我早已预感到他会改变看法。他在这里就像在自己家里，可他本人只是初次登门。波尔菲里并未把他当客人，背对他坐着。他们已沆瀣一气！一定是为我的事儿沆瀣一气的！我们到达之前，他们准是在谈论我！……他们是否知道租房子的事呢？但愿快点儿来！……当我说到我昨天跑到外面去租房子时，他疏漏了，没有就此借题发挥……而我插入租房子的事很是巧妙：以后会有用处的！……就说当时神志不清！……哈！哈！哈！昨天晚上的事全都知道！却不知道我母亲的到来！……那个老巫婆竟然用铅笔写上了日期！……胡说，我决不屈服！要知道这还不是事实，这只是幻象！不，你们得拿出真凭实据来！连租房子也不是证据，而是我的胡话；我知道该对他们说些什么……他们是否知道租房子的事呢？不搞个一清二楚，我就不离去！我来这里是为什么呢？而我现在却怒气冲冲，这大概也是个证据吧！唉，我是多么容易动怒啊！不过也许这样倒好；一个病人的角色……他在对我进行试探。他想把我搞得晕头转向。我为什么来这里呢？”

所有这些想法，像闪电一样，一一在他的脑海里掠过。

波尔菲里·彼得罗维奇眨眼间就回来了。不知何故，他突然变得欢天喜地。

“老兄，昨天从你家的晚会回来后，我的头……甚至我整个人，都散了架似的。”他用一种迥然不同的语气笑哈哈地对拉祖米欣说。

“怎么样，有趣吧？昨天我可是在谈到一个最有趣的问题时离开的吧？谁胜了？”

“当然啰，谁也没胜。后来就转到一些永恒的问题，学术性的问题。”

“罗佳，你猜一猜，我们昨天谈了什么问题：存在还是不存在犯罪？我告诉过你，简直争论得不可开交！”

“这有什么惊奇的？一个普普通通的社会问题而已。”拉斯科尔尼科夫心不在焉地答道。

“问题不是这样提出来的。”波尔菲里说。

“不完全是这样提出的，这是千真万确的，”拉祖米欣当即表示同意，他像平时那样性子急躁，热情似火，“喂，罗季昂，你先听上一番，然后说说自己的意见。我希望听到你的看法。昨天我不遗余力地与他们争论，而且一直等着你来；我向他们谈起你，说你肯定会来……我们是从社会主义者的观点开始争论的。这个观点人所共知：犯罪是对不正常的社会制度的一种反抗①——仅仅如此，再无其他东西，再也无须找其他任何原因进行解释，——如此而已！……"

"你这是胡扯！"波尔菲里·彼得罗维奇叫了起来。显而易见，他兴奋起来了，他总是笑乎乎地望着拉祖米欣，搞得他更加激动不已。

"再也无须找其他任何原因进行解释！"拉祖米欣情绪激昂地打断了他的话，"我并未胡扯！……我可以向你出示他们的几本小册子：在他们看来，一切都是'环境所迫'②，——仅此而已！这是他们的口头禅！从这里可以直接得出一个结论：假如社会制度正常，那么所有的犯罪转眼之间就会无踪无影，因为再没有什么可反抗的了，于是所有的人立刻都变成了奉公守法的良民。天性是不予考虑的，天性被排除在外，天性是不应该存在的！他们认为，人类不是沿着活生生的历史道路向前发展，最终自然而然地形成一个正常的社会，而是恰恰相反，一种社会制度由某个数学头脑构想出来以后，就会立刻把全人类组织起来③，并且使他们刹那间都变成奉公守法和纯洁无邪的君子，而且快于任何活生生的发展过程，也无须经过任何活生生的历史道路！所以他们极其本能地不喜欢历史：'历史中只有丑恶和愚蠢'，而且仅仅用愚蠢就可以解释一切！因此他们也极其不喜欢活生生的生活过程：不需要活生生的灵魂！活生生的灵魂要求生活，活生生的灵魂不服从机械的命令，活生生的灵魂让人疑虑重重，活生生的灵魂落后反动！而他们需要的人是哪怕散发着死尸的腐臭味的，是可以用橡胶来制造的，——因此他没有生命，因此他毫无意志，因此他奴隶般唯命是听，不会造反！结果便是，一切都仅仅是

① 指俄国革命民主主义者车尔尼雪夫斯基的长篇小说《怎么办》和英国空想社会主义者欧文（1771—1858）的著作《人的性格的形成》中的观点。车尔尼雪夫斯基认为，十分之九的犯罪源于饥饿，要消灭犯罪必须对整个社会制度进行革命，予以改造。

② "环境所迫"或"环境影响"是俄国19世纪50年代末和60年代初自由主义和民主主义批评界相当流行的一种观点，以此说明俄国农奴制度下人们犯罪的必然性。陀思妥耶夫斯基反对这一观点，强调一个人必须对自己的行为负责，而不能仅仅归罪于当时社会环境的恶劣影响。因为在同样的社会环境下，有些人变坏了，有些人却出淤泥而不染。

③ 这里暗指法国空想社会主义者傅立叶（1722—1837）的著作《关于四种运动和普遍命运的理论》及圣西门（1760—1825）的著作《论万有引力》。

为了在法朗吉大厦①里用砖砌墙，并安排走廊和房间！法朗吉大厦虽然建成了，然而与法朗吉大厦相适应的人的天性尚未制造出来，天性需要生活，它还未结束生活的过程，要它进坟墓未免为时过早！光凭逻辑无法超越天性！逻辑只能预测三种情况②，而不同的情况却有一百万种！把一百万种情况置之不理，而把一切仅仅归结为一个舒适的问题！这是最轻而易举的解决问题的办法！道理明白得令人神往，一点也不用思考！主要的是用不着思考！一本两个印张的小书就包含了生活的所有秘密！”

“瞧他宏论滔滔，叮叮咚咚地没完没了！得制止他了，”波尔菲里笑了起来。“您想想看，”他转过脸来对拉斯科尔尼科夫说，“昨天晚上也是这样，一个房间里挤着六个人，大家各执己见，相持不下，而且事前又都灌了一肚子的潘趣酒③——您想象得出这种场面吗？不，老兄，你是在瞎说：‘环境’对犯罪影响重大；对此我可以提供证明。”

“我自己也知道影响重大，然而请你说说看：一个四十岁的男子强奸一个十岁的小女孩，——莫非这也是环境迫使他这么做的？”

“可不是吗，严格说来，大概也是环境的影响，”波尔菲里目空一切地说，“强奸小女孩的犯罪行为，大可以甚至太可以用‘环境’来解释了。”

拉祖米欣气得几乎发疯。

“好吧，如果你愿意，我马上就给你推断出结论，”他吼了起来，“你的两道眉毛之所以是白的，唯一的原因就是因为伊万大帝钟楼高三十五俄丈④，而且我可以说得清清楚楚，确确切切，具有进步意义，甚至带上自由主义色彩。我这就开始啦！喂，你敢打赌吗？”

“好！我们倒要听听他怎样推断出结论来！”

“他老是故弄玄虚，真见鬼！”拉祖米欣高声叫着，霍地跳起身来，挥了挥手，“值得跟你说吗！这一切都是故作姿态，罗季昂，你还不了解他呢！昨天他站在他们一边，只是为了戏弄大家！上帝呀，他昨天都说

---

① 法朗吉是傅立叶幻想建立的未来社会主义的基层组织，该组织的成员集体住在傅立叶设计的、比法国的凡尔赛宫还要大的宫殿式宿舍——法朗吉大厦里。

② 指形式逻辑中的三段论法或三段论式。

③ 一种用果汁、香料、茶、酒等调制而成的混合甜饮料。

④ 伊万大帝钟楼位于莫斯科的克里姆林宫内，始建于1505—1508年，1600年加高，高81米。1俄丈等于2.134米。

了些什么啊！可他们却因他而欢欣鼓舞呢！……要知道他可以这样畅谈两个星期。去年，也不知是何居心，他使我们大家都相信，他要当修士了：一连两个月喋喋不休地宣扬着！不久前，他又突发奇想，要我们都相信，他就要结婚了，结婚的东西都一应俱全，连新衣服都做好了。我们都已纷纷向他表示祝贺了。结果，既没有新娘，也没有别的任何东西：一切都是海市蜃楼！"

"你这就是瞎说了！我早就做好了新衣服。正因为有了这套新衣服，我才想到骗一骗你们。"

"您果真是这么一位喜欢装假的人？"拉斯科尔尼科夫漫不经心地问道。

"而您认为不是吗？您等着吧，我也会叫您上当的，哈，哈，哈！不，您要知道，我对您说的可全是真情实话。由于刚刚谈到的犯罪、环境、强奸小女孩等所有这一切问题，眼下我想起了您的一篇文章，——其实，这篇文章一直使我很感兴趣。文章的标题叫《论犯罪》……还是您叫它别的什么，我已忘了，记不清了。两个月前，我有幸在《周期论坛》上拜读了这篇大作。"

"我的文章？在《周期论坛》上？"拉斯科尔尼科夫诧异地问道，"半年前，我休学时，的确曾为一本书①写过一篇书评，但我当时投寄的是《每周评论》，而不是《周期论坛》。"

"不过刊载在《周期论坛》上。"

"须知《每周评论》已经停刊，因此当时没有刊发……"

"这倒是真的；不过，《每周评论》停刊后，就和《周期论坛》合并了，所以您的文章两个月前就刊载在《周期论坛》上。难道您不知

---

① 据学者分析，这本书可能是指路易—拿破仑·波拿巴（拿破仑三世，1808—1873）的《恺撒传》或德国哲学家施蒂纳（1806—1856）的《唯一者及其所有物》。《唯一者及其所有物》包括两大部分。第一部分标题是"人"，指出所有意识、宗教、道德、法律、真理、国家、社会、人民、民族、祖国、人类以至世界本身都是旨在通过各种非个人的普遍的东西来奴役个人，都是"否定你自己"的，由此说明世界上的任何事物本身都是利己主义的，因而"唯一者"当然也是利己主义的。第二部分标题是"我"，指出了自我彻底解放的道路，即"回到你自己那里去"的道路，主张自我的解放不能依靠在自我之外的什么永恒的观念或原则来实现，而只有靠使自我君临这些观念或原则之上来达到。

道吗？”

拉斯科尔尼科夫的确全然不知。

“怎么会呢，您可以去找他们要这篇文章的稿费呀！不过，您的性格真怪！如此孤居独处，竟对这种关系到您的切身利益的事情一无所知。这可是事实啊。”

“好啊，罗季卡！连我都不知道呢！”拉祖米欣叫了起来，“今天我就到阅览室去借这一期杂志。两个月前的吗？出版日期呢？反正我会找到。真有你的！竟然秘而不宣！”

“不过，您怎么知道那篇文章是我写的？它的署名只有一个字母啊。”

“十分偶然，而且是前两天才知道的。通过一位编辑；我的一个熟人……我特别感兴趣。”

“我记得，我在文章中分析了罪犯在犯罪的整个过程中的心理状态。”

“对呀，您还坚持认为，犯罪的行为总是与疾病的发生相伴而行。极富创见，极富创见，然而……我个人感兴趣的并非你文章的这一部分，而是文章结尾透露出来的一种想法，但可惜的是，您只是隐约其词地加以暗示……总之，假如您还记得的话，您提出的某种暗示是，世界上似乎存在着这样一些人，他们能够……也就是说，不是能够，而是有充分的权利为所欲为甚至犯罪，他们似乎不受法律的约束。”

对自己的观点受到存心夸大和蓄意曲解，拉斯科尔尼科夫报以一声冷笑。

“怎么？这是什么意思？有犯罪的权利？而且并非因为‘环境所迫’？”拉祖米欣甚至不无惊惧地探问。

“不，不，不完全是这个原因，”波尔菲里答道，“关键在于，在他那篇文章中，所有的人不知为何被分成了‘平凡的人’和‘非凡的人①’

---

① 以前不少译本都译成“超人”，并且有人撰文宣称拉斯科尔尼科夫深受尼采“超人”哲学的影响。但这是一个硬伤。尼采（1844—1900），1864年在波恩大学攻读神学和古典语言学，1865年转入莱比锡大学，正为发现叔本华的《作为意志与表象的世界》而狂喜，尚未形成自己的哲学思想，1872年才发表第一部哲学著作《悲剧的诞生》，1883—1885年才完成代表作《查拉图斯特拉如是说》，首次提出“超人”学说，而此时陀思妥耶夫斯基（1821—1881）早已去世，更重要的是，陀氏的《罪与罚》1860年开始酝酿，1866年就已正式出版。因此，陀氏根本不可能知道尼采的“超人”哲学，尼采的“超人”哲学更不可能影响陀氏小说的主人公，倒是尼采曾说过很喜欢陀氏的小说。

两类。平凡的人应该俯首帖耳地生活，没有犯法的权利，因为他们，您要知道，是平凡的人。而非凡的人则有权犯任何罪，肆无忌惮地犯法，就因为他们是非凡的人。您的观点似乎就是这样，假如我没有弄错的话？”

“怎么竟会是这样呢？这是绝不可能的！”拉祖米欣疑惑莫解地咕哝着。

拉斯科尔尼科夫又冷笑了一声。他倏然明白了这是怎么回事，以及他们试图把他推向何处；他记得自己的文章。他决定接受挑战。

“我的观点不完全是这样的，”他朴实而谦虚地说，“不过，我承认你差不多忠实地转述了我的观点，如果您希望的话，甚至可以说完全忠实……（他似乎乐于承认，对方完全忠实）……唯一的区别是，我完全没有像您说的那样坚持认为，非凡的人一定应该而且必须经常肆意妄为。我甚至觉得，这样的观点不宜于在报刊上刊载出来。我只是暗示，‘非凡的人’有权……也就是说，并非官方的合法权利，而是自己有权准许自己的良心逾越……某些障碍，而且这也只适用于唯一的情况，即为了实现他的思想（有时也许是可以拯救全人类的思想）非这样做不可。您说，我的文章隐约其词；我准备尽可能地向您解释清楚。我想，您似乎希望我这样做，我也许并未搞错吧；我这就开始解释。依我看，如果开普勒①和牛顿的发现，由于某些错综复杂的原因无论如何也不能公之于众，除非牺牲干扰这一发现或成为其拦路虎的一个人、十个人、一百个人甚至更多的人的生命，那么，为了把自己的发现向全人类公布，牛顿就有权利，甚至有义务……消灭这十个人或一百个人。然而，决不能由此得出结论，牛顿有权随便杀人，见到什么人就杀什么人，或者每天在市场上偷窃。我记得，我还在文章里接着加以发挥，说所有的人……喏，比方说，哪怕是人类的立法者和规章制度的创立者，从远古时代，直至后来的莱喀古士②、梭伦③、穆罕默德④、拿破仑等，无一例外，都是罪犯，唯一的原因在于，他们在制定新法规的同时，也就破坏了世所公认的、神圣不可侵犯的、代代相传的古老法规，而且，当然啰，他们也不会面

① 开普勒（1571—1630），德国天文学家兼物理学家，以发现行星围绕太阳的运行规律而著称。

② 莱喀古士（前9—前8），传说中古斯巴达的立法者。

③ 梭伦（约前638—前559），古希腊雅典的执政官、立法者。

④ 穆罕默德（约570—632），伊斯兰教的创始人。

对流血而停步不前，只要流血（有时流的完全是无辜的、为维护古代的法规而英勇献身者的鲜血）能帮助他们成功①。尤其令人注目的是，这些人类的恩人和规章制度的创立者，大多数都是血流成河的特别可怕的屠夫。总而言之，我的结论是，所有的人，不只是那些伟人，就连那些稍稍超越常轨的人，也就是说，甚至那些稍稍能提出一点新见解的人，按其天性来说，都必定是罪犯，——当然，或多或少，程度不一。否则的话，他们就很难越出生活的常轨，而墨守成规，他们当然无法同意，这仍然是由于天性的缘故，而在我看来，他们甚至就必须这样决不同意。总而言之，您可以看到，到此为止，我的文章中并无任何特别新颖的见解。这类观点已经在报刊上登载过一千次，也已被阅读过一千次了。至于说到我把人分为平凡的人和非凡的人两类，那么，我承认，这种划分有点臆断，但我并未坚持说，他们各有一个精确的数字。我只是相信自己的主要观点。这个观点认为，按照自然法则，人一般来说分为两类：一类是低级的人（平凡的人），也就是说，可以称之为仅仅是繁殖同类的材料；另一类是真正意义上的人，也就是具有天赋和才干，能在自己所处的社会里提出新见解的人。当然喽，这样的划分，是无尽无休的，然而区分这两类人的特征是相当鲜明的：第一类人，也就是那些材料，总的来说，其天性是保守的，四平八稳的，他们俯首帖耳地生活，而且乐于俯首帖耳地生活。在我看来，他们也必须俯首帖耳，因为这是他们的使命，并且对于他们来说，这完全不是什么有伤尊严的事情。第二类人全都违规犯法，是破坏者，或者倾向于破坏的分子，这要根据他的能力而定。这些人的犯罪，当然喽，只是相对的，而且情况千差万别；他们大多在五花八门的声明中，要求为了美好的未来而破坏现存的秩序。然而，为了实现自己的思想，如果需要他哪怕踩着尸体，踏过血泊，那么，在他的内心深处，在他的良心上，依我看，是可能会允许自己踏过血泊的，——不过这取决于其思想的性质及规模，——这一点要提请您注意。只是在这一意义上，我才在文章中谈到他们有权犯罪。（请您记住，我们是从法律问题谈起的。）不过，也用不着太过惊慌：群众几乎从来不承认他们有这种权利，总是会处决他们，绞死他们（或多或少地），这是完全公正的，是在完成他们那保守的使命，然而到了几代之后，又是同样的

① 这里暗指穆罕默德用剑和血传播伊斯兰教，以及拿破仑三世在《恺撒传》中为拿破仑一世所做的辩护。

群众为这些被处死的人塑像立碑，对他们顶礼膜拜（或多或少地）。第一类人永远是现在的主人，第二类人则是未来的主人。第一类人保存这世界，增殖人口；第二类人则推动世界向前发展，并引导它奔向目的地。无论是第一类人还是第二类人，都有完全相同的生存权利。总之，我认为，他们所有的人都享有同等的权利，而且——vive la guerre éternelle①，——当然啰，直到新耶路撒冷②出现！”

“这么说，您还是相信新耶路撒冷啰③？”

“相信。”拉斯科尔尼科夫坚定地回答；他在说这句话的时候，以及在滔滔不绝地发表自己的长篇大论的过程中，眼睛望着地面，紧盯着在地毯上选中的一个点。

“您也——也——也相信上帝？请原谅我如此好奇。”

“相信。”拉斯科尔尼科夫重复了一遍，他抬起头来直视着波尔菲里。

“也——也相信拉撒路复活④？”

“相——相信。您为什么老问这些？”

“您真的相信？”

“真的。”

“原来如此……我是多么好奇，请原谅。然而，对不起，——我又要回到刚才的话题上来了，——要知道，并不总是处决他们；有些人还正好相反……”

“在世时就赢得了胜利？哦，是的，有些人活着的时候就功成名遂了，于是……”

“自己开始处决别人？”

“如果需要的话，而且，您要知道，甚至大多数人往往如此。总之，您的想法很有见地。”

“谢谢，不过，还得请您告诉我：究竟怎样才能区分这些平凡的人和非凡的人呢？是不是天生就有这种标记呢？我的意思是，这需要搞得更

---

① 法语，意为永恒的战斗万岁。

② 语出《圣经·新约全书·启示录》第21章第2节：“我又看见圣城新耶路撒冷由上帝那里从天而降。”此处意指人间的天堂。

③ 按照圣西门主义者的观点，相信新耶路撒冷，就是相信未来的黄金时代，陀思妥耶夫斯基也相信黄金时代。

④ 《圣经·新约全书》中说，拉撒路是个讨饭的乞丐（《路加福音》第16章），他病死四天后，耶稣使之复活（《约翰福音》第11章）。

准确一些，也就是说，要有更多的外在的确定性：请原谅我这个讲求实际、心地善良的人的自然而然的忧虑，然而，能不能，譬如说，给他们置办些什么特殊的服装，戴上点什么东西，打上点什么印记……因为您得承认，假如发生了两个类别的混淆，这一类别中的人认为自己属于另一类别的人，并且就像您刚才非常巧妙的说法，开始'排除一切障碍'，那可就……"

"噢，这可是屡见不鲜的事！您的这个想法甚至比刚才的更有见地……"

"谢谢……"

"不用客气；但是请您注意，错误只可能出自第一类人，也就是出自'平凡的人'（我如此称呼他们也许很不妥当）。尽管他们生来就乐于俯首帖耳，然而由于某种连母牛都会有的顽皮天性，他们当中的许多人都喜欢自以为是进步人士和'破坏者'，竭力提出'新见解'，而且这完全出自真心诚意。与此同时，真正的新人，他们却总是视而不见，甚至嗤之以鼻，把他们当作落后分子和降志辱身的人。不过，在我看来，这不可能有什么了不得的危险，因此您，真的，无须担心，因为永远都不会走得太远。当然啦，如果他们忘乎所以，有时也不妨把他们鞭打一顿，让他们安分守己，如此而已；在这里甚至无须另行物色执行者：他们会自己鞭打自己，因为他们都是品行十分端正之人；有些人会相互效劳，完成鞭打，另一些人则自己亲手惩治自己……他们还会当众以各种形式承认自己所犯的错误，——效果极佳，而且很有教育意义，总之，您大可不必担心……有这样一种规律。"

"唔，至少在这一方面，您让我多少放了一点心；可是还有一个疑难：请您告诉我，这种有权杀人的人，这些'非凡的人'是不是人数众多呢？我当然准备对他们顶礼膜拜，然而，您得承认，假如这种人比比皆是的话，那也是怪吓人的，对吗？"

"哦，对此您也大可放心，"拉斯科尔尼科夫用同样的语调接着说道，"一般来说，具有新思想的人，甚至那些只能稍稍说出一点新见解的人，出生极少，甚至可以说寥若晨星。只有一点是明明白白的：人的出生规律，所有这些类别和分类的规律，必定相当可靠而准确地遵循大自然的某种法则。这个法则当然在目前还未被人知晓，但我相信它是存在的，而且以后会广为人知。不可胜数的芸芸众生，也就是那些材料，活在世上的唯一目的，就是经过某种努力，通过某种至今仍然神秘莫测的过程，经由种族和血统交叉繁殖，竭尽全力，最终哪怕在一千人中生出一个多少具有独立精神的人来。而独立精神较强的人，也许是一万人中才能诞生一个（我这是举例，说的是概数）。独立精神更强的人，也许是十万人中才能产生一个。天才人物要几百万人中才能产生那么几个，而伟大的天才，人类中的超群绝伦者，也许要到世界上有了几十亿、几百亿人以后才会出现一个。总而言之，我并未窥探过产生这一切的那个曲颈瓶。不过，某种法则是一定存在的，而且应该存在；这里绝没有偶然。”

“你们两个人究竟怎么了，在开玩笑吧，是不是？”拉祖米欣终于大喊大叫起来，“你们在互相愚弄，对不对？坐在这里相互嘲弄！罗佳，你这是正儿八经的吧？”

拉斯科尔尼科夫默默地向他抬起自己那张白煞煞、近乎忧郁的脸庞，什么也没回答。拉祖米欣觉得奇怪的是，与这张文质彬彬、郁郁寡欢的面孔相比，波尔菲里却是一副毫不掩饰、纠缠不休、粗野无礼、冷嘲热讽的神态。

“喂，老兄，如果你当真是正儿八经的，那么……当然啦，你说得对，这并不新颖，就像我们上千次在报刊上读过与听过的论调；可是在所有这些言论中确实有独到的见解，——而且使我感到惊恐的是，它又的确是属于你一个人的，——这就是，你竟然从良心上允许流血，请原谅我说直话，甚至还那么狂热……看来，这也就是你那篇文章的核心所在了。要知道，这种从良心上允许流血的观点，这……在我看来，这比官方允许的流血和法律允许的流血更为可怕……”

“完全正确，是更为可怕。”波尔菲里附和着。

“不，你走火入魔了！错误就在这里。我一定读读这篇文章……你走火入魔了！我一定得读一读。”

“文章里压根儿就没有这些东西，那里只有一点点暗示。”拉斯科尔尼科夫说。

“的确如此，的确如此，”波尔菲里有点儿坐不住了，“我现在差不多弄明白您对犯罪的看法了，不过……请原谅我如此纠缠不休（我已经过分打扰您了，我心里深感惭愧！）——您要知道：您刚才已使我大为放心，无须忧虑两类人会错误地混淆在一起，然而……仍然有各种实际的情况使我深感忧虑！假如有那么一位男子汉或者小伙子，自以为他是莱喀古士或者穆罕默德……——当然，是未来的啦，——而且要为此排除一切障碍……宣称要进行一次远征，而远征需要金钱……于是就开始为远征谋取经费……您懂得我的意思吗？”

扎苗托夫在他那个角落里突然扑哧笑了一声。拉斯科尔尼科夫甚至连一眼都不曾看他。

“我应该承认，”他从容不迫地答道，“这种情况确实可能存在。愚蠢的人和爱虚荣者尤其容易上当；特别是年轻人。”

“您看，就是这样嘛。喏，那又怎么办呢?”

“还是那样办呗，”拉斯科尔尼科夫冷笑了一声，“这不是我的过错。现在如此，将来永远如此。他（他朝拉祖米欣那边点了一下头）刚才说，我允许流血。那又怎么样呢?须知流放、监狱、法庭的侦查、苦役，充分保障了社会的安定，——还有什么不放心的呢?你们放手抓贼好了！……”

“唔，要是我们抓到了呢?”

“那是他活该。”

“您的话极其合乎逻辑。哦，那么他的良心呢?”

“他的良心又和您有什么关系呢?”

“这只是出于人道的考虑。”

“有良心的人一旦意识到自己的错误，就会深感痛苦。这也是对他的一种惩罚——苦役之外的惩罚。”

“喂，那些真正的天才，”拉祖米欣皱紧眉头问道，“那些被认为有权杀人的人，即使杀人如麻，难道也丝毫不应该感到痛苦吗?”

“在这里何必要用这两个字：应该?这里既无所谓允许，也无所谓禁止。假如他可怜那些牺牲者，那就让他痛苦好了……对于一个胸襟博大、深谋远虑的人来说，精神上的痛苦和肉体上的折磨往往是在所难免的①。我觉得，真正的伟人应该忧天下之大忧②。”他突然若有所思地补充道，那语气甚至不像是在交谈。

他抬起眼睛，沉思地望一望大家，微微一笑，并拿起帽子。与他刚进来时相比，他现在是过于平静了，他自己也感觉到了这一点。大家都站起身来。

“喏，就算您骂我也罢，生我的气也罢，我可实在无法忍住，”波尔菲里·彼得罗维奇最后又说道，“请允许我再提一个小问题（我真是太打

① 《圣经·新约全书·马太福音》第20章第28节指出，人人有罪，人人对自己和对别人的罪有责。耶稣为了替人类赎罪，所以才让人把自己钉死在十字架上。这是基督教的一个十分重要的教义。

② 《圣经·旧约全书·传道书》第1章第18节：“因为多有智慧，就多有愁烦，加增知识的，就加增忧伤。”

扰您了！)，我只想谈一个小小的想法，唯一的目的是，以免忘记……”

“好啊，您就谈谈您的想法吧。”拉斯科尔尼科夫表情严肃、脸色苍白地站在他面前等着。

“您要知道……说实话，我不知道怎样说才更恰当……这个想法近乎玩笑……是心理方面的……是这么回事，当您写那篇文章的时候，——您不可能，咳，咳！不认为自己也是一个——哪怕只有一点儿也罢——‘非凡的人’，并且能说出新见解，——按您自己的说法……是这样吗？”

“极有可能。”拉斯科尔尼科夫鄙夷地答道。

拉祖米欣的身子动了一下。

“如果是这样，您岂不是就可以自己决定——喏，由于生活上遇到某些挫折和困难，或者是为了促进人类的幸福，——越过某些障碍？……唔，比方说，去杀人和抢劫？……”

他不知为何又突然用左眼向他使了个眼色，并且无声地笑了起来，——和刚才毫无二致。

“假如我真的越过了，那我当然不会告诉您。”拉斯科尔尼科夫以一种挑衅的、傲慢而不屑一顾的神态回答道。

“不，要知道我这只不过是出于好奇，其实是为了领悟您的文章，只涉及语言文字问题……”

“呸，这是多么的明目张胆，厚颜无耻！”拉斯科尔尼科夫厌恶地想道。

“请允许我向您指出一点，”他冷冷地回答，“我从未自命为穆罕默德和拿破仑……也不曾自命为这类人物中的任何一个，既然我并非这类人，所以我无法做出令您满意的解释，我将会采取什么行动。”

“哟，瞧您说的，在我们俄罗斯，如今还有谁不自命为拿破仑呢？①”波尔菲里突然十分亲昵地说。这一次就连他的语调里也含有某种极其明显的用意。

“是不是某个未来的拿破仑，上星期用斧头砍死了我们的阿廖娜·伊万诺芙娜呢？”扎苗托夫突然从角落里丢出一句话来。

拉斯科尔尼科夫一声不吭，目不转睛地死死盯着波尔菲里。拉祖米欣面色阴沉地皱紧眉头。此前他似乎已预感到了什么。他气忿地望了望

---

① 典出普希金《叶甫盖尼·奥涅金》第2章第14节：“我们全都在向拿破仑看齐；成千上万两只脚的东西，对于我们只是工具一件。”

四周，阴森森的沉默持续了片刻。拉斯科尔尼科夫转身要走。

“您这就走吗？”波尔菲里和蔼可亲地说，同时十分客气地伸出一只手来，“认识您非常、非常高兴。至于您的那个请求，那是毫无问题的。请您按我说的那样写份申请。不过，最好亲自去我那里一趟……近几天随便什么时候……就是明天也行。我十一点钟一定在那里。我们会把一切安排妥当……再交谈交谈……您是去过那里的最后几个人之一，也许能提供点什么情况给我们……”他极其温和地补充说。

“您打算依法正式审讯我吗？”拉斯科尔尼科夫硬邦邦地问道。

“那又何必呢？目前根本没有这个必要。您有点误会了。您要知道，我是不会放过任何一个机会的，而且……而且我已经和所有抵押者都交谈过了……也录取了一些人的口供……而您，是最后一个……啊，对了，正巧！”不知怎的他突然满脸喜色地高叫起来，“正巧我想起来了，瞧我这记性！……”他扭头对拉祖米欣说道，“你不是老在我耳边念叨这个尼科拉什卡吗，把我的耳朵都磨出了茧子……唔，我自己也知道，自己也知道，”他又转过头来对拉斯科尔尼科夫说，“这个小伙子是无辜的，可又有什么办法呢，就连米季卡也脱不了干系……问题在于，问题的关键在于：当时您正下楼……请问：您正是七点多钟去的那里吧？”

“七点多钟。”拉斯科尔尼科夫答道，同时立刻懊丧地感到，这句答复纯属多余。

“那么，您七点多钟经过楼梯的时候，是否看见二楼那套房子的门开着，——还记得吗？是否看到里面有两个工人，或者其中的一个？他们在那里刷油漆，您没注意到吗？这跟他们生死攸关，生死攸关啊！……”

“油漆工？不，没看到……”拉斯科尔尼科夫慢慢腾腾、似乎在绞尽脑汁加以回忆般地答道，此时此刻，他全身所有的神经都绷得紧紧，痛苦得屏住了呼吸，只想尽快弄清这究竟是个什么圈套，自己是否有什么疏忽大意？“不，没看到，就连开着门的房间也没看见……不过在四楼上（他已经彻底猜破了这个圈套，并暗自庆幸）——我记得有个官员在搬家……就是阿廖娜·伊万诺芙娜对门那一家……我记得……这件事我记得一清二楚……几个当兵的抬出一张沙发，把我挤到了墙上……而油漆工——不，我不记得有什么油漆工……而且整栋楼哪里都没看见开着门的房间。对；没有……”

“你这是究竟怎么啦！”拉祖米欣突然喊了起来，他仿佛梦中初醒，恍然大悟，“要知道油漆工是凶杀案发生的当天在那里干活，而他难道不是三天前去的那里吗？你有什么可问的呢？”

“啊呀！我搞错了！”波尔菲里拍了拍自己的脑门。“真见鬼，这件案子简直搞得我晕头转向啦！”他甚至道歉般地对拉斯科尔尼科夫说，“要知道，对我们来说，是否有人在七点多钟看见他们在那套房间里，这是至关重要的，因此我刚才竟以为，您也可能提供些……我完全搞错了！”

“因此您应该更细心一些。”拉祖米欣铁青着脸说。

说最后几句话时，大家已到了过道里。波尔菲里·彼得罗维奇十分殷勤地直送他们到门口。他们两人闷闷不乐，双眉紧皱地来到了街上，走了好几步路，仍然一言不发。拉斯科尔尼科夫深深地吁了一口气……

六

“……我不相信！我无法相信！”疑惑莫解的拉祖米欣翻来覆去地说，他使出浑身解数试图驳倒拉斯科尔尼科夫的观点。他们已经快到巴卡列耶夫的旅馆了，普莉赫里娅·亚历山德罗芙娜和杜尼娅早已在那里等候他们了。他们激烈地争辩着，拉祖米欣不时在路上停住脚步。他感到惶惑不安，又激动不已，这仅仅是由于他们还是第一次开门见山地谈论这个问题。

“那你就不要相信！”拉斯科尔尼科夫心不在焉地冷笑着回答，“你一向都什么也发现不了，我可是掂量过每一个字的分量。”

“你疑心生暗鬼，所以才掂掂量量……哼……的确，我承认波尔菲里的语气颇为古怪，特别是扎苗托夫这个卑劣小人！……你说得对，他别具肺肠，——然而为什么呢？为什么呢？”

“一夜之间就改变了看法。”

“不过恰恰相反，恰恰相反！如果他们真有这种稀里糊涂的想法，那么他们就会不遗余力地隐瞒它，把自己的牌遮掩起来，以便以后逮住你……而现在——这却是厚颜无耻，粗心大意！”

“如果他们掌握了事实，也就是确凿的证据，或者哪怕是稍有根据的疑点，那么他们就会确确实实地极力遮掩自己的花招：希望获得更大的收获（果真如此，他们早就会去搜查了！）不过他们没有证据，一点儿都没有，——一切都是虚无缥缈的幻觉，一切都是模棱两可的东西，只不过是一个飘忽不定的想法——因此他们才拼命采用这种厚颜无耻的方法来使我入其彀中。也许正因为没有证据，他才恼羞成怒，在怒不可遏中泄露了天机。而也许他是别有用心……他这人似乎很是聪明……也许他是故作知道的姿态，想吓唬吓唬我……老兄，这方面自有他自己的内在打算……不过，要说明这一切，真令人恶心。就此打住吧！”

“而且太侮辱人了，太侮辱人了！我理解你的心情！然而……由于我们现在已经明确地谈到了这件事（这真太好了，我们终于明确地谈到了这件事，我很高兴！）——那么我现在毫不隐瞒地告诉你，我早已发现他们有这个想法了，在整个这段时间里，这个想法还只是初露端倪，隐隐约约，但即使隐隐约约，他们为何会产生这种想法呢？他们怎么胆敢如此呢？他们这一想法的根据究竟在哪里呢，在哪里呢？你可知道，我简直气得七窍生烟！怎么能这样：就因为他是一个贫困的大学生，饱受贫穷和疑病的折磨，竟在他身患重病、神志不清的前一天，也许已经神志不清了（请注意这一点！）他敏感多疑，极其自尊，胸怀大志，六个月来躲进小楼，杜门却扫，穿着一身破衣烂衫和一双掉了鞋掌的靴子，——站在警察分局讨厌的局长面前，惨遭他们的侮辱；而这时又出现了一笔突如其来的债务，七等文官切巴洛夫送来的一张逾期不还的借据，还有臭不可闻的油漆味，列氏①三十度的高温，空气浑浊，屋里挤满了一大堆人，你一言我一语地谈论着一件凶杀案，而他刚好前一天晚上去过死者家里，所有这一切——都一起作用在一个饥火烧肠的人身上！他怎么会不昏倒呢！就是根据这一点，他们的全部根据凭的就是这一点！活见鬼！我明白，这真令人悲愤填膺，我要是你，罗季卡，就会朝着他们哈哈大笑，或者最好是：啐他们大家一脸的痰，而且是浓痰，然后左右开弓地狠抽他们二十记耳光，这才是聪明的举动，得经常教训教训他们，如此这般，事情也就了结了。把他们视如敝屣！你振作起来！他们真可耻！”

“他这些话倒是说得很对。”拉斯科尔尼科夫心想。

“把他们视如敝屣？可明天还要审问呢！”他愁眉苦脸地说，“难道我非得向他们进行解释吗？就连昨天在小饭馆里自贬身份和扎苗托夫谈话，我都感到懊悔莫及呢……”

“真见鬼！我要亲自去找波尔菲里！我要以亲戚的身份逼迫他；让他把心底的一切向我和盘托出。至于扎苗托夫……”

“他终于悟透了！”拉斯科尔尼科夫暗想。

“等一等！”拉祖米欣突然抓住他的肩膀高声喊道，“等一等！你弄错了！我再三琢磨：你弄错了！这算个什么圈套？你说，问及那两个工人是个圈套？你好好想想看：如果这件事是你干的，你会不会说走嘴，说

---

① 法国物理学家列奥缪尔（1685—1757）设计的温度计量单位，其冰点为零度，沸点为八十度。列氏三十度相当于摄氏三十七点五度。

你看见两个工人……在油漆房间？正好相反：你即使看见了，也会说什么都不曾看见！谁会承认对自己不利的事呢？”

“假如那件事是我干的，那我必定会说，我看见过那两个工人和那套房间。”拉斯科尔尼科夫面带显而易见的厌恶神色极不乐意地继续回答。

“究竟为什么要说对自己不利的话呢？”

“因为只有庄稼汉或者毫无经验的新手，才会在审讯时对一切都拒不承认，矢口抵赖。稍有头脑和阅历的人，一定会尽可能承认那些无法否认的表面事实；只是他会找出其他理由来对这些事实加以解释，给这些事实添上独出心裁、出人意料的特征，使它们具有全然不同的意义，使之给人留下不同的印象。波尔菲里可能正是料定我必然会这样回答，必定会说看见过，而且为了显得合乎情理一些，还会添油加醋地做一番说明……”

“这样他就会马上告诉你，两天以前那两个工人不可能在那里，因此你正是在凶杀案发生的那天去的那里，而且是七点多钟。就凭这样一件微不足道的小事打败了你！”

“而这就是他的如意算盘，他料想我来不及考虑，并且急于回答得更合乎情理一些，于是忘了两天前两个工人不可能在那里。”

“这一点怎么会忘记呢？”

“容易得很呢！狡猾的人最容易在这种不起眼的小事上出差错。一个人越是狡猾，就越是想不到人家会在一件平平常常的小事上打败他。对付最狡猾的人，就是得用最平常的小事诱他上钩。波尔菲里根本就不像你想象的那么愚蠢……”

“他竟然这样做，真是个下流坯！”

拉斯科尔尼科夫忍不住笑了起来。不过与此同时他又觉得奇怪的是，进行最后这一番说明的时候，他竟然是兴致勃勃、乐此不疲的，而在此以前，在与别人的所有谈话中，他总是郁郁寡欢，心生厌恶，而且显然是出于某种必要，不得不说。

“有几点还真对我的胃口呢！”他暗自思忖。

然而几乎就在这个时候，不知何故他突然惶惶不安起来，仿佛有一个出乎意料、令人胆战心惊的念头使他大吃一惊。他越来越惶恐不安了。他们已经来到巴卡列耶夫旅馆的大门口。

“你一个人进去吧，”拉斯科尔尼科夫突然说，“我马上回来。”

“你去哪里啊？我们已经到了！”

“我必须去，必须去；有事……过半个小时回来……请告诉她们。”

"悉听尊便，我跟你一块去!"

"怎么啦，连你也要折磨我吗!"他高声叫了起来，目光中流露出如此多的痛苦、愤怒和绝望，拉祖米欣顿时束手无措。他在台阶上站了好一阵子，忧心忡忡地目送着他快步走向自己住的那条胡同，最后，他咬紧牙齿，攥紧拳头，当即发誓今天要像挤干柠檬一样挤出波尔菲里的实话，这才上楼去安慰因他们久久不来而提心吊胆的普莉赫里娅·亚历山德罗芙娜。

当拉斯科尔尼科夫走到自己住的那幢房子时，——他的两鬓都已汗漉漉的了，而且气喘吁吁。他火急火燎地跑到楼上，走进自己那间没有锁门的房子，立即扣上门钩。然后心惊肉跳地、发了疯似的扑向角落里那个墙纸后面藏过东西的窟窿，伸进一只手去，仔仔细细地掏摸了好几分钟，把墙纸上的每一道缝隙和每一个皱褶都一一检查了一遍。他什么也没找到，于是站起身来，深深地舒了口气。刚才走到巴卡列耶夫旅馆的台阶前时，他突然想起，说不定有件什么东西——一条表链啦、一个领口啦，或者甚至是老太婆亲手做了记号的一张包东西的纸啦，当时可能不知怎么一不小心滑了下来，落进了某一条缝隙里，而以后会突然出现在他面前，变成一件他意想不到、无法抵赖的罪证。

他仿佛若有所思地站在那里，嘴角掠过一丝怪异、屈辱、迷惘的微笑。最后他拿起制帽，轻手轻脚地走出房间。他思绪万千，心乱如麻。他若有所思地下了楼，来到公寓的大门口。

"瞧，这就是他!"一个洪亮的声音叫嚷着；他抬起头来。

看门人站在他自己那间小屋的门口，直指着他向一个身材不高的人说，这人外表像个小市民，穿着一件类似长睡袍的外衣和一件背心，远远看去，活像一个乡下娘儿们。他戴着一顶油腻腻的制帽，低垂着头，整个儿看上去像个驼背。他那皮肤松弛、皱纹遍布的脸，表明他已有五十开外年纪；一双浮肿的小眼睛里不满地露出阴森森、凶巴巴的神情。

"这是怎么回事?"拉斯科尔尼科夫走到看门人跟前问道。

小市民皱着眉头斜睨了他一眼，接着便目不转睛、聚精会神、不慌不忙地打量了他一番；然后慢慢腾腾地转过身子，一言不发，便出了大门，走到街上。

"这究竟是怎么回事啊!"拉斯科尔尼科夫高声喊道。

"瞧，就是刚才有那么一个人来打听，这里是不是住着一个大学生，还说出了您的名字，问您住在谁家。正好您下来了，我就指给他看，可他却走了。您瞧，就是这么回事。”

看门人也有点丈二金刚摸不着头脑，不过也并不是太感到惊讶，他稍稍想了一想，就转身钻进了自己的小屋。

拉斯科尔尼科夫赶忙拔腿追赶那个小市民，即刻发现他在街道的对面走着，仍旧迈着均匀、不疾不徐的步伐，眼睛望着地面，仿佛在思考着什么。拉斯科尔尼科夫很快就赶上了他，不过在他后面跟了一阵子；最后走上前去，跟他并排走着，并且从侧面细看了一下他的脸。那人立刻就发现了他，飞快地扫了他一眼，但又低下头去，他们就这样并排走了一会儿，谁都没有说一句话。

“您向看门人……打听我吗？”拉斯科尔尼科夫终于问道，但不知怎的，声音很低。

小市民没有任何回答，甚至连看都不看他一眼。又出现了沉默。

“您究竟怎么回事……来打听情况……却又一言不发……这到底是什么意思？”拉斯科尔尼科夫的声音断断续续的，不知怎的他不想把话说得清清楚楚。

这一次小市民抬起双眼，用恶狠狠、阴沉沉的目光瞪了一眼拉斯科尔尼科夫。

“杀人凶手！”他突然轻声轻气，但却清清楚楚、明明白白地说……

拉斯科尔尼科夫并排走在他身旁。他的双腿突然变得软绵绵的，背上感到一阵阵发冷，他的心脏刹那间似乎停止了跳动，然后又突然脱了钩似的怦怦狂跳起来。两人就这样并肩走了百来步，仍然是完全沉默无语。

小市民看都不看他。

“您究竟说什么……什么……谁是杀人凶手？”拉斯科尔尼科夫用勉强能听见的声音喃喃地说。

“你是杀人凶手，”那人更字清音明、威严有力地说，脸上似乎露出一丝深恶痛绝而又得意非凡的微笑，并且又看了一眼拉斯科尔尼科夫那张白煞煞的面孔和他那双呆怔怔的眼睛。这时，两人走到了十字路口。小市民拐到左边的街道，头也不回地往前走了。拉斯科尔尼科夫则站在原地，久久地望着他的背影。他看到，那人走了五十来步后，回过头来望了望仍然一动不动地站在原地的他。虽然看不那么真切，但拉斯科尔尼科夫觉得，那人这一次又露出了冷入肺腑、深恶痛绝、得意非凡的微笑。

拉斯科尔尼科夫双膝阵阵冷战，仿佛置身冰天雪地之中，他拖着慢蹭蹭、虚怯怯的步子，转身往回走，登上楼梯回到自己的那间斗室。他脱下帽子，把它放在桌子上，一动不动地在桌边站了十分钟左右。然后精疲力尽地倒在沙发上，难受地轻轻呻吟着，伸直了两腿，双眼紧闭。就这样躺了约莫半个多小时。

他什么都不去想。但某些思想或者是某些思想的片段，某些七零八乱、风马牛不相及的印象不由自主地浮现在脑海里，——有些还是童年时代见过的人的面孔，或者是在什么地方见过一次，后来则从未想起过的面孔；B教堂的钟楼；一家小饭馆的桌球台，一个军官在打桌球，地下室里一家烟草铺飘出的阵阵雪茄味，一家小酒馆，后门的一道楼梯，黑黢黢的，脏水横流，蛋壳遍地，不知从什么地方传来的礼拜天的钟声……这些影像不停地变换着，旋风一般狂旋乱舞着。有些影像他甚至还挺喜欢，拼命想抓住它们，可是它们转眼就消失了，总之，他内心感到压抑，但并不太严重。有时甚至觉得怪好的。轻微的寒战还没有消失，这也几乎使他觉得怪好的。

他听到拉祖米欣急促的脚步声和他的说话声，赶忙闭上眼睛，假装睡着了。拉祖米欣打开房门，在门边站了一会，似乎踌躇不决。然后他悄悄地走进房间，小心翼翼地走到沙发跟前。只听到娜斯塔西娅的细语声：

“别碰他，让他饱饱地睡个觉；那时吃东西才香呢。”

“说的也是！”拉祖米欣答道。

两人小心翼翼地走出房间，并关上了房门。又过了半个钟头的光景。拉斯科尔尼科夫睁开双眼，翻身仰面躺着，把双手垫在脑后……

“他是谁呢？这个从地底下钻出来的人是谁呢？他那时在哪里，看见了什么？他看见了一切，这是毋庸置疑的。当时他究竟站在那里，又是从哪里窥视的？为什么直到现在才从地底下钻出来呢？他又怎么能看得到呢，——难道这是可能的吗？……哼……”拉斯科尔尼科夫接着往下想，他一阵阵发冷，全身直打哆嗦，“但是尼古拉在门后边捡到的那个小盒子：难道这也是可能的吗？罪证吗？只要有十万分之一的疏忽，——就会出现埃及金字塔那样醒目的罪证！一只苍蝇飞过，它看见了！难道这是可能的吗？”

他突然十分厌恶地感觉到，他是多么虚弱无力，身体极其虚弱无力。

“我应该知道这一点，”他苦笑着思忖，“我怎么敢，虽然我有自知之明，并且早有预感，但我怎么敢拿起斧头，让鲜血玷污我的双手呢。我应该事先就想到……唉！我正是事先就想到的啊！……”他绝望地咕咴着。

有时他一心一意地只集中在一个想法上：

“不，那些人并非这种材料塑造的；真正的统治者恣行无忌，他摧毁土伦，让巴黎血流成河，把一支军队遗弃在埃及，在远征莫斯科时折损五十万人，最后在维尔纳用一句一语双关的俏皮话就搪塞过去了；然而在他死后，人们却把他当作偶像崇拜，① ——可见，他真能恣行无忌。不，这种人显然并非血肉之躯，而是青铜铸就！”

一个突然出现的、毫不相干的想法几乎使他大笑起来：

“一边是拿破仑，金字塔②，滑铁卢③，另一边是一个瘦骨伶仃、令人厌恶的十四等文官太太，一张床底下藏着小红箱子的放高利贷的老太婆，——即使波尔菲里·彼得罗维奇也无法领会这两者间的奥秘！……他怎么能领会得到呢！……他们的美学观不允许，它会说：‘拿破仑怎么会钻到老太婆的床底下去呢！’嘿，废物！……”

有时他觉得自己似乎在说胡话：他陷入了一种狂热的亢奋状态之中。

“老太婆不值一提！”他兴奋地、没有条理地思虑着，“老太婆这件事是个错误，她并非关键所在！老太婆只是一种病……我试图尽快跨越……我杀死的不是人，而是原则！原则倒是让我给杀掉了，可是跨越却并未成功，我依旧留在这边……我只会杀人。而且，看来连杀人也不会……原则吗？拉祖米欣这个傻瓜刚才干吗要大骂社会主义者呢？他们都是一些勤劳者和生意人；他们是在谋求‘公众的幸福’……不，我只有一次生命，绝不会有第二次：我不愿坐等‘公众的幸福’降临。我自己也想活着，否则，不如不活。为什么呢？我只是不愿攥紧自己口袋里仅有的一个卢布，坐等‘公众的幸福’的降临，而任凭我的母亲饥寒交

---

① 此处说的是拿破仑一世的几件大事：1793 年 12 月 17 日他率军偷袭法国南部的土伦并大获全胜；1795 年 10 月 13 日在巴黎镇压了保皇党的起义；1799 年 10 月他把一支军队扔在埃及，秘密回国夺取政权；1812 年远征俄国失败后，曾在波兰的维尔纳（今立陶宛首都维尔纽斯）说过这么一句话：“从伟大到可笑只有一步之差，就让后人去评说吧。”

② 1798 年拿破仑率法军与埃及军队在金字塔附近激战。战争开始时，拿破仑对士兵说：“四十个世纪正从这些金字塔上看着我们！”

③ 滑铁卢是比利时村庄，1815 年 6 月 18 日，拿破仑在此败于英普联军，被流放非洲的英属圣赫勒拿岛。

迫。说什么‘我为公众的幸福添上了一小块砖，因此我感到心安理得’①。哈——哈！你们为什么放跑了我呢？我毕竟只有一次生命啊，我到底也想……唉，我也只是一只有审美力的虱子，如此而已，”他突然像疯子一样大笑了一阵，然后补充了一句。“对，我的确是一只虱子，”他继续想着，幸灾乐祸地纠缠住这个想法，对它追根究底，玩来弄去，以此自娱，“那一件事已足以证明这一点，因为第一，我现在认定我是一只虱子；第二，整整一个月来，我一直都在搅扰仁慈的上帝，请他做证人，证明我所做的这件事并非为了自己的私利私欲，而是为了一个崇高和美好的目的，——哈——哈！第三，也因为我决定在实施计划的过程中尽可能做到公平合理，注意轻重，把握分寸，细针密缕：从所有的虱子中挑选了一只最最无用的虱子，杀死她以后，决定只从她那里取走我实现第一步目标所必需的钱，既不多拿，也不少拿（而其余的钱自然会按照她的遗嘱捐给修道院了，哈——哈！）……因此，因此我不折不扣地是一只虱子，”他咬牙切齿地补充道，“因此，也许我自己比那只被杀死的虱子更肮脏，更卑劣，而且我事先就已预感到，杀死她以后，我定会对自己说这话！难道还有什么能与这样的恐惧相比吗！哦，真卑鄙！哦，真下流！……哦，我是多么理解那位手执马刀骑在马上的‘先知’说的话：安拉有令，服从吧，‘战栗的生灵’②！‘先知’说得对，说得对呀，当他在街上拦腰构筑起火——力——威——猛的炮垒，对准那些无辜的和有罪的人们狂轰滥射时，甚至根本就不予解释！服从吧，战栗的生灵，而且——不要期望什么，因为——这不是你的事情！……哦，无论如何，无论如何我决不饶恕那个老太婆！”

他的头发被汗水浸得湿淋淋的，颤抖的嘴唇干裂，直愣愣的目光盯着天花板。

“母亲啊，妹妹啊，我曾经是多么爱她们啊！为什么现在我却恨她们呢？对啊，我恨她们，一种生理上的憎恨，我无法忍受她们待在我身边……不久前我走到母亲跟前，吻了她一下，我记得……我拥抱着她，

---

① 傅立叶的信徒康西德朗（1808—1893）和19世纪三四十年代的空想社会主义者的作品中经常可以见到这样的号召：“为新世界的大厦贡献你的一块石头！”此处仿用含讽刺意。

② “先知”指穆罕默德，安拉一译“真主”，是伊斯兰教的上帝。“战栗的生灵”引自普希金的组诗《仿古兰经——献给普·亚·奥西波娃》第一首的最后两句：“要怜爱孤儿，把我的古兰经/宣示给战栗的生灵”。

心里却在想，如果她知道了，那么……难道当时就告诉她一切？我真可能这么做的……嘿！她应该是和我一模一样的人，”他又补上一句，同时焦思竭虑着，似乎在和要控制他的谵妄进行搏斗。“哦，我现在多么痛恨那个老太婆！假如她活转过来，看来，我定会再一次杀死她！可怜的莉扎薇塔！她为什么偏偏在这个时候进来呢！……然而，多奇怪，为什么我几乎不曾想到她，就像我没有杀死她似的？……莉扎薇塔！索尼娅！可怜兮兮、温柔驯顺的女人，都有着一双温顺的眼睛……可爱的人儿啊！……为什么她们不哭呢？为什么她们不呻吟？……她们奉献了自己的一切……她们的眼神温顺而宁静……索尼娅，索尼娅！宁静的索尼娅啊！”

他进入了昏睡状态；他感到奇怪的是，他竟记不起，怎么会不知不觉地来到了街上。已经是迟暮时分。夜色越来越浓，一轮圆溜溜的月亮越来越银光灿灿；但空气不知为什么特别窒闷。大街上来来往往的人成群结队，熙熙攘攘；手艺人和公职人员正在纷纷各自回家，另一些人则在街上游逛；空气中弥漫着石灰味、尘土味和死水味。拉斯科尔尼科夫郁郁不乐、忧心如焚地走着：他清清楚楚地记得，他出门是有某个目的的，是去办一件事，而且十万火急，可到底办什么事，——他却忘记了。突然他停住了脚步，看见街道对面的人行道上站着一个人，正向他招手。他穿过街道，朝他走去，然而这人却突然若无其事地转过身去走了，他低头前行，毫不回头，似乎根本不曾招呼过他。“拉倒吧，他是不是招呼过我呢？”拉斯科尔尼科夫心想，但他仍不由自主地追赶上去。追了不到十步，他突然认出了那人，——不禁呆若木鸡：原来这就是刚刚见过的那个小市民，依旧穿着那样的长袍，依旧是那样的弓腰驼背。拉斯科尔尼科夫远远地跟着他；他的心儿怦怦直跳；他们拐进了一条胡同，——那人仍然毫不回头。“他是否知道我在跟踪他？”拉斯科尔尼科夫思量着。小市民走进了一幢大楼的大门里。拉斯科尔尼科夫赶忙走到大门旁，探头往里张望：他会不会回过头来招呼他呢？果然，那人穿过门洞，走进院子后，突然回过头来，又似乎向他招了招手。拉斯科尔尼科夫立即穿过门洞，然而院子里已没有那个小市民的踪影了。看来，他一定是飞快走进了这里的第一道楼梯。拉斯科尔尼科夫赶紧飞跑过去追他。果然，就在相隔两层楼梯的楼上，传来了某个人均匀、从容的脚步声。奇怪，这道楼梯竟似乎很眼熟！瞧，那是一楼的窗户：忧郁而神秘的月光透过玻璃照射进来；瞧，已经到了二楼。啊呀！这就是那两个工人刷油漆的那套房间……他怎么竟会没有立刻认出来呢？前面那人的脚步声无声无息了："看来，他已停下了脚步，或者在哪里躲了起来。"瞧，这就是三楼了；是否还往上走呢？上面多么寂静啊，简直寂静得可怕……然而他还是继续往上走。他自己那橐橐的脚步声使他心惊肉跳，毛骨悚然。上帝啊，简直黑森森的！那个小市民准是躲在这里的哪个角落里。啊！有一套房间的门对着楼梯大敞着；他犹豫了一下，便走了进去。过道里黑漆漆、空荡荡的，一个人也没有，似乎所有的东西都已搬运一空；他悄无声息、蹑手蹑脚地走进客厅：满屋子都是银晃晃的月光；这里所有的东西一仍其旧：几把椅子，一面镜子，一张黄色的沙发和几幅镶在画框里的绘画。一轮圆溜溜的大月亮把红铜色的光辉从窗户径直照射进来。"难怪这么寂静，原来是月亮的缘故，"拉斯科尔尼科夫心想，"他现在准是在打哑谜让我去猜。"他站在那里等待着，久久地等待着，月色越是静谧，他的心就越是跳得厉害，甚至跳得发痛。四周依旧是万籁俱寂。突然干啦啦的折裂声转瞬即逝地响了一下，仿佛有人折断了一根松明，接着一切又归于寂静。一只睡醒的苍蝇展翅疾飞，猛地撞在玻璃上，嗡嗡地叫苦不迭。就在这时，他发现，在一个小柜和窗户之间的角落里，墙上似乎挂着一件女大衣。"这里为什么挂着大衣？"他想，"要知道以前可是没有大衣的……"他轻手轻脚地走了过去，这才领悟到，大衣后面似乎藏着一个人。他小心翼翼地用手撩开大衣，看到那里放着一张椅子，而一个老太婆就坐在这张放在角落里的椅子上，她佝偻着身子，低垂着脑袋，因此他无论如何也看不清她的脸，不过，这肯定是她。他在她身旁站了一会儿："她害怕了！"他思忖着，悄悄地从绳套中抽出斧头来，朝她的脑心猛劈下去，一下，两下。然而，奇怪啊：连劈两下，她居然纹丝不动，仿佛是块木头。他大惊失色，弯腰凑近跟前，想把她看个清楚；可她也把头垂得更低了。于是他干脆全身趴在地板上，从下往上看她的脸，这一看直吓得他魂飞魄散：老太婆竟坐在那里窃笑，——轻轻地发出几乎听不见的大笑，并且极力克制着，以免让他听到。他突然觉得，卧室的门稍稍打开了一条小缝隙，里面也似乎有人在哧哧暗笑，窃窃私语。他怒从心上起，恶向胆边生：竭尽全力猛劈老太婆的脑袋，但是每劈一斧头，卧室里的笑声和私语声就变得越是响亮，越发清晰，而老太婆更是哈哈大笑，笑得前仰后合。他拔腿就跑，但整个过道里的人早已多得挨肩擦背，楼梯上的一扇扇房门全都大敞着，平台上、楼梯上和楼梯下面——人山人海，磕头碰脑，大家全都望着他，——可又都躲躲闪闪，屏息静气地翘首等待！……他的心缩得紧紧的，两条腿也一动不能动，仿佛生了根似的……他试图大喊一声——于是就醒过来了。

每劈一斧头，卧室里的笑声和私语声就变得越是响亮，越发清晰，而老太婆更是哈哈大笑，笑得前仰后合。

他艰难地喘了口气，——然而奇怪的是，梦境似乎还在继续：他的房门洞开着，门口站着一个素不相识的人，正全神贯注地端详着他。

拉斯科尔尼科夫尚未来得及完全睁开眼睛，就又立刻把它们闭上了。他仰面躺着，一动也不动。“这是不是还在梦中？”他思量着，又让人难以觉察地微微抬起睫毛，看了一眼：陌生人依旧站在原地，继续细细地端详着他。突然他小心翼翼地跨过门槛，轻轻地把门关上，走到桌子跟前，等了一分钟光景，——在这段时间里他一直目不转睛地盯着他，——然后蹑手蹑脚地、悄声悄息地坐到沙发旁的一把椅子上；他把礼帽放在身边的地板上，双手撑着手杖，又把下巴搁在双手上。显而易见，他拉开了长久等待的架势。透过眨动不已的睫毛所能看清的是，这人已经不太年轻，身强体壮，蓄着一部浓密的浅色大胡子，浅得近乎白色……

大约过了十分钟。天色还明亮，但已暮霭纷飞了。房间里静幽幽的。就是楼梯上也听不到一点声响。只有一只大苍蝇飞舞着一头撞上了窗玻璃，嗡嗡地叫着，不停地扑打着。最后，拉斯科尔尼科夫实在难以忍受了：他陡然一骨碌抬起身子，坐在沙发上。

“喂，您说吧，您有何贵干？”

“我就知道您没睡着，只不过是在装睡，”陌生人怪里怪气地答道，他泰然自若地大笑起来，“请允许我自我介绍一下，阿尔卡季·伊万诺维奇·斯维德里盖洛夫……”

第四章

一

“难道这还是在做梦？”拉斯科尔尼科夫不由得再次思忖。他小心谨慎而又满腹狐疑地打量着这位不速之客。

“斯维德里盖洛夫？荒唐至极！不可能！”他终于疑惑莫解地大声说道。

客人对这阵惊呼似乎丝毫也不感到奇怪。

“我到您这里来，有两个原因：第一，我想亲自认识您，因为我久仰大名，早已听到过关于您的饶有趣味的如潮好评；第二，我希望，您也许在一件事情上不会拒绝助我一臂之力，这件事情直接关系到令妹阿芙多季娅·罗曼诺芙娜的利益。由于她对我成见很深，没有您的引进，我孤身一人去找她，她现在也许会把我拒之门外，唔，而有了您的帮助，就会截然不同，我估计……”

“您是瞎估计。”拉斯科尔尼科夫打断了他的话。

“请问，她们是昨天才到的吧？”

拉斯科尔尼科夫没有回答。

“就是昨天，我知道。我自己也毕竟只是前天才到。好吧，关于这件事，我有几句话要告诉您，罗季昂·罗曼诺维奇；我认为替自己辩解是纯属多余的，然而请您告诉我：在整个这件事中，从我这方面来说，果真犯了如此不可饶恕的大罪吗，也就是说，假如不抱偏见，公正合理地进行评判的话？”

拉斯科尔尼科夫还是一声不吭地审视着他。

“我在自己家里追求一位毫无自卫能力的少女，‘以厚颜无耻的求婚侮辱了她’，——是这样吗？（我预先说明吧！）不过，您只要想一想，我也是人，et nihil humanum……①总之，我也会一见倾心，堕入情网（这种事当然是不以我们的意志为转移的），因此一切就自然而然地发生了。全部问题在于：我是个恶棍呢，抑或是个牺牲者？唔，是牺牲者又怎样呢？要知道，当我建议我的意中人和我一起，双双逃往美国或瑞士的时候，我也许是满怀对她的最尊敬的感情，而且想让我们俩都获得幸福！……要知道，理智总是服务于爱情的；也许，我更多的是损害了自己，请您相信！……”

“问题根本就不在这里，”拉斯科尔尼科夫厌恶地打断了他的话，“您这人简直令人厌恶透顶，您对也好，不对也罢，喏，她们就是不愿意跟您打交道，并且会把您逐出门去，您请回吧！……”

斯维德里盖洛夫突然放声哈哈大笑起来。

“您毕竟……您毕竟无法欺骗！”他十分爽快地笑着说，“我本想要个花招，可是没能成功，您马上一语中的，切中要害！”

“此时此刻，您仍然在耍花招。”

“那又怎么样呢？那又怎么样呢？”他坦率地笑着，反反复复地说，“要知道，这就是所谓的bonneguerre②，兵不厌诈啊，虚晃一枪完全是可以允许的嘛！……但您毕竟还是打断了我说的话；不管怎样，我必须再说一遍：假如没有发生在花园里的那件事，那就任何烦恼都不会有了。玛尔法·彼得罗芙娜……”

“听说，您把玛尔法·彼得罗芙娜也害死了？”拉斯科尔尼科夫毫不客气地打断他的话。

“您连这件事都听说了？其实，又怎么能听不到呢……唔，对于您提出的这个问题，说实话，我不知道该怎么给您说才好，虽然在这件事情上，我完全问心无愧。也就是说，您别以为我有什么做贼心虚的地方：一切都是完全按规定办理的，而且办得准确无误：法医鉴定是死于脑溢血，致死的原因是她午饭吃得太饱，又几乎喝光了一瓶酒，然后立即去

---

① 拉丁文，出自古罗马戏剧家泰伦斯（普布留斯·泰伦提乌斯·阿菲尔，前190—前159）的喜剧《自责者》，引文不确，原文为一句名言：“我是人，凡是人所固有的一切，我无不具有。”

② 法文，意为“真正的战争”。

进行浴疗，此外，不曾发现其他任何原因……不过，有一段时间，特别是在乘坐火车的旅途中，我进行过一番反思：是不是我造成了整个这件……不幸的事？我是不是在精神上刺激过她，或者有过别的诸如此类的举动？然而得出的结论是，这压根儿不可能。”

拉斯科尔尼科夫笑了起来。

“那您又何必如此惶惶不安呢！”

“喂，您笑什么呢？您想想看：我只不过才抽了她两马鞭，连一点鞭痕都没有……您别以为我是一个恬不知耻的人；我毕竟确切地知道，我这么做是多么丑恶，还有其他更多丑恶的事情；不过我也确切地知道，玛尔法·彼得罗芙娜似乎对于我这种所谓的怜香惜玉之情也很喜欢呢。关于令妹的那件事已经被她说得再也没什么可说的了。玛尔法·彼得罗芙娜已经是第三天不得不待在家里了；她再也没有什么由头进城去了，而且她本人和她的那封信都已使大家厌腻了。（关于读信的事情您听说了吗？）于是这两马鞭就像突如其来的天赐良机！她的第一个行动就是吩咐套车！……我已无须多说，女人有时候极其心甘情愿受人侮辱，尽管表面上气愤填膺。这种情况，所有的人都有；一般而言，人甚至都是极其心甘情愿受人侮辱的，您发现这一点了吗？而女人则尤为突出。甚至可以说，这是她们唯一的乐趣。”

拉斯科尔尼科夫一度打算起身走出去，以此结束这次见面。但是出于某种好奇心，甚至似乎是某种打算，又暂时把他留了下来。

“您喜欢打架吗？”他心不在焉地问。

“不，不怎么喜欢，”斯维德里盖洛夫平心静气地回答，“我和玛尔法·彼得罗芙娜几乎从来没打过架。我们一起生活得和和睦睦，她对我一向很满意。在我们结婚以来的整个七年中，我总共只有两次动用过马鞭（如果不算另一次，也即第三次的话，不过那一次不明不白，可以忽略）：第一次发生在我们结婚之后两个月刚到乡下的时候，最后一次就是刚刚说的这一次。而您已经认为，我是一个恶棍，顽固不化分子，农奴制的拥护者了吧？嘿——嘿……顺便说一声吧，罗季昂·罗曼诺维奇，您还记得吗，几年以前，还在效果显著的言论公开化时期①，有一个贵族——我忘了他的姓名——受到全体民众和所有报刊的一致口诛笔伐，

① 指农奴制改革的准备时期（1856—1861），当时，社会思想空前活跃，俄国报刊可以公开揭露警察当局滥用职权等社会弊端，并可报道法庭审讯情况。

因为他竟在火车上鞭打一个德国女人，搞得他臭名远扬，您还记得吗①？当时，好像也是在那一年，还发生了《〈世纪〉杂志的丑陋行径》②（唔，就是当众朗诵《埃及之夜》，您记得吗？乌溜溜的黑眼睛啊③！噢，你在哪里，我们青春的金色年华！）。喏，我的看法是：对那个鞭打德国女人的先生，我并不深表同情，因为这事实际上……有何值得同情之处呢！但同时我也不得不声明，有时确实会遇到这样一些让人忍无可忍的‘德国女人’，因此我觉得，任何一个进步人士都无法完全保证，自己不会动手。当时没有任何人用这一观点来看问题，但是这个观点才是真正人道主义的观点，的确如此！”

说完这番话后，斯维德里盖洛夫又突然哈哈大笑起来。拉斯科尔尼科夫已心中有数——这是一个不达目的决不罢休而又深藏不露的人。

“您大概一连几天没跟任何人说过话了吧？”他问道。

“差不多是这样。怎么：我这人如此通情达理，您大概不胜惊讶吧？”

“不，我不胜惊讶的是，您这个人太通情达理了。”

“是因为我对您提的那些粗暴无理的问题毫不见怪吗？是这样吗？是啊……有什么好见怪的呢？您问什么，我就回答什么，”他带着一种使人惊异的天真表情补充道，“要知道，我几乎对什么都没有特殊的兴趣，真的，”他仿佛若有所思地继续说，“特别是现在，我无所事事……不过您可以认为，我讨好您是别有所图，何况我自己也说过，我找令妹有事。但是我开诚布公地告诉您吧：我真是寂寞难耐！尤其是最近三天，因此

---

① 1860年，俄国各报刊纷纷报道了上沃洛乔克的一个地主科兹利亚因诺夫，曾在火车上鞭打一名里加市的德裔女人，并引起激烈争论，陀思妥耶夫斯基主办的《当代》杂志也参与了这一论战。

② 《世纪》杂志1861年第8期刊载了卡缅—维诺戈罗夫的文章《俄罗斯的怪现象》，该文攻击女权运动的积极参加者托尔马乔娃在比尔姆举办的一次文学音乐晚会上，不顾“羞耻之心和上流社会的礼节”，以“挑衅”的手势当众朗诵了普希金的小说《埃及之夜》中克莉奥佩特拉的独白。诗人、民主主义者米·拉·米哈伊洛夫（1829—1865）发表了反驳文章《〈世纪〉杂志的丑陋行径》，陀思妥耶夫斯基也在《当代》杂志1861年第3期上发表了《光明磊落的范例》等两篇文章为托尔马乔娃辩护，并支持米哈伊洛夫。

③ 在关于《〈世纪〉杂志的丑陋行径》的辩论中，曾不止一次地引用比尔姆通讯员对于托尔马乔娃眼睛的描写，陀思妥耶夫斯基在《当代》杂志上抨击了这种带有侮辱性的甚至淫秽的描写。

找您谈谈我甚至也感到高兴……请别生气，罗季昂·罗曼诺维奇，不过倒是您自己不知怎的使我感到十分奇怪。不管您怎样认为，反正您心里有事；而且就是现在，也就是说，并非说的此时此刻，而是指一般意义上的现在……好吧，好吧，我不说了，不说了，您别皱眉头！我毕竟还并非您想象的那样一头笨熊。”

拉斯科尔尼科夫阴沉沉地看了他一眼。

“您也许根本就不是一头笨熊，”他说，“我甚至觉得，您具有相当好的教养，或者至少可以在适当的场合做一个正派的人。”

“要知道，我对任何人的意见都不特别感兴趣，”斯维德里盖洛夫冷冰冰地回答，语气甚至似乎有点儿傲慢，“而正因为如此，我没有变成一个庸俗之人，尽管在我们社会的这种气候里，穿上庸俗这件外衣舒服之极，而且……而且特别是您天生就有这种嗜好的话。”他补充着，又哈哈大笑起来。

“可是，我听说，您在这里有很多熟人。您可是个所谓‘广结人缘’的人啊。因而在这种情况下，您若非另有目的，您找我干什么呢？”

“您这话说得对，我是有不少熟人，”斯维德里盖洛夫接住话头说，但他对主要问题却避而不答，“我已经碰过面了；我毕竟已闲逛了近三天；我自己认出了他们，他们也似乎认出了我。这是理所当然啦，我穿得体体面面，不会被当作穷人；就连农民改革①也没使我受到损失：我的财产主要是森林和汛期浸水的草地，收入并未减少；不过……我不会登门拜访他们；以前就腻烦了他们：我来这里已经近三天了，可谁也没去拜访……而这里也算个城市！就是说这个城市究竟是怎么弄出来的，请您告诉我！一座挤满公务员和形形色色的学生的城市！② 不错，八年前我在这里混日子的时候，这里有许多东西我并未留心……现在我只把希望寄托在解剖学上，真的！”

“什么解剖学？”

---

① 1861年俄国自上而下实行所谓“农民改革”，即废除农奴制，但并未触及地主的根本利益，根据规定，所有好地（包括森林、牧场、可耕地）都留给了地主，农民只分到一些差地。

② 此处表明了陀思妥耶夫斯基对彼得堡的一贯看法：彼得堡是彼得大帝人为地一手建立起来的，它破坏了俄国人民合乎宗教教义的相亲相爱的人间自然关系，加深了人民与知识分子之间的隔阂。

“至于这些俱乐部啊、杜索特①啊、普安特②啊，或者，也许还有什么别的先进设施啊——喏，我们不去，这些地方照样红火，”他只顾继续说话，又忘记了已提出的问题，“可是谁又愿意当个赌棍呢？”

“您曾经当过赌棍吗？”

“怎么会不当过呢？那是八年前的事，我们整整有一大伙人，都是最最体面的人物，大家一起消磨时光；您要知道，所有的人都气派非凡，有的是诗人，有的是资本家。但一般说来，在我们俄国社会里，气派最为非凡的人往往是经常挨打的人，——您发现这一现象了吗？我现在这副寒酸相终究是因为住在乡下的缘故。而当时，总而言之，我因为欠了一个来自涅仁市③的希腊人的债，眼看就要锒铛入狱了。这时我偶然遇到了玛尔法·彼得罗芙娜，她跟他经过一番讨价还价，用三万银卢布④把我赎了出来（我总共欠债七万卢布）。我和她正正规规地举行了婚礼，她立刻就把我当作宝贝一般带回乡下她自己的家里。要知道，她比我大五岁呢。她十分爱我。我足足七年没有离开乡下。请您注意，她一辈子都捏着一张以别人的名义出借的三万银卢布的借据逼我就范，因此我只要稍稍违逆她的意旨，——就会立即锒铛入狱！她会这么干的！爱你深情款款，害你不遗余力，这两者在女人心中完全是并行不悖的。”

“假如没有那张借据，您是否会立即逃之夭夭呢？”

“我不知道该怎么对您说才好。这张借据几乎对我没有约束。我哪里都不想去，玛尔法·彼得罗芙娜看到我寂寞无聊，曾经还主动两次邀请我出国游玩！这有什么意思呢！以前我去过国外，但总是觉得烦闷。也并不是烦闷，然而红日东升啦，那不勒斯海湾啦，大海啦，不知怎的，看着就令人感到悲伤！最可恨的是，你竟然确实是在为什么事而悲伤！不，还是在本国好：在这里至少可以把一切都归咎于别人，而证明自己一贯正确。现在我也许最好是到北极去探险，因为 j'ai le vin mauvais⑤。而且我讨厌喝酒，可除了喝酒，又再也无事可干。我尝试过。据说礼拜

① 杜索特是当时彼得堡一家著名饭店的老板，此处代指饭店。

② 法文 Pointe 的音译，意为“海岬”，此处指涅瓦河各岛上的时髦娱乐场所。

③ 乌克兰的一个城市。

④ 1 银卢布等于 3.5 纸卢布。

⑤ 法文，意即“我酒风不好”。

天贝格①要在尤苏波夫花园乘一只大气球上天飞行，出了一笔巨款征求飞行伙伴，真有此事吗？”

“怎么，您也想乘气球飞行？”

“我？不……随便说说……”斯维德里盖洛夫喃喃地说，似乎真的在沉思。

“他到底是怎么回事呢，当真这么想吗？”拉斯科尔尼科夫思索着。

“不，借据对我毫无约束，”斯维德里盖洛夫继续沉思地接着说，“是我自己不想离开乡下。而且就在大约一年前，玛尔法·彼得罗芙娜在我的命名日那天，已经把这张借据还给我了，还另外送给我一笔数目不菲的款子。要知道，她有的是钱。‘您瞧，我是多么信任您啊，阿尔卡季·伊万诺维奇，’——真的，她就是这么说的。您不相信她会这么说吗？然而，您要知道：在乡下我毕竟已经成为一位品行端正的主人；并且在那一带颇有名气。我还订购了一些图书。玛尔法·彼得罗芙娜最初还表示赞许，后来却担心我读书过劳。”

“您似乎十分想念玛尔法·彼得罗芙娜？”

“我？也许是的。真的，也许是的。顺便问一句，您相信鬼魂吗？”

“什么鬼魂？”

“一般的鬼魂呗，还有什么鬼魂！”

“可您相信吗？”

“相信，也许，又不相信，pour vous plaire②……也就是说，并非完全不信……”

“鬼魂常常出现，是吗？”

斯维德里盖洛夫不知何故奇怪地望了他一眼。

“玛尔法·彼得罗芙娜来探望我了。”他嘴角一撇说道，脸上露出奇怪的笑容。

“怎么‘来探望’的呢？”

“她已经来过三次了。我第一次见到她是在举行葬礼那天，从墓地回来后一小时的时候。这是我启程来这里的前夕。第二次是前天拂晓，在旅途中，在小维舍拉车站③；而第三次就在两个小时之前，在我寓居的房间里；只有我一个人。”

---

① 贝格是当时彼得堡一家游乐场的老板。

② 法文，意为“为了使您高兴”。

③ 在小维舍拉河畔，属诺夫戈罗德省。

“都是醒着的时候吗？”

“完完全全醒着。三次全都醒着。她来了，对我说了一会儿话，就从门口出去了；总是从门口出去。甚至似乎还能听到声音呢。”

“不知何故，我早已想到，您定会经常碰到这一类事！”拉斯科尔尼科夫突然说道，但同时又因为自己说出这样的话而大吃一惊。他心潮澎湃了。

“是——是吗？您早已想到了这一点？”斯维德里盖洛夫不胜惊讶地问，“难道是真的？唔，我是否已说过，我们之间有某个共同点呢，啊？”

“您从来没有这样说过！”拉斯科尔尼科夫很不客气而且激动异常地回答。

“我没说过？”

“没有！”

“我觉得我已说过了。我刚才一进门，看到您紧闭双眼躺在床上，做出睡着了的姿态，——我立刻就暗自说：‘这正是那个人！’”

“这是什么意思：正是那个人？您这话是指什么？”拉斯科尔尼科夫高喊起来。

“指什么？说实话，我也不知道指什么……”斯维德里盖洛夫诚心诚意地嘟嘟哝哝着，似乎自己也如堕五里雾中。

双方都沉默了一会儿。两人都圆睁两眼，你看着我，我看着你。

“这都是无稽之谈！”拉斯科尔尼科夫怒悻悻地大声叫道，“她来探望您的时候，跟您说了些什么呢？”

“她吗？您可以想象得到，说的都是一些七零八碎的小事，而且人真是奇怪的东西：正是这一点使我动怒。第一次她来的时候（您要知道，我已累得够呛：葬礼啦，安灵祷告啦，安魂祈祷啦，丧后酬客宴啦，弄得我疲惫不堪，——终于书房里只剩下我一个人了，我点了一支雪茄，刚开始思考），她走进门来说：‘阿尔卡季·伊万诺维奇，您今天忙个不停，忘了给餐厅里的钟上发条啦。’七年来这座钟每个星期确实都是由我亲自上发条的，要是忘了——这是屡见不鲜的事，总是她提醒我。第二天，我已启程来这里。拂晓的时候我走进车站——夜里我只打了个盹，筋疲力尽，昏昏沉沉，——我要了一杯咖啡；我一看——玛尔法·彼得罗芙娜竟突然坐到了我的身边，手里拿着一副纸牌：‘阿尔卡季·伊万诺维奇，要不要我给你算一算这一路上的运气？’她是一个用纸牌算命的高手。唉，我真是无法原谅自己，我没有让她算上一算！我吓得魂不附体，赶紧溜之大吉，不过当时开车的铃声也的确响了。今天，我在一家小饭馆里吃了一顿糟糕透顶的午餐，肚子胀鼓鼓的，——我正坐着抽烟，——突然玛尔法·彼得罗芙娜又走了进来，她打扮得花枝招展，穿着一件新的绿绸连衣裙，裙裾长得像条尾巴：‘您好，阿尔卡季·伊万诺维奇！我这件连衣裙您还中意吗？阿尼西卡可做不出来哟。’（阿尼西卡是我们村里的女裁缝，曾经是农奴，在莫斯科学过手艺，是个很好的姑娘。）她站在我面前，身子转来转去的。我把连衣裙打量了一番，随后全神贯注地端详着她的脸说：‘玛尔法·彼得罗芙娜，您何苦费这个神，为了这么一些鸡毛蒜皮的小事来找我呢。’‘唉，我的上帝啊，连打扰您一下都不行了吗，老爷子？’我想逗逗她，就说：‘玛尔法·彼得罗芙娜，我要结婚啦。’‘这种事您完全干得出来，阿尔卡季·伊万诺维奇；妻子坟上的土还未干，就马上跑去结婚，这可不大光彩吧。不过，您至少要挑个好姑娘哦，不然的话，我知道，——对她也好，对您自己也好，都没有好处，您只会成为好心人的笑柄。’说完她就走了出去，而且那尾巴似的拖在地上的裙裾仿佛还发出窸窸窣窣的响声。这真是无稽之谈，是不是？”

“其实，您也许一直在撒谎吧？”拉斯科尔尼科夫回答道。

“我很少撒谎。”斯维德里盖洛夫若有所思地答道，似乎根本没有觉察到对方问话的粗鲁。

“以前，在此以前，您从来不曾看见过鬼魂吗？”

“不……不，看见过，平生只看见过一次，那是在六年以前。我有一个农奴出身的家仆，叫菲利卡；刚刚安葬了他，我忘了这事，我喊道：‘菲利卡，拿烟袋①来！’——他就走了进来，径直走向那个放着许多烟袋的玻璃柜。我坐在那里心想：‘这准是他来找我报仇了，’因为就在他死前不久，我和他大吵过一场。我说：‘你竟敢穿着肘部撕破了的衣服来见我，——滚吧，混蛋！’他转身走了出去，以后就再也没有来过。当时我没有告诉玛尔法·彼得罗芙娜。本来打算做一次安魂祈祷追荐他，可又没好意思做。”

“您去看看医生吧。”

“我身体不好，您不说，我也知道这一点，虽然我确实不知道得了什么病；但我认为，我比您不知健康多少倍。我并非问您，——您信不信

---

① 当时地主使用的主要是长约一米的长烟袋，因此抽烟时往往有专人伺候。

有鬼魂出现？我是问您：您信不信有鬼魂？”

“不，根本不相信！”拉斯科尔尼科夫甚至有点气愤地高叫起来。

“人们通常究竟是怎样说的呢？”斯维德里盖洛夫嘟嘟哝哝着，仿佛在自言自语，他微微低着头，眼睛望着一边，“他们说：‘你有病，所以出现在你眼前的仅仅是并不存在的幻象。’然而这种说法缺乏严密的逻辑性。我承认，鬼魂只出现在病人面前；但这毕竟只是证明，只有病人才能看见鬼魂，而并不能证明鬼魂本身并不存在。”

“当然不存在！”拉斯科尔尼科夫烦躁地坚持自己的观点。

“不存在？您这样认为吗？”斯维德里盖洛夫慢悠悠地看了看他，继续说道，“唔，那么如果推导出这样的结论呢（请您多多指教）：‘鬼魂——可以这样说，这是其他世界的支离破碎的东西，是其他世界的基因。健康的人当然无须看到它们，因为健康的人是最最红尘中的人，因此他只应该过红尘中的生活，以便使红尘中的生活完满甜美，秩序井然。喏，然而一旦稍染疾患，身体内人的正常秩序稍一遭受破坏，那么立刻就有了接触另一世界的可能，病得越重，与另一世界的接触便越多，因此，当一个人彻底死亡之后，他就直接转入了另一个世界。’我早已推断出这样的结论了。如果您相信来世，那您就会相信这个结论了。”

“我不相信来世。”拉斯科尔尼科夫说。

斯维德里盖洛夫坐在那里，陷入了深思。

“如果那里只有蜘蛛或诸如此类的东西，那会怎样呢？”他突然说。

“这是一个疯子。”拉斯科尔尼科夫心想。

“我们总是认为永恒是一个无法理解的概念，是一个广袤无垠、深不可测的东西！可它为什么一定是广袤无垠的呢？您要知道，它可能正好与此相反，只是一间小小的屋子，就像乡下的浴室，被烟熏得黑乎乎的，四周蛛网密布，这就是真正的永恒。您知道吗，我有时觉得永恒就是这一类东西。”

“难道，难道您就不能想象出一个比这更令人快慰、更合乎情理的东西来吗？”拉斯科尔尼科夫痛苦不堪地吼了起来。

“更合乎情理一些？怎么才知道呢，也许这已经很合乎情理了呢，您要知道，我倒是故意要让它必定如此呢！”斯维德里盖洛夫似笑非笑地答道。

听到这个荒谬绝伦的回答，拉斯科尔尼科夫突然感到一股寒气直透全身。斯维德里盖洛夫抬起头来，凝神打量了他一下，突然哈哈大笑起来。

“不，您想象得到吗，”他大叫大嚷起来，“半个小时以前我们都还素昧平生，互相视为敌人，我们之间有件事尚未解决；我们却把正事置之一旁，大谈特谈虚无缥缈的东西！喏，我说过我们是一棵树上的两个果子，难道不对吗？”

“劳您的驾，”拉斯科尔尼科夫烦躁地接着说，“您屈尊光临寒舍，究竟有何贵干，请快点说明来意……而且……而且……我忙得不可开交，毫无闲暇，急着要出门……”

“好吧，好吧。令妹阿芙多季娅·罗曼诺芙娜，要嫁给彼得·彼得罗维奇·卢仁，是吗？”

“您能否不谈舍妹的任何问题，也不提她的名字呢。我简直不明白，如果您真是斯维德里盖洛夫的话，您怎么胆敢当着我的面提她的名字呢？”

“但要知道，我来就是为了谈她的事，怎么能不提她的名字呢？”

“好吧，说吧，不过要快一点！”

“我深信，如果您已经见过这位卢仁先生，我妻子的亲戚，哪怕只跟他共处半个小时，或者听说过一些有关他的准确可靠的事情，那么您就会形成自己的看法。他实在配不上阿芙多季娅·罗曼诺芙娜。我认为，阿芙多季娅·罗曼诺芙娜在这件事情上做出的牺牲是过于慷慨、很不合算的，这是为了……为了自己的家庭。根据我所听到的有关您的情况，我觉得，如果能解除这桩婚约而又不损害令妹的利益，您必定会十分满意。现在我亲自认识了您，我甚至已对此深信不疑了。”

“这些话就您本人来说，显得过于天真了；请原谅，我想冒昧地说一声：真是厚颜无耻！”拉斯科尔尼科夫说。

“您这话的意思就是，我善自为谋，自私自利。请放心，罗季昂·罗曼诺维奇，假如我是善自为谋，自私自利，那么我就不会这么直截了当地说出一切了，我并非一个十足的傻瓜。对此，我要坦白地告诉您一个心理上的奇怪现象。刚才我还为自己爱上阿芙多季娅·罗曼诺芙娜进行辩解，说自己是个牺牲者。可是您要知道，现在我对她的爱已烟消云散，丝毫也感觉不到了，我自己对此也甚至感到奇怪，因为以前我是确确实实地爱着她的……”

“由于游手好闲和荒淫好色。”拉斯科尔尼科夫打断了他的话。

“的确，我是一个游手好闲、荒淫好色的人。不过，令妹秀外慧中，我不能不意乱情迷啊。可是现在我自己也发现，这一切全都是自作多情，胡思乱想。”

“早就发现了吗?”

“早在以前就有所发现，彻底明白则直到前几天，几乎是到达彼得堡的时候。不过，在莫斯科的时候，我还曾经梦想着赢得阿芙多季娅·罗曼诺芙娜的芳心，跟卢仁先生决一胜负。”

“对不起，我又要打断您的话了，劳您大驾：您能否说得简短些，开门见山地说说您来访的目的。我有急事，赶着要出门……”

“十分乐意。到了这里以后，我现在决定作一次……旅行①，我打算事先进行一些必要的安排。我的几个孩子都留在姨妈家里了；他们都很富裕；他们也用不着我。再说我又能算个什么父亲呢！我自己只带着一年前玛尔法·彼得罗芙娜送给我的那笔钱。这已足够我用的了。对不起，我马上言归正传。这次旅行也许会成行的，动身之前，我打算和卢仁先生把事情处理完毕。倒也并非我完全无法容忍他，恰恰是因为他，我才和玛尔法·彼得罗芙娜发生了那场争吵，当时我获悉是她撮合了这门婚事。我现在希望通过您的帮助，跟阿芙多季娅·罗曼诺芙娜见一次面，或者干脆请您在场，我拟向她说明，第一，她从卢仁先生那里不仅得不到一丝一毫好处，而且甚至必定受到明显的损害。第二，恳请她原谅不久前发生的一切不愉快的事情，再请求她允许我赠送她一万卢布，以便她毫无后顾之忧地断绝跟卢仁先生的关系。我相信，只要时机成熟，她本人是不会反对跟他一刀两断的。”

“不过您的的确确、千真万确是个疯子!”拉斯科尔尼科夫大喊大叫起来，与其说他感到怒火中烧，倒不如说他感到不胜惊讶，“您怎么竟敢这样说话!”

“我就料到您会大喊大叫的；不过，第一，我虽然不算富有，然而这一万卢布在我这里也只是白白地放着，也就是说，我压根儿，压根儿不需要这笔钱。如果阿芙多季娅·罗曼诺芙娜不愿接受，那我也许会以更愚蠢的方式一掷千金地挥霍掉。此其一。第二，我完全心安理得；我这样提议没有任何个人打算。信不信由您，不过以后您和阿芙多季娅·罗曼诺芙娜都会明白的。问题在于，我的确曾给极为令人尊敬的令妹带来过一些麻烦和不愉快；所以我深感懊悔，诚心诚意地希望，——并非赎罪，也并非赔偿她的不愉快，而只不过是想为她做一点儿有益的事罢了，我做这件事的理由是：我实在没有只干坏事的特权。如果我的提议哪怕

① 即所谓“到美国去”，暗示他准备自杀，参见本书第6章第6节。

含有百万分之一的私心杂念，那我就不会表示只送一万卢布了，其实仅仅在五个星期之前，我还曾表示过要赠送给她更多的钱。此外，我也许很快、很快就要和一位年轻的姑娘结婚了，因此，所有怀疑我对阿芙多季娅·罗曼诺芙娜心怀叵测的谣言定将不攻自破。最后我还要说一句，阿芙多季娅·罗曼诺芙娜如果嫁给卢仁先生，同样也要拿钱，只不过是从另一个人手里拿而已……您别生气，罗季昂·罗曼诺维奇，请您心平气和、冷静地考虑一下吧。"

在说这番话的时候，斯维德里盖洛夫自己的态度倒是异常冷静，而且心平气和。

"请您就此打住吧，"拉斯科尔尼科夫说，"不管怎样，您这样说是不可原谅的放肆无礼。"

"完全不是。如果真是这样，在这个世界上人对人就只能尽干坏事，反而因为拘泥于某些司空见惯的陈规陋习，没有权利去做一丁点儿好事了。这真是荒唐。比方说，假如我死了，但我在遗嘱里写明将这笔款子赠送给令妹，难道那时她也拒绝接受吗？"

"非常可能。"

"噢，这不可能。不过，硬是不要，那就算了。然而一万卢布毕竟是一笔相当可观的数目啊，必要时可解燃眉之急呀。无论如何，我要请您把我的这个意思转告阿芙多季娅·罗曼诺芙娜。"

"不，我不会转告。"

"既然如此，罗季昂·罗曼诺维奇，我就不得不自己设法同她本人见面了，因此只好打扰她了。"

"如果我转告她的话，您就不会设法见她本人了吗？"

"说实话，我不知道该怎么对您说。我十分希望见她一面。"

"您别抱希望。"

"很遗憾。不过，您对我并不了解。也许我们会交上朋友亲近起来。"

"您以为，我们会交上朋友亲近起来吗？"

"为什么不会呢？"斯维德里盖洛夫一边笑眯眯地说着，一边站起身来，拿起帽子，"要知道，我并不很想来打扰您，到这里来的时候，甚至也没作多大的指望，然而不久前，早上那一会儿，您的脸色使我大吃一惊……"

"不久前，早上那一会儿，您在哪里见过我？"拉斯科尔尼科夫忐忑不安地问道。

"偶然见到的……我总觉得，您身上有某种东西和我相似……您别担心，我并非一个令人讨厌的人；我就是跟那些赌棍也关系融洽，斯维尔别伊公爵，我的一个远亲，是个大官，他也并不觉得我讨厌，我还曾在普里鲁科娃夫人的纪念册上写上几句话，评论拉斐尔的圣母像①，跟玛尔法·彼得罗芙娜深居简出地一起生活了七年，以前我还经常在干草市场上维亚泽姆斯基楼②里过夜，说不定还会和贝格一起乘气球去升空飞行呢。”

“唔，很好。请问，您很快就会动身去旅游吗？”

“什么旅游？”

“不就是这个‘旅行’么……这可是您自己说的啊。”

“旅行？啊呀，对了！……我确实向您说过旅行的事……唔，这是一个内涵丰富的问题……可是，如果您能知道，您问的是什么，那该多好！”他补充了一句，突然又哈哈地大笑了几声，“说不定我不去旅行，而去结婚呢；有人正在给我介绍对象呢。”

“在这里？”

“对。”

“您这是什么时候相中的？”

“不过我还是十分希望有朝一日能和阿芙多季娅·罗曼诺芙娜见上一面。我郑重其事地请求您。好，再见……啊呀，对了！我竟然把这事给忘了！罗季昂·罗曼诺维奇，请您转告令妹，玛尔法·彼得罗芙娜在遗嘱中提到，送给令妹三千卢布。这是千真万确的。玛尔法·彼得罗芙娜是在去世前的一个星期做出这一安排的，而且是当着我的面办理的。过两三个星期，阿芙多季娅·罗曼诺芙娜就可以得到这笔钱了。”

“您说的是真话？”

“是真话。请您转告。好吧，我是您的仆人。我住的地方离您这里毕竟不是太远。”

斯维德里盖洛夫出去的时候，在门口正好和拉祖米欣撞了个满怀。

二

已经快到八点钟了；拉斯科尔尼科夫和拉祖米欣急匆匆地走向巴卡

---

① 拉斐尔（1483—1520），意大利文艺复兴时期著名画家，文艺复兴后三杰（达·芬奇、米开朗基罗、拉斐尔）之一，圣母像是其绘画艺术的最高成就，此处指其杰作《西斯廷圣母》。

② 彼得堡一家著名的客店，内设饭店、酒店、赌场。

列耶夫旅馆，以便抢在卢仁之前赶到那里。

“喂，刚刚来的这人到底是谁呀？”两人刚走到街上，拉祖米欣便问了起来。

“这就是那个地主斯维德里盖洛夫，我妹妹在他家里当家庭教师的时候，受过他的侮辱。由于他纠缠不休的求爱，我妹妹被他妻子玛尔法·彼得罗芙娜驱逐出了他们的家门。这个玛尔法·彼得罗芙娜后来又请求杜尼娅原谅她，然而现在她却突然死了。刚才我们还曾谈到她。不知何故，这个人很是使我害怕。妻子刚一下葬，他就立即跑到这里来了。他是一个十分古怪的人，似乎已下定决心要采取什么行动……他似乎知道一件什么事情……必须保护杜尼娅不受他的……我想告诉你的就是这件事，你听见了吗？”

“一定保护！他怎么能跟阿芙多季娅·罗曼诺芙娜过不去呢？唔，罗佳，谢谢你这样跟我说……我们一定，一定保护好她！……他住在哪里呢？”

“不知道。”

“你为什么不问一声呢？唉，太遗憾了！不过，我会打听出来！”

“你看见他了吗？”片刻沉默后拉斯科尔尼科夫问道。

“哦，是的，看见了；清清楚楚地看见了。”

“你确实看见他了？一清二楚地看见了？”拉斯科尔尼科夫固执地追问着。

“哦，是的，我记得一清二楚；即使混在一千个人里边，我也能认出他来，我有对别人的面孔过目不忘的特长。”

两人又默不作声了。

“嘿……是这么回事……”拉斯科尔尼科夫嘀咕着，“其实，你要知道……我曾经认为……我总是觉得……这说不定也是我的一种幻觉。”

“你到底在说些什么呀？我不太明白你的意思。”

“你们总是喋喋不休，”拉斯科尔尼科夫歪着嘴苦笑了一下，接着说道，“说我疯了；我现在也觉得，也许我真是疯了，刚才看到的只是一个幻影！”

“你这究竟是怎么回事啊？”

“谁又知道呢！也许我实在是疯了，而这些日子发生的所有事情，所有情况，说不定纯粹是我的想象……”

“唉，罗佳！你又被弄得心神不定了！……他究竟说了些什么，来这里有何目的？”

拉斯科尔尼科夫没有回答，拉祖米欣沉吟了一下。

“好吧，那你就听我说说吧，”他开口说道，“我来过你这里，你正在睡觉。后来我们吃了午饭，然后我就去找波尔菲里。扎苗托夫仍旧在他那里。我本来打算开始谈谈，可是没有成功。我总是无法谈到正题上。他们似乎听不明白，也无法明白，可一点也不曾感到不好意思。我把波尔菲里拉到窗前，跟他说了起来，可不知何故依然谈不出名堂：他眼望东边，我眼望西边。最后，我在他的脸前扬起拳头说，我要以亲戚的身份砸烂他的脑袋。他只是看了我一眼。我啐了他一口就离开了，事情的经过就是这样。真是愚不可及。我没跟扎苗托夫说一句话。不过，你瞧：我原以为把事情搞砸了，但是下楼的时候，一个想法突然出现在脑子里，我顿时豁然开朗：我们两个何必操这份闲心呢？如果对你有危险或者诸如此类的事情，喏，那倒还理所当然。然而这和你有什么相干呢！这和你毫不相干，因此无须理睬他们；以后我还要嘲笑他们，而我要是你的话，还要好好戏弄他们一番。他们以后终究会羞得无地自容的！滚他们的蛋吧；以后可以狠揍他们一顿，而现在却不妨一笑置之！”

“自然是这样啦！”拉斯科尔尼科夫答道，“可你明天又会怎么说呢？”他暗暗思忖。奇怪的是，直到此刻，他还一次都不曾想到过：“一旦拉祖米欣得知了真相，他会怎么想？”想到这里，拉斯科尔尼科夫凝神仔细地看了他一眼。拉祖米欣刚才讲述的拜访波尔菲里的情况，他已没有多大兴趣：因为从那时以来，情况已瞬息万变，而且情随事迁！……

他们在走廊里遇到了卢仁：他于八点钟准时到达，正在寻找房间号码，因此他们三人是同时进屋的，但他们彼此都视若无睹，也不曾打个招呼。两位年轻人走在前面，而彼得·彼得罗维奇出于礼貌，在过道里脱下大衣，稍稍耽搁了一会儿。普莉赫里娅·亚历山德罗芙娜立即走到门口来迎接他。杜尼娅则向哥哥问好。

彼得·彼得罗维奇进门以后，相当亲切但又过分庄重地向两位女士点头致意。不过，看样子他还有点心慌意乱，尚未想出应付自如的办法。普莉赫里娅·亚历山德罗芙娜也似乎感到尴尬，赶紧忙不迭地请大家围坐在一张圆桌旁，桌上的茶炊已热气腾腾。杜尼娅和卢仁面对面地坐在桌子的两头。拉祖米欣和拉斯科尔尼科夫坐在普莉赫里娅·亚历山德罗芙娜的对面，——拉祖米欣邻近卢仁，而拉斯科尔尼科夫则紧挨着妹妹。

出现了短暂的沉默。彼得·彼得罗维奇慢条斯理地掏出一块香馥馥的麻纱手帕，擤了一下鼻子，脸上露出一副作为正人君子，尊严却受到伤害，因而坚决要求做出解释的神态。早在过道里的时候，他就产生了这样一个念头：不脱大衣，转身就走，以此给两位女士一个下马威，让她们立刻明白这一切的严重后果。但他还有点举棋不定。况且此人不喜欢模模糊糊，而这件事应该弄个水落石出：既然他的命令遭到如此明目张胆的违抗，这就意味着其中必定有什么原因，所以最好还是事先弄个一清二楚；至于惩罚她们嘛，时间多着呢，而且她们也逃不出他的手掌心。

“我想，你们一路平安吧？”他官腔十足地对普莉赫里娅·亚历山德罗芙娜说。

“谢天谢地，彼得·彼得罗维奇。”

“我很高兴。阿芙多季娅·罗曼诺芙娜也不累吧？”

“我年纪轻轻，身体健壮，不觉得累，不过妈妈却累得够呛。”杜涅奇卡答道。

“有什么办法呢；我们国家的道路都是长而又长的。正所谓‘俄罗斯母亲’辽阔无边啊……昨天我尽管非常希望赶去迎接你们，却怎么也抽不出时间来。不过，我料想，一切都很顺利，没有遇到什么特殊的麻烦吧？”

“啊呀，不，彼得·彼得罗维奇，我们昨天可真是狼狈不堪呢，”普莉赫里娅·亚历山德罗芙娜赶忙用一种特殊的语调声明道，“昨天要不是上帝亲自给我们派来德米特里·普罗科菲伊奇，我们简直就走投无路了。这位就是德米特里·普罗科菲伊奇·拉祖米欣。”她补充了一句，把他介绍给卢仁。

“可不是吗，我已有幸……就在昨天。”卢仁喃喃地说着，满含敌意地瞟了一眼拉祖米欣，然后双眉紧皱，闷声不响了。总的来说，彼得·彼得罗维奇属于这样一种人，在交际场合表面上殷勤有礼，也特别希望别人对他殷勤有礼，但只要有什么事稍不如意，就会变得一筹莫展，顷刻间便不再是风流倜傥、谈笑风生地活跃于交际场合的绅士了，而活像个泥塑木雕①。大家又都一声不吭了：拉斯科尔尼科夫执拗地闭口无语，阿芙多季娅·罗曼诺芙娜暂时也不想打破沉默，拉祖米欣则觉得无话可说，因此普莉赫里娅·亚历山德罗芙娜又惶惶不安起来。

“玛尔法·彼得罗芙娜已过世了，您听说了吧。”她开口说道，端出了自己的主要话题。

① 原文为“像一袋面粉”，意即呆头呆脑，举止笨拙。

“可不是吗，听说啦。我是最先得知这一消息的，而且我现在甚至是专程上这里来告诉你们的：阿尔卡季·伊万诺维奇·斯维德里盖洛夫刚一安葬完自己的夫人，就立即风风火火地赶到彼得堡来了。至少，根据我所获得的最可靠消息，情况是这样。”

“到彼得堡来了？到这里来？”杜尼娅心惊胆战地问道，并且和母亲交换了一个眼色。

“确实如此，只要注意他风风火火赶来的样子和以前的所作所为，那么他此行当然不会没有目的。”

“上帝啊！难道连这里他也不让杜涅奇卡安宁吗？”普莉赫里娅·亚历山德罗芙娜高叫起来。

“我觉得，无论您还是阿芙多季娅·罗曼诺芙娜，都用不着特别担心，当然喽，假如你们自己不想同他有任何接触的话，至于我，我正在注视着他，并且已开始打听他的住处……”

“啊哟，彼得·彼得罗维奇，您简直无法相信，您刚才把我吓成什么样子了！”普莉赫里娅·亚历山德罗芙娜接着说道，“我总共见过他两次，我觉得他太可怕了，太可怕了！我相信，玛尔法·彼得罗芙娜就是他害死的。”

“对此还不能下结论。我有确切可靠的消息。我不想争辩，可以这样说，也许是他的侮辱对她产生了精神刺激，从而加速了她的死亡；而关于此人的行为举止和总的道德品质，我赞同您的意见。我不知道，他现在是否很有钱，玛尔法·彼得罗芙娜到底留给他多少遗产；关于此事，我很快就会搞清楚；不过在彼得堡这个地方，他只要手头有几个钱，他必定会立即试图重温旧梦。在所有的这一类人当中，此人是最荒淫无耻、最不可救药的一个！我有充分的根据认为，不幸对他如此一往情深并替他偿还了债务的玛尔法·彼得罗芙娜，八年前还在一件事情上帮过他的大忙：全靠她四处活动并不惜做出牺牲，才把一件刑事案从事发之初就给捂住了，这是一件极为凶残，也可以说是十分离奇的凶杀案，由于这个案子，他本来极其可能、极其可能被流放到西伯利亚。他就是这样一个人，如果你们想知道的话。”

“啊哟，上帝啊！”普莉赫里娅·亚历山德罗芙娜大叫起来。拉斯科尔尼科夫则全神贯注地听着。

“您说的是真话吗，关于这件事您有确凿的证据吗？”杜尼娅正气凛然、郑重其事地问道。

“我说的只是我亲自听已故的玛尔法·彼得罗芙娜私下告诉我的事

情。必须指出，从法律的角度来看，这件案子有许多疑点。有一位姓列斯莉赫的外国女人曾经在这里住过，似乎现在也还未搬走，她除了放小额高利贷之外，也做其他生意。斯维德里盖洛夫先生早已和这个列斯莉赫打得火热，关系暧昧。她家里寄住着一个远房亲戚，好像是她的侄女，是个又聋又哑，约莫十五岁，甚至只有十四岁的小姑娘，这个列斯莉赫视她为眼中钉肉中刺，每顿饭都要责骂她；甚至丧尽天良地毒打她。有一天，发现她吊死在顶楼上。法院判定她是自杀。经过一般的手续之后，这个案子就此了结了。然而，后来有人告密，说这个孩子……曾惨遭斯维德里盖洛夫的蹂躏。诚然，所有这一切都很可疑，告密者又是另一个臭名远扬的德国女人，她的话毫无可信度；最后，由于玛尔法·彼得罗芙娜四处活动，大把花钱，告密实际上没有受理；一切仅被当作谣传。然而这个谣传却意味深长。阿芙多季娅·罗曼诺芙娜，您在他们家的时候肯定也听说过菲利普这个人的事吧，他是六年前被折磨死的，那时还是农奴制时期。"

"我听到的，恰好相反，说这个菲利普是自己上吊死的。"

"的确如此，然而是被迫的，或者更准确地说，正是斯维德里盖洛夫先生无休无止的迫害和处罚，促使他走上绝路的。"

"这我不知道，"杜尼娅冷冷地回答道，"我只是听到一个十分奇怪的故事，说这个菲利普是个忧郁症患者，一个家庭哲学家。大家都说，他'读书读得走火入魔了'，还说他上吊多半是因为受不了斯维德里盖洛夫先生的嘲讽，而并非由于他的鞭打。不过，他在我面前对仆人的态度很好，仆人们甚至都喜欢他，尽管他们确实也指责他在菲利普之死一事上负有责任。"

"我发现，阿芙多季娅·罗曼诺芙娜，您不知为何突然开始倾向于替他辩解了，"卢仁撇着嘴说，嘴角露出暧昧的微笑，"他的确是一个勾引女性的高手，老奸巨猾，富有魅力，死得离奇古怪的玛尔法·彼得罗芙娜就是一个可悲的例子。鉴于他又怀着新的毋庸置疑的企图，我只不过希望向您和令堂提出自己的忠告而已。至于我嘛，我深信不疑，这个人必定会再次关进债务拘留所。玛尔法·彼得罗芙娜为儿女们着想，从来没打算留给他任何财产，即使给他留了点什么，那也无非是一些必不可少、不太值钱、只能应付一时的东西，未必够像他这样挥霍成性的人用上一年。"

"彼得·彼得罗维奇，我请求您，"杜尼娅说，"别再谈斯维德里盖洛夫的事了。这使我心烦。"

“他刚才到我那里去过。”拉斯科尔尼科夫突然开口说话，第一次打破了沉默。

满屋子的人都大声惊呼起来，大家都转过脸来看着他。就连彼得·彼得罗维奇也激动不已。

“一个半小时以前，我正在睡觉的时候，他走了进来，叫醒了我，作了自我介绍，”拉斯科尔尼科夫继续说道，“他无拘无束，快快乐乐，满心希望跟我交朋友。顺便说一下，杜尼娅，他三番五次请求并正找机会要跟你见面，还请我牵针引线。他有一个建议要向你提出；建议的内容他已告诉了我。此外，他还凿凿有据地告诉我，玛尔法·彼得罗芙娜在去世前一个星期立下遗嘱，要送给你杜尼娅三千卢布，而且现在你就会在最短的时间内得到这笔钱。”

“谢天谢地！”普莉赫里娅·亚历山德罗芙娜高声说道，并且画了个十字，“为她祈祷吧，杜尼娅，祈祷吧！”

“这的的确确是真的。”卢仁脱口而出。

“唔——唔，那后来呢？”杜涅奇卡催促道。

“后来他说，他自己并不富裕，所有田产都留给他的几个子女了，他们现在住在姨妈家里。后来又说，他的住处离我那里很近，可是到底在哪里？——我不知道，我没有问……”

“但是，他究竟想向杜涅奇卡提个什么建议呢，什么建议呢？”普莉赫里娅·亚历山德罗芙娜提心吊胆地问道，“他已告诉你了？”

“是的，告诉了。”

“究竟是什么呢？”

“以后再告诉您。”拉斯科尔尼科夫闷声不响了，径自喝起茶来。

彼得·彼得罗维奇掏出怀表，看了一下。

“我必须去办一件事，因此不妨碍你们了。”他露出一副颇为委屈的神态补充说，并且从椅子上站起身来。

“请别走，彼得·彼得罗维奇，”杜尼娅说，“您不是本就打算在这里待一个晚上吗，而且您自己还在信上说，您有件什么事要和妈妈说清楚啊。”

“的确如此，阿芙多季娅·罗曼诺芙娜，”彼得·彼得罗维奇煞有介事地说，他又坐回椅子上，不过仍把帽子拿在手里，“我确实想和您，以及令人尊敬的令堂说清楚，甚至要谈几件极为重要的事情。然而，正如令兄不能当着我的面谈斯维德里盖洛夫的建议一样，我也不愿，而且不能……当着别人的面……谈论某些极其、极其重要的事情。何况我那个最根本的、非常恳切的要求，并未得到满足……”

卢仁做出一副痛苦的姿态，意味深长地一声不吭了。

“您要求我们会面时家兄不得在场，这一要求未能满足，完全是因为我坚决反对。”杜尼娅说，“您在信中说，您受到家兄的侮辱；我认为，这件事必须立即解释清楚，你们应该冰释前嫌，握手言欢。如果罗佳真的侮辱了您，那么他应该而且将会向您道歉。”

彼得·彼得罗维奇立即变得盛气凌人。

“有一些侮辱，阿芙多季娅·罗曼诺芙娜，即使你心地善良、宽宏大量，也是无法忘却的。任何事情都有个限度，超过这个限度是很危险的；因为一旦超过，就再也退不回来了。”

“我对您说的，其实不是这个意思，彼得·彼得罗维奇，”杜尼娅有点不耐烦地打断了他的话，“您应该很明白，我们的未来现在完全取决于这一切能否尽快解释清楚，并得到顺利解决。我要一开始就直言不讳地说，我不能有其他看法，如果您对我的意见哪怕有一点点儿尊重，那么不管怎样困难，这件事也必须在今天了结。我再向您重复一遍，如果家兄有错，他会向您道歉。”

“我不胜惊讶，您竟会这样提问题，阿芙多季娅·罗曼诺芙娜，”卢仁越来越恼羞成怒了，“我珍爱您，也可以说是我崇拜您，但我同时也完完全全可以不喜欢府上的某一个人。我虽然希望和您喜结连理，比翼双飞，但不能同时接受我拒绝同意的义务……”

“得了，别老是埋天怨地的，彼得·彼得罗维奇，”杜尼娅颇为激动地打断他的话，“您应该是一个聪明而高尚的人，我一向这么认为，也希望您能一如既往。我已把终身托付给您，我已是您的未婚妻；在这件事上您应该信任我，相信我能做出公正合理的判断。我主动扮演评判人的角色，这不仅对家兄，同时也对您，是一件出乎意料的事。收悉您的信以后，我请他今天务必出席我们的会面，当时我并未把用意向他透露丝毫。请您明白，如果你们不能冰释前嫌，握手言欢，那么我就不得不在你们之间做出选择：或者是您，或者是他。无论对于他，还是对于您，问题都是这样明摆着的。我不希望，也不应该做出错误的选择。为了您，我不得不和家兄决裂；为了家兄，我必须跟您决裂。现在我希望确切地知道，也必然能确切地知道：他是不是我的哥哥？而对于您来说则是：您是否爱我，是否珍惜我，您是否是我的丈夫？”

“阿芙多季娅·罗曼诺芙娜，”卢仁用混合着不快和惊讶的语气说，“您的这番话对我来说真是意味深长啊，说得严重些，由于我在您我的关系中所处的荣幸的地位，您的话甚至是对我的侮辱。至于您把我和……一个妄自尊大的青年人相提并论的那些侮辱性的海外奇谈，那就暂且不提了。您说这番话的潜台词是，您有可能毁掉您对我许下的诺言。您说‘或者是您，或者是他’，看来您是要以此表明，对于您来说我是多么微不足道……鉴于我们之间业已存在的关系和……义务，这是我不能容许的。”

“怎么!”杜尼娅顿时满脸通红，“我把您的利益与我生命中至今所珍贵的一切等量齐观，与至今构成我的全部生命的一切等量齐观，您竟还突然感到抱屈，认为我贬低了您的价值!”

拉斯科尔尼科夫一言不发，只是讥讽地微微一笑。拉祖米欣不禁全身打了个冷战；然而彼得·彼得罗维奇没有接受这种反驳；相反，他喋喋不休，越说越来劲，越说火越大，仿佛来了说瘾。

“对未来生活伴侣的爱，对丈夫的爱，应该高于对兄弟的爱，”他以教训的口气说道，“无论如何，他不能跟我相提并论……虽然刚才我还坚持，有令兄在场，我不愿意也不能够说明我的来意，然而有一个非常重要、使我受到侮辱的问题，现在我还是想请令人尊敬的令堂做出一些必要的解释。令郎，”他对普莉赫里娅·亚历山德罗芙娜说道，“昨天当着拉苏德金先生的面（或者……似乎是这样吧？请您原谅，我忘了您姓什么了，——他彬彬有礼地冲着拉祖米欣点了点头），侮辱我，歪曲我那次喝咖啡时在和您私人谈话中的观点，我当时说的是，在我看来，从夫妻方面的关系来说，娶一个饱尝生活艰辛的贫穷姑娘，比娶一个过惯饱食暖衣日子的富家姑娘更为有利，因为这对精神生活更有益。令郎却故意把我这句话的意思夸大到荒谬的地步，指责我居心叵测，而在我看来，他所依据的就是您亲笔写给他的那封信。普莉赫里娅·亚历山德罗芙娜，如果您能够消除我的抵触情绪，使我大放宽心，那我将认为自己是个幸福的人。请您告诉我，您在给罗季昂·罗曼诺维奇的信里，究竟是怎样措辞来转述我那句话的？”

“我不记得了，”普莉赫里娅·亚历山德罗芙娜惊慌失措了，“我是按自己的理解转述给他的。我不知道罗佳是怎么对您说的……也许，他夸大了某句话的意思。”

“没有您的暗示，他不可能夸大。”

“彼得·彼得罗维奇，”普莉赫里娅·亚历山德罗芙娜庄重地说，“我们来到了这里，这就足以证明我和杜尼娅并没有把您的话往坏里想。”

“说得太好了，妈妈!”杜尼娅赞许地说。

“这么说，又是我的错了啰！”卢仁委屈地说。

“对，彼得·彼得罗维奇，您总是指责罗季昂，可您自己不久前在信里所写的关于他的那些话就不真实。”普莉赫里娅·亚历山德罗芙娜鼓足勇气，补了一句。

“我不记得我在信上写过什么不真实的事情。”

“您在信上说，”拉斯科尔尼科夫很不客气地说，看都不曾看他一眼，“我昨天把钱并非送给了被马踩死的那个人的遗孀，这是千真万确的事实，而是送给了他的女儿（昨天以前我从未见过她）。您这样写，目的是挑起我和亲人的争吵，而且为此您还不惜用卑鄙的语言添油加醋，诽谤一个与您素不相识的姑娘的品德。所有这一切都是造谣中伤，而且卑鄙下流。”

“请原谅，先生，”卢仁答道，他已气得浑身发抖，“我在信中详细地谈论您的品德和行为，只是为了满足令妹和令堂的请求，他们请求我描述：我是怎样找到您的，以及您给我留下了什么印象？至于您谈到的我信中的那些话，那么请您哪怕找出一句不符合事实的来吧，也就是说，您未曾滥用那笔钱，而且在那个家庭里，虽说是个不幸的家庭，没有不成体统的人吗？”

“然而在我看来，您，连同您那些所谓的全部优点，也比不上您向她扔石头①的那个不幸姑娘的一个小指头。”

“这么说，您也决定让她与令堂及令妹常相交往啰？”

“我已经这样做了，如果您想知道的话。我今天已经让她跟妈妈和杜尼娅坐在一起了。”

“罗佳！”普莉赫里娅·亚历山德罗芙娜叫了起来。

杜涅奇卡的脸唰地红了；拉祖米欣皱了皱眉头。卢仁讥讽而傲慢地微微一笑。

“您已亲眼看到了，阿芙多季娅·罗曼诺芙娜，”他说，“这可能握手言欢吗？我现在希望，这件事情已一劳永逸地结束了，也说清楚了。我这就告退了，以免妨碍你们全家欢聚和互诉秘密（他从椅子上站了起来，

---

① 典出《圣经·新约全书·约翰福音》第8章第1—10节：“文士和法利赛人，带着一个行淫时被拿的妇人来……对耶稣说：‘摩西在律法上吩咐我们，把这样的妇人用石头打死。你说该把她怎么样呢？’……耶稣就直起腰来，对他们说：‘你们中间谁是没有罪的，谁就可以先拿石头打她。’……他们听见这话，就从老到少，一个一个地都出去了……”

拿起帽子)。不过临走之前，我要冒昧地说一句，我希望今后能避免这一类的会见，也可以说是不再参加这样的调解。我尤其要请求您，令人尊敬的普莉赫里娅·亚历山德罗芙娜，注意这个问题，因为我的那封信是写给您的，而并非写给别的什么人的。”

普莉赫里娅·亚历山德罗芙娜有点儿生气了。

“您好像认为，已完全可以对我们任意发号施令了，彼得·彼得罗维奇。您的愿望为什么没有实现，杜尼娅已经告诉您原因了：她可是用心良苦，一片好意。难道我们非得把您的每个愿望都当作命令吗？而我要告诉您，恰恰相反，您现在应该对我们特别客气，特别体谅，因为我们抛弃了一切，出于对您的信任，来到了这里，因此我们本来几乎就已在您的控制之中。”

“这话不完全符合实际，普莉赫里娅·亚历山德罗芙娜，特别是现在，在获悉玛尔法·彼得罗芙娜遗赠三千卢布之后，从您跟我说话时那种前所未有的口气来看，——这一消息似乎来得正是时候。”他刻毒地补上一句。

“根据您这句话来判断，确实可以认为，您曾经寄希望于我们陷入无依无靠的困境之中。”杜尼娅气呼呼地说。

“然而至少现在我无法抱这样的希望了，而且我最不愿意妨碍你们听取阿尔卡季·伊万诺维奇·斯维德里盖洛夫委托令兄转达的秘密建议，而且，我看得出来，这一建议对您具有重大的，也许极其愉快的意义。”

“啊哟，我的上帝啊!”普莉赫里娅·亚历山德罗芙娜惊呼起来。

拉祖米欣在椅子上坐不住了。

“妹妹，你现在不感到羞耻吗?”拉斯科尔尼科夫问道。

“真感到羞耻，罗佳，”杜尼娅说，“彼得·彼得罗维奇，滚出去!”她气得脸色煞白，转身对他说。

彼得·彼得罗维奇似乎完全没料到会有这样的结局。他是过于自信，过高相信自己的权势，过分相信自己的牺牲品无依无靠的处境了。直到此刻，他都还无法相信刚才所发生的一切。他脸色发白，嘴唇不断地哆嗦着。

“阿芙多季娅·罗曼诺芙娜，如果听了您的这种临别赠言后，我现在跨出了这道门槛，那么——您可要考虑这一点——我就永远不会回来了。请您好好想一想吧！我可是言出必践的。”

“真是厚颜无耻!”杜尼娅霍地从椅子上站了起来，高声喊道，“我根本就不希望您再回来!”

"怎么？原来——如——如——此！"卢仁大叫大嚷着，直到最后这一刻，他还完全不相信事情会如此收场，因此现在张皇失措了。"原来——如——此！然而您要知道，阿芙多季娅·罗曼诺芙娜，我也是可以提出抗议的！"

"您有什么权利对她这样说话！"普莉赫里娅·亚历山德罗芙娜激愤地出来保护女儿，"您有什么可抗议的？您有什么权利？哼，我会把我的杜尼娅嫁给您这种人吗？走吧，永远离开我们吧！都怪我们自己不好，做了一件错事，特别是我……"

"但是，普莉赫里娅·亚历山德罗芙娜，"卢仁气急败坏，发疯似的说，"您用诺言束缚住我的手脚，现在又毁弃诺言……而且，归根结底，……归根结底，是我中了圈套，也就是说，让我为此花了一笔钱……"

最后这句带有索赔性质的话使彼得·彼得罗维奇原形毕露了，拉斯科尔尼科夫本已气得脸色发白，但强压着怒火，听到这句话，却不由自主地突然哈哈大笑起来。但普莉赫里娅·亚历山德罗芙娜却火冒三丈：

"花了一笔钱？您究竟花了什么钱？您说的是不是托运我们的那只箱子？那可是列车员免费替您托运的。上帝啊，竟然还说我们束缚了您的手脚！您还是清醒清醒吧，彼得·彼得罗维奇，是您束缚了我们的手脚，而不是我们束缚了您的手脚！"

"行啦，妈妈，您别说了，行啦！"阿芙多季娅·罗曼诺芙娜央求着，"彼得·彼得罗维奇，您行行好，请走吧！"

"我会走的，不过还有一句话，最后一句话！"他说，这时他几乎已经完全控制不住自己了，"令堂大人似乎完全忘记了一件事，我决定娶您，可以说是在有损您名誉的流言蜚语已闹得满城风雨，而且周围地区远近皆知的情况下。为了您，我置社会舆论于不顾，而且尽力恢复您的名誉，因此，我理所当然地极其、极其希望能够得到您的报答，甚至要求得到您的感谢……但直到现在我才眼明心亮！我亲眼看到，我不顾社会舆论所采取的行动看来是完全十足的轻率行动……"

"好啊，他有两个脑袋还是怎么着！"拉祖米欣大吼一声，从椅子上跳起身来，准备收拾他了。

"您是一个卑鄙的恶棍！"杜尼娅说。

"别说了！也别动手！"拉斯科尔尼科夫高声叫着，拦住了拉祖米欣；然后逼近卢仁，几乎挨着他的身子：

"请您滚出去！"他轻轻地但一字一顿地说，"别再啰唆，否则……"

彼得·彼得罗维奇气得脸上煞白，脸都扭歪了，他冲着拉斯科尔尼科夫瞪了几秒钟，然后转身走出屋子。当然，很少有谁会对别人怀着如此切齿腐心的仇恨，就像这个人对拉斯科尔尼科夫一样。他把所有的事都归罪于拉斯科尔尼科夫，归罪于他一个人。奇怪的是，他在下楼的时候依然认为，事情也许并非完全无可挽回，如果只涉及两位女士，事情甚至是“百分之百”可以挽回的。

三

主要问题在于，直到最后一分钟，他无论如何也没有料到会如此收场。他颐指气使，目空一切，根本没有想到，这两个一贫如洗、无依无靠的女人居然有可能逃出他的手掌心。虚荣心和不如称之为妄自尊大的过分自信大大助长了他的这种信念。彼得·彼得罗维奇是从贫贱中历尽艰辛而发迹的，已经习惯于病态的自我欣赏，在聪明、才智方面自命不凡，有时甚至会对着镜子顾影自怜。不过他在世界上最喜欢和最看重的，乃是他靠劳动和用尽千方百计挣来的金钱：正是金钱使他跻身于社会地位更高的阶层。

刚才彼得·彼得罗维奇痛苦地提醒杜尼娅说，尽管她声名狼藉，他还是决定娶她。他说这话时是完全真诚的，甚至对这种“忘恩负义”深感愤慨。其实他向杜尼娅求婚的时候，他已完全确信这些流言蜚语都是捕风捉影，瞎说一气，因为玛尔法·彼得罗芙娜已亲自出来当众辟谣，全城的人们早已对这些传闻置之不理，甚至还争先恐后地纷纷为杜尼娅辩护。即使他本人现在也不会否认，所有这些情况他当时都已知道得一清二楚。然而他仍然高度评价自己把杜尼娅抬高到与自己平起平坐这一地位的那个决定，认为这是一个惊人的壮举。刚才他对杜尼娅谈这件事的时候，他也就说出了自己那个隐秘的、珍藏于心头的、不止一次自我欣赏过的想法，他无法理解，别人怎么能不对这一惊人的壮举表示欣赏。当他去探望拉斯科尔尼科夫的时候，完全是以恩人自居的，准备去收获累累硕果，听取甜蜜蜜的恭维。因此，当然喽，当他现在走下楼梯的时候，认为自己受到了莫大的侮辱，自己的惊人壮举也遭到了漠视。

但杜尼娅对于他来说，毕竟是简直必不可少的；放弃她对他来说，是不可思议的。他那美滋滋的结婚梦，已经做了很久了，做了好几年了，但他一直在攒钱，一直在静待时机。他的内心深处隐藏着一个幻想，他常常飘飘然陶醉于这一幻想，有一个品德高尚、家境贫寒（一定要家境贫寒！）的少女，正当如花妙龄，容貌姣好，气质优雅，富有教养，胆小怕事，历经艰辛，饱受磨难，因此在他面前百依百顺，终生都把他视为自己的大救星，对他敬若神明，俯首帖耳，赞不绝口，而且心目中只有他一个人。在工作之余的闲静时间里，围绕这一心醉神迷、其乐无穷的主题，他浮想联翩，在想象中创造了多少动人的场景，多少甜蜜的插曲啊！多年的美梦眼看就要变成现实了：阿芙多季娅·罗曼诺芙娜的美貌和教养使他神魂颠倒；她那孤立无援的处境更是撩拨得他心猿意马，按捺不住。而且她身上还有一些超乎他的幻想的东西：这是一个高傲自尊、性格倔强、品德高尚的姑娘，教养和学识都在他之上（他感觉到了这一点），而就是这样一个美人，由于他惊人的壮举，将一辈子像奴隶一般对他感恩戴德，在他面前虔诚地卑躬屈膝，而他将随心所欲，对她行使绝对的支配权！……似乎是机缘巧合，不久之前，经过长期考虑和等待，他下定决心改弦易辙，开辟更广阔的活动天地，以便逐步钻进一个更上层的社会，而这正是他很久以来梦寐以求、垂涎三尺的……总而言之，他决心在彼得堡牛刀小试，碰碰运气。他知道，借助女人会赢得“很多很多”东西。一个貌若天仙、品德高尚、富有教养的女人更是魅力四射，能够使他飞黄腾达，成为别人关注的焦点，荣耀显赫……而现在一切都化为泡影了！眼前这次出乎意外、荒谬绝伦的决裂，对他来说不啻是晴天霹雳。这是一个岂有此理的玩笑，简直荒唐得无以复加！他只不过稍微傲慢了一点儿；他甚至还没来得及充分展示自己，仅仅开了几句玩笑，某些话说得过头了些，后果却如此严重！而且，要知道，他甚至已经按照自己的方式爱着杜尼娅了，他已经在自己的幻想中对她呼来唤去了——可突然之间！……不！明天，明天这一切都得完好如初，必须弥补裂痕，纠正错误，而最主要的是除掉这个目空一切的乳臭小儿，他是整个事情的祸根子。他还不由自主、痛苦不堪地想起了拉祖米欣……不过他很快就大放宽心了：“这家伙怎能跟我相提并论呢！”而他实际上真正害怕的，还是那个斯维德里盖洛夫……总而言之，前面的麻烦事还多着呢……

……

“不，是我，主要是我的错！”杜涅奇卡说道，她拥抱并亲吻着母亲，“我贪图他的钱财，不过，我发誓，哥哥，我根本没有想到他会是这样一个卑鄙的小人！我要是早点看清了他的本来面目，我就决不会上当受骗了。你别怪罪我，哥哥！”

“上帝拯救了我们！上帝拯救了我们！”普莉赫里娅·亚历山德罗芙娜喃喃地说着，不过这些话是多少有点无意识地说的，似乎她对所发生的事情还没有完全弄明白。

大家都很高兴，五分钟以后甚至还笑了起来。只是杜涅奇卡偶尔想起刚才发生的事情，会脸色发白，双眉紧皱。普莉赫里娅·亚历山德罗芙娜根本无法想象，她竟然也会感到高兴；早上她还认为，跟卢仁一刀两断将是一场可怕的灾难。不过，拉祖米欣却乐不可支。他还不敢充分流露自己的欣喜之情，但是却像患热病一般浑身发抖，仿佛从心中卸掉了一个五普特重的秤砣。现在他有权把自己的整个生命奉献给她们，为她们服务了……是的，现在没有障碍了！不过，他还是胆战心惊地驱赶着连绵的思绪，害怕自己想入非非。只有拉斯科尔尼科夫一直坐在原来的位子上，几乎是愁眉不展，甚至是心不在焉。他本是最极力主张跟卢仁一刀两断的，而现在却似乎对所发生的一切最漠不关心。杜尼娅不禁认为他仍然在生她的气，而普莉赫里娅·亚历山德罗芙娜则战战兢兢地凝望着他。

“斯维德里盖洛夫究竟对你说了些什么呢？”杜尼娅走到他身边问道。

“啊，对呀，对呀！”普莉赫里娅·亚历山德罗芙娜大声说道。

拉斯科尔尼科夫抬起头来：

“他一定要送给你一万卢布，并且希望在我陪同下和你见一次面。”

“见面！无论如何也休想！”普莉赫里娅·亚历山德罗芙娜大叫大嚷着，“他怎么竟敢提出送给她钱！”

接着拉斯科尔尼科夫转述了（十分枯燥无味的）斯维德里盖洛夫的谈话内容，但是省略了关于玛尔法·彼得罗芙娜鬼魂出现的事情，以免多生枝节，过于详细。除了非讲不可的话，他对任何谈话都感到讨厌。

“那你究竟是怎样答复他的呢？”杜尼娅问道。

“起初我说，我什么话都不会向你转告。于是他声称，他自己将千方百计找机会和你见面。他信誓旦旦地说，他过去对你的迷恋是异想天开，现在他对你已经没有任何激情了……他不希望你嫁给卢仁……总而言之，他说得颠三倒四的。”

“你本人对这事怎么解释，罗佳？你觉得他怎么样？”

“说实话，我也有点如坐云雾。他提议送给你一万卢布，可自己又说他并不富足。他声称他想要去一个什么地方，可十分钟以后就忘了自己说过这话。他还突然宣布他要结婚了，还说有人正在给他介绍未婚妻……当然啦，他是别有用心的，而且很可能是不怀好意。然而不知为何他又令人奇怪地说，如果对你心怀叵测，那么他这样做就蠢不可及……我当然代你拒绝了这笔赠款，完完全全地拒绝了。总而言之，我觉得他十分古怪，而且……甚至……似乎有神经错乱的迹象。不过这也可能是我的错觉；也许这只不过是一种骗局。玛尔法·彼得罗芙娜的逝世似乎对他颇有影响……”

“上帝啊，让她的灵魂安息吧!”普莉赫里娅·亚历山德罗芙娜深深叹息着说，“我要永远、永远替她向上帝祈祷！杜尼娅，眼下如果没有这三千卢布，我们可真不知如何是好了！上帝啊，这笔钱真像是天上掉下来的！唉，罗佳，要知道，早上我们身上总共只剩三个卢布了，我和杜涅奇卡刚刚还在盘算，尽快找个地方把这块表抵押出去，以免在这个人自己意识到以前，开口向他借钱。”

斯维德里盖洛夫的提议不知为何使杜尼娅深感震惊。她一直若有所思地站在那里。

“他准是想出了什么可怕的主意!”她几乎是悄悄地喃喃自语着，差不多就要浑身发抖了。

拉斯科尔尼科夫发觉了这种惶恐不安。

“看来，我还不得不再见他几次。”他对杜尼娅说。

“我们要监视他！我去查清他的踪迹!”拉祖米欣慷慨激昂地喊道，“我会紧紧地盯住他！我已得到罗佳的允许。不久前他亲口对我说：‘你要保护好我妹妹。’那么您允许吗，阿芙多季娅·罗曼诺芙娜?”

杜尼娅莞尔一笑，向他伸出一只手，但脸上依旧愁云密布。普莉赫里娅·亚历山德罗芙娜提心吊胆地打量着她；不过，那三千卢布显然已使她大为宽心。

一刻钟以后，大家又热热烈烈地交谈起来。拉斯科尔尼科夫虽然没有参加谈话，但也专心专意地听了一会。拉祖米欣则在滔滔不绝地高谈阔论。

“你们干吗，干吗要离开这里呢!”他欣喜若狂、口若悬河地慷慨陈词，“而且你们在那个小城市里又能做什么呢？最重要的是，在这里你们全家团聚在一起，你们互相需要，而且极其需要，——请你们理解我的意思！唔，哪怕住一段时间也好……请你们把我当作朋友吧，我们可以合伙，我可以保证，我们一定能干出一番大事业来。请听我说，我要把这一切——也就是整个计划详详细细地告诉你们！今天早上，什么事都还没发生的时候，我脑子里闪现了一个想法……是这么回事：我有一个舅舅（我会介绍你们跟他认识的；他是一位非常随和、十分可敬的小老头儿!），他有一千卢布资金，但他本人靠退休金生活，无须用这笔钱。近两年来，他一而再再而三地缠着我，非要把这一千卢布借给我，一年只收六厘利息。我懂得其中的奥妙：他完全是想帮我一把；不过去年我还用不上这笔钱，但今年只等他一来，我就准备把这笔钱借过来。然后你们再从你们那三千卢布中拿出一千来，这就足够作为初创费用了，我们合伙经营。那么我们究竟干什么呢?”

于是拉祖米欣开始津津乐道地阐明自己的计划，并且不厌其烦地谈到，我们所有的书商和出版商几乎都不怎么懂行，因此他们通常都是一些糟糕透顶的出版商，而事实上优秀的出版物一般可以收回成本，而且可以赚钱，有时还能赚大钱。拉祖米欣梦寐以求的就是经营出版业，他已经为别的出版商干过两年，而且精通三种语言，尽管六天以前他曾对拉斯科尔尼科夫说，他的德语“毫不管用”，但那是为了说服拉斯科尔尼科夫承担一半的译书任务，接受三个卢布的预支稿酬：当时他撒了个谎，而拉斯科尔尼科夫也清楚他在撒谎。

“为什么，为什么我们要坐失良机呢，既然最主要的手段之一——自己的资金已经具备?”拉祖米欣意气风发地说，“当然啦，这需要付出巨大的劳动，但是我们都将会努力工作的，您，阿芙多季娅·罗曼诺芙娜，我，罗季昂……目前有一些出版物利润极高！而我们这一企业的主要基础在于，我们必须知道，究竟应该翻译一些什么书籍。我们将又翻译，又出版，又上学，三者齐头并进。现在我可有了用武之地了，因为我积累了经验。我和出版商打交道已快两年了，了解他们的全部底细：并非只有圣徒才会做瓦罐①，请相信我好了！我们为什么，为什么要放过到嘴的面包呢！我自己就知道有那么两三本书可以翻译，我一直保守着这个秘密，单是翻译、出版这些书的点子，每本书就可以收一百卢布，其中有一本书，就是给我五百卢布，我也不会说出这个点子。而且，你们想想看，假如我把这本书推荐给别人，他也许还会首鼠两端呢，简直都是些笨蛋！至于印刷、纸张、销售等繁杂琐事，你们就交给我去办好了！所有的门路我全都知晓！咱们从小规模开始，逐渐扩大生意，至少可以维持生计，无论如何也能把本钱捞回来。”

杜尼娅的眼睛顿时亮闪闪的。

“您说的这件事，我很喜欢，德米特里·普罗科菲伊奇。”她说。

“对于这件事，我当然是啥都不懂，”普莉赫里娅·亚历山德罗芙娜

① 这本是一句谚语：“并非只有上帝才会烧瓦罐”，此处稍有改动，意为：这种事谁都会做。

说，“也许，这是一件好事吧，不过那也只有上帝知道。主意倒是有点儿新鲜，可对这事我是一窍不通。当然啦，我们必须留在这里，哪怕是待一段时间……”

她望了望罗佳。

“你认为怎样，哥哥？”杜尼娅说。

“我认为，他这个主意非常好，”他回答道，“当然喽，关于开办公司的事，用不着过早去幻想，不过，倒是的确可以出版五六本书，而且必定会大获成功。我自己也知道有一本书，印出来一定会成为热销货。至于他的经营、办事能力，那是毋庸置疑的：他十分懂行……不过，你们还得找个时间好好商量商量……”

“乌拉！”拉祖米欣高叫起来，“现在，先不要忙，这里有一套房间，就在这栋楼里面，是同一个房东的。这套住房是特别的、单独的房间，跟旅馆里这些客房不相连通，而且家具齐全，房租合适，有三个小间。你们先把它租下来。那块表明天我替你们拿去抵押了，然后把钱送过来，那么一切问题就顺利解决了。主要的是你们三个人可以住在一起了，罗佳也跟你们……喂，你到哪里去，罗佳？”

“怎么，罗佳，你这就要走？”普莉赫里娅·亚历山德罗芙娜甚至是惊恐地问道。

“在这样的时候走！”拉祖米欣大声吼着。

杜尼娅疑惑莫解、惊诧莫名地望着哥哥。他手里拿着制帽，正准备离开。

“你们怎么就像给我下葬，或者和我永别似的。”他古里古怪地说。

他似乎微笑了一下，然而似乎这又不是微笑。

“不过，谁又知道呢，说不定这就是我们的最后一次见面了。”他下意识地补了一句。

他本来是在心里暗想着这事，可不知怎么竟脱口说了出来。

“你这是怎么啦！”母亲惊呼道。

“你到哪里去，罗佳？”杜尼娅有点儿奇怪地问。

“是这样，我有十分紧要的事，”他闪烁其词地答道，似乎想说什么，但又踌躇不定。不过他那苍白的脸上却闪现出一种坚定的神情……

“我想告诉……来这里的时候……我就想告诉您，妈妈……还有你，杜尼娅，我们最好分开一段时间。我感到身体不大舒服，我心里也不太安宁……我以后会来的，我自己来，等到……可以来的时候。我会记住你们，我热爱你们。别管我了！让我独自待着吧！我已下定决心这样做了，还在很早以前就决定了……我确确实实下定了决心……无论我会出什么事，无论我是死还是活，我都只想独自一人承受。彻底忘掉我吧。这样会更好一些……别打听我的情况。必要时，我自己会来看你们，或者……会来叫你们去。也许，一切都会恢复原样！……而现在，如果你们爱我，那就别管我吧……否则，我就会恨你们，我觉得……别了！”

“上帝啊！”普莉赫里娅·亚历山德罗芙娜惊呼起来。

不管是母亲还是妹妹，都吓得面无人色，拉祖米欣也是如此。

“罗佳，罗佳！跟我们和好吧，让我们一如既往地生活吧！”可怜兮兮的母亲高叫着。

他慢吞吞地转身走向房门，然后慢吞吞地走出了房间。杜尼娅追了上去。

“哥哥！你怎么能这样对待妈妈！”她低声说道，目光里灼灼地燃烧着怒火。

他心如刀割地看了她一眼。

“没关系，我会来的，我会常来的！”他低声咕哝着，似乎并未完全意识到想要说什么，接着便走出了屋子。

“无情无义的冷血动物，狠心的自私自利者！”杜尼娅大叫大嚷着。

“他发——疯——了，而不是无情无义！他神经错乱了！难道您看不出这一点来吗？您这样说，倒是无情无义呢！……”拉祖米欣紧紧地攥住她的手，在她耳边热烈地低声说道。

“我马上就回来！”他扭头对吓得半死不活的普莉赫里娅·亚历山德罗芙娜高喊了一声，便从屋里跑了出去。

拉斯科尔尼科夫站在走廊尽头等着他。

“我就知道你会跑出来的，”他说，“请你回到她们身边去，和她们待在一起吧……明天也待在她们这里……而且永远如此……我……也许会来……如果可能的话。别了！”

他连手都没有和拉祖米欣握，就离开他走了。

“你究竟去哪里？你怎么啦？你到底出了什么事？难道竟可以这样吗！”完全手足无措的拉祖米欣喃喃地咕哝着。

拉斯科尔尼科夫又一次停住了脚步。

“最后一次告诉你：请你任何时候都不要向我打听任何事情。我没有什么可回答你的……也别来找我。也许，我会上这里来……别管我，然而她们……你不能不管。我的意思，你明白吗？”

走廊里黑黢黢的；他们站在灯旁。两人默默地对视了大约一分钟。

拉祖米欣一辈子都忘不了这一分钟。拉斯科尔尼科夫那灼灼发光、全神贯注的目光似乎随着每一瞬间而越来越锐利，直射进他的心灵，穿透了他的意识。拉祖米欣突然颤抖了一下。仿佛有个什么奇怪的东西从他们中间穿过……一个什么念头一闪即逝，似乎是一个暗示；这是某种骇人听闻、荒谬绝伦而且突然之间双方都心领神会的东西……拉祖米欣的脸色突然变得像死人一样的苍白。

“你现在明白了吧？……”拉斯科尔尼科夫突然说道，他的脸痛苦得扭歪了，“回去吧，到她们那里去吧。”他突然补充道，然后迅速转过身子，走出了这栋房子……

现在我不打算描写当天晚上普莉赫里娅·亚历山德罗芙娜那里的情况了，也不说拉祖米欣怎样回到她们那里，如何安慰她们，如何赌咒发誓说，应该让罗佳在病中好好休息，又如何起誓保证，罗佳一定会来，每天都会来，说他十分、十分的心烦意乱，切不可刺激他；还说他拉祖米欣一定会好好照顾罗佳，给他请好医生，请最好的医生，进行全面的会诊……总而言之，从那天晚上起，拉祖米欣就成了她们的儿子和哥哥。

四

然而，拉斯科尔尼科夫却径直走向运河边上的那幢房子，索尼娅就住在那里。这是一幢三层的绿色旧楼房。他找到了看门人，从他那里大致了解了裁缝卡佩尔纳乌莫夫的住处。他在院子的一个角落里找到了一条通向又窄又暗的楼梯的入口，登上楼梯，终于来到了二楼①，进入从靠院子的那一边绕过二楼的一条回廊。正当他在一片黑暗中徘徊不定，弄不清卡佩尔纳乌莫夫的房门究竟在哪里的时候，突然，在离他三步远的地方，有一扇门打开了；他不由自主地抓住这扇门。

“谁在这里？”一个女人的声音惊恐地问道。

“是我……找您来了。”拉斯科尔尼科夫答道，说罢走进一个狭小的过道。这里一把破椅子上放着一个歪歪扭扭的铜烛台，上面点着一支蜡烛。

“是您呀！上帝啊！”索尼娅轻声轻气地惊呼着，仿佛生了根似的站在那里。

“您的房间往哪走？这边吗？”

---

① 此处作者记忆有误，因为前面曾说，索尼娅住在三楼。

拉斯科尔尼科夫尽量不看她，赶紧走进房间里。

过了一会儿索尼娅也拿着蜡烛进来了，她把烛台放好，来到他面前，全然不知所措，完全沉浸在无法形容的激动里，显而易见，他的突然来访把她惊呆了。突然她那苍白的脸上腾起一片红霞，滴滴热泪甚至涌出了眼眶……她感到既苦孜孜的，又羞涩涩的，也甜丝丝的……拉斯科尔尼科夫迅速转身坐到桌子旁边的一把椅子上。他匆匆地扫视了一下整个房间。

这是一个大房间，不过十分低矮，是卡佩尔纳乌莫夫家出租的唯一的房间，左边墙上那扇通往他们家的门锁着。对面，右边的墙上还有另一扇门，也一直严严实实地锁着。门那边已经是邻居家的另一个套间，房号也不同了。索尼娅的房间像个板棚，形状是个很不规则的四边形，显得怪模怪样。临靠运河的墙上有三扇窗户，这面墙有点歪斜地把房间切掉了一块，因此插入深处的一个墙角就非常尖，这样，在微弱的光线下，那个墙角甚至看不清楚；另一个墙角则是一个极其难看的钝角。这个大房间里几乎完全没有什么家具。右边的一个角落里摆着一张床；床边靠近门的地方放着一把椅子。摆床的那面墙边，紧挨与邻居家相连的房门，放着一张普通的木板桌子，上面铺着蓝色的桌布；桌子旁摆着两把藤椅。对面墙边靠近尖角的地方，放着一个小小的用普通木料做的五屉柜，仿佛已被遗忘在空旷之中。这就是房间里的全部家当。所有角落里那些黄茶茶、脏兮兮、烂乎乎的墙纸都已变得黑霉霉的了，冬天这里一定十分潮湿，而且煤烟笼罩。境况贫寒，一望而知；床前甚至连一幅布帘都没有。

索尼娅一声不响地望着自己的客人如此细致入微、毫不客气地打量着她的房间，最后，她甚至吓得浑身发抖，仿佛正站在一个法官和她命运的主宰者面前。

“我来得太晚了……有十一点钟了吧?”他问道，依旧没有抬起眼睛看她。

“有了，”索尼娅喃喃地说，“啊，对了，是有十一点了!”她突然急匆匆地说道，似乎她摆脱困境的出路就在这句话里，“房东的钟刚刚敲过……我亲耳听到的……是十一点。”

“我是最后一次来看您，”拉斯科尔尼科夫愁眉锁眼地说，虽然现在来这里还是第一次，“我也许再也不会看见您了……”

“您……要远行?”

“不知道……一切取决于明天……”

“那么，您明天不去卡捷琳娜·伊万诺芙娜……那里了吗？”索尼娅的声音都颤抖起来。

“我不知道。一切明天早晨就……问题不在这里：我来这里是要跟您说一句话……”

他抬起自己那若有所思的眼睛望着她，突然发现自己坐着，而她依旧在他面前站着。

“您干吗站着？您坐啊！”他说道，声音突然变得软款款、暖融融的。

她坐了下来。他和蔼可亲地，几乎是满怀怜悯地看了她好一会儿。

“您真瘦啊！瞧您这手！都已白得透明了！手指就和死人的一个样。”

他握住她的手。索尼娅微微一笑。

“我一向就是这样。”她说。

“住在家里的时候也是这样吗？”

“是的。”

“唔，那是理所当然啰！”他生硬地说道，无论是脸上的表情，还是说话的声音，又突然全都改变了。他再次扫视了一下四周。

“这是您向卡佩尔纳乌莫夫租的房子吗？”

“是的……”

“他们就住在那边，这扇门的后面？”

“是的……他们也是这样的房间。”

“一家人全挤在一间屋里？”

“全挤在一间屋里。”

“假如我住在您这样的房间里，夜里准会感到害怕。”他郁郁不乐地说。

“房东一家子都挺好的，待人和气，”索尼娅答道，她似乎依然没有回过神来，还没弄明白是怎么回事，“所有的家具，所有的东西……全都是房东的。他们的心地都很善良，孩子们也常上我这里来……”

“他们都是些结巴吗？”

“是的……他说话结结巴巴的，还是个瘸子。他妻子也是……倒不是口吃，而好像是心里有话却说不出来。她人好，心肠真好。而他以前是地主家的仆人。不过一共有七个孩子……只有老大说话口吃，其他几个只不过老是有病……说话倒不口吃……您怎么知道他们的？”她有点惊奇地补上一句。

“您父亲那时候把一切都告诉我了。您的所有情况，他也全都告诉我了……还说到您有一次六点钟出去，八点多钟才回来，并且还告诉我卡捷琳娜·伊万诺芙娜怎样跪在您的床前。"

索尼娅顿时羞愧得无地自容。

"我今天好像看见了他。"她迟迟疑疑地喃喃说道。

"看见了谁?"

"父亲啊。我在街上走着，就在附近的一个拐角上，九点多钟的时候，他好像在前面走。真是像煞他了。我正想去卡捷琳娜·伊万诺芙娜那里……"

"您是在散步①吗?"

"是的。"索尼娅干涩地小声答道，她又感到羞愧起来，于是低下头去。

"您住在父亲家里的时候，卡捷琳娜·伊万诺芙娜是不是差一点打了您?"

"啊呀，不，您说什么呀，您干吗说这话，没有的事!"索尼娅甚至有点儿惊恐地看了看他。

"那么您爱她吗?"

"她?那还——用——说!"索尼娅突然把一双手交叉地抱在一起，悲切切、苦兮兮地拖长声音说道，"唉!您对她……要是能了解就好了。要知道，她完全像个孩子……要知道她完全像个疯子……因为她太痛苦了啊。可以前她是多么聪明……多么宽厚……多么善良啊!您啥都不知道，啥都不知道啊……唉!"

索尼娅说这番话时激动不已又痛苦不堪，而且绞着双手，仿佛陷入了绝望之中。她那苍白的双颊又涨得通红，眼睛里流露出无限痛苦。显然，她的内心受到了强烈的触动，非常想一诉衷肠，尽吐心中的积郁，为卡捷琳娜的不白之冤辩解。突然她的脸上油然升起一种无尽的同情，如果可以这样说的话。

"打!您问这干吗?上帝啊，打!可是就算打过我了，那又怎么样!噢，那又怎么样?您啥都不知道，啥都不知道啊……这是一个多么不幸，唉，多么不幸的人啊!而且她还有病……她要的是公道……她纯洁无邪。她是那么相信，一切事情都应该有个公道，并且要求……您就是折磨她，她也绝不会做不公道的事。她自己不明白，要所有的人都公道是不可能的，所以她就气坏了……就像个小孩子，就像个小孩子!她是公道的，

① 这里的"散步"是"拉生意"的含蓄说法。

公道的!”

“那您以后怎么办呢?”

索尼娅疑惑地看了看他。

“他们不是都指靠您了吗。不错，以前一家人也全都靠的是您，您那已故的父亲还常常找您要钱买酒喝。唔，那么现在又该怎么办呢?”

“我不知道。”索尼娅忧伤地说。

“他们还会住在那里吗?”

“我不知道，他们欠了那里的房租；不过听说女房东今天发话了，要他们搬走，而卡捷琳娜·伊万诺芙娜也说，她自己在那里连一分钟都不愿意多待。”

“她怎么敢说这样的大话？是想依靠您吗?”

“啊呀，不，您可别这么说！……我们是一家子，要在一起过日子。”索尼娅突然又激动起来，甚至动气了，那样子活像一只被惹怒的金丝雀或者别的什么小鸟，“再说她又有什么办法呢？噢，有什么，什么办法呢?”她焦躁不安、心潮激荡地问道。“她今天哭了多少次，多少次啊!她的精神都错乱了，这您没看出来吗？精神错乱了；一会儿像个小孩子似的，操心着明天的事情，想把一切都搞得体体面面的，要办下酒菜和应有的一切……一会儿又绞着双手，连血都咳出来了，号啕大哭，突然用脑袋去撞墙，好像已完全绝望。然后又自己安慰自己，把一切希望都放在您身上：说您现在是她的救助人，她要找个地方借一点钱，带着我回到自己家乡的城市去，在那里为贵族出身的女孩子办一所寄宿中学，让我当学监，那时我们就会开始过上一种全新的美好生活，说完就来亲吻我，拥抱我，安慰我，要知道她是多么相信这一切啊！多么相信这些幻想啊！唉，难道忍心跟她唱反调吗？今天，整整一天，她都在亲自洗洗刷刷，缝缝补补，她本来就虚弱少力，还亲手把洗衣盆拖到屋里去，累得上气不接下气，结果就倒在了床上；而早晨我还跟她一起去商场给波列奇卡和莲娜①买鞋呢，因为她们的鞋子都穿破了，可是我们算了一下，我们的钱不够，差得太多，可她挑了两双非常好看的小皮鞋，因为她很有眼光，您可不知道啊……她就在铺子里，当着卖东西的人的面，放声大哭起来，说钱不够……唉，看着她都觉得可怜啊。”

① 此处作者记忆有误，在此以前，作者说，卡捷琳娜·伊万诺芙娜有三个孩子：波列奇卡、莉多奇卡（莉达）和科里亚。最小的女儿应该是莉达，而非莲娜。

“哦，我这才明白，您……为什么会过着这种生活了。”拉斯科尔尼科夫苦笑着说。

“难道您不觉得可怜吗？不觉得可怜吗？”索尼娅又气呼呼地责问道，“不过我知道，您呀，还什么都没看到，就把自己最后的一点钱统统拿了出来。要是您看到这一切的话，哦，上帝啊！可我有多少次，多少次惹得她伤心流泪啊！上个星期就有过！唉，我呀！就在父亲去世前一个星期！我做得太残酷了！而这样的事我又做了多少次，多少次啊。唉，现在一想起来，整天都觉得难受啊！”

索尼娅在讲述这些事时，深感痛苦，甚至使劲地绞着双手。

“难道是您残酷吗？”

“是的，是我，是我！那次我回到家里，”她泪涟涟地接着往下说，“过世了的父亲说：‘索尼娅，你给我念一段吧，我的头有点痛，你给我念一念吧……就是这本书，’他那里有本什么书，是从安德烈·谢苗内奇那里借来的，也就是那个列别贾特尼科夫，他就住在这里，他总是弄这样一些可笑的书来。可我说：‘我该走了，’我实在不愿意给他念，我去他们那里，主要是想让卡捷琳娜·伊万诺芙娜看看几条衣领；女推销员莉扎薇塔很便宜地卖给我几条挺好看、样式新的绣花衣领和套袖。卡捷琳娜·伊万诺芙娜很是喜欢，她把那些东西戴在身上，对着镜子照了照，非常非常中意，就说：‘索尼娅，请把它们送给我吧。’她用了请字，她是多么想得到这些东西啊！可她拿什么衣服来配这些活领呢？只不过是让她回想起过去的幸福时光！她对着镜子，自我欣赏着，可她什么衣服也没有，什么首饰也没有，连一件都没有，已经好多年了！可她从来也没向任何人要过什么东西；她是个高傲的人，宁愿把自己的最后一件东西都送给别人，可这一次却开口求我了，因为她太喜欢这些东西了！而我却舍不得给她，我说，‘卡捷琳娜·伊万诺芙娜，您要它们有什么用呢？’我竟然这样说：‘有什么用’。我真不该对她这样说啊！她是那样地看了我一眼，因为我没给她，这使她非常非常伤心，看着真觉得可怜……她倒不是为那几条领子而伤心，而是因为我不肯给她而伤心，我看得出来。唉，我觉得，现在要是能把以前说过的这些话全都收回，全都改正，那该多好啊……哎哟，我呀……说这些干啥呢！……不过对您来说反正是无所谓的！”

“您认识那个女推销员莉扎薇塔？”

“是的……莫非您也认识？”索尼娅不无惊讶地反问道。

“卡捷琳娜·伊万诺芙娜得了痨病，治不好了；她很快就会死去。”

拉斯科尔尼科夫沉默了一会儿说道，对她的问题避而不答。

“啊，不，不，不!”索尼娅情不自禁地抓住他的双手，仿佛哀求他不要让她死去。

“可您要知道，她死了，倒还好些。”

“不，不是好些，不是好些，根本就不是好些!”她惊恐万状、不由自主地反复说道。

“那么孩子们呢？到时候如果您不接收他们，您又能把他们送到哪里去呢？”

“哎呀，我哪里知道啊!”索尼娅近乎绝望地叫了起来，双手抱住脑袋。显而易见，这个问题已经三番五次在她的脑海中出现过了，他只不过重又惊起了这个问题罢了。

“哦，假如您现在，也就是在卡捷琳娜·伊万诺芙娜还活着的时候，生了病，被送进医院，那该怎么办呢？”他毫不怜悯地追问道。

“哎呀，您说什么呀，您说什么呀！这根本不可能!”索尼娅被极度的恐惧吓得脸都变了形。

“怎么不可能呢？”拉斯科尔尼科夫冷酷地笑着，继续说道，“您并没有入过保险吧？到那时他们怎么办呢？一家子都将流落街头，她将会一面咳嗽，一面乞讨，像今天这样用头往墙上撞，孩子们则会涕泪交流……她会倒在街上，被送到警察分局，再送进医院，死于非命，而孩子们……”

“啊呀，不！……上帝不会允许这种事发生的!”终于从索尼娅那窒闷的胸膛里挤出了这样一声哀鸣。她一边以祈求的目光望着他，一边听着他说话，默默地合起双手求告着，似乎一切都取决于他。

拉斯科尔尼科夫站起身来，开始在屋子里踱来踱去。过了大约一分钟。索尼娅则垂下双手，低头站着，愁肠百结。

“您不能攒点钱吗？攒点钱以防万一？”他突然在她面前停住脚步，问道。

“不行啊。”索尼娅低声说道。

“当然不行啦！可您试过没有？”他近乎嘲笑地补充了一句。

“试过。”

“无法攒成！唔，那是理所当然的了！还用得着问么!”

于是他又在屋子里踱起步来。又过了一分钟光景。

“您不是每天都挣得到钱吧？”

索尼亚比刚才更加羞窘了，她的脸又涨得红通通的。

“不是。”她痛苦不堪地勉强低声说道。

“波列奇卡大概也会走上这条路的。”他突然说。

“不，不！不可能，不会的！”索尼娅彻底绝望地大喊起来，就像是突然被人捅了一刀，“上帝，上帝决不会允许发生这种可怕的事情！……”

“他可是允许了别人。”

“不，不！上帝会保佑她的，上帝啊！……”她不能自已地反复说着。

“然而，也许根本就没有上帝。”拉斯科尔尼科夫甚至颇为幸灾乐祸地答道，他笑了起来，并且看了看她。

索尼娅的脸陡然间可怕地变了样子：脸上出现一阵阵痉挛。她用一种无法形容的责备目光望了他一眼，想要说点什么，却又什么也说不出来，只是双手捂住脸，突然伤心欲绝地号啕大哭起来。

“您说，卡捷琳娜·伊万诺芙娜精神错乱；您自己倒是精神错乱呢。”沉默了一会儿后，他说道。

又过了五分钟。他依旧默默无语地在屋子里前前后后地踱来踱去，也不看她一眼。最后，他走到她跟前；他的双眼灼灼发光。他用双手抓住她的肩膀，直视着她那珠泪盈盈的面孔。他的目光冷峻，狂热，犀利，嘴唇剧烈地颤抖着……突然他飞快地弯下身子，趴在地板上，吻起她的脚来。索尼娅大惊失色，急忙躲开，就像躲避一个疯子一般。

“您干吗，您这是干吗？跪在我脚下！”她喃喃地咕哝着，脸色变得白煞煞的，心里突然感到一阵阵的刺痛。

他立即站起身来。

“我并非向你下跪，而是向全人类的所有苦难下跪，”他有点古里古怪地说道，然后走到窗口前，“你听我说，”过了一会儿他重又回到她跟前，补充说，“不久前，我曾对一个欺侮人的家伙说，他连你的一个小指头都比不上……我还说，我今天让妹妹跟你坐在一起，使她深感荣幸。”

“啊呀，您干吗对他们说这话！还当着她的面？”索尼娅惶恐不安地叫嚷起来，“跟我坐在一起！荣幸！可要知道我……是个名声不好的人，是个罪孽深重的人啊！哎呀，您干吗说这种话啊！”

“我这样说你，并不是因为你名声不好和你的罪孽，而是因为你所忍受的深重苦难。至于说你是一个罪孽深重的人，这倒一点不假，”他几乎是激情如火地补充道，“你之所以是罪人，最主要的是因为你徒劳无益地毁掉了你自己，出卖了你自己。难道这还不可怕吗！你生活在你深恶痛绝的污泥中，同时自己也知道（只要睁开眼睛就能看得见），你这样做帮助不了任何人，也无法从任何困境中拯救任何人，这难道还不可怕吗！最后，请你告诉我，”他近乎疯狂地说，“在你身上，这种可耻行径和下贱做法怎么能跟另外一些截然相反的神圣感情并行不悖呢？要知道，干脆一头扎进水里，一了百了，倒还公正得多，公正一千倍，也明智一千倍！”

“那他们怎么办呢？”索尼娅有气无力地问道，她心如刀割地看了他一眼，但与此同时对他的建议又似乎丝毫也不感到惊异。拉斯科尔尼科夫奇怪地望了望她。

从她看他的目光中，他明白了一切。看来，她自己早已确确实实有过这个念头。也许，她在绝望之中曾多次认认真真考虑过一了百了的问题，而且考虑得相当细致，因此现在对他的建议几乎不感到惊异。甚至连他话语中所包含的冷酷无情，她都不曾发觉（他话语中那种责备的含义以及对她的耻辱的那种特殊看法，她当然也不曾发觉，这一点对于他来说可谓一目了然）。但他十分清楚，她早已意识到自己卑贱、可耻的处境，而且这个想法很早以来便折磨着她，使她深感痛不欲生了。究竟是什么，究竟是什么，他曾经想过，能至今仍阻止她痛下决心，了此残生呢？此时此刻他才完全明白，这些可怜兮兮的幼龄孤儿和这个惨兮兮的、半疯狂的、患着痨病的、拿头往墙上乱撞的卡捷琳娜·伊万诺芙娜，对她来说是何等重要。

不过，他同时也很清楚，从索尼娅的性格和她毕竟受过的教育来看，她无论如何也不会如此终其一生。不过，他毕竟还有一个问题：既然她不曾投河自尽，为什么她能如此长久地生活于这样一种境况中而不发疯呢？当然，他也明白，索尼娅的境况是一种偶然的社会现象，虽说很不幸的是，这种现象远非个别的现象，也并非绝无仅有。然而这种偶然性本身、所受的这一点点教育，以及此前她的全部生活，本来似乎会在她刚一走上这条可憎的道路时，就立刻致她于死命。那么，究竟是什么在支撑着她呢？总不会是淫欲吧？这全部的可耻生活显然还只机械地触及她的肉体，真正的淫荡还丝毫不曾侵入她的灵魂：他对此心明眼亮；她真真切切地就站在他的面前……

“有三条路摆在她的面前，”他想，“跳进运河自尽，进疯人院，或者……或者最终在风尘中堕落，变得头脑麻木，心灵冷酷。”最后这个想法最使他厌恶；然而他已经是一个怀疑主义者；他年纪轻轻，又远离现实，因此冷酷无情，所以他不能不相信，最后那条道路，也就是在风尘中堕落，是最有可能的。

“然而，难道这竟会是真的吗？”他心中暗自惊呼，“难道这个依旧保持着心灵纯洁的造物，最终竟会自觉地一步步陷入这个污秽不堪、臭气熏天的泥潭里去吗？难道这个陷落的过程已经开始了，难道仅仅是因为她已经不觉得罪孽是那样令人作呕了，才能忍受到今天吗？不，不，这绝不可能！”他像索尼娅刚才那样大叫着，“不，使她至今还未投河自尽的，是一种关于罪孽的想法，还有他们，那些人……如果她至今还没有发疯……然而，谁又能说她还没有发疯呢？难道她的理智是健全的吗？难道一个理智健全的人可以像她那样说话吗？难道一个理智健全的人会像她那样思考问题吗？难道可以这样坐在毁灭之上，干脆坐在那个臭气熏天、正使她深深陷入的泥潭的边缘，而当别人警告她这很危险时，竟挥手不顾，掩耳不闻吗？她怎么啦，难道竟是在等待奇迹出现吗？大概真是如此。难道这一切不是发疯的征兆吗？”

他执拗地停留在这个想法上。较之任何其他的结论，他甚至更喜欢这个结论。他开始更聚精会神地观察起她来。

“这么说，你虔信上帝啰，索尼娅？”他问她。

索尼娅一声未吭，他站在她身旁，等候回答。

“没有上帝，我怎么办呢？”她迅速而坚决地低声说道，抬起那双突然灼灼发亮的眼睛，飞快地朝他一瞥，并且伸手紧紧地握了握他的手。

“唔，果真如此！”他心想。

“那么上帝因此而赐了什么福给你呢？”他继续追问道。

索尼娅沉默了好一会儿，似乎无法回答这个问题。她那瘦弱的胸脯激动得起伏不停。

“请你住嘴！请您别问了！您不配！……”她突然叫嚷起来，怒气冲冲、义形于色地望着他。

“果然如此！果然如此！”他在心里执拗地重复着。

“他是万能的！”她又低下头来飞快地低声说了一句。

“这就是出路！这也是对结论的解释！”他暗自断定，一面贪婪而又好奇地仔细打量着她。

他怀着一种奇怪的、近乎痛苦的新感情，仔细观察着这张苍白清瘦、不太匀称、颧骨高耸的小脸，这双灼灼发亮、闪耀着如此严厉如此刚毅的神情的温柔的浅蓝色眼睛，这个由于生气和恼怒还在颤抖不已的瘦怯怯的身躯。他觉得，这一切已变得越来越奇怪，几乎就像天方夜谭。“一个狂热的信徒！一个狂热的信徒！”他暗自反复念叨。

五屉柜上放着一本什么书。他在屋里来来回回地踱步时，每次都看到它；现在他把它拿到手里，看了一看。这是译成俄文的《新约全书》。书是羊皮精装的，但已又破又旧。

“这是哪里弄来的？”他从屋子的另一端向她大喊着问。她依旧站在离桌子三步远的原处。

“人家给我的。”她似乎不大情愿地答道，也没有看他。

“是谁给你的？”

“是莉扎薇塔给我的，我向她要的。”

“莉扎薇塔！真奇怪！”他暗想。索尼娅的一切对他来说，不知为何每一分钟都变得更加稀奇古怪，更加不可思议了。他把书拿到蜡烛光前，开始翻阅。

“关于拉撒路的故事在书里的什么地方？”他突然问道。

索尼娅固执地望着地面，没有回答。她微微侧身对着桌子站在那里。

“关于拉撒路复活的故事在哪个地方？请您找给我，索尼娅。”

她瞟了他一眼。

“别在那里乱翻……是在第四福音①里……”她冷若冰霜地低声说道，并不向他走过来。

“请你找出来，读给我听听。”说着，他坐了下来，双肘支在桌子上，用一只手托住头，闷闷不乐地凝望着一旁，摆出一副细心聆听的架势。

“再过三个星期，七俄里外的那个地方②就会欢迎她光临！我自己大概也会去那里，如果不是去更糟的地方的话。”他暗暗嘀咕着。

索尼娅疑惑不已地听了拉斯科尔尼科夫这个奇怪的愿望，她踌躇不定地走到桌子跟前，不过还是把书拿了起来。

“难道您没有读过？”她一边问，一边紧皱双眉，隔着桌子瞥了他一眼。她的声音变得越来越严厉了。

“很久以前了……还在读书的时候。请您读吧！”

“在教堂里您也没听过吗？”

“我……不上教堂。你经常去吗？”

“不——不。”索尼娅轻声说。

拉斯科尔尼科夫冷冷一笑。

“我明白……这么说，你明天也不会去参加你父亲的葬礼啦？”

---

① 福音书一共有四部：《马太福音》《马可福音》《路加福音》《约翰福音》，第四福音指《约翰福音》。

② 指离彼得堡七俄里远的乌杰利纳亚的一座著名的精神病院。

“我会去的。我上星期就去过……去做安魂祈祷。”

“为谁做？”

“为莉扎薇塔。她被人用斧头砍死了。”

他的神经被刺激得越来越紧张。头开始阵阵晕眩。

“你跟莉扎薇塔非常要好？”

“是的……她是个公道人……她来过这里……次数很少……来不了啊。我和她一块儿读书……谈心。她一定能见到神①。”

他听到这种文绉绉的书面话，深感奇怪，而且这又是一大新闻：她和莉扎薇塔秘密聚会，而且两人都是狂热的宗教信徒。

“在这里你自己也会很快成为狂热的信徒吧？这可是极具传染性的！”他估摸着。“你读啊！”他突然固执而气恼地高声喊道。

索尼娅依旧迟疑不决。她的心怦怦地跳着。不知为何她不敢读给他听。他怀着一种近乎痛苦的心情望着这个“不幸的疯女孩”。

“您这是干吗呢？您不是不信吗？……”她轻声轻语地喃喃着，不知何故有点喘不过气来。

“读啊！我非常想听！”他执拗地说，“你不是也读给莉扎薇塔听过吗。”

索尼娅翻开书，找到了要读的地方。她的双手颤抖不已，嗓子也发不出声音。她读了两次，可是连一个音节也没能读出来。

“有一个患病的人，名叫拉撒路，住在伯大尼②……”她终于憋足劲读了出来，但是读到第三句，声音突然变得十分尖细，接着便像一根绷得太紧的弦戛然而断。她喘不过气来，胸口憋闷得慌。

拉斯科尔尼科夫这才多少明白了一点索尼娅不愿读给他听的原因。他越是明白这一点，就似乎越是粗暴和恼怒地坚持要她读下去。他对此洞若观火：现在让她泄露甚至暴露自己内心的一切，对她来说是一件多么痛苦的事情。他知道，这些感情千真万确地是她从过去直至目前早已深藏于心的真正秘密，也许还是在她青春期伊始的时候，那时她还生活在家里，在不幸的父亲和痛苦得发疯的后母身边，在饥寒交迫的弟妹中间，面对着不堪入耳的叫喊和责骂声浪。不过，与此同时，他现在也清楚，而且水晶灯笼般清楚，虽然她现在开始读的时候苦恼不堪，并且战

---

① “神”，指上帝。语出《圣经·新约全书·约翰福音》第5章第8节：“心思纯洁的人有福了；因为他们能看到神。”

② 见《圣经·新约全书·约翰福音》第11章。

战战兢兢地担心着什么，可是同时，尽管忧心忡忡，顾虑重重，但她自己又不由自主地非常想读，而且只给他读，让他听到，并且一定要现在就读，——“无论以后会发生什么事情！”……他从她的眼神中看出了这一切，从她的兴高采烈中明白了这一切……她克制住自己的感情，强压住开始朗读时使她的声音猝然中断的喉头的痉挛，继续往下读《约翰福音》第十一章。就这样一直读到第十九节：

“有好些人来看马大和马利亚，要为她们的兄弟安慰她们。马大听见耶稣来了，就出去迎接他；马利亚却仍然坐在家里。马大对耶稣说：‘主啊，你若早在这里，我兄弟必不死。就是现在，我也知道，你无论向神求什么，神也必赐给你。’”

(读到这里，她又停了下来，因为她羞怯地预感到，她的声音又会发抖，又会猝然中断……)

“耶稣说：‘你兄弟必然复活。’马大说：‘我知道在末日复活的时候，他必复活。’耶稣对她说：‘复活在我，生命也在我，信我的人，虽然死了，也必复活。凡活着信我的人，必永远不死。你信这话吗？’马大说：”

(索尼娅似乎很痛苦地喘了一口气，又劲力十足、一字一顿地读了下去，就像是她本人在大声忏悔：)

“‘主啊，是的，我信你是基督，是神的儿子，就是那要临到世界的。’”

她停了下来，抬起眼睛飞快地扫了他一眼，但又赶紧克制住自己的感情，接着往下读。拉斯科尔尼科夫纹丝不动地坐在那里谛听，没有转过头来，就那样双肘支在桌子上，眼睛望着一旁。读到了第三十二节。

“马利亚到了耶稣那里，看见他，就俯伏在他脚前，说：‘主啊，你若早在这里，我兄弟必不死。’耶稣看见她哭，并看见与她同来的犹太人也哭，就心里悲叹，又甚忧愁，便说：‘你们把他安放在哪里？’他们回答说：‘请主来看。’耶稣哭了。犹太人就说：‘你看他爱这人是何等恳切。’其中有人说：‘他既然开了瞎子的眼睛，岂不能叫这人不死吗？’”

拉斯科尔尼科夫转过脸来，激动万分地看着她：是的，果真是这样！她已经浑身颤抖，进入了一种真正狂热之中。他早已预料到会出现这一情形。她就要读到那最伟大的、闻所未闻的奇迹了，她沉浸在如潮的喜悦之中，心花怒放。她的声音变得银铃般清脆悦耳，铜钟般响亮动听；满溢着欢悦和兴奋，使她的声音变得更加有力。眼前的一行行字都变得乱蹦乱跳起来，因为她激动得两眼发黑，好在她早已对现在所读的这几节倒背如流了。当读到最后一节：“他既然开了瞎子的眼睛，岂不能……”时，她压低了声音，热情似火、酣畅淋漓地表达了那些不信神的、瞎眼的犹太人的疑惑、责难和谩骂，再过一会儿，他们马上就会如遭霹雳似的失魂落魄，趴在地上，哀哀痛哭，并且信仰耶稣……“而他，他——也是个瞎了眼的，不信上帝的人，——他也会马上听到，他也会信仰耶稣的，是的，是的！马上就会，就是现在……”她满怀憧憬，由于期待的快乐而浑身战栗着。

“耶稣又心里悲叹，来到坟墓前；那坟墓是个洞，有一块石头挡着。耶稣说：‘你们把石头挪开。’那死人的姐姐马大对他说：‘主啊，他现在必是臭了，因为他死了已经四天了。’”

“四”① 这个字她读得格外有力。

“耶稣说：‘我不是对你说过，你若信，就必看见神的荣耀吗？’他们就把石头挪开。耶稣举目望天，说：‘父啊，我感谢你，因为你已经听我。我也知道你常听我，但我说这话是为周围站着的人，叫他们信是你差了我来。’说了这话，就大声呼叫说：‘拉撒路，出来！’那死人就出来了。”

---

① “四”对于陀思妥耶夫斯基来说，具有特殊的象征意义，他曾在西伯利亚服过四年苦役，他说：“我把那四年当作是我被活埋并钉入棺材的岁月。”《圣经》中拉萨路死后四天复活了，而索尼娅给拉斯科尔尼科夫念这段故事恰在他杀死放高利贷的老太婆后的第四天，意味着他也将在精神上复活。

（她声音洪亮、激情盈溢地读到这里，浑身哆哆嗦嗦直打寒颤，仿佛亲眼看见了这一切：）

“手脚裹着布，脸上包着手巾。耶稣对他们说：‘解开，叫他走！’

“那些来看马利亚的犹太人见了耶稣所做的事，就多有信他的。”

她没有继续读下去，也无法再读下去了，她合上书，飞快地从椅子上站起身来。

“这就是拉撒路复活的全部故事。”她急促而冷峻地低声说，接着一动不动地站着，转头望着一边，不敢而且似乎羞于抬起眼睛来看他。她依然在狂热地战栗着。歪歪斜斜的烛台上那个蜡烛头早就快燃完了，它那昏惨的光线照着这间几近家徒四壁的屋子里的一个杀人犯和一个卖淫女，他们竟奇异地聚在一块，一起读着这本永恒的书①。过了五分钟，或者更长的时间。

“我来这里是跟你谈一件事情的。”拉斯科尔尼科夫突然紧皱双眉高声说道，他站了起来，走到索尼娅跟前。她默默地抬起眼睛望着他。他的目光异常严峻，显示出一种非同寻常的决心。

“我今天扔下了亲人，”他说，“扔下了母亲和妹妹。我现在再也不会去她们那里了。我已跟她们彻底断绝了关系。”

“为什么？”索尼娅问道，她似乎惊呆了。不久前跟他母亲和妹妹的会面给她留下了极其深刻的印象，虽然她自己也无法说清这是一种什么印象。听到他跟他们断绝了关系，她几乎是瞠目结舌。

“我现在只有你一个人了，”他补充道，“我们一块儿走吧……我就是来叫你的。我们都是被诅咒的人，我们也就一块儿走吧！”

他的双眼灼灼发亮。“他像是疯了！”索尼娅也有同样的想法。

“到哪里去？”她满怀惊惧地问，身不由己地后退了一步。

“我又怎么知道呢？我只知道，咱们俩同是一条路上的人，我真真切切地知道，——仅仅知道这一点。目标相同！”

她望着他，一点也搞不清他是什么意思。她只知道，他非常不幸，不幸到了无以复加的地步。

① 典出《圣经·新约全书·启示录》第14章第6节：“永远的福音”。

“假如你告诉他们，他们当中谁都什么也不会明白，”他接着说，“然而我明白。我需要你，所以我就上你这里来了。”

“我不明白……”索尼娅轻声喃喃着。

“以后会明白的。你不是也做了同样的事吗？你也违犯了……你已经违犯了。你在自杀，你在戕害生命……自己的生命（这反正一个样!）。你原本可以依靠精神和理性生活，可现在却要把一生耗费在干草市场上……然而你如果依旧孤零零地生活，你会支撑不住的，你定会像我一样发疯的。你现在就已像个疯子了；因此，我们必须一块儿走，在同一条路上相伴同行！咱们走吧！”

“为什么？您这是为什么？”索尼娅奇怪地问，他的话使她惊恐不安，心潮激荡。

“为什么？因为你再不能这样下去了——这就是原因！毕竟到了应该郑重其事、脚踏实地地考虑一下的时候了，而不能再像小孩子那样哭哭啼啼、大叫大嚷，说什么上帝不会允许了！假如你明天真的被送进医院，那又该怎么办呢？那个精神失常、身患痨病的人很快就会死去，而孩子们呢？难道波列奇卡不会毁掉吗？难道你没有看见这里的街头巷尾那些被他们的母亲支使出来乞讨的孩子们？我知道，这些母亲住在哪里，处于什么境况之中。在那样的环境里，孩子无法成其为孩子。在那样的环境里，七岁的孩子就已被带坏，成了小偷。而要知道，孩子就是基督的形象：‘因为在天国的，正是这样的人。’① 他嘱咐人们要尊重孩子，热爱孩子，他们是人类的未来……”

“到底怎么办呢，到底怎么办呢？”索尼娅反反复复地说，她歇斯底里地哭了起来，绞着双手。

“怎么办吗？摧毁那些必须摧毁的，一劳永逸地摧毁它，只能这样：一切苦难自己承担！什么？你不明白？你以后会明白的……自由和权力，而主要的是权力！统治一切瑟瑟发抖的生灵和整个蚂蚁窝②的权力！……这就是目的！你要牢记这一点！这是我给你的临别赠言！也许，这是我和你的最后一次谈话了。如果我明天没上你这里来，一切情况你自己都会听到的，那时你就会想起我现在讲的这些话。以后，过了若干年，你

---

① 见《圣经·新约全书·马太福音》第19章第14节：“耶稣说：‘让小孩子到我这里来，不要禁止他们，因为在天国的，正是这样的人。’”

② 蚂蚁窝是法国作家、哲学家伏尔泰（1694—1778）对人类社会的一种形象的说法。

有了丰富的生活经验，也许你会明白这些话的含义。如果我明天来这里，我就会告诉你，是谁杀害了莉扎薇塔。别了！”

索尼娅吓得浑身瑟瑟战栗。

“难道您知道是谁杀害的吗？”她问道，吓得呆若木鸡，奇怪地看着他。

“我知道，而且我会告诉……你，只告诉你一人！我选中了你。我来你这里将不是请求宽恕，而只是告诉这件事。我早已选中了你，打算把这件事告诉你，还在你父亲谈起你的情况，莉扎薇塔还活着的时候，我就做出了决定。别了。不必握手了。明天见！”

他走了出去。索尼娅望着他，就像望着一个疯子；但她本人也像一个疯子，并且感觉到了这一点。她觉得天旋地转。“上帝啊！他怎么会知道，是谁杀害了莉扎薇塔？这些话到底是什么意思？这真是可怕！”但与此同时她的脑海里并不曾冒出这个想法。绝对不会！绝对不会！……“哦，他一定是不幸到了极点！……他扔下了母亲和妹妹。为什么？发生了什么事？他的用意是什么？他干吗要对她说这些话？他吻过她的脚并说过……说过（是的，这句话他说得明明白白），没有她，他就活不下去……噢，上帝啊！”

整整一夜，索尼娅都发着高烧，梦呓不断。她有时跳起身来，号啕大哭，绞着双手，不一会儿又发冷发热，昏昏沉沉地进入梦乡，她梦见了波列奇卡、卡捷琳娜·伊万诺芙娜、莉扎薇塔、读福音书的情景，还有他……他，脸儿白惨惨的，眼睛亮灼灼的……他吻着她的脚，痛哭流涕……噢，上帝啊！

在门后的右边，也就是把索尼娅的房间与盖尔特鲁达·卡尔洛芙娜·列斯莉赫的寓所分隔开来的那扇门后面，有一个早已空空如也的中间隔间，也是列斯莉赫那套寓所中的一个房间，她准备把它租出去，大门上已经贴上了出租的招牌，朝着运河的玻璃窗上也糊上了招租的启事。索尼娅早已习惯性地认为这间房子无人居住。可是，在整个这段时间里，斯维德里盖洛夫先生却一直站在那个空房间的门后，屏息静气地偷听。等到拉斯科尔尼科夫走出去以后，他又站了一会儿，想了一想，然后蹑手蹑脚地回到与这间空房毗邻的自己的房间，搬了一把椅子，神不知鬼不觉地放在通向索尼娅房间的那扇门后面。他觉得，他们刚才的谈话饶有趣味，而且意义重大，他非常非常喜欢，——以致搬来一把椅子，以便日后，譬如说明天吧，就可以不再活受罪地整整站上一个小时，而可以安排得舒舒服服一些，从而在各个方面都获得十足的乐趣。

五

第二天上午十一点整，拉斯科尔尼科夫走进了××警察分局侦察科的办公室，请求通报波尔菲里·彼得罗维奇会见他。然而好长时间都没有人接待他，这甚至使他深感惊讶：至少过了十分钟，才有人来叫他进去。而按他原来的估计，他们似乎应该马上就接二连三地向他提出一大堆问题。此时他站在接待室里，人们却径直在他身边来来往往地不断经过，一望而知，他们都没有任何事要找他。在后面一间颇像办公室的房间里，几个文书坐在那里写着东西，显而易见，他们之中根本没有一个人知道：拉斯科尔尼科夫是何许人，他是干什么的？他用一种焦虑不安、疑神疑鬼的目光注视着自己周围的一切，窥探着：自己的前后左右是否有什么卫兵，是否有神秘的目光在监视他，以免他溜之大吉？可是没有发现一丝一毫这类迹象：他看见的只是一些小办事员，和操心着琐碎杂事的几个别的什么人，而且他们谁都没有任何事要找他：他哪怕现在就走，也是海阔天空，极其自由。他越来越确信心中的一个想法：如果昨天那个神出鬼没的来客，那个从地底下冒出来的幽灵果真已无所不知，且无所不见，——那么难道还会让他，拉斯科尔尼科夫，现在就这么站着，优哉游哉地等待接见吗？难道会在这里静候他到十一点钟，直到他自己大驾光临吗？由此可见，或者是那个人还未来告发，或者……或者他干脆就什么也不知道，什么也不曾亲眼看到（况且他又怎么能看得到呢？），因此，昨天在他拉斯科尔尼科夫面前发生的一切，只不过又是他那深受刺激的、病态的想象力所夸大了的幻象而已。这一猜测，甚至还在昨天，在他最失魂落魄、最灰心丧气的时候，就已在他心中确定下来。现在当他对这一切又反复考虑了一番之后，当他准备投入一场新的战斗之时，他却突然感到身子在发抖，——一想到他竟会是因为害怕可恨的波尔菲里·彼得罗维奇而发抖，他不禁怒火万丈。在他看来，最可怕的事就是再次见到此人：他对他的恨比海还深，且漫漫无尽，甚至担心自己的仇恨会把自己给暴露出来。他的愤怒是如此强烈，甚至使他立即停止了发抖；他准备以泰然自若、胆大心细的姿态走进屋去，并且发誓尽可能地三缄其口，细心观察，留神倾听，至少这一次无论如何要战胜自己那种病态的易于动怒的天性。就在这时，有人来叫他去见波尔菲里·彼得罗维奇。

原来这会儿波尔菲里·彼得罗维奇独自一人待在自己的办公室里。他的办公室既不算大，也不算小；里面的布置如下：一张漆布面的长沙发，沙发前是一张大写字台，角落里摆着一张旧式办公桌，一个书柜，和几把椅子——全都是公家的家具，都是用抛光了的黄木做成的。在后面那堵墙的角落里，或者不如说是隔板上，有一扇锁着的门：看来，门的那边，也就是隔板后面，应该还有其他一些房间。拉斯科尔尼科夫一进屋，波尔菲里·彼得罗维奇就立即关上他进屋时的那扇门，于是房间里就只剩下了他们两人。波尔菲里·彼得罗维奇显然装出一副欢天喜地、笑容可掬的样子来迎接自己的客人，直到过了几分钟以后，拉斯科尔尼科夫才根据某些迹象发现他似乎有点心慌意乱，——仿佛他突然被人弄得如堕五里雾中，或者被人撞破了什么讳莫如深、深藏不露的秘密。

“啊，最尊敬的朋友！瞧，您也……光临我们这个地方啦……”波尔菲里说着，向他伸出双手。“噢，请坐，老兄！也许您不喜欢我称您为最尊敬的朋友和……老兄，——这样太 tout court① 了？请您别以为我太不拘礼貌了……请到这边坐，坐在沙发上。”

拉斯科尔尼科夫坐了下来，目不转睛地注视着他。

“光临我们这个地方啦”，为亲昵态度而表示歉意，那句法语“tout court”，和其他等等，等等，——这一切都显示了他的性格特征。“他虽然向我伸出了两只手，但却没用一只跟我握手，又立即缩了回去。”他的脑海中闪过了这个疑问。两人彼此注视着，然而双方的眼光刚一相遇，就立刻快如闪电般地移开了。

“我给您送来了这份申请书……是关于那块表的……给。就这样写呢，还是需要重新写？”

“什么？申请书？对，对……您别担心，就这样写，”波尔菲里·彼得罗维奇说道，仿佛急不可耐地要赶往什么地方似的，说完这话，才接过申请书看了一下，“对，就这样写。再也无须别的什么了。”他又急匆匆地予以证实，然后把申请书放到桌子上。过了一会儿，话题早已转到别的事情上去了，他又从桌子上拿起申请书，放进自己的旧式办公桌里。

“您昨天似乎说过，想要问我……公事公办地问……有关我与这个……被杀的老太婆认识的情况？”拉斯科尔尼科夫又开口说道，“嗐，我为何要加上‘似乎’这个词呢？”这个想法像闪电一样在他的脑海里掠过。“嗐，我又何苦为了加上‘似乎’这个词而如此惴惴不安呢？”另一个想法又像闪电一样迅速掠过他的脑海。

---

① 法文，意为“亲热”“亲昵”。

他还突然感到，他只是刚刚与波尔菲里接触，仅仅说了两句话，仅仅相互对视了两眼，他的疑神疑鬼一瞬间就强烈到了难以置信的程度……而这是危险之极的：神经会越来越紧张，激动不安也会渐渐增强。“糟透了！糟透了！……我又说漏嘴了。”

“对——对——对！您别担心，有的是时间，有的是时间。”波尔菲里·彼得罗维奇咕哝着，同时在写字台旁边走来走去，走去走来，不过似乎没有任何目的，一会儿匆匆扑到窗前，一会儿奔到办公桌边，一会儿又回到写字台前，一会儿避开拉斯科尔尼科夫怀疑的目光，一会儿又突然自己静立原地，直盯盯地望着他。这时他那矮矬矬、胖圆圆的身体，看上去十分古怪，就像一个皮球滚向四方，又马上碰到墙壁或角落而反弹回来。

“来得及，来得及！……您抽烟吗？您有烟吗？给，抽一支吧……”他一边把烟递给客人，一边接着往下说，“您要知道，我在这里接待您，而我的住房也就在这里，就在隔板后面……那是公家免费提供的房子，不过眼下我住在自己租来的房子里，暂时应付一下。这里必须稍微装修一下。现在差不多已装修好了……公家免费提供的住房，您要知道，这可是好极了的东西，——对吗？您认为怎么样呢？”

“对，是好极了的东西。”拉斯科尔尼科夫近乎嘲笑地望着他回答道。

“是好极了的东西，是好极了的东西……”波尔菲里·彼得罗维奇反反复复地说着，似乎突然想起了一件风马牛不相及的事情，“对！是好极了的东西！”最后他几乎是大叫大嚷起来，突然抬起眼睛瞥了一眼拉斯科尔尼科夫，在离他两步远的地方停住了脚步。他三番五次蠢笨不堪地重复着公家的住房是好极了的东西，显得俗不可耐，这与他现在注视自己客人那种一本正经、思深虑远、神秘莫测的目光简直是圆凿方枘，无法协调。

然而这种情形却使得拉斯科尔尼科夫更加怒火中烧，他已经忍无可忍了，不能不以冷嘲热讽、铤而走险的方式提出挑战。

“您知道吗，”他突然问道，同时几乎是放肆无礼地望着波尔菲里，并且仿佛从自己这种放肆无礼中体会到某种乐趣，“似乎司法界有这么一种司法规则，这么一种司法手段——它适用于所有的侦察员，即首先从远处着手，从小事着手，或者甚至是从严肃的但却毫无关系的事情人手，可以说，这是为了激起，或者最好是说，分散受审人的注意力，麻痹他的警惕性，然后猛然出其不意地向他提出一个性命交关、非同小可的问题，用斧背照准天灵盖，当头一棒，打他个措手不及；是这样吗？迄今为止，似乎所有的规章和条令中依旧奉若至宝地提到这种手段吧？”

“是这样，是这样……怎么，您竟认为，我向您谈到公家的房子就是这个……对吗？”说完这句话，波尔菲里·彼得罗维奇就眯缝起眼睛，使了个眼色；脸上掠过一种快活而狡黠的神情，额头上的皱纹全舒展开了，小眼睛眯成了一道缝，脸孔拉长了，他突然爆发出一阵神经质的、连续不断的大笑，笑得全身乱颤，前仰后合，并且直瞪瞪地望着拉斯科尔尼科夫。拉斯科尔尼科夫自己也笑了起来，只是笑得有点儿勉强；然而，当波尔菲里看到他也在笑时，便更是纵声狂笑起来，笑得几乎满脸通红，拉斯科尔尼科夫的深恶痛绝之情突然战胜了全部小心谨慎之意：他收敛了笑容，紧皱双眉，久久地、憎恨地看着波尔菲里，在波尔菲里似乎别有用心、故意经久不止地狂笑的这段时间里，他一直目不转睛地紧盯着他。其实，双方显然都不够谨慎：因而，波尔菲里·彼得罗维奇似乎是当面在嘲笑这个憎恨他如此大笑的客人，而且并未因此而感到有丝毫的不好意思。这一点对拉斯科尔尼科夫有着尤为重要的意义：他明白，波尔菲里·彼得罗维奇刚才确实是丝毫也没有感到不好意思，恰恰相反，倒是他拉斯科尔尼科夫也许已落入了圈套；这里面显然隐藏着某种他无从知道的企图，一个什么目的；也许早已把一切都安排妥当，现在眼看着就要摊牌，给他一个迎头痛击了……

他立即开门见山，直奔正题，并从座位上站起身来，拿起制帽。

“波尔菲里·彼得罗维奇，”他斩钉截铁地开口说道，不过带有相当大的火气，“您昨天表示，希望我到这里来接受什么审问（他特别强调了审问一词）。我已经来了，如果您有什么要问，那就问吧，否则的话，请允许我离开。我没有空，我有事……我得去参加那个被马踩死的官吏的葬礼，那个人……您也是知道的……”他补充了一句，但是立刻又为补了这么一句而生自己的气，因此马上变得更加怒气冲冲，“我对这一切都厌烦透顶，您听见了吗，而且早就厌烦了……我生病也多多少少是因为这个原因……总而言之，”他几乎大喊大叫起来，因为他觉得说生病那句话更不得当，“总而言之：请您要么审问我，要么马上放我走……而假如您要审问，那就一定得按照规章办理！否则我就决不允许；鉴于眼下只有我们两个人，什么也办不成，因此我暂时告辞了。”

“上帝啊！您这是怎么啦！我究竟有什么好问您的呢，”波尔菲里·彼得罗维奇的笑声戛然而止，他马上改变了说话的语气和神态，像只母鸡那样咕嗒咕嗒地说个不休，“请不要着急，”他又忙碌起来，一会儿在屋子里蹦来蹦去，一会儿又突然请拉斯科尔尼科夫坐下，“有的是时间，

有的是时间，所有这一切只不过是小事一桩！正好相反，我非常高兴，您终于到我们这里来了……我是把您当作客人而加以接待的。至于我这该死的大笑，罗季昂·罗曼诺维奇，就请您老兄多加原谅吧。您是叫罗季昂·罗曼诺维奇吧？您的名字和父名好像是这样吧？……我是一个神经质的人，您的那些锋芒毕露的俏皮话使得我忍俊不禁；真的，有时候我会笑得像橡皮筋一样抖个不停，而且一笑就半个小时……我太爱笑了。从我这种体质来看，我真担心有一天会瘫痪呢。呃，您倒是请坐呀，您怎么啦？……请坐啊，老兄，否则的话，我会认为您生气了……"

拉斯科尔尼科夫一言不发，只是听着，观察着，仍然怒形于色地紧皱双眉。不过他还是坐了下来，可是手里依旧拿着帽子。

"罗季昂·罗曼诺维奇老兄，我要告诉您一些情况，关于我自己的情况，也可以说是向您解释一下我的性格，"波尔菲里·彼得罗维奇接着说道，他继续在屋子里忙乱地蹦来蹦去，并且依然像原先那样似乎极力避免与客人的目光相遇。"您要知道，我是一个单身汉，地位低微，默默无闻，而且是个彻头彻尾的坏蛋，有不少的恶习难改，然而现在已经变得聪明老成了，而且……而且……您是否已注意到，罗季昂·罗曼诺维奇，在我们这里，也就是说，在我们俄罗斯，尤其是在咱们彼得堡的各个圈子里，如果有两个聪明人碰到了一起，彼此还都是半面之识，但却可以说是相互敬重，唔，就像现在我和您一样，他们必然会整整半个小时都找不到一个交谈的话题，——彼此干巴巴地坐着，面面相觑，双方都觉得尴尬之极。其实，每一个人都有交谈的话题，譬如说，女士们……又譬如说，上流社会那些伶牙俐齿的高雅人士，他们总是能找到交谈的话题，c'estderigueur①，而像我们这样的中等人士，也就是说富有思想的人，——却总是忸忸怩怩，拙于言辞……老兄，为什么会这样呢？是因为没有共同的利益呢，还是因为我们过于重视推诚相见，不愿相互欺骗呢，我不知道。对吗？您怎么认为？哦，请您把帽子放下来吧，好像马上就要走似的，看着真叫人怪不好意思的……正好相反，我非常高兴……"

拉斯科尔尼科夫放下帽子，仍旧一声不吭，他阴沉着脸，紧皱双眉，凝神细听波尔菲里这些空洞无物、互不连贯的废话。"他到底是怎么回事，难道当真想用这些愚不可及的废话来分散我的注意力？"

---

① 法文，意为"这是必然的""这已习以为常"。

“咖啡我就不请您喝了，这里不方便嘛；可是为什么不跟朋友一起坐上那么五分钟，开一开心呢？”波尔菲里没有停下来，依旧像爆豆子似的噼里啪啦说过不休，“您要知道，所有这些公务……老兄，我老是这样来来回回地在屋里走个不停，您可别见怪啊；请原谅，老兄，我生怕惹您生气了，可是走动走动对我来说简直是必不可少的。我老是坐着，能这样走来走去地活动五分钟，真是喜出望外，我有痔疮啊……我一直打算采用体操疗法；据说那些文官们，四等文官，甚至五等文官，都喜欢跳绳呢；您瞧，就是这么一回事，在我们这个时代，科学……多么了不起……至于这里的那些公务、审问和所有的程序……老兄，您自己刚才就提到了审问……您要知道，罗季昂·罗曼诺维奇老兄，这些审问有时把审问者弄得比被审问者还要晕头转向……关于这一点，刚才您老兄说得至当不易，而且非常俏皮（其实，拉斯科尔尼科夫并未发表过任何类似的意见）。把人弄得如坐云雾！真的，弄得你如坐云雾！翻来覆去的老是那一套，翻来覆去的老是那一套，就像打鼓一样！您瞧，现在正在进行改革①，我们至少可以改换一下名称嘛，嘿！嘿！嘿！至于说到我们的司法手段，——一如您非常俏皮地说的那样，——我完全赞同您的意见。您倒说说看，在所有受审的人中间，甚至是那些身穿粗麻布衣服、最土里土气的乡巴佬当中，有谁不知道，譬如说，一开始总是提出一些风马牛不相及的问题，以麻痹他的警惕性（这是您的粲花之论），然后照准天灵盖来个当头一棒，而且是用斧背，打他个措手不及，嘿！嘿！嘿！照准天灵盖，用您的妙喻高论来说！嘿！嘿！您竟会当真以为我是想用公房的话题把您……嘿！嘿！您真是一个讽刺人的高手。行啦，我不再说了！啊呀，对了，顺便说一下，这叫一句话引出另一句话，一个想法生出另一个想法，——您刚才不是还提到规章吗，您要知道，关于审问的规章……哼，按规章办又怎么样呢！您要知道，规章在许多情况下都是胡说八道。有时候像朋友那样谈谈心，反倒更为有用。规章是永远也跑不了的，这一点请您尽可放心；不过我倒想请教您，规章实质上是什么？一个侦察员不能每走一步都受到规章的束缚。要知道，侦察员的工作，可以这么说吧，是一种自由的艺术，当然这是就某一点而言，或者是从大体上来说……嘿！嘿！嘿！”

---

① 指1864年俄国的司法改革。这次改革规定，法院脱离行政机关，独立行使审判职能，过去属于警察局的侦查科也脱离警察局而归属法院，而法院审理案件必须有律师和陪审员参加。

波尔菲里·彼得罗维奇停顿了一会，喘了一口气。他就这样爆豆子似的噼里啪啦说个不休，不知疲倦，一会儿说一些毫无意义、空洞无物的废话，一会儿又突然蹦出几句隐约其词的费解话，但马上又语无伦次，废话连篇。他几乎已经在屋里跑了起来，两条粗滚滚的小腿挪动得越来越快，一双眼睛老是望着地面，右手放在背后，而左手则不停地挥舞着，并且做出各种各样的手势，但每个手势都与他正在说的话惊人地不协调。拉斯科尔尼科夫突然发现，他在屋子里跑来跑去的时候，有两次好像在门口边停了一会儿，似乎在倾听什么……“他是不是在等着什么呢？”

“您的话确实完全正确，”波尔菲里又接着说起来，他眉飞色舞地带着一种异乎寻常的天真神情望着拉斯科尔尼科夫（这使得拉斯科尔尼科夫全身猛地颤抖了一下，立即做好了应战的思想准备），“您的话的确正确，您如此俏皮地嘲笑了法律的规章，嘿——嘿！我们这些（当然是某些）金科玉律似的心理学手段的确是非常可笑的，也许还是毫无用处的，如果过分受到规章限制的话。是的……我又谈到规章了：唔，如果我断定，或者最好是说，我怀疑某一个人，这一个人，那一个人或第三个人，是由我承办的某一案件中的罪犯……罗季昂·罗曼诺维奇，您不是想做法学家吗？”

“对，有过这个打算……”

“哦，那么我这里给您提供一个可以说是能供您今后参考的案例，——您可别以为，我竟然敢布鼓雷门，好为人师：要知道您可是发表过论述犯罪的文章的啊！我绝无此意，我只不过是用事实作例子，不揣冒昧地向您提供一个案例而已，——这样，譬如说，如果我认为这一个人，那一个人或者第三个人是罪犯，即使我已掌握了他的罪证，然而时机尚未成熟，那么，请问，我又何必过早打草惊蛇呢？再譬如说吧，有的罪犯我必须尽快逮捕归案，而另一个罪犯，说真的，却并非这种性质的问题；那么我又为什么不让他在城里再逛一逛呢，嘿——嘿！不，我看得出来，您还没有完全明白，那么我给您说得更清楚一些：如果我把他，譬如说吧，过早地逮捕入狱，那么这样一来，我也许就给了他一个，可以这么说吧，精神上的支柱，嘿——嘿！您在发笑？（拉斯科尔尼科夫没有一丝一毫想笑的意思：他坐在那里，紧咬嘴唇，炽热的目光紧紧地盯着波尔菲里·彼得罗维奇的眼睛。）可是您要知道，实际情况就是这样，对于某一些人来说尤其是这样，因为人是形形色色的，只有通过实践才能处理好一切事情。您刚才说：要有罪证；那好，我们假定，罪证已经有了，然而，老兄，要知道大部分罪证都是可以见仁见智，得出不同的结论的，但我毕竟是一个侦察员，当然，很抱歉，也是一个笨拙低能的人：我总是希望，可以这么说吧，侦察的结果能弄得像数学一般彰明较著，得到的罪证能搞得像二加二等于四那样准确无误！必须是丁一卯二、无可争辩的证据！然而，如果我时机不当就把他关进监狱，——尽管我确信不疑，罪犯就是他，——这样一来，我也许就自己剥夺了自己进一步揭露他的手段，而这是为什么呢？这是因为我，可以这么说吧，给了他一个明确的地位，可以这么说吧，使他在心理上明确了自己的身份，并且安之若素，从而避开我而缩进自己的壳里躲起来：因为他终于明白了，他是一个囚犯。据说，在塞瓦斯托波尔，阿尔马战役①刚一结束，一些聪明人便惶惶不可终日，生怕敌人趁热打铁，公开猛攻，一举占领塞瓦斯托波尔；可当他们发现，敌人竟然选择了正正规规的围困战法，并且正在挖掘第一道战壕时，据说，那些聪明人真是欢天喜地，大放宽心：这就意味着，战事起码会拖上两个月，因为敌人试图采用正正规规的围困战法攻克塞瓦斯托波尔！您又在发笑了，您不相信吗？当然啦，您说得也不错。不错，不错！这全都是特殊情况，我赞同您的意见；刚才我谈到的情况确实是特殊的！然而，最亲爱的罗季昂·罗曼诺维奇，与此同时您也应该注意到：所谓的一般情况，也就是所有的司法章程和司法规则都适用并援引为范例、论据，且写进书里的一般情况，实际上是压根儿就不存在的，原因就在于，任何一个案件，任何一个，譬如说，犯罪行为，只要在现实中发生了，马上就会变成百分之百的特殊情况；有时甚至还会大相径庭：与以前的任何一个案子都截然不同。有时还会发生诸如此类的滑稽可笑的情况。如果我让某一位先生享有充分的自由：既不逮捕他，也不惊动他，但是让他时时刻刻都意识到，或者至少时时刻刻都怀疑，我对他的一切都了如指掌，而且日日夜夜都在监视着他，毫不懈怠地看守着他，我只要这样让他没完没了地处于一种有意识的疑神疑鬼、心惊胆战的状态之中，那么他准会晕头转向，真的，他就会来投案自首，也许还会干出一些别的什么蠢事来，那可就像二二得四那样，也可以这么说吧，像数学那样彰明较著了，——这才真叫人高兴呢！这种情况，就连呆头呆脑的乡巴佬都可能发生，至于我们兄弟这样的人，具有现代意识、又在某一方面受过教育的人，那就更

---

① 在克里米亚战争期间（1853—1856），俄军于1854年9月8日在阿尔马战役中失败，退守塞瓦斯托波尔，英法联军围困塞瓦斯托波尔长达11个月。

无须说了。因此，亲爱的朋友，摸清一个人受过哪方面的教育，这可是一件非常重要的事情。可神经呢，神经呢，您竟全然把它给忘记了啦！要知道，现今的人们，神经都有毛病，不那么健全，容易激动！……而他们所有的人身上又蓄积了多大的肝火，肝火呀！我要告诉您，在必要的时候，这可是资源丰富的一座特殊矿山哪！因此我有什么好担心的呢，就让他在城里悠闲自在地到处溜达好了！随他去吧，让他暂时到处溜达溜达吧，由他去吧；我反正知道，他已是我射程之内的猎物，绝对无法逃出我的手掌心！再说，他能逃到哪里去呢，嘿——嘿！逃到国外去吗？波兰人会逃到国外①去，他却不会，更何况我在监视着他，而且采取了防范措施。逃往祖国的内地吗？可是在那里生活的都是农民，货真价实、尚未开化的俄罗斯乡巴佬；要知道，这么一位受过现代教育的人宁肯蹲大牢，也不愿跟我们的土包子那样的外国人住在一起，嘿嘿！不过，这一切全都是胡说八道和皮相之谈。这算什么回事呢：逃跑！这只是一种形式而已；而这并非问题的关键：他之所以逃不出我的手掌心，并不仅仅是因为他无处可逃，而更主要是因为他在心理上无法逃开，嘿——嘿！这话说得多棒！按照自然法则，他即使有地方可逃，也无法逃出我的手掌心。您见过飞蛾扑火吗？哦，他也会一直围着我转呀，转呀，转个不停，就像那飞蛾总是围着烛光飞来转去一般；对他来说，自由已不再珍贵，他变得疑虑重重，心烦意乱，就像落网的苍蝇昏头昏脑地拼命挣扎，自己把自己吓得魂飞魄散！……不仅如此：他还将自己给我提供像二二得四那样一清二楚的数学般的证据，——只要我多给他一些自由活动的时间……他将一刻不停围着我转呀，转呀地转着圈子，圈子越转越小，距离越来越近，最后——啪的一声，径直飞进我的嘴里，我就把他一口吞进肚里，这可是一件多么大快人心的事啊，嘿——嘿——嘿！您不相信吗？”

拉斯科尔尼科夫没有回答，他坐在那里，脸白如纸，纹丝不动，仍旧紧张兮兮地凝视着波尔菲里的面孔。

“这一课上得真好！”他暗自思忖，感到浑身发冷，“这早已不再是那种猫逗老鼠的游戏了，就像昨天那样。他也绝不是平白无故地向我显示自己的力量，而是……在暗示：他在这方面要聪明得多……这番话显然

---

① 1863—1864 年，波兰人为民族独立发动了武装起义，遭到了沙皇俄国的残酷镇压，起义失败后，大批波兰人逃亡国外。

别有用意，究竟是什么用意呢？哼，瞎扯淡，老兄，你想吓唬我，跟我耍花招！你没有证据，昨天那个人也并不存在！你只不过是想弄得我晕头转向，想过早地激怒我，然后在这种情况下乘机啪地合上盖子，把我逮住，不过你这是白日做梦，你打错了算盘，打错了算盘！然而究竟为什么，究竟为什么要向我做出如此之多的暗示呢？……他不就是把希望寄托在我的神经有毛病上嘛！……不，老兄，你这是白日做梦，你打错了算盘，哪怕你布下了什么天罗地网……嘀，我倒要瞧一瞧，你到底布下了什么天罗地网。”

于是他竭尽全力克制住自己的感情，准备迎接一场难以预料的可怕灾难。有时他真想扑上前去，把波尔菲里当场掐死。还在走进屋里的时候，他就担心恨之入骨会导致这种行动。他感觉到自己的嘴唇发干，心儿在怦怦地狂跳不已，口角上的白沫都已烘干了。可是他仍然下定决心一声不吭，不到时候绝不说一句话。他明白，鉴于他目前所处的境地，这是最好的一种策略，因为这样他不仅避免了自己说漏嘴的可能，而且正好相反，还能用自己的沉默来激怒敌人，也许还会让敌人自己言多有失，泄露机密。至少，他对此抱有一线希望。

“不，我看得出来，您不相信，您总以为我是在跟您开无伤大雅的玩笑，”波尔菲里又继续往下说起来，他越来越兴高采烈，乐不可支地嘻嘻哈哈笑个不停，并且又开始在屋子里转来转去，“当然喽，您说得也不错；我这副体形，是上帝亲自造就的，只会让人觉得滑稽可笑；布风①而已；不过我要告诉您，我要再说一次，罗季昂·罗曼诺维奇老兄，请您原谅我这个老头儿，您这个人还年纪轻轻，可以这么说吧，正值青春茂龄，因此您和所有的年轻人一样，特别珍视人的智慧。风趣调皮的机智和理性十足的抽象论据总是在诱惑着你们。可以说，这与以前奥地利的御前军事会议毫无二致，根据我对军事所具有的判断能力，举例来说吧：他们都是纸上谈兵，在地图上击溃了拿破仑，并且俘虏了他，他们在自己的办公室里聪明绝顶地设计好一切，并且得出了结论，可是您瞧，马克将军却率领全军投降了②，嘿——嘿——嘿！我看得出来，我看得出来，罗季昂·罗曼诺维奇老兄，您在嘲笑我，笑我这样一个文职人员，居然总是援引军事史上的例子。但有什么办法呢，这是我的一个癖好啊，

① 原文为法文 bouffon 的音译，意为“小丑”。

② 1805 年 7 月 20 日，马克（1752—1828）将军率领的奥地利军队被拿破仑率领的军队在乌尔姆附近重重包围，被迫向拿破仑投降。

我喜欢军事，我乐此不疲地阅读所有这一切军事通报……我百分之百地选错了职业。我完全应该在军队里服务，真的。也许我成不了拿破仑，但至少也可以混个少校当当嘛，嘿——嘿——嘿！唔，我现在就给您，我亲爱的朋友，如实地讲一讲那个所谓的特殊情况的全部详情细节：现实生活和人的天性，我的先生，是极其重要的东西，有时它会使最为深谋远虑的计划毁于一旦！唉，请您听听我这个老头儿的话吧，我可是郑重其事地说的，罗季昂·罗曼诺维奇（说这句话时，还不到三十五岁的波尔菲里·彼得罗维奇果真似乎突然变得老态毕现：就连他的声音也苍老起来，而且不知何故整个身体也佝偻起来），——何况我是个直来直去的人……我是不是一个直来直去的人？照您看呢？似乎百分之百的是：我把这些情况无偿地告诉您，也不要求任何奖赏，嘿——嘿！好了，我这就接着往下说：机智嘛，依我看，是一种妙不可言的东西；可以说，这是一种天性的光辉和人生的慰藉，它似乎能变出多么巧妙的戏法来啊，因此，有时一个可怜的侦察员怎么能猜得破呢，何况他本人也常常沉湎于幻想呢，因为他也是人啊！但是人的天性却拯救了这个可怜的侦察员，这可就倒了大霉啦！而对此，那个嗜好说俏皮话，‘正在跨越一切障碍’（正如您十分俏皮而又机智地形容的那样）的青年却未曾想到。我们假定他也会撒谎，也就是说，有这么一个人，是个特殊情况，是个incognito①，他是个撒谎高手，撒谎的手段极其高明；似乎已经大获全胜了，他可以安享自己机智的硕果了，可他却砰的一声倒下了！而且是在一个最为有趣、糟糕透顶的地方跌倒在地昏厥过去。就算这是他身体有病，有时房间里也确实令人窒闷，但他毕竟昏倒在地！毕竟引起了别人的想法！他撒谎撒得天衣无缝，但却百密一疏地忽视了人的天性。这就是要弄阴谋诡计的后果！另一次，他沉醉于自己那变幻莫测的机智，竟开始愚弄那个怀疑他的人，他似乎故意装得面色苍白，就像在演戏，然而面色白得过分自然，太像真的了，于是又让人产生了想法！虽然最初他的欺骗获得了成功，但是受骗者一夜之间就会幡然醒悟，洞烛其奸，假如他自己也是一个机智的小伙子。而且，要知道，每走一步都是如此！究竟为什么呢：他自己总要抢在头里，东奔西窜，瞎忙一通，别人没问的事情，他反倒不厌其烦地讲个不休，本该绝口不提的事情，他却一有机会就插进一些各种各样的明讽暗喻，嘿——嘿！他竟还自己跑来开口

① 拉丁文，意为“匿名者”“隐姓埋名的人”。

问道：为什么这么长时间都不逮捕我？嘿——嘿——嘿！事实上，就连最机智的人都可能发生这样的事情，心理学家、文学家也可能这样！人的天性是一面镜子，一面镜子啊，一面最公正无私的镜子！你就照照镜子，自我审视一番吧，就这么回事！您的脸色为什么这样苍白，罗季昂·罗曼诺维奇，您是不是觉得窒闷，要不要打开窗户？"

"噢，请不必担心。"拉斯科尔尼科夫大声喊道，并突然哈哈大笑起来，"请不必担心！"

波尔菲里站在他的对面，稍稍等了一会儿，突然也跟着他哈哈大笑起来。拉斯科尔尼科夫从沙发上站起身来，他那真正疯狂式的阵发性大笑戛然中止。

"波尔菲里·彼得罗维奇！"他声音洪亮、字字分明地说，虽然他的双腿直打哆嗦，几乎站立不稳，"我终于搞清楚了，你定然怀疑是我杀死了这个老太婆和她的妹妹莉扎薇塔。我要郑重向您声明，这一切早已使我厌烦透顶。如果您认为有权对我进行合法起诉，那您就尽管起诉好了；如果您认为有权逮捕我，那您就尽管逮捕吧。然而您要想当面嘲弄我，折磨我，那我绝不答应。"

他的双唇突然颤抖起来，熊熊怒火在眼里灼灼燃烧，一直强压着的声音也变得高亢起来。

"我绝不答应！"他突然大吼一声，握紧拳头竭尽全力猛击在桌子上，"您听见这句话了吗，波尔菲里·彼得罗维奇？我绝不答应！"

"啊呀，上帝啊，这又是怎么回事啰！"波尔菲里·彼得罗维奇大声惊叫着，显然，他已吓得六神无主了，"罗季昂·罗曼诺维奇！亲爱的朋友！恩人！您究竟怎么啦？"

"我绝不答应！"拉斯科尔尼科夫再次吼了起来。

"老兄，声音轻点！别人听见了，会闯进来的！唉，那时我们如何给他们解释呢，您想想看！"波尔菲里·彼得罗维奇把自己的嘴巴凑近拉斯科尔尼科夫的耳边，张皇失措地低声说道。

"我绝不答应，绝不答应！"拉斯科尔尼科夫机械地重复着，不过他也突然声音低得像悄声细语了。

波尔菲里飞快地转过身子，奔过去打开了窗户。

"呼吸点新鲜空气吧，新鲜空气！亲爱的，您喝点水吧，您的病又发作啦！"他原本打算飞奔到门口去叫人送水，但他发现这屋子的角落里，恰好有一个长颈玻璃瓶装满了水。

"老兄，您喝一点吧，"他拿起水瓶飞奔到他跟前，轻言细语道，"也许，会有帮助……”波尔菲里·彼得罗维奇惊恐的样子是那样自然，同情的方式又是如此真挚，以致拉斯科尔尼科夫不再吭声，并且以一种异乎寻常的好奇心开始端详起他来。但是，水，他依旧没喝。

“罗季昂·罗曼诺维奇！亲爱的！您这样会把自己搞得发疯的，请您相信我，哎——哎哟！唉——唉！喝吧！哪怕喝一点也行啊！”

他就这样强使拉斯科尔尼科夫把那瓶水拿在手里。拉斯科尔尼科夫不由自主地把水送到嘴边，但马上醒悟过来，又厌恶地把它放到桌子上。

“的确，您是发病了！亲爱的朋友，您又弄得自己旧病复发了，”波尔菲里·彼得罗维奇以一种友好同情的态度咕嗒咕嗒地说了起来，不过依旧显得有点惊魂未定。“上帝啊！您怎么能如此不爱惜自己的身体呢？昨天德米特里·普罗科菲伊奇还到我那里去过，——我承认，我承认，我脾气不好，爱挖苦人，然而他根据这一点得出了一个什么结论啊！……上帝啊！昨天您走了之后，他又来了，我们一块儿吃饭，他滔滔不绝地说个不休，我只有无可奈何地摊开双手：唉，我想……哎哟，你呀，上帝啊！他是不是从您那里去的？您请坐啊，老兄，您就稍稍坐一会儿吧，看在基督的分上！”

“不，不是从我那里去的！不过我知道他去你那里了，也知道他为什么去。”拉斯科尔尼科夫很不客气地说。

“您知道？”

“知道。哼，这又怎么样呢？”

“也就是这样，老兄，罗季昂·罗曼诺维奇，我不光是知道您的这些壮举，而且了解您的一切！我还知道您怎样在傍晚夜幕降临的时候去租房子，并且拉响了门铃，问到过那摊血迹，把两个工人和看门人搞得丈二金刚摸不着头脑。我也明白您的心情，当时的心情……然而要知道您这样下去会让自己发疯的，真的！您会疲于奔命，看朱成碧的！怒火在您胸中熊熊燃烧，这是一种高尚的怒火，是因为受到了委屈，起初是命运的捉弄，后来是警察分局局长的侮辱，于是您四处奔走，可以这么说吧，为的是使大家尽快挑明一切，从而一下子结束这一切，因为这些蠢事和所有这些猜疑已经使您厌烦透顶了。是这样吗？我揣摸准了您的心思了吧？……只是您这样做，不仅会把自己搞得晕头转向，而且也会把我的拉祖米欣弄得云遮雾罩；在这一方面，他可是一个善良得出奇的人，您自己对此也心中有数。您有病，而他却有高尚的品德，因此您的病就会轻而易举地传染给他……我会讲给您听的，老兄，等您心里风平浪静之后……您倒是请坐啊，老兄，看在基督的分上！请坐下休息休息吧，您的脸色难看得吓人哪；就请您坐一会儿吧。”

拉斯科尔尼科夫坐了下来，寒战已经完全止息了，但全身却开始发起烧来。他惊诧莫名、紧张兮兮地听着惶恐而友好地照料他的波尔菲里·彼得罗维奇说话。不过，波尔菲里的话，他任何一句都不相信，尽管他有一种想要相信他的奇怪感觉。波尔菲里出其不意地谈到租房子的事，这吓得他魂不附体。“这究竟是怎么回事，他竟然已经知道租房子的事了？”他突然思忖道，“而且他还亲口告诉我！”

“是的，在我们办案的实际工作中，有过这种何其相似乃尔的情况，一种病态的心理现象，”波尔菲里又急又快地接着往下说，“有一个人也是一口咬定自己是杀人凶手，而且还把杀人的过程说得煞有介事：他形成了有头有尾的完整幻觉，提供了事实，叙述了情节，把每个人都搞得如堕烟海，晕头转向，为什么呢？因为他本人完全是在无意之中被牵连到这件谋杀案中，而且仅仅是有一点点牵连，而当他得知，是他给了凶手们一个推卸罪责的理由时，便开始日坐愁城，昏头昏脑，胡思乱想，神经错乱，一口咬定自己就是杀人凶手！最后参政院终于把案子给调查清楚了，为这个不幸的人洗清了罪名，他也被交保释放了。谢谢参政院！唉，哎呀——哎呀——哎呀！老兄，您这究竟是怎么一回事啊？假如这样存心刺激自己的神经，每个晚上都去拉门铃，并问起那一摊血，那您会惹出热病来的！要知道我在办案的整个实际过程中研究过心理学。要知道，这样下去有时会使人从窗口或钟楼往下跳，而且这种感觉还有着极大的诱惑力。拉门铃同样如此……这是一种病，罗季昂·罗曼诺维奇，这是一种病哪！您把自己的病太不当一回事了。您最好是找一位经验丰富的医生看一看，而实际上您那个胖子医生毫不济事……您得的是谵妄症！这一切事情都是您在神志不清的情形下弄出来的！……”

倏然间，拉斯科尔尼科夫觉得周围的一切都天旋地转起来。

“难道，”一个念头闪过他的脑海，“难道他现在也是撒谎？不可能！不可能！”他驱开了这个念头，因为他预先就已感觉到，这个念头会气得他七窍生烟，进而狂怒不已，而狂怒过甚又可能发疯。

“这不是在神志不清的情形下，而是在头脑清醒的时候！”他大叫大嚷着，殚思极虑，试图识破波尔菲里的把戏，“是在头脑清醒的时候，是在头脑清醒的时候！您听见了没有？”

“是的，我明白，我也听见了！您昨天也说过，不是在神志不清的情形下，您甚至还特别强调说，并非在神志不清的情形下！您所能说的一切，我都明白！……唉——唉！不过，罗季昂·罗曼诺维奇，我的恩人，您且听我说说这个情况吧。如果您果真不折不扣地犯了罪，或者以某种方式多少卷入了这个该死的案子，那么，您还会自己强调说，这一切您不是在神志不清的情形下干的，而恰恰相反，是在头脑清醒的情况下干的吗？而且您还是特别强调，极其执拗地再三特别强调，——哦，行啦，您说，这可能吗，这可能吗？在我看来，这可应该是完全相反。假如您觉得自己的确有什么罪，那么您就一定会强调说：这必定是在神志不清的情形下干的！不是这样吗？是这样吧？”

不难听出，这句问话里含有某种狡猾的用意。拉斯科尔尼科夫赶紧将身子一闪，倒在沙发背上，躲开向他俯身过来的波尔菲里，一声不响，疑惑莫解地紧盯着他。

“或者再拿拉祖米欣先生的事来说吧，也就是说，昨天他来找我谈话，是出于本意呢，还是您怂恿他来的呢？您本来应该说，是他自己执意要来的，而把您怂恿他来的情况隐瞒起来！但是您却毫不隐瞒！您反倒强调说，他受到了您的怂恿！”

拉斯科尔尼科夫任何时候都不曾强调过这一点。一股寒气袭过他的背脊。

“您总是撒谎，”他慢吞吞、软沓沓地说，撇了撇嘴，露出一丝病态的笑容，“您又想向我显示，您看透了我的一切把戏，预先就知道我将会怎样回答，”他说着，自己也几乎感觉到，已不可能再字斟句酌了，“您想要吓唬我……或者干脆是嘲弄我……”

他一边说这番话，一边继续目不转睛地盯着波尔菲里，突然刻骨的怨恨之火又在他的眼里一闪。

“你总是撒谎！”他高声叫嚷着，“你自己也清清楚楚地知道，对一个罪犯来说，最高明的掩饰就是尽可能承认那些无法隐瞒的事情。我不相信您！”

“您真是鬼得很！”波尔菲里嘿嘿地笑了起来，“老兄，真拿您没有办法；您患有偏执狂。那么，您不相信我了？可我要告诉您，您已经相信了，已经多多少少有些相信了，而我要让您百分之百地相信，因为我打心眼里喜欢您，诚心诚意地希望您万事如意。”

拉斯科尔尼科夫的嘴唇颤抖起来。

“是的，我希望您好，最后我要奉劝您，”他继续说道，并轻柔、友好地抓住拉斯科尔尼科夫胳膊肘的上部，“最后我要奉劝您：请关心自己的病。何况您的亲人现在都到您这里来了；请多想想她们。您本应让她们过得安恬、舒适，可您却只会使她们担惊受怕……”

“这关您什么事？您又是怎么知道这件事的？您为什么如此感兴趣？看来，您是在监视我，而且还要向我指明这一点！”

“老兄！要知道这一切可都是您，都是您亲口告诉我的！您还没有发现，您一旦激动起来，就会把一切一倾而空，无论是在我面前，还是在其他人面前。昨天我从拉祖米欣先生那里，从德米特里·普罗科菲伊奇口中，也了解到不少饶有趣味的细节。不，刚才您打断了我的话，可我要告诉您，尽管您非常机智敏锐，但却总是疑神疑鬼，因而您甚至丧失了对事物的正确估价。唔，还是拿拉门铃这同一个话题来做个比方吧：如此珍秘的情况，如此珍秘的事实（这可是一个完整的事实！）我都一五一十、毫无保留地告诉了您，而我还是个侦察员哪！您竟然不曾由此看出点什么来吗？假如我对您有丝毫的怀疑，我会这么做吗！恰恰相反，我就会首先消除您的怀疑，一点都不让您发觉我已经知道了这个事实；而把您的注意力引向相反的方向，然后猛然用斧背照准天灵盖（这可是用您的原话噢），打您个措手不及，问您：‘先生，您说，昨晚十点多钟，快到十一点的时候，您在那个被杀害的老太婆屋里干什么了？为什么要拉门铃？为什么要问起那一摊血？为什么把看门人搞得如堕五里雾中，还让他们把您送到警察分局，去找中尉局长？’假如我哪怕对您有丝毫的怀疑，我都会这么做。我就会按规章办事，录取您的口供，搜查您的住处，而且也许还会逮捕您……既然我没有这样做，这就说明，我对您并无怀疑之心！可您丧失了对事物的正确估价，并且已经什么都看不出来了，我重申一遍！”

拉斯科尔尼科夫猛然全身战栗了一下，波尔菲里·彼得罗维奇清清楚楚地看在眼里。

“您总是撒谎！”他大喊大叫着，“我不知道您是何居心，不过您总是在撒谎……您刚才说的并非这个意思，我心里有数……您撒谎！”

“我撒谎？”波尔菲里接住话头，看样子他也有些情绪激动，但依旧保持着乐不可支和冷嘲热讽的神情，似乎他毫不在乎拉斯科尔尼科夫对他有什么看法。“我说谎？……那好，我刚才是怎么对待您的（我毕竟是个侦察员啊），我主动向您暗示并提供了辩护的所有方法，主动给您找出心理学上的所有依据：‘这是一种病啦，神志不清啦，受了侮辱啦；忧郁症啦，再加警察分局局长啦’等，这一切不都是吗？对吗？嘿——嘿——嘿！不过——顺便说一说，——所有这些心理学方面的辩护方法、遁词和狡辩都是毫不管用的，而且模棱两可，吉凶难测，您说：‘这是一种病啦，神志不清啦，幻想啦，幻觉啦，健忘啦’，这都是事实，不过，老兄，为什么在病中，在神志不清的时候正好产生这样的幻想和幻觉，而不是别的呢？要知道别的不也可能出现吗？嘿——嘿——嘿——嘿！”

拉斯科尔尼科夫心高气傲地以不屑一顾的神情看了他一眼。

“总而言之，”他坚定地高声说道，同时站起身来，把波尔菲里稍微往后一推，“总而言之，我想搞清楚：您是否承认我一无可疑，是，或者不是？请说吧，波尔菲里·彼得罗维奇，请您确凿不移、毫无保留地说吧，快点儿说，马上就说！”

“您这人可真难打交道啊！唉，可真难跟您打交道！”波尔菲里高喊起来，脸上却露出兴高采烈、老奸巨猾的神情，看不出丝毫的惶恐不安。“既然连您的一根汗毛都还没有碰过，您又有什么必要，有什么必要知道这么多呢？要知道，您就像个小孩子一样嚷个不停：给我火吧，把火给我！您如此惶惶不安地主动追问不休，又是什么原因呢？啊？嘿——嘿——嘿！”

“我再说一遍，”拉斯科尔尼科夫怒火冲天地高声嚷道，“我已经忍无可忍了……”

“对什么忍无可忍呢？不知所以吗？”波尔菲里打断了他的话。

“别嘲弄我！我讨厌这样说话！……告诉您，我讨厌！……我无法忍受，我讨厌！……您听见了吗！……听见了吗！……”他狂吼大叫着，并且用拳头猛击了一下桌子。

“您倒是小点声，小声点啊！别人可会听见的！我郑重地警告您：请您爱惜自己。我并非开玩笑！”波尔菲里压低嗓子说道，不过这一次他的脸上已不再有刚才那种婆婆妈妈的好心肠和惊慌不安了；恰恰相反，现在他说起话来，双眉紧皱，声色俱厉，简直就是在发号施令，似乎一下子彻底抛开了所有的神秘莫测和含糊其词。不过这仅仅延续了不大一会儿。手足无措的拉斯科尔尼科夫突然真的变得怒不可遏了；但奇怪的是：竟然又一次听从了命令，说话声轻了下来，虽然他仍旧怒火中烧。

“我绝不让别人折磨我，”他突然像刚才那样轻声轻气地说，他马上痛苦而憎恶地意识到，他无法不听从命令，这使他顿时气涌如山，“您逮捕我吧，对我进行搜查吧，不过得按规章办事，而不要耍弄我！不许您……”

“规章的事，就请您别再操心了，”波尔菲里又像以前那样老奸巨猾地微笑着，打断了他的话，甚至还以一种心花怒放的神情欣赏着拉斯科尔尼科夫，“老兄，我现在可是像家庭待客一样地接待您，抱着极其友好的态度！”

“我不需要您的友谊，并且视之如敝屣！您听见了吗？您瞧着吧：我拿起帽子，马上离去了。哼，既然您想逮捕我，现在还有什么好说的？”

他抓起帽子，走向门口。

“难道您不想看一看一件意外的礼物吗？”波尔菲里嘿嘿地笑着，又抓住他胳膊肘的上部，在门口拦住了他。他似乎越来越兴高采烈，越来越百无禁忌了，这可把拉斯科尔尼科夫惹得怒气冲天了。

“什么意外的礼物？这是怎么回事？”他突然停下脚步问道，诚惶诚恐地望着波尔菲里。

“这意外的礼物嘛，就在这里，就坐在我的门后面，嘿——嘿——嘿！（他伸手指了指隔板上那扇上了锁、通向他那套住房的房门。）我锁上了门，怕他溜掉了。”

“这到底是什么人？哪里来的？怎么回事？”拉斯科尔尼科夫走到那扇门跟前，试图打开它，但门被锁上了。

“锁着呢，瞧，这是钥匙！”

他果真从口袋里掏出一把钥匙给他看。

“你总是撒谎！”拉斯科尔尼科夫暴跳如雷地咆哮着，他再也无法做到犯而不校了，“你撒谎，该死的波里西涅利①！”说着他扑向退到门口、但毫无惧色的波尔菲里。

“我彻底，彻底明白了！”他猛冲到波尔菲里面前，“你在撒谎并要弄我，想让我自己当场出彩……”

“可是您再也没有什么彩可出了，罗季昂·罗曼诺维奇老兄。要知道，您已经恼羞成怒，气得发疯了。请您别再嚷嚷了，我可要叫人进来了！”

“你撒谎，什么事也不会发生！你尽管叫人好了！你明知我有病，因此故意激怒我，让我气得发疯，想叫我自己当场出彩，这就是你的居心！不，你用事实来说话！我彻底明白了！你没有真凭实据，你只有一些乱七八糟、一文不值的瞎猜，扎苗托夫的翻版！……你知道我的性格，就试图让我气得发疯，然后突然亮出神甫和证人，搞得我晕头转向……你不是在等他们吗？啊？你在等什么呢？在哪里？把他们亮出来吧！”

“唉，哪有什么证人啊，老兄！亏您想得出来！按规章这样做是不行的，正如您说的那样，可亲爱的朋友，办案的事您不在行……不过，规

① 波里西涅利是法国民间木偶剧中的小丑。

章是必须遵守的，您会亲眼看到的……”波尔菲里一边嘟嘟囔囔着，一边侧耳倾听着门那边的动静。

的确，这时门外的那一间屋里似乎传来了一阵喧哗声。

“啊，他们来啦！”拉斯科尔尼科夫惊呼起来，“你派人去叫他们来了！……你等的就是他们！你策划好了……哼，叫他们全都到这里来吧：搜查见证人啦，证人啦，悉听尊便……叫他们来吧！我一无所惧！一无所惧！”

然而就在这时发生了一件怪事，一件在事物的一般进程中完全出人意料的怪事，因此，无论是拉斯科尔尼科夫，还是波尔菲里·彼得罗维奇，谁都理所当然地不曾估计到会有这么一种结局。

六

后来，在回忆起这一时刻时，拉斯科尔尼科夫的脑海中浮现的是这样一幕完整的情景：

门那边传来的喧哗声陡然间迅速增大，房门也被挤出了一条小缝。

“怎么回事？”波尔菲里·彼得罗维奇怒气冲冲地大叫一声，“我不是早就吩咐过……”

没有立即听到回答，不过听得出来，门那边有好几个人，而且似乎正在把什么人推开。

“那边究竟是怎么回事？”波尔菲里·彼得罗维奇面红耳赤地又问了一声。

“犯人尼古拉带到。”不知什么人说道。

“不要！带走！等一等！……他为什么来这里？真是乱七八糟！”波尔菲里冲到门口，高声叫道。

“可他……”那个声音又说道，但却戛然而止。

真正的搏斗最多持续了两秒钟；然后似乎有谁把另一个人使劲推开了，接着一个脸色白煞煞的人径直大步走进波尔菲里·彼得罗维奇的办公室。

乍一看去，这个人的样子很是奇怪。他直勾勾地望着正前方，但又似乎对什么人都视而不见。他的眼睛里闪射出毅然决然的神情，与此同时他的脸色却像死人一般惨白，仿佛他正被押往刑场。他那发白的嘴唇微微颤抖着。

他还十分年轻，普通百姓装束，中等个子，骨瘦如柴，头发留得很上，前额垂着短发，面容清秀，神态漠然。那个被他突然推开的人紧跟着他最先跑进屋里，并且抓住了他的肩膀：这是一个押送的士兵；然而尼古拉猛地一扭肩膀，又一次挣脱出来。

门口围了一大堆看热闹的人。其中有几个还使劲往屋里挤。上面描述的所有情况几乎都发生在同一瞬间。

“带走吧，还早着呢！先等一等，叫的时候再进来！……为什么要把他提前带来？”波尔菲里·彼得罗维奇极其恼怒地嘟囔着，他似乎被弄得云山雾水。可是尼古拉突然跪了下来。

“你干什么呀？”波尔菲里大为惊讶地叫了起来。

“我有罪！是我的罪孽！我是杀人凶手！”尼古拉突然说道，似乎有点儿上气不接下气，但声音却相当洪亮。

沉默了十来秒钟，大家似乎都惊得呆若木鸡；就连那个押送兵也急忙躲开尼古拉，不由自主地一直退到门口旁边，才一动不动。

“这是怎么回事？”波尔菲里·彼得罗维奇从一时的发呆状态中回过神来，高声喝问。

“我……是杀人凶手……”尼古拉沉默了一下，再次说道。

“怎么……你……怎么……你杀了谁？”

波尔菲里·彼得罗维奇显然方寸已乱。

尼古拉又沉默了一会儿。

“阿廖娜·伊万诺芙娜和她的妹妹莉扎薇塔·伊万诺芙娜，都是我……用斧头……杀死的。我一时昏了头……”他忽然补充了一句，接着又一声不响了。他一直跪在那里。

波尔菲里·彼得罗维奇站了好大一会儿，仿佛在思考着什么，不过他突然又飞快地行动起来，挥手示意这些不请自来的证人离开。这些人转瞬间就没了踪影，门也关上了。接着他瞥了一眼正站在角落里惊讶不已地望着尼古拉的拉斯科尔尼科夫，举步向他走去，但突然又停了下来，仔细看了看他，立刻把视线转到尼古拉身上，然后又移到拉斯科尔尼科夫身上，接着又挪到尼古拉身上，突然，他似乎是一时怒从心起，又扑向尼古拉。

“你为什么要抢先对我声明你是一时昏了头？”他怒气冲冲地对他高声吼道，“我还没有问你：你是不是一时昏了头……你说：是你杀的吗？”

“我是杀人凶手……我招供……”尼古拉说。

“唉——唉！你用什么凶器杀的？”

“斧头。事先准备好的。”

“哎呀，太急了！你独自一人？”

尼古拉一时没有听明白这个问题。

“你独自一人杀死的？”

“我一个人。米季卡可没有罪，他跟这件事完全无关。”

“你还是先别急着谈米季卡的事吧！唉——唉！……”

“你究竟是怎样，嗯，当时你究竟是怎样从楼梯上跑下来的？要知道，看门人不是遇见了你们两个在一块吗？”

“我这样做是为了转移视线，蒙混过关……当时……就跟米季卡一道跑下楼梯。”尼古拉似乎早已胸有成竹，忙不迭地回答道。

“唔，果真如此！”波尔菲里恶狠狠地高声喊道，“他说的并非自己的真心话！”他仿佛暗自低语似的喃喃着，突然间又看到了拉斯科尔尼科夫。

显然，他全神贯注于审问尼古拉，以致一时之间全然忘记了拉斯科尔尼科夫。现在他猛然醒悟，颇感羞窘……

“罗季昂·罗曼诺维奇，老兄！请您原谅，”他急忙走到他身边，“这样可不行；请回吧……这里没您的事了……就连我自己……您看，这是多么出人意料啊！……请回吧！……”

说着，他挽住拉斯科尔尼科夫的一只手，向他指了指门。

“看来，这是您始料未及的事情啦？”拉斯科尔尼科夫说道，当然，他也还没有完全搞清这是怎么一回事，不过他的精神却已大为振作。

“老兄，这更是您始料未及的事情嘛！瞧，您的手都在瑟瑟发抖呢！嘿——嘿！”

“您也在发抖呢，波尔菲里·彼得罗维奇。”

“我也在发抖；出乎意料啊！……”

他们已经来到门口了。波尔菲里心急如焚地等着拉斯科尔尼科夫离去。

“那么，那件意外的礼物您不给我看啦？”拉斯科尔尼科夫突然说道。

“说得倒是冠冕堂皇，可是牙齿却在嘴巴里打架呢，嘿——嘿！您这人可真爱讽刺人！行了，再见啦！”

“我认为，最好还是说别了！”

“那就看上帝的安排了，那就看上帝的安排了！”波尔菲里嘴巴一撇，似笑非笑地嘟囔着。

经过办公室时，拉斯科尔尼科夫发现有很多人都在聚精会神地观望着他。在过道里的那群人中，他认出了那幢房子的两个看门人，那天夜里他曾叫他们跟自己一起去警察分局的局长那里。他们站在那里，在等待着什么。然而他刚刚走到楼梯上，就又突然听到身后传来波尔菲里·彼得罗维奇的喊声。他回头一看，只见波尔菲里为了追上他，已经跑得上气不接下气了。

“还有一句话要告诉您，罗季昂·罗曼诺维奇；其他所有那些问题，那得看上帝的安排，然而按规章办事，有些问题还不得不问问您……因此我们还得见面，就是如此。”

说着，波尔菲里笑盈盈地停在他的面前。

“就是如此。”他又一次补充道。

看得出来，他还有些什么话想说，然而不知为什么没有说出来。

“波尔菲里·彼得罗维奇，我刚才说的那些话，还得请您多加原谅……我太暴躁了。”拉斯科尔尼科夫说道，他的精神已经完全振作起来，忍不住要摆出一副高姿态来。

“没关系，没关系……”波尔菲里几乎是喜滋滋地应声附和，“我自己也……我的脾气坏到家了，真是抱歉，真是抱歉！对了，我们就会见面的。假如情况必需，我们还会见很多、很多次面！……”

“而且最终我们会彼此了解？”拉斯科尔尼科夫接住话头说。

“最终我们定会彼此了解的。”波尔菲里·彼得罗维奇应声答道，说着他眯缝起眼睛，郑重其事地看了看他，“现在去参加命名日宴会吗？”

“是去参加葬礼。”

“哦，对了，是去参加葬礼！您可要珍惜健康，健康哪……”

“我倒还不知道，该祝愿您些什么才好呢！”拉斯科尔尼科夫接口道，他已经开始走下楼梯了，可突然又转过头来望着波尔菲里，“祝您大获全胜，您要知道，您的职务是多么富于喜剧色彩啊！”

“为什么会富于喜剧色彩呢？”波尔菲里·彼得罗维奇本来已打算转身离开了，这时又立刻竖起耳朵来细听。

“那还用说吗，瞧这个可怜兮兮的米科尔卡吧，您准是用您自己那套办法，从心理上对他不断折磨，反复摧残，直到他招供为止；您准是不论白天还是黑夜，时时刻刻都在向他证明：‘你是杀人凶手，你是杀人凶手……’嗯，现在他招供了，您又开始进一步细入毫发地详尽给他分析：‘你撒谎！你不是杀人凶手！你不可能是杀人凶手！你说的不是实话！’喏，在如此等等之后，您的职务怎么会不富于喜剧性呢？”

“嘿——嘿——嘿！那么您果真注意到了，我刚才对尼古拉说，他‘说的不是实话’啦？”

“怎么会不注意到呢？”

“嘿——嘿！您真机敏，真机敏。您真是明察秋毫啊！好一个俏皮的真正聪明人！一下就抓住了那根最富喜剧色彩的弦……嘿——嘿！据说作家当中只有果戈理一人在这方面最有天才？”

“对，是果戈理。”

“对啊，果戈理……极其愉快地再见。”

“极其愉快地再见……”

拉斯科尔尼科夫径直回到家里。他已经被搞得晕头转向，莫名其妙，因此，一进屋便倒在沙发上，坐了一刻钟，以便休息休息，极力集中一下纷乱如麻的思绪。他没有去考虑尼古拉的问题：他感到自己大吃一惊；在尼古拉的供词里，有一些无法解释、令人生疑的地方，现在他无论如何也搞不明白。不过尼古拉的招供却是确凿不移的事实。他立刻就醒悟到这个事实的后果：谎言总有被揭破的时候，到那时就会再来收拾他。然而，至少在此之前他是充分自由的，他必须想方设法拯救自己，因为危险依然是一只拦路虎。

可是，危险究竟已经到什么程度了呢？情况已经开始明朗。他浮光掠影般地大致回想了一下刚才和波尔菲里见面的整个情境，不禁又一次吓得浑身发抖。当然，他还不清楚波尔菲里的整个居心，也弄不明白他刚才的所有用意。然而，这场牌局的一部分牌已经摊出来了，当然，谁也不会比他更心知肚明，波尔菲里所打的这张牌对他来说有多么可怕，再逼那么一下，他就可能纸包不住火了，而且会是货真价实地暴露无遗。波尔菲里了解他的病态的性格，而且第一眼就准确地把握了这一点，虽然他的行动有点操之过急，但几乎获得了成功。无可争辩的是，拉斯科尔尼科夫刚才已经大大地暴露了自己，但毕竟还没有泄露真相；所有这一切仍然是有限的。然而他现在对这一切的理解是否正确，究竟是否正确呢？他是否会搞错呢？今天波尔菲里究竟试图得到什么结果呢？他今天是否真的做好了什么准备呢？他是否真的在等待什么？假如不是尼古拉的出现，使事情产生出人意料的突转，他们今天究竟会怎样分手呢？

波尔菲里几乎已经把他的牌全都亮了出来；这当然有点孤注一掷，但他毕竟把牌全都亮出来了，而且（拉斯科尔尼科夫老是觉得）假如波尔菲里果真还有诸如王牌一类的东西，那么他也会把它们统统亮出来的。这件“意外的礼物”是怎么回事呢？是嘲弄，还是别的什么呢？这是不是别有什么深意呢？它的下面是不是隐藏着什么类似事实的东西，和确凿的罪证那样的东西？昨天的那个人呢？他究竟藏在什么地方？今天他又在哪里？要知道，如果波尔菲里真有什么如山铁证，那么当然是昨天那个人提供的……

他垂头丧气地坐在沙发上，一对胳膊肘支在两个膝盖上，用双手捂住脸。神经质的战栗依旧在他全身奔上窜下。最后，他站起身来，拿起制帽，略一沉思，便向门口走去。

他不知怎的预感到，至少在今天，他几乎有十足的把握认为自己会安然无恙。突然他觉得自己心里产生了一种类似喜悦的感情：他想尽快赶到卡捷琳娜·伊万诺芙娜家里去。葬礼，他无疑是赶不上了，但参加葬后酬客宴还来得及，而且一到那里，就能立刻见到索尼娅。

他停下脚步，稍作思考，嘴角渗出一丝病态的微笑。

“今天！今天！”他在心里反复念叨，“是的，就在今天！应该如此……”

他刚打算开门，门忽然自己开了。他打了个冷战，往后猛跳了一步。门慢徐徐、轻悄悄地开了，突然出现了一个身影——昨天那个人又从地底下钻了出来。

那人站在门口，默默地看了拉斯科尔尼科夫一眼，然后迈步走进屋里。他与昨天毫无二致，依旧是那副样子，依旧是那身打扮，不过他的面容和眼神却发生了巨大的变化：他现在看起来有点儿愁眉苦脸，他站了一会儿，深深地叹了一口气。假如这时他用手掌捧住脸颊，把头歪到一边，那就活像一个乡下婆娘了。

“您有什么事？”吓得面如土色的拉斯科尔尼科夫喝问。

那人闷声不响，突然深深地向他鞠了一躬，脑袋差点挨到了地板上。至少右手的手指擦到了地板。

“您这是怎么啦？”拉斯科尔尼科夫惊呼起来。

“我有罪。”那人细声细气地说。

“您有什么罪啊？”

“我用心险恶。”

两人彼此打量着。

“我愤怒不已。那天您来的时候，大概已喝醉了，又是要两个看门人去警察分局，又是问起那摊血，我感到气愤的是，他们没有引起一点警觉，而只是把您当作酒鬼。我气得一夜睡不着觉。后来记起了您的地址，我们昨天到这里来过，打听……”

“谁来过？”拉斯科尔尼科夫打断他的话，飞快地回忆着。

“我，也就是说，我冤枉您了。”

“这么说，您就住在那幢房子里啰？”

“对呀，我就住在那里，当时我跟他们一块儿站在大门口，您不记得了吗？我是吃手艺饭的，很久以来就在那里做手艺活儿。我是个毛皮匠，做小生意的，把活儿接到家里去做……我最气愤的是……”

突然，拉斯科尔尼科夫一清二楚地记起了前天在大门口的整个情景；他想起，除了两个看门人，那里还站着另外好几个人，还有几个女人。他想起有一个声音提议直接把他扭送到警察分局去。那个人的脸相，他已忘记了，即使现在，他也认不出来，不过他记得，当时他还向他回答了一句什么话，并转脸看了看他……

这样看来，昨天的那场惊恐是由此而来又由此结束了。当他想到，由于这样一件微不足道的小事，他确确实实地差点儿完蛋，差点儿毁了自己，便深感不寒而栗，心有余悸。这样看来，除了租房子的这件事和问起那摊血迹的一些话，这个人再也检举不出任何东西。由此可见，波尔菲里也不例外，除了这种神志不清的状况，他没有掌握任何事实，任何事实，除了见仁见智，可以得出两种结论的心理状态以外，他没有掌握任何确凿的罪证。因此，假如不再暴露任何比这更多的事实（而这是不可能再暴露的了，绝不可能，绝不可能!)，那么……那么他们究竟又能把他怎么样呢？就算把他逮捕起来，又哪有如山铁证来揭穿他呢？而且，波尔菲里也显然只是现在，也就是刚才才得知租房子的事，在此以前他还一无所知。

“是您今天告诉波尔菲里……我去过那里吗？”他高声问道，这个突然冒出来的想法使他深感惊讶。

“哪个波尔菲里？”

“侦查科科长啊。”

“我告诉他了。当时两个看门人没去，我就去了。”

“是今天？”

“我比您早到不多一会儿。我都听到了，从头到尾听到了他是怎么折磨您的。”

“在哪里？听到了什么？什么时候？”

“就在那里，在他的隔板后面，从头到尾我都坐在那里。”

“什么？这么说您就是那个‘意外的礼物’？怎么可能竟会发生这种事情呢？怎么会呢!”

“我发现，”小市民开始说了起来，“那两个看门人把我的话当耳边风，不肯去那里，因为他们说时间太晚了，说不定局长还会火冒三丈，骂我们没有早点去呢。我气得整个晚上都睡不着觉，于是就去打听。昨天打听清楚了，今天就去了。我第一次到那里，他不在。一个小时后，我又去，他不接见，第三次去，才让我进去。我原原本本地向他报告了一切情况，他在屋子里不住地蹦来跳去，还用拳头擂着自己的胸膛，说：'你们这些强盗，都对我干了些什么呀？早知道这样的事情，我就派卫兵把他抓来了！'接着他就跑了出去，叫了一个什么人来，同他躲在墙旮旯里叽里咕噜了一阵，然后又跑到我的跟前，问东问西，骂骂咧咧。他把我狠狠地训了一通；我兜底儿向他报告了一切，还说您昨天听了我的话，根本就不敢回答，您也没有认出我来。这时他又开始在屋子里奔来跑去，不停地擂着自己的胸膛，气愤地满屋子乱跑，直到有人报告您来了——他才对我说：'好吧，你躲到隔板后面去吧，先坐上一会儿，无论你听到什么，都不要动。'他还亲自给我搬来一把椅子，把我锁在那里；他还说：'我也许还要找你，问问你。'尼古拉被带进来的时候，您已经走了，他把我也放了，还说：'我还会找你的，还有事要问你……'"

"那么审问尼古拉的时候，你在场吗？"

"刚一送走您，他们就放我走了，然后才开始审问尼古拉呢。"

小市民住口不言了，突然他又深深鞠了一躬，手指都碰到了地板。

"请您饶恕我对您的诬告和不怀好意。"

"上帝会饶恕的。"拉斯科尔尼科夫回答道。听了这句话，小市民又向他鞠了一躬，不过不是那种一躬到地，而只是把脑袋躬到齐腰，然后他慢悠悠地转过身子，走出了房间。"一切都可以得出两种结论，现在一切都可以得出两种结论。"拉斯科尔尼科夫反复念叨着，比任何时候都更精神焕发地走出了房间。

"现在咱们就再来较量一番吧。"他一边愤恨不已地笑着说，一边走下楼梯。他愤恨的是他自己：想到自己的"怯懦"，他既嗤之以鼻，又深感无地自容。

第五章

一

彼得·彼得罗维奇昨晚与杜涅奇卡和普莉赫里娅·亚历山德罗芙娜所进行的那番决定终身大事的解释，第二天早晨也使他的头脑清醒起来。他虽然心如刀割，但也不得不渐渐承认，这是一个千真万确、覆水难收的既成事实；昨天，尽管这件事情已经发生了，但他却始终觉得它几乎是天方夜谭般荒诞不经的，始终还觉得它似乎是根本不可能的。受了伤害的自尊心仿若一条黑溜溜的毒蛇，整整一夜都在啃啮他的心。起床以后，彼得·彼得罗维奇立即照了照镜子。他提心吊胆的是，一夜之间会不会就得个黄疸病？不过在这方面，眼下还一切都安然无恙。彼得·彼得罗维奇望了望自己那气度不凡、白皙、近来稍稍有点儿发胖的脸膛，甚至还感到片刻的安慰，对自己能在别的什么地方另找一位也许还更可敬可爱的未婚妻信心十足；不过他立即清醒过来，使劲往旁边啐了一口唾沫，因而引出了同住一个房间的年轻朋友安德烈·谢苗诺维奇·列别贾特尼科夫无声的、嘲讽的微笑。彼得·彼得罗维奇发觉了这一讥讽性的笑，立即认为这是自己年轻朋友的一个过失。最近一段时间，他已经记下了这位年轻朋友的不少过失。他恍然大悟，昨晚他不应该一回来就把当晚那件事情的结果告诉安德烈·谢苗诺维奇，因此他倍加恼恨。这是他昨天所犯的第二个错误，当时他怨气满腹，怒不可遏，一时冲动，诉说了那件事情。随后，在这一整个早晨，似乎是故意和他作对，不愉快的事一波未平一波又起地接踵而来。就连他在大理院里为之东奔西走的那件案子，也显露出败诉的明显迹象。特别惹他恼怒的是他的房东，由于结婚在即，他向此人租了一套房子，并且自己掏钱进行了一番装修；可这个房东，这个发了横财的德国手艺人，却无论如何也不答应废除刚刚签订的合同，而要求按合同规定的条款交付所有违约金，尽管彼得·彼得罗维奇退还给他的房子是装修得几乎焕然一新的。家具店的情况也与此一样，尽管订购的家具还没有送到住所，可定金却无论如何连一个卢布也不肯退还。“我总不至于为了这套家具而特意去结婚吧！”彼得·彼得罗维奇咬牙切齿地暗自思忖，就在此时一个异想天开的念头又闪过了他的脑海：“难道这一切当真就这样覆水难收般地化作了泡影，永远完结了？难道就不能再试它一试吗？”一想到杜涅奇卡，他就禁不住再次既心醉神迷，又心如刀割。此时此刻他真是痛心入骨，当然，如果现在只用一声诅咒就可以让拉斯科尔尼科夫呜呼哀哉的话，那么彼得·彼得罗维奇必定会急不可耐地发出诅咒。

“此外，我还有一个错误，那就是我未给她们分文，”他一边寻思，一边愁眉苦脸地走向列别贾特尼科夫的那间小屋，“真见鬼，我干吗这样一毛不拔呢？这样做一点好处也没有！我本想让她们手头紧巴巴的，以便把我视若神灵，可她们竟会如此！……呸！……不，假如在这段时间里，我为她们花上一千五百卢布，譬如说，在克诺普公司和英国商店①里给她办些嫁妆，购些礼物，买些各式各样的首饰、化妆品、珠宝玉翠、衣料以及诸如此类的东西，那么事情就会好办多了，而且……也牢靠多了！现在要跟我一刀两断也并非那么轻而易举的事了！像她们这种品性的人啊，如果跟我解除婚约的话，必定认为理所当然地要退还礼物和钱财；可真要退还又会感到相当困难，而且也心疼不已！并且良心也会感到不安：怎么，难道能够就这样把一个对我们一向都慷慨大方、温文尔雅的人拒之门外？嗐，我失算了！”于是，彼得·彼得罗维奇又一次咬牙切齿，当即大骂自己是笨蛋，——当然是在心里暗自大骂。

得出了这样一个结论以后，他回家的时候比出门的时候更凶相毕露，更怒火熊熊。卡捷琳娜·伊万诺芙娜家里筹办葬后酬客宴的事情，多多少少地引发了他的好奇心。昨天他就已得知了一些有关这次丧后酬客宴的情况；甚至还记得，似乎也邀请了他，可他当时忙于处理自己的麻烦

① 当时彼得堡一家著名的时髦服饰用品商店。英国商店主要出售各种从国外进口的服饰用品。

事，无暇关注其他的事情。他赶忙去向利佩韦赫泽尔太太打听详情；而她正在摆满了食品的桌子边张罗着，因为卡捷琳娜·伊万诺芙娜不在家（她到墓地送葬去了）。他了解到，丧后酬客宴将会办得相当隆重，几乎所有的房客都受到了邀请，其中甚至包括死者并不认识的人，甚至连安德烈·谢苗诺维奇·列别贾特尼科夫也被邀请出席，尽管他以前和卡捷琳娜·伊万诺芙娜吵过架，最后还有他彼得·彼得罗维奇本人，不仅受到了邀请，而且主人甚至还迫不及待地翘首等待他的光临，因为他几乎是所有房客中地位最高的客人。阿玛莉娅·伊万诺芙娜①本人也受到相当恭敬的邀请，尽管以前她和卡捷琳娜·伊万诺芙娜曾经多次发生过不愉快的事情，因此现在她才在这里总领一切，忙忙碌碌，几乎从中获得一种乐趣，而且她虽然穿着一身丧服，可从头到脚都是新崭崭的丝绸，雍容华贵，艳光四射，她也因此而得意扬扬。所有这些情况和消息引发了彼得·彼得罗维奇的某种想法，于是他回到自己的房间，也就是回到安德烈·谢苗诺维奇·列别贾特尼科夫的屋里，若有所思地琢磨着什么。问题在于，他了解到，拉斯科尔尼科夫赫然位居被邀请的客人当中。

安德烈·谢苗诺维奇不知什么原因整个早晨都坐在家里。彼得·彼得罗维奇与这位先生的关系是颇为奇怪的，其实，在某种程度上也是很自然的：几乎从住到这里来的第一天起，彼得·彼得罗维奇就鄙视他，甚至对他怨气满腹，怀恨在心，然而同时又似乎畏惧他三分。彼得·彼得罗维奇一到彼得堡就住在他这里，倒并非仅仅是出于精打细算，想节约一点开支，虽然这几乎就是主要原因，然而还有其他原因。还在外省的时候，他就听说，安德烈·谢苗诺维奇，这个曾经由他抚养成人的青年，现在是最激进的年轻人的代表，甚至在一些迥非寻常、神秘兮兮的小团体里起着举足轻重的作用。这使彼得·彼得罗维奇大吃一惊。这些势力强大、无所不知、蔑视一切人、揭露一切人的小团体，早已使彼得·彼得罗维奇胆战心惊了，这是一种特殊的恐惧，而且也是一种说不清道不明的恐惧。当然啰，在外省的时候，他本人还无法对这类事情形成任何一种概念，哪怕是大致确切的概念。他同所有的人一样，听说现在存在着，尤其是在彼得堡存在着那么一些激进分子、虚无主义者、揭露者②，等等，等等，然而就像大多数人那样，他也把这些名称的含义和

① 此处作者似是记忆有误，前面多次提到阿玛莉娅，但或称路德维希娜，或称费奥多罗芙娜，而未见伊万诺芙娜这一称呼。

② 指俄国19世纪的革命民主主义者、无政府主义者、空想社会主义者。

性质夸大和歪曲到荒谬的程度。多年以来，他最害怕的就是揭露，这是他经常过分悬心吊胆的最主要的原因，特别是在他幻想着把自己的活动转移到彼得堡来的时候。在这方面，他可还是惊魂未定，就像常受惊吓的小孩有时也会惊魂未定一样。几年以前，他在外省刚刚开始创业的时候，遇到过两起铁面无私地揭露省里权倾一时的要人的事件，而在此以前他一直对他们俯首帖耳，并把他们当作自己的保护伞。一起事件以被揭露者声名狼藉而告终，而另一起事件更是引起了极大的麻烦，差一点没法收场。这就是彼得·彼得罗维奇一到彼得堡，就决心立刻摸清这里的情况的原因，如果需要的话，他就会抢先一步，极力博取"我们的年轻的一代"的欢心，以防万一。在这方面，他依靠的是安德烈·谢苗诺维奇，而且，比方说，在拜访拉斯科尔尼科夫的时候，他已经能勉强鹦鹉学舌地重复别人那些人所共知的观点了……

当然，他很快就发觉安德烈·谢苗诺维奇是个俗不可耐、傻头傻脑的人。然而这丝毫不曾改变彼得·彼得罗维奇原来的打算，也不曾振奋他的精神。即使他确信不疑：所有的进步分子都是这样的傻瓜，他的焦虑不安也依旧不会消除。其实，他对所有这些学说、思想和制度（安德烈·谢苗诺维奇狂热地向他兜售过这些东西）漠不关心。他有自己的个人目的。他需要的只是咄嗟便办、立竿见影般地搞清楚：这里曾发生什么事情，又是怎样发生的？这些人有势力，还是没有势力？有没有令他本人害怕的地方？假如他打算干些什么，他们会不会揭露他？如果受到揭露，那么是由于什么原因？说实在的，现在他们又在揭露哪些东西？此外，还要搞明白：如果他们真是有势力的话，能不能设法博取他们的欢心，并且立刻哄骗他们一下？应该这样做，还是不该这样做呢？能不能，譬如说，借助他们的势力使自己平步青云，飞黄腾达呢？总而言之，有数以百计的问题摆在他的面前。

这个安德烈·谢苗诺维奇是个体质虚弱、形容枯槁的人，身材矮小，在某处任职，长着一头淡黄得出奇的头发，蓄着一部他引以自傲的肉饼般的络腮胡子，此外，他几乎经常患眼病。他的心肠极软，但言谈却十分自信，有时甚至盛气凌人，——这与他的体形两相对照，几乎总是显得滑稽可笑。不过，在阿玛莉娅·伊万诺芙娜这里，他却是备受尊敬的房客之一，这就是说，他既不酗酒，也从不拖欠房租。尽管有这么许多优点，安德烈·谢苗诺维奇却的的确确有点儿傻头傻脑的。他追求进步，并跻身于"我们的年轻的一代"的行列，——完全是出于一时的青春激情。这是那些数不胜数、各式各样的言行庸俗、思想幼稚、志大才疏而又刚愎自用者之一，这类人对于最流行的时髦思想必定是顷刻间便趋之若鹜，紧紧依附，为的是立即把它庸俗化，并在一瞬间把他们有时竭诚效劳的一切漫画化。

可是，尽管列别贾特尼科夫心地相当善良，但对自己的同住者和过去的监护人彼得·彼得罗维奇也开始多多少少感到有点无法容忍了。这种情况的出现，从双方来看，虽说有偶然的因素，但彼此都应负一定的责任。无论安德烈·谢苗诺维奇是多么傻头傻脑，但终究渐渐开始发现，彼得·彼得罗维奇在欺骗他，心底里视他如敝屣，并且看出“这个人实在不地道”。他曾经尝试着向他讲析傅立叶的体系和达尔文的学说，然而近来彼得·彼得罗维奇在听他讲析的时候，不知何故开始流露出一种过分明显的嘲讽神情，而最近几天，甚至开口骂起人来了。问题在于，彼得·彼得罗维奇已经凭自己的直觉开始看清了，列别贾特尼科夫不仅是个俗不可耐、傻头傻脑的人，而且也许是一个沽名钓誉之徒，即使在他自己那个小团体里，他也没有任何具有决定意义的关系，而只不过是听到一些第三者转述的拾人涕唾的东西罢了；不仅如此：也许他对他自己宣传的那些东西①，也只是一知半解，不甚了了，因为他实在是太糊里糊涂了，哪里还当得了揭露者呢！我们在此顺便说一下，彼得·彼得罗维奇在这一个半星期里，对安德烈·谢苗诺维奇那些甚至古里古怪的恭维总是来者不拒（特别是最初那些日子），也就是说，他并不表示反对，而是加以默认，比方说，安德烈·谢苗诺维奇故意赞扬他打算资助即将在小市民街某处成立的某个新的“公社”②；或者，又比方说，恭维他说，哪怕杜涅奇卡在婚后的第一个月就想找一个情夫，他也会听之任之；或者颂扬他不会让自己未来的孩子们行洗礼，等等，等等，——全都是诸如此类的话。对于这样一些强加给他的优点，彼得·彼得罗维奇总是照例不表示反对，甚至允许别人如此大加赞扬，——因为他对任何赞扬都

---

① 指革命宣传。俄国革命者在19世纪60年代认为，当前的首要任务就是在人民中宣传革命思想。

② 1863年，车尔尼雪夫斯基发表了长篇小说《怎么办》，书中描写了按照社会主义原则建立起来的一个缝纫工厂，很是激动人心。在这部小说及傅里叶等的空想社会主义思想的影响下，彼得堡的一些进步青年成立了一些同工同酬、实施集体经济的公社，其中最著名的是革命民主主义者、作家斯列普佐夫（1836—1878）在旗帜街建立的旗帜公社。小市民街离陀思妥耶夫斯基当时的住所不远。

乐此不疲。

这天早晨，由于某些原因，彼得·彼得罗维奇把几张五厘的公债券①兑换成了现款，眼下正坐在桌子旁点数着一沓沓钞票和连号的公债券。从来都囊空如洗的安德烈·谢苗诺维奇在屋子里踱来踱去，装出一副对这一沓沓钞票无动于衷、不屑一顾的样子。彼得·彼得罗维奇无论如何也不相信，比方说，安德烈·谢苗诺维奇真的会对这一沓沓钞票无动于衷；而安德烈·谢苗诺维奇也在满怀惆怅地暗自寻思，彼得·彼得罗维奇兴许真的认为他的无动于衷是装腔作势，而且兴许还会感到乐滋滋的，因为他可以借此机会用摆在桌子上的这一沓沓钞票把自己的年轻朋友刺激一番，耍弄一下，提醒他记住自己是多么的微不足道，两人之间似乎判若云泥。

彼得·彼得罗维奇这一次发现安德烈·谢苗诺维奇前所未有地情绪激动，而且疏忽大意，尽管他，安德烈·谢苗诺维奇又在他面前津津乐道起自己心爱的话题——成立一个特殊的新“公社”，并且大发宏论。彼得·彼得罗维奇正在噼里啪啦地打着算盘，在算盘珠清脆的响声停顿的间歇里，他偶尔从嘴里蹦出几句简短的反驳意见和评语，并且流露出一种一目了然、存心作对的嘲弄神情。然而“宅心仁厚”的安德烈·谢苗诺维奇却把彼得·彼得罗维奇的这种状态归因于他昨天与杜涅奇卡的风云突变，并迫不及待地渴望谈谈这个“公社”话题：对于这个具有进步意义和宣传价值的话题，他颇有些东西可说，这也许会安慰安慰他这位尊敬的朋友，而且“理所当然”地有助于他今后的思想进步。

“这个……寡妇家里在筹办什么葬后酬客宴吧?”彼得·彼得罗维奇突然问道，在安德烈·谢苗诺维奇高谈阔论兴致正高的时候打断了他的话。

“您竟像不知道似的：还是昨天我就跟您谈到过这件事情，而且对所有这些仪式都略抒己见……对啦，她可是也邀请了您的，我听说了。您自己昨天还跟她说过话呢……”

“我压根儿就没有想到，这个上无片瓦、下无插针之地的傻娘们竟会把另一个傻瓜……拉斯科尔尼科夫送给她的钱，全都用来操办葬后酬客宴。我刚才经过那里的时候，甚至大吃一惊：准备了那么多吃的，还有好几种酒呢！……还叫了好些人在帮忙呢——天知道是怎么回事!”彼

① 利率为五厘的公债券。

得·彼得罗维奇接着往下说，他详细地探问情况，似乎心怀某种目的，有意把话题引到这个问题上。“什么？您说，还邀请了我？”他突然抬起头，补充了一句，“这究竟是什么时候的事情？我没有印象。不过，我不会去。我去那里干什么呢？昨天我只是顺便告诉她，作为一个官员的贫困的遗孀，有可能作为一次性的补助把他一年的薪俸发给她。她莫非是因此而邀请我吧？嘿——嘿！”

“我也不想去。”列别贾特尼科夫说。

“那还用说！亲手打过人家嘛！这是可以理解的，内心羞愧呀，嘿——嘿——嘿！”

“谁打过？打过谁？”列别贾特尼科夫突然慌乱起来，甚至变得面红耳赤。

“就是您呀，您打了卡捷琳娜·伊万诺芙娜，大约一个月以前，对吧！我可是昨天才听说的……您的信念原来就是这个样子啊！……妇女问题都没处理好呢。嘿——嘿——嘿！”

于是，彼得·彼得罗维奇似乎得到了安慰，又噼里啪啦地打起算盘来。

“这都是胡说八道，恶语中伤！”列别贾特尼科夫猛然涨得满脸通红，他一向就怕别人提起这件事情，“完完全全不是这么一回事！这是另一码事……您听到的全是流言蜚语；这是造谣诽谤！当时我纯属自卫。是她首先张牙舞爪地扑向我……她差点把我的络腮胡子都拔个精光……我相信，任何人都可以进行正当的自卫。而且我绝不允许任何人对我使用暴力……这是一个原则问题。因为她太专横霸道了。我到底该怎么办呢：难道就傻乎乎地站着让她打吗？我只不过把她推开而已。”

“嘿——嘿——嘿！”卢仁依旧尖酸刻薄地笑着。

“您想撩逗我发火，因为您自己怒火中烧，七窍生烟……而这是胡说八道，与妇女问题毫无关系，毫无关系！您理解错了；我甚至认为，假如承认妇女各个方面，甚至在力气方面也和男子一样（已经有人这样论定了），那么，由此可见，在这一方面也应该双方平等①。当然，我后来得出结论，这样的问题其实是不应该存在的，因为打架是极不应该的，在未来社会里，打架这种事是无法想象的……当然，在打架中寻求平等

① 列别贾特尼科夫宣扬的这种男女平等的理论，是对车尔尼雪夫斯基《怎么办》中的妇女解放思想的丑化。

也是不可思议的。我并没有那么蠢……然而打架这种事其实是经常发生的……也就是说，以后绝不会有了，但现在还是会存在……呸！活见鬼！您把人都弄得晕头晕脑了！我不参加丧后酬客宴，倒不是因为发生过这么一件不愉快的事情。我只是因为按原则办事才不去，是为了抵制丧后酬客宴这种陈规陋习，就是这么一回事！不过，去一去也无妨，只是为了嘲笑它一番……但可惜的是，神甫不会来。否则，我百分之百去。”

“也就是说，一边坐着用人家的慷慨款待①大快朵颐，一边又对人家的盛情款待不屑一顾，而且对邀请您赴宴的主人也不屑一顾。是这样吗？”

“根本就不是不屑一顾，而是抗议。我是一心为善啊。我能够间接促进人们的觉悟和宣传工作的开展。每一个人都应该提高觉悟，开展宣传，而且，说不定宣传得越激烈成效越高。我可以播下思想的种子……从这颗种子里就会结出事实的果实。我怎么会使他们蒙受委屈呢？最初他们会心怀不满，但以后他们自己会看到，我是对他们大有助益的。就拿我们的捷列比耶娃来说吧（她现在已加入了公社），她曾受到人们的指责，因为她离家出走……迷恋着一个人，她给父母写了一封信，宣称她不愿屈从陈规陋习，将不按宗教仪式结婚，而就此自由同居，人们都认为，她这样做似乎对父母太粗暴无情了，应该怜恤父母，写得温婉一些。以我看来，这都是一派胡言，压根儿就无须温婉，恰恰相反，这里需要的是抗议。再说瓦莲茨吧，她跟丈夫生活了七年后，甩下了两个孩子，写了一封信宣布跟丈夫恩断义绝：‘我认识到，和您在一起我无法得到幸福。我无论何时都不会原谅您，因为您欺骗了我，对我隐瞒了，通过公社这种形式，可以建立另一种社会制度。不久以前，我从一个舍己为人的人那里了解了这一切，并且已经委身于他，还要和他一起去创建公社。我开诚布公地告诉您这一切，因为我认为欺骗您是不道德的。从此您可以随心所欲，自行其是。别指望我会回来，您觉悟得太迟了。祝您幸福。’这一类的信就该这么写！”②

“这个捷列比耶娃，莫非就是您上次说的那个第三次自由结婚的女人？”

---

① 原文为“хлеб-соль”，是俄罗斯常见的一个固定词语。在俄罗斯，用面包和盐迎接贵宾，款待亲朋好友，因此，这一固定词语的象征意义就是：殷勤好客、慷慨待客。

② 以上是对车尔尼雪夫斯基《怎么办》中提出的妇女问题的讽刺。

“如果严格地评判，总共就两次！哪怕是第四次，哪怕是第十五次，那已没有什么意义了！如果说我有时候因为父母过早去世而深感惋惜，那么自然是现在。我甚至不止一次地设想，如果他们还活在人间，我将用抗议给他们以痛击！我会故意让他们难堪……这就是‘离开家庭独立自主生活的人’，呸！我倒要给点厉害让他们瞧瞧！我要让他们大惊失色！真的，遗憾的是，他们谁都不在人世了！”

“为了让他们大惊失色！嘿——嘿！唔，那就听凭您随心所欲，自行其是吧，”彼得·彼得罗维奇打断了他的话，“但是请您这就告诉我：您不是认识死者那个瘦弱的女儿吗！人们对她的议论，全都是凿凿有据的吧，啊？”

“这又算什么呢？依我看，也就是说，按照我个人的见解，这正是妇女的一种最正常的状态。怎么会不是呢！也就是说，distinguons①。在当今社会里，这种状况当然并非完全正常，因为这是迫不得已的，然而在未来的社会里，则完全是正常的，因为那是自由的。即使是现在，她也有这样做的权利：她饱经苦难，而这就是她的基金，也可以说是资本，她有充分的权利对之进行支配。当然，在未来的社会里，基金已失去存在的价值了；不过它的作用将以另一种性质表现出来，并受到严格而合理的制约。至于说到索菲娅·谢苗诺芙娜本人，目前我把她的行为看作是对社会制度的一种强有力、活生生的抗议，并为此而深深地尊敬她；甚至看着她，也感到欢欣鼓舞。②”

“可我倒听说，正是您逼迫她从这个公寓搬走的！”

列别贾特尼科夫气得大发雷霆。

“这又是恶意诽谤！”他大吼大叫着，“压根儿，压根儿就不是这么一回事！这根本不符合事实！这全都是当时卡捷琳娜·伊万诺芙娜所造的谣，因为她什么也不懂！我压根儿就没想过要打索菲娅·谢苗诺芙娜的主意！我只不过是试图提高她的觉悟，没有任何私心杂念，只是极力激起她的反抗精神……我需要的仅仅是反抗，而且索菲娅·谢苗诺芙娜自己也无法再住在这幢房子里了！”

“您曾经叫她加入公社，是不是？”

“您总是取笑我，可又笑不到点子上，请允许我向您指出这一点。您

---

① 法文，意为“我们应加以区别”。

② 此处影射19世纪60年代无政府主义者涅恰耶夫（1847—1882）和巴枯宁（1814—1876）关于未来社会应取消婚姻的理论。

什么也不明白！公社里没有这种角色。成立公社，就是为了使世界上不再有这种角色。在公社里，这种角色将会彻底改变其现在的性质，在这里是愚不可及的，在那里将变得冰雪聪明，在这里，在目前的环境中是不正常的，在那里将会变得百分之百的正常。一切都取决于人处于怎样的情况下和什么样的环境中。环境决定一切，而人本身的作用是微乎其微的。就是现在，我和索菲娅·谢苗诺芙娜的关系也很友好，这足以向您证明，她从未把我当作敌人和欺凌者。对啊！我现在正动员她加入公社，不过这个公社是建立在极其、极其不同的基础上的！您有啥好笑的呢！我们打算创建自己的公社，一个特殊的公社，但是它矗立在比以前更广阔的基础之上。我们已把自己的信念大大向前推进了。我们否定的东西更多了①！即使杜勃罗留波夫②从棺材里爬出来，我也要跟他争论一番。就是别林斯基③上阵，我也会把他驳倒！目前我在继续帮助索菲娅·谢苗诺芙娜提高觉悟。这是一个天性极其美好、极其美好的姑娘！”

“嗯，而您就充分利用了这个极其美好的天性了，是吗？嘿——嘿！”

“不，不！哦，不！恰恰相反！”

“哼，还恰恰相反呢！嘿——嘿——嘿！说得倒冠冕堂皇！”

“请您务必相信！我究竟有什么理由要向您隐瞒呢，请您说说看！正好相反，就连我自己也觉得这很奇怪：她和我在一起的时候，总是有点儿怯生生的，有点儿羞答答的，显得多么纯贞啊！”

“所以您，就理所当然地，帮助她提高觉悟了……嘿——嘿！您就向她证明，所有这些羞耻心全都是一派胡言？……”

“压根儿就没这回事！压根儿就没这回事！噢，您这是多么粗俗，甚至是多么愚蠢啊——请恕我直言——竟如此理解提高觉悟这个词！您什——什么也不明白！哦，上帝啊，您是多么……不成熟啊！我们寻求的是妇女的自由，而您念念不忘的只是那件事……我完全闭口不谈贞洁和妇女的羞耻心问题，就像闭口不谈那些本身毫无益处、甚至本身就是偏见的事物一样，我百分之百、百分之百地赞成她在跟我交往时保持自

---

① 陀思妥耶夫斯基认为，社会主义就是虚无主义和无政府主义，就是否定一切，此处带有与之论战的性质。

② 杜勃罗留波夫（1836—1861），俄国革命民主主义者，文学批评家，政论家。

③ 别林斯基（1811—1848），俄国革命民主主义者，文学批评家，政论家、唯物主义哲学家，曾高度评价陀氏的第一部小说《穷人》。

己的贞洁，因为在这个问题上——她完全有自己的意志，也有着自己充分的权利。当然啰，假如她亲口对我说：‘我想拥有你’，那么我就会认为自己卓有成效，大功告成了，因为我十分喜欢这个姑娘；然而现在，至少是现在，毫无疑问，从来还没有任何人像我这样对她毕恭毕敬，温文尔雅，也从来还没有任何人像我这样尊重她的人格……我等待着，并心存幻想——如此而已！”

“不过您最好是送点什么东西给她。我敢打赌，这件事您一定还没有想到。”

“您什——什么也不明白，我已经对您说过了！那是不用说的，她的境况很糟，不过这是另一个问题！另一个截然不同的问题！您简直就是在蔑视她。您看到了您误以为理应不屑一顾的事实，于是就拒绝以人道主义的观点来看待这个人的本质了。您还不知道，这个人的品性是多么美好！我感到十分遗憾的是，最近她不知为什么完全不看书了，也不再来我这里借书了。而以前她可是常来借书的。同样令我深感遗憾的是，虽然她正全力以赴、坚如磐石地进行反抗，——对此她已经证明过一次了，——但是她似乎仍然缺少自主性，也就是说，缺少独立精神，否定精神也少了点儿，因此还不能从根本上摆脱某些偏见和……糊涂观念。尽管如此，她对某些问题却看得相当透彻。比方说，对于吻手的问题，她就有独到的高明见解，也就是说，她认为如果男人吻女人的手，那就是男人以不平等的态度侮辱了妇女①。这个问题我们在公社里曾加以讨论，我在讨论后马上就向她转述了有关情况。关于法国工人联合会的事，她也听得聚精会神。现在我正在给她讲析的问题是，在未来社会里可以自由进入别人的房间②。”

“这又是怎么一回事呢？”

“最近我们在讨论这样一个问题：在任何时候，公社的社员是否有权利进入另一个无论是男的还是女的社员的房间……噢，最后的结论是，

① 此处化用了车尔尼雪夫斯基《怎么办》第2章第18节中女主人公薇拉·帕甫洛芙娜的一段话：“男子不应该吻妇女的手。我亲爱的，这对于妇女应当说是一种很大的侮辱，这表示男子不把她们当作同等的人看待……”

② 此处讽刺性地套用了《怎么办》第2章第18节中女主人公薇拉·帕甫洛芙娜的一段话：“我们要有两个房间，一间归你，一间归我，还有第三间，我们在那里喝茶、吃饭，招待客人……我不进你的房间……你也别进我屋里……我跟你见面，只能是在‘中立房间’里喝茶和吃饭的时候。”

有权利。”

“哦，假如那个男的或者那个女的那时正在解决不得不解决的需要问题①，那可怎么办呢？嘿——嘿！”

安德烈·谢苗诺维奇可真火冒三丈了。

“您心心念念只想着这种事，只想着这种该死的‘需要’！”他憎恶地大叫起来，“呸，我真恼恨，真懊悔，竟然在阐释制度的时候，过早地跟您提到这种该死的‘需要’！活见鬼！对于所有您这类人来说，这是一块绊脚石，而最糟糕的是——还没弄明白是怎么一回事，就拿来做笑料讥讽人！似乎还正确得不得了！似乎还真有什么引以自傲！呸！我曾三番五次强调，对于那些加入公社的新成员，一定要等到他们对制度心悦诚服、觉悟很高、方向明确的时候，才能水到渠成地向他们讲到这个问题。那么，请您告诉我，莫非您打算在污水坑里寻找这种可耻和可鄙的东西吗？我将一马当先，去清除干净那些无论有多脏的污水坑！这根本就谈不上什么自我牺牲②！这只不过是一项工作，一项高尚的、有益于社会的活动，它的价值完全可以和其他活动相提并论，甚至，比方说吧，大大超过了什么拉斐尔或普希金的活动，因为它的益处更大③。”

“而且更加高尚，更加高尚，——嘿——嘿——嘿！”

“更加高尚是什么意思？我无法理解这种用以确定人类活动意义的表述方法。‘更加高尚’啦、‘更加宽宏大量’啦——所有这一切全都是胡言乱语，奇谈怪论，是我所否定的、带有偏见的老掉牙的套话！一切有益于人类的东西，就是高尚的东西。我只懂得一个词：有益④！您愿嘿嘿地笑，就随您的便吧，不过事实就是如此！”

彼得·彼得罗维奇笑得前仰后合。他已经把钱点数完了，并且收藏

---

① 指大小便。

② 此处影射并讽刺了俄国作家萨尔蒂科夫—谢德林（1826—1889）在《我们的社会生活》（1864）一文中的观点。

③ 此处套用并夸大了俄国革命民主主义者、文学批评家皮萨列夫（1840—1868）关于任何工作（包括艺术在内）首先应该给人们带来直接的实际利益的主张。

④ 影射车尔尼雪夫斯基和皮萨列夫的观点。车尔尼雪夫斯基在《哲学中的人本主义原理》一文中提出：“只有对于人总的说来有益的事，才能被认为是真正的善。”皮萨列夫在《现实主义者》（1864）一文中也强调：“现实主义者应当把毕生都建立在对大众有益的思想上”。

好了。不过还有一部分钱不知怎么依旧留在桌子上。这个“污水坑问题”尽管本身庸俗不堪，但却已经有好几次引起彼得·彼得罗维奇和他的年轻朋友的分裂与不和了。最愚蠢的是，安德烈·谢苗诺维奇真的怒气冲冲了。卢仁说这些话是为了寻点开心，此时此刻他特别想逗列别贾特尼科夫发火。

“您这是因为昨天铩羽而归，所以才如此心怀恶意，鸡蛋里挑骨头。”列别贾特尼科夫终于脱口而出，一般说来，尽管他具有突出的“独立精神”，又极力“反抗”一切，但不知怎的总是不敢驳斥彼得·彼得罗维奇，而且大体上依旧对他保持着某种从小养成并习以为常的尊敬。

“不过，您最好这就告诉我，”彼得·彼得罗维奇又傲慢又恼恨地打断了他的话，“您是否能够……或者最好是说：您和刚才提到的那个年轻女郎是否果真亲密无间，能够马上就把她请到这里来，请到这个房间里来一下？他们似乎已从墓地回到家了……我听到了踢里嗒啦的脚步声……我必须见见她，见见这个女郎。”

“您到底为什么要见她呢？”列别贾特尼科夫不胜惊讶地问道。

“就是如此，必须呗。今天或明天，我就要搬离这里了，因此想告诉她……不过在我们谈话的时候，请您留在这里。这样倒还更好一些。否则，天知道您会怎么想。”

“我反正什么都不想……我只是随便问问罢了，如果您找她有事，那么，没有比叫她来更容易的事了。我这就去。至于本人嘛，请您相信，绝不会妨碍你们。”

果然，五分钟以后，列别贾特尼科夫就和索涅奇卡一起回来了。她进门时感到惊讶不已，而且像往常那样怯生生的。每逢这种场合，她总是十分胆怯，很怕见陌生人，更怕跟陌生人打交道，很久以前，还在孩提时代就怕，而现在更是害怕……彼得·彼得罗维奇“和蔼可亲、彬彬有礼”地迎接她，但却带有某种兴高采烈的亲昵的色彩，不过，在彼得·彼得罗维奇看来，像他这样令人尊敬、庄重体面的人，如此对待这么一个青春妙龄、在某种意义上惹人喜爱的天生尤物，那是恰如其分的。他赶紧“鼓励”她，并请她坐在自己对面的桌子旁。索尼娅坐了下来，环视了一下四周——看了看列别贾特尼科夫，看了看堆在桌上的钱，然后突然又看了看彼得·彼得罗维奇，目光就粘在他身上了，仿佛对他着了迷。列别贾特尼科夫已经起步朝门口走去。彼得·彼得罗维奇站起身来，挥手示意索尼娅静坐勿动，接着走到门口拦住了列别贾特尼科夫。

“这个拉斯科尔尼科夫在那里吗？他来了吗？”他悄声细语地问列别

贾特尼科夫。

“拉斯科尔尼科夫？在那里呀。有什么事吗？对啊，是在那里……刚刚才进去的，我亲眼所见……有什么事吗？”

“唔，那么我非得请您留在这里，和我们在一起，别留下我和这位……女郎单独相处。这件事本来只是细枝末节的事情，可是天知道人家会说什么。我不想让拉斯科尔尼科夫在那里瞎说些什么……您懂我的意思吗？”

“啊，我懂，我懂！”列别贾特尼科夫突然心领神会了，“是啊，您有理由……当然啦，我私自认为，您这是过于担心了，不过……您毕竟言之有理嘛。行啊，我就留下来吧。我在这里靠窗站着，不会妨碍你们……在我看来，您言之有理……”

彼得·彼得罗维奇回到沙发跟前，面对索尼娅坐了下来，全神贯注地端详了她一下，突然做出一副一本正经、甚至颇为严厉的样子，仿佛在说：“您可千万别胡思乱想哦，女士。”索尼娅感到窘困不堪。

“首先，索菲娅·谢苗诺芙娜，我要请您代我向尊敬的令堂表示歉意……似乎，就是这样吧？卡捷琳娜·伊万诺芙娜是您的继母吧？”彼得·彼得罗维奇态度极其庄重而又十分和蔼可亲地说。显然，他是一片好意。

“您说得真对，是这样的；是继母。”索尼娅急慌慌、怯生生地回答。

“唔，那么请您代我向她请求原谅，由于某些身不由己的原因，我不得不缺席，无法到府上去吃煎饼了……也就是说无法出席丧后酬客宴了，有负令堂的盛情邀请。”

“好啊；我去说；这就去。”索涅奇卡急忙地从椅子上站起身来。

“我还没说完呢，”彼得·彼得罗维奇稳住了她，深感她天真轻信，不懂礼貌，不禁微微一笑，“最亲爱的索菲娅·谢苗诺芙娜，如果您认为，为了这样一件仅仅牵涉到我个人的琐屑小事，就冒昧打扰您这样的女孩子，有劳芳驾光临寒舍，那您就太不了解我了。我还有别的目的呢。”

索尼娅又急慌慌地坐下。依旧摆在桌上的那些灰色的钞票和彩色的钞票①，又开始在她眼前闪闪烁烁，但她赶紧转过脸去，抬头望着彼得·

① 在帝俄时代，票面二十五卢布的纸币是灰色的，票面一百卢布的纸币是彩色的。

彼得罗维奇：她突然觉得，看别人的钱是极其有失体面的，特别是对于她来说。她目不转睛地望着彼得·彼得罗维奇左手拿着的金色长柄眼镜，但同时也看到了他戴在这只手中指上的那枚硕大、沉甸甸、异常漂亮的黄宝石戒指——但她突然又把目光从戒指上移开，可又不知道望向哪里，结果只好又目不转睛地直盯着彼得·彼得罗维奇的眼睛。他比刚才显得更加庄重了，稍稍沉默了一会儿后，他接着说：

“我昨天偶然和不幸的卡捷琳娜·伊万诺芙娜顺便交谈了两句。就凭这两句话便足以了解到，眼下她正处于一种——不正常的状态，如果可以这么说的话……”

“是的……是不正常。”索尼娅赶紧附和。

“或者说得更简单明白一些——她有病。”

“是的，更简单，也明白……是的，她有病。”

“没错。因此，出于人道情怀，也——也——也可以说是恻隐之心吧，我希望，就我个人来说，能给她提供点帮助，因为我预见到她的命运无可避免地是不幸的。看来，这个一无所有的家庭现在就全指靠您一个人了。”

“请问，”索尼娅突然站了起来，“昨天您不是告诉她，有可能得到一笔抚恤金吗？因为昨天她就告诉过我，您已开始着手为她争取抚恤金了。果真是这样吗？”

“根本没有，而且从某种意义上来说，这甚至是荒诞不经的。我只是稍微暗示了一下，一个在职期间去世的官员的遗孀可以得到一笔临时补助，——只是还得有关系才行，——可是，似乎您已故的令尊不仅任职未到年限，而且最近根本就没有任职。总而言之，即使存在希望，这希望也是极其渺茫的，因为在这种情况下，实际上已没有任何领取补助的权利了，甚至恰恰相反……而她竟然就已想着领取抚恤金了，嘿——嘿——嘿！好一位见风是雨的太太啊！”

“是的，是在想着领抚恤金……因为她是一个轻信而善良的人，而且善良到对什么都信以为真，而且……而且……而且……她的头脑又是这样……是的……请原谅。”索尼娅说着，又起身要走。

“对不起，您还没有听我把话说完呢。”

“是的，是还没听完。”索尼娅喃喃低语着。

“那就请您再坐下吧。”

索尼娅十分羞窘，第三次坐了下来。

“眼见她处于如此一种境况，还带着几个不幸的幼龄孩子，我很希望，——我刚才已说过，——力所能及地给她提供点帮助，也就是所谓的量力而行吧，如此而已。譬如说，可以为她募捐，或者，可以这么说吧，举办一次抽彩活动……或者诸如此类的活动，——在类似情况下，这种事通常是由亲戚朋友，甚至愿意帮忙的局外人来操办的。我想告诉您的就是这件事。这是可行的……”

“是的，很好……为了这件事，上帝会赐福给您的……”索尼娅全神贯注地看着彼得·彼得罗维奇，嗫嚅地说。

“这是可行的，然而……这个我们以后……也就是说今天就可以开始。晚上我们再碰个头，商量妥当，先奠定，可以这么说吧，一个基础。请您七点钟左右到我这里来一下。我希望，安德烈·谢苗诺维奇也参加我们的商谈……不过……这里有一个情况，应该事先详详细细地说一下。正是为了这个问题，我才敢打扰您，索菲娅·谢苗诺芙娜，有劳您的芳驾光临寒舍。具体地说，我的意见是——不能把钱交到卡捷琳娜·伊万诺芙娜本人手里，那样做是大为不妙的；今天的葬后酬客宴就是明证。明天什么都没有，可以说，连一块面包皮都没有，而且……唔，鞋子也没有，一切都没有，但她今天却买了牙买加的罗姆酒①，甚至似乎还买了马德拉酒②，再加——加——加咖啡。我路过时，全看见了。明天一切又全都将落到您的肩上，直到最后一块面包；这简直是荒谬绝伦。因此，愚意以为，应该这样进行募捐，可以这样说吧，即这笔钱应该瞒着这个不幸的寡妇，而只让，比方说，您一个人知道。我这样说对吗？”

“我不知道。她这样做，也只是今天才有的事……一辈子就这么一次……她非常想举行葬后酬客宴，表达自己的尊敬，纪念……而她本来是很有头脑的。不过，就照您说的办吧，我会非常，非常，非常……他们大家也会感谢您的……上帝也会赐福给您……那些没爹的孩子也……”

话还没说完，索尼娅就失声痛哭起来。

“就这样吧。唔，那么请您记住了；而现在，为了您亲人的利益，我首先恳请您接受我个人力所能及的一点赠款吧。我十分、十分希望，不要提及我的名字。请收下吧……可以这么说，我自己也有花钱的事，因此拿不出更多的钱了……”

于是彼得·彼得罗维奇小心翼翼地把一张十卢布的钞票打开，递给

---

① 一种用甘蔗酿制的烈性糖酒。

② 一种白葡萄酒。

索尼娅。索尼娅接了过来，脸唰地一下涨得通红，霍地站起身来，喃喃地嘟哝了一句什么话，赶忙告辞。彼得·彼得罗维奇神气活现地送她到门口。她终于飞跑出了那个房间，深感心潮激荡，精疲力竭，回到卡捷琳娜·伊万诺芙娜那里，更是感到异常不安。

在这幕戏表演的整个过程中，安德烈·谢苗诺维奇时而站在窗前，时而在屋子里走来走去，始终无意打断他们的谈话；当索尼娅离开以后，他突然走到彼得·彼得罗维奇面前，郑重其事地向他伸过一只手去。

"我都听到了，也都看到了，"他说，"看到了"三个字说得特别重，"这是十分高尚的，也就是说，我想说的是，这是很人道的！我看到了，您希望躲避别人的感谢！虽然我，坦白地说，在原则上并不赞成个人的恩惠，因为它不仅不能把罪恶斩草除根，甚至反倒会使罪恶有加无已，然而我不能不承认，看到您的这种行为，我心花怒放——对，对，我很喜欢您这样。"

"咳，这全都是鸡毛蒜皮的小事！"彼得·彼得罗维奇嘟嘟囔囔着，他颇为激动，而且不知何故仔细打量着列别贾特尼科夫。

"不，这并非什么鸡毛蒜皮的小事！一个像你这样的人，本来就已经被昨天那件事搞得满腹委屈，怒火中烧，在此同时却还能关心别人的不幸，——这样的一个人，尽管他在行为上犯了一个社会性的错误，——可是……依然值得尊敬啊！彼得·彼得罗维奇，我根本没想到您会这样做，特别是这与您的见解背道而驰啊，噢！您的见解对您的妨碍太大了！比方说，昨天的铩羽而归就弄得您多么焦躁不安啊，"心地善良的安德烈·谢苗诺维奇感叹着，对彼得·彼得罗维奇的好感又加倍地增长了，"您为啥，为啥一定要这种婚姻呢，为啥一定要这种合法的婚姻呢，最高尚、最亲爱的彼得·彼得罗维奇？您为啥一定要追求这种婚姻的合法性呢？唔，要是您想打我，那您就打吧，不过我打心眼里感到高兴，为这桩婚姻的彻底告吹而打心眼里高兴，为您重获自由，为您对于人类来说尚未彻底毁掉而打心眼里高兴……您瞧：我把心里话都向您倾筐倒箧地说出来了！"

"因为我不想在你们那种自由同居的婚姻中戴绿帽子，也不想抚养别人的孩子，这就是我一定要合法婚姻的原因。"卢仁为了回答点什么而回答地说道。他似乎有什么特别的心事，陷入了沉思之中。

"孩子？您提及了孩子？"安德烈·谢苗诺维奇仿佛一匹听到了军号声的战马，全身一颤，"孩子——这是一个社会问题，而且是一个莫此为甚的重要问题，这我同意；不过，孩子问题可以用另一种方法来解决。有些人甚至完全不要孩子，就像他们完全逃避任何含有家庭意义的迹象一样。孩子的问题，我们以后再谈，而现在我们来谈一谈绿帽子的问题！我得向您承认，在这个问题上我是个外行。这一下流的、骠骑兵式的、普希金的用语①，根本不可能进入未来的词典。而且绿帽子究竟是什么呢？噢，简直荒谬绝伦！什么样的绿帽子？为什么是绿帽子？真是胡说八道！恰恰相反，在自由同居的婚姻中绝不会有绿帽子一说！绿帽子——这只是任何合法婚姻的必然后果，可以说，是对合法婚姻的纠正和反抗，因此，在这个意义上，戴绿帽子甚至完全无损于人的尊严……假如我什么时候——做出荒诞的举动——竟然合法地结了婚，那么我甚至会为戴上您深恶痛绝的绿帽子而兴高采烈；到那时，我会对我的妻子说：'我的朋友，在此之前我只是爱你，现在我却尊敬你，因为你大胆反抗！'您在发笑？这是因为您摆脱不了偏见！真见鬼，我当然懂得，在合法婚姻中一旦受到欺骗，究竟会为了什么而不愉快：但这毕竟只是卑劣的事实结出的卑劣果实，男女双方都同样受到了侮辱。而在自由同居的婚姻中，戴绿帽子已成为人所共知的公开秘密，因此也就没有什么戴绿帽子的问题了，戴绿帽子的事变得难以想象，甚至连绿帽子这个名称都将不复存在。相反，您的妻子只不过向您证明了，她对您是多么的尊敬，认为您支持她寻找幸福，而且极有修养，不会因为她有了新丈夫而存心报复她。真见鬼，我有时幻想着，如果我嫁了一个男人，呸！如果娶了一个妻子（自由结婚也好，合法结婚也好，全都一样），我就会亲自给妻子带回一个情人，假如她长时间都找不到的话。我会这样对她说：'我的朋友，我爱你，不过除此之外更希望你尊敬我②，——你瞧！'对吗？我说得对吗？"

彼得·彼得罗维奇一边听着，一边嘿嘿地笑着，不过并未表现出特别的兴趣。他甚至有点儿漫不经心，听而不闻。他的确是在思考一件别

---

① 语出普希金的诗体长篇小说《叶甫盖尼·奥涅金》第1章第12节：还有个戴绿帽子的，神气活现，他总是对自己非常满意，满意自家的饭菜和自己的妻子。

② 此处讽刺性模拟了车尔尼雪夫斯基的小说《怎么办》中关于爱情和嫉妒的论述。可见该书第3章第24—25节，及罗普霍夫获悉薇拉爱上吉尔沙诺夫后所说的："难道你会不再尊敬我？……别可怜我吧，我的命运一点也不可怜，原因就在于你不致因为我而失去你的幸福。"

的什么事情，就连列别贾特尼科夫最后也发觉了这一点。彼得·彼得罗维奇甚至激动得情不自禁地搓着双手，深深沉思着。这一切，安德烈·谢苗诺维奇后来才彻底弄明白，并且回想起来……

二

卡捷琳娜·伊万诺芙娜那神思恍惚的头脑里为何产生这个办一次铺张浪费的丧后酬客宴的念头，其原因是很难确切地加以解释的。的确，拉斯科尔尼科夫送给她安葬马尔梅拉多夫的二十多个卢布，她差不多用了十个卢布来办这次丧后酬客宴。也许，卡捷琳娜·伊万诺芙娜认为自己有责任“体面地”追悼亡夫，让所有房客，尤其是阿玛莉娅·伊万诺芙娜知道，他“不仅毫不逊色于他们，而且，也许还远远强过他们”，他们之中谁也没有资格在他面前“自鸣得意”。也许，在这件事上起决定作用的是那种特殊的穷人的自尊心。就是因为这种自尊心，千千万万的穷人每逢日常生活中人人必须遵守的某些社会习俗时，都会倾箱倒箧地把自己节衣缩食积攒起来的一点点钱全都花光，只是为了证明自己“毫不逊色于别人”，以及不让那些别人对他们横加“指责”。也极有可能是，当她感到似乎被世上所有的人抛弃的时候，正是在这样的情况下，正是在这样一个时刻，卡捷琳娜·伊万诺芙娜试图向所有这些“渺小而卑劣的房客”证明，她不仅“会过日子，会款待客人”，而且她本身的教养根本就不是为了过这样的生活，她是在“一个高贵的、甚至可以说具有贵族身份的上校家庭里”养育成人的，她接受的教育绝不是长大以后怎样自己擦地板，每天夜里洗孩子们的破衣烂衫。这种自尊心和虚荣心有时会在那些一贫如洗、被折磨傻了的人们心中突然爆发出来，而且有时还会变成一种愤愤不平的、难以遏制的需求。何况卡捷琳娜·伊万诺芙娜远非那种被折磨傻了的人：她本来完全可能被恶劣的环境毁灭，但要在精神上摧垮她，也就是说，使她心生畏惧，压服她的意志，那是完全不可能的。此外，索涅奇卡说她精神不正常，这也是言之有据的。当然，对此还不能做出最后的结论，不过最近这段时间，最近一年以来，她那可怜的头脑受到的折磨确实是太多了，因而多少会受到一定的损伤。而肺病的严重恶化，也恰如医生所说的那样，也会导致精神错乱。

酒的数量很少，品种也不太多，更没有马德拉酒：这是过分夸张了，不过酒还是有的。有伏特加、罗姆酒和里斯本葡萄酒，这些酒质量低劣，数量倒是颇为充足。吃的食物中，除了蜜饭①，还有三四道菜（顺便说一下，还有煎饼），全都是从阿玛莉娅·伊万诺芙娜的厨房里做出来的，此外，还同时生了两个茶炊，那是准备饭后喝茶和喝潘趣酒②用的。所有东西都是卡捷琳娜·伊万诺芙娜亲自采购的，有一个不知何故住在利佩韦赫泽尔太太这里的可怜兮兮的波兰房客③自告奋勇来听候卡捷琳娜·伊万诺芙娜的差遣，昨天整整一天和今天整整一个上午，他都一直在席不暇暖地奔东跑西，累得筋疲力尽，似乎要不遗余力地让别人都注意到他。每件小事他都要随时随地请示卡捷琳娜·伊万诺芙娜，甚至跑到劝业场④去找她，不住口地称她为“少尉夫人”，最后终于使她像厌烦苦萝卜一样厌烦了他，尽管最初她曾经称赞过，如果没有这个“乐于助人的好心人”，她就会彻底累垮了。卡捷琳娜·伊万诺芙娜的性格中有一个特点：对任何一个初次见面的人，她总是喜欢急不可耐地为之涂上最美好、最艳丽的色彩，天花乱坠地对他加以吹捧，甚至吹捧得那人自己都不好意思，她还会杜撰一些子虚乌有的事情来给别人脸上贴金，并且真心诚意地相信这一切都是确有其事，而后来，当她倏然大失所望时，又会跟几小时前还崇拜得无以复加的那人一刀两断，并对之大加羞辱，不屑一顾、粗暴蛮横地将之赶出门去。她天生就是一个爱说爱笑、乐天活泼、性格温和的人，但由于不幸和挫折接二连三，层出不穷，她开始那样狂热地向往和追求一种人人都能和睦相处、无忧无虑的生活，而不能容忍他们过另一种生活，因此生活中最微不足道的摩擦，最微乎其微的挫折，都几乎会使她立即怒气冲冲，转眼之间，那些最光辉灿烂的希望和最美妙无比的幻想冰消瓦解了，她开始诅咒命运，撕毁和摔掉随手抓到的一切，还拿脑袋去撞墙。不知何故，阿玛莉娅·伊万诺芙娜也突然在卡捷琳娜·伊万诺芙娜眼里具有了异乎寻常的意义，并且受到她异乎寻常的尊敬，唯一的原因也许是，一开始筹办这次丧后酬客宴时，阿玛莉娅·伊万诺芙娜就诚心诚意地决定在各方面帮她张罗：动手摆开桌子，提供桌布、碗碟和其他东西，并在自己的厨房里做饭炒菜。卡捷琳娜·伊万诺

---

① 俄国习俗中安葬后招待客人的一种食物，是加有蜂蜜或葡萄干的干饭。

② 一种用白酒（罗姆酒、威士忌、白兰地等）和白糖、开水、果汁、香料混合而成的烈性饮料，也译作“五味酒”。

③ 在彼得堡当时的外国居民中，波兰人的人数位居第三位（德国人、芬兰人、波兰人）。

④ 彼得堡当时最大的百货大楼，其中有各种各样的大店和小铺。

芙娜因为要去墓地，就把家里的一切全权委托给她，让她放手操办。果然，一切都准备得井井有条，一应俱全：桌子上铺着干干净净的桌布，碗碟、刀叉、酒杯、大玻璃杯、茶杯，应有尽有，当然啰，所有这些东西都是从各个房客那里东拼西凑拢来的，大小不一，式样各异，不过全都在预定的时间内安排得妥妥帖帖的。阿玛莉娅·伊万诺芙娜深感事情办得相当出色，因此在迎接送葬回来的人们时，甚至还颇有几分自豪。她打扮得非常漂亮，戴着一顶饰有黑色新缎带的包发帽，穿着一件黑色的连衣裙。这种自豪感尽管合情合理，但卡捷琳娜·伊万诺芙娜却不知怎的很不喜欢："似乎没有你阿玛莉娅·伊万诺芙娜，别人就真的连桌子都不会摆了似的！"她也不喜欢那顶饰着黑色新缎带的包发帽："这个蠢兮兮的德国女人如此得意，可能是因为她觉得自己是房东，并且大发慈悲而帮助了穷困不堪的房客吧？大发慈悲！这倒要请教请教！我卡捷琳娜·伊万诺芙娜的父亲当过上校，还差点当上省长，有时候举办家宴，一请就是四十位客人，像你阿玛莉娅·伊万诺芙娜这样的人，或者最好是说，像路德维希娜这样的人，连厨房都不会让你进呢……"不过，卡捷琳娜·伊万诺芙娜决定暂时不露声色，虽然她已暗暗打定了主意，今天非杀一杀阿玛莉娅·伊万诺芙娜的威风不可，让她牢牢记住自己的真正地位，否则，天知道她会把自己想象成何等了不得的角色，然而暂时还只能让她受到冷淡。另一件不愉快的事更是使卡捷琳娜·伊万诺芙娜切齿痛恨：在举行葬礼的时候，除了那个波兰人总算及时赶到了墓地，其他被邀请的房客，谁都没有来；而来参加葬后酬客宴的，也就是来喝酒吃饭的，都是一些孤雏腐鼠般的穷光蛋，他们中的不少人甚至已经喝得不辨东西，简直是一群废物。而房客中那几个年龄较大和比较体面的人，全都像商量好了似的，一个都没来。例如彼得·彼得罗维奇·卢仁，可以说是房客之中最体面的人，他却没来。然而还在昨天晚上，卡捷琳娜·伊万诺芙娜便迫不及待地对所有人，也就是对阿玛莉娅·伊万诺芙娜、波列奇卡、索尼娅以及那个波兰人瞎吹神侃了好一大通，说这是一个非常高尚、非常慷慨的人，在社会上有广阔的关系网，家里堆金叠玉，是她第一个丈夫的朋友，也是她父亲家里的常客，他答应想方设法尽其所能为她争取一笔数量可观的抚恤金。在这里我们必须指出，如果卡捷琳娜·伊万诺芙娜夸耀某人在社会上有广阔的关系网，家里堆金叠玉，那么绝非她得到了任何好处，或者有任何个人的打算，而是毫无私心，可以说是出于满腔热情，只是因为她把赞扬那人并大大抬高那人的身价当作一种乐趣。"这个可恶的坏蛋列别贾特尼科夫"也没有来，大概，

“是以卢仁为榜样”，亦步亦趋吧。“这个家伙妄自尊大吧？邀请他，只是出于好意给他点面子，而且也是因为他和彼得·彼得罗维奇住在同一间房子，又是他的熟人，不请他面子上过不去。”那位颇具上流社会高贵风度的夫人和她的女儿，一位“青春已逝的老姑娘”也没有来，她们虽然在阿玛莉娅·伊万诺芙娜的寓所里一共才住了两个礼拜，然而已经多次抱怨马尔梅拉多夫家里传出的大吵大闹声和狂喊乱叫声，特别是当死者生前醉眼迷离地回家的时候；当然，卡捷琳娜·伊万诺芙娜早已从阿玛莉娅·伊万诺芙娜那里获悉了她们的抱怨，因为阿玛莉娅·伊万诺芙娜每次跟卡捷琳娜·伊万诺芙娜吵架、威胁要把他们一家人赶出去的时候，总会扯开嗓门高声大叫，说他们打扰了“两位高贵的房客，而他们一家子都还抵不上她们的一个脚指头”。现在卡捷琳娜·伊万诺芙娜故意邀请了“她似乎还抵不上她们的一个脚指头”的这位夫人及其女儿，尤其是因为到目前为止，每当她们偶然迎面相逢的时候，那位夫人都要高傲地把头扭向一边，——因此，那就让她知道知道，这里的人“思想和感情更为高尚，不记宿怨，仍然邀请她们”，而且要让她们看到，她卡捷琳娜·伊万诺芙娜也并非一向就过这种苦日子的人。关于这一点，她准备在酒宴上一定要向她们解释清楚，而且必须告诉她们，她那已故父亲的身份几乎相当于省长，同时也间接地向她们暗示一下，以后迎面相逢的时候，再也无须把头扭向一边，这样做是愚不可及的。那个胖乎乎的中校（其实是个退役的上尉）也没有来，原来，从昨天早晨起，他就已“烂醉得像一头死猪”了。总而言之，应邀前来的只有以下几个人：首先是那个波兰人，接着是一个相貌丑陋、沉默寡言的小职员，他穿着一件油迹斑斑的燕尾服，满脸粉刺，身上散发出一种臭烘烘的气味；随后是一个两耳已聋、双眼也几乎全瞎的小老头儿，他以前在一个什么邮政总局供职，不知什么原因，很久以来他一直被一个什么人供养在阿玛莉娅·伊万诺芙娜的寓所里。还有一个醉醺醺的退役中尉，实际上是个军需官，不时放声大笑，简直不成体统，而且，“想想看吧”，竟然连背心都没穿！还有一个什么人，居然连招呼都没跟卡捷琳娜·伊万诺芙娜打一个，一进来就坐在桌子旁。最后，还有一个人因为没有外衣，穿着睡衣就跑来了，这实在是太不像话，阿玛莉娅·伊万诺芙娜和那个波兰人费了九牛二虎之力，才把他请了出去。然而，那个波兰人又带来了另外两个波兰人，他们任何时候都不曾在阿玛莉娅·伊万诺芙娜这里住过，在此之前，寓所里也从来没有一个人看见过他们。所有这一切都使卡捷琳娜·伊万诺芙娜大为不快，怒火中烧。“既然如此，这酒宴又究竟是为谁准备的呢?”为了给客人腾出座位来，甚至没有让孩子们入席，屋子本来就够挤的了，那张桌子几乎占据了整个房间，只好让他们在后面墙角的一个箱子上用餐，而且只能安排下两个最小的孩子坐在长凳上，而波列奇卡呢，已经算是大人了，应该站在后面照看他们，给他们喂饭，为他们揩鼻涕，就像侍候“贵族子弟”一样。总而言之，卡捷琳娜·伊万诺芙娜不由得更加神气十足，甚至盛气凌人地迎接所有的客人。她用极其严峻的目光扫视了一下某几个人，以高人一等的姿态请他们入席。不知何故，她把其他那些人没来赴宴归咎于阿玛莉娅·伊万诺芙娜，突然对她十分怠慢，阿玛莉娅·伊万诺芙娜立即发觉了这一点，顿时感到极其委屈。这样的开始绝不会有好的结局。终于，所有的人都坐了下来。

几乎就在大家刚刚从墓地回来的时候，拉斯科尔尼科夫走了进来。他的到来使卡捷琳娜·伊万诺芙娜欣喜欲狂，第一，因为他是所有客人中唯一一位“满腹经纶的人”，而且，“正如大家都知道的那样，两年以后他就将成为这里一所大学的教授”，第二，因为他一进门就彬彬有礼地向她道歉，说他尽管极其想去参加葬礼，但终于因事没能去成。她急切地迎上前去，请他坐在自己的左边（右边已坐着阿玛莉娅·伊万诺芙娜），尽管她忙得不亦乐乎，东奔西跑地张罗着，吩咐按规定的秩序上菜，并保证每个客人都有一份，尽管她痛苦不堪地咳个不停，时常咳得喘不过气来，也说不出话来，而且，最近这两天这咳嗽似乎变得特别厉害了，但她依旧一刻不停地跟拉斯科尔尼科夫说话，迫不及待地轻声向他倾诉心中郁积的全部情感，和因丧后酬客宴的徒劳无益而产生的合情合理的愤怒；而且，这种愤怒时常变为最酣畅淋漓、最无所顾忌的大笑，她嘲笑在座的客人，尤其是女房东。

“一切都怪这只布谷鸟①。您清楚，我说的是谁：是她，就是她呀!”于是，卡捷琳娜·伊万诺芙娜朝女房东那边点一点头，向他指明说的是谁，“您瞧瞧她吧：眼睛瞪得溜圆，已感觉到我们是在谈她了，但又搞不清我们说些什么，所以眼睛瞪得圆溜溜的。呸，猫头鹰！哈——哈——哈！……咳——咳——咳！她戴着这顶包发帽来摆什么阔呀！咳——

---

① кукушка（布谷鸟、杜鹃）是俄罗斯常见的一种鸟，俄罗斯最古老的传说称它为死亡的先知，因此俄罗斯人普遍认为它主凶，故有民谚：“кукушка-кукует, горе вещает”（布谷鸟叫，苦难到）。此外，它还象征忧愁的独身女人和对儿女的命运漠不关心的女人。此处为前一种意思，类似于我国民间所说的乌鸦。

咳——咳！您发现没有，她老是想让大家都认为，她是我的保护神，她参加酒宴是给足了我面子。我把她当作正派人，请她代我邀请几位颇有身份的客人，也就是亡夫的熟人，然而您瞧，她都请来了些什么人啊：一群小丑！一群邋遢鬼！您瞧瞧这个脸上脏兮兮的家伙：简直就是长着两条腿的饭桶！而这两个波兰人……哈——哈——哈！……咳——咳——咳！在这里，没有一个人，没有一个人，任何时候看见过他们，我也从来没看见过他们；那么，我请问您，他们来干什么呢？倒是挺循规蹈矩地坐成一排。潘涅，盖伊①！”她突然冲着他们当中的一个人大喊一声，“您吃过煎饼了吗？再吃一点嘛！喝啤酒啊，啤酒！要不要伏特加？您瞧：他跳起身来，在向我鞠躬致谢呢，您瞧，您瞧：他们准是饿极了，真可怜！没关系，让他们饱餐一顿吧。他们至少不吵吵嚷嚷的，只是……只是，真的，我倒是为女房东的那些银汤匙担心呢！……阿玛莉娅·伊万诺芙娜！”她突然近乎大声地对她说，“我把丑话说在前头，万一您的银汤匙被人偷走了，我可不负责任！哈——哈——哈！”她纵声大笑起来，又转脸朝着拉斯科尔尼科夫，又冲着女房东那边点一点头向他指明，并且为自己出格的言行而兴高采烈，“她搞不清楚，又搞不清楚！她大张着嘴傻坐在那里，您瞧：猫头鹰，活脱脱是只猫头鹰，一只系着新缎带的雌猫头鹰，哈——哈——哈！”

这时笑声又变成了一阵无法忍受的干咳，欲罢不能，持续了足足五分钟之久。手帕上留下了点点殷红的血迹，额头上渗出颗颗豆大的汗珠。她默然无语地让拉斯科尔尼科夫看了看血迹，但刚一喘过气来，就又马上乐此不疲地对他悄声细语起来，而且双颊上泛起了两片潮红：

“您瞧，我托付她办的可以说是一件最精细的事，也就是邀请那位夫人和她的女儿，您清楚我说的是谁吗？这件事需要最温和委婉的态度，最巧妙得体的方式，可她却把事情办得一塌糊涂，那个外地来的笨蛋，那个妄自尊大的骚货，那个一文不值的外省乡巴佬，只不过因为她是当地一个什么少校的寡妇，来这里申请一笔抚恤金，天天在政府机关里跑进跑出，连裙子的下摆都磨破了，她都已经五十五岁了，还画眉染发，搽脂抹粉的（这是众所周知的事情）……就是这样一个下贱骚货，不仅装大不来，而且也没派个人来道一声歉，即使来不了，在这种情况下最基本的礼貌也总该懂得吧！我无法理解，为什么彼得·彼得罗维奇也不

---

① 波兰文的音译，意即“喂，先生们！”

来？而索尼娅究竟在哪里呢？她又到哪里去了呢？啊，瞧她终于来了！怎么回事，索尼娅，你到哪里去啦？奇怪啊，你甚至连自己父亲的葬礼都不能准时参加。罗季昂·罗曼内奇，就让她坐在您身边吧。这是你的位子，索涅奇卡……你喜欢吃什么，就随便拿吧。吃点肉冻吧，这是最好吃的。煎饼这就送上来了。给孩子们也送了吗？波列奇卡，所有的东西你们那里都样样齐全吗？咳——咳——咳！唔，很好。廖尼娅，你要乖一点，而你呢，科里亚，别把两只小脚晃来晃去的；规规矩矩坐着，要像贵族家的孩子那样。你说什么呀，索涅奇卡？”

索尼娅赶忙向她转达了彼得·彼得罗维奇的歉意，她有意说得响亮一些，以便每一个人都能听到，并且使用的都是一些精心选择的最恭敬的词句，甚至故意模仿彼得·彼得罗维奇的口气，并进行了加工润色。她还补充说，彼得·彼得罗维奇特别关照要她转告的是，只要他一有空闲，他就会马上前来和她单独谈一些事情，并且商量一下今后可以做哪些事情，应该采取哪些措施，等等。

索尼娅知道，这样说会使卡捷琳娜·伊万诺芙娜心平气和一些，让她聊以自慰，感到心满意足，而主要的是——她的自尊心将因此得到满足。她匆匆向拉斯科尔尼科夫行了一个礼，便坐到他的身旁，并且飞快好奇地扫视了他一下。不过在此以后的时间里，不知何故她却一直既避免看他，也避免和他说话。尽管她双眼一直望着卡捷琳娜·伊万诺芙娜，尽力让她开心，但又显得似乎心不在焉。不管是她，还是卡捷琳娜·伊万诺芙娜都未穿孝服，因为家里没有孝服可穿；索尼娅穿着一件深褐色的衣服，卡捷琳娜·伊万诺芙娜则穿着自己那件唯一的带条纹的深色印花布连衣裙。关于彼得·彼得罗维奇的情况，顺顺当当地讲完了。卡捷琳娜·伊万诺芙娜得意扬扬地听完索尼娅的介绍后，又同样得意扬扬地问她：彼得·彼得罗维奇身体怎样？接着，马上几乎大声地对拉斯科尔尼科夫耳语道，假如彼得·彼得罗维奇这样令人尊敬、庄重体面的人会置身于“这群怪物”之中，那才真是咄咄怪事呢，尽管他诚心诚意地关心她这一家子，总是记着跟她父亲的老交情。

“这就是我特别感激您的缘故，罗季昂·罗曼诺维奇，因为在这种情况下，承蒙您屈尊前来，赏光给我这片待客的真情，”她几乎是大声补充道，“不过，我确信，您是出于对我那可怜的亡夫非同一般的深情厚谊，才前来履行自己的诺言的。”

然后她再次趾高气扬、神气活现地扫视了一下自己的客人，突然特别关心地隔着桌子大声问对面那个聋老头：“您是否还要一点烤肉？您是否已喝过里斯本葡萄酒了?”小老头没有回答，他好久都没听清楚别人在问他什么，尽管坐在他两边的人为了取笑，甚至推了他好几下。他只是张大嘴巴东张张西望望，这就更加惹得大家忍俊不禁了。

“瞧，简直是个糊涂蛋！您瞧，您瞧！究竟请他来干什么呢？至于彼得·彼得罗维奇嘛，那我是一直相信他的，”卡捷琳娜·伊万诺芙娜继续对拉斯科尔尼科夫说，“当然啦，他可不像……”她疾言厉色、毫不客气地对阿玛莉娅·伊万诺芙娜说，以致她被吓得胆怯起来，“不像您那两个打扮得妖里妖气、裙子下摆都拖到地上的贱货，这种人在先父家里就连当厨娘都不够格，而我的亡夫当然会赏她们一个脸，接受她们，不过那也仅仅是因为他宅心仁厚，广被一切。”

“是啊，他还喜欢喝酒；很爱这玩意儿，经常喝呢！”那个退职的军需官突然高声嚷了起来，说着一口喝光了第十二杯伏特加。

“亡夫确实有这个毛病，这是人尽皆知的，”卡捷琳娜·伊万诺芙娜就汤下面地抓住了他的话柄，“但他是一个与人为善、襟怀坦荡的人，热爱自己的家庭，尊重家里的人；唯一的不足是，他由于太菩萨心肠了，所以对任何道德败坏的家伙都深信不疑，天知道他跟什么人没一起喝过酒，就是那些连他的一只鞋底都不如的人，都和他一块喝酒呢！罗季昂·罗曼诺维奇，您知道吗，在他的口袋里我找到了一块公鸡形状的蜜糖饼干：醉得像个死人，可心里还惦记着孩子们呢！”

“公——鸡——形——的？您说的是：公——鸡——形——的？”那位军需官先生高声叫道。

卡捷琳娜·伊万诺芙娜根本就不屑于回答他。她不知又想起了一件什么事来，长叹了一声。

“您也许和大家一样，认为我对他太严厉了，”她转过脸来对拉斯科尔尼科夫继续说道，“然而实际上并非如此！他尊敬我，极其、极其尊敬我！他是一个心地善良的人！有时候真是觉得他可怜！常常，他就那么坐在角落里望着我，我真是十分心疼他，真想跟他亲热亲热，可回头一想：‘你一对他亲热，他就又会去喝得醉醺醺的，’只有对他严厉，才能多少管束住他一点。”

“是啊，常常揪他的头发，揪了多少次啊。”那位军需官又大声吼道，说着又往嘴里灌了一杯伏特加。

“对有些笨猪，不但要揪他的头发，而且要用笤帚揍他，这是大有好处的。我刚才指的并不是亡夫！”卡捷琳娜·伊万诺芙娜针锋相对地回敬军需官。

她两颊的潮红越来越浓艳了，胸脯也起伏不已。再过一分钟，她眼看就要跟人吵起来了。很多人都在嘿嘿地笑着，显而易见，这件事很令他们开心。有人开始轻轻推那位军需官，不知在跟他窃窃私语着什么。看得出来，这是存心挑起他们吵架。

“那么请——请——请问，您说这话是什么意思，”军需官开口说道，“也就是说，您指的是……哪一个……您刚才说的话是……其实，也用不着说了！小事一桩！一个小寡妇！一个小遗孀！我原谅您……我不放在心上！”说着他又干了一杯伏特加。

拉斯科尔尼科夫坐在那里，怀着厌恶的心情一言不发地听着。他只是出于礼貌，才吃几口卡捷琳娜·伊万诺芙娜不断地往他盘里放的菜肴，以免她见怪。他全神贯注地凝视着索尼娅。然而索尼娅越来越惊慌不安，忧心忡忡；她也预感到，丧后酬客宴是不会风平浪静地收场的，因此担惊受怕地注视着卡捷琳娜·伊万诺芙娜那怒火越来越高的神色。与此同时，她也知道，那两位外地来的女士之所以对卡捷琳娜·伊万诺芙娜的邀请嗤之以鼻，主要原因在于她索尼娅。她听阿玛莉娅·伊万诺芙娜亲口说，那位母亲甚至认为受到这一邀请是奇耻大辱，并且提出问题：“我怎么能让自己的女儿和这种女人坐在一起呢?”索尼娅预感到，卡捷琳娜·伊万诺芙娜对这件事情已经多多少少有所耳闻了，而侮辱她索尼娅，在卡捷琳娜·伊万诺芙娜看来，比侮辱她本人、侮辱她的孩子、侮辱她的父亲更让她切齿痛恨，总之，这是一种极大的侮辱。索尼娅也知道，现在卡捷琳娜·伊万诺芙娜是绝不会善罢甘休的，“她必定会向这两个裙子拖到地上的贱货证明，她们两个是什么……”等等，等等。这时，似乎是故意为之，有人从桌子的另一端递给索尼娅一个盘子，里面放着用黑面包捏成并且被一支箭穿透的两颗心。卡捷琳娜·伊万诺芙娜顿时满脸涨得通红，马上隔着桌子大声宣布，递盘子的人一定是“一头喝醉了的蠢驴”。阿玛莉娅·伊万诺芙娜也预感到情况不妙，同时卡捷琳娜·伊万诺芙娜的傲慢态度也使她打心底里感到委屈，为了缓解一下大家的不愉快心情，也顺便提高一下自己在大家心目中的地位，她突然无缘无故地开始讲起她熟人的一个故事来，说是“药店里的卡尔”有一天夜里坐了一辆马车出去，“马车夫想要杀调（掉）他，卡尔咳咳（苦苦）哀求马车夫千万别杀调（掉）他，他束手无怯（策），涕泪交楼（流），怕得要死，吓得心都像给刀子刺专（穿）了。”卡捷琳娜·伊万诺芙娜虽然也微微笑了一下，但又立刻指出，阿玛莉娅·伊万诺芙娜不应该用俄语说笑话。阿玛莉娅·伊万诺芙娜更加气恼，反驳说，她的“法特尔·阿乌斯·柏林①，是个希（极）其、希（极）其重要的银（人）物，走起路来双手总是摸进别人的口台（袋）里”。爱笑的卡捷琳娜·伊万诺芙娜实在是忍俊不禁了，不由得放声哈哈大笑起来，气得阿玛莉娅·伊万诺芙娜怒火冲天，好不容易才克制住自己。

“瞧，这只猫头鹰！”卡捷琳娜·伊万诺芙娜马上又对拉斯科尔尼科夫低声说道，她几乎又笑逐颜开了，“她本来想说：双手插进口袋里，但是却说成双手摸进别人的口袋里，咳——咳！您是否注意到，罗季昂·罗曼诺维奇，毫无疑问，所有这些侨居彼得堡的外国人，主要是那些不知从哪里跑到我们这里来的德国人，无一例外地都比我们愚蠢！您想想看，难道可以说‘药店里的卡尔吓得心都像给刀子刺穿了’，还说他（这个废物！）不是把那个马车夫捆起来，反倒‘束手无策，涕泪交流，怕得要死’。唉，真是个蠢女人！她还以为，她这个故事动人心弦，却没有料到，这样反而暴露了她的愚不可及！我认为，这个喝醉了酒的军需官都比她聪明得多；至少，可以看出，他是一个酒鬼，醉得不辨东西南北了，而这些人却全都正襟危坐，规行矩步……瞧，她坐在那里，眼睛瞪得圆溜溜的。她气涌如山呢！气涌如山呢！哈——哈——哈！咳——咳——咳！”

卡捷琳娜·伊万诺芙娜已经笑逐颜开了，她立刻津津有味地闲聊起各种琐事来，并且突然谈到，只要一领到抚恤金，她一定要用这笔钱在自己的故乡T市办一所贵族女子寄宿中学。关于这件事，卡捷琳娜·伊万诺芙娜还没有亲自告诉过拉斯科尔尼科夫，因此她马上心醉神迷地谈起办学的最诱人的细节来。不知怎的，她的手里突然冒出了一张“奖状”，也就是已故的马尔梅拉多夫在小酒馆里向拉斯科尔尼科夫提到过的那一张奖状，当时他告诉他，他的妻子卡捷琳娜·伊万诺芙娜从高等贵族女子学校毕业时，“在省长和其他社会名流面前”表演过披巾舞。这张奖状眼下显然可以证明，卡捷琳娜·伊万诺芙娜完全有资格创办女子寄宿学校；不过她把它拿出来的主要目的，是为了让万一来参加丧后酬客宴的“那两个穿得妖里妖气、裙子拖在地上的女人”开一开眼界，彻底杀杀她们的傲气，并且要清清楚楚地向她们证明，卡捷琳娜·伊万诺芙娜出身于一个最高贵的，“甚至可以说贵族的家庭，是上校的掌上明珠，比最近雨后春笋般纷纷出现的大批女冒险家要高贵得多”。奖状立即在喝

① 德文的音译，意为“父亲是柏林人”。

得醉醺醺的客人们中间飞快地传开了，卡捷琳娜·伊万诺芙娜对这件事并不加以阻止，因为这张奖状确确实实 en toutes lettres① 说明，她是曾经荣获勋章的七等文官的女儿，因而实际上几乎就是上校的千金小姐了。卡捷琳娜·伊万诺芙娜兴高采烈起来，立即不厌其烦地大谈特谈她未来在T市的美好而宁静的生活；谈到她将要聘请到寄宿学校任课的教师；还谈到一位受人尊敬的老头儿，法国人曼戈，他曾在高等贵族女子学校教过她卡捷琳娜·伊万诺芙娜的法语，现在他仍在T市安度晚年，只要付给他一点点报酬，他一定会去她那里工作。最后谈到了索尼娅，“她也会和卡捷琳娜·伊万诺芙娜一块儿到T市去，协助她照管一切”。可是就在这时，桌子的另一头突然有人扑哧地笑了一声。卡捷琳娜·伊万诺芙娜虽然马上极力装出一副对桌子那边的笑声不屑一顾的样子，但是也立刻故意提高了声音，喜形于色地说，索菲娅·谢苗诺芙娜无疑具有担任她的助手的条件和能力：“她温顺柔和，任劳任怨，富有自我牺牲的精神，品德高尚，而且很有教养。”说着她爱抚地拍了拍索尼娅的脸蛋，并欠起身来，热烈地吻了她两下。索尼娅的脸唰地变得绯红，而卡捷琳娜·伊万诺芙娜却突然哇的一声号啕大哭起来，接着又马上自己数说自己“是个神经脆弱的傻女人，而且伤心过度，丧后酬客宴该结束了，因为菜都已经上完吃光了，该送茶来了”。就在这时，阿玛莉娅·伊万诺芙娜由于在这场谈话的整个过程中完全插不上一句话，而且大家也根本不听她说话，因此忍无可忍了，她突然打算冒险孤注一掷，于是满怀忧虑地大胆向卡捷琳娜·伊万诺芙娜提出了一个很有实际意义、思深虑远的建议，即在未来的女子寄宿学校里，应该特别注意女孩们内衣（笛·威舍②）的清洁，而且“一定得有一位忠于职守的女士（笛·达美③）好好地照看内衣”，其次，“应该禁止所有的女孩子在夜里偷偷阅读任何小说”。卡捷琳娜·伊万诺芙娜确实心烦意乱，而且已经疲累至极，丧后酬客宴更是使她深恶痛绝，因此立即“猛然打断”阿玛莉娅·伊万诺芙娜的话，说她“一派胡言”，不懂装懂；说照管笛·威舍是女管理员的事情，无须贵族女子中学的校长操心；至于偷看小说，这种话本身简直就有伤大雅，请她还是趁早闭嘴为妙。阿玛莉娅·伊万诺芙娜的脸腾地涨得通红，她怒气冲冲地说，她完全是“一片好心”，是“一片大大的好

① 法文，意为“充分”。

② 德文的音译，意为“内衣”。

③ 德文的音译，意为“女士”“太太”。

心”，还说“住在这里，可格里德①很久很久没有交了”。卡捷琳娜·伊万诺芙娜立即“把话顶了回去”，宣称她说的“一片好心”纯属谎言，因为就在昨天，当死者还停放在桌子上的时候②，她早已拿房租来折磨她了。对于这个问题，阿玛莉娅·伊万诺芙娜据理力争，另加反击，说她“邀请了那两位女士，但那两位女士不愿来，因为那两位女士是高贵的夫人和小姐，不能到卑贱的女人这里来”。卡捷琳娜·伊万诺芙娜立即向她“强调指出”，由于她是一个肮脏的货色，因此根本就没有资格谈论什么是真正的高贵。阿玛莉娅·伊万诺芙娜再也无法忍受了，她立即声明，她的“法特尔·阿乌斯·柏林，是个希（极）其、希（极）其重要的银（人）物，走起路来双手总是摸进别人的口台（袋）里，并且嘴里总是不停地说：‘呸’、‘呸’”，为了栩栩如生地向大家展示自己法特尔的英姿，阿玛莉娅·伊万诺芙娜霍地从椅子上站起身来，把双手插进自己的口袋里，并且鼓起腮帮，嘴里发出含糊不清的声音，似乎是在说呸——呸，所有的房客都放声大笑，他们都预感到即将有一场争吵，因此故意叫好，为阿玛莉娅·伊万诺芙娜鼓劲助威。面对此情此景，卡捷琳娜·伊万诺芙娜也深感是可忍，孰不可忍了，她立即提高嗓门、“一字一顿、字字分明地”宣称，阿玛莉娅·伊万诺芙娜也许从来就没有什么法特尔，而实际上她阿玛莉娅·伊万诺芙娜——只不过是住在彼得堡的一个楚赫纳③女酒鬼，大概从前在什么地方当过厨娘，也许比这还要卑贱。阿玛莉娅·伊万诺芙娜的脸顿时红得像一只煮熟的虾子，她尖起嗓子大喊大叫说，说不定卡捷琳娜·伊万诺芙娜“根本就没有什么法特尔；而她确实有一位法特尔·阿乌斯·柏林，他穿着很长很长的礼服，并且嘴里总是不停地说：呸，呸，呸！”卡捷琳娜·伊万诺芙娜不屑一顾地指出，她的出身是众所周知的，这张奖状上就白纸黑字地印得分分明明，她的父亲是一位上校；可阿玛莉娅·伊万诺芙娜的父亲（假如她果真有个什么父亲的话），也许是个在彼得堡卖牛奶的楚赫纳人；而更为可能的是，她根本就没有父亲，因为至今还没有人弄明白过，她阿玛莉娅·伊万诺芙娜的父称是什么：是伊万诺芙娜呢，还是路德维希娜？这时阿玛莉娅·伊万诺芙娜已气得大发雷霆了，她用拳头不断捶打着桌子，尖声厉叫着，

---

① 德文的音译，意为“钱”。

② 俄罗斯习俗：死者未入殓前，先安放在长方形的饭桌上。

③ 对芬兰人的一种蔑称。

说她是阿玛丽—伊万①，而不是路德维希娜，她的法特尔“名叫约翰，当过市长”，而卡捷琳娜·伊万诺芙娜的法特尔“根本就从来没有当过市长”。卡捷琳娜·伊万诺芙娜从椅子上站起身来，用严厉但表面上显然从容不迫的语调（虽然她脸色苍白，胸脯剧烈地起伏不已）对她说，如果她还胆敢哪怕只是一次，“把她自己那个下流的父亲和她的父亲相提并论，那么她卡捷琳娜·伊万诺芙娜就要从头上揪下她的包发帽，把它踩得稀巴烂”。听了这话，阿玛莉娅·伊万诺芙娜气得满屋子乱窜，使出吃奶的劲儿拼命地高喊，说她是房东，让卡捷琳娜·伊万诺芙娜“立即从这所公寓里搬走”；接着又不知何故扑到桌子边把那些银汤匙全都收了起来。顿时，叫喊声、吵闹声震天动地；孩子们也哭了起来。索尼娅赶忙跑过去拦住卡捷琳娜·伊万诺芙娜，然而当阿玛莉娅·伊万诺芙娜突然大喊大叫什么黄色执照的时候，卡捷琳娜·伊万诺芙娜猛地推开了索尼娅，飞扑到阿玛莉娅·伊万诺芙娜跟前，打算立即把自己的那个威胁变为实际行动，揪下并踩烂她的包发帽。就在这时，房门打开了，门口突然出现了彼得·彼得罗维奇·卢仁。他站在那里，用威严的目光凝神扫视了一下所有的人。卡捷琳娜·伊万诺芙娜急忙奔向他身边。

三

“彼得·彼得罗维奇！”她高声喊道，“您可要保护我啊！请您让这个愚昧的贱货知道，不能这样对待一个惨遭不幸的高贵的夫人，这种行为是犯法的……我要去见总督大人本人……她要负一切责任……请您记住先父对您的热情款待，保护一下这些没爹的孩子吧。”

“对不起，夫人……对不起，对不起，夫人，”彼得·彼得罗维奇很不耐烦地挥手让她走开，“正如您知道的那样，我根本就未曾有幸认识令尊……对不起了，夫人！（有人哈哈大笑起来）我也不想干预您和阿玛莉娅·伊万诺芙娜旷日持久的争吵……我来这里，是为了自己的事情……我想马上跟您的继女索菲娅……伊万诺芙娜②……这样称呼，没错吧？跟她谈一件事。请让我进去……”

说着，彼得·彼得罗维奇侧身绕过卡捷琳娜·伊万诺芙娜，朝索尼娅站在那里的对面墙角走去。

---

① 这是不正确的俄语，正确的应为“阿玛莉娅·伊万诺芙娜”。

② 索尼娅的父称是谢苗诺芙娜，而非伊万诺芙娜，卢仁故意说错，以示轻蔑。

卡捷琳娜·伊万诺芙娜仿若霹雳击顶，站在原地一动也不能动。她无法明白，彼得·彼得罗维奇怎么能断然否认曾受过她父亲的热情款待。既然她杜撰了这种热情款待，她自己也就确信实有其事了。彼得·彼得罗维奇那种官腔十足、冷若冰霜、甚至不屑一顾的威胁的语气也使她大吃一惊。而且，他一露面，不知为什么大家就慢慢安静了下来。此外，这个“精明能干、一本正经”的人物与这一伙人反差极其强烈，显得相当不协调，而且看得出来，他是为了什么重要的事情，大概必定有什么非同寻常的原因，才使他屈尊来到这伙人中间，看来，马上就会发生什么事情，弄出什么名堂来。站在索尼娅身旁的拉斯科尔尼科夫侧身走开，让他过去；彼得·彼得罗维奇对他简直视若无睹。过了一会儿，列别贾特尼科夫也出现在门口；他没有走进屋里，但是也带着一种特殊的好奇心、一种近乎惊异的神情站在原地；他留神细听着，不过，他似乎很久都搞不清楚，这是怎么一回事。

“对不起，我也许要打断一下大家，但这件事情相当重要，”彼得·彼得罗维奇说，不知怎的，这话似乎是对大家而不是针对某一个具体的对象说的，“我甚至非常高兴当着大家的面谈这件事情。阿玛莉娅·伊万诺芙娜，我十分恳切地要求您以房东的身份，留心倾听我跟索菲娅·谢苗诺芙娜以下的谈话。索菲娅·谢苗诺芙娜，”他直接转向早已惊诧莫名、而且预先感到惶恐不安的索尼娅继续说，“您刚一离开我的朋友安德烈·谢苗诺维奇·列别贾特尼科夫的房间，放在我桌子上的我的一张一百卢布的钞票便无影无踪了。假如您，无论以什么方式知道并且向我们指明这钞票在什么地方，那么我以我的人格担保，并请这屋里的所有人做证，事情就到此为止。否则，我将被迫采取非常严厉的措施，那时……您就只能怨您自己了！”

屋子里一片寂静。就连哭哭啼啼的孩子们也鸦雀无声了。索尼娅站在那里，脸像死人一般苍白，望着卢仁，一句话都答不出来。她似乎还没有弄明白是怎么回事。几秒钟过去了。

“唔，那么究竟怎么办呢？”卢仁直盯盯地逼视着她问道。

“我不知道……我什么也不知道……”索尼娅终于用软怯怯的声音说。

“不知道？您不知道？”卢仁追问着，又沉默了几秒钟，“请您再想一想吧，小姐，”他说话的语调开始严厉起来，不过仍然像是在进行规劝，“好好想一想吧，我同意再给您一点时间好好考虑考虑。您要明白：如果我不是十拿九稳，那么，凭我的经验，我当然不会如此直截了当地冒险揭穿您；因为像这样直截了当的公开指控，如果是一种诬告，或者哪怕仅仅是错告，我本人都要负一定的责任的。我对此也是胸中有数的。今天早晨，因为急需用钱，我兑换了一些五厘的债券，票面总额是三千卢布。账目单就在我的皮夹子里。回家以后，我开始数钱，——安德烈·谢苗诺维奇对此可以做证，——我数了两千三百卢布，放进皮夹子里，又把皮夹子塞进常礼服侧面的口袋里。桌子上还剩下五百卢布左右的现钞，其中有三张现钞每张票面是一百卢布的。就在这时您来了（是应我的邀请来的）——后来您在我那里一直都坐立不安，甚至在谈话的过程中有三次站起身来，不知何故急于离去，尽管我们的谈话尚未结束。这一切，安德烈·谢苗诺维奇都可以做证。小姐，您自己大概也不会拒绝承认，我通过安德烈·谢苗诺维奇邀请您去我那里，唯一的目的是为了和您商谈一下您的亲人卡捷琳娜·伊万诺芙娜（我未能到她这里出席丧后酬客宴）孤苦伶仃、贫无所依的境况，筹划一下怎样为她做一些有益的实事，诸如募捐、抽彩之类的事情。您向我表示感谢，甚至流下了眼泪（我把事情的经过纤细无遗地如实说出来，第一，是为了帮您回忆起来；第二，是为了向您表明，任何细如毫发的事情都留在我的记忆里）。后来我从桌子上拿了一张十卢布的钞票递给您，作为我以个人的名义送给您亲属的第一次救济。这一切，安德烈·谢苗诺维奇都是亲眼看到了的。后来我送您到门口，——您还是那样心慌意乱，——您走了之后，只剩下我和安德烈·谢苗诺维奇两人单独相处，我们交谈了十分钟左右，安德烈·谢苗诺维奇就起身出去了，我又回到放着钞票的桌子跟前，准备把钱数好，照原先的安排另外存放。我大吃一惊的是，这堆钱中的一张一百卢布的钞票不翼而飞了。请您好好想一想吧：无论如何，我是不可能怀疑安德烈·谢苗诺维奇的，就连这样的猜测我都感到羞愧。我数错了，这也是不可能的，因为在您进来的一分钟前，我刚数完钱，发现总数是对的。您自己也会同意，回想起您的坐立不安，您的急于离去，以及您有一阵子把手放在桌子上；而且考虑到您的社会地位以及与这种地位同生共长的某些习惯，我可以说是不寒而栗地、甚至是违心地，不得不对您产生怀疑，——当然啰，这是十分残酷的，但却是极其公正的！我还要补充一句，并重申一遍，尽管我心中有数，我也明白，我现在的指控对我来说毕竟还是有几分冒险。不过，您看得出来，我是不会半途而废的，我会追根究底，直到真相大白，而且我要告诉您为什么这样做：唯一的，小姐，唯一的原因就是您太背恩忘义！怎么？我请您去是为了您那些一无所有的亲属的利益，并且还力所能及地资助了您十个卢布，而您却立竿见影地用这种行动来回报我为您所做的一切！不，这实在是太不知人间有羞耻事了！必须教训教训您。您好好考虑考虑吧；而且作为您的真正朋友，我请求您（因为此时此刻您不可能有更好的朋友），赶快幡然醒悟吧！否则，我就要铁面无情了！那么，怎么样呢？"

"我没有拿过您任何东西，"索尼娅战战兢兢地低声说，"您给过我十个卢布，您这就拿回去吧。"她从口袋里掏出一块手帕，找到打上结扣的地方，解开了它，拿出那张十卢布的钞票，伸手递给卢仁。

"那么，另外那一百卢布，您就断然不予承认了？"卢仁一追到底地责问道，他没有去接那张钞票。

索尼娅环视了一下四周。大家都以那样可怕、严厉、讥笑、憎恨的眼光看着她。她望了一眼拉斯科尔尼科夫……他在墙边站着，双手交叉抱在胸前，用灼热的目光注视着她。

"哦，上帝呀！"索尼娅情不自禁地脱口喊道。

"阿玛莉娅·伊万诺芙娜，应该到警察局去报案，因此，我恳切地要求您先派人去把看门人叫来。"卢仁轻声轻气、甚至和蔼可亲地说。

"格特·德尔·巴尔姆海尔齐格①！我早就知道，她爱偷东西！"阿玛莉娅·伊万诺芙娜拍舞着双手说。

"您早就知道了吗？"卢仁接过话题，"这样看来，您以前就至少已经有做出这种结论的某些根据了。最尊敬的阿玛莉娅·伊万诺芙娜，请您记住自己说的这句话，您这可是当着许多证人的面说的啊。"

屋子里的议论声顿时沸反盈天。人们都口沸目赤，群情激愤。

"什——什——么？"卡捷琳娜·伊万诺芙娜忽然醒悟过来，她大叫一声，仿佛离弦之箭，猛扑向卢仁，"什么！您指控她偷钱？您说这是索尼娅干的？啊呀，你们这些下流货，你们这些下流货！"说着，她奔到索尼娅面前，伸出两只瘦骨嶙峋的手臂，像老虎钳一般紧紧地抱住她。

"索尼娅！你怎么竟敢大胆收下他的十个卢布！噢，傻女儿啊！拿来给我！马上把这十个卢布拿来——好极了！"

于是，卡捷琳娜·伊万诺芙娜从索尼娅手中一把抢过钞票，在手里揉成一团，猛一挥手，照准卢仁的脸扔了过去。纸团击中了他的一只眼睛，弹落到地板上。阿玛莉娅·伊万诺芙娜赶忙跑过去拾起钞票。彼得·彼得罗维奇勃然变色了。

---

① 德文的音译，意为"仁慈的上帝"。

“把这个疯女人抓起来！”他大喊大叫起来。

这时，站在门口的列别贾特尼科夫的身边又增加了几张新的面孔，那两个外省来的女士也置身其中，她们也在探头探脑地往屋里张望。

“什么！叫我疯女人？我会是疯女人吗？蠢——猪！”卡捷琳娜·伊万诺芙娜尖起嗓子叫了起来，“你自己是个蠢猪，下流的讼棍，卑劣的小人！索尼娅，索尼娅会拿他的钱吗！索尼娅会是小偷吗！她还会把钱给你呢，蠢猪！”说着，卡捷琳娜·伊万诺芙娜歇斯底里地哈哈大笑起来。“你们见过蠢猪吗？”她前前后后左左右右地跑来跑去，一个劲地指着卢仁，让大家看。“怎么！你也跟着瞎嚷嚷！”她看见了女房东，“你这个卖香肠的婆娘①，你也出来帮腔做证，说索尼娅‘偷过东西’，你这下贱的女人，你这穿着钟式裙的普鲁士母鸡！哎呀，你们啊！哎呀，你们啊！她从你这个下流坯那里回来以后，就马上坐到罗季昂·罗曼诺维奇的旁边，一直待在那里！……你们尽管搜她的身上！既然她寸步未离地坐在这里，那么，钱应该就在她的身上！你们搜吧，搜哇，搜哇！只是你如果搜不出来，那可就对不起了，亲爱的，你就得负责任！我要去见皇上，去见皇上，去见仁慈的沙皇本人，跪在他的脚下，我这就去，今天就去！我是一个孤苦伶仃的女人！他们会放我进去的！你以为，他们不会放我进去吗？你瞎说，我会进去的！我会如愿以偿的！你以为她温柔和顺，就可以打她的坏主意吗？然而，老兄，我可是个一身是胆，无所畏惧的人！你的算盘打错了！你快搜啊！搜呀，搜呀，你倒是搜呀！”

卡捷琳娜·伊万诺芙娜义愤填膺，揪住卢仁，把他往索尼娅跟前猛推。

“我是打算搜的，也愿意负责……然而，夫人，请您少安毋躁，请您少安毋躁！……我十分清楚，您是一个一身是胆，无所畏惧的人！……这……这……这怎么办呢？”卢仁嘟嘟哝哝着，“这种事应该有警察在场……尽管现在的证人已绰绰有余……我愿意……然而，不管怎么说，男人毕竟不太方便……因为性别不同啊……如果阿玛莉娅·伊万诺芙娜愿意帮忙……虽然，说实话，真不应该这么做。这可怎么办呢？”

“您想叫谁就叫谁！谁愿意搜，就让谁来搜好了！”卡捷琳娜·伊万诺芙娜高叫道，“索尼娅，翻出口袋来让他们看！瞧啊，瞧啊！您看啊，

① 当时彼得堡的香肠店几乎都是德国人开的，因此骂德国人时，都叫他们“卖香肠的”。

恶魔，空空的，这里是一块手帕，口袋里空无一物，您看见了吧！这是另一只口袋，瞧啊，瞧啊！您看见了吗！您看见了吗！”

卡捷琳娜·伊万诺芙娜不是把两只口袋一只紧接一只地翻过来的，而是猛一使劲拉出来的。然而从第二个口袋，即右边的那只口袋里，突然蹦出了一张钞票，在空中划了一道抛物线，落到了卢仁的脚旁。大家都目睹了这一情景；很多人异口同声地惊叫起来。彼得·彼得罗维奇俯身用两个手指从地上拈起钞票，高高举起让大家看，然后把它打开。这是一张折作八层的一百卢布。彼得·彼得罗维奇高举着那只手转了一圈，让大家都看清那张钞票。

“小偷！从屋子里滚（滚出去）！讲（警）察！讲（警）察！”阿玛莉娅·伊万诺芙娜声嘶力竭地叫喊着，“应该把他们都驱赶（流放）到西伯利亚去！滚！”

惊呼声、叫骂声从四面八方响起。拉斯科尔尼科夫一言不发，一双眼睛直直地望着索尼娅，有时又飞快地瞥一眼卢仁。索尼娅依旧站在原地，呆若木鸡：甚至几乎丧失了惊讶的感觉。突然，一片红晕涨满了她的整个面颊；她惊叫了一声，并且用双手捂住了脸。

“不，这不是我干的！我没有拿！我不知道！”她发出了撕心裂肺的号叫，并且扑进卡捷琳娜·伊万诺芙娜怀里。卡捷琳娜·伊万诺芙娜一把抱住她，紧紧地搂在胸前，似乎想用自己的胸膛来保护她免遭他人的伤害。

“索尼娅！索尼娅！我不信！你要知道，我不信！”卡捷琳娜·伊万诺芙娜高声说道（尽管这是众目昭彰的事情），她用双手紧紧地抱住索尼娅，像摇小孩一样使劲摇着她，一次又一次地频频吻她，又抓住她的两只手没完没了地吻个不休。“说你偷钱！这些人简直是愚不可及啊！噢，上帝啊，你们真是愚不可及，愚不可及哪，”她冲大家高喊着，“你们还不知道，还不知道，这是怎样的一颗心灵，这是怎样的一个姑娘！她竟会偷钱，她！如果你们需要的话，她为了济人之难会脱下自己身上的最后一件衣服，光着脚去把它卖掉，再把钱送给你们，瞧啊她就是这样一个姑娘！因为我的孩子啼饥号寒，她甚至去领了黄色执照，她完全是为了我们才去出卖自己的呀！……哎哟，死鬼，死鬼呀！哎哟，死鬼，死鬼呀！你看见了吗？你看见了吗？这就是为你办的丧后酬客宴！上帝啊！你们倒是保护保护她呀，究竟为什么光是站着呢！罗季昂·罗曼诺维奇！你为什么不出来主持正义啊？难道连您都不相信她？你们连她的一个小指头都抵不上，你们所有的人，所有的人，所有的人，所有的人！上帝啊！最后只好请您保护她了！”

可怜兮兮、患有痨病、孤苦无依的卡捷琳娜·伊万诺芙娜的哭诉，似乎深深地打动了所有在场的人。在这张痛苦得变了样的、黄瘦憔悴的痨病患者的脸上，在这两片枯干、凝着血迹的嘴唇上，在这一串声嘶力竭的叫喊声中，在这一阵好似孩子啼哭的抽噎声里，在这轻信、天真同时又十分绝望的祈求保护的哀告声内，包含着多少不幸和痛苦啊，因而，大家都似乎怜悯起她来。至少，彼得·彼得罗维奇马上就怜悯起她来。

“夫人！夫人！”他娓娓动听地叫道，“这件事与您毫无关系！没有任何人会指控您是教唆者或同谋者，何况正是您翻出口袋，使这事昭然若揭：由此可见，您原先一无所知。如果可以说是贫困逼迫索菲娅·谢苗诺芙娜这样做的话，那我极其、极其怜悯她，然而，小姐，您为什么不愿承认呢？是怕丢脸吗？是头一次干这种事吗？也许，是惊慌失措了？事情是丁一确二的；也是彰明较著的……然而，为什么要干这种坏事呢！诸位！”他对在场的所有人说道，“诸位！我怜悯她，而且，可以这么说吧，深深地同情她，因此，就是现在，我准备原谅她，尽管我个人受到了人身侮辱。小姐，但愿您能把现在的耻辱作为今后的教训，”他对索尼娅说，“一切到此为止，我不再继续追究，好吧，这事就结束了。够了！”

彼得·彼得罗维奇瞟了一眼拉斯科尔尼科夫。他们的目光碰在一起了。拉斯科尔尼科夫那怒火灼灼的目光似乎要把他烧成灰烬。而此时此刻，卡捷琳娜·伊万诺芙娜仿佛已再也听不到任何声音了：她像疯子般地紧抱住索尼娅，并且吻个不休。孩子们也从四面八方纷纷伸出自己的小手去拥抱索尼娅，而波列奇卡呢——虽然还不完全明白究竟是怎么一回事，——则失声痛哭，泪流满面，并且把自己那哭肿了的美丽的小脸蛋紧贴在索尼娅的肩上。

“这是多么卑鄙的勾当啊！”突然从门口传来了一声高呼。

彼得·彼得罗维奇赶忙回头张望。

“多么卑鄙的勾当！”列别贾特尼科夫目光灼灼地盯着他的眼睛，重复了一句。

彼得·彼得罗维奇甚至似乎颤抖了一下。这一点大家都看得清清楚楚（后来大家都回忆起了这一情景）。列别贾特尼科夫大步跨进了房间。

“而且您竟然还敢让我做证人？”他逼近彼得·彼得罗维奇说。

“这是什么意思，安德烈·谢苗诺维奇？您说的是什么呀？”卢仁嘟嘟囔囔着。

“我的意思就是，您……是个栽赃诬陷者，这就是我说的意思！”列别贾特尼科夫口沸目赤地说，用那双高度近视的眼睛严厉地逼视卢仁。他感到义愤填膺。拉斯科尔尼科夫眼睛一眨也不眨地凝望着他，似乎要竭力抓住他说的每一个字，并且好好掂量掂量。又是一片寂静浓浓地笼罩着屋子。彼得·彼得罗维奇甚至几乎乱了阵脚，特别是最初那一刹那。

“如果您这话说的是我……”他结结巴巴地说，“您究竟是怎么回事？您神经正常吧？”

“我神经正常得很，而您倒是个……骗子！哎呀，这是多么卑鄙啊！我一直在听着，我一直故意等着，以便把一切都弄个一清二楚，因为，说实话，直到现在这件事也并不完全合乎逻辑……您究竟为什么设下这个圈套——我还不明白。”

“我到底干了什么呀！您别再打什么一派胡言式的哑谜了！也许，您是喝醉了酒？”

“真的喝醉了酒的，也许是您这个卑鄙的小人呢，而不是我！我向来滴酒不沾，因为这违背我的信念！你们要知道，是他，是他自己亲手把这张一百卢布的钞票送给索菲娅·谢苗诺芙娜的，——我亲眼所见，我可以做证人，我可以发誓！是他，就是他！”列别贾特尼科夫对在场的所有的人，对每一个人一再强调。

“您真是发疯了还是怎么的，您这个乳臭未干的小子？”卢仁尖叫起来，“她本人就在这里，就站在您的面前，——刚才她已当着大家的面亲口承认，除了那十个卢布，她再也没有从我手里收受过任何东西。既然如此，这一百卢布我到底又是怎样给她的呢？”

“我亲眼所见，亲眼所见！”列别贾特尼科夫高声证明道，“尽管这违背我的信念，然而我愿意立即就到法庭上起誓，无论起什么誓都行，因为我亲眼见到，您怎样偷偷地把钱塞给她！只不过我是一个傻瓜，我还满以为您塞钱给她是出于善行义举呢！在门口您和她道别，她刚一转身，您便用一只手握住她的手，却用另一只手，也就是左手，偷偷地把钞票塞进她的口袋里。我看见了！我看见了！”

卢仁的脸唰地变得惨白。

“您在胡说什么啊！”他气势汹汹地喝道，“您站在窗户旁边，您怎么能看清钞票呢！您眼睛高度近视……您准是看花了眼。您在胡说八道！”

“不，根本没有看花眼！虽然我站得远些，但我看见了一切，什么都看见了，虽然从窗户旁确实很难看清钞票，——这一点您说得很对，然而，由于一个特殊情况，我清清楚楚地知道，这正是那张一百卢布的钞票，因为在您把那张十卢布的钞票递给索菲娅·谢苗诺芙娜的时候，——我亲眼看见，——您当时还从桌子上拿了一张一百卢布的钞票（这个动作我看见了，因为我当时站得离您不远，也因为我脑海中立刻冒出一个想法，因此我也就牢记在心，您手里有这么一张钞票）。您把它折叠起来，自始至终紧紧地捏在手心。后来我本来已忘记这事了，然而当您站起身来的时候，把这张票子从右手换到左手，差点儿掉了下来；我马上又想起了这事，因为我的脑海中竟然又立即冒出了那个想法，这就是您打算瞒着我偷偷地用钱帮助她。您可以想象得到，我自然会开始注意您，——这样我就看见了，您怎样成功地把钱塞进她的口袋里。这是我亲眼所见，亲眼所见，我可以起誓！"

列别贾特尼科夫几乎喘不过气来。屋子里响起了各种各样的感叹声，大多数是惊叹声；不过也可以听到饱含威胁的叫喊。所有的人都挤着逼向彼得·彼得罗维奇。卡捷琳娜·伊万诺芙娜则奔向列别贾特尼科夫。

"安德烈·谢苗诺维奇！我错怪您了！您保护了她！只有您一个人在保护她！她孤苦无依，是上帝派您来的！安德烈·谢苗诺维奇，亲爱的，我的好兄弟啊！"

说着，卡捷琳娜·伊万诺芙娜几乎忘了自己在做什么，竟然扑通一声跪倒在他的面前。

"荒唐之极！"气得暴跳如雷的卢仁咆哮起来，"您简直是一派胡言，先生。'我忘记了，又想起来了，又忘记了'——这是什么话！这么说，是我故意塞给她的啰？为了什么呢？有什么目的呢？我和这个女人……有何牵扯呢？"

"为了什么？这正是我自己也搞不明白的地方，但我说的是确凿不移的事实，这是毋庸置疑的！我根本没有弄错，您这个卑鄙透顶的罪犯，因为我正好记得，当我握住您的手对您表示感谢的时候，正是这件事使我的脑子里立即产生了一个疑问。究竟为什么您偏偏要把钞票偷偷塞进她的口袋里？也就是说，究竟为什么偏偏要偷偷地塞进去？难道仅仅是试图瞒过我吗，因为您知道我与您信念截然不同，知道我反对无法从根本上解决任何社会问题的个人慈善行为？我还满以为您真的不好意思当着我的面把这么一大笔钱送给她，此外，我还想到，也许他是想给她一个意外的惊喜吧，让她在自己的口袋里发现一张整整一百卢布的钞票时喜出望外吧（因为有些慈善家就喜欢这样唯恐别人不知地大肆渲染自己的一点点善行；这我知道）。后来我又琢磨着，您是想考验考验她，也就是说，当她发现钞票以后，会不会来感谢您！后来我又想到，您是有意躲避别人的感谢，唔，正像俗话所说的那样，不让右手知道[1]，对吧……总而言之，有如此这般的一些想法……唔，当时我的头脑里冒出的想法还真不少呢，因此我决定以后把这些想法好好琢磨琢磨，不过，我始终认为，当着您的面捅破这层纸，告诉您我知道这个秘密，是很不礼貌的。然而，我的脑子里又立即产生了一个问题：索菲娅·谢苗诺芙娜在发现钞票之前，说不定会把它弄丢；因此我决定到这里来，把她叫到外面，告诉她，有人在她口袋里塞了一百卢布。我顺路先去了一趟科贝利亚特尼科夫太太家里，把一本《实证法概论》[2] 带给他们，并且特别向他们推荐了皮德里特[3]的文章（不过，也推荐了瓦格纳[4]的文章）；接着，便来到这里，但是这里却发生了什么样的事啊！如果没有亲眼看见您把一百卢布塞进她的口袋，那么，我可能产生这些想法，会有这些推断吗？”

安德烈·谢苗诺维奇结束了自己冗长啰嗦的谈论，最后得出了这样一个合乎逻辑的结论，这时他已经筋疲力尽了，甚至汗流满面，往下直滴。唉，即使用俄语他也不能清清楚楚地表达自己的思想（然而，他又不懂其他任何一种语言），因此他一下子就感到疲惫不堪了，在完成了辩护人的这一功绩后，甚至连脸蛋儿都似乎变得消瘦了。不过，他的这番话产生了极其强烈的效果。他说得如此激情盈溢，如此令人信服，看来，所有的人都相信了他的话。彼得·彼得罗维奇感到情况不妙。

“您头脑里产生一些什么愚蠢问题，与我毫无关系，”他大喊大叫着，“这不是证据！您说的这些大概全都是梦中呓语，如此而已！可我得警告您，您满口谎言，先生！您血口喷人，您蓄意诽谤，这是因为您对我怀恨在心，而您对我怀恨在心又是因为我不赞同您那些自由主义的、无神论的社会观点，就是这么回事！”

然而这一诡辩并没有给彼得·彼得罗维奇带来什么好处。相反，满屋子都响起了愤愤不平的低语声。

---

① 俄语成语，其全句为“左手不知道右手在干什么”，典出《圣经·新约全书·马太福音》第6章第3节：“你施舍的时候，不要叫左手知道右手所做的，要叫你施舍的事行在暗中……”意即不要夸耀自己的善行。

② 这是1866年译成俄文出版的自然科学论文集。

③ 特·皮德里特（1826—1912），德国的医生，作家。

④ 阿·瓦格纳（1835—1917），德国财税学家、经济学家、社会学家，社会政策学派财政学的集大成者和资产阶级近代财政学的创始人。代表作有《政治经济学教程》（1876）、《财政学》（1877—1901）。

“啊，你这是扯到哪里去了！”列别贾特尼科夫高叫起来，“你才是胡说八道呢！你尽管叫警察来好了，我可以发誓！只有一点我搞不明白：他为什么要冒险干出如此卑鄙拙劣的勾当！噢，真是个可怜而又无耻的家伙！”

“我可以解释清楚他为什么要冒险干这种勾当，而且，如果需要，我也可以起誓！”拉斯科尔尼科夫终于毅然决然开口说话了，并且走向前来。

他看上去坚决而又沉着。大家一看他这副神情，不知怎的立即就都明白，他确实知道是怎么回事，问题就要彻底澄清了。

“现在我把一切都彻头彻尾地搞清楚了。”拉斯科尔尼科夫转头径直对列别贾特尼科夫接着说道，“事情刚一开始我就怀疑，这里面有某种卑鄙的阴谋；我产生怀疑，是因为有一些只有我独自一人知道的特殊情况，现在我就把这些情况告诉在场的诸位：打开整个闷葫芦的钥匙就在其中！安德烈·谢苗诺维奇，您那宝贵的证词使我豁然开朗，弄清了一切真相。请诸位，请在场的诸位仔细听着：这位先生（他指了指卢仁）不久前曾向一位少女，也就是舍妹阿芙多季娅·罗曼诺芙娜·拉斯科尔尼科娃求婚。然而，他来到彼得堡以后，就在前天，在我们第一次见面的时候，和我大吵了一架，我把他从自己屋里轰了出去，有两个人可以证明这事。这个人简直是丧尽天良……前天我还不知道他就住在这所公寓里，就住在您，安德烈·谢苗诺维奇屋里，因此在我们大吵一场的那天，也就是前天，他看见我作为已故的马尔梅拉多夫先生的朋友，送给他的夫人卡捷琳娜·伊万诺芙娜一些钱，作为亡友的安葬费用。他立即给家母写了一封便函，通告说我把所有的钱不是给了卡捷琳娜·伊万诺芙娜，而是给了索菲娅·谢苗诺芙娜，同时还用最下流的词句提到……索菲娅·谢苗诺芙娜的人品，确切些说就是对我与索菲娅·谢苗诺芙娜的关系的性质进行了某些暗示。你们一目即可了然，这一切都是为了挑起我们母子、兄妹之间的争端，使她们相信，我思想龌龊，把她们帮助我的最后一点钱全都挥霍一空。昨天晚上，我当着他的面，向家母和舍妹讲述了事情的原委和真相，向她们证明这笔钱是送给卡捷琳娜·伊万诺芙娜作安葬费用的，而并非送给了索菲娅·谢苗诺芙娜，并且前天我还根本不认识索菲娅·谢苗诺芙娜，甚至连她的面都没有见过。同时，我还补充说，他，彼得·彼得罗维奇·卢仁，即使加上自己的全部优点，还抵不上他蓄意诋毁的索菲娅·谢苗诺芙娜的一个小指头。他竟然问我：我是否会让索菲娅·谢苗诺芙娜跟舍妹坐在一起？我答道，我早已这样做了，就在当天我已经这样做了。家母和舍妹没有听信他说我的那些不实之词，并未对我大加责骂，这使他恼羞成怒，于是开始出言不逊，接二连三地说了一些不堪入耳的粗话。这就导致了关系的彻底破裂，他被从屋里赶了出去。所有这一切就发生在昨天晚上。现在我请在场的诸位特别注意：请你们设想一下，假如现在他的阴谋能够得逞，证明索菲娅·谢苗诺芙娜是个小偷，那么，首先，他就可以向舍妹和家母证明，他对她的那些恶语中伤几乎是毫发不爽的；那么，他对我把舍妹和索菲娅·谢苗诺芙娜同等视之而戟指怒目也就是至当不易的；因此，他对我大加攻击，也就正是对舍妹，也即其未婚妻的名誉进行预先保护，使之得到保全。总而言之，通过这一切，他可以重新挑起我与亲人的矛盾。当然啰，他也指望再次赢得她们的好感。更不用说，他还借此对我个人进行了报复，因为他有理由认为，索菲娅·谢苗诺芙娜的名誉和幸福对我来说是十分珍贵的。这就是他处心积虑干这事的全部老底！我对这件事的看法就是如此！这就是他这样做的全部原因所在，再不可能有别的原因！”

拉斯科尔尼科夫就是如此或者几乎就是如此结束了自己的发言，他的话不时被那些专心致志地倾听的人们的惊叹声打断。不过，尽管他的话不时被打断，他还是说得尖锐激烈，沉着冷静，语语中的，有板有眼，坚定果敢。他那斩钉截铁的声音，令人信服的语调和铁面无私的神态对所有的人都产生了极其强烈的作用。

“对啊，对啊，就是这样！”列别贾特尼科夫欣然地肯定道，“这件事应该就是这样的，因为索菲娅·谢苗诺芙娜刚走进我们的房间，他就问我，您是否在这里？我是否在卡捷琳娜·伊万诺芙娜的客人中看见过您？为此，他还把我叫到窗前，偷偷盘问。由此可见，他需要的是您必须在这里！就是这么回事，百分之百就是这么一回事！”

卢仁一言不发，脸上露出鄙夷的微笑。不过，他的脸色煞白煞白。他似乎正在考虑怎样逃之夭夭。也许，他满心希望丢开这一切，溜之大吉，然而此时此刻这已经是绝不可能了；这就等于直接承认对他的上述指控是千真万确的，承认他对索菲娅·谢苗诺芙娜确确实实是含血喷人。何况本来就已喝得酒醉醺醺的来客，都已群情激愤。那个军需官虽然还没有把全部情况搞清楚，但却比谁叫得都凶，并且提出了几个使卢仁十分难堪的处置办法。不过也有一些不曾喝醉的人；所有的房客都倾巢出动，一齐聚集在这里。三个波兰人横眉怒目，不停地对他高喊：“潘涅·

莱达克[1]!”同时还用波兰语叽里咕噜了一大通威胁性的话。索妮娅紧张兮兮地留神听着，可是也似乎没有完全搞清是怎么回事，仿佛刚从昏迷中苏醒过来似的。她只是眼睛一眨也不眨地望着拉斯科尔尼科夫，把他当作自己的唯一的保护者。卡捷琳娜·伊万诺芙娜艰难地呼吸着，发出呼哧呼哧的声音，看来，已经累得筋疲力尽了。阿玛莉娅·伊万诺芙娜大张着嘴，傻头傻脑地站在那里，什么也弄不明白。她只是看到，彼得·彼得罗维奇不知为什么被人们群起而攻之。拉斯科尔尼科夫本来打算请求再说几句话，但他已经无法把话说完：大家大喊大叫着，把卢仁团团围住，纵情辱骂，高声威胁。然而彼得·彼得罗维奇并不是个胆小如鼠的人。他看到诬陷索尼娅一事已经情见势屈，于是干脆耍起无赖来。

“劳驾让一让，先生们，劳驾让一让；请别挤，让我过去!”他一边说，一边从人丛中挤过去，“劳驾，请你们别威胁我；老实告诉你们，什么事都不会有的，你们只是白费力气，我可不是一个胆小怕事的人，恰恰相反，先生们，你们终究得承担一切后果，因为你们用暴力强行把一件刑事案件掩盖起来了。这个女小偷既然已经被彻底揭露了，我就将诉诸法律。法官们可不是这样瞎眼的，也……不会喝得醉醺醺的，更不会相信这两个臭名远扬的无神论者、捣乱分子和自由主义者的无稽谰言，他们指控我，是为了泄私怨报私仇，对此他们自己已愚不可及地亲口供认不讳了……对了，劳驾让一让路!”

“请您这就马上从我的房间里滚出去，滚得远远的；请您立刻搬走，咱们两人就此恩断义绝，分道扬镳！这真叫我痛心疾首啊，我都累得几乎脱了一层皮，给他讲析了……整整两个星期！……”

“安德烈·谢苗诺维奇，不久前我就主动对您提出过让我搬走，可您当时把我挽留了下来；现在我只想补充一句话：您是个笨蛋！但愿您能治好您的蠢里蠢气和高度近视。还得劳驾让一让路，先生们!”

他从人丛中挤了出去；然而那位军需官却不愿让他仅仅挨几声骂，就这么轻而易举地放走他：他从桌子上抓起一只玻璃杯子，挥手扔向彼得·彼得罗维奇；但玻璃杯却直接击中了阿玛莉娅·伊万诺芙娜。她发出了一声尖叫，而那位军需官却由于用力过猛，失去了平衡，重重地跌倒在桌子下面。彼得·彼得罗维奇回到了自己的房间，半个小时后，他便离开了这幢公寓。索尼娅天生胆小，她很久以前就知道，她比任何人

---

① 波兰文的音译，意为“这个先生是个坏蛋”。

都更容易受到伤害，并且谁都可以欺侮她而几乎不会受到惩罚。然而直到此刻之前，她总是觉得，灾难不管怎样还是可以设法避免的——只要她对所有的人，对每一个人都小心翼翼、笑脸相迎、温和驯顺。然而她失望至极。当然，她可以含垢忍辱，而且可以几乎毫无怨言地对一切都逆来顺受——甚至包括刚刚发生的这件事。不过，在最初的那一刻她还是感到创巨痛深。尽管她赢得了胜利，洗雪了冤屈，——然而在此惊魂甫定、噩梦初醒之际，当她对事情的真相洞若观火，了如指掌以后，——一种孤苦无助、备受欺凌的感觉使她心如刀割，痛苦不堪。她的歇斯底里发作了。她终于无法忍受，飞奔着冲出房间，跑回了家里。这件事几乎就发生在卢仁刚刚离开后。那只玻璃杯打中了阿玛莉娅·伊万诺芙娜，引起了在场众人的哄堂大笑，平白无故地代人受过，使她再也无法忍受了。她像发了疯似的尖叫着扑向卡捷琳娜·伊万诺芙娜，把她当作了罪魁祸首：

“从公寓里搬出去！马上就搬！快滚！”她一边吼着，一边把随手抓到的卡捷琳娜·伊万诺芙娜的一切物品，全都扔到地上。卡捷琳娜·伊万诺芙娜本来就已经痛心入骨，几乎处于昏迷状态，这时她气喘吁吁、脸白如纸地从床上一跃而起（她本已筋疲力尽地倒在床上），也向阿玛莉娅·伊万诺芙娜扑去。然而搏斗双方的力量太过悬殊；阿玛莉娅·伊万诺芙娜像弹掉一根鸡毛一样，轻松不过地把她推开了。

“怎么！肆无忌惮地诬陷别人还嫌不够，——这个骚货竟然还要跟我过不去！怎么！就在我丈夫安葬这一天，就在我的酒席上吃饱喝足之后，竟然要把我们这些孤儿寡母逐出家门，赶到大街上去！可我能到哪里去呢！”可怜的女人号啕大哭，边哭边喊，搞得上气不接下气。“上帝啊！”她突然高叫一声，两眼灼灼发亮，“难道就没有公道了吗！假如不保护我们这些孤儿寡母，你究竟保护谁呢？好吧，咱们走着瞧吧！这世上有着法律和真理，必定有着，我定能找到！我这就去找，你等着吧，你这忍心害理的骚货！波列奇卡，你留下来照看弟弟妹妹，我马上就回来。等着我吧，哪怕在大街上也要等着我！咱们走着瞧吧，看看世界上究竟有没有真理？”

说着，卡捷琳娜·伊万诺芙娜把已故的马尔梅拉多夫在谈话中提到过的那块绿色德拉德达姆细呢头巾披到头上，挤开那些依旧聚集在房子里的乱哄哄、醉醺醺的房客，涕泗滂沱地号叫着跑到了街上——她怀着一个朦朦胧胧的目标，下定决心要立即行动，无论如何也要在某个地方马上找到公道。波列奇卡吓得胁肩累足地带着孩子们躲到角落里的一个箱子上，她双手抱着两个年幼的弟妹，浑身瑟瑟发抖，等待着母亲回来。阿玛莉娅·伊万诺芙娜在屋子里东跳西蹿，尖声高叫，数数落落，把随手抓到的任何东西统统往地板上乱扔，尽情胡闹发泄。房客们你一言我一语，高声吵嚷，各不相让，——有的就其理解，口沫横飞地谈论着发生的事情，有的各执己见，争论不休，骂骂咧咧，有的索性放开嗓子，唱了起来……

“而现在，我也该走了！”拉斯科尔尼科夫心想，“嘿，索菲娅·谢苗诺芙娜，我倒要看看，您现在还有什么话说！”

于是他向索尼娅的住处走去。

四

拉斯科尔尼科夫是索尼娅这边反驳卢仁的一个积极活跃、勇敢大胆的辩护人，尽管他自己心惊肉跳，愁肠百结。不过，在早晨饱经折磨之后，他确实很高兴有机会改变一下自己那已坏得难以忍受的心情，至于他挺身而出为索尼娅进行辩护所包含的强烈、真挚的个人感情，那就更不用说了。除此之外，还有一件事使他萦心挂肚，念念不忘，有时甚至使他惶恐不安，这就是他即将与索尼娅单独见面：他必须告诉她，是谁杀死了莉扎薇塔，他预感到自己会有剜心割肺般的痛苦，于是拼命挥手，似乎试图赶走它。因此，当他从卡捷琳娜·伊万诺芙娜家里走出来时，高声感叹道：“嘿，索菲娅·谢苗诺芙娜，我倒要看看，您现在还有什么话说！”显然，当时他表面上依旧处于那种意气风发、斗志昂扬、为刚才战胜卢仁而春风得意的兴奋状态。然而，现在他身上却发生了一件奇怪的事情。当他走到卡佩尔纳乌莫夫的住处时，突然觉得自己全身乏力，张皇失措。他若有所思地站在房门口，心里蹦出了一个稀奇古怪的问题：“是否应该告诉她，是谁杀害了莉扎薇塔呢？”这个问题是稀奇古怪的，因为与此同时他突然觉得，他不仅无法不告诉她，而且哪怕稍稍推迟那么一丁点儿告诉她的时间，也是绝对不行的。为什么绝对不行，他还不知道；他只不过是感觉到这一点而已，他还痛苦不堪地意识到，自己在必然面前是完全软弱无力的，这一感觉压得他万分沮丧。为了不再趑趄不前，不再徒自折磨，他迅速推开门，并从门口望了索尼娅一眼。她坐在那里，胳膊肘支在小桌子上，双手捧着脸，然而，一见到拉斯科尔尼科夫，便飞快地站起身来，走上前来迎接，似乎正在等候着他。

“要不是您，我真不知道自己会怎样呢！”当他们在屋子中间会合时，她赶忙说。显而易见，她急不可耐地想对他说的只是这一句话。她正是为此在等候着他。

拉斯科尔尼科夫走到桌子边，坐在她刚才坐过的那把椅子上。她站在与他相距两步远的地方，这情形和昨天一模一样。

“您说什么呀，索尼娅？”他说道，并突然感到自己的声音在发抖，“要知道，整个事情的关键就是所谓的‘社会地位以及与这种地位同生共长的某些习惯’。您刚才是否明白了这一点？”

她的脸上露出了痛苦的表情。

“我只想请您别像昨天那样跟我说话！”她打断了他的话，“请您别再说了。就是这样，痛苦也已经够多的了……”

她又赶忙向他甜甜一笑，因为她担心这种责备也许会使他大为不快。

“我真蠢，从那里跑掉了。现在那里怎么样？刚才我本想回去，可又总是觉得……您就要来了。”

他告诉她，阿玛莉娅·伊万诺芙娜逼他们搬出公寓，卡捷琳娜·伊万诺芙娜不知跑到什么地方“寻找真理”去了。

“哎呀，我的上帝啊！”索尼娅霍地站起身来，“我们快走吧……”

于是，她一把抓起自己的披巾。

“您老是这样！”拉斯科尔尼科夫生气地叫道，“您满脑子就只想着他们！跟我待一会儿吧！”

“那……卡捷琳娜·伊万诺芙娜呢？”

“卡捷琳娜·伊万诺芙娜当然不会把您抛开不理的，她既然已经跑了出去，那她定会主动来找您，”他抱怨似的补充了一句，“如果她来这里找不着您，那可就是您的过错了……”

索尼娅忧心忡忡、迟迟疑疑地坐到了椅子上。拉斯科尔尼科夫一言不发，两眼望着地板，在考虑着什么问题。

“我们暂且假设一下，卢仁现在不打算控告您，”他开口说道，眼睛没有看着索尼娅，“然而，如果他一旦有了这种打算，或者有了这样的企图，而我和列别贾特尼科夫又不在场的话，那么，他完全可以把您送进监牢！对吗？”

“对啊，”她弱微微地说道，“对啊！”她神思恍惚、提心吊胆地重复了一遍。

“不过，您要知道，我确实有可能不在场！而列别贾特尼科夫呢，他的出现更是纯属偶然！”

索尼娅默然无语。

“唔，假如您给关进监狱，那时怎么办呢？您还记得我昨天说过的话吗？”

她还是没有回答。他等了一会儿。

“我还以为，您又要高叫起来：‘哎呀，请您别说了，请您住口吧！’”拉斯科尔尼科夫笑了起来，不过笑得颇为勉强。“究竟怎么啦，还是一声不吭啊？”过了一会儿，他又问道，“总该谈点什么吧？我倒是很想知道，现在您打算如何解决列别贾特尼科夫所说的那个‘问题’（他似乎有点前言不搭后语了）。不，我真的是郑重其事地说的。索尼娅，请您设想一下，假如您事先就知道卢仁的全部阴谋诡计，也知道（也就是说千真万确地知道）卡捷琳娜·伊万诺芙娜，再加上孩子们，全都会因为这阴谋诡计而兰摧玉折；连您也无法幸免（因为您认为自己轻于鸿毛，所以定会无法幸免）。波列奇卡也不例外……因为她也只有这一条路可走。好了，就是这样，假如现在突然把这一切交给您来决定：应该让哪一个人还是让哪一些人活在世上，也就是说，是让卢仁活着继续兴妖作怪呢，还是让卡捷琳娜·伊万诺芙娜死于非命？那么您将会怎样决定：让他们当中的哪一个去死呢？我问一问您。”

索尼娅忐忑不安地看了他一眼：她在这番闪烁其词、隐晦曲折的话中听出了特别的含义。

“我早已预感到，您要提这种问题。”她一面用探询的目光望着他，一面说道。

“好啊；就是这样啊；那么您到底怎样决定呢？”

“您干吗老是问这种不可能发生的事情呢？”索尼娅厌恶地说。

“这样看来，最好还是让卢仁活着继续兴妖作怪啰？您竟连这种问题都不敢决定吗？”

“上帝的旨意我可没法知道……您又干吗要问这种不能问的事情呢？干吗要问这种不着边际的问题呢？这种事怎么会由我来决定呢？谁又会让我来当法官，裁决：谁该活着，谁不该活着呢？”

“既然这涉及上帝的旨意，那这事可就完全无法可想了！”拉斯科尔尼科夫满脸愁云地抱怨道。

“您到底需要什么，您最好还是打开窗子说亮话吧！”索尼娅苦滋滋地叫了起来，“您又想引出一个什么话题……难道您只是为了折磨我，才上这里来的吗！”

她再也忍不住了，突然伤心地失声痛哭起来。他愁眉不展、闷闷不乐地望着她。过了大约五分钟。

“您说得对，索尼娅。”他终于轻轻柔柔地说。他像是突然间摇身一变；他那故意装出来的放肆无礼和软弱无力的挑衅语调无影无踪了，甚至连声音都变得软绵绵的，“昨天我就亲口对您说过，我不是来请求宽恕的，而现在几乎刚一开始就得请求您宽恕……刚才我谈到卢仁和上帝的旨意，是为了我自己……我这是请您宽恕，索尼娅……”

他本想笑上一笑，然而他那凄凉的笑容中却流露出某种无可奈何和欲笑不能的神情。他低下头去，用双手捂住了脸。

突然，一种奇怪的、出乎意料的对索尼娅恨之入骨的情感掠过他的心头。就连他自己也对这种情感惊讶不已，惶恐不安，他猛然抬起头来，聚精会神地看了看她；然而他碰到的是她那忧心忡忡、关切到痛苦程度的目光；这是一种爱；他的痛恨骤然像幻影般烟消云散了。这种情感并非那种情感；他错把一种情感当作了另一种情感了。这就意味着，那一时刻降临了。

他再次用双手捂住脸，把头低低地垂下。突然，他脸白如纸地从椅子上站起身来，朝索尼娅看了一眼，一句话都没说，下意识地坐到了索尼娅的床上。

他感到，这一瞬间与他站在老太婆背后，已经从绳套上把斧头取下的那一瞬间如出一辙，而且感觉到，“再也不能失去任何一刹那了”。

“您怎么啦？”索尼娅胆战心惊地问道。

他一个字也说不出来。他压根儿，压根儿就没打算这样宣布一切，并且自己也不知道，他现在是怎么啦。她轻手轻脚地走到他的面前，挨着他坐在床上，目不转睛地看着他，等待着他的回答。她的心怦怦地狂跳不已，似乎就要停止跳动了。这简直无法忍受：他把自己那死人一般白支支的脸庞冲着她转过来了；他那两片嘴唇软绵绵地歪到一边，竭力想说些什么。索尼娅顿时感到毛骨悚然。

“您怎么啦？”她重问了一遍，并从他身边稍稍挪开了一点儿。

“没什么，索尼娅。您别怕……胡说八道！真的，如果细细推断，这全都是胡说八道！”他喃喃地说，那样子煞像一个神志不清的人在梦呓。“我为什么偏偏要来折磨你呢？”他望着她，突然补充了一句，“真的。这是为什么呢？我也一直在向自己提出这个问题，索尼娅……”

也许，就在一刻钟以前，他向自己提出过这个问题，现在却在完全无可奈何之中把它说了出来，他几乎就要完全失去知觉了，并且感到浑身不停地颤抖。

“啊哟，您竟痛苦到这种程度！”她一边细细地端详他，一边伤心不已地说。

“全都是胡说八道！……就是这么回事，索尼娅（不知为什么，他突然笑了一笑，笑得凄凄凉凉、无可奈何，持续了大约两秒钟），你还记得我昨天说过，打算告诉你什么事吗？”

索尼娅等待着，心里七上八下的。

“临走的时候，我说，也许这就跟你永别了，然而假如今天我再来的话，那我就会告诉你……是谁杀害了莉扎薇塔。”

她突然全身都哆嗦起来。

“唔，于是我这就来告诉你了。”

“那么您昨天说的这话是真的……”她吃力地喃喃低语着，“您又是怎么知道的呢？”她赶紧追问，似乎突然醒悟过来了。

索尼娅的呼吸都开始困难起来。她的脸色先是变得苍白，接着又变得煞白。

“我知道。”

她沉默了足足一分钟之久。

“他已经被发现了吗？”她胆怯地问道。

“没有，他没被发现。”

“那么，您到底是怎么知道这件事的呢？”她几乎又沉默了足足一分钟才又问他，声音轻得刚刚能听见。

他转过脸来对着她，凝神细望了她一眼。

“你猜猜看。”他依旧带着原来那种无可奈何的凄凉微笑说。

她仿佛全身一阵痉挛。

“瞧您……把我……您到底为什么这样……吓唬我？”她像孩子似的笑着说。

“既然我知道……这就意味着，我和他是莫逆之交，”拉斯科尔尼科夫接着说道，依然直直地紧盯着她的脸庞，似乎已经没有力气把目光挪开，“他并不想杀害……这个莉扎薇塔……他杀死她……纯属偶然……他要杀的是那个老太婆……趁她独自一人在家的时候……他就去了……然而这时莉扎薇塔走了进来……他就……把她也杀了。”

又过了毛骨悚然的一分钟。两人一直相互对视着。

“这样你还猜不出来吗？”他突然问道，同时感到自己就像正在纵身跳下钟楼。

“猜——猜不出来。”索尼娅又用只是刚刚能听清的声音喃喃地说。

“请你仔细看看我。”

这句话刚一出口，一种以前曾经有过的、熟悉的感觉又突然使他的心儿如坠冰窖：他打量着她，突然觉得她的脸似乎变成了莉扎薇塔的脸。他清清楚楚地记得莉扎薇塔脸上的表情，当时他拿着斧头步步向她逼近，而她为了躲开他，步步退向墙根，向前伸出一只手，脸上露出十足的孩子似的恐惧神情，活像那些幼龄儿童突然被什么东西吓呆了，只是一动不动、惊慌失措地望着那个吓人的东西，身子直往后退，伸出一只小手挡在前面，几乎就要哭出声来。现在索尼娅差不多就是这样：也是那样无可奈何，也是那样魂飞魄散，她望了他一会儿，突然向前伸出左手，用手指轻轻地微微抵住他的胸口，从床上慢慢地站了起来，从他身边一步一步地往后越退越远，并且用越来越直愣愣的目光紧盯着他。她的这种恐惧也突然传染给了他：他的脸上竟似乎也露出了一模一样的惶恐不安的神色，他竟似乎也用同样的目光紧盯着她，而且甚至还几乎带着同样的孩子似的微笑①。

"你猜到了？"他终于轻轻地问道。

"上帝啊！"她从心灵深处爆发出一声可怕的号叫。她软绵绵地倒在床上，把脸儿埋在枕头里。然而不一会儿，她就飞快地抬起身子，迅速挪近他的身边，抓住他的双手，而且用自己那纤细的手指像老虎钳一般紧紧地攥住它们，并一眨也不眨地、目不转睛地望着他。她多么希望用这一道绝望的目光审察出和捕捉到哪怕是最后的一线希望。可是没有任何希望；一切确凿无疑；一切千真万确！甚至后来，当她回想起这一时刻的时候，她都觉得离奇古怪、不可思议：为什么正好是她在当时一眼就看出了，这是确凿无疑的事呢？要知道，当时她毕竟还不能宣称，譬如说，在这方面她早有预感。然而现在，当他刚一把这件事告诉她，她就蓦地感到，她确实似乎对这件事已早有预感。

"够了，索尼娅，够了！请别折磨我了！"他痛苦不堪地请求着。

他完完全全、完完全全没有想到会这样告诉她这件事，但结果却偏偏是这样。

她似乎是不由自主地一跃而起，绞着两手，走到房子的中间；不过又飞快地走了回来，重新坐在他的身旁，肩膀几乎紧挨着他的肩膀。突然，她像是被什么狠狠扎了一下似的战栗了一下，惊叫了一声，随即自己也不知道为什么，扑通一声跪在了他的面前。

---

① 作家在此特别强调"孩子似的微笑"，意在说明拉斯科尔尼科夫因为一时糊涂而杀了人，但童心未泯，还有可能悔改。

“您这是，您这是都对自己干了些什么呀！”她绝望地说，霍地从地上站起身来，扑进他的怀里，双手搂住他的脖子，紧紧地抱住他。

拉斯科尔尼科夫赶紧闪开，面带忧郁的微笑，看了她一眼：

“你可真是奇怪啊，索尼娅，——在我告诉你这件事以后，你反倒来拥抱我，亲吻我。你真不知道自己在做什么啊。”

“不，现在整个世界上还有谁比你更不幸呢！”她没有理会他的意见，发狂一般地高声叫道，并且突然歇斯底里发作似的号啕大哭起来。

一种早已陌生了的感情波翻浪卷地在他的心里汹涌着，他的心倏然间变得柔情起来。他一任这种柔情控制自己：两颗热泪夺眶而出，挂在睫毛上。

“那么你不会抛开我吧，索尼娅？”他几乎是满怀希望地凝望着她。

“不会，不会；任何时候，任何地方都不会！”索尼娅大声说道，“我要跟着你走，无论你去哪里，我都会跟着你！噢，上帝啊！……哎哟，我是多么的不幸啊！……为什么，为什么我没有老早认识你啊！为什么你老早以前不来呢？噢，上帝啊！”

“瞧，我已经来了呀。”

“这是现在哪！噢，现在怎么办呢！……我们一起，我们一起！”她仿佛失了魂似的反复念叨着，又一把抱住他，“我们一起去服苦役！”他似乎突然打了个冷战，嘴角上又隐隐露出了原先那种憎恨的、近乎盛气凌人的微笑。

“索尼娅，我嘛，也许还不想去服苦役呢。”他说。

索尼娅飞快地看了他一眼。

在对这个不幸的人初步表示了激情盈溢和痛苦满怀的同情以后，关于杀人的可怕的念头又使她深感震惊。她突然从他那起了变化的语调中感觉到他就是杀人凶手。她不胜惊讶地望着他。她还什么都不知道，既不知道他为什么要杀人，也不知道他怎样杀人，更不知道这究竟是为了什么。现在，所有这些问题一窝蜂涌进了她的脑海。于是她又无法相信了：“他，他会是杀人凶手！难道这竟会是可能的吗？”

“这到底是怎么一回事啊！我这是到底在什么地方啊！”她困惑不解地说，似乎还没有清醒过来，“您，像您这样的人……怎么能下得了狠心干这种事呢？这到底是怎么一回事啊！”

“哦，还不是为了抢劫。别说了，索尼娅！”他有些疲倦、甚至略带懊恼地回答道。

索尼娅似乎惊呆了，但又突然高声叫道：

“你挨过饿！你……是为了接济母亲？对不对？”

“不对，索尼娅，不对，”他转过身去，低垂着头，嘟嘟囔囔着，“我还并未饿到这种程度……我确实想接济母亲，不过……连这一点也不完全正确……别折磨我了，索尼娅！”

索尼娅两手一拍。

“难道，难道，这一切竟全都是真的！上帝啊，这怎么竟会是真的呢！到底有谁会相信这件事呢？……您又怎么能，又怎么能把自己仅有的一点钱全都送给别人，自己却为了抢钱而杀人呢！啊！……”她突然惊叫了一声，“您送给卡捷琳娜·伊万诺芙娜的那些钱……那些钱……上帝啊，就连那些钱也……”

“不，索尼娅，”他急慌慌地打断她的话，“这些钱并非那些钱，你尽管放心！这些钱是我母亲通过一个商人汇寄给我的，收到这笔钱时我正生着病，当天我就给了她……拉祖米欣亲眼所见……是他代我收取的……这些钱是我的，是我个人的，确确实实是我的。”

索尼娅疑惑不解地听他说着，竭尽全力试图弄清究竟是怎么回事。

“而那些钱……我，其实，甚至都不知道，那里有没有钱，”他轻声轻气地补充道，似乎陷入了沉思，“我当时从她脖子上取下一个麂皮钱袋……塞得满登登、胀鼓鼓的一个钱袋……可我竟没有朝里面看过一眼，可能是来不及了……唔，至于东西么，全都是些扣子、链子之类的小玩意，——第二天早晨，我把所有这些东西和那个钱袋统统藏到别人的一个院子里，就在B大街上，压在一块石头底下……所有的东西现在还全在那里……”

索尼娅全神贯注地细听着。

“唔，那么为什么……您怎么又说：这是为了抢劫，可您自己实际上什么也没拿呢？”她赶紧追问，仿佛抓住了一根救命的稻草。

“我不知道……我还没有决定呢，——到底拿不拿这些钱，”他说着，又似乎陷入了沉思，突然他回过神来，脸上匆匆掠过一丝一闪即逝的冷笑，“唉，我刚才说了些十足的蠢话，对吗？”

索尼娅的脑海中忽然闪现出一个念头：“他是不是个疯子？”但她立即抛开了这个念头：不，这可是另一回事。她对这件事还什么都不明白，什么都不明白！

“你知道吗，索尼娅，”他突然兴致勃发地说，“你知道吗，我要告诉你：假如我仅仅是因为挨饿才去杀人，”他一字一顿地接着强调说，同时神秘莫测而又坦率真诚地看着她，“那么我现在就会感到……幸福了！您可要明白这一点！”

“这又对你有什么好处呢，这又对你有什么好处呢，”过了一会，他甚至带着某种绝望的语气大叫起来，“如果我立即承认我干了坏事，这对你究竟又有什么好处呢？就算你对我取得了愚蠢的胜利，这对你究竟又有什么好处呢？唉，索尼娅，难道我现在到你这里来就是为的这个吗！”

索尼娅张口欲言，但没有说出来。

“昨天我之所以叫你和我一起走，这是因为我只有你一个人了。”

“你叫我去什么地方呢？”索尼娅怯生生地问。

“不会去偷，也不会去杀人，你尽管放心，并非去干这些事，”他挖苦地冷笑了一声，“我们是两种类型的人……你可知道，索尼娅，我竟然是直到现在，直到眼下才明白：昨天我究竟叫你到什么地方去？而昨天，当我叫你的时候，就连我自己也不知道到什么地方去。我叫你只有一个心愿，我来这里也只有一个心愿：请你千万莫抛开我。你不会抛开我吧，索尼娅？”

她紧紧地握了一握他的手。

“可我为什么，为什么要告诉她呢，为什么要推心置腹地把一切都和盘托出呢！”过了一会，他回肠九转地望着她，绝望地高声大叫起来，“瞧，你正在等着我解释呢，索尼娅，你坐在那里等待着，这一点我看得出来；可我能对你说什么呢？要知道，你对这件事是丝毫也无法理解的，你只会为了我……而肝肠寸断！瞧，你又哭了，又来拥抱我了，——唉，你为什么要拥抱我呢？是为了我自己无法忍受，跑来把痛苦转嫁给别人：‘你也承受些痛苦吧，这样我会轻松些！’你会爱这样一个卑鄙小人吗？”

“难道你不是也感到痛苦吗？”索尼娅大声叫道。

那种感情又波翻浪卷地在他的心中汹涌，他的心又倏然间变得柔情起来。

“索尼娅，我可是蛇蝎心肠啊，你千万要注意这一点：它可以说明很多问题。正因为我是蛇蝎心肠，所以才到你这里来。有些人可不会来。可我是个胆小鬼，也是个……卑鄙小人！不过……算了！我想要说的并不是这些……现在该说了，可我却不知道从什么地方说起……”

他停了下来，陷入了沉思。

“唉——唉，我们是两种类型的人！”他又大声说了起来，“我们并不般配。我为什么要来，为什么要来呢！我永远都不会宽恕自己的这种行为！”

“不，不，你来了，这是大好事！”索尼娅高声说道，“我知道了更好！再好不过了！”

他愁肠百结地看了她一眼。

“倒也真是如此！”他说道，似乎拿定了主意，“要知道，事实就是如此！是这么回事：我想要当个拿破仑，因此我就杀了人……唔，你现在明白了吧？”

“不——不明白，”索尼娅天真而又胆怯地轻声说，“不过……你说吧，说吧！我会明白的，我心底里会全都明白的！”她向他恳求着。

“你会明白？好哇，咱们就来瞧瞧！”

他闭口不言了，并且沉思了好一阵子。

“事情是这样的：有一次我向自己提出这样一个问题：比方说，假如拿破仑处在我这种地位上，他会怎么办？他既没有土伦，也没有埃及，更没有越过勃朗峰①，以开创自己辉煌的事业，而代替所有这些壮丽辉煌的战功的，却仅仅是一个可笑的老太婆，一个十四等文官的夫人，而且为了拿走她箱子里的钱，还得杀死她，（为了建功立业，你明白吗？）假如除此以外他并无别的出路，那么他会下决心干这种事吗？他会不会因为这种事太过平庸无奇，而且……罪孽深重，而趑趄不前呢？喏，那么我告诉你吧，很久很久以来，在这个‘问题’上，我伤透了脑筋，我终于恍然大悟了（不知怎的倏然间恍然大悟了），他不但不会趑趄不前，而且头脑里压根儿就不会想到，这是平庸无奇的……他甚至根本就不会理解：这有什么可趑趄不前的呢？我顿时感到无地自容。既然他再也没有别的出路，那么他就应该刻不容缓地掐死她，甚至连哼都不让她哼一声！……因此我也……照葫芦画瓢地跟着权威者……当机立断……掐死了她……事情的的确确就是这样！你觉得可笑吗？是啊，索尼娅，这件事最可笑的地方，也许在于事情竟是确凿不移的……”

索尼娅一点都没觉得好笑。

“您最好还是直截了当地告诉我……不要举那么多例子。”索尼娅更加怯生生地用勉强能听清的声音请求道。

他转过身来，面对着她，愁云满面地望了望她，抓住了她的双手。

“你又说对了，索尼娅。要知道，这些话全都是一派胡言，几乎都是些废话！你瞧：你已经知道，我母亲几乎是一无所有。妹妹侥幸受了些

① 1796—1797年，在法国和意大利的战争中，拿破仑亲率大军越过了勃朗峰天险，进入了意大利境内，赢得了战争的胜利。

教育，也注定只能东奔西跑当家庭教师。她们把一切希望都寄托在我的身上。我已经上了大学，但在大学里我无法维持自己的生活，迫不得已只好暂时退学。假如我就这样勉勉强强拖下去，那么十年二十年之后（如果天从人愿，情况好转），我仍然有希望当上一名教师，或者成为一个官吏，可以拿到一千卢布的年薪……（他似乎是倒背如流）然而到那个时候，母亲早已因为日夜操劳和日坐愁城而憔悴不堪了，我还是不能使她感到安慰，而妹妹……唉，妹妹的情况也许更糟！……难道竟然可以一辈子对这一切都漠不关心，置若罔闻，把母亲忘记到九霄云外，让妹妹低首下心地，譬如说吧，任人侮辱？为了什么？是不是为了在埋葬她们以后，挣钱去养活其他的人——妻子和孩子，而以后又一文不名地让他们活在世上餐风饮露？唔……唔，于是我下定决心要占有老太婆的钱，把它们用作我最近几年的费用，不再使母亲担忧受苦，用这些钱维持我大学的生活，实现我大学毕业后最初的一些计划，——大刀阔斧、不遗余力地彻底改变这一切，为自己开创一个崭新的前程，踏上一条独立自主的新路……唔……唔，我要说的就全在这里了……唔，当然啰，我杀死了这个老太婆，——我做了一件坏事……唉，不说了！"

他感到浑身乏力，勉强把话说完，就低下了头。

"哎哟，这可不对，这可不对，"索尼娅苦恼地高叫起来，"难道可以这样吗……不，不是这样的，不是这样的！"

"那是你自己认为不是这样的！……可我是真诚的，讲的全是大实话！"

"可这到底算什么实话呀！噢，上帝啊！"

"要知道，我只不过杀死了一只虱子，索尼娅，杀死了一只毫无用处、狗彘不若、为害人间的虱子！"

"难道人倒成了虱子！"

"我当然也知道并非虱子，"他答道，十分古怪地望着她，"不过，我是在胡说八道，索尼娅，"他补充了一句，"早就在胡说八道了……这完全不是那么回事；你说得很对。这完完全全、完完全全是因为别的原因。……我已经很长时间都没有跟任何人说过话了，索尼娅……现在我头痛欲裂。"

他的双眼像发热病一般灼灼发光。他几乎就要开始呓语起来了；不安的微笑在他的嘴角闪闪烁烁。透过亢奋的精神状态可以看出他已完全筋疲力尽了。索尼娅明白，他心里是多么难受。她也开始感到天旋地转起来。他的话说得多么奇怪：似乎有些东西是可以理解的，然而……

“可是到底怎么会这样呢！到底怎么会呢！上帝啊！”她绝望地绞着双手。

“不，索尼娅，这件事并非那样！”他猛然抬起头来，又开口说道，仿佛思想的突然转变使他自己大吃一惊，又使他的精神抖擞起来，“这件事并非那样！最好……你最好假设（是的！这样的的确确更好一些！），假设我自尊心很强，嫉妒心极重，心肠狠毒，行同狗彘，睚眦必报，唔……而且也许精神也有点不那么正常。（让我一股脑全说出来吧！别人以前就说过我疯了，我早已发现了！）我刚刚告诉你，我在大学里没有钱维持生活。可是你知道吗，也许我可以维持生活？母亲会给我把学费寄来，至于买靴子、买衣服的钱和伙食费，我自己可以挣；这没什么问题！可以教课挣钱：一小时能挣半个卢布。拉祖米欣就在外面打工嘛！可我一怒之下，就不干了。正是一怒之下（这个词真是妙不可言！）……于是我就像一只蜘蛛，躲进了自己的角落里。你不是去过我那间陋室吗，你都看见了……你要知道啊，索尼娅，又低又矮的天花板和过分窄小的房间会使人的灵魂和头脑备受压抑！啊，我是多么憎恨这间陋室啊！可我不愿意从里面走出来。我是故意待在里面的！我日日夜夜足不出户，也不想去工作，甚至连东西也不想吃，成天成夜地躺着。娜斯塔西娅送东西来了——就吃一点，她不送来——就那么将就着过一天；我满怀怨愤，故意不找她要！夜里没有灯，我就在黑暗中躺着，连买蜡烛的钱我都懒得去挣。照理我应该学习，可我却把书干净彻底地卖掉了；我的桌子上，笔记本上和练习本上，足足积了一指厚的灰尘。我最喜欢躺着浮想联翩。一个劲地浮想联翩……我老是做这样一些梦，离奇古怪，五花八门，一点也没法说清！不过那时我也似乎开始觉得……不，不是这样！我又说得不对了！你知道吗，当时我老是问自己：为什么我这样愚不可及呢，既然我知道别人都愚不可及，既然我确确实实地知道他们愚不可及，那么我自己为什么不试图变得聪明一些呢？后来我搞清楚了，如果要等到大家都变得聪明，那可要等到猴年马月……后来我又搞清楚了，这种事是永远也不会有的，人们是不会改变的，而且谁也改变不了他们，不值得为这种事去浪费精力！是的，就是如此！这是他们的规律……规律，索尼娅！就是如此！……而且现在我知道，索尼娅，谁意志坚强，智慧超群，谁就能主宰他们！谁敢作敢为，他们就唯谁的马首是瞻。谁鄙弃的东西越多，谁就是他们的立法者，而谁敢胆大妄为，谁就最最正确！自古至今，都是如此，将来也永远会如此！只有瞎子才视而不见！”

拉斯科尔尼科夫在说这一番话时，虽然依旧望着索尼娅，但是已经不再关心：她能否听懂。一种狂热的情绪彻底控制了他，他处于一种阴郁的兴奋之中。（确实，他已有太长的时间没跟任何人谈过话了！）索尼娅明白，这种阴郁的教义问答式的言论已经成为他的信念和法则了。

“当时我领悟到，索尼娅，”他眉飞色舞地继续说道，“权力只给予那些敢于崇拜它并攫取它的人，这只需要一点，仅仅一点：敢作敢为！于是我脑海里产生了一个想法；有生以来第一次产生的想法，在我之前，任何时候都没有谁想到过的！没有谁想到过！我突然像看到太阳那样清清楚楚地发现，在此以前，怎么没有一个人敢，现在也没有一个人敢对所有这些荒谬绝伦的东西嗤之以鼻，索性抓住它们的尾巴，把它们扔给魔鬼呢！我……我打算放胆试一回，于是就杀死了……我只不过是希望放胆试一回而已，索尼娅，这就是全部原因！”

“哦，请您别说了，别说了！”索尼娅举起双手拍了一下，高声叫道，“您远离了上帝，因此上帝就惩罚了您，把您交给魔鬼了！……”

“顺便说一声，索尼娅，当我在黑暗中躺着的时候，老是想到这一切，原来这竟是魔鬼在诱惑我？对吗？”

“住嘴！别笑，您这个亵渎上帝的人，您还什么都不明白，什么都不明白啊！噢，上帝啊，他还什么，什么都不明白呀！”

“你别说了，索尼娅，我根本就没笑，我自己也知道，是魔鬼在操纵我。你别说了，索尼娅，别说了！”他阴沉着脸执拗地反复说着，“我全都知道。当我躺在黑暗中的时候，这一切我都反反复复地思考过了，还自言自语地轻声念叨过……这一切我都反反复复地与自己争论过，直到每一个细枝末节，我什么都知道，我全都知道！当时我对所有这些废话都厌烦透顶，厌烦透顶！我一直希望忘掉这一切，从头做起，索尼娅，并且不再说空话！难道你以为我像个傻瓜蛋那样愣头愣脑地跑去干事的吗？我是自己觉得像个聪明人那样去的，恰恰是这一点把我害惨了！难道你以为我连这一点也不知道吗，譬如说，既然我已经再三反省或质问自己：我是否有权利掌握生杀大权？——那么，显而易见，我没有权利掌握生杀大权。又譬如说，我向自己提出一个问题：人是不是虱子？——那么，显而易见，对于我来说，人并非虱子，只有那些根本没有想过这个问题的人和那些什么问题也不想一个劲地往前冲的人，才会把人看作虱子……如果我在那么长的日子里为这个问题苦苦煎熬：拿破仑会不会这样干？那么这是因为我清清楚楚地感觉到，我不是拿破仑……我饱尝了这些空洞理论带来的全部痛苦，所有痛苦，索尼娅，我真想从肩上抛下这一痛苦的重压：索尼娅，我想我用不着再进行狡辩，我想去杀人，是为了自己去杀人，只为自己一个人！在这件事情上，我甚至也不想对自己撒谎！我并非为了救济母亲才去杀人的——这是胡言乱语！我也并非为了获得财富和权力、成为人类的恩人而杀人。那也是一派胡言！我杀人只是：为了自己，为了自己一个人；至于以后我是否会成为谁的恩人，或者是否一辈子像蜘蛛那样张网捕捉所有的人，吸尽他们的鲜血，当时我肯定是没放在心上的！……而且，当我杀人的时候，索尼娅，我需要的，主要并非钱；与其说我需要的是钱，不如说是需要别的东西……这一切我现在都已经清楚了……请你理解我：也许，我还会沿着那条路走下去，但我永远不会再干杀人的事了。那次我必须弄明白的是另一个问题，是另一个问题促使我下手的：当时我必须弄明白，而且必须尽快地弄明白，我是一只虱子呢，就像庸众那样，还是一个人？我是能越雷池一步，还是不能？我是敢于崇拜和攫取权力，还是不敢？我是个瑟瑟战栗的生灵呢，还是有权利……”

“杀人!？您有权利杀人？”索尼娅两手一拍。

“唉——唉，索尼娅！”他面红耳赤地嚷了起来，本想狠狠反驳她一下，却又不屑争辩地把话咽了回去，“你别打断我的话，索尼娅！我只是想向你证明一个问题：当时是魔鬼在操纵我干这件事的，而干完后它却又向我说明，我没有权利走那条路，因为我也只是那么一只虱子，完全和大家一样！它把我嘲笑了一通，因此我现在就到你这里来了！请接待客人吧！如果我不是一只虱子，我会上你这里来吗？请听我说：当时我去老太婆那里，只不过是去试一试……你可要记住这一点！”

“于是您把她杀了！杀了！”

“可我究竟是怎样杀的呢？难道有这样杀人的吗？难道别人会像我当时那样地走着去杀人吗？以后什么时候我会告诉你，我是怎样走着去的……难道我杀死的是那个老太婆吗？我杀死的是我自己啊，而不是老太婆！我在那里真的一下子就把自己给结果了，永远杀死了！……而这个老太婆是魔鬼杀死的，并不是我……够了，够了，索尼娅，够了！你别管我，”他突然在阵阵揪心的痛苦中大喊大叫起来，“你别管我！”

他把两只胳膊肘支在两个膝盖上，而用双手像钳子那样紧紧地夹住自己的脑袋。

“多么痛苦啊！”索尼娅突然从心灵深处迸发出一声痛苦的哀叫。

“唔，现在该怎么办呢，你说！”他突然抬起头望着她问道，他的脸由于过度绝望扭曲得不成人样。

“怎么办！”她高叫一声，霍地从座位上跳了起来，那双珠泪盈盈的眼睛突然闪闪发光，“起来！（她一把抓住他的肩膀；他站起身来，几乎

“杀人!? 您有权利杀人?”索尼娅两手一拍。

是惊异地望着她）现在就去，马上就去，站到十字路口，跪在地上，首先吻一吻被你玷污了的大地，然后向整个世界，向四面八方叩拜，大声告诉所有的人：‘我杀了人！’那时上帝就又会赐给你新生。你去吗？你去吗？”她向他问道，就像热病发作似的浑身哆嗦，抓住他的双手，紧紧地握在手里，用如火的目光注视着他。

他感到讶异，甚至为她那突如其来的极度兴奋而大吃一惊。

“你的意思是不是去服苦役，索尼娅？应该去自首，对吗？”他闷闷不乐地问。

“去受苦，用受苦来赎自己的罪，这就是你应该做的。”

“不，我不到他们那里去，索尼娅。”

“那你怎么活下去呢，怎么活下去呢？你靠什么活下去呢？”索尼娅高声叫道，“难道能像现在这样活着吗？唔，你怎么跟母亲说呢？（噢，她们，她们可怎么办呢！）唉，我在说什么呀！你不是早已扔下了母亲和妹妹吗！要知道，你早已扔下了，扔下了！哦，上帝啊！”她大喊一声，“这一切他自己可都是已经知道了！唉，可是离开人，你孤单单的，到底怎么，到底怎么活下去啊！现在你可怎么办呢！”

“别孩子气了，索尼娅，”他低声说道，“在他们面前，我有什么罪呢？我干吗要去呢？我又对他们说什么呢？这一切都只是一个幻影而已……他们自己正在弄死千千万万的人，还认为这是大大的善行呢。他们都是骗子和流氓，索尼娅！……我不会去。而且我去说什么：我杀了人，可钱却没敢拿，我把它藏在石头底下了？”他讥讽地笑着补充道。“那么他们就会当面嘲笑我，说：笨蛋，连钱都不拿。胆小鬼再加笨蛋！他们什么，什么都不会明白的，索尼娅，而且他们也不配明白。我为什么要去呢？你别孩子气了，索尼娅……”

“那你会难受死了，难受死了。”她向他伸出双手，绝望地一再哀求着。

“我也许已经诋毁了自己，”他满脸阴云地说，似乎在沉思着什么，“也许，我还是一个人，而不是一只虱子，并且过于匆忙地评判了自己……我还要拼上一拼。”

他的嘴角隐隐浮现出一丝傲慢的微笑。

“要熬受这么大的痛苦！而且，要知道，是一辈子，一辈子呀！”

“我会习惯的……”他神情忧郁、若有所思地说，“请听我说，”过了一会儿，他又开口说道，“已经哭够了，该谈谈正事了：我来是要告诉你，现在他们正在搜寻、追捕我……”

“啊!”索尼娅大惊失色地高喊了一声。

“唉，你究竟喊什么呀！你打心底里希望我去服苦役，现在怎么又害怕了吗？不过我要告诉你一点：我决不会向他们屈服。我还要跟他们拼上一拼，他们将一筹莫展，无奈我何。他们没有确凿的罪证。昨天我真是危险到了极处，还以为自己已经完了；今天情况已大有好转。他们掌握的所有证据都是模棱两可的，也就是说，我可以把他们的指控变得有利于我，你明白吗？我就这么做；因为现在我学会了……不过他们准会把我关进牢房。如果不是出现了一件偶然的事情，那么，也许就在今天已关进去了，这甚至是毋庸置疑的，说不定今天还会把我关进去……不过这倒没什么，索尼娅：我在牢房里蹲那么几天，还是得放我出来……因为他们没有一个确凿无疑的罪证，而且永不会有，我可以保证。而光凭他们手里掌握的那些东西，是无法让人坐牢的。唔，行啦……我只是想让你知道一下……至于妹妹和母亲，我将千方百计让她们相信根本没事，不让她们担惊受怕……不过，妹妹现在的生活似乎已有了保障……因此母亲也……唔，要说的全说完了。不过，你可要小心。假如我坐进了牢房，你会去看我吗？”

“噢，我一准去！我一准去!”

两人并排坐着，愁眉苦脸，万分沮丧，仿若暴风雨后被抛到荒凉海岸上的孤零零的一对。他望着索尼娅，感觉到她对他的爱是多么深，然而，奇怪的是，别人这么爱他，他反倒突然觉得十分沉重，心如刀割。是啊，这是一种奇怪而又可怕的感觉！来找索尼娅的时候，他觉得她就是他的全部希望和一切出路；他以为至少可以卸掉自己的一部分痛苦，然而现在，当她把整个心都向着他时，他却突然感觉到，并且意识到，他不幸到了极点，远远超过了以前。

“索尼娅，”他说，“假如我坐牢的话，你最好还是不要去看我。”

索尼娅没有回答，她泪流满面。几分钟过去了。

“你身上戴着十字架吗？”她突然出乎意料地问道，似乎是猛然想到这事。

起初他没有明白她的意思。

“没有，确实没有吧？给，你拿上这个吧，是柏木的。我另外还有一个，是铜的，那是莉扎薇塔的。我跟莉扎薇塔交换过十字架①，她把自己的

① 俄罗斯习俗：交换十字架意味着结拜姐妹或结拜兄弟。

十字架给了我，我把自己镌刻着小圣像的十字架给了她。我现在就戴莉扎薇塔的，这个给你。你拿去吧……这可是我的！这可是我的！”她一再央求道，“反正我们要一块儿去受苦，那也就一块儿背十字架吧！……”

“给我吧！”拉斯科尔尼科夫说。他不愿让她伤心。但他立刻又缩回了那只伸出去接十字架的手。

“现在我先不拿，索尼娅。最好是以后再拿。”他补充了一句，以便安慰她。

“是啊，是啊，这样更好，这样更好，”她情不自禁地附和道，“等到你去受苦的时候，你就把它戴上。你上我这里来，我来给你戴上。我们一块儿祈祷，一块儿上路。”

这时候外面有谁敲了三下门。

“索菲娅·谢苗诺芙娜，可以进来吗？”他们听到一个什么人的十分熟悉而又非常有礼貌的声音。

索尼娅惶惶不安地跑去开门。列别贾特尼科夫先生用他那张生着一头淡黄色头发的面孔朝屋里探望。

五

列别贾特尼科夫一副惊慌失措的样子。

“我找您，索菲娅·谢苗诺芙娜。请原谅……我早就料到会遇到您，”他对拉斯科尔尼科夫说，“就是说，我没有想过什么……在这个方面……不过我想的是……卡捷琳娜·伊万诺芙娜在我们那边发疯了。”他突然撇开拉斯科尔尼科夫，毅然决然地对索尼娅说。

索尼娅惊呼了一声。

“就是说，至少看起来像这么回事。不过……我们在那里的人都不知道怎么办才好，情况就是这样！她回来了——好像她被人家从什么地方赶了出来，也许还挨了打……至少看上去是这样……她跑去找谢苗·扎哈雷奇的上司，他没在家；他在某一位也是什么将军①的人家里吃饭……您想想看，她竟然到他们吃饭的地方去了……也就是去了那位将军的家里，而且，您想想看，——她那么固执地要求把谢苗·扎哈雷奇的上司给叫出来，而且似乎还是从餐桌旁把他给叫出来。您可以想象得到，结果会是怎样。毫无疑问，她被人家赶了出来；而她却说，她亲口把他臭

① 指旧俄的文职将军，相当于四等以上文官。

骂了一顿，还冲他扔了个什么东西。这也甚至是意料之中的事情……为什么没把她抓起来——这我就不知道了！现在她正在向大家大讲特讲这件事，也告诉了阿玛莉娅·伊万诺芙娜，只是很难搞清她说了些什么，她大喊大叫，呼天抢地……啊呀，对了：她一边诉说一边叫喊着，由于大家现在都抛弃了她，所以她要带孩子们到大街上去，带着手摇风琴，叫孩子们唱歌跳舞，她也要又唱又跳，以此向人讨钱，而且每天都要到那位将军的窗下去……她说，‘就让大家瞧一瞧，一个官员的高贵的孩子们是怎样沿街乞讨的！’每一个孩子都挨了她的打，都在哭个不停。她教廖尼娅唱《小小农庄》，教男孩子跳舞，也教波琳娜·米哈伊洛芙娜跳舞，所有的衣服都被她撕得稀烂；给他们做了许多给演员戴的那种小帽子；她自己也准备带着一个脸盆，敲敲打打，代替音乐，给他们伴奏……她什么话都不听……请您想想看，这到底是怎么回事啊？这可绝对不行啊！”

列别贾特尼科夫原本还想接着说下去，然而在听他说话时几乎屏息敛气的索尼娅，突然一把抓起披巾和帽子，冲出屋去，一边奔跑，一边戴上帽子，披好披巾。拉斯科尔尼科夫紧随她走出屋子，列别贾特尼科夫也跟在他后面往外走。

“她肯定是疯了！”他跟拉斯科尔尼科夫走到街上时，对他说道，“我只是怕吓着索菲娅·谢苗诺芙娜，所以才说‘看来’，然而这是无可置疑的。据说，患肺结核的人，结核也会钻进大脑；可惜我对医学一窍不通。不过，我曾试着说服她，可她什么话都听不进。”

“您对她谈到结核的事了？”

“可以说，不完全是谈结核的事。就是说了，她也什么都不会明白。但我说的是：如果合情合理地说服一个人，告诉他，其实没什么可哭的，那他就不会再哭了。这是明之又明的道理。那么您认为怎样，他不会停止哭泣吗？”

“要真是这样，活着也就太轻松了。”拉斯科尔尼科夫回答说。

“对不起，对不起；当然啰，要让卡捷琳娜·伊万诺芙娜理解，那是难之又难的；但您是否知道，在巴黎已经进行了一些认真的试验，对单独采用合情合理说服的方法治疗疯子的可能性加以试验？那里有一位教授，不久前刚逝世，是个十分严肃的学者，他认为这样治疗可以奏效。他的基本观点是，疯子的机体并无特别的障碍，至于发疯这种病症，应该说是一种逻辑性的错误，是判断上的错误，是对事物的看法不够正确。他对病人的错误看法一条条地加以反驳，您可知道，据说，还行之有效呢！可是因为他同时还采用了淋浴疗法，因此这一治疗结果当然就受到了怀疑……至少看来是这样……”

拉斯科尔尼科夫早已没听他唠叨些什么了。走到自己住的那幢公寓的门口，他朝列别贾特尼科夫点了点头，转身进了门洞。列别贾特尼科夫这才回过神来，环视了一下四周，又继续向前跑去。

拉斯科尔尼科夫回到自己那间斗室，站在屋子中央。“他回到这里来干什么呢？”他环视了一下那些微微发黄、脏乎乎、烂兮兮的墙纸，那些灰尘，自己的沙发床……从院子里传来一阵刺耳的、此落彼起的敲打声；好像有人在什么地方钉什么东西，敲钉着什么钉子……他走到窗前，踮起脚尖，全神贯注地朝院子里窥望了好一阵子。但院子里空无一人，看不见敲东西的人在哪里。左边厢房里有几个地方的窗户开着；窗台上摆着几盆枝细叶疏的天竺葵。窗外晾着几件内衣。这一切他都早已司空见惯了。他转身坐到沙发上。

他任何时候，任何时候都没有感到过自己有如此可怕的孤独！

是的，他又一次感到，也许，他真的会恨索尼娅，而且正是现在，当他使她陷入更加不幸的时候。“他为什么要到她那里去，乞求她的眼泪呢？他有什么必要非得这样毁坏她的生活呢？噢，多卑鄙啊！”

“我还是孤身独处吧！”他突然斩钉截铁地说，“也不要她到监狱里去看我！”

大约五分钟后，他抬起头来，古怪地微微一笑。这是一个奇怪的想法，“也许去服苦役真的更好一些。”他突然思忖道。

他记不清自己满脑子拱着朦朦胧胧的念头，到底在斗室里坐了多久。突然房门开了，进来的是阿芙多季娅·罗曼诺芙娜。起初她站在门口，从那里看了看他，就像不久前他去索尼娅那里的时候那样；然后她走了进来，坐到自己昨天坐过的他对面的一把椅子上。他默然无语、麻木不仁地看了她一眼。

“你别生气，哥哥，我只待一小会儿。”杜尼娅说道。她的脸上露出沉思的表情，但并不严峻。目光明亮而柔和。他发现，这个姑娘也是满怀热爱来看他的。

“哥哥，我现在全都知道了，知道了一切。德米特里·普罗科菲伊奇向我解释了一切，讲述了一切。你受到愚蠢而卑鄙的怀疑，遭到迫害，备受折磨……德米特里·普罗科菲伊奇告诉我，什么危险都不会有，你根本不用被这件事搞得惶惶不可终日。我倒并不这么认为，并且完全理解，这一切令你多么悲愤填膺，而且这种悲愤会在你心里留下永不磨灭的痕迹。对此我倒是忧心忡忡。至于你抛弃了我们，我并不责怪你，也不敢责怪你，我以前责怪过你，请你原谅我吧。我将心比心地切身感到，如果我碰到如此大的不幸，那我也会离开所有的人。这件事我将对母亲只字不提，不过我会接二连三地跟她谈到你，并以你的名义告诉她，你很快就会去看她。你别为她而食不下咽；我会安慰她的；可你也别让她回肠九转，——你哪怕是去看她一次也好啊；请你记住，她可是你的母亲啊！而现在我来只是想告诉你（杜尼娅从座位上站了起来），如果万一你需要我做些什么，或者需要……我的整个生命或别的什么……那么，只要你吩咐一声，我就会来的。别了！”

她猛地转身，往门口走去。

“杜尼娅！”拉斯科尔尼科夫叫住她，他站起身来，走到她的面前，“这个拉祖米欣，德米特里·普罗科菲伊奇，是个非常优秀的人。”

杜尼娅的脸有点儿发红发热。

“是吗！”等了一会儿，她问道。

“他是一个办事能干，勤勤恳恳，诚实正直，而且爱情似火、知疼着热的人……别了，杜尼娅！”

杜尼娅红霞满脸，随后又突然惴惴不安起来：

“可你这是怎么啦，哥哥，难道我们真的要永别了，因此你就给我……留下这样几句遗嘱似的临别赠言？”

“反正差不多……别了……”

他转身离开她，朝窗前走去。她站了一会儿，提心吊胆地望了望他，忐忑不安地走出了屋子。

不，他并非对她冷若冰霜。有那么一瞬间（是最后那一瞬间），他极想紧紧地拥抱她，跟她告别，甚至还想把一切告诉她，然而就连伸出手去跟她道别，他都下不了决心：

“以后，当她想起我现在拥抱她的情景，说不定会毛骨悚然，还会说，我偷去了她的吻！”

“这个姑娘承受得了，还是承受不了呢？”几分钟后，他又暗自追思着，“不，她承受不了；她这样的人是承受不了的！她这样的人永远都承受不了……”

于是他想起了索尼娅。

一阵清爽的微风从窗外吹拂进来。院子里的光线已渐趋昏暗。他突然拿起帽子，走出门去。

当然，他无法，而且也不愿意去关心自己的病情。然而，所有这些接踵而至的惊扰和内心的恐惧，却不能不影响他的病情。如果说他虽然在发着高烧，却没有病倒在床，那也许正是因为内心里接踵而至的惊恐还在支撑着他，使他还能勉强站稳，并且还保持着清醒，不过这种状况是人为的、暂时的。

他漫无目的地信步乱走。夕阳已经西下。最近以来，他产生了一种特殊的忧郁。这种忧郁并无任何特别刺激人和令人痛苦不堪的东西；但它却是一种持续不断、永无休止的隐痛，可以预感到这种死一般寂寞的无情忧郁将漫无尽头，预感到他将永远待在那"一俄尺见方的弹丸之地"。每到傍晚时分，这种感觉就越发强烈地折磨着他①。

"瞧，随着夕阳西沉，产生了这种愚不可及的、纯粹是肉体上的虚弱，千万要控制住自己别干蠢事！你不仅会去找索尼娅，就连杜尼娅你也会去找呢！"他憎恨地嘟囔着。

有人喊了他一声。他回过头去；列别贾特尼科夫急匆匆地向他跑来。

"您想想看，我到您家里去过，我正在到处找您呢。您想想看，她真的怎么说就怎么做，领着孩子们上街了！我跟索菲娅·谢苗诺芙娜费了九牛二虎之力才找到他们。她自己敲着一只小煎锅，叫孩子们跳舞。孩子们哇哇大哭。每逢十字路口和店铺门前，他们就停留下来。一群看热闹的傻瓜跟在他们后面跑。我们快去吧。"

"那么索尼娅呢？……"拉斯科尔尼科夫惶惶不安地问，赶忙跟着列别贾特尼科夫就走。

"简直疯了。就是说，不是索菲娅·谢苗诺芙娜疯了，而是卡捷琳娜·伊万诺芙娜疯了；不过，索菲娅·谢苗诺芙娜也快疯了。而卡捷琳娜·伊万诺芙娜却彻底疯了。我告诉您，她是完完全全地疯了。会把他们送到警察局去的。您可以想象得到，这会产生多坏的影响啊……眼下他们正在运河边上的×大桥附近，离索菲娅·谢苗诺芙娜的住处不远。近得很呢。"

在离大桥不太远的河岸边，与索尼娅住的公寓相距不到两幢房子的地方，聚集着一大堆人。最多的是一些小男孩和小姑娘。还在桥边，就能听到卡捷琳娜·伊万诺芙娜那声嘶力竭、十分沙哑的喊声。这确实是一幕奇怪的场景，很能吸引过往行人的兴趣。卡捷琳娜·伊万诺芙娜穿

---

① 傍晚和日落是陀思妥耶夫斯基小说中一个深刻的心理象征意象，意味着白天的尘土飞扬和炎热污浊将渐渐平息，而人的灵魂和精神将渐渐净化。

着她那件旧连衣裙，披着德拉德达姆细呢披巾，歪戴着一顶揉得不成样子的破草帽，的确是一副发了疯的样子。她已经累得喘不过气来了。她那张痨病患者的憔悴不堪的脸，看上去比任何时候都更显痛苦（何况在街头，映着夕阳，痨病患者总是似乎显得比在家里病情更重，样子更难看）；可是她那极度的兴奋并未平息下来，反倒每时每刻都变得火气更大。她冲到孩子们跟前，对他们大喊大叫，连哄带劝，当着观众的面现场教他们怎样跳舞、唱歌，还给他们解释为什么要这样做，并由于他们不能理解她的用意而深感绝望，于是就揍他们……接着，话还没说完，她又奔向观众；如果她发现哪一个穿得稍微好一点的人停步观看，便立即向他说明，请看，这些“出身高贵，甚至可以说是贵族家庭出身的”孩子现在沦落到了何等的地步。如果她听到人群中有嘲笑的声音或者讥讽的话语，她就会立刻冲到那些放肆的人面前，跟他们对骂起来。有的人真的在发笑，有的人则摇头不已；总而言之，大家都十分好奇地想看看这个疯女人和这几个吓得半死的孩子。没有看到列别贾特尼科夫提及过的那只小煎锅，至少拉斯科尔尼科夫没有看到；然而，尽管卡捷琳娜·伊万诺芙娜没敲煎锅，但她在逼着波列奇卡唱歌、廖尼娅和科里亚跳舞的时候，却用她那枯瘦如柴的手打着拍子作为伴奏；同时甚至自己也伴唱，可是由于十分难受的咳嗽，每次唱到第二个音便难以为继了，于是她又心灰意冷，咒骂着自己的咳嗽，甚至失声痛哭。而最使她怒不可遏的是科里亚和廖尼娅的眼泪汪汪和杜口裹足。的确，她曾经试图把孩子们打扮得像街头卖唱的艺人。男孩子头上裹着一块不知用什么做的红白相间的缠头巾，让他扮成土耳其人。廖尼娅却没有化妆的衣服；只是把已故的谢苗·扎哈雷奇的一顶红绒线帽（或者不如说是一顶尖顶帽）戴在她头上，不过在帽子上插了一根白鸵鸟毛，这根白鸵鸟毛还是卡捷琳娜·伊万诺芙娜祖母的东西，迄今为止一直当作传家宝珍藏在箱子里。波列奇卡则穿着自己平时穿的衣服。她怯生生、慌慌张张地望着母亲，寸步不离地紧跟着她，也不让人看见她眼泪潸潸，她猜到母亲疯了，她焦虑不安地不停打量着四周。街道和人群使她望而生畏。索尼娅如影随形般地紧紧跟着卡捷琳娜·伊万诺芙娜，一边哭着，一边不停地哀求她回家。然而卡捷琳娜·伊万诺芙娜听若未闻，不予理睬。

“住嘴，索尼娅，住嘴！”她急慌慌地放连珠炮一般高声喊道，气喘吁吁，咳嗽不已。“你自己也不知道你在哀求什么，倒像个小孩子！我已经告诉过你了，我绝不会回到那个德国女酒鬼那里去了。就让大家，让全彼得堡的人都来看看，出身高贵的几个孩子是怎样沿街乞讨的，他们的父亲忠心耿耿、公而忘私地服务了一辈子，而且可以说是因公殉职。（卡捷琳娜·伊万诺芙娜已经给自己杜撰了这个子虚乌有的故事，并且盲目地信以为真了。）就让这个，就让这个卑劣的将军看看吧。你可真傻哪，索尼娅：现在吃什么呢，你倒说说看？我们已经拖累得你够惨的了，我不想再拖累你了！啊，罗季昂·罗曼诺维奇，这不是您吗！”看见拉斯科尔尼科夫，她大叫一声，便飞跑到他跟前，“麻烦您开导开导这个傻姑娘，这样做才是最聪明的办法！虽然背手摇风琴的流浪乐师也在混口饭吃，可是大家一眼就能辨别出我们是谁，他们会知道，我们是一贫如洗、门第高贵的孤儿寡母，无依无靠，被迫沦落为乞丐，这个卑劣的将军准会丢掉他的乌纱帽，您瞧着吧！我们要每天都到他的窗下去，要是皇上经过那里，我就跪在地上，让这些孩子一个个都跪在前面，指着他们说：‘父亲，请保护他们吧！’他就是孤儿们的父亲，他是一个大慈大悲的人，他一定会保护他们的，您定会看到的，而这个卑劣的将军……廖尼娅！tenez-vousdroite①了！科里亚，你马上又要跳舞了。你抽抽噎噎地哭什么呀？又哭了！唉，你怕什么呢，怕什么呢，小傻瓜！上帝啊！叫我拿他们怎么办呢，罗季昂·罗曼内奇！您哪里知道哟，他们是多么不懂事啊！唉，我可拿这样的孩子怎么办呢！……”

说着，她向他指着那些抽抽噎噎地哭着的孩子，自己也差点儿哭了起来（不过这并未影响她继续滔滔不绝、连珠炮一般地一口气说下去）。拉斯科尔尼科夫试图说服她回去，甚至打算唤起她的自尊心，说她像流浪乐师那样浪迹街头是不成体统的，因为她正准备当贵族女子寄宿中学的校长……

“寄宿中学，哈——哈——哈！山外的铃鼓特别好②！”卡捷琳娜·伊万诺芙娜高声叫道，刚一笑完，就大咳特咳起来，“不，罗季昂·罗曼诺维奇，美梦已经破灭了！所有的人都抛弃了我们！……而这个卑劣的将军……您知道吗，罗季昂·罗曼诺维奇，我把一个墨水瓶扔到了他身上，——它正好在门房的桌子上，在来客登记簿旁边，我登记完以后，把墨水瓶砸到他身上就跑了。噢，这些下流的东西，这些下流的东西。我对他们真是不屑一顾；现在我要自己养活这些孩子，再也不向任何人乞哀告怜了！我们已经把她折磨得够了！（她指了指索尼娅）波列奇卡，

① 法文，意为“站直”。

② 俄语俗语，意为“总以为未见过的东西是好的”，此处可引申为“画饼充饥”。

收了多少钱，拿来看看！怎么？总共才两个戈比？噢，真是可恶！一个子儿也舍不得给，就知道伸着舌头气喘吁吁地跟在我们后面跑！哼，这个蠢货在笑什么？（她指了指人群中的一个人）这全是因为，这个科里亚太不懂事，真叫我操碎了心！你又怎么啦，波列奇卡？跟我说法语，parlez-moi français[①]。我不是教过你，你不是会说那么几句吗？否则，怎么分辨得出来，你们是门第高贵的家庭里受过教育的孩子，和那些流浪乐师们是截然不同的呢；我们可不是在街上表演什么《彼特鲁什卡》[②]，而是演唱高雅的抒情歌曲……啊，对了！我们现在到底唱什么歌呢！你们老是打断我的话，而我们……您要知道，罗季昂·罗曼内奇，我们停留在这个地方，是为了挑选一首什么能唱的歌，——挑一首科里亚能合着节拍伴舞的歌……因为我们在这方面什么都没有准备，这是您可以想象得到的：必须先商量一下，把节目排练妥当，然后我们就动身到涅瓦大街去，在那里上流社会的人比比皆是，远远多于这里，我们立刻就会吸引他们的注意力：廖尼娅会唱《小小农庄》……不过翻来覆去老是唱《小小农庄》，这首歌大家都会唱了！我们应该唱点什么更高雅一些的歌儿……喂，波莉娅，你想出些什么来没有，但愿你能帮帮母亲！我的记性糟透了，我的记性糟透了，要不，我会想起来的！不能唱《一个骠骑兵手拄马刀》[③]，真的！哎哟，有了，我们用法语来演唱《Cinq sous》[④]吧！我可是教过你们的，真教过啊。最重要的是，这是用法语演唱的，人家立刻就会注意到，你们是贵族家的子女，这就会更加震撼人心……甚至也可以唱《Malborough s'en va-t-en guerre》[⑤]，因为这是一首货真价实的儿歌，所有的贵族家庭在哄着小孩子睡觉时都把它当催眠曲呢。

Malborough s'en va-t-en guerre,

---

① 法文，意为“跟我说法语”。

② 彼特鲁什卡是俄罗斯民间传统讽刺木偶戏中的一个家喻户晓的人物。

③ 19世纪俄罗斯的流行歌曲，以俄国诗人康·尼·巴丘什科夫（1787—1855）的《离别》一诗谱曲。

④ 法文，《五个苏》。这是法国剧本《上帝的恩惠》中乞丐们唱的一首歌。1842年，俄国诗人涅克拉索夫（1821—1877）把这一剧本改编成通俗剧《母亲的祝福》，在彼得堡上演，大获成功，并且久演不衰。一个苏等于二十分之一法郎。

⑤ 法文，《马尔布鲁去杀敌》。这是法国流行的一首诙谐歌曲。

Ne sait quand reviendra……①

她本来已经唱了两句……“可是，不，最好还是唱《Cinq sous》吧。喂，科里亚，把双手叉在腰上，快呀，而你呢，廖尼娅，你就把身子朝相反的方向转，我跟波列奇卡伴唱，用手打拍子！

Cinq sous , Cinq sous ,
Pour monter notre ménage……②

咳——咳——咳！（她又大咳特咳起来。）整理一下连衣裙，波列奇卡，背带滑下来了，”她在咳嗽的间歇里喘了口气说，“现在你们一举手一投足，都要特别注意体面端庄，自尊自重，好让大家一看就知道，你们是贵族的子女。我早就说过，胸衣应该裁长一些，而且要用两幅布料。索尼娅，这可是当时你出的主意：‘短一点，短一点’，瞧，结果让孩子们穿着根本不像样子……唉，你们大家又哭起来了！你们到底是怎么回事啊，傻瓜们啊！喂，科里亚，快开始吧，快点儿，快点儿，——哦呀，这孩子多讨厌啊！

Cinq sous , Cinq sous ……

又是一个当兵的！喂，你有什么事啊？”

果然，有个警察从人群中挤了进来。然而就在这个时候，有一位穿着文官制服、披着大衣的先生，一位五十岁上下、仪表威严、脖子上挂着一枚勋章的官员走到跟前（这使卡捷琳娜·伊万诺芙娜欢欣鼓舞，同时也影响了那个警察），他一声不响地递给卡捷琳娜·伊万诺芙娜一张绿色的三卢布钞票。他的脸上流露出真挚的同情。卡捷琳娜·伊万诺芙娜收下钞票，彬彬有礼，甚至极其恭敬地向他鞠了一躬。

“谢谢您，阁下，”她不卑不亢地说，“迫使我们流落街头的原因……波列奇卡，把钱拿去。你看，毕竟还有一些品德高尚、慷慨解囊的人，愿意立刻帮助贫困的落难贵族夫人。阁下，您现在看到的是一些出身高

① 法文，意为：马尔布鲁去杀敌，何时回家没人知。

② 法文，意为：五个苏，五个苏，全家的衣服和食物……

贵的孤儿，他们甚至可以说是正宗的贵族血统……而这个将军却坐在那里手撕口嚼着松鸡……还冲着我直跺脚，因为我打扰了他……我说：‘大人，请您保护保护这些孤儿吧，因为您非常了解已故的谢苗·扎哈雷奇，同时还因为就在他去世的那一天，有一个最卑鄙无耻的家伙栽赃陷害他亲生的女儿……’又是这个当兵的！请您保护我们吧！”她对那个官员高喊着，“这些个当兵的干吗阴魂不散地缠着我？我们才躲开一个，从小市民街逃到这里……喂，这碍你什么事啊，笨蛋！”

“因为禁止街头卖唱。请不要胡闹。”

“你自己才是胡闹呢！我这可是跟背手摇风琴的一模一样的啊，关你什么事呢？”

“背手摇风琴的都是有执照的，而您却擅自上街，而且惊动了这么多人来围观。您住在哪里？”

“怎么，要执照，”卡捷琳娜·伊万诺芙娜号叫起来，“我今天才安葬了丈夫，哪有什么执照！”

“夫人，夫人，请您安静安静，”那位官员开口说道，“我们走吧，我送您回家……在稠人广众中间这可有失雅观……您有病……”

“阁下，阁下，您什么也不知道啊！”卡捷琳娜·伊万诺芙娜大声喊道，“我们要去的是涅瓦大街呢——索尼娅，索尼娅！她在什么地方？她也在哭呢！你们大家到底怎么啦？……科里亚，廖尼娅，你们到哪里去啊？”她突然面无人色地大叫起来，“噢，这些傻乎乎的孩子啊！科里亚，廖尼娅，他们这到底是上哪里去啊！……”

情况是这样的，科里亚和廖尼娅本来已被街上的人群和发疯的母亲的反常行动吓得魂不附体，后来又看见那个警察要抓他们，把他们送到什么地方去，突然不约而同地手拉着手撒腿就跑。可怜的卡捷琳娜·伊万诺芙娜狂呼大叫、涕泪交流地飞扑去追赶他们。她那狂追不舍、泪流满面、气喘吁吁的样子，让人看了深感既不成体统又可怜至极。索尼娅和波列奇卡赶忙跑去追她。

“叫他们回来，叫他们回来，索尼娅！噢，这些不知好歹的傻乎乎的孩子啊！……波莉娅！抓住他们……正是为了你们我才……”

在拼命奔跑中，她绊了一下，一跤跌在地上。

“摔出血了！噢，上帝啊！”索尼娅惊呼一声，俯身去看她。

大家呼啦一下全跑拢来了，密密麻麻地围成一圈。拉斯科尔尼科夫和列别贾特尼科夫两个最先跑到跟前；那位官员也急匆匆地跑了过来，那个警察跟在他后面，抱怨地“哎哟”了一声，并且挥了挥手，预感到事情变得麻烦起来了。

“散开！散开！”他驱赶着那些拥挤在周围的人。

“她快死了！”有谁喊了一声。

“她疯了！”另一个人说。

“上帝啊，保佑她吧！”一个女人画着十字说，“那个小男孩和那个小姑娘给抓住了吗？看哪，带过来了，是那个大女儿抓住的……唉，真淘气哪！”

然而，当人们仔细察看了卡捷琳娜·伊万诺芙娜的伤势以后，这才发现，她压根儿就并非索尼娅所想的那样是绊倒在石头上摔出血来的，染红了马路的那些鲜血，是从她的胸中经过喉咙涌出来的。

“这种情形我知道，我看见过，”那位官员对拉斯科尔尼科夫和列别贾特尼科夫低声说道，“这是肺结核；咯这么多的血会把人憋死的。就在不久以前我亲眼见到，我的一个女亲戚也是这样，足足咯了一杯半血……突然……可是到底怎么办呢，她马上就会没命的！”

“到这里来，到这里来，抬到我家里去！”索尼娅恳求着，“瞧，我就住在这里！……就是这栋房子，从这里数第二栋……抬到我家里去，快点啊，快点啊！……”她在人群中奔过来跑过去求告着，“快去请个医生来……噢，上帝啊！”

由于那位官员出力相助，事情总算顺利解决了，就连那个警察也来帮着抬卡捷琳娜·伊万诺芙娜。她被抬到索尼娅的屋里时，几乎已经失去了知觉。人们把她放在床上。她依旧咯着血，不过她似乎渐渐恢复了知觉。好些人一下子涌进了屋子，除了索尼娅，还有拉斯科尔尼科夫、列别贾特尼科夫、那位官员和那个预先驱散了人群的警察，还有几个人一直跟着他们，这时站在门口。波列奇卡牵着浑身战栗、正在哭哭啼啼的科里亚和廖尼娅的手，把他们领进了屋里。进来的还有卡佩尔纳乌莫夫一家子：他本人是个瘸腿，又瞎了一只眼睛，头发和络腮胡子又粗又硬，像鬃毛似的直竖着，模样极其古怪；他的妻子则永远是一副惶恐不安的表情；他们的几个孩子老是满脸惊异的神色，因此反而显得十分呆板，而且他们总是大张着嘴巴。斯维德里盖洛夫竟也突然在这一大群人中冒了出来。拉斯科尔尼科夫惊异地望了他一眼，搞不清他是从哪里钻出来的，也不记得什么时候在看热闹的人群中瞧见过他。

大家都在纷纷谈论着请医生和神甫的事情。那位官员虽然在拉斯科尔尼科夫的耳边轻声说，现在去请医生似乎已经是多此一举了，但他还是派人去请。卡佩尔纳乌莫夫自告奋勇，亲自去请。

这时卡捷琳娜·伊万诺芙娜已经醒了过来，咯血也暂时停止了。她用痛苦不堪但却专心致志、洞察秋毫的目光注视着脸色煞白、浑身颤抖的索尼娅，她正在用手帕为她揩拭额上的汗珠；最后，卡捷琳娜·伊万诺芙娜要求稍稍把她扶起来一点。大家从两边搀扶着她，让她坐在床上。

“孩子们在哪里啊？”她用软绵绵的声音问道，“你把他们带来了吗，波莉娅？噢，真是傻乎乎的！……唉，你们为什么要跑呢……哎哟！”

她那干枯的嘴唇上还凝结着鲜血。她使劲转动着眼珠细细扫视着四周，说：

“原来你就住在这样的地方，索尼娅！我一次也没有来过你这里……现在总算有机会了……”

她心如刀割地望了望索尼娅：

“我们都把你榨取干了，索尼娅……波莉娅、廖尼娅、科里亚、到这里来……瞧，他们来了，都在这里了，你就都收下他们吧……我亲手交给你了……我已经够了！……一切都完了！啊！……让我躺下吧，就让我安安静静地去死吧……”

大家又让她躺到了枕头上。

“什么？请神甫？……用不着……你们哪有多余的钱啊？……我没有罪！……我就是不忏悔，上帝也应该宽恕我……他自己知道我受了多少苦！……如果他不愿宽恕我，那就无须他宽恕！……”

她渐渐陷入惊厥昏迷之中。有时，她全身瑟瑟发抖，骨碌碌地转动着眼睛环顾四周，有那么一会儿认出了所有的人；但很快就变得神志不清了。她嘶哑地、艰难地喘着气，喉咙里仿佛有什么东西在呼哧呼哧作响。

“我对他说：‘大人！……’”她高声叫道，每说一个字，就要停下来喘一口气，“这个阿玛莉娅·路德维希娜……唉！廖尼娅，科里亚！双手叉在腰上，快呀，快呀，滑步——滑步，用巴斯克人①的舞步！用脚打拍子……小孩子的舞姿一定要优美。

Du hast Diamanten und Perlen……②

---

① 这是西班牙和法国的少数民族。

② 德文：你有钻石和珍珠。这是舒伯特（1797—1828）根据海涅（1787—1856）《还乡集》中的一首诗谱写的一首抒情歌曲。

往下怎么唱呢？应该唱……

Du hast die schönsten Augen,
Mädchen, was willst du mehr?①

唔，对呀，就是这样！was willst du mehr，——真亏他想得出来，这傻瓜！……啊，对了，这不还有：

流金铄石的中午，在达格斯坦山谷……②

啊，我多么喜欢呀……我打心底里喜欢这首抒情歌曲，波列奇卡！……你要知道，你的父亲……还在向我求婚的时候经常唱……哦，多么美好的日子啊！……唱吧，我们也一起来唱吧！噢，到底怎么唱的，到底怎么唱的……瞧，我竟然连这都忘了……你们倒是提示一下啊，到底怎么唱的？"她极其激动，拼命挣扎着想坐起来。最后，她用可怕的、沙哑的声音竭尽全力地唱了起来，她拼命地扯起嗓子叫喊着，每叫喊出一个词就要大喘一阵，脸上的神色也越来越可怕：

流金铄石的中午，在达格斯坦山谷……
我的胸部中了一颗子弹！……

"大人！"突然她发出一声撕心裂肺的哀号，热泪滚滚流满了脸颊，"请您保护这些孤儿吧！您可受过已故的谢苗·扎哈雷奇的盛情款待啊！……甚至可以说是贵族式的呢！……啊！"她打了个冷战，突然清醒过来，惶惶不安地看了看大家，但立即认出了索尼娅。"索尼娅，索尼娅！"她和蔼、亲热地说，看到她就站在自己面前，似乎大感惊讶，"索尼娅，亲爱的，你也在这里吗？"

大家又扶着她稍稍坐起身子。

"够了！……是时候了！……永别了，苦命的人！……我这匹累坏了的瘦马已经油枯灯尽了！……累——死——了！"她万念俱灰而又恨恨不

① 德文，同上：你有一双美丽的眼睛，姑娘，你还需要什么？

② 这是俄国作曲家米·阿·巴拉基列夫（1836—1910）根据莱蒙托夫（1814—1841）的诗《梦》谱写的一首抒情歌曲。

平地大喊一声，一头栽倒在枕头上。

她又昏迷了过去，不过这最后一次昏迷持续的时间很短。她那苍白中透出蜡黄、干瘪瘪的脸往后一仰，嘴巴大大地一张，两条腿猛一抽搐便伸直了。她深深地叹息了一声，便断气了。

索尼娅扑到她的尸体上，双手紧抱住她，头紧贴着死者干瘪的胸膛，就这样一动不动了。波列奇卡伏在母亲的脚上，一边放声大哭，一边吻着她的双脚。科里亚和廖尼娅还不懂得发生了什么事，但预感到这是一件极其可怕的事，彼此用双手抓住对方的肩膀，直愣愣地彼此对视着，突然不约而同地一下子张开嘴巴，高声大叫起来。两人依旧穿着表演的服装：一个裹着缠头巾，另一个戴着一顶插了一根白鸵鸟毛的小圆帽。

那张“奖状”又怎么会突然出现在床上，放在卡捷琳娜·伊万诺芙娜身边？它就放在那里，就在枕头旁边；拉斯科尔尼科夫看见了它。

他走到窗前。列别贾特尼科夫赶忙一步跨到他的跟前。

“她死了！”列别贾特尼科夫说。

“罗季昂·罗曼诺维奇，我有两句非得告诉您不可的话。”斯维德里盖洛夫走近前来，说道。列别贾特尼科夫赶忙让开，彬彬有礼地悄悄退到一旁。斯维德里盖洛夫把大吃一惊的拉斯科尔尼科夫拉到一个更远一些的角落里。

“所有这些麻烦事，也就是安葬什么的，都由我来负责操办。您知道，这需要一笔钱，而我不是告诉过您吗，正好有一笔暂时闲置的钱。这两个孩子和这个波列奇卡，我可以送到一个比较好一些的孤儿院里去，在他们成年之前，我资助他们每人一千五百卢布作为生活费用，以便解除索菲娅·谢苗诺芙娜的后顾之忧。而且我还要把她本人从火坑里救出来，因为她是一个好姑娘，是不是？唔，那么就请您转告阿芙多季娅·罗曼诺芙娜，她那一万卢布我就这样用掉了。”

“您这样乐善好施究竟怀有什么目的呢？”拉斯科尔尼科夫问道。

“哎——哎呀！您这人可真多疑！”斯维德里盖洛夫嘿嘿笑了起来，“我可是说过的啊，这是我暂时闲置的一笔钱。唔，别无他意，只不过出于人道精神而已，您不允许，还是怎么的？要知道她可不是一只虱子啊（他伸出一根手指指了指停放着死者的那个角落），毕竟不是什么放高利贷的老太婆。好了，您得承认，‘是真的让卢仁活着继续兴妖作怪呢，还是让她死于非命？’而且如果我不出手相助的话，那么‘波列奇卡，譬如说，也只有这同一条路可走了……’”

他在说这番话的时候，一双眼睛一眨也不眨地紧盯着拉斯科尔尼科夫，满脸快活、狡黠的神情，好像在向他使眼色。拉斯科尔尼科夫从他嘴里听到自己对索尼娅说过的那些话，顿时脸白如纸，寒透心底。他飞快地后退了一步，魂飞魄散地望了望斯维德里盖洛夫。

“您怎——怎么会……知道？”他勉强舒了一口气，悄声说道。

“可您要知道，我就住在这里，就住在隔壁，列斯莉赫太太家里。这边是卡佩尔纳乌莫夫家，而一墙之隔的那边便是列斯莉赫太太家，她是我最忠实的老朋友。我们是邻居啊。”

“您？”

“我，”斯维德里盖洛夫笑得前仰后合，接着说道，“而且我以人格担保，最亲爱的罗季昂·罗曼诺维奇，请您相信，您使我心醉神迷，兴趣非凡。我不是对您说过吗，我们会交上朋友亲近起来，我曾经对此作过预言，——瞧，我们这不已交上朋友亲近起来了。您还会发现，我是一个多么通情达理的人。您会发现，跟我还是可以相处的……”

第六章

一

对于拉斯科尔尼科夫来说，一个奇怪的时期开始了：仿佛一团浓雾突然笼罩了他，使他陷入一种走投无路、痛苦不堪的离群索居状态。很久以后，当他回忆起这段时期，他才逐渐明白，他的意识有时候似乎不大清晰，时好时坏，一直持续到灾难最后降临。他坚信，他当时在许多方面都犯了错误，比如说，某些事件发生的时间和日期他就搞错了。至少当他后来追忆往事，并且极力想把那些事情弄得一清二楚的时候，他还是根据从旁人那里了解的一些材料，知悉了很多有关自己的情况。比如说，他曾经把一件事和另一件事混为一谈；又把另一件事仅仅当作他虚构的某件事的后果。有时他被一种病态的、痛苦的忧虑所控制，这种忧虑又往往变成一种栗栗危惧的惶惑。不过他也记得，常常也有这么一些时刻，甚至可以说常常也有这样一些日子，他完全被一种与此前的惶惑似乎截然相反的冷漠所控制，这种情绪一如某些即将钟鸣漏尽的人那种病态的漠然置之的态度。总而言之，在这最后几天里，他自己似乎在极力避免弄清自己目前的处境；有些必须立即弄清的基本事实尤其使他感到苦恼不堪；如果能够抛开并躲避某些忧虑，那真会令他笑逐颜开，然而，真把这些忧虑忘诸脑后，从他的处境来说，就有遭到不容置疑、不可避免的毁灭的危险。

特别使他驰魂夺魄的是斯维德里盖洛夫：甚至可以说，斯维德里盖洛夫占据了他的整个心魂。自从斯维德里盖洛夫在卡捷琳娜·伊万诺芙娜弥留之际，在索尼娅的住处，说了那番在他看来让人心胆俱裂而又极其露骨的话以后，他那正常的思路就似乎被破坏了。然而，尽管这个新事实使他感到心惊肉跳，但他不知为什么并不急于去把它查个水落石出。有时，他突然发现自己待在城内某个遥远而偏僻的角落，独自坐在一家下等小饭馆的桌子旁沉思默想，几乎不记得自己是怎样来到这里的，但却会忽地想起斯维德里盖洛夫：他突然十分清楚而又心惊胆战地意识到，必须尽快与这个人达成谅解，而且如果可能的话，一劳永逸地把这件事解决了。有一次，他来到城郊的某个地方，甚至假想自己正在这里等候斯维德里盖洛夫，双方已约好在这里见面。另一次，他睡在一片灌木丛中，天亮之前就醒了，几乎不记得自己是怎样来到这里的。其实，在卡捷琳娜·伊万诺芙娜去世后的这两三天里，他已经两次跟斯维德里盖洛夫劈面相逢了，而且几乎每次都在索尼娅的住处，他去那里并无什么目的，并且几乎总是只待片刻。他们往往只寒暄几句，从未谈到那个至关紧要的问题，似乎他们之间早有默契，把这个问题暂时搁置起来。卡捷琳娜·伊万诺芙娜的遗体还放在棺材里，斯维德里盖洛夫正在为丧事东奔西忙，索尼娅也忙得不可开交。在最近一次见面时，斯维德里盖洛夫对拉斯科尔尼科夫说，他已经把卡捷琳娜·伊万诺芙娜的几个孩子的事情完全办妥了，而且办得十分顺利；说他通过某些关系，拜访了几个人，在他们的帮助下，可以立即把三个孤儿安置到对他们十分相宜的孤儿院里；还说，为他们所存的钱款也起了很大的作用，因为有存款的孤儿要比一无所有的孤儿容易安置得多。他也谈到了索尼娅，还答应近两三天一定抽空去拜访拉斯科尔尼科夫，并且提到“想要向他多多请教；有些事情急需与他谈谈……”这一番话是在楼梯旁的过道里谈的。斯维德里盖洛夫目不转睛地望着拉斯科尔尼科夫的眼睛，沉默片刻后，突然压低声音问道：

“您究竟怎么啦，罗季昂·罗曼诺维奇，您似乎神不守舍？真的！您也在听，也在看，可又似乎什么都不明白。您要振作精神。让咱俩谈谈吧：只可惜琐事繁多，既有别人的，也有自己的……唉，罗季昂·罗曼诺维奇，”他突然补上一句，“每个人都需要空气，空气，空气啊……这是当务之急！”

他突然闪到一边，给正在上楼的神甫和教士让路。他们是来做安魂祈祷的。依照斯维德里盖洛夫的安排，安魂祈祷每天要做两次，按时进行。斯维德里盖洛夫忙着办别的事去了。拉斯科尔尼科夫站了一会，思忖了一下，便跟着神甫走进索尼娅的房间。

他在门口停住脚步。安魂祈祷开始了，庄严肃穆，悲悲切切。从小时候起，每当想到死亡，感觉到死亡的存在，他总会感到失魂落魄、神秘恐怖；何况他已经很久都没有听到安魂祈祷了。而且这里还有另外一种让人惶恐不安、心惊胆战的东西。他望着那几个孩子：他们都跪在棺材旁，波列奇卡更是泣不成声。索尼娅跪在他们后面，一边祈祷，一边似乎在怯生生地哭泣。“要知道，这些天她都没看过我一眼，也没跟我说过一句话。”拉斯科尔尼科夫蓦地想。太阳亮晃晃地照在屋子里，香炉里的烟一团团在袅袅上升。神甫念诵着：“上帝啊，让她安息吧。”拉斯科尔尼科夫一直站在那里，直到整个安魂祈祷结束。神甫在祝福和告辞的时候，有点儿奇怪地打量了一下四周。安魂祈祷结束以后，拉斯科尔尼科夫走到索尼娅跟前。她突然抱住他的一双手，把头依偎在他的肩膀上。这种亲昵的姿态甚至使拉斯科尔尼科夫深感震惊，并大惑不解；更使他深感纳闷：怎么？竟然对他没有丝毫厌恶，没有丝毫抵触，她的手竟然没有丝毫哆嗦！这可是一种无以复加的自卑啊！至少，他对此是这样理解的。索尼娅什么话都没说。拉斯科尔尼科夫握了一下她的手，便走了出去。他感到回肠九转。这时如果能够远走高飞，孤身独处，哪怕就这样过一辈子，他也会感到无比幸福。然而，问题在于，最近以来他虽然几乎总是孤飞独行，但却感觉不到一丝孤独的滋味。有时他跑到郊外，在大路上漫步，有一次甚至还钻进一片小树林里；然而，地方越是荒僻，他就越是真真切切地感到，似乎有什么人如形随影就在近旁，使他惴惴不安。这与其说是令他毛骨悚然，倒不如说是让他怒火中烧，于是，他又急匆匆地返回城里，混迹于人群之中，钻进小饭馆或小酒铺，溜进旧货市场或干草市场。置身这些地方，他似乎觉得舒畅一些，甚至也孤寂一些。一天傍晚，在一家小酒店里，有人在演唱歌曲：他坐在那里听了足足一个小时，记得当时甚至听得兴会淋漓。不过，最后他又忽然惶惶不安起来；仿佛良心的谴责使他痛苦不堪：“哼，我居然坐在这里听人唱歌，难道这是我该做的事吗！”他似乎这样想着。不过，他又马上明白，使他惶恐不安的并非仅此一点；似乎还有一件事他必须当机立断，然而这件事究竟是什么事，既不能辨明，也无法言传。所有的事都缠绕在一起，变成一团乱麻。“不，最好还是拼他一场！最好是再去找波尔菲里……或者是再找斯维德里盖洛夫……但愿尽快再出现一次挑战，随便什么人尽快发动一次攻击……是的！是的！”他寻思着。他走出小酒店，几乎拔腿飞跑。一想起杜尼娅和母亲，他猛然间不知为何产生了一种魂不附体的恐惧。这天夜里，他睡在十字架岛①上的灌木丛里，天亮之前就醒来了，冷得浑身哆嗦，发着高烧，他朝家里走去，清晨时分才回到家中。他昏睡了几个小时，烧已经退了，但他醒来得很晚：已经都下午两点钟了。

他倏然想起，卡捷琳娜·伊万诺芙娜定于这天安葬，他很高兴自己没去参加葬礼。娜斯塔西娅给他送来了吃的东西；他胃口大开，几乎是狼吞虎咽地吃着喝着。他的头脑清醒些了，心情也比这三天来平静些了。有那么一阵子，他甚至感到讶异，以前自己竟会产生那种突如其来、心胆俱裂的恐惧。房门开了，进来的是拉祖米欣。

"啊！在吃东西，看来病好了！"拉祖米欣说，他端起一把椅子，隔着桌子坐在拉斯科尔尼科夫对面。他忧心忡忡，而且并不费力对此加以掩饰。他说话时带着明显的恼恨情绪，但却慢条斯理，也没有特意高声大喊。可以推断，他心里怀有某种异乎寻常的特殊意图。"喂，"他毅然决然开口说道，"你和你的那些事，我丝毫不想过问，不过根据我现在亲眼所见，尽管一清二楚，但我一头雾水，什么都无法理解；请你别以为我是来盘问你的。呸！我才不屑于那样做呢！即使你自己现在向我公开一切，公开你所有的秘密，我也许连听都不愿听呢，我会啐一口唾沫，转身就走。我来这里的唯一目的，就是要亲自完完全全弄明白：首先，你会不会真的是个疯子？你要知道，对于你，有那么一种说法（嗯，且不管什么地方吧），宣称你也许是个疯子，或者至少有变成疯子的明显迹象。实话告诉你，我自己也非常赞同这种看法：第一，根据你那些蠢不可及而且多多少少有点卑劣的行为（简直莫名其妙）；第二，根据你不久前对待令堂和令妹的行为。像你那样对待她们的，如果不是疯子，那就只有恶棍和坏蛋了；因此，你就是疯子……"

"你见到她们有很久了吗？"

"就是刚才。而你从那时候起就再也没有见过她们吗？你到哪里闲逛去了，请你告诉我，我已经三次登门造访了。从昨天起，令堂就病得很重。她只想来看你；阿芙多季娅·罗曼诺芙娜极力劝阻她；可她什么话都听不进去，她说：'既然他有病，既然他头脑不正常，那么母亲不去照料他，谁还会去照料他呢？'我们就一齐来到这里，因为我们不能让她独身一人前来。一路上我们都在劝她放心，一直劝到你房门口。进屋一看，

---

① 位于彼得堡的涅瓦河口，与叶拉金岛毗邻，在瓦西里岛和彼得岛以北。

你却不在，瞧，她就坐在这里等你，坐了十分钟，我们默默无言地站在她身边。她站起身来，说：‘既然他能出门，可见他是健康的，既然他把母亲都给忘了，那么做母亲的站在门口，就像乞求施舍一样乞求他的温情，是有失体面的，令人羞愧的。’她一回到家里就病倒了；现在正在发着烧呢。她说：‘我看得出来，对于心上人，他倒有时间。’她说的心上人，就是索菲娅·谢苗诺芙娜，她究竟是你的未婚妻，还是你的情人，我就不知道了。刚才我去过索菲娅·谢苗诺芙娜那里，老兄，因为我想把一切都弄个水落石出，——我进屋一看：一口棺材摆在那里，孩子们在哭天喊地。索菲娅·谢苗诺芙娜在给他们试穿孝服。你不在那里。我看了一眼，道了一声歉，就出来了，把这些情况全都告诉给阿芙多季娅·罗曼诺芙娜。如此看来，这一切都是捕风捉影，根本就没有什么心上人，看来最正确的说法就是你疯了。然而，你却坐在这里狂嚼熟牛肉，倒像三天没吃过东西一样。即便是疯子，也要吃东西吧，尽管你不曾跟我说一句话，但你……绝非疯子！对此，我敢发誓。首先，你绝非疯子。因此，你和你的那些事，我丝毫不想过问，因为你有什么秘密，有什么不能公开的东西；我可不想为你的秘密费心劳神。因此，我这次来只是为了把你痛骂一顿，”他站起身来，最后说道，“出口恶气，不过我已知道自己现在该做什么事了！”

“那你现在到底想做什么呢？”

“我现在想要做什么，这又跟你有什么关系？”

“看来，你要去借酒浇愁了！”

“怎么……你怎么知道的？”

“唔，这还用说吗！”

拉祖米欣沉默了一会儿。

“你一直就是一个智珠在握的人，而且从来，从来就不是疯子。”他突然激情似火地说。“一点没错，我就是要借酒浇愁！别了！”说着，他拔腿就走。

“好像是前天，我跟妹妹说起过你呢，拉祖米欣。”

“说起过我！不过……你能在哪里见到她呢？”拉祖米欣突然停住脚步，连脸色都有点白了。可以猜想得到，他的心在胸膛里正在慢慢地、紧张地跳动。

“她到这里来了，独自一人，坐在这里，跟我谈话。”

“她！”

“对，是她。”

“你究竟说了些什么……我想问的是，关于我说了些什么？”

“我告诉她，你是个很好的人，刚正不阿，勤勤恳恳。你爱她的事，我没有对她说，因为她自己知道这事。”

“她自己知道？”

“唔，那还用说！不管我将去什么地方，不管我将发生什么事情，——你都要像神明一样守在她们身边。我，可以说，把她们托付给你了，拉祖米欣。我之所以说这话，是因为我心中有数，你是多么爱她，并且我坚信你心地纯洁。我也知道，她也会爱你，甚至说不定已经爱上你了。现在你自己做出决定吧，你自己最明白，——你该不该去借酒浇愁？”

“罗季卡……你要知道……唔……哎呀，活见鬼！可你究竟要去什么地方呢？你瞧：如果这一切都是秘密，那就拉倒吧！可是我……我一定要搞清这个秘密……并且相信，这肯定是荒唐不经的事情，是吓唬人的微不足道的事情，是你自己胡编乱造出来的。其实，你是一个极好的人！一个极好的人！……”

“而我正要给你补充几句，你却打断了我的话。你刚才说决不打听这些秘密和不能公开的东西，这是非常好的。你暂时别管它，也别操心。该知道的一切，时候一到你定会全部知道。昨天有个人对我说，人需要空气，空气，空气！我打算马上去他那里，搞清他这句话是什么意思。”

拉祖米欣若有所思地站着，心潮澎湃地在考虑着什么事情。

“这是个政治阴谋家！千真万确！而且明天他就会采取某个决定性的步骤①——这也是千真万确的！不可能还有别的……而且杜尼娅也知道……”他突然暗自寻思着。

“这么说，阿芙多季娅·罗曼诺芙娜常来看你啊，”他一字一顿地说，“而你自己却想去见一个人，他对你说，需要更多的空气，空气，而且……而且，这么说，连这封信……也和这件事扯上关系了啰。”他最后仿佛在自言自语。

---

① 1866年4月4日，俄国激进的虚无主义者卡拉科佐夫（“地狱”组织的成员），曾企图暗杀俄罗斯历史上与彼得大帝、叶卡捷琳娜二世齐名的皇帝亚历山大二世（1818—1881；1855—1881年在位），但没有成功。1881年3月13日，亚历山大二世被“人民意志”（跟“土地与自由”有联系的一个密谋组织）的一个成员刺杀了。拉祖米欣这话，大约是由卡拉科佐夫的行刺引起的。

“什么信？”

“她收到一封信，就是今天，她极其惊慌不安，极其惊慌不安。我说起你的事情——她请求我别说。后来……后来她又说，也许我们很快就要分别，接着为了一件什么事，满腔热忱地对我表示感谢；最后她走进自己屋里，并锁上了门。”

“她收到一封信？”拉斯科尔尼科夫若有所思地追问道。

“对，一封信；难道你不知道？哼。”

他们两人都闷声不响了。

“再见吧，罗季昂。我，老兄……有一段时间……不过，还是再见吧，你知道吗，有一段时间……唔，再见！我也该走了！我不会去喝酒的。现在用不着了……你瞎说！”

他急匆匆地走了；然而，当他走到门外，而且几乎已随手关上了房门的时候，突然又把门推开，眼睛望着一旁，说道：

“顺便说一声！你还记得那件凶杀案吗，唔，就是波尔菲里经办的：有个老太婆被杀了？唔，我就告诉你吧，这个凶手投案自首了，他自己招认了，并且提供了所有的罪证。他就是那两个油漆工人当中的一个，你想想看，还记得我在这里为他们辩护过吗？你相信么，当那几个人，也就是看门人和两个证人上楼去的时候，他跟自己的伙伴追打笑闹，这是为了转移人们的视线而故意演出的一场闹剧。这个狗崽子真是狡猾透顶，也真沉着镇定！实在难以置信；好在他自己全说清楚了，他自己全都招认了！而我竟上了大当！这算不了什么，在我看来，这只不过是一个善于掩人耳目、随机应变的天才，一个善于逃脱法网的天才，——因此，没必要大惊小怪的！难道不可能有这样的人吗？至于他没能熬住，终于招认，这倒使我更加相信他的话。也更合情合理一些……不过，我，我当时竟上了大当！我还为他们的事义愤填膺呢！”

“请你告诉我，你是从哪里知道这事的，你为什么对这件事如此感兴趣？”拉斯科尔尼科夫以明显的激动不安的口吻问道。

“这还用说吗！我为什么感兴趣！你还问我！……我可是听波尔菲里说的，也包括其他人。不过，绝大多数情况是他告诉我的。”

“听波尔菲里说的？”

“听波尔菲里说的。”

“他到底说了些什么……到底说了些什么？”拉斯科尔尼科夫忐忑不安地问。

“他为我对这件事进行了十分精辟的分析。按照他那种方法，进行了心理学方面的分析。”

“他进行了分析？他竟为你亲自进行了分析？”

“亲自，亲自；再见！以后，我再给你说一件事，而现在我有事，在那边……曾经有一段时间，我以为……哦，没什么；以后再说吧！我现在干吗要去狂喝滥饮呢。你不用酒就让我醉了。我可真是醉了，罗季卡！我现在没喝酒就醉了，唔，还是再见吧；我还会来的；很快就会来看你的。”

他走了。

“这，这是个政治阴谋家，这是毋庸置疑的，毋庸置疑！”拉祖米欣慢慢下楼的时候，暗自断然做出结论。“把妹妹也卷进去了；就阿芙多季娅·罗曼诺芙娜的性格来看，这是极其、极其可能的。他们见过好几次面了……而她不是也向我做过暗示吗？根据她的一系列话语……根据她的某些只言片语……和种种暗示，所有这一切中包含的就是这个意思！否则，这整个缠绕不清的谜团如何解释呢？哼，可我还以为……哦，上帝啊，我怎么会有这样的想法呢。可不是吗，这是一时糊涂，我对他深感愧疚！当时，是他在走廊的灯光下把我弄得晕头转向了。呸！我的想法真是龌龊下流、粗暴蛮横、卑劣不堪！米科尔卡真是好样的，他全都招认了……因而也就揭开了以前种种情况的谜底！当时他的病情，他所有那一切怪异行为，甚至更以前，更以前，还在大学里念书的时候，他总是那么愁眉锁眼，忧心忡忡……可是现在这封信又是什么意思呢？这里，看来也是大有文章的。这封信是谁写的呢？我怀疑……嗯。不，我一定要把这一切查个水落石出。”

他想起了关于杜涅奇卡的一切情况，仔细地思考了一番，不禁吓得提心在口。他霍地拔腿飞跑起来。

拉祖米欣刚一出门，拉斯科尔尼科夫就站起身来，转身朝着窗户，一忽儿走到一个角落，一忽儿又走到另一个角落，仿佛忘记了自己住的是一间窄小的斗室，然后……又坐到沙发上。他整个人似乎面目一新；再拼搏一次——就会找到出路！

“对，就会找到出路！否则的话，全挤到一起，塞得满满当当的，憋得人喘不过气来，弄得人昏昏晕晕。自从那天在波尔菲里那里目睹米科尔卡演出的那场戏以后，他就开始感到窒闷异常，憋得难受。在米科尔卡表演后，就在同一天，在索尼娅那里又演出了一场戏；那场戏完全是由他一手导演并收场的，但结果却与他事先的想象迥然不同……他变得虚弱不堪，也就是说，猛然间变得虚弱不堪，彻底地虚弱不堪了！眨眼之间！要知道，他当时竟向索尼娅承认，亲自承认，诚心诚意地承认，心胸里闷着这样一件事，他无法独自活下去！然而，斯维德里盖洛夫呢？斯维德里盖洛夫是个谜……斯维德里盖洛夫搞得他坐立不安，这是真情实况，不过不能仅仅从这方面考虑。也许，他还得跟斯维德里盖洛夫进行一番拼搏。斯维德里盖洛夫也许是一条不错的出路；但波尔菲里却另当别论了。

“这么说，波尔菲里还亲自向拉祖米欣进行了一番分析，从心理学上进行了一番分析！他又开始鼓捣那该死的心理学了！是波尔菲里吗？既然在米科尔卡供认不讳以前，他和波尔菲里之间当时曾经历过那样的事，出现过面对面的交锋，而对这一幕只能有一种解释，再也找不到任何合理的解释，那么，在这一幕之后，难道波尔菲里还会相信米科尔卡是有罪的？哪怕就一分钟相信？（这几天来，跟波尔菲里交锋的场景中的一些零碎片断在拉斯科尔尼科夫的脑海里曾经一而再再而三地闪现；完整地回忆整个情景，他会无法忍受。）当时，他们之间曾进行过那样的谈话，做过那样一些动作和手势，交换过那样一些目光，事情已经发展到莫此为甚的地步，因而在这之后，绝不可能是米科尔卡（波尔菲里早就从他最初的一言一行中看透了他），绝不可能是米科尔卡动摇了他的信念的基础。

“真是咄咄怪事！就连拉祖米欣也开始怀疑了！当时走廊里灯光下的那一幕，可不是凭空发生的。于是他立即跑去找波尔菲里……然而这个人为何要如此欺骗他呢？他把拉祖米欣的注意力引到米科尔卡身上有什么目的呢？要知道，他肯定是居心叵测；他这样做是别有用心，然而究竟是什么用心呢？诚然，从那天早上起，已经过去很长的时间了，——太长，太长了，然而，却没有一丝一毫关于波尔菲里的消息。看来，这种情况更加糟糕……”拉斯科尔尼科夫拿起制帽，沉思了一会，便走出了房间。在整个这段时间里，他第一天感到至少自己的意识是健全的。“必须尽快了结跟斯维德里盖洛夫的事情，”他想，“而且无论如何必须了结，越快越好：此人似乎也在等着我自己送上门去。”就在这一瞬间，一种深恶痛绝之感猛然袭上他那疲惫不堪的心头，他恨不得杀死他们两人中的一个：不是斯维德里盖洛夫，就是波尔菲里。至少他觉得，即便不是现在，那么以后也会这样干。“我们等着瞧吧，我们等着瞧吧。”他暗自反复说道。

然而，他刚一打开通向过道的门，便猛然与波尔菲里撞了个满怀。这个人找上门来了。拉斯科尔尼科夫霎时愣住了。奇怪的是，他对波尔菲里的到来并不感到太过惊讶，也几乎没有什么害怕。他只是颤抖了一下，但电光石火般，转瞬间他就做好了准备。“也许，该收场了！然而，他怎么竟然像只猫一样，轻轻悄悄地进来了，我居然连一点声音都没有听见？难道他在偷听？”

“没料到有客来吧，罗季昂·罗曼诺维奇，”波尔菲里笑欣欣地叫嚷着，“早就打算顺道来访了，正好路过这里，心想为什么不进去坐几分钟呢？您打算去哪里？我不会耽误您。就坐下来抽支烟，如果您允许的话。”

“那就请坐吧，波尔菲里·彼得罗维奇，请坐吧。”拉斯科尔尼科夫请客人坐下，脸上流露出一种显而易见的满意与友好的神情，真的，如果他能看到自己的表情，他一定会对自己大吃一惊。马上就要鱼死网破了！有时，一个人遇到强盗，足足有半个小时吓得呆若木鸡，但最后把刀子架到他脖子上的时候，他反倒不再害怕。他正对着波尔菲里坐了下来，眼睛一眨也不眨地看着他。波尔菲里眯起眼睛，点燃了一支香烟。

“喂，快说吧，快说吧，”这些话好像就要从拉斯科尔尼科夫的心里蹦出来一般，“喂，你究竟怎么啦，究竟怎么啦，你怎么还不说啊？”

二

“唉，瞧这些香烟！”波尔菲里·彼得罗维奇点上烟，抽了几口，终于开口说话了，“是有害的，纯粹有害，可我就是戒不掉它！我老是咳嗽，喉咙发痒，还会气喘。您知道，我这人胆子小，前几天我去看博医生①，——每个病人他 minimum② 检查半小时；当他给我看病的时候，甚至都大笑起来：他敲一会，又听一会，——说，您呀，再也不要抽烟了；都已支气管扩张了。唉，我怎么戒得了呢？用什么来代替呢？我又不喝酒，倒霉就全倒霉在这里，嘿——嘿——嘿，我又不喝酒，真倒霉！要知道，任何事情都是相对的，罗季昂·罗曼诺维奇，任何事情都是相对的！”

“他这样究竟是什么意思，又在故技重施，还是怎的！”拉斯科尔尼科夫厌恶地想道。他猛然想起不久前他们最后一次见面时的整个情景，

① 指博特金（1832—1889），1865 年陀思妥耶夫斯基常找他看病。
② 拉丁文，意为“至少”。

当时的那种感觉又在他的心海里波翻浪卷着。

“可我前天晚上就曾来过您这里一次；您还不知道吧？”波尔菲里·彼得罗维奇一边环视着屋子，一边继续说道，“我走进屋子，就是这一间。也跟今天一样，从这里路过——心想，何不拜访他一下呢？于是我就上来了，可是房门却开着；我四处看了看，等候了一会，甚至没跟您的女仆打声招呼，就出去了。您不锁门？”

拉斯科尔尼科夫的脸色变得越来越阴沉，越来越阴沉。波尔菲里似乎早已揣摩透了他的心思。

“我是来向您解释的，亲爱的罗季昂·罗曼诺维奇，向你解释的。我应该而且必须对您做出解释。”他笑盈盈地继续说道，甚至还伸出手掌轻轻地抚拍了一下拉斯科尔尼科夫的膝盖，然而几乎就在同一瞬间，他脸上突然露出一本正经、忧心忡忡的神情；脸上甚至似乎是愁云密布，使拉斯科尔尼科夫大吃一惊。他还从来没有见过他这种神情，也从来没有想到过他会有这种神情。“罗季昂·罗曼诺维奇，最后一次见面时，我们之间出现了奇怪的一幕。也许，早在我们第一次见面时，就已经出现过奇怪的一幕；不过当时……唔，现在都赶趟儿凑到一块了！我想告诉您：我对您深感愧疚；这一点，我已经感觉到了。您还记得吗，我们当时竟是怎样分手的：您神经紧张兮兮的，两腿直打哆嗦，我也神经紧张兮兮的，两条直打哆嗦。您要知道，当时我俩都有点不合常规，缺乏绅士风度。可要知道我俩毕竟都是绅士；也就是说，无论在任何情况下，我们两人首先得是绅士；这是必须搞清的。您还记得吗，事情闹到什么地步了……简直是太不成体统了。”

“他这样究竟是什么意思，他把我当什么人了？”拉斯科尔尼科夫不胜惊讶地问自己，他稍稍抬起头来，两只眼睛瞪得圆溜溜的，望着波尔菲里。

“我仔细想了一下，现在我俩最好是开诚布公，坦诚相见。”波尔菲里·彼得罗维奇继续说道，他稍稍抬起头，却垂下眼睛，仿佛不愿再用自己的目光使自己过去的受害者窘迫不安，并且仿佛对自己过去使用的那些手法和诡计嗤之以鼻，“是的，这样的见神见鬼，这样的闹剧不断，不应该长久延续下去。当时幸亏米科尔卡给我俩解了围，否则的话我真不知道我俩会闹成什么样子。那个该死的小市民当时就坐在隔板后面，——这事您想象得到吗？当然这件事您已经知道了；而且我还知道，他后来也找过您；不过，您当时猜想的那件事纯属子虚乌有：当时我没有派人去找任何人，也没有布置过任何事情。您会问，为什么不作布置呢？怎么跟您说呢：当时这一切似乎把我自己也弄得如堕烟海呢。就连那两个看门人，我也是迫不得已才派人叫来的。（那两个看门人，您出去的时候，大概看到了吧。）当时我脑海里闪现了一个想法，像闪电一样迅疾；您要知道，罗季昂·罗曼诺维奇，当时我对此深信不疑。我心想，也好，就算我暂时放走这一个，但是我一定紧紧揪住另一个的尾巴，——自己的那个，自己的那个我至少绝不放过。罗季昂·罗曼诺维奇，您的脾气十分急躁，生性如此吧；甚至太过急躁，尽管您的性格和心灵中还有一些其他主要特点，对此我多多少少还有所了解，因而寄希望于此。唔，即使在当时，我也会想到，一个人腾地站起来，把所有情况一五一十地全都倒给您，这种情况毕竟是少之又少的。即便发生了这种事情，那也除非是一个人被逼得再也无法忍耐了，但不管怎样，这种情况还是少之又少。这一点，连我也想象得到。不，我想，我哪怕掌握一个证据就好了！哪怕是最微不足道的证据，只要有一个，但必须是用手摸得着的实在的物证，而非那种心理上的东西。因为，我心想，一个人既然犯了罪，那么无论如何，肯定可以从他的身上弄到某些实质性的东西；甚至还可以指望获得完全出人意料的收获。当时我对您的性格寄予希望，罗季昂·罗曼诺维奇，对您的性格寄予最大的希望！我当时对您真是寄予很大的希望啊。”

“可您……您现在尽说这些究竟要干什么呢？”拉斯科尔尼科夫终于嘟嘟囔囔地说，甚至都不大明白这个问话的意思。“他说这话是什么意思呢？”他心里七上八下的，“难道他当真认为我是无辜的？”

“我说这些干什么？我是来向您解释的，可以说，我认为这是我神圣的责任。我想把一切都告诉您，一五一十地告诉您，把当时那件不堪回首的事情的来龙去脉向您说清楚。我让您受了很多苦，罗季昂·罗曼诺维奇。我并不是恶棍。因为我也知道，对一个闷闷不乐但又心高气傲、矜才使气和生性急躁的人来说，特别是对一个生性急躁的人来说，怎么能够承受得住这样的冤屈呢？不管怎样，我一直认为您是个十分高尚的人，甚至有着慷慨解囊的心肠，虽然我并不赞同您的各种观点，并且认为有责任预先开诚布公地向您声明这一点，因为，首先我不愿欺骗您。自从认识您以后，我就对您怀有一种景仰之情。您也许觉得我这些话可笑吧？您有这样的权利。我知道，打从第一眼见到我，您就不喜欢我，因为说实在的，我也没什么值得您喜欢。然而，不管您怎样认为，现在我可要千方百计改变我给您的印象，并且向您证明，我也是一个有感情、有良心的人。这是肺腑之言。”

波尔菲里·彼得罗维奇富于自尊地把话停住。拉斯科尔尼科夫感到心里又油然升起一团新的恐惧情绪。一想到波尔菲里竟然把他当作无辜者，他陡然感到心惊肉跳。

“如果从头至尾一五一十地讲述这件事当时是怎样突然发生的，大概没有必要，”波尔菲里·彼得罗维奇继续说道，“我认为，甚至是多此一举。而且，我也未必说得清楚。因为这件事怎么能原原本本地说清楚呢？起初，谣言四起。只是这是些什么谣言，是什么人散布的，是什么时候散布的……究竟是怎么把您也给牵连进去了，——我认为说出来也是多余的。对我个人来说，这件事纯属出于偶然，纯粹出于一个极其偶然的偶然情况，——这件事极有可能发生，也极有可能不发生，——是什么偶然情况呢？嗯，我也认为不值一提。所有这一切，种种谣言，加上偶然情况，就使我当时产生了一个想法。我坦白地承认，因为既然要承认，那就要完全彻底，——当时，我第一个想到的就是您。就算那些物品上有老太婆做的记号，等等，等等——这一切都微不足道。这样的东西数以百计。当时我也得到一个机会，了解到警察分局办公室发生的那一幕的详细情况，这也纯属偶然，不过倒也并非道听途说，而是听一个身份特殊、举足轻重的人物说的，他自己没有觉察到，他把这一幕描述得多么生动。要知道，这一切都接二连三赶趟儿凑到一起来了，罗季昂·罗曼诺维奇，亲爱的朋友！唔，这又怎么会不让人转向一定的方向呢？有句英国谚语说得好，一百只兔子永远拼不成一匹马，一百个疑点永远拼不成一个证据，不过，这仅仅是一种理智的说法，然而一旦热血冲昏了头脑，一旦热血冲昏了头脑，就难以控制了，因为侦察员也是人呐。当时我就想起了您在杂志上发表的那篇大作，还记得吗，您第一次去我那里的时候，我俩曾对它详细谈论过。当时我讥讽了几句，但这无非是为了激起您进一步发挥宏论。我再说一遍，您生性急躁，病得又重，罗季昂·罗曼诺维奇。至于您无所畏惧，心高气傲，老成持重，而且……感觉敏锐，感觉十分敏锐，这一切我早已知道……对我来说，所有这些感情都很熟悉，就连您的大作，我读了之后也觉得很熟悉。这篇文章是熬过许多不眠之夜后，在怒火冲天的情况下构思的，当时一定是心血来潮，心怦怦狂跳，满怀一腔被压抑的热情。不过，年轻人这种被压抑的、骄傲的热情是危险的啊！我当时曾讥讽了几句，不过，现在我要告诉您，总的说来我非常喜欢，也就是说，作为一个爱好者，我非常喜欢这篇青春激荡、热情洋溢的处女作；轻烟，浓雾，琴弦在雾中铮铮作响。① 您的这篇文章虽然是荒诞无稽、凭空臆造的，但其中也透射出十分真挚的感情，透射出青春的骄傲和坚定的信念，透射出面对绝望的大无畏精神；它是一篇阴郁低沉的文章，不过写得很好。您的大作我拜读之后，便把它搁在一边，然而……就在把它搁在一边的时候，我不禁心想：'此人绝非等闲之辈！'唔，现在我想请您说说，在发生了上述情况以后，对此后发生的事怎么会不密切关注呢！哎呀，上帝啊！难道我是在讲述什么事情吗？难道我现在是在证明什么吗？我当时不过是注意到了而已。我想，这算得了什么呢！这什么也算不了，也就是说，根本什么都算不了，也许百分之百地什么都算不了。作为一名侦察员，我对此竟然如痴如醉，实在是太不伦不类了：米科尔卡早已在我的掌控中，而且已经有一些证据了，——不管您怎么认为，但毕竟是一些证据！他也提出了自己的心理学依据；在他身上还得下点功夫；因为这是人命关天的事情。我现在为什么要对您说明这一切呢？为的是让您知道，并且让您在理智上和良心上不责备我当时的那些恶意行为。其实，并非恶意，这是真心话，嘿——嘿！您以为，我当时没到您这里来搜查过吗？搜查过，搜查过，嘿——嘿，搜查过，当时您正好生病躺在这张床上呢。不是正式搜查，我也不是以正式的身份出现，但是搜查过。对您的屋子，直至小到一根头发丝，都进行过仔细搜查，而且是根据原始的痕迹；然而——umsonst②！我认为，现在这个人肯定会来的，他自动前来，而且会很快来的；既然他有罪，那他也就一定会来。别的人不会来，可这个人一定会来。您还记得吗，拉祖米欣先生无意中在您面前泄露过消息吗？这是我们布的局，目的是让您激动不安，因此我们就故意散布谣言，让他透露给您，不过拉祖米欣先生是个沉不住气的人。您的冲天怒火和您肆无忌惮的大胆行为，首先撞进了扎苗托夫眼里：嗨，怎能突然在小饭馆里莽莽撞撞地大喊：'我杀的！'真是胆大包天，恣行无忌，我想，如果他真犯了罪，那么他就是一个可怕的对手！我当时就是这么想的。我等待着！我竭尽全力等待着，而扎苗托夫当时真是被您制服了，而且……关键在于，这种该死的心理是可以得出两种结论的。唔，于是我就耐心地

① 此处套用了果戈理小说《狂人日记》中的一句话，原文是："灰蓝色的雾在脚下弥漫，琴弦在雾中铮铮作响。"陀思妥耶夫斯基曾在1863年12月23日给屠格涅夫的信中以此立论，论述屠格涅夫的小说《幽灵》。

② 德文，意为"枉自徒劳"或"一无所获"。

等着您来，我一看，正是上帝把您送来了——您来了！我的心怦怦狂跳。啊哈！您当时为何要来呢？您还记得吗，当时您一进门就哈哈大笑，哈哈大笑，不过，我就像透过玻璃看清一切那样，看破了这一切，不过，如果我在等您时不是做了这种特殊的准备，那么在您的笑声中就会一无所获。这就是精神准备的重要性。而且当时拉祖米欣先生……啊，石头，石头，还记得吗，也就是东西都藏在它下面的石头？唔，我似乎看见了它，在菜园子的一个什么地方，——您不是对扎苗托夫说在菜园子里吗，后来又在我那里说了第二遍？当时我们开始分析您的大作，您又作了一番说明——您的每句话都具有双重意义，似乎每句话都隐含着另一种含义！就这样，罗季昂·罗曼诺维奇，我就这样钻进了牛角尖，直到碰了一鼻子灰，才醒悟过来。不，我说，我这是怎么回事啊！我说，所有这些情况，直到最后一个细节，只要愿意，都可以作另一种解释，结论甚至还显得更加自然。真是痛苦啊！我心想：'不，最好我能掌握一点证据！……'当我一听到拉门铃的这件事之后，我的心差点都停止了跳动，甚至浑身打了个哆嗦。我想：'喏，这正是证据呀！好极了！'我当时也没仔细琢磨，简直不愿多费脑筋。当时，我真愿意自己掏一千卢布，只要让我亲眼看看您：当时您怎样跟那个小市民并肩走了一百步，后来他怎样当面叫您'杀人凶手'，而且在这整整一百步的路程中，您连一个字都没敢问他！……唔，还有这股透入脊髓的寒气呢？这拉门铃的事儿，是在病中，在神志不清的情况下干的吗？总之，罗季昂·罗曼诺维奇，在这么一些事情之后，我跟您开了那么一些玩笑，您还有什么可感到惊讶的呢？您干吗在这节骨眼上主动送上门来呢？要知道，您简直就像鬼使神差来的，真的，如果不是米科尔卡硬把我们分开……您还记得当时的米科尔卡吗？清清楚楚地记得吗？这真是凭空起惊雷！这真是穿透乌云的一声惊雷，一道闪电！唔，那么我是怎么对待他的呢？对这道闪电，我百分之百地不相信，这您自己也能发现！怎么能相信呢？后来，当您离开以后，他对某几个疑点回答得真是头头是道，因此我自己也深感讶异，不过后来我对他的话就一句也不相信了！这一观念就像金刚石一样坚不可摧。我心想，不，莫尔根·弗里①！这跟米科尔卡又有什么关系！"

---

① 原文是用俄文拼写的德文，意为"明天早晨"，此处意为"去他的吧"。

“刚才拉祖米欣告诉我，您现在也认定尼古拉是凶手而且您自己还说服拉祖米欣相信这点……”

他说得上气不接下气，没能把话说完。他听的时候心急如焚，很想知道这个对他了如指掌的人是怎样一步步放弃自己的看法的。他不敢相信，也无法相信。在这些依旧语意双关的话里，他贪婪地寻找和捕捉更准确、更有决定意义的东西。

“拉祖米欣先生嘛！”波尔菲里·彼得罗维奇大声说道，似乎因为一直缄口不言的拉斯科尔尼科夫终于提出了一个问题而感到兴高采烈，“嘿——嘿——嘿！本来就应该让拉祖米欣先生置身事外：两人如胶似漆，第三者请勿插足。拉祖米欣先生跟这扯不上边，他只不过是个局外人，他面无人色地跑去找我……唔，上帝保佑他，这件事何必让他搅和进来呢！至于米科尔卡，您是否乐于知道，他是个什么样的人，也就是说，我对他有什么看法？最最重要的是，这还是个未成年的孩子，这倒并非说他是个胆小鬼，而是说他像个艺术家。真的，我这样描述他，您别发笑。他天真无邪，感情丰富，心地善良；充满幻想。他会唱歌，也善跳舞，还能讲故事，据说他讲得如此生动，以致别的地方的人都跑来听了。他也上过学，就连芝麻大一点小事他也会笑得前仰后合，他也会喝得不省人事，这倒不是因为他自甘堕落，而是有时被别人灌得烂醉，还像个孩子呢。就这样他也偷起东西来了，可他并不觉得这是偷东西；因为‘既然是在地上捡到的，怎么能叫偷呢？’您知道吗，他是一个分裂派教徒①，他不仅属于分裂教派，而且还是其中一个教派的信徒②；他的家族中有好些人是别古纳③分子，他本人前不久曾整整两年在村里受某位长老的精神熏陶。这一切我都是从米科尔卡和他的几个扎赖斯基同乡那里获悉的。他怎么会杀人呢！他一心想躲进荒野里去苦修呢！他很勤勉，

---

① 1653—1656年，俄国东正教会牧首尼康（1605—1681，1652—1667年在职）在俄国实行教会改革，一部分旧礼仪教徒不承认其改革，从俄罗斯正统的东正教会中分立出来。这一分裂运动从17世纪后期一直延续到18世纪，形成了俄国历史上的分裂教派。他们被宣布为非法，并受到政府的迫害。

② 东正教的分裂教派，后来又分裂成不少不同的小教派。

③ 别古纳是分裂教派中的一支，产生于18世纪末，其成员离家出走，隐居森林，不承认俄罗斯东正教会和一切人间权力，其基本信条是自愿受苦。

每天夜里都向上帝祷告，读一些‘真正的’古书①，并且读得如痴如醉。彼得堡对他产生了很大的影响，特别是女人，唔，还有酒。他受到了腐蚀，把长老，也把其他的一切都忘诸脑后了。我知道，本地有位画家很喜欢他，经常去看望他，可是却出了这么一件事！唔，他心胆俱裂——于是上吊了！逃跑！老百姓对我们的法律就是这么看的，又有什么办法呢！要知道，有些人对‘审判’这个词听而生畏。这是谁的过错呢？且看新式法庭怎么判决②吧。唉，但愿上帝保佑吧！唔，现今他关在牢里，大概又想起那位正直的长老了；《圣经》也重新出现了。您知道吗，罗季昂·罗曼诺维奇，在他们当中的某些人看来，‘受苦受难’是什么意思吗？他们认为不是为了什么人而受苦受难，而仅仅是‘应当受苦受难’；这就是说，要主动受苦受难，而因为当局而受苦受难——那就更好。在我任职期间，有个最温顺的犯人坐了整整一年牢，每天夜里他都在炕上读《圣经》，而且读得如痴如醉，您要知道，简直有点走火入魔，以致无缘无故地抓起一块砖头，向典狱长身上扔去，其实他跟典狱长既无怨也无仇。他是怎样扔的呢：故意让砖头偏离典狱长一俄尺远飞过去，让他不受任何伤害！唔，犯人用武器袭击典狱长，会有怎样的下场，这是众所周知的：‘这就是说，他要受苦受难了’。因此，我现在也怀疑，米科尔卡也是想‘受苦受难’了，或者是想做诸如此类的事情。对此，我颇有把握，甚至有事实作为证据。不过他本人并不知道我知道的这些。怎么，您不认为这类人里会有怪人吗？大有人在呢。现在长老又开始发生作用了，特别是上吊以后，他又思念起长老来了。不过，他会主动来告诉我一切的，他会来的。您认为他熬得下去吗？请少安毋躁，他还会翻供的！我时时刻刻都在等着他前来翻供。我挺喜欢这个米科尔卡，正在对他进行仔细的研究。您对此有何看法！嘿——嘿！他对我的某几个疑点回答得真是头头是道，显然他是获得了必要的情报，并且做了精心准备；然而对另一些疑点却很茫然，毫不了解，一问三不知，而且他本人都还没有意识到他一问三不知呢！不，罗季昂·罗曼诺维奇老兄，这事跟米科尔卡毫不相干！这是一个荒谬绝伦、惨不忍睹的案子，一个现代的案子，一个只有在我们当代才会出现的事件，因为而今人心都变得愚

---

① 17世纪尼康进行宗教改革，并修订了《圣经》译本。分裂教派反对《圣经》新译本，只看旧译本，也不看改革派据说是从古人手稿中发现的其他宗教书籍。

② 1864年，俄罗斯曾实行司法改革。

不可及了；因为写文章的人总是引经据典地宣称，只有鲜血才能使人'神清气爽'①；因为宣传生活的全部意义就是舒适。这里是书本上的幻想，这里是被理论搅乱的心灵；这里可以看到采取最初步骤的决断，不过这是一种特殊类型的决断，——他横下一条心，一种打算从山上滚下来或从钟楼上跳下来一般的决断，而且是身不由己地去犯罪的。他居然忘了随手把门关上，但却依照理论，把人杀了，把两个人杀了。他把人杀了，但是却不会拿钱，而已经抢到手的东西，他却藏到一块石头底下去了。他嫌躲在门后所受的罪还不够，居然又撞上门去拉门铃，——不，后来他又跑进那套空房子里，在神思恍惚中，又去回味一遍丁零丁零的门铃声，再次体验一番寒气从背上掠过的滋味……唔，这些事就算是病中所为吧，可是还有一样呢：杀人，而且他还自诩为正人君子，对别人不屑一顾，并且还自以为是纯洁无瑕的天使，——不，这件事与米科尔卡没有任何关系，亲爱的罗季昂·罗曼诺维奇，这件事与米科尔卡毫不相干！"

他前面的那些话似乎是否定己见，最后几句实在太出人意料了。拉斯科尔尼科夫好像被刺了一刀，浑身哆嗦个不停。

"那么……到底是谁……杀的呢？……"他禁不住上气不接下气地问道。波尔菲里·彼得罗维奇赶忙把身子猛地往椅背上一靠，似乎感到这实在太不可思议了，因而对这个问题大惑不解。

"怎么问是谁杀的呢？……"他反问道，似乎不相信自己的耳朵，"就是您杀的，罗季昂·罗曼诺维奇！就是您杀的……"他几乎是耳语般地轻声补充道，语调中却充满了自信。

拉斯科尔尼科夫猛地从沙发上跳起身来，站了几秒钟，又坐下了，一句话也没说。他脸上突然掠过一阵轻微的痉挛。

"嘴唇又跟上次那样颤抖起来了。"波尔菲里·彼得罗维奇甚至似乎颇为同情地喃喃着，"罗季昂·罗曼诺维奇，看来，您没有完全明白我的意思，"他沉默了一会，又补充道，"因此您才会大惊失色。我来的目的，就是告诉您所有的一切，开诚布公地挑明此事。"

"这不是我杀的。"拉斯科尔尼科夫低声说，就像干坏事时被当场抓获、吓得战战兢兢的小孩一般。

---

① 此处暗指拿破仑。据拿破仑的医生说，拿破仑心律不齐，心速过慢，只有打仗，才能使他自我感觉良好，神清气爽，心速正常。

“不，是您，罗季昂·罗曼诺维奇，是您，绝不可能是别人。”波尔菲里严厉而胸有成竹地低声说。

他俩都开始缄口不言了，而且沉默持续的时间甚至长得惊人，大约有十分钟。拉斯科尔尼科夫把一双胳膊肘支在桌子上，一声不吭，用手指把自己的头发挠得乱糟糟的。波尔菲里·彼得罗维奇心平气和地坐在那里等着。突然拉斯科尔尼科夫鄙夷地瞥了波尔菲里一眼。

“您又玩老一套了，波尔菲里·彼得罗维奇！翻来覆去总是那一套：难道您真的对此还不感到腻味吗？”

“唉，得了吧，我现在用得着玩手段吗！如果这里有证人，那情况就不同了；可要知道，我俩是一对一私下交谈。您自己也看得出来，我到您这里来的目的，并不是像追捕兔子一样来追捕您。不管您承认与否——此时此刻我都觉得无所谓。即使您不承认，我心里也认定这是确凿不移的。”

“既然如此，那您干吗还来呢？”拉斯科尔尼科夫怒形于色地问道，“我向您提一个老问题：既然您认为我有罪，那您为何不把我抓起来，关进牢房？”

“唔，这倒是个问题！我可以分几点来回答您：第一，直截了当地对您加以逮捕，于我不利。”

“怎么不利呢！既然您认定确凿不移，那么您就应该……”

“唉，我认定确凿不移又怎么样呢？要知道，这些暂时还只是我的幻想呢。而且，我干吗要把您关进牢房里，让您优哉游哉呢？既然您自己要求这样，可见您胸中有数。比方说，要是我把那个小市民带来跟您对质，您肯定会对他说：‘你是不是喝醉酒了？谁看见我跟你在一起了？我不过把你当作酒鬼而已，而且您当时就是喝得醉醺醺的。’那时候，我对此怎么回答呢，特别是您的话比他的话更真实可信，因为他的供词全是心理上的分析，——这些话甚至跟他的身份很不相称，——而您却一语破的，因为这个混蛋嗜酒如命，并且是闻名遐迩。而且我自己也曾经几次向您坦白承认过，这种心理分析可以得出两种结论，而第二种结论的可能性甚至更大，也真实可信得多，此外，我手中暂时还没有任何证明您有罪的东西。尽管我终究会把您关起来，甚至现在还亲自登门（完全违背常情）向您预先说明一切，但我仍然要直截了当地告诉您（这也违背常情），这对我是不利的。唔，第二，我之所以前来找您……”

“唔，好啊，第二呢？”（拉斯科尔尼科夫仍旧上气不接下气）

“因为正如我刚才所说，我认为自己有责任向您做出解释。我不希望您把我看作一个恶棍，何况我真心诚意地对您抱有好感，信不信由您。因此，第三，我登门找您，是向您提出一个开诚布公而又直截了当的建议——去投案自首。这样做您将有无法计数的好处，而且对我也颇为有利，——因为这就卸下了我肩负的重担。唔，怎么样，我是不是够坦率的？”

拉斯科尔尼科夫沉思了一会。

“喂，波尔菲里·彼得罗维奇，您自己不也说：这仅仅是心理分析嘛，可是您却岔到数学上去了。如果您自己现在判断有误，那怎么办呢？”

“不，罗季昂·罗曼诺维奇，我不会出错。我手里有那么一点证据。要知道，这么一点小证据我当时就找到了；这是上帝的恩赐啊！”

“什么证据？”

“是什么证据，我就不能告诉您了，罗季昂·罗曼诺维奇。而且现在我无论如何都没有权利再拖延了；我要把您关起来。请您仔细考虑：我现在反正无所谓，因此，我整个儿是在为您着想。真的，对您更有利，罗季昂·罗曼诺维奇。”

拉斯科尔尼科夫发出一阵狞笑。

“要知道，这不仅可笑，而且还可耻。唔，即便我有罪（我根本没有这样说过），我又干吗向您自首呢，既然您自己也说过，我在你们的牢房里会优哉游哉？”

“哎呀，罗季昂·罗曼诺维奇，您也不要完全相信我的话；也许您不会完全优哉游哉呢！要知道，这只是理论而已，而且还是我的理论，然而在您面前，我又算什么权威呢？也许，直到现在，情况方面我还对您有所隐瞒呢。我可不会把全部情况一股脑都倒给您，嘿！嘿！第二件事：究竟有什么好处？您应该心知肚明，这样做您可以减刑？要知道，您是在什么时候，什么情况下，去投案自首的？对此，您不妨仔细想一想！这不是在另一个人已经承认自己有罪，把整个案子都搞乱了的时候吗？我以上帝的名义向您起誓，我一定在‘那边’制造假象，并且安排妥当，让您的自首成为一件似乎完全出人意料的行为。我们要彻底清除所有这些心理分析，彻底驱散对您的种种怀疑，这样，您的犯罪就似乎是一念之差，因为说实在的，也的确只是一念之差。我是个正直的人，罗季昂·罗曼诺维奇，我说的话一定算数。”

拉斯科尔尼科夫愁肠百结，默默无语，低垂着头；他沉思了很久，最后又发出一声冷笑，不过他的笑已经变得温和而忧伤了。

“唉，不必了！”他说，似乎对波尔菲里已经完全无须隐瞒了，“不值得！我根本不需要你们的减刑！”

“哦，我所担心的正是这一点！”波尔菲里激情似火、仿佛不由自主地大叫起来，“我所担心的正是这一点——您不需要我们减刑。”

拉斯科尔尼科夫愁肠百结、感人至深地看了他一眼。

“唉，您千万别悲观厌世啊！”波尔菲里继续说道，“前面的生活道路还长着呢。怎么能不需要减刑？怎么不必要呢！您真是个没有耐心的人！”

“前面什么道路还长着？”

“生活道路啊！您可不是先知，您无所不知吗？寻找，就寻见①。也许这就是上帝对您的期望。而且锁链也不会是永久的……”

“会减刑的……”拉斯科尔尼科夫笑了起来。

“怎么，莫非您害怕那种资产阶级的耻辱？这有可能，但您自己并不知道害怕什么，——因为您还年轻！不过，您还是不要害怕，也不要觉得自首丢人。”

“唉——唉，我才不在乎呢！”拉斯科尔尼科夫鄙夷而厌恶地轻声说道，仿佛对此不屑一谈似的。他又站起身来，似乎想出门去什么地方，但显然感到绝望，又坐了下来。

“您是不在乎！您丧失了信心，而且认为我是在庸俗地恭维您；难道您已是风烛残年？难道您已经无所不知？您臆造出一种理论，又羞惭于这种理论的破产，更羞惭于这种理论了无新意！最终走向卑鄙，这千真万确，但您毕竟不是一个不可救药的卑鄙小人。完全不是那样一个卑鄙小人！至少您不曾长久地自欺欺人，而是一下子就走到尽头了。我究竟把您当作什么人？我认为您是这样一种人：即便被开膛破腹挖出肠子，他也会昂首屹立，笑滋滋地看着那些刽子手，——只要他能找到信仰或者上帝。唔，您会找到的，您也会活下去的。对您来说，当务之急是，早就该换换空气了。那有什么呢，受苦受难也是一件好事啊。您就去受苦受难吧。米科尔卡想要受苦受难，这也许是对的。我知道，您不信上帝，——但您也不要玩弄小聪明；毅然决然地投身于生活吧，别再左思右想了；无须担心，——会把您送到彼岸的，也会让您站稳脚跟的。送到什么样的彼岸？我又怎么知道？我只相信，您未来的日子还长着呢。

---

① 见《圣经·新约全书·马太福音》第7章第8节。

我知道，您现在把我的话当作空泛啰唆的陈词滥调；不过，也许今后有朝一日会想起来，会对您有用的；我说这些话，就是为了这个目的。幸好，您只杀了一个老太婆。假如您臆造出另一种理论，那么也许您会干出坏一万万倍的事来！也许您还得感谢上帝呢；您怎么知道：也许，上帝为了某种目的正在保护您呢。不过您有一颗伟大的心，因此无须担惊受怕。难道您害怕即将到来的伟大的赎罪吗？不，再害怕就是可耻的了。既然您已经跨出了这一步，那就要坚强起来。这是正义。请您按照正义的要求去做吧。我知道，您不信上帝，不过，真的，生活会给您指明出路。以后您会跟人们彼此互爱的。您现在需要的只是空气，空气，空气！"

拉斯科尔尼科夫不由得打了个哆嗦。

"您到底算哪根葱，"他叫了起来，"您算什么先知？您站在什么样庄严肃穆的高处，向我宣示满蕴哲思的预言？"

"我算哪根葱？我是个日薄西山的人，没有什么作为了。我这人也许颇有感情和恻隐之心，也许还有那么点真才实学，但是早已完全日薄西山了。而您却又是另一回事：上帝为您安排好了生活（然而，谁知道呢，也许您的一生会像一缕云烟，不留一丝痕迹）。您如果变成另一类人，又有什么大不了呢？您有如此胸怀，不至于会留恋舒适的生活吧？也许会有很长一段时间，谁也看不到您，这又有什么呢？问题不在于时间，而在于您自己。如果您变成了太阳，大家就都能看见您了。太阳首先必须是太阳。您为何又在发笑：我算哪门子席勒？我敢打赌，您以为我现在是在恭维您。也许我的确在恭维您，但这又算得了什么呢？嘿！嘿！嘿！罗季昂·罗曼诺维奇，您对我的话，也许不太相信，也许甚至完全不相信，——我承认，我就是这么个脾气；不过，我要补充一句：我这人有多卑劣，就有多正直，您自己大概能作出判断吧！"

"您打算什么时候逮捕我？"

"我可以让您再逍遥一天半或者两天。好好想想吧，亲爱的朋友，向上帝祷告祷告吧。这对您大有好处，真的，大有好处。"

"唔，要是我逃跑，会怎样呢？"拉斯科尔尼科夫有点儿奇怪地笑着问道。

"不，您不会逃跑。庄稼汉会逃跑，时髦的教派信徒会逃跑①——他

---

① 1862年，分裂教派信徒凯里西耶夫逃往伦敦，并在那里出版有关教会分裂的材料。

们是别人思想的奴隶，——因此只要像对海军准尉德尔卡①一样，让他看一看指头，那么您不管让他相信什么，他都会一辈子相信。而您对您那套理论已经不再相信了，——那您依靠什么逃跑呢？而且逃跑又会带给您什么好处呢？逃跑是卑劣的，艰难的，而您首先需要的是生活和明确的身份，适宜的空气，那里的空气您能适应吗？即使您能跑掉，您也会主动回来。离开我们，您自己无法对付。如果我把您关进牢房——您只要坐上那么一个月，两个月，三个月，就会突然想起我的话来，于是就会主动前来招认，而且甚至还出乎自己的意料。一小时前您自己还不知道，您会前来自首。我甚至相信，您'决心去受苦受难'；我的话您现在有点不信，但您自己会做出这个决定。因为，罗季昂·罗曼诺维奇，受苦受难是一个伟大的举动；您别看我发福了，这不要紧，我心知肚明；您别笑这话：受苦受难出思想。米科尔卡是对的。不，您不会逃跑，罗季昂·罗曼诺维奇。"

拉斯科尔尼科夫从座位上站起身来，拿好制帽。波尔菲里·彼得罗维奇也站了起来。

"您想出去溜达溜达？这个夜晚会很好，只是别有大雷雨才妙。不过，有大雷雨更好，空气会更清爽……"

他也拿好制帽。

"波尔菲里·彼得罗维奇，请您别误以为，"拉斯科尔尼科夫神情严肃而坚定地说，"我今天向您招供了。您是个怪人，我纯粹是出于好奇，才听您说话的。但我没有向您招供任何东西……请您牢记这一点。"

"唔，我已经知道，我会牢记的，——瞧，居然发抖了。别担心，亲爱的朋友；随您的便，您出去溜达溜达吧；不过别溜达太长的时间。为了以防万一，我对您还有一个小小的请求，"他压低声音补充道，"这个请求虽然有伤自尊，但至关重要：如果，也就是说万一（其实，我不相信会出现这事，而且我认为您绝不会这样做），如果万一——唔，是的，万一，——您在这四五十个小时之内心血来潮，乐于用另一种方式，一种荒谬的方式来了结这个案子——即用自杀来结束自己的生命（这个假设荒唐之极，请您务必加以原谅），那么请您留下一张详细明了的字条。就写那么两行，只要短短两行，那块石头也要提到：这就会显得更高尚。

① 典出果戈理的戏剧《结婚》。海军准尉德尔卡是第1幕第16场中提到的一个不出场的人物，此处陀思妥耶夫斯基显然把他跟该剧第2幕第8场中的海军准尉佩图霍夫混为一人了。

好，再见……希望您好好想一想，祝您有一个好的开端！”

波尔菲里走出门去，不知为何稍稍弯着身子，似乎是为了不看拉斯科尔尼科夫。拉斯科尔尼科夫走到窗前，怒火中烧地、急躁不安地等了一阵，估计波尔菲里已经走到大街上了，而且又走了一段路，自己才急匆匆地走出屋子。

三

他急于找到斯维德里盖洛夫。从这个人身上他究竟指望得到什么呢——他自己也不清楚。不过这个人身上隐藏着某种能够左右他的威力。刚一意识到这点，他的心情就波涛汹涌了，何况现在时候已到。

一路上，有个问题使他感到特别头疼：斯维德里盖洛夫是否去过波尔菲里那里？

依据所掌握的情况判断，他敢起誓——不，没有去过！他思前想后，回忆了波尔菲里来访的整个过程，得出结论：不，没有去过，当然没有去过！

不过，如果他还没有去过，那么他会不会去波尔菲里那里呢？

现在他暂时认为他不会去。为什么？对此，他无法解释清楚；如果能够解释清楚，那么现在他就不会为此搞得头疼欲裂了。这一切都使他感到苦恼，但与此同时，他又似乎无暇顾及这些。奇怪的是，这件事也许任何人都不会相信，他竟对自己当前的、迫在眉睫的命运问题，也似乎心不在焉，甚至漠不关心。真正使他苦恼的是另一件重要得多、非同寻常的事情，——这事只关乎他自身，而与他人无关，不过，这是另一件事，一件举足轻重的事。何况他还感到精神疲惫不堪，尽管这天早上他的思维能力比最近这几天要好一些。

既然已经出现了种种情况，现在是否还值得铆足劲去克服所有这些微不足道的新困难呢？比方说，是否还值得铆足劲去费尽心机，阻止斯维德里盖洛夫到波尔菲里那里去呢；是否还值得对斯维德里盖洛夫这种人大加研究、详加打听和耗费光阴呢！

哦，他对这一切真是厌烦到了极点！

然而，他还是急于要到斯维德里盖洛夫那里去；他是否还指望从他那里获知什么新的情况、指示和出路呢？连一根稻草也要紧紧抓住啊！莫非是命运，莫非是什么本能让他们凑到一起了？也许这不过是因为疲劳过度，山穷水尽而已；也许需要的不是斯维德里盖洛夫，而是另一个什么人，而斯维德里盖洛夫只不过是碰巧出现在这里。索尼娅吗？他现在为何要去找索尼娅呢？又去乞求她的盈盈热泪吗？而且索尼娅使他栗栗危惧。索尼娅本身就是铁面无私的判决，就是不容更改的决定。现在——不是走她那条路，就得走他那条路。特别是此时此刻，他畏畏缩缩不敢见她。不，试探试探斯维德里盖洛夫，搞清他究竟是什么人，不是更好吗？他内心深处已不能不承认，这个人实实在在是他似乎早就需要的了。

嗯，然而，他们之间究竟会有什么共同之处呢？就连两人的暴行也不会一模一样啊。何况这是个令人十分讨厌的人，分明道德败坏，显然老奸巨猾，一贯招摇撞骗，也许还心狠手辣。这些都是人们对他纷纷扬扬的议论。不错，他曾为卡捷琳娜·伊万诺芙娜的孩子们四处忙碌；然而谁知道他对此是何居心，用意何在？这个人一向心怀鬼胎，且工于心计。

这些天来，拉斯科尔尼科夫的脑海里时常会闪现一个想法，并且使他寝食难安，不过他竭力把它从脑海里赶走，因为它使他日坐愁城！他有时感到，斯维德里盖洛夫老是围在他身边转来转去，而且现在还在转来转去；斯维德里盖洛夫已经获知他的秘密；斯维德里盖洛夫曾经对杜尼娅施展阴谋诡计。现在是否还在故技重施呢？几乎可以板上钉钉地说，是的。现在他既然已经获知了自己的秘密，因而拥有了左右他的权力，那么他是否会利用这一权力做武器来算计杜尼娅呢？

有时候，甚至在梦中，这个想法也使他烦恼不已，但像现在当他去找斯维德里盖洛夫时，如此自觉清晰地出现在脑海里，却还是第一次。光是这个想法就已经使他愁眉不展，七窍生烟了。第一，既然一切都将要发生变化，甚至也包括他个人的处境：就应该立刻把这个秘密也向杜尼娅公开。也许，应该做出自我牺牲，以免杜涅奇卡采取鲁莽的行动。信？今天早晨杜尼娅收到了一封什么信！在彼得堡什么人会写信给她呢？(难道是卢仁？）不错，那里是有拉祖米欣守护；然而拉祖米欣却什么也不知道。也许，也应该向拉祖米欣公开？拉斯科尔尼科夫一想到这事就感到万分厌恶。

无论如何，必须尽快见到斯维德里盖洛夫，他暗暗下定决心。谢天谢地，他需要了解的主要不是事情的详情细节，而是事情的实质；不过，假如斯维德里盖洛夫对杜尼娅心怀叵测，只要他办得到，——那就……

整个这段时间以来，在这整个一个月中，拉斯科尔尼科夫已经疲惫不堪。因此他现在对于诸如此类的问题已经不能找到别的解决办法；只剩下一种解决办法：“那我就杀死他”，他在心如死灰、走投无路中想道。

一种沉重感紧紧压着他的心；他在街心停住脚步，开始四处张望：他走在哪条路上，他要到哪里去？他正站在某大街上，离他已走过的干草市场有三十或四十步远。左边那栋房子的整个二楼是一家小饭馆。所有的窗户都敞开着；根据窗前来回走动的人影来看，小饭馆已经挤得无处可坐了。大厅里歌声悠扬，黑管和小提琴奏出悦耳的曲调，土耳其鼓咚咚作响。还可听见女人的尖叫声。他困惑莫解的是，他为何拐到这条大街上来了，正想转身往回走，可是忽然在小饭馆一扇开着的窗户边上发现了斯维德里盖洛夫，他坐在紧靠窗户的一张茶桌旁；嘴里叼着烟斗。这使他大吃一惊，甚至使他瞠目结舌。斯维德里盖洛夫正在默默地注视他，打量他，这也使拉斯科尔尼科夫陡然大吃一惊，看来，斯维德里盖洛夫试图站起身来，趁着还没被发现，偷偷溜走。拉斯科尔尼科夫立刻装出一副似乎没有发现他的样子，若有所思地望着一边，但却用眼角继续瞟着他。他的心七上八下地狂跳着。果然不出所料：斯维德里盖洛夫显然不愿被人发现，他从嘴里拿下烟斗，已经试图躲起来了；但当他站起身来推开椅子后，大概突然发现拉斯科尔尼科夫也看见了他，并且正在打量他。他们之间发生的这一幕与他们在拉斯科尔尼科夫家里初次见面时十分相似，当时拉斯科尔尼科夫正在梦中。斯维德里盖洛夫脸上露出狡黠的微笑，而且笑得越来越浓。他们都知道，他俩彼此看见了对方，而且都在彼此相互打量。最后斯维德里盖洛夫纵声大笑起来。

“喂，喂！您要是想上来，那就上来吧；我在这里！”他从窗口叫道。

拉斯科尔尼科夫走上了小饭馆。

他在后面一间小小的雅座里找到了斯维德里盖洛夫，这间雅座只有一个窗户，与大厅相连，大厅内摆着二十张小桌子，一些商人、官吏和各种各样的人，一边听着歌手们声嘶力竭的合唱，一边在喝茶。不知从什么地方传来台球碰击的声音。斯维德里盖洛夫面前的小桌子上，放着一瓶开了盖的香槟酒和一只玻璃杯，杯里还剩着半杯酒。在这间雅座里还有一个背着一架小手摇风琴的小小流浪乐师，和一个十八九岁的卖唱的姑娘，体态健美，面颊红润，身穿一条下摆掖在腰眼里的花条裙子，头戴一顶系着缎带的蒂罗尔①式帽子。尽管隔壁大厅里正在大声合唱，她却依旧在手摇风琴的伴奏下，用相当嘶哑的女低音演唱一首通俗歌曲……

---

① 蒂罗尔是奥地利西南的一个州，位于阿尔卑斯山脉的中心，是欧洲最受欢迎的冬夏皆宜的旅游胜地，既有丰富的历史和传统文化底蕴——长达数百年的皇家文化和民俗传统，自然风光也无比美妙。

"唔，够了！"斯维德里盖洛夫看到拉斯科尔尼科夫一进门，马上便让她不要唱了。

姑娘应声住口不唱，恭恭敬敬地停在那里等着。她在唱那首押韵的通俗歌曲时，脸上也流露出一种严肃、虔敬的神情。

"喂，菲利普，拿只杯子来！"斯维德里盖洛夫叫道。

"我不喝酒。"拉斯科尔尼科夫说。

"悉听尊便，我不是为您要的。喝吧，卡佳！今天不用再唱了，走吧！"他给她斟了满满一杯酒，又掏出一张黄色的钞票①。卡佳像妇女们通常喝酒那样，也就是连续喝上二十口，一口气把那杯酒喝了个底朝天。她接过那张钞票，吻了吻斯维德里盖洛夫郑重其事地伸给她的一只手，然后走出屋子，那个背着手摇风琴的小男孩也摇摇晃晃地紧跟在她后面慢慢走了出去。他们两人都是从街上叫来的。斯维德里盖洛夫在彼得堡住的时间虽然还不到一星期，但他周围的一切却都已染上了一种宗法制遗风。小饭馆的堂倌菲利普已经成了"熟人"，对他曲意逢迎。通往大厅的门锁上了；斯维德里盖洛夫在这间雅间里就像在自己家里，也许他整天整天地就待在这里。这家小饭馆脏兮兮的，糟透了，连一般水平都谈不上。

"我本来是到您那里去找您的，"拉斯科尔尼科夫开口说道，"但不知怎么却突然从干草市场拐到这条大街上！我从不拐到这边来，也从不走这条路。我总是从干草市场往右拐，而且去您那里的路也不经过这儿。刚一拐弯，就看见了您！真是奇怪！"

"您为什么不干脆说：真是奇迹呢！"

"因为这件事也许仅仅是巧遇。"

"你们这帮人全是这种品性！"斯维德里盖洛夫哈哈大笑起来，"即便心里相信奇迹，口头上就是不愿承认！您自己不也说，'也许'是巧遇吗？就连发表自己的意见，这里的人也全都是胆小鬼，您简直无法想象，罗季昂·罗曼诺维奇！我不是说您。您独具己见，也不怕独抒己见。正因为如此，您才引起了我的好奇心。"

"再没有别的原因了？"

"这一点就足够了。"

斯维德里盖洛夫显然处于一种兴奋状态，不过程度很轻；他总共才

---

① 指票面为一卢布的钞票。

喝了半杯酒。

“我觉得，您来找我，是在您知道我能够有着您所说的独具己见之前吧。”拉斯科尔尼科夫说道。

“唔，当时是另一回事。任何事情都有它的发展步骤。至于奇迹嘛，我可要告诉您，似乎您最近这两三天把它错过了。是我亲自约您来这家小饭馆见面的，因此您就径直来了，这里没有任何奇迹可言；我曾经对您详细说过来这里的路线，还告诉过您小饭馆的位置，以及能找到我的时间。记得吗？”

“忘了。”拉斯科尔尼科夫不胜惊讶地答道。

“我相信。我对您说过两遍。这个地址因此不知不觉、清清楚楚地刻在您的记忆中了。于是您就不知不觉拐到这里来了，而其实您是不折不扣地按照地址走的，只是您自己并没有意识到这一点而已。而且当时我对您说的时候，并未指望您明白我的意思。您也太暴露自己了，罗季昂·罗曼诺维奇。还有一点我要告诉您：我确信，彼得堡有许多人会一边走路，一边自言自语。这是一个半是疯子的城市。如果我们有科学的话，那么医学家、法学家和哲学家都可以分别按照自己的专业对彼得堡进行一项极有价值的研究。很少有地方像彼得堡这样，对人的心灵产生如此阴暗、强烈和奇怪的影响。光是气候的影响就非同小可①。然而这里是全俄国的行政中心，它的特点必定辐射到各个方面。可是现在问题不在这里，而在于我已经多次从侧面观察过您。您刚出门的时候——总是昂首挺胸。走到二十来步，您就低下头来，双手背在身后。您扫视四周，但不管是前面的东西，还是两旁的东西，您显然都是视而不见。然后您的嘴唇开始动起来，自言自语，念念有词，有时您还挥动一只手，朗诵起来。最后，您在街心停住脚步，站个老半天。这很不好。也许，除了我以外，还会有别人注意到您，而这是很不利的啊。其实，我对这事完全无所谓，我也治不好您的病，不过，您当然明白我这话的意思啰。”

“莫非您知道我被人监视？”拉斯科尔尼科夫察言观色地打量着他，问道。

“不，我什么也不知道。”斯维德里盖洛夫似乎惊讶地回答道。

“唔，那您就别管我的事。”拉斯科尔尼科夫紧皱双眉，嘟哝道。

---

① 德国经济学家、社会学家、财税学家阿·瓦格纳（1835—1917）在一篇文章中曾提出气候对犯罪率有影响的观点。该文收入论文集《实证法概论》，本书第五章第三节曾提到该书。

“好，我不管您的事。”

“您最好说说，既然您经常到这里来喝酒，而且两次亲自约我到这里来见面，那么我刚才从街上朝窗子里张望的时候，您为什么想躲起来溜走呢？这我是看得清清楚楚的。”

“嘿——嘿！那天我站在您门口的时候，您为什么紧闭双眼躺在沙发上，假装睡觉呢？当时您根本没有睡着。这我也是看得清清楚楚的。”

“我是有……原因的……这一点，您自己也是知道的。”

“我也有自己的原因呀，不过您却无法明白这原因。”

拉斯科尔尼科夫把右胳膊肘撑在桌子上，用右手的几个手指托住自己的下巴，全神贯注地凝望着斯维德里盖洛夫。他打量了一会他的脸，这张脸以前也总是令他感到讶异。这是一张有点奇怪的脸，就像一个假面具：皮肤白白皙皙，红红润润，嘴唇红得发紫，一部黄灿灿的大胡子，一头密麻麻、黄嫩嫩的头发。眼睛不知怎的太过蓝汪汪了，而目光不知怎的却显得太过阴森森、呆滞滞。在这张漂亮、显得十分年轻的脸上，有一种令人极其反感的东西。斯维德里盖洛夫衣着考究，穿着一件薄薄的夏装，他的内衣特别漂亮。手指上戴着一枚镶着贵重宝石的大戒指。

“难道我也必须跟您周旋吗，”拉斯科尔尼科夫突然急不可耐、直截了当地说道，“即便您也许是一个最危险的人物，如果您试图加害于我，我也无意改变自己的老习惯。我马上就让您看看，我对自己的生命并不像您以为的那样看得很重。您要知道，我来您这里，是为了开门见山地告诉您，如果您还想像过去那样对我妹妹居心不良，如果您试图利用最近发现的事达到这一目的，那我就会在您把我送进牢房前杀死您。我是说一不二的：您要知道，我说到就会做到。此外，如果您有什么话要跟我说，——因为这段时间我老是觉得，您似乎有什么话想对我说，——那您就快说吧，因为一寸光阴一寸金，也许很快就来不及了。”

“您这么急急慌慌要上哪里去呀？”斯维德里盖洛夫好奇地打量着他，问道。

“任何事情都有它的发展步骤。”拉斯科尔尼科夫闷闷不乐而又急不可耐地说。

“刚才您自己要求坦诚相见，可第一个问题您就拒绝回答。”斯维德里盖洛夫笑容可掬地说，“您总认为我包藏祸心，因此老是用怀疑的眼光看我。这也没什么，设身处地地替您想一想，这也是完全可以理解的。然而，不管我多么渴望跟您交个朋友，但我还是不想劳神费劲劝说您放弃对立的观点。真的，这是得不偿失的，而且我也没有任何特别的事情要跟您谈。”

“那您为何这么阴魂不散地缠着我呢？您不是在竭力讨好我吗？”

“我只是把您当作一个饶有兴味的观察对象而已。我喜欢您那匪夷所思的处境——就是这个原因！此外，您还是我另眼相看的那个女子的哥哥，还有，当时我从这个女子的口里听到过许许多多关于您的情况，我由此得出结论，您对她有着非同一般的影响；难道这还不够吗？嘿——嘿——嘿！不过，我承认，您提出的问题对我来说太复杂了，我很难对此作出回答。唔，比方说，您现在到我这里来，不仅仅是因为有点什么事，而且还想打听点什么新情况吧？难道不是这样吗？难道不是这样吗？”斯维德里盖洛夫面带狡黠的微笑，固执己见地说。“既然如此，您也可以想象得到，我自己早在乘火车来这里的时候，就满心希望您能给我讲些什么新东西，满心希望从您身上捞到些对我有用的东西！瞧，我们多么富有啊！”

“您想捞到些什么有用的东西呢？”

“怎么对您说呢？我怎么知道是什么呢？您要知道，我成天待在这个小饭馆里，而且我对此感到心满意足，倒不是什么心满意足，而是总得有个地方坐坐吧。唔，就说这个可怜的卡佳吧——您看见了吧？……唔，再比方说，我虽然是个饕餮之徒，是俱乐部①的美食家，可现在这种东西我也能吃！（他伸出一个手指指了指墙角，那里有一张小桌子，小桌子上放着一个洋铁盘子，盘子里有一些吃剩的、非常粗糙的土豆烧牛排。）顺便问问，您吃过午饭了吗？我稍稍吃了一点，再也不想吃了。又比方说，我滴酒不沾。除了香槟，什么酒都不喝，即便是香槟，一整晚也只喝一杯，即使这样也感到头痛。刚才我要了这杯酒，是为了壮壮胆，因为我打算去一个地方，因而您看见我神态有点特别。刚才我之所以像小学生那样躲躲藏藏，是因为我担心您会妨碍我；不过，看来（他掏出表来），我还可以跟您待上一个小时；现在才四点半钟。您相信吗，我哪怕成为任何一种人都好啊；地主啊，神甫啊，枪骑兵啊，摄影师啊，新闻记者啊，随便什么人都行……可我却什么都不是，一无所长！有时候真觉得无聊之极。真的，我还满心指望您给我说点什么新东西呢。”

---

① 指莫斯科和彼得堡的英国俱乐部，那里有最好的厨师，是贵族中的美食家们经常光顾的地方。

“您到底是什么人呢，您为什么到这里来呢？”

“我是什么人？您知道呀：我是个贵族，当过两年骑兵，后来就在彼得堡这个地方瞎混，再后来娶了玛尔法·彼得罗芙娜，便住到乡下去了。这就是我的简历！”

“您看来是个赌徒？”

“不，我哪是什么赌徒呀。是赌棍——并非赌徒。”

“您曾经当过赌棍？”

“是的，曾当过赌棍。”

“怎么，您以前经常挨打吗？”

“时有发生。那又怎样呢？”

“唔，那么您就可以提出决斗……一般来说，决斗可以让人变得生龙活虎。”

“我不反对您的说法，而且我也不是哲学辩论的高手。实话告诉您吧，我火急火燎地赶到这里，主要是为了女人的事。”

“就在刚刚埋葬玛尔法·彼得罗芙娜之后？”

“唔，是的。”斯维德里盖洛夫带着一种洋洋自得的坦诚微笑说，“那又怎样呢？您似乎认为，我这样谈论女人，有点儿不道德吧？”

“您的意思是，我是不是认为寻欢作乐是不道德的？”

“寻欢作乐！噢，原来您是那样想的！不过，让我有条不紊地加以回答，首先从总体上谈谈妇女问题；您要知道，我就喜欢神侃。请问，我为什么要克制自己呢？既然我是一个好色之徒，我又为什么见到女人要敬而远之呢？至少，也有事做嘛。”

“那么您在这里就只想着寻欢作乐啰！”

“就只想着寻欢作乐，那又怎样呢！人们总爱讲寻欢作乐。不过，我至少喜欢一针见血的问题。在这种寻欢作乐中，至少有某种永恒的东西，它甚至以天性为基础，而未被幻想左右；它就像某种永远燃烧的火焰，存在于血液中，永远点燃激情，而且还将经久不熄，即使星移斗转年龄渐老，大概也无法很快使它熄灭。请问，从某种意义上来说，这不也是一件事吗？”

“这有什么可高兴的呢？这是一种病，而且是危险的病。”

“啊，原来您是那样想的！我同意，这是一种病，一如凡事过度都是病，——而这种事情必定过度，——可是，要知道，在这方面，第一，人们各不相同，不一而足；第二，当然，凡事都要把握分寸，有所节制，即便是下流的事情，此外还有什么办法呢？如果没有这件事可做，也许

“嗯，是的。”斯维德里盖洛夫带着一种得意的坦诚微笑着说。

就只好开枪自杀了！我同意，一个正派人应该自甘寂寞，然而……”

“您会开枪自杀？”

“够了！”斯维德里盖洛夫恼羞成怒地阻止道，“请您别谈这件事了。”他赶忙补上一句，甚至收敛了他以往说话时那种自卖自夸的习气。就连他脸上的表情也似乎发生了变化。“我承认自己有这种不可原谅的毛病，但是有什么办法呢：我怕死，也不喜欢别人谈论死。您知道吗，我多多少少是个神秘主义者？”

“啊！玛尔法·彼得罗芙娜的鬼魂！怎么啦，还是常常出现吗？”

“行了，别提她了；在彼得堡还没有出现过；让她见鬼去吧！”他声色俱厉地叫了起来，“不，最好还是谈谈那件事吧……对，不过……哼！哎呀，时间不多了，我不能跟您待很久，真是可惜！本想告诉您一件事的。”

“您有什么事啊，是去找女人吗？”

“对，是去找女人，有那么一个意想不到的机会……不，我要说的不是这件事。”

“唔，难道这整个卑鄙龌龊的环境对您不起作用了吗？难道您已经无力自拔了吗？”

“莫非您也希望获得这种力量吗？嘿——嘿——嘿！您刚才令我大吃一惊，罗季昂·罗曼诺维奇，虽然我早就知道，会出现这种情况的。您对我滔滔不绝地谈论寻欢作乐和美学！您是席勒，您是理想主义者！① 当然，这一切都理应如此，否则的话，就令人惊奇了，不过实际上这还是令人惊奇的……唉，真是可惜，时间不多了，否则您本人就是一个非常有趣的人呢！顺便问问，您喜欢席勒吗？我极其喜欢他。”

“不过，您倒真是个牛皮大王！”拉斯科尔尼科夫带着几分厌恶说道。

“哦，说真的，不是的！”斯维德里盖洛夫哈哈大笑着回答，“不过，我也不想争辩，就算是牛皮大王吧；只要自卖自夸不伤人，为什么不可以自卖自夸呢？我在玛尔法·彼得罗芙娜的村子里住了七年，而现在终于遇到一个像您这样的聪明人——一个冰雪聪明而又极其有趣的人，因此真高兴一起长聊，此外，我喝了半杯酒，脑瓜子已经有几分醉意了。主要的是，有一件事搞得我心神不宁，然而关于这件事我就……不谈了。您这是到哪里去？”斯维德里盖洛夫突然惊恐地问道。

---

① 陀思妥耶夫斯基早年曾十分喜爱席勒，中年后对席勒有辩证看法，一方面认为他是思想纯洁、品德高尚的象征，一方面又认为他是爱好幻想、脱离现实的象征。

拉斯科尔尼科夫站起身来。来到这里之后，他就感到既难受，又窒闷，还有一点别扭。他坚信，斯维德里盖洛夫是世界上最空虚无聊、最微不足道的恶棍。

“唉——唉呀！再坐一会儿吧，再待一会儿吧，”斯维德里盖洛夫央求道，“哪怕要杯茶喝也好呀。唔，再坐一会儿吧，唔，我不再东拉西扯了，也就是说，不再谈自己了。我就给您讲一件事。唔，要是您愿意听，我就给您讲一讲，一个女子是怎样，用您的话说，‘拯救’我的。这也可以说是对您的第一个问题的回答，因为这个女子就是令妹。可以讲吗？而且咱俩也可以消磨一下时间嘛。”

“您讲吧，但是我希望，您……”

“哦，请您放心！即使在像我这样龌龊不堪、毫无价值的人的心中，阿芙多季娅·罗曼诺芙娜所唤起的也只有无限的敬仰之情。”

四

“您也许知道（对了，其实我已亲口告诉过您），”斯维德里盖洛夫开始说道，“由于我负债累累，又没有丝毫偿还能力，因此被关进本地的债务监狱。当时玛尔法·彼得罗芙娜是怎样把我赎了出来，我就没必要详细述说了；您可知道，一个女人一旦爱上一个男人，有时会痴傻到什么程度？这是一个正直的、相当聪明的女人（虽然根本没受过教育）。您试想想看，这个醋劲十足的、正直的女人，经过多次的大吵大闹和痛加指责后，最后决定跟我妥协，和我订立了一份合同，在我们婚后她自始至终都信守这份合同。问题在于，她的年龄比我大很多，此外，她嘴里老是含着某种丁香。我这人虽然狗彘不若，但也有几分诚实，因此我就单刀直入地告诉她，我无法做到对她绝对忠实。我的大实话使她大发雷霆，不过我这种粗鲁的坦诚她也有几分喜欢。她说：‘既然您有言在先，那就说明，您不想骗我。’唔，对一个醋劲十足的女人来说，这是最为重要的。她大哭了一场后，我们双方订立了一份口头协议：第一，我永远不抛弃玛尔法·彼得罗芙娜，一定与她厮守终身；第二，未经她的许可，我任何地方都不去；第三，我任何时候都不养长期的情妇；第四，为此，玛尔法·彼得罗芙娜允许我有时跟女仆私通，但事先要得到她的默认；第五，决不允许我爱上我们这个阶层的女人；第六，万一我动了真情，刻骨铭心——这是决不允许的——那么我应该开诚布公地告诉玛尔法·彼得罗芙娜。对于最后这一点，玛尔法·彼得罗芙娜其实一直都相当放心；她是一个聪明的女人，因此肯定把我看成一个色鬼和淫棍，而这种人是不会产生刻骨铭心的爱情的。不过，聪明的女人和醋劲十足的女人是两种不同类型的人，倒霉也就倒霉在这里。其实，要对某些人做出公正的评价，就必须预先放弃某些先入为主的偏见，改变那种对待我们周围的人和事的司空见惯的态度。我有理由希望，您的评判会比任何人都要公正。关于玛尔法·彼得罗芙娜，您一定已经听到过不少荒唐可笑、愚不可及的流言了。她确实有一些极其可笑的习惯；不过我要诚诚恳恳地告诉您，我曾经给她带来无可计数的痛苦，我对此深感愧疚。我觉得，在一个最温存的妻子逝世以后，她那最温存的丈夫能在葬礼上宣读一篇恰如其分的 oraison funébre①，那就足够了。我们吵架的时候，我大多闷声不响，也不发火，这种绅士风度几乎总是飞灵；这种态度对她产生了影响，她甚至还很喜欢；甚至于还以我自豪。不过对令妹，她还是不能容忍。真不知道这是怎么回事，她竟然冒险把这样一位花容月貌的女子请来当家庭教师！我的解释是：玛尔法·彼得罗芙娜是个热情而又多情的女人，她自己干脆就迷上了——的的确确迷上了——令妹，而且阿芙多季娅·罗曼诺芙娜也喜欢她呢！初次见面，我心里就非常明白，这件事肯定不妙，于是——您猜怎么着？——我下定决心不抬头看她一眼。然而，阿芙多季娅·罗曼诺芙娜却自己迈出了第一步——您相信吗？您是否还相信，起初玛尔法·彼得罗芙娜因为我绝口不提令妹，更因为她对阿芙多季娅·罗曼诺芙娜爱意十足地赞不绝口，而我无动于衷，因此对我火冒三丈？我自己也不明白，她到底想干什么！唔，当然啰，玛尔法·彼得罗芙娜把我的全部底细都一一告诉了阿芙多季娅·罗曼诺芙娜。她有一个突出的毛病——不管三七二十一，喜欢逢人就讲我们的家庭隐私，逢人就说我的坏话；这么好的一个新朋友她又怎么舍得放过呢？我估计她俩只要在一起谈话，除了我，肯定没别的话题，而且毫无疑问，阿芙多季娅·罗曼诺芙娜一定全部知道了强加到我身上的所有这些不光彩的、见不得人的事情……我敢打赌，您对这类事情早已略有所闻了吧？”

“确有所闻。卢仁曾指责您，甚至把一个孩子的死归咎于您。这是真的吗？”

“请别提这些闺中低级瞎话了，”斯维德里盖洛夫厌恶而又不满地阻止道，“如果您一定要知道所有这些荒谬无聊的东西，那么我以后找个时

① 法文，意为“悼词”。

间，专门给您讲一次，可是现在……”

“还有人谈到过您乡下的一个仆人的事情，说那件事似乎也是您一手造成的。”

“请别提啦，够啦!”斯维德里盖洛夫又带着明显的不耐烦打断了他的话。

“这是不是那个在死后又来给您装烟斗的仆人？……这还是您亲口告诉我的呢!”拉斯科尔尼科夫火气越来越大了。

斯维德里盖洛夫仔细端详了一下拉斯科尔尼科夫，拉斯科尔尼科夫觉得，在这个人的目光里，蓦地闪电般闪过一丝狞笑，不过斯维德里盖洛夫还是控制住了自己，彬彬有礼地回答道：

“就是那个仆人。我发现，您对这些事情也兴趣非凡啊，因此一旦有合适的机会，我认为自己有义务井井有条地一一讲给您听，以便满足您的好奇心。真见鬼！我发现，在别人的印象中，我倒真成了一个偷香窃玉的老手。已故的玛尔法·彼得罗芙娜对令妹讲了那么多关于我的见不得人的而又引人入胜的事情，您可以想象得到，我对她该是多么感激。我不敢妄自猜测这些话给令妹留下什么印象；但不管怎样，这对我是有利的。尽管阿芙多季娅·罗曼诺芙娜自然而然地对我怀着一种反感情绪，尽管我总是那副郁郁寡欢、令人讨厌的样子，——最后她还是可怜起我来了，对我这个不可救药之徒动了恻隐之心。而一个姑娘一旦动了恻隐之心，那不用说，对她是最最危险的。这时她必定试图‘拯救’他，开导他，让他获得新生，树立崇高的目标，以便他投身新的生活，从事新的活动，——唔，众所周知，这类幻想真是太多了。我马上意识到，鸟儿自投罗网了，于是我自己也就做好了准备。您似乎在皱眉头，罗季昂·罗曼诺维奇？没什么，正像您所知道的，事情毫无结果。（真见鬼，我喝了多少酒啊!）您要知道，从一开始我就一直感到很遗憾，命运为何不让令妹出生在公元二世纪或三世纪，成为某位王公或某位执政官或小亚细亚总督的千金呢？毫无疑问，她必定会加入那些殉难者的行列，而且，理所当然，即便用烧红的铁钳去烙她的胸脯，她也会笑欣欣的。她一定会故意主动去受苦受难，而在四世纪或五世纪，她会遁入埃及的沙漠里，在那里住上三十年，靠草根、热情和幻想为生。她自己满心只有一个渴望，一种要求，那就是尽快去为无论什么人受苦受难，如果不让她去受苦受难，那她说不定会跳楼自杀。我听说过一位拉祖米欣先生的故事，他很年轻，据说聪明伶俐（连他的姓都说明了这一点①，想必是神学院的学生吧），那就让他来保护令妹吧。总之，我对她看来是了解的，而且引以为荣。不过当时，也就是在认识之初，您自己也知道，总免不了有点轻举妄动、愚不可及，看问题也不得要领，看不到关键所在。真见鬼，她到底为什么要长得那么漂亮呢？这并非我的过错！总之，我身上最初出现的是一种不可抑制的淫欲冲动。阿芙多季娅·罗曼诺芙娜真是十足的冰清玉洁，简直闻所未闻，见所未见。（请您注意，我对您所说关于令妹的话，都是事实。她太过冰清玉洁，也许这是一种病态，尽管她博古通今，百伶百俐，但这反而对她有害。）就在这时候，我们家来了一个姑娘，名叫帕拉莎，黑眼睛的帕拉莎，是刚从另一个村子送来做女仆的，在此之前我还从未见过她，——长得非常漂亮，但也蠢得无以复加：她大哭大闹，搞得满屋皆知，让我丢尽了脸。有一次，吃过午饭后，我只身一人在花园里的林荫道上散步，阿芙多季娅·罗曼诺芙娜特意来找我，她两眼灼灼发光，要求我不要再纠缠可怜的帕拉莎。这大概是我们之间的第一次谈话。我当然认为满足她的愿望是一种荣幸，我极力装出一副大吃一惊、羞窘不堪的样子，唔，总之，这个角色我演得不坏。于是我们便开始了一连串的会晤呀、密谈呀、规劝呀、开导呀、恳求呀、哀告呀，甚至还泪水淋淋呢——您相信吗，甚至还泪水淋淋呢！某些姑娘布道的热情高得真是至矣尽矣！我当然把一切都归结为自己的命运不济，假装成一个渴求光明的人，最后便使出了堪称万应灵丹的一个征服女人心的最高明的绝招，这个绝招从不让任何人失望，而且对任何人都绝对管用，无一例外。这个绝招无人不知，它就是阿谀奉承。这世上最难的事是实话实说，而最容易的事则是阿谀奉承。实话实说的时候，只要有百分之一的音调走调，就会马上出现不协调，紧接着便是大吵大闹。至于阿谀奉承，哪怕从头到尾都是假话，听起来也只会让人笑逐颜开，而不会心里不快；即便感到肉麻，但毕竟还是觉得受用。而且不管阿谀奉承有多么肉麻，但其中必定至少有一半使人觉得真实。它适用于社会上所有教养不同和阶层不同的人。就连侍奉古罗马维斯塔女神

① 拉祖米欣（Разумихин），在俄语中有“明智”“明辨是非”“办事审慎”“有头脑”“聪明人”的意思。

的女祭司①都可以用阿谀奉承勾引到手。至于那些凡夫俗子，就更不在话下了。有一次，我勾引了一位忠于自己的丈夫、自己的孩子和坚守节操的太太，每次一想起这件事，我就忍俊不禁。这件事是多么快人心魂啊，简直是不费吹灰之力！不过这位太太的确是规行矩步的，至少自以为是这样。我唯一的策略就是彻底屈服，时时刻刻向她表示，对她的守身如玉佩服得五体投地。我拼命奉承她，只要能争取到让她跟我握手，甚至看我一眼，我就责备自己，说这是我硬逼着她这样做的，说她抗拒过，拼命抗拒过，如果我不是这么坏，我肯定会一无所获；还说，由于她太天真无邪，没想到别人会对她图谋不轨，因此无意中失了身，而自己却是不知不晓，等等，等等。总之，我达到了自己的全部目的，而我的这位太太却依旧深信，她是天真无邪、冰清玉洁的，正在履行自己的责任和义务，而她的牺牲则是完全无心的。当我最后向她宣布，我真诚地相信，她跟我一样也喜欢寻欢作乐，这时她简直对我恨之入骨。可怜的玛尔法·彼得罗芙娜也最爱听恭维话，只要我愿意，她肯定在生前就会把她的全部财产正式移交到我的名下（但是，我酒喝得太多了，因此废话连篇。）如果我现在谈到，这在阿芙多季娅·罗曼诺芙娜身上也开始收到同样的效果，请您千万不要生气。不过，都怨我愚不可及，而且迫不及待，把整个事情都搞砸了。在此之前，阿芙多季娅·罗曼诺芙娜有几次（其中有一次更加特别）表示，她很不喜欢我眼中流露出的感情，这您信不信？总之，我的双眼里越来越气势汹汹、越来越无所顾忌地喷射出一种欲火，这使她心惊胆战，也终于使她深恶痛绝。详细情况就没有必要叙说了，但是我们断绝了往来。这时候我又干了件蠢事。我用极其粗暴的语言嘲笑了她的种种布道和规劝；帕拉莎又登台了，而且还不止她一个，——总之，出现了所多玛式的乌烟瘴气②。啊，罗季昂·罗曼诺维奇，令妹的眼睛有时会灼灼发光，您一辈子哪怕能看见一次这种情景也好啊！我现在醉了，我已喝完一整杯酒，但这不要紧，我说的是大实话；请您相信，我常常梦见这样的目光；最后，她那衣服发出的窸窣声都让我忍受不了。真的，我心想，我就要发疯了，我从来没有想到，我会如

① 维斯塔女神是古罗马神话中的灶神和火神，像古希腊神话中的赫斯提娅一样，是十二主神之一，古罗马家家户户都供奉维斯塔。她也是贞洁女神，她的神庙由6名贞洁女祭司守护着。

② 典出《圣经·旧约·创世记》，所多玛是淫乱和罪恶之城，此处斯维德里盖洛夫借指自己和多个女人淫乱。

此痴狂。总之，必须握手言和，不过这已经不可能了。您想想看，我当时究竟干了些什么啊？疯狂真能使人变得愚不可及！罗季昂·罗曼诺维奇，在疯狂的情况下，任何时候都不要采取任何行动。我考虑到，阿芙多季娅·罗曼诺芙娜实际上穷得像个乞丐（唉，请原谅，我词不达意……不过，如果表达的是同样的意思，那不都是一样吗？）总之，她是靠自己的一双手干活糊口，而且她还要供养令堂和您（唉，真见鬼，您又紧皱双眉了……），于是我决定把我所有的钱全都送给她（当时我也就能拿出三万卢布），让她跟我一起私奔，哪怕逃到彼得堡这个地方也行。自然，我当时也会发誓永远爱她，让她终生幸福，等等，等等。您相信吗，我当时对她真是情深似海，如果她对我说：你先把玛尔法·彼得罗芙娜杀死或者毒死，你便可娶我，——这件事马上就会照办！然而结局是出人意料的悲惨，这您已经知道了。当时，当我获悉玛尔法·彼得罗芙娜物色了这个无耻之尤的小官吏卢仁，差点儿撮合成这门亲事，您可以想象得到，我简直都气疯了，——实际上，这跟我的求婚毫无二致。不是这样吗？不是这样吗？难道不是这样吗？我发现，您在专心致志地听……真是个有趣的年轻人……”

斯维德里盖洛夫忍不住一拳头砸在桌子上。他的脸变得红通通的。拉斯科尔尼科夫清清楚楚看到，他不知不觉中一口口喝下去的一杯或一杯半香槟，已经使他出现了病态，——因此下定决心利用这个机会。他觉得斯维德里盖洛夫十分可疑。

“唔，听了您上面所说的这些情况，我坚信您到这里来，是对舍妹别有用心。”他一针见血、直言不讳地对斯维德里盖洛夫说，以便使他更加怒火中烧。

“哎呀，算了吧，”斯维德里盖洛夫似乎恍然醒悟过来，“我不是对您说过吗……何况令妹现在也无法容忍我。”

“她无法容忍您，这是不在话下的，不过现在问题不在这里。”

“您就相信，她无法容忍我？（斯维德里盖洛夫眯起眼睛，讥讽地微微一笑。）您说得对，她不爱我；然而夫妻之间或者恋人之间的事情，您永远无法打包票。这里面总是有一个小小的角落，其中往往有全世界都不知道的秘密，而只有他们两人心知肚明。您敢保证，阿芙多季娅·罗曼诺芙娜会把我看作眼中钉吗？”

“根据您在谈话中的某些只言片语，我发现，您现在仍然在打杜尼娅的主意，并且对她急不可耐地别有用心，当然是卑鄙的用心。”

“怎么！我蹦出过这样的只言片语吗？”斯维德里盖洛夫突然带着一

种天真的惊慌问道，根本没有察觉到对他的用心所加的形容词。

“您现在还在蹦出这样的意思。否则，您为什么，比方说，如此惊恐不安？您现在为何突然五色无主？”

“我惊恐不安？我五色无主？我怕您？倒不如说是您怕我吧，cher ami①。这真是胡说八道……不过我喝醉了，这我清楚；差点又说漏了嘴。去他妈的酒吧！喂，拿水来！”

他一把抓起酒瓶，粗鲁地随手扔向窗外。菲利普送来了水。

“这全是胡言乱语，”斯维德里盖洛夫说，他把毛巾浸湿，按在头上，“我只要一句话就能封住您的嘴，让您所有的怀疑都冰消瓦解。您知道吗，比方说，我就要结婚了？”

“您以前早就告诉过我这事。”

“告诉过您？我倒忘了。不过当时我还没有十足的把握，因为连未婚妻的面我都没见过呢；我只是有这么个打算而已。可是现在我已经有了未婚妻，而且事情也已经到位了，要不是我有急事，我一定马上就带您去看她，——因为我想请您参谋参谋。哎呀，真见鬼！只剩下十分钟了。您瞧，您看这表；不过我要告诉您，因为从某种意义上来看，我的婚事是一件饶有兴趣的事，——您到哪里去？又要走了？”

“不，我现在可不想走了。”

“完全不想走？我们来瞧瞧！我要把您带到那里去，千真万确，让您看看未婚妻，不过不是现在，因为现在到您离开的时候了。您往右走，我向左行。您认识那个列斯莉赫吗？也就是我现在的女房东列斯莉赫，啊？您听见吗？不，您在想心事，她就是那个众说纷纭的女人，她家有个小女孩，在冬天投河自尽了，——唔，您听说过吗？您听说过吗？哦，这件婚事就是她为我一手安排的。她说，您这样太无聊了，得找乐子消磨时间。要知道，我本来就是一个郁郁寡欢、枯燥乏味的人。您以为，我无忧无虑？不，郁郁寡欢：坏事倒是不做，但成天闷坐在角落里；有时三天都不说一句话。可是这个列斯莉赫却老奸巨猾，我来告诉您她玩的是什么鬼心眼：我玩腻了，就会扔下妻子，远走高飞，而我妻子就会被她掌控，她就可以把她再嫁出去；当然是嫁到我们这个阶层里，或者嫁到更高的阶层里。她说，女方有个体弱多病的父亲，是个退休的官吏，整天坐在安乐椅上，有两年多没有走动过一步。她说，女方还有个母亲，

① 法文，意为“亲爱的朋友”。

倒是个通情达理的好太太，是个好妈妈。儿子在外省某地供职，但不供养他们。大女儿出嫁了，也不回来看他们；而他们还抚养着两个年幼的侄子（好像是嫌自己的子女还不够多似的），小女儿中学还没毕业，他们就让她回家了，她过一个月才满十六岁呢，也就是说，再过一个月，她就可以出嫁了。嫁的就是我啊。我们上她家去了；这件事真是滑稽：我先自我介绍：地主，鳏夫，名门望族，广有交际，家财万贯，——我已五十岁，她才十六岁还不到，可那又有什么关系呢？谁又看这个呢？唔，这难道不很诱人吗，啊？这可是很诱人的，哈——哈！可惜您没有看到我跟她爸爸妈妈谈话的情景！您只要看到我当时的样子，准会掏一笔钱！她出来了，行了个屈膝礼，唔，您可以想象，她还穿着一件很短的连衣裙呢，是一朵含苞未放的花蕾，她的脸红津津的，红得就像那朝霞（肯定都对她说过了），我不知道您会怎样评价女人的容貌，然而，在我看来，这十六岁的花季年龄，这双稚气未脱的眼睛，这种羞羞怯怯、泪光闪闪的神态，——我认为，这是美的极致，更何况她本身还像画中人一样漂亮呢。满头蓬松松的金发梳成一绺一绺的小卷儿，两片肥嫩嫩的嘴唇红嘟嘟的，一双小脚——更是美极了！……唔，我们就这样认识了，我声明，我家中有事急需处理，于是就在第二天，也就是前天，我俩订了婚。从那时起，我每次去她家，就马上让她坐在我腿上，不放她下来……唔，她的脸红得就像那朝霞，我则一刻不停地吻她；妈妈当然会劝导她说，他是你的丈夫，这样做是情理之中的，——总之，真是妙不可言！而且这种做未婚夫的滋味，也许更胜过做丈夫呢。这就是所谓 la nature et la vérité①！哈——哈！我和她谈过两次话……这姑娘一点也不傻；有时她这样偷偷地看我一眼，——简直让我骨腾肉飞。您可知道，她那张脸就像拉斐尔的圣母。要知道，西斯廷教堂那个圣母的面容是富于幻想的②，就像一张忧伤而又狂热的信徒的脸，对此您注意到了吗？唔，她的脸就是这种类型。订婚后的第二天，我就给她送去价值一千五百卢布的礼物：一副钻石首饰、一副珍珠首饰，还有一个银制的女式梳妆盒——有这么大，里面一应俱全，这一下就连她那酷似圣母的小脸蛋都布满了红霞。昨天，我让她坐在我的腿上，对了，也许我过于放肆，——她腾地满脸通红，眼泪唰地夺眶而出，尽管全身如火烧，但她

① 法文，意为“自然和真情”。

② 《西斯廷圣母》是拉斐尔的代表作，陀思妥耶夫斯基十分喜爱这幅画，其卧榻上方的墙壁上一直挂着这幅画的复制品。

极力控制住自己。所有人暂时都回避了，只剩下我和她两人世界，突然她扑向我的脖子（这是她第一次主动表示亲热），用两只小手搂住我，亲吻起来，并且发誓说，她一定要做我的一个百依百顺、忠贞不贰、柔情似水的妻子，她一定要使我幸福，她一定要向我奉献自己的整个一生，奉献自己一生中的每一分钟，牺牲一切的一切，而作为对这一切的回报，她只是要求得到我的尊重，除此而外，她说，'我什么东西，什么东西都不需要，什么礼物都不需要！'您得承认，跟一个十六岁的小天使独处一室，她满脸都是少女羞涩的红云，双眼噙着激动的盈盈珠泪，再倾听着这样的喁喁情话，——您得承认，这是十足的销魂荡魄！难道不销魂荡魄吗？难道还有什么不值得的吗，啊？哦，难道不值得吗？唔……唔，您听我说……唔，我们一定一起去看看我的未婚妻……不过不是马上就去！"

"总之，这种年龄和身体发育上触目惊心的差异激起了您的情欲！难道您就真的要娶这样一位妻子吗？"

"那又有什么呢？非娶不可。人不为己天诛地灭，谁最会自欺欺人，谁就会过得最开心。哈——哈！您干吗要把自己装扮成正人君子，而且一条道走到底呢？饶了我吧，老弟，我是一个罪孽深重的人。嘿——嘿——嘿！"

"可是，您还是把卡捷琳娜·伊万诺芙娜的几个孩子安置好了呀，其实……其实您这样做是别有原因的……我现在全都明白了。"

"孩子我向来就喜欢，我非常喜欢孩子，"斯维德里盖洛夫哈哈大笑起来，"在这方面，我甚至可以告诉您一件非常有趣的事，而且这件事至今尚未结束。我到达这里的第一天，就到各种低级场所去逛了逛，唔，熬了七年之后，简直是如飞奔去的。您也许看到了，我并不急于去找自己那伙人，也就是过去那帮朋友和熟人。唔，我尽量拖延着不去见他们。您要知道，我住在玛尔法·彼得罗芙娜村子里的时候，对所有这些见不得人的地方和场所，真是心醉神迷，念念不忘呢，凡是光顾过这些地方的人，都能在那里发现很多东西。真见鬼！人们喝得酩酊大醉，知识青年由于闲得无聊，沉浸在无法实现的美梦和幻想之中，被各种理论弄成智残；不知从哪里冒出来一大批犹太人，他们积攒金钱，而其他所有人则都在寻欢作乐。我一来到这个城市，迎面扑来的就是这么一些熟悉的气息。我偶尔来到一个所谓的舞蹈晚会，——一个可怕的低级场所（而我喜欢的正是这种有妓女的低级场所），唔，不用说，这里跳的是当年还没出现因而我没有见过的康康舞①。对的，这也是一种进步啊。突然，我看见一个十三四岁的小姑娘，打扮得花枝招展，正在跟一个舞林高手跳舞；那个人跟她面对面站着。靠墙的一把椅子上坐着小姑娘的母亲。唔，您可想而知，康康舞是一种什么样的舞！小姑娘感到十分羞窘，满脸通红，最终意识到受了欺凌，哭泣起来。那个舞林高手把她托起来，开始让她旋转，在她面前表演各种舞技，周围的观众哈哈大笑——我很喜欢你们的观众在这个时候的表现，即便是康康舞的观众，他们哈哈大笑，高声大叫：'太好啦，就是要这样跳！本来就不该带孩子来这里嘛！'唔，他们这种自我安慰是否合理，我嗤之以鼻，也跟我无关。我马上选中一个座位，坐到小姑娘母亲身边，并且告诉她，我也是外地人，本地人都很粗野，他们无法分辨真正的尊严，更不懂得给别人应有的尊重；我告诉她，我很有钱；我请她们坐我的马车回家；我把她们送到家里，我就跟她们认识了（她们刚来本地，住在向二房东租的一间小屋里）。她们对我说，无论是她，还是她女儿，能够认识我，都深感荣幸；我了解到，她们一无长物，来这里是为了在一个什么政府机关办一件什么事情；我表示愿意为她们效劳，并准备解囊相助；我还了解到，她们是误去那个舞蹈晚会的，以为那里是真正教授舞蹈的地方；我提议让我来帮助这个小姑娘学习法文和舞蹈，她们乐不可支地接受了，认为这是一种荣幸，直到现在我跟她们还常相往来……您愿意的话，我们一起去看看她们，——不过不是马上就去。"

"够了，别再讲您那些卑鄙下流的笑话了，您这个贪淫好色、下流无耻的淫棍！"

---

① 康康舞（法语：cancan），是19世纪末起源于法国的一种音乐厅舞蹈。原是一种轻快粗犷的舞蹈，一般由4名女子表演，是洗衣妇、女裁缝等劳动妇女载歌载舞的一种形式，之后风行于歌舞厅。舞蹈通常由数名身着艳丽服饰的妙龄女郎表演，舞者一般身着黑色长筒袜，衬裙通常长及地板，从上到下有很多层并且每层都是波浪形的皱褶。其舞蹈的主要特点是跳舞时身体任意扭动，特别是提着裙摆的两手不断左右挥动并向前高高踢腿，掀露丝袜、裙底，令人眼花缭乱。据说，这样的舞蹈风格是对保守矜持的传统交际舞的一种对抗与反叛。因此，19世纪被视为色情舞蹈或下流舞蹈。最有名的是法国蒙马特的"红磨坊"夜总会和"丽都"夜总会的康康舞表演，它有着激情的舞蹈、奔放的节奏、高难度的动作、奢华夺目的服饰、缤纷的羽毛、滚有繁复花边的衣裙、美丽的歌舞女郎。

"席勒，我们的席勒，席勒！Oú va-t-elle la vertu se nicher?[①] 可您要知道，我是故意把这些事情说给您听的，为的是听您大喊大叫！爽极了！"

"可不是吗，难道我此时此刻不是都觉得自己可笑吗？"拉斯科尔尼科夫咬牙切齿地嘟哝着。

斯维德里盖洛夫放声大笑起来；最后他叫来菲利普，买了单，便站起身来。

"唔，我真的喝醉了，也 assez causé[②]！"他说，"爽极了！"

"您又怎么能不觉得爽极了呢？"拉斯科尔尼科夫大声叫道，也站起身来，"对于一个坏透了的淫棍来说，怀着一种如此离奇怪诞的意图，讲述如此一些艳遇，怎么能不觉得爽极了呢，何况还是在这样一种情境中，讲述给像我这样一种人听……那就更是爽翻了。"

"唔，既然如此，"斯维德里盖洛夫甚至带着几分讶异一边打量拉斯科尔尼科夫，一边答道，"既然如此，那您自己也是一个坏到顶的厚颜无耻之徒。至少您全身都是这样一块材料，您知道很多事情，很多事情……唔，而且很多事情您也做得出来。唔，但是，够了。没能跟您长谈，我从心底里感到遗憾，但您不会抛开我的……只是请稍稍等一等……"

斯维德里盖洛夫走出了小饭馆。拉斯科尔尼科夫跟在他身后。斯维德里盖洛夫其实并未大醉；酒劲上头只是一会儿，接着便慢慢减弱了。他心里有一件什么事情，一件极其重要的事情，这使他皱紧了双眉。他显然是在等待什么，因而心神不定。在最后的几分钟里，他对拉斯科尔尼科夫不知怎的突然改变了态度，变得越来越粗暴，越来越讥嘲。拉斯科尔尼科夫意识到了这一切，也变得惶惶不安起来。他觉得斯维德里盖洛夫十分可疑，他决定跟踪他。

他们来到了人行道上。

"您往右走，我向左行，要不反过来也行，不过——adieu mon

---

① 法文，意为"哪里没有德行"或"美德何处不栖身"。伏尔泰（1694—1778）在《莫里哀的一生》一书中谈到，法国著名作家莫里哀（1622—1673）有次给向他乞讨的乞丐一个金币，乞丐以为他搞错了，莫里哀就说了这句话回答他。

② 法文，意为"聊够了"。

plaisir①，但愿下次我们能愉快相见！”

于是他朝右边的干草市场走去。

五

拉斯科尔尼科夫紧随其后。

“这是怎么回事！”斯维德里盖洛夫回过头来，大叫道，“我可是早已说过了……”

“这就意味着，现在我将和您寸步不离。”

“什——么——么？”

两人都停住脚步，彼此互相打量了一会，仿佛都在彼此琢磨对方。

“从您那些似醉非醉的话里，”拉斯科尔尼科夫斩钉截铁、一针见血地说，“我可以肯定地说，您不仅没有放弃对舍妹的那些极其卑劣的用心，而且甚至较之过去更变本加厉了。我知道，今天早晨舍妹接到了一封信。您自始至终坐立不安……即便您能在路上捡到一个妻子；但是这说明不了任何问题。我要亲自弄个水落石出……”

其实，拉斯科尔尼科夫自己也无法说清楚，现在他究竟想干什么，他究竟要亲自把什么事情弄个水落石出。

“原来是这么回事！您要我马上喊警察吗？”

“您喊吧！”

他们又面对面地站了大约一分钟。最后斯维德里盖洛夫的神情发生了变化。他终于确信，拉斯科尔尼科夫不怕威胁，于是突然装出一副欢天喜地、一往情深的样子。

“真有您的！我故意没跟您谈您的事，尽管好奇心，当然了，总是缠得我好苦。事情稀奇古怪。本想留到下次再谈，可是您呀，简直能把死人都惹怒……唔，我们走吧，不过要预先声明：我现在只是回家打个转，取点钱；然后锁上房门，租辆马车，去群岛上逛荡一整晚。唔，您到底要跟着我去哪里呢？”

“我暂时去你们公寓，不过不是去您那里，而是去看索菲娅·谢苗诺芙娜，向她致歉，因为我没有去参加葬礼。”

“那就随您的便了，不过索菲娅·谢苗诺芙娜不在家。她带着几个孩子去一位太太那里了，这位老太太是个显贵，我的一个老熟人，也是几

---

① 法文，意为“再见，我亲爱的（或：我的甜心）”。

家孤儿院的管理人。我让这位太太乐疯了：我把卡捷琳娜·伊万诺芙娜三个孩子的抚养费交给了她，此外，还给孤儿院捐了一笔款子；我还把索菲娅·谢苗诺芙娜的情况，连同所有细枝末节，都告诉她了，一点都没有隐瞒。效果是无法形容的好。因此今天索菲娅·谢苗诺芙娜就应邀直接去某旅馆见她，我说的这位太太从别墅回来，暂时住在那里。”

“那也没关系，我还是要去。”

“悉听尊便，不过我可就不奉陪了；关我什么事呢！瞧，我们这就到家了。我坚信，您之所以用怀疑的目光看我，是因为我太温文尔雅了，直到现在也没有打听过什么让您不得安宁的事情，请问，是否这样呢……您明白我的意思吗？您觉得这事异乎寻常；我敢打赌，必定如此！唔，既然这样，我请您也应该温文尔雅点。”

“也包括在门后偷听！”

“啊，您说到这事！”斯维德里盖洛夫笑了，“如果在谈了这一切以后，您居然对此漠然置之，我倒真要感到奇怪了。哈——哈！您当时……在那里……胡搞胡来，以及您亲口对索菲娅·谢苗诺芙娜所说的情况，我虽然多少知道一些，不过这究竟是怎么回事呢？也许，我已经变成一个完全落伍的人，什么也弄不明白了。亲爱的，看在上帝的分上，请您解释解释吧。请您用最新的理论启迪启迪我。”

“您什么也不可能听到，您老是撒谎！”

“可我说的不是那件事，不是那件事（尽管我其实也多少听到了一点），不，我说的是您老是唉声叹气！席勒时时刻刻让您心潮澎湃。而现在又不许人家在门后偷听。既然如此，您就去报告警官吧，就说我发生了这么一件咄咄怪事：在理论上出现了一个小小差错，如此这般。既然您确信别人不能在门后偷听，而自己却可以随心所欲地随手操起一件什么东西，把一个老太婆干掉，那您还不如赶快逃到美国去吧①！逃亡吧，年轻人！也许，还来得及。我说的是心里话。没钱吗？我给您路费。”

“我根本没有想过这件事。”拉斯科尔尼科夫厌恶地打断他的话。

“我明白（其实，您无须跟自己过不去；如果您愿意，那我就无须多

① 据19世纪60年代俄国的报纸报道，当时俄国掀起一股“侨居美国热”，移居美国的俄国人与日俱增。车尔尼雪夫斯基的小说《怎么办》中的一个主人公罗普霍夫也曾侨居美国。

说了)；我明白，您在困心衡虑些什么问题：道德问题，对吗？是公民问题①和个人问题吗？您就把这些问题都扔到一边去吧；您现在考虑这些问题干什么？嘿，嘿！这是因为您仍然是一个公民和一个人吗？如果是这样，那就不必去多管闲事；不是自己的事就别管。唔，您开枪自杀吧；怎么，您不想自杀？”

“您似乎故意惹我生气，好让我马上扭头离开您……”

“真是个怪人，不过，我们已经到了，请上楼。您看，这是索菲娅·谢苗诺芙娜的房门，没有一个人！您不信？那就问问卡佩尔纳乌莫夫吧；她常常把钥匙放在他们那里。瞧，她就是madame de②卡佩尔纳乌莫夫，啊？什么？(她有点儿耳聋)出门了？到哪里去了？唔，您现在听见了吧？她不在家，也许半夜都回不来。唔，现在到我屋里去吧。您不是早就想到我屋里去吗？唔，这就是我住的地方。Madame列斯莉赫不在家。这个女人老是东奔西忙的，不过，请您相信，她是个好女人……如果您稍稍动点脑筋的话，她也许对您有用。唔，您瞧，我从写字台里拿出这张五厘债券(嘿，这种债券我还有很多很多!)，这张今天我就拿到钱庄去兑换。唔，看见了吧？我再也没有什么时间可浪费的了。写字台锁好了，房门也锁好了，咱们又走到楼梯上了。唔，如果您愿意，我们就租辆马车吧！我可是要到群岛上去。您愿意坐马车兜兜风吗？我就租下这辆马车去叶拉金岛，怎么样？您不想去？您吃不消吗？我们去兜兜风吧，没关系的。看样子，要下雨了，没什么，咱们把车篷放下来……”

斯维德里盖洛夫已经坐上了马车。拉斯科尔尼科夫寻思，至少此刻他的怀疑是不对的。他一语不答，倏地转回身子，朝干草市场走去。他在路上哪怕只是回头看上一眼，那就可以发现，马车驶出还不到一百步，斯维德里盖洛夫就付清车钱，走到了人行道上。然而，拉斯科尔尼科夫已经什么也看不见了，他已拐过街角了。一种深恶痛绝之情使他扭头丢

---

① 公民问题是俄国19世纪思想界和文学界的一个重要问题，指一个公民不能只做一个有七情六欲的人过好自己的日子，而且必须承担对社会、对民族、对国家的义务。但由于过多地强调后者而忽视前者——最典型的例证如十二月党人诗人雷列耶夫(1795—1826)的诗歌《公民》提出：“我不是诗人，而是一个公民”，后来在涅克拉索夫(1821—1879)那里进一步发展成著名的诗句：“你可以不做诗人，但是必须做一个公民”——因而引发关于公民问题与个人问题的思考。

② 法文，意为“某某的太太”。

开斯维德里盖洛夫。“我怎么能哪怕是片刻寄希望于这个粗鄙不堪的恶棍，这个荒淫无耻的色中饿鬼和无耻小人！”他不由自主地叫道。的确，拉斯科尔尼科夫的结论下得为时过早，也过于轻率。斯维德里盖洛夫的一切透射出某种东西，这种东西使得他即使不是神秘莫测，至少也是异乎寻常。至于这一切跟他妹妹的关系，拉斯科尔尼科夫仍旧深信不疑，斯维德里盖洛夫是绝不会让她安宁的。然而，让他对这一切左思右想，他又觉得痛苦不堪，甚至无法忍受！

像往常一样，他孤身独行，走了二十来步就陷入了深思。他走到桥上，站在栏杆旁，开始眺望河面。而就在这时，阿芙多季娅·罗曼诺芙娜正站在他的身旁望着他。

他在走上桥头的时候就遇到她了，但没有认出她来，从她身边走过去了。杜涅奇卡还从来没在大街上看到过他这种神态，不禁目瞪口呆。她停住脚步，不知道是否该叫他。突然她发现斯维德里盖洛夫从干草市场那边急匆匆走来。

然而，斯维德里盖洛夫走过来时，似乎既神神秘秘又小心翼翼。他没有上桥，而是站在旁边的人行道上，极力不让拉斯科尔尼科夫看到他。他早就发现杜尼娅了，开始向她打起手势来。她觉得，他用手势告诉她，让她别喊哥哥，别惊动他，并且叫她到他那里去。

杜尼娅照办了。她轻轻悄悄地绕过哥哥身边，走到斯维德里盖洛夫跟前。

“我们赶快走吧，”斯维德里盖洛夫轻声对她说道，“我不想让罗季昂·罗曼诺维奇知道我们会面的事情。我先告诉您一声，刚才我和他在离这里不远的一家小饭馆坐了一会儿，是他自己在那里找到我的，我费尽九牛二虎之力才甩掉他。不知什么原因，他知道我给您写了一封信，并且起了疑心。当然啰，您是肯定不会告诉他的了？不过，如果不是您，那究竟又会是谁呢？”

“我们早已拐过街角了，”杜尼娅打断了他的话，“现在哥哥已经看不到我们了。我告诉您吧，我不想跟您再往前走了。所有的话就在这里说吧；所有事情都是可以在街上说的。”

“第一，这件事情无论如何是不能在街上说的；第二，您也应该听听索菲娅·谢苗诺芙娜是怎样说的；第三，我要让您看看某些证据……唔，最后，如果您不肯到我那里去，那我也就拒绝做任何说明，并且马上就走。同时请您别忘了，您那亲爱的哥哥有一个迥异寻常、饶有兴趣的秘密完全捏在我的手心。”

杜尼娅将信将疑地停住脚步，目光锐利地注视着斯维德里盖洛夫。

“您怕什么呢！”斯维德里盖洛夫平心静气地说，“城里不是乡下。就是在乡下，也主要是您害惨了我，而不是我害惨了您，而这里……”

“预先告诉索菲娅·谢苗诺芙娜了吗？”

“没有，我对她只字未提，而且就连她现在是否在家，我也没有绝对把握。不过，大概在家。她今天刚安葬了自己的继母，不会在这样的日子接客的。我暂时不想把这件事告诉任何人，对您说了，我甚至都有点后悔呢。这种事情，稍一疏忽就等于告密。我就住在这里，就住在这栋公寓里，我们马上就快到了。瞧，这是我们这栋公寓的看门人；他跟我挺熟的；瞧，他在向我点头致意呢；他看见我带了一位女士回来，肯定早已注意到您的面相了，而这对您是有利的，既然您大惊小怪，并且怀疑我。请原谅，我说得这样粗鲁。我自己住的是二房东的房子。索菲娅·谢苗诺芙娜跟我比邻而居，住的也是二房东的房子。整个这一层都住满了房客。您究竟为什么像小孩子那样提心吊胆呢？难道我这人就真的那样可怕吗？”

斯维德里盖洛夫脸上别别扭扭地勉强挤出一丝宽容的微笑；但他已经笑不起来了。他的心怦怦狂跳着，气都喘不过来。他故意提高嗓门，以便掩饰他那一浪更比一浪高的心潮；然而杜尼娅并未察觉他这种特殊的激动；斯维德里盖洛夫所说的她像小孩子那样怕他，她感到他是那样可怕，使她怒不可遏。

“尽管我明知您这人……寡廉鲜耻，但我丝毫也不怕您。您带路走吧。”她说，表面上泰然自若，但她的脸色却变得白煞煞的。

斯维德里盖洛夫在索尼娅的门前停住脚步。

“让我问问她是否在家。不在。真不凑巧！不过我知道，她很快就会回来的。如果她出门了，肯定是为那几个孤儿的事去找一位太太了。他们的母亲死了。她的丧事还是我出面料理的呢。如果十分钟后索菲娅·谢苗诺芙娜还不回来，那我就让她亲自去找您，如果您愿意，今天就去；瞧，这就是我的住处。这就是我的两间房子。隔壁住着我的房东列斯莉赫太太。现在您瞧瞧这里，我让您看看我的主要证据：就是这扇门，从我的卧室通向准备出租的两间空房。就是这两间……对此您可要看得稍微仔细一些……”

斯维德里盖洛夫租住着两个配备家具、十分宽敞的房间。杜尼娅怀疑地打量着四周，然而无论是房间的摆设，还是房间的布局，都没有发现一丝异常之处，虽然也可以看出点什么名堂来，比如说，斯维德里盖洛夫的住室不知怎的恰好处在两套无人居住的空房中间。他的住房没有与走廊直接相通，要进他屋里必须先穿过女房东那两间几乎空空如也的房子。斯维德里盖洛夫打开卧室的一扇上了锁的门，让杜涅奇卡看另一套也是空空荡荡、准备出租的房子。杜涅奇卡在门口停住脚步，不明白为何请她看这套房子，斯维德里盖洛夫赶忙解释道：

“哦，请您看看这里，看看这第二个大房间。请您留意这扇门，它是锁上的。门边放着一把椅子，两个房间就只这么一把椅子。这是我从自己房里搬来的，以便听起来舒服些。门那边紧靠门摆着的就是索菲娅·谢苗诺芙娜的桌子；她就坐在桌旁跟罗季昂·罗曼诺维奇谈话。而我就坐在这里，坐在这把椅子上偷听，接连听了两个晚上，每次都是大约两个小时，——我自然多少听到了些什么，您觉得怎样？”

“您偷听了？”

“是的，我偷听了；现在回我屋里去吧；这里连坐的地方都没有呢。”

他带着阿芙多季娅·罗曼诺芙娜回到他当作客厅的第一个房间，请她在椅子上坐下。他自己则坐到桌子的另一头，离她至少有一俄丈①远，然而，也许是他眼里已经闪射出那种曾经使杜涅奇卡不寒而栗的火焰，她打了个哆嗦，又一次疑虑重重地环视了一下四周。她下意识地摆出一副行若无事的姿态；显然，她不愿暴露自己的怀疑。但是斯维德里盖洛夫这套房子的孤僻状况，终于使她心惊胆战起来。她想问一下，至少他的女房东是否在家，但是她出于自尊，没有问……何况她心里还有另一种痛苦，它大得无法形容，远远超过了为自身担心而产生的恐惧。她早已回肠九转了。

“这是您的那封信，”她把信放到桌子上，开口说道，“您信上写的事难道可能吗？您暗示，我哥哥似乎犯了罪。您的暗示太一目了然了，您现在休想推卸。要知道，早在您之前，我就听到了这种愚蠢的谣言，可我连一句都不信。这是一种卑鄙龌龊而又荒唐可笑的疑神疑鬼。我知道这事，而且知道它是怎样捏造出来的，以及捏造的原因。您不可能拿出任何证据。您答应要拿出来给我看：那您就说吧！不过我预先声明，我不相信您的话！不相信！……”

杜涅奇卡急急火火地说完了这一番连珠般的急话，就连她的脸也在刹那间涨得红通通的。

---

① 一俄丈等于2.134米。

“如果您不相信，那又怎么会出现这一幕：您只身冒险到我这里来？您究竟为什么要来呢？只是出于好奇吗？”

“别折磨我了，说吧，说吧！”

“不用说，您真是一个勇敢的姑娘。真的，我还以为您会让拉祖米欣先生陪您到这里来呢。然而，他既没有陪您来，也没守护在您周围，我还是观察过的：这堪称浑身是胆，也就是说，您很爱惜罗季昂·罗曼诺维奇。不过，您身上的一切都是神圣的……至于令兄，我又能对您说些什么呢？您刚才亲眼看到他了。他怎么样？”

“这也就是您的唯一的根据？”

“不，不是根据这一点，而是根据他自己的话。他接连两个晚上到这里来看索菲娅·谢苗诺芙娜。我已指给您看了他们坐的地方。他对她作了全面的忏悔。他是凶手。他杀死了一个年老的、放高利贷的官太太，他自己也曾在她那里抵押过东西；他还杀死了她的妹妹，一个名叫莉扎薇塔的女推销员，她是在姐姐被杀的时候，无意中闯进去的。他是用随身携带的斧头劈死这姐妹俩的。他杀死她们，为的是抢劫财物，而且确实也抢劫了；拿了一些钱和东西……他亲口把这事的经过都一五一十地告诉了索菲娅·谢苗诺芙娜，只有她一人知道这个秘密，不过她不是帮凶，既未出谋划策，也未参与其事，而是恰恰相反，也像您现在这样，吓得魂飞魄散。您放心好了，她是不会出卖他的。”

“这绝不可能！”杜涅奇卡嘟哝着，嘴唇发白的，毫无血色；她紧张得上气不接下气，“这不可能，无缘无故的，没有任何原因，也没有丝毫理由……这是谎言！谎言！”

“他抢劫财物，这就是全部原因。他拿了钱和东西，的确，他亲口承认，他既没有动过那些钱，也没有动过那些东西，而是把它们带到一个什么地方，藏在一块石头底下，而且这些东西现在还藏在那里。但这是因为他不敢拿出来用。”

“可难道这是可能的吗，他会去偷，会去抢吗？”杜尼娅叫喊着，从椅子上一跃而起，“您可是认识他的，不也见过他吗？难道他会是小偷？”

她仿佛是在央求斯维德里盖洛夫；她把自己的恐惧忘得干干净净。

“阿芙多季娅·罗曼诺芙娜，在这方面，情况错综复杂，千变万化，也千差万别。小偷偷东西，但他心里也清楚地知道，他是个坏蛋；可我还听说过，有个冰清玉润的人抢劫了一辆邮车呢；谁知道他呢，也许他还真的以为，他干了一件惊天动地的大好事呢！当然，如果我是道听途说的，那我自己也必定像您那样拒不相信。但我相信我的亲耳所听。他甚至还向索菲娅·谢苗诺芙娜说明了一切原因；但是起初她也连自己的耳朵都不相信，不过最终她相信了自己的眼睛，自己的亲眼所见。要知道，这是他亲口对她说的啊。”

“究竟是什么……原因？”

“说来话长啊，阿芙多季娅·罗曼诺芙娜。这，怎么跟您说呢，这也是自己的一种理论吧，我认为就是这么回事，比如说，如果总的目标是好的，那么干一两件坏事也是没有什么不可以的。一件坏事换来一百件好事！一个出类拔萃、自命不凡的年轻人明白，比方说，只要有三千卢布，他一生的整个前途和整个未来就会迥然不同，然而他却没有这三千卢布，因此他当然会感到怨气满腹。再加上饥寒交迫，住房窄小，鹑衣百结，并且明确意识到自己的社会地位以及妹妹和母亲的处境太好①而愤愤不平。最要命的是虚荣心，自尊心和虚荣心，可是谁了解他呢？也许他的志向也是崇高的呢……我根本不是责备他，请别多心；而且这也不关我的事。这里也有他自己的一种理论——就算他自己的理论吧——按照这种理论，您要知道，人们被分为平凡的人和非凡的人两类，非凡的人是这样一种人，他们地位很高，法律不是为他们而设的，而恰恰相反的是，他们自己可以为其他的人，为那些平凡材料和垃圾制订法律。没什么，也就是他自己的一种理论而已；une théorie comme une autre②。拿破仑让他神魂颠倒，也就是说，使他特别神魂颠倒的是，很多天才人物根本不把一两件坏事放在眼中，而是毫不犹豫地跨过去。看来，他也自认为是个天才，——也就是说，至少在某个时期他对此坚信不疑。由于他认为自己能够创造理论，但却不能毫不犹豫地跨越障碍，这样看来，他就不是个天才，对此，他曾经痛苦不堪，而且现在依旧痛苦不堪。唔，对一个自命不凡的年轻人来说，这是一种屈辱，特别是在当今这个时代……”

“然而，良心的谴责呢？看来，您否认他有任何道德感？难道他会是这样的人吗？”

“唉呀，阿芙多季娅·罗曼诺芙娜，现在一切都颠倒混乱了，也就是说，其实从来都不是那么井然有序的。阿芙多季娅·罗曼诺芙娜，总的来说，俄罗斯人都是胸怀广阔的人，就像他们的国土一样广阔，热衷于

---

① 这是一句反话。

② 法文，意为“就像别的任何理论一样”或“与其他任何理论没什么两样”。

幻想，喜欢杂乱无章；然而胸怀广阔而无特殊才能是一种灾难。您还记得吗，我俩每天吃过晚饭后，坐在花园里的露台上，曾多少次讨论的就是这类问题和这个话题啊。您一再责备我的正是这种胸怀广阔呢。谁知道呢，也许就在我俩讨论问题的同时，他正躺在这里筹谋自己的计划呢。阿芙多季娅·罗曼诺芙娜，我国知识界就是缺乏神圣的传统：除非有人煞费苦心地根据书本编造……或者从编年史里生发出来。然而这样做的毕竟大都是些学者，您可知道，从某种意义上来说，他们都是些头脑简单的人，因此上流社会的人做这种事就不成体统了。不过，总的来说，我的观点您是了解的；我决不责备任何人。我自己是个四体不勤的人，而且习与性成了。但对此我们谈论过已经不止一次了。我的观点甚至还曾有幸引起您的兴趣……您的脸色白得吓人，阿芙多季娅·罗曼诺芙娜。"

"我知道他的这种理论。我读过他发表在杂志上的一篇文章，说的是有些人可以为所欲为……是拉祖米欣带给我的……"

"拉祖米欣先生？您读过令兄的文章？刊载在杂志上？有这样一篇文章？我还不知道呢。哦，这一定很有意思！不过，您这是到哪里去呀，阿芙多季娅·罗曼诺芙娜？"

"我要去看看索菲娅·谢苗诺芙娜。"杜涅奇卡用弱微微的声音说道，"去她那里怎么走？她可能已经回家了；我一定要马上见到她。让她……"

阿芙多季娅·罗曼诺芙娜没能把话说完；她的确喘不过气来了。

"索菲娅·谢苗诺芙娜半夜前不会回来。我这样认为。她本应很快就回来，她竟然没有回来，那就得很晚……"

"啊，这样你就在撒谎！我看出来了……你在撒谎……你一直在撒谎！……我不相信你的话！不相信！不相信！"杜涅奇卡真的气愤若狂地叫了起来，完全失去了控制。

她几乎晕倒在斯维德里盖洛夫赶忙端过来的一把椅子上。

"阿芙多季娅·罗曼诺芙娜，您怎么啦，您醒醒啊！这是水。您喝一口吧……"

他朝她脸上洒了一点水。杜涅奇卡哆嗦了一下，醒了过来。

"真见效！"斯维德里盖洛夫紧皱双眉，暗自嘟囔道，"阿芙多季娅·罗曼诺芙娜，您放心吧！您知道，他有一些朋友。我们会救他的，会把他救出来的。您希望我把他送到国外去吗？我有足够的钱；我在三天内就能弄到船票。他虽说杀了人，但也可以做许多好事呀，那样这一切就得到弥补了；您放心吧，他也许还会成为一个伟大的人物呢。唔，您怎么啦？您觉得身体怎样呀？”

“恶棍！他还在讥笑人呢。让我走……”

“您到哪里去？您究竟要到哪里去啊？”

“去找他。他在哪里？您知道吗？这扇门为什么锁上了？我们是从这扇门进屋的，可现在却锁上了。您是什么时候动手锁上的？”

“可不能大喊大叫，以免所有的房客都听见了我们在这里的谈话。我根本没有讥笑人；我只是讨厌用这种语言说话。唔，您这副样子要到哪里去？难道您想出卖他吗？您会搞得他发疯的，这样他就会去自首。您知道吗，他已经被监视了，已经发现了一些蛛丝马迹。您只会把他出卖了。您少安毋躁：我刚才见过他，也跟他谈过话；还有办法救他。请少安毋躁，请坐下吧，我们一起来想办法。我就是为了这件事叫您来的，以便跟您单独谈谈，好好想个办法。您就请坐下吧！”

“您有什么法子救他？难道他还有救？”

杜尼娅坐了下来。斯维德里盖洛夫坐到她身旁。

“这一切全都取决于您，取决于您，取决于您一个人。”他两眼灼灼发亮，几乎是私语般地开始说，他的话断断续续，甚至激动得说不出其他的话来。

杜尼娅心惊肉跳地挪到离他稍远些的地方。他也浑身哆嗦起来。

“您……只要您一句话，他就得救了！我……我会救他。我有的是钱，也有朋友。我马上就送他走，我去弄护照，弄两张护照。一张给他，另一张给我。我有的是朋友；我有几位精明干练的朋友……您愿意吗？我也给您弄张护照……给令堂也弄一张……您为什么要拉祖米欣呢？我也同样爱您……我对您情深似海呀。让我亲吻一下您那连衣裙的边吧，让我亲吻一下吧，让我亲吻一下吧！听到您衣服的窸窣声我都忍受不了。只要您说一声：去办好那件事，我就会立刻办好！我会办好一切。办不到的事我也会办好它。您信仰什么，那也就是我的信仰。一切，一切我都能办好！您别这样看我，别这样看我！您知道吗，您这是在要我的命啊……”

他开始胡言乱语了。他突然间不知发生了什么事，似乎是猛地昏了头。杜尼娅腾地跳起身来，朝门口扑去。

“开门！开门！”她隔着门大喊，叫人前来开门，双手摇晃着门，“快开门呀！难道一个人都没有吗？”

斯维德里盖洛夫也站了起来，他已清醒过来。他那仍在颤抖的嘴角慢慢掠过一丝恶毒的、嘲弄的微笑。

“这地方一个人都没有，”他有板有眼地轻声说道，“女房东出门了，您这样大喊大叫是白费力气：只不过是让自己白急一场。”

“钥匙在哪里？马上把门打开，马上，下流东西！”

“钥匙我弄丢了，没法找到了。”

“啊！您这是想强奸！”杜尼娅大叫起来，脸色像死人一样白煞煞的，她扑进一个墙角，随手飞快拖过一张小桌子，挡住自己。她不再叫喊；但她却用目光紧盯着折磨自己的人，警惕地注视着他的每一个动作。斯维德里盖洛夫也一动不动，在屋子的另一头面对她站着。他甚至泰然自若，至少表面上是这样。但他的脸色依旧煞白。嘲弄的微笑依旧没有从脸上消失。

“您刚才说出了‘强奸’这个词，阿芙多季娅·罗曼诺芙娜。如果是强奸，那您自己也能推想到，我早就采取行动了。索菲娅·谢苗诺芙娜不在家；这里离卡佩尔纳乌莫夫家又很远，隔着五间上了锁的屋子。最后，我至少比您力气大一倍，此外，我什么都不用害怕，因为您以后无法控告我：您总不至于真的想出卖令兄吧？而且没有人会相信您的话：哦，一个姑娘独身一人跑到一个单身汉家里去干什么呢？因此，即便牺牲了令兄，您还是证明不了任何问题：强奸的事是很难证明的，阿芙多季娅·罗曼诺芙娜。”

“无耻之徒！”杜尼娅声色俱厉地轻声说。

“随您的便，不过请您注意，我说的还只是一种建议。按照我个人的看法，您说得对极了：强奸是一种卑劣的行径。我这样说只是想告诉您，您的良心是根本不会受到谴责的，即使……即使您按照我的建议自愿去拯救令兄。也就是说，您完全是屈服于环境，唔，就算是屈服于暴力吧，如果您非用这个词不可。请您好好考虑考虑这个问题吧；令兄和令堂的命运全捏在您手心里。我心甘情愿做您的奴隶……做您终生的奴隶……我就在这里等着……”

斯维德里盖洛夫坐到沙发上，与杜尼娅相距大约八步远。她感到已经没有一丝一毫的疑问了——他的决心是不可动摇的。何况她还深知其人……

突然她从口袋里掏出一把手枪，打开扳机，并把拿着枪的手放到小桌子上。斯维德里盖洛夫从座位上腾地一跃而起。

“啊哈！原来如此！”他惊讶地叫了起来，但脸上却挂着恶狠狠的微笑，“哦，这将彻底改变事情的进程！您使事情变得非常有利于我，阿芙多季娅·罗曼诺芙娜。这把手枪您是从哪里弄来的？该不是拉祖米欣先生的吧？哈！这把手枪是我的！老伙计呀！可我当时找它找得好苦啊！……我很荣幸曾在乡下教过您射击，真是没有白教啊。”

“不是你的手枪，而是玛尔法·彼得罗芙娜的，她是你害死的，凶手！她家里没有一样东西是你的。我早就怀疑到你会干什么事，因此随身带上了它。你要胆敢往前哪怕一步，我发誓，我就打死你！”

杜尼娅气愤若狂。她举着手枪，准备射击。

“唔，那么令兄呢？我出于好奇，问上一声。”斯维德里盖洛夫问道，仍旧站在原地。

“如果你想告密，那就去吧！不许动！别过来！我开枪啦！你毒死了妻子，我知道，你自己就是杀人犯！……”

“您就那么肯定，玛尔法·彼得罗芙娜是我毒死的？”

“就是你！你自己对我暗示过；你对我提到过毒药……我知道，你坐车去买过毒药……你早有预谋……这肯定是你……无耻之徒！”

“即使这是真情实况，那也是为了你呀……归根到底你还是祸根哪。”

“你胡说！我一直都恨你入骨，一直……”

“啊哈，阿芙多季娅·罗曼诺芙娜！您显然忘啦，您在热情布道的时候，就对我有意了，而且常常发痴发呆……我一看您的眼神就知道了；您还记得吗，夜幕低垂，月色溶溶，还有夜莺的悠悠鸣唱？”

“你撒谎！（杜尼娅的眼睛里闪烁着狂怒之光），你撒谎，你造谣！”

“我撒谎？唔，就算我撒谎吧。我是撒了谎。本来就不该对女人重提这些事情。（他冷笑一声。）我知道你敢开枪，美丽的小野兽，你就开枪吧！”

杜尼娅举起手枪，脸色像死人那样苍白的，不断颤抖的下嘴唇也变白了，黑溜溜的大眼睛像火一样闪闪发光，直盯着他，她横下一条心，估算着距离，等待着他做出第一个动作。他还从未看见过她如此美丽。在她举起手枪的那一瞬间，从她双眼里射出的那两道火光似乎使他熊熊燃烧了，他的心痛苦地揪紧了。他迈出一步，于是砰的一声枪响。子弹从他的头发上擦过，打在后面的墙上。他停住脚步，轻轻地一笑：

“被黄蜂蜇了一口！径直对准脑袋……这是什么？血！”他掏出一块手帕来擦血，一缕细丝丝的鲜血顺着右边的太阳穴流了下来；子弹大概在头皮上轻轻地擦了一下。杜尼娅放下手枪，望着斯维德里盖洛夫，倒也并非惊魂未定，而是深感大惑不解。她似乎自己都不明白，她究竟干了什么事，这究竟是怎么回事！

“这是怎么搞的啊，没打中呀！再来一枪，我等着，”斯维德里盖洛夫轻声说道，脸上依旧挂着冷笑，但有点阴森森的，“只怕在您扳动扳机以前，我就一把抓住您了！”

杜涅奇卡颤抖了一下，飞快扳起扳机，又举起手枪。

“别缠着我！”她绝望地说，“我发誓，我会再次开枪的……我……要打死您！……”

“那太好了……就三步路，不可能打不死。您要是打不死，那时……”他的一双眼睛灼灼放光，并且又往前迈出两步。

杜涅奇卡开了一枪——却没打响！

“子弹没装好。没关系！您的枪里还有火帽。重新放好，我等着。”

他面对着她站着，在离她两步远的地方等待着，怀着雷打不动的决心，用充满炎炎欲火但又痛苦不堪的目光望着她。杜涅奇卡明白，他是宁肯死掉，也不会把她放走了。“而且……而且，她现在必定打死他，就两步路啊！……”

她突然扔掉手枪。

“扔掉啦！”斯维德里盖洛夫万分诧异地说，同时深深地舒了口气。似乎有什么东西一下子从他的心头掉下来了，也许这不仅仅是死亡恐怖的重压；而且此时此刻他未必会产生这种感觉。这是摆脱了另一种更悲伤、更阴郁的感觉之后的一种心情，他自己也无法完全弄清。

他走到杜尼娅身边，悄悄地伸出一只手，搂住她的腰。她没有反抗，但浑身像一片风中的树叶簌簌战栗，并且用央求的眼光望着他。他本想说点什么，然而仅仅动了动嘴唇，什么都没能说出来。

“你放我走吧！”杜尼娅央求道。

斯维德里盖洛夫颤抖了一下：这个你字跟刚才说得有点异样。

“那么你不爱我？”他轻声问道。

杜尼娅拒绝地摇摇头①。

“而且……不会爱我？……永远不会？”他绝望地悄声问道。

“永远！”杜尼娅低声答道。

斯维德里盖洛夫心中顿时爆发了无声的、剧烈的瞬间激战。他用一种难以形容的目光望着她。突然他松开手，车转身子，快步走到窗前，

① 俄国习俗：摇头表示拒绝和否定。此处摇头并非对问话内容表示否定，而是明确表示不爱斯维德里盖洛夫。

面对窗口站住了。

又过了一会儿。

“这是钥匙！（他从大衣左边的口袋里掏出一把钥匙，放在身后的桌子上，既不看杜尼娅，也不向她回过头来）拿去吧；快走！……”

他执拗地望着窗外。

杜尼娅走到桌子旁去拿钥匙。

“快走！快走！”斯维德里盖洛夫反复催促，全身依旧一动不动，也没回过头来。不过在“快走”这个字眼里，却分明能听出一种可怕的声调。

杜尼娅明白这一声调的含义，她一把抓起钥匙，飞扑到门边，飞快打开门，猛冲出房间。她发疯似的狂奔疾跑，不一会儿，就跑到了运河边上，然后某桥方向跑去。

斯维德里盖洛夫在窗前又站了将近三分钟；最后他慢吞吞地转过身来，环视了一下四周，用手掌轻轻地摸了摸前额。一种怪笑使他的脸都变了形，这是一种可怜兮兮、痛心入骨又万般无奈的笑，一种彻底绝望的笑。正在凝结的鲜血染红了他的手掌；他恶狠狠地看了一眼这血，然后浸湿一条毛巾，把自己的鬓角擦拭干净。被杜尼娅扔到地上、飞落到门边的那把手枪，突然映入他的眼帘。他把手枪拾了起来，查看了一下。这是一把小小的旧式三发袖珍手枪；枪里还有两发子弹和一个火帽。还可以开上一枪。他想了一想，把手枪塞进口袋，拿起礼帽，走出房间。

六

这天整个晚上，他是在各种各样的小饭馆和低级场所度过的，从一个地方逛到另一个地方，一直逛到十点钟。他在某个地方找到卡佳，她又在唱另一首通俗歌曲，歌中唱的是“一个坏蛋和恶棍”。

　　开始把卡佳亲吻。

斯维德里盖洛夫不仅请卡佳，而且还有背手摇风琴的江湖乐师，还有几个歌手，还有几个堂倌，还有两个录事喝了酒。他之所以结交这两个录事，是因为他俩都长着一个歪鼻子：一个的鼻子向右歪，而另一个的鼻子往左歪。这使斯维德里盖洛夫深感讶异。最后他们蛊惑他到一个游乐园去玩，他替他们买了门票。在这家游乐园里有一棵栽了三年的孤零零的小枞树和三丛小灌木。此外，还建了一座“火车站”，实际上是个小酒店，但是也可以在那里喝茶，而且还摆放了几张绿色的小桌子和几把椅子。有几个蹩脚的歌手在表演合唱，还有一个像是小丑的酩酊大醉的醉鬼，他是一个来自慕尼黑的德国人，长着通红的酒糟鼻子，但不知为何一副无精打采的样子。他们的表演只是为了让顾客开心。两个录事跟另外几个录事争吵起来，拉开架势准备大打出手。斯维德里盖洛夫被他们推举为评判人。他已经替他们评判了足足将近一刻钟，但他们大吵大闹，简直无法弄清谁是谁非。只有一点是丁一确二的，那就是他们中间有个人偷了东西，甚至立即出手，卖给了一个萍水相逢的犹太人；然而东西卖掉以后，却不肯跟自己的同伙平分赃款。最后终于查清，卖掉的赃物是“火车站”的一把茶匙。“火车站”要是发现丢了一把茶匙而寻找起来，这事就麻烦大了。斯维德里盖洛夫赔了这把茶匙的钱，站起身来，离开了游乐园。已经将近十点钟了。在整个这段时间里，他本人滴酒未沾，只在“火车站”为自己要了一杯茶，而且这也多半是为了装装样子。这个晚上闷热难当，而且昏天黑地。到十点钟的时候，黑沉沉的乌云从四面八方一齐飞涌过来；猛地响起一声惊雷，紧接着大雨便像瀑布似的飞泻下来。雨水不是点点滴滴地往下落，而是一整股一整股哗哗地扑向地面。闪电霍霍，一个紧接一个，每次闪电持续的时间都可以数到五。他回到家里，已是全身透湿，他锁上门，打开写字台的抽屉，取出自己所有的钱，又撕掉两三张单据。然后，把钱装进口袋里，本想换下身上的外衣，但他看了看窗外，听了听雷声隆隆和大雨哗哗，便挥了挥手①，拿起帽子，走出房间，连门都没有锁。他径直走向索尼娅的住处。索尼娅在家。

她并非孤身一人；卡佩尔纳乌莫夫家四个幼小的孩子围在她身边。索菲娅·谢苗诺芙娜在请他们喝茶。她默默无语但毕恭毕敬地迎接斯维德里盖洛夫，惊讶不已地打量他那件湿漉漉的外衣，但没说一句话。孩子们在一种莫名的望而生畏中一溜烟跑掉了。

斯维德里盖洛夫坐到桌子旁，并请索尼娅也坐在他身边。索尼娅怯生生地准备凝神细听。

“索菲娅·谢苗诺芙娜，我也许要到美国去，”斯维德里盖洛夫说，“因而这很可能是我跟您最后一次见面了，因此我把某些事情安排一下。唔，您今天见到这位太太了吧？她对您说了些什么，我都知道，您就不

① 即改变了换衣服的念头，不再换衣服。

必转述了。(索尼娅挪动了一下身子，脸唰地红了。) 这种人的脾气，那是众所周知的。至于您的弟弟妹妹们，他们确实安置好了，他们每人应交的费用，我都按规定一一交给了可靠的人，并且拿到了收据。不过，这些收据还是您拿着吧，以防万一。给，收下吧！唔，现在这件事算是了结了。这是三张五厘债券，总共值三千卢布。这些钱您给自己收下，这是给您本人的，这是我们两人间的私事，不管您将来听到什么话，也别让任何人知道。这些钱对您还是有用的，因为，索菲娅·谢苗诺芙娜，再像以前那样活下去，——就糟透了，而且您也没有任何必要了。"

"您对我真是恩同再造，对几个孤儿，对去世的继母也是恩重如山，"索尼娅急忙说，"如果说至今我很少对您表示感谢，那么……请您别以为……"

"唉，算了吧，算了吧。"

"阿尔卡季·伊万诺维奇，我十分感激您给我这些钱，但我现在用不着它们。我总还能自己养活自己的，请您千万别以为我不识好歹：既然您一副菩萨心肠，那么这些钱……"

"给您，给您，索菲娅·谢苗诺芙娜，就请您别再客气了，因为我根本没有时间了。可对您还是会有用的。罗季昂·罗曼诺维奇面前有两条路：要么对准脑门开上一枪，要么走弗拉基米尔大道①。(索尼娅惊异地看了他一眼，浑身哆嗦起来。) 您放心，我全都知道，是他亲口说的，但我不是一个多嘴多舌的人；我不会说给任何人。当时您教他去投案自首，做得对极了。这对他会有益得多。唔，如果摆在面前的是弗拉基米尔大道——他走这条路，而您也会跟着他去吧？难道不是这样吗？难道不是这样吗？唔，既然是这样，那么这些钱就用得着了。为了他，这些钱就用得着了，您明白吗？送给您，就等于送给他。何况您还答应要还阿玛莉娅·伊万诺芙娜的债；我可听见了。您这是怎么了，索菲娅·谢苗诺芙娜，您怎么这样不假思索就把这笔债务全揽到自己身上呢？要知道，欠这个德国女人债的是卡捷琳娜·伊万诺芙娜，而不是您呀，您完全可以不理这个德国女人啊。这样的话，您在这世上就没法活了。唔，要是有人来向您打听——嗯，明天或后天吧——我或者与我有关的事（会有人来问您的），那么请您千万别提我现在到您这里来过，这些钱也绝对不

---

① 弗拉基米尔大道经由弗拉基米尔城（位于莫斯科以东），通往西伯利亚。在沙俄时代，它是流放到西伯利亚服苦役的犯人的必经之路。俄国著名画家列维坦（1860—1900）曾画过一幅题为《弗拉基米尔大道》的油画。

要给任何人看，也不要对任何人说，我送钱给您了。唔，现在再见吧。（他从椅子上站起来。）请向罗季昂·罗曼诺维奇问好。顺便说说，这些钱哪怕暂时放到拉祖米欣先生那里也行。您认识拉祖米欣先生吗？那是肯定认识的。这个小伙子人还不错。把钱送到他那里去，明天或者……到那个时候再说。不过在这段时间里，您得妥善收藏。”

索尼娅也从椅子上霍地跳了起来，提心吊胆地望着他。她很想说点什么，很想问点什么，但是她最初不敢开口，而且也不知道怎样开第一句口。

“您是怎么啦……您是怎么啦，现在下这么大的雨，您还出去？”

“唔，连美国都要去，还怕下雨吗，嘿——嘿！别了，亲爱的，索菲娅·谢苗诺芙娜！您要活下去，而且要长久地活下去，您会对别人有用的。顺便说说……请您转告拉祖米欣先生，说我向他致意。您就这样告诉他好了：阿尔卡季·伊万诺维奇·斯维德里盖洛夫向他致意。一定得转告啊。”

他撇下索尼娅走了。索尼娅既惊讶不已，又惴惴不安，同时心里还有一种茫茫然又闷沉沉的疑惑。

后来了解到，就在当天晚上，十一点多钟，斯维德里盖洛夫又进行了一次极其古怪而又出人意料的访问。雨一直噼里啪啦下个不停。十一点二十分，他全身湿淋淋地走进位于瓦西里岛第三小街上的未婚妻父母家那座窄挤的房子。他好不容易才把门敲开，起初他的到来引起一阵巨大的惊慌；不过阿尔卡季·伊万诺维奇只要愿意，就能随时变成一个风度翩翩、魅力四射的人，因此未婚妻那通情达理的父母最初的（其实也是最敏锐的）猜疑马上就不攻自破了。他们原以为阿尔卡季·伊万诺维奇在此之前大概在什么地方喝得酩酊大醉，已经失去了理智。未婚妻那位与人为善、通情达理的母亲，便把体弱多病、总是坐在安乐椅里的父亲推到阿尔卡季·伊万诺维奇身边，并且像往常那样，马上拐弯抹角地提了一些问题。（这个女人从来不直截了当地提出问题，而总是先满脸堆笑，并搓一搓手，然后，如果非得了解什么不可了，比方说吧，阿尔卡季·伊万诺维奇愿意什么时候举行婚礼啊，那她往往就会首先问一些关于巴黎以及当地宫廷生活的逸闻趣事和她如饥似渴想知道的事情，然后才照例逐渐把话题绕到瓦西里岛的第三小街上来。）如果在别的时候，这一切当然会受到足够尊敬，然而这一次阿尔卡季·伊万诺维奇不知为何却显得特别心急如焚，坚决要求马上与未婚妻见面，尽管起初就已告诉他，未婚妻早已安寝了。当然，未婚妻最后还是出来了。阿尔卡季·伊万诺维奇开门见山地告诉她，因为一件非常重要的事情，他暂时必须离开彼得堡，所以给她送来票面不同的各类钞票共一万五千银卢布，请她当作礼金收下这些钱，因为他早就打算在举行婚礼之前送给她这份薄礼了。当然，这些解释根本无法说明这笔礼金与即将远行以及冒雨深夜来访之间有什么特殊的逻辑关系，不过事情倒是进行得十分顺利。就连那种必不可少的“哎哟”“啊呀”之类的感叹、追根究底的询问和惊讶不已的神情，不知怎的也突然异乎寻常地表现得恰如其分，适可而止；不过对此表现出的感激之情却极为热烈，那位最通情达理的母亲甚至热泪淋淋。阿尔卡季·伊万诺维奇站起身来，笑逐颜开，吻了吻未婚妻，拍了拍她的脸颊，肯定地说他很快就会回来。他察觉到她的眼神里虽然有一种孩子气的好奇，但同时也蕴含着某种无声的、非常严肃的疑问，他沉思了一下，又一次吻了吻她，可一想到这笔礼金马上就会被那位最通情达理的母亲锁起来，善加保管，就从心底里感到遗憾。他飘然离去，让这一家人继续陶醉在异常的激动之中。不过，那位与人为善的母亲，马上轻言细语但又连珠炮似的解答了几个最重要的疑惑，具体地说，就是阿尔卡季·伊万诺维奇是个大人物，大才槃槃，交游很广，金玉满堂，——只有上帝知道他脑子里在想什么，想出门就要出门，想送钱就来送钱，因此无须大惊小怪。当然，他全身都湿淋淋的，这是有点奇怪，然而，比方说，英国人比他更奇怪，而且这些上流社会的人对人们的议论毫不在乎，也不拘小节。说不定，他还是故意这样做给别人看的，表示他谁都不怕。而最重要的是，这件事必须对任何人都一字不漏，因为天知道这会引发什么后果。至于钱嘛，应该赶快锁起来，当然啦，送钱来的时候费多西娅一直守在厨房里，这是最好不过的了，而最重要的是，对那个老奸巨猾的列斯莉赫，万万不能，万万不能，万万不能透露一点风声，以及其他，等等，等等。他们坐在那里窃窃私语，一直嘀咕到两点钟。不过未婚妻却比他们早得多就去睡觉了，她感到十分惊讶，也有些许忧伤。

而斯维德里盖洛夫正好在半夜时分走过某桥，朝彼得堡区①方向走去。雨已停了，但风仍在呼呼地吹刮。他开始瑟瑟发抖，有那么一会儿，他特别好奇地甚至疑惑地望了望小涅瓦河黑蒙蒙的水面。但他很快就感

① 此处的某桥指图奇科夫桥，彼得堡区指涅瓦河北的彼得堡岛（现名彼得格勒岛）。从瓦西里岛，跨越小涅瓦河，就到了彼得堡区。

到站在河边冷飕飕的；他转过身子，朝某大街走去。他行走在漫无尽头的某大街上，已经走了很久很久，几乎走了半个小时，大街上黑漫漫的，他不止一次险些摔倒在木板路面上，但仍旧兴致勃勃地在大街右侧寻找着什么。不久前，他有次从这里路过，在大街尽头的某个地方发现了一家旅馆，是座木屋，但十分宽敞，旅馆的名称他还依稀记得，叫作阿德里亚诺波尔①。他没有记错：这家旅馆在如此偏僻的地方十分显眼，即使在茫茫黑暗中也不难找到它。这是一幢长长的、已经发黑的木屋，虽然已是深夜，里面仍旧灯火辉煌，颇有几分热闹。他走了进去，在走廊上遇到一个衣衫褴褛的伙计，便请他开个房间。这个衣衫褴褛的伙计打量了一下斯维德里盖洛夫，精神一振，马上就把他带到一个很远的房间，闷呼呼又窄逼逼的，位于走廊最尽头一个角落里的楼梯底下。但是别的房间已经没有了；所有的房间都客满了。那个衣衫褴褛的伙计疑惑地望着他。

“有茶吗？”斯维德里盖洛夫问道。

“这是有的。”

“还有什么呢？”

“小牛肉，伏特加，冷盘。”

“上点小牛肉和茶。”

“还要点别的什么吗？”那个衣衫褴褛的伙计问道，他甚至有点儿困惑莫解了。

“什么都不要了，什么都不要了！”

衣衫褴褛的伙计大失所望地离开了。

“看来这是个好地方，”斯维德里盖洛夫寻思，“我以往怎么不知道这个地方呢。我这副模样看来煞像从哪家歌舞餐厅②里出来，而且在半路上又出了什么事。可令我心痒的是，究竟是些什么人在这里落脚和过

① 土耳其埃迪尔内市的希腊名称，是土耳其埃迪尔内省省会，位于邻近希腊和保加利亚的边境。是一座古城，也称亚得里亚堡或哈德良堡（Hadrianopolis），因罗马皇帝哈德良所建而得名。公元378年8月9日，罗马军团在阿德里亚诺波尔会战中被以弗里蒂盖恩为首的西哥特人骑兵击败，罗马帝国皇帝瓦伦斯阵亡，史称阿德里安堡战役。中世纪时，先后为罗马帝国、拜占庭帝国占据。1354年属土耳其。1365年至1453年这里是奥斯曼帝国的首都。

② 西方国家（包括俄罗斯）设有舞台、通常表演格调低下歌舞的一种餐厅，或者是咖啡馆（歌舞咖啡馆）。

夜呢?”

他点燃一支蜡烛，更仔细地察看了一遍房间。这是一间小得可怜的斗室，斯维德里盖洛夫甚至连身子都几乎无法伸直，只有一扇窗户；床铺脏兮兮的，一张简易的、上了油漆的桌子和一把椅子，几乎占据了整个空间。墙壁看上去像是用木板钉成的，墙纸踩满了脚印，而且破烂不堪，积满灰尘，颜色（黄色）倒还可以猜得出来，不过图案已经完全无法辨识了。像一般的阁楼式房间一样，一部分墙壁和天花板呈斜形，只不过在这个斜面上却是楼梯。斯维德里盖洛夫放下蜡烛，坐到床上，沉思起来。可是从隔壁的斗室里传来了古里古怪、连续不断的低语声，有时这种低语声几乎变成了吼叫，这终于引起了他的注意。他侧耳细听：有个人在骂另一个人，几乎是声泪俱下，不过只听到一个人的声音。斯维德里盖洛夫站起身来，用一只手遮住烛光，墙上的一道裂缝马上透出一缕光亮；他贴在墙上开始窥视。那间屋子比他这间稍大一点，屋里有两位房客。其中一人没穿常礼服，头发卷曲得与众不同，满脸通红，情绪激愤，他摆出一副演说家的架势，双腿叉开以保持身体平衡，一只手捶打着胸脯，对另一个人破口大骂，说他像个叫花子，连一官半职都没有捞到，是他把他从泥坑里救出来的，只要他愿意，随时都可以把他撵走；还说这一切只有上帝才知道。那个挨骂的朋友坐在椅子上，神态就像一个很想打喷嚏但却怎么也无法打出来的人。他偶尔用他那像绵羊一样浑浊的目光望一望那个演说家，但显然一点也不明白他在说些什么，甚至也未必听见他说了些什么。桌上的蜡烛快燃完了，桌上还有一个几乎空了的伏特加细颈瓶、几只酒杯、一些面包、几只玻璃杯、几根黄瓜和一个早就喝光了茶的茶壶。斯维德里盖洛夫仔细地窥视了一会，就兴味索然地离开那道墙缝，重新坐到床上。

那个衣衫褴褛的伙计送来了茶和小牛肉，忍不住又问了一次：“要不要再来点什么东西?”他听到又是否定的回答后，便泥牛入海般地走了。斯维德里盖洛夫急不可耐地大口喝起茶来，以便暖暖身子，一口气喝了一玻璃杯，但小牛肉却一块都没吃，因为他没有丝毫胃口。他身上显然已发起烧来。他脱下身上的大衣和短上衣，躺到床上，裹紧被子。他苦恼万分：“这次不生病该多好啊。”想到这里，他不禁冷笑了一下。屋里闷呼呼的，烛光暗幽幽的，窗外风在呼啦啦地吹刮，老鼠不知在哪个角落里啃东西，而且整个屋子似乎都弥漫着一种老鼠味和皮革味。他躺在床上，就像在做梦一样：思潮起伏，浮想联翩。他似乎很想把联翩的思绪集中到某一点。“窗外想必是个什么花园，”他心想，“树木在沙沙作响；我实在不喜欢狂风暴雨中和茫茫黑夜中树木发出的沙沙声响，这叫人难受至极！”于是，他想起刚才经过彼得罗夫公园时，甚至一想到这种沙沙声响就厌恶透顶。这时他又联想到某桥和小涅瓦河，并且又像刚才站在河边那样，浑身似乎冷得瑟瑟发抖。“我这辈子从来就不喜欢水，即便是风景画里的水。”他又想道，突然又认为这个奇怪的想法实在可笑，“要知道，现在可不是考虑这些个无关紧要的美学问题和舒适问题的时候，然而就在这个时候，我倒变得精挑细选了，就像一头野兽……在同样的情况下非要给自己挑个地方一般。刚才我的确应该径直走进彼得罗夫公园！大概是觉得那里黑漆漆的，又冷森森的，嘿——嘿！看来我还是要找个舒服的地方啊！……对了，我为什么不把蜡烛吹熄呢？（他吹熄了蜡烛。）隔壁那两个人已经睡了。”他寻思，因为再也看不见刚才从墙缝里透过来的亮光了。“唉，玛尔法·彼得罗芙娜，您现在光临多好啊，又是一片漆黑，又是合适地点，而且正是时候。可现在您却偏偏不来……”

他不知为何突然想起，不久之前，就是在算计杜涅奇卡之前一小时，他曾向拉斯科尔尼科夫建议，把她交托给拉祖米欣保护。“实际上，我当时这样说，一如拉斯科尔尼科夫马上猜到的那样，主要是为了跟自己过不去。然而，这个拉斯科尔尼科夫却是个大骗子！他饱尝艰辛。一旦他的胡言乱语条理化，他就会成为一个老奸巨猾的家伙，而眼下他却太想活命了！就此而言，这种人真是下流东西。唔，让他见鬼去吧，随他的便吧，我管不着。”

他总是无法入睡。杜涅奇卡不久前的形象渐渐浮现在他面前，他全身突然打了个寒战。“不，现在应该摒弃这个念头了，”他定了定神，思忖着，“应该随便想点别的什么了。怪之又怪，可笑之极：我从未对任何人深恶痛绝，甚至也从未特别有过报复的念头，这可真是个坏兆头，坏兆头！我也不喜欢与人争长论短，也不喜欢大动肝火——这也是一个坏兆头！可我刚才向她许了多少愿啊，呸，真见鬼！也许，她会把我磨成粉末……”他又闷声不响了，而且咬紧牙关：杜涅奇卡的形象又浮现在他面前，简直跟她开完第一枪后一模一样，当时她吓得魂飞魄散，放下手枪，面无人色，呆呆地望着他，因此他当时两次都能抓住她，而她甚至都不会举起手来自卫，如果不是他反过来提醒她的话。他记得，在那一瞬间，他似乎对她起了怜悯之心，似乎心都揪得紧紧的……“唉！真见鬼！又想这些了，所有这一切都应该抛到九霄云外，抛到九霄云外！……”

他已经迷迷糊糊的；发烧引起的寒战停止了；突然似乎有个什么东西钻进了被子，从他的手上和腿上跑过。他颤抖了一下：“呸，见鬼，这大概是只老鼠!”他寻思，“这盘小牛肉我还摆在桌子上呢……”他实在不愿掀开被子，翻身下床，怕身子受凉，然而突然又有一个讨厌的东西嗖地一下从他的腿上溜过；他掀开身上的被子，点亮了蜡烛。他不断打着寒战，弓身察看床铺——什么东西也没有；他抖了抖被子，突然床单上冒出了一只老鼠。他扑过去抓它；但老鼠并不跳下床逃跑，反而在床上东奔西逃，四处乱窜，一会儿从他的指缝间溜掉，一会儿又从他手臂上跑过，突然又钻到枕头底下；他掀开枕头，可就在这一刹那，有个什么东西唰地钻进了他的怀里，飞快地在他身上乱爬，并且钻到背后的衬衫里去了。他不禁打了个寒战，醒了过来。屋子里黑沉沉的，他依旧像刚才那样裹着被子躺在床上，窗外风在呼呼怒号。“真是可恶!”他恼恨地想。

他翻身爬了起来，背对窗户坐在床沿上。“干脆就不睡算了，”他下定了决心。然而，紧挨窗口，冷飕飕又湿腻腻的；他没有起身，只是拉过被子紧裹在身上。他没有点亮蜡烛。他什么都不想，而且也不愿去想；然而幻想却连续不断地翩翩飞来，一个个没头没尾、互不关联、支离破碎的思想从脑海里掠过。他似乎进入了一种恍恍惚惚的状态。是寒冷，还有黑暗，是潮气，还有窗外呼啸并摇撼着树木的风，唤起了他心中对幻想的强烈爱好和渴望，——然而呈现在他面前的却全是鲜花。他想象出一片美丽迷人的风光：这是一个阳光灿烂、暖意融融的日子，甚至有点炎热，正好是节日——圣三一日①。一栋豪华的英国式乡间别墅，四周花坛环绕，花香扑鼻，花坛外面是一块块种了作物的农田；台阶上爬满了各种蔓藤，摆满了一排排玫瑰；敞亮、凉爽的楼梯上铺着华丽的地毯，两边摆着一个个栽种着奇花异草的中国花盆。特别引他注目的是窗台上那些有水的花盆，里面都养着一束束白生生、嫩油油的水仙，花儿从绿

① 圣三一日（троица）是东正教的节日，在复活节后第50日，又称五旬节（Пятидесятница）。因第50天“圣灵”降临，所以又叫五旬节或圣灵降临节。因圣灵降临在门徒身上时，圣父、圣子和圣灵这三位圣体都参与了，所以又称“三位一体”节。西方的天主教等称为圣三一主日，或称三一主日、三位一体主日、圣三节、天主圣三节，复活节后的第五十天为圣灵降临节，节后的第一个星期日为圣三一主日，旨在纪念颂赞上帝三位一体的奥秘。圣三一主日主要为罗马天主教、信义宗、卫理宗和圣公宗所守。

葱葱、肥嘟嘟的长茎上垂下来，散发出浓郁的香气。他对这些水仙花实在是依依难舍，但他还是踏着楼梯，走进一间又宽又高的大厅，这里也到处都是鲜花，窗户两旁，通向露台的敞开的门边，以及露台上，都鲜花环抱。地板上铺满了刚刚割下的嫩鲜鲜、香滋滋的青草，窗户都敞开着，轻拂拂、凉悠悠的清风阵阵吹来，鸟儿在窗外啾啾鸣唱，而在大厅中央几张铺着白缎子桌布的桌子上，停放着一口棺材。这口棺材裹着白雪雪的那不勒斯绸，镶着白雪雪、厚茸茸的绉边。一条条用鲜花扎成的花带从四面八方环绕着棺材。一位小姑娘躺在棺材里的鲜花丛中，她穿着一件白灿灿的透花纱连衣裙，一双仿佛是用大理石雕成的手交叉放在胸前。然而她那披散的头发，金灿灿的头发，却是湿漉漉的；头上戴着一顶用玫瑰编成的花冠。她那端正的、已经僵化的面颊也仿佛是用大理石雕成的，可她那苍白的嘴唇上浮现的微笑，却像成人一样充满无限的伤感和巨大的哀怨。斯维德里盖洛夫认识这位小姑娘；这口棺材旁，既没有圣像，也没有点亮的蜡烛，也听不到祈祷声。这位小姑娘是投河自尽的。她仅有十四岁，可是她的心早已破碎，这颗心因受尽凌辱而遭到毁灭，这种凌辱骇坏了这颗少不更事、满怀稚气的童心，使她那天使般纯洁的心灵痛感到强加给它的耻辱，迫使她发出最后的、绝望的呐喊，然而，在茫茫夜色里，在漫漫黑暗中，在森森寒冷中，在湿漉漉的冰消雪化的天气里，在狂风的怒号中，这声呐喊并未被人听见，反而遭到无耻的辱骂……

斯维德里盖洛夫清醒了，翻身下床，一步走到窗前。他摸索着找到插销，打开了窗户。一股寒风呼地吹进他那窄挤的斗室，像一层寒霜紧蒙住他的脸和只罩着一件衬衫的胸部。窗外大概真的像个花园，看来，也是一个游乐园；大概，这里白天也有歌手的歌唱，还设有茶座。但此刻一滴滴水珠却从树上和灌木丛上纷纷飞进窗内，外面黑漆漆的，就像地窖里一样，因此只能模模糊糊看到一些标示出物体的黑点。从黑沉沉的夜色中传来一声炮响，紧接着又是一声。

“啊，放号炮！涨大水了①，”他想，“到早晨水就会漫过低洼的地方，涌进大街上，淹没地下室和地窖，地下室的老鼠就会泅出来，人们就会顶风冒雨，浑身淋得透湿，一边骂骂咧咧，一边把家里那些七零八

① 彼得堡地处涅瓦河口，经常涨大水，洪峰来临前，常放号炮示警。1865年6月29日至30日夜里，彼得堡曾降暴雨，涅瓦河水位急剧上升，当时曾鸣炮报警。

碎的东西搬到楼上去……可是现在几点钟了呢？”他刚一想到这里，附近什么地方就有一架滴答作响的挂钟，仿佛拼命赶路似的，当当当敲了三下。“哎呀，再过一个小时就要天亮了！还等什么呢？马上就走，直接去彼得罗夫公园：在那里挑选一个被雨水淋透了的大灌木丛，只要用肩膀一碰，头上就会洒下成千上万颗水珠……”他关上窗户，离开那里，点燃蜡烛，穿上短上衣和大衣，戴上帽子，举着蜡烛，走进走廊，试图找到那个不知睡在哪间小屋一堆堆废品和蜡烛头中间的衣衫褴褛的伙计，付清房钱，就离开旅馆。“这是最好的时机，再也挑不到更好的时机了！”

他在又长又窄的走廊里走了很久，没找到任何人，正想开口大声叫喊，忽然在一个黑魆魆的角落里，在一个旧衣柜和一扇门之间，看到了一个奇怪的东西，好像是活的。他举起蜡烛，俯身下去，看见了一个孩子——一个顶多五岁的小姑娘，她身上那件破烂不堪的连衣裙像块擦地板的抹布，湿漉漉的，身子不住地瑟瑟发抖，并且呜呜咽咽地哭着。她似乎并不害怕斯维德里盖洛夫，反而用她那双目光呆滞而惊异的乌黑的大眼睛凝视着他，偶尔抽泣几声，就像那些哭了很久并且已经停止哭泣，甚至已经转忧为喜，但又会偶尔抽泣一声的孩子一样。小姑娘的脸色十分苍白，而且憔悴不堪；她都冻僵了，可是“她是怎么跑到这里来的呢？看来，她是躲在这里，一夜没睡了。”他开始询问她。小姑娘一下子活跃起来，用孩子的语言急急忙忙、咿咿呀呀地对他说了起来。说到“妈妈”，并说“妈妈打了她”，还说有一只茶杯被她“打波（破）了”。小姑娘叽叽喳喳不停地说着；从她说的这些话里，可以大致听得出，这是个没有谁疼的孩子，她的母亲大概是这家旅馆的一个厨娘，老是喝得醉醺醺的，经常打她，吓唬她；小姑娘把妈妈的一只茶杯打碎了，吓得要死，傍晚时就跑了出来；她大概在院子的什么地方躲了很久，淋了一身雨，最后悄悄钻到这里，躲在衣柜后面，在这个角落里待了一夜，由于这里潮润润、黑洞洞的，更由于害怕妈妈的毒打，她一直哭个不停，浑身哆嗦。他把她抱了起来，抱回自己的房间，让她坐在床上，给她脱掉衣服。她没有穿袜子，窟窿密布的鞋子湿淋淋的，就像在水洼里泡过一夜似的。给她脱完衣服后，便让她躺到床上，从头到脚都给她捂上被子。她马上就睡着了。做完这一切以后，他又愁眉不展地陷入了沉思。

“嗐，我又想多管闲事了！”他蓦地断然说道，心中涌起一种伤心欲绝但又愤世嫉俗的情感。“真荒唐！”他懊恼地举起蜡烛，以便去找那个衣衫褴褛的伙计，而且无论如何非得找到不可，尽快离开这里。“哎呀，小姑娘哟！”他心里边诅咒边寻思，已经拉开了门，但他又转身望了望小姑娘，看她是否睡着了，睡得怎么样？他小心翼翼地掀开一点被子，小姑娘正在酣睡，进入了甜美的梦乡。她在被子里已经暖和过来了，苍白的脸颊上泛起了红晕。然而奇怪的是：这红晕较之一般小孩脸上的红晕更艳丽，更浓厚。“这是发烧的那种红晕。”斯维德里盖洛夫心想，这——恰似喝酒后的红晕，恰似她被人灌了一大杯酒。一双红艳艳的嘴唇仿佛在燃烧，在喷射火焰；可这是怎么回事？他突然觉得，她那长搀搀、黑茸茸的睫毛似乎在不停地颤动，在一眨一眨的，似乎就要微微扬了起来，一双狡猾的、锐利的、没有一点孩子气的、不停眨动的小眼睛从睫毛底下窥视着，恰似小姑娘并未睡着，而是在装睡。对，果真如此：她正要咧嘴微笑呢；嘴角在不停颤动，仿佛还在强忍着。可是现在她再也无法忍住了；已经笑出来了，这是一种十分明显的笑；在这张没有丝毫孩子气的脸上绽出了一种厚颜无耻、极具挑逗性的神情；这是淫荡，这是风尘女子的面孔，是法国风尘女子的厚颜无耻的面孔。瞧，那一双眼睛肆无忌惮地睁开了：正在频频向他递送火炽的、无耻的秋波，在勾引他，在对他媚笑……在这种媚笑里，在这双眼睛里，在孩子脸上整个淫秽的表情里，有一种极其丑恶的、侮辱性的东西。“怎么！才五岁啊！”斯维德里盖洛夫不禁毛骨悚然地低声说，“这……这究竟是怎么回事呢？”可是就在这时她已经把她那红通通的小脸蛋完全向他转过来了，并且伸出了双手……“啊，该死的东西！”斯维德里盖洛夫吓得惊叫起来，举起手来打她……可就在这时，他醒了。

他仍旧躺在那张床上，仍旧紧裹着被子；蜡烛并没有点亮，而窗外已经有了白光，天亮了。

“做了一整夜的噩梦！”他愤愤不平地抬起身子，感到全身像散了架似的；骨头酸痛。屋外是漫天浓雾，什么也看不清。都快到五点钟了，他睡过了头！他翻身下床，穿上依旧透湿的短上衣和大衣。他在口袋里摸到那把手枪，掏了出来，调正火帽；接着坐了下来，从口袋里掏出一个笔记本，在最引人注目的扉页上写了几行大字。他把这几行字读了一遍，把胳膊肘撑在桌子上，沉思起来。手枪和笔记本就放在胳膊肘旁边。几只睡醒了的苍蝇在桌子上那盘还没动过的小牛肉上慢慢地爬来爬去。他久久地看着这几只苍蝇，最后用那只空着的右手去捉一只苍蝇。他捉了老半天，累得筋疲力尽，却怎么也捉不到。最后，他终于发现自己在干这种可笑的傻事，于是清醒过来，不禁打了个哆嗦，他站起身来，毅然决然地走出房间。一分钟后，他便到了大街上。

白蒙蒙的浓雾笼罩着整个城市。斯维德里盖洛夫沿着滑塌塌、脏兮兮的木板马路，朝小涅瓦河方向走去。他仿佛看到，一夜之间水位暴涨的小涅瓦河，彼得岛①，湿漉漉的小路，湿淋淋的青草，湿汪汪的树木和灌木丛，最后是那丛灌木……他懊恼地开始观察一栋栋房子，以便转移一下思想。大街上既碰不到一个行人，也看不到一辆马车。一座座金黄色的小木屋，都拉下了百叶窗，显得凄清落寞，肮肮脏脏。寒气和潮气正在慢慢侵入他的全身，他感到寒战阵阵。有时他看到一些小铺子和蔬菜店的招牌，便把这些招牌仔仔细细地读上一遍。木板马路已经走到尽头。他来到一栋高大的石头房子门前，一只全身脏兮兮、冷得抖颤颤的小狗，夹着尾巴从他前面横穿过马路。一个身穿军大衣、喝得酩酊大醉的酒鬼，面孔朝下，横卧在人行道上。他打量了他一眼，便接着朝前走。在他的左边隐约闪现出一座高大的瞭望台。"哈！"他心想，"这里就是一个好地方啊，何必到彼得罗夫公园去呢？至少有个正式的见证人嘛……"他对这个新想法冷冷一笑，于是就拐向某大街方向走去。那座有瞭望台的高大楼房就矗立在这里。楼房的大门紧闭，门旁站着一个个子不高的人，肩膀靠在门上，紧裹着一件灰色的军大衣，戴着一顶阿喀琉斯②式的铜盔。他用惺惺忪忪的目光冷冷地瞟了一眼慢慢走近的斯维德里盖洛夫。他的脸上露出一种无尽无休的怨愤神情，所有的犹太人自古以来就无一例外地表露出这种凄凉至极的神情。他们两人——斯维德里盖洛夫和"阿喀琉斯"，一语不发，彼此互相打量了好一会儿。最后，"阿喀琉斯"感到情况不对，这个人并没喝醉，却站在离他仅仅三步远的地方，直盯盯地望着他，什么话都不说。

"喂，您在这里到底想干什么？"他说，依旧一动不动，仍然保持着原来的姿势。

"不想干什么，老弟，你好！"斯维德里盖洛夫答道。

"你找错地方啦。"

"我要到外国去呢，老弟。"

"到外国去？"

"到美国去。"

---

① 彼得岛在小涅瓦河河北，彼得堡岛西南，与瓦西里岛隔河相望。作家此处写的是斯维德里盖洛夫的幻觉。

② 阿喀琉斯是希腊神话和荷马史诗《伊利亚特》中希腊联军最出色的英雄。此处"阿喀琉斯式的铜盔"指消防队员的铜盔，当时俄国的消防队属警察管辖。

“到美国去？”

斯维德里盖洛夫掏出手枪，扳上扳机。“阿喀琉斯”竖起了眉毛。

“喂，您要干什么，这里可不是开这种玩笑的地方！”

“那为什么不是地方呢？”

“就因为，不是地方。”

“唔，老弟，这反正都一样嘛。这地方很好；要是有人来问你，那你就说，我说是到美国去了。”

他把枪口对准自己右边的太阳穴。

“喂，这里不行，这里不是地方！”“阿喀琉斯”猛地打了个哆嗦，瞳孔顿时变得越来越大。

斯维德里盖洛夫扣动了扳机。

七

就在同一天，不过却是在晚上六点多钟的时候，拉斯科尔尼科夫来到母亲和妹妹的住处，——也就是巴卡列耶夫公寓那套房子，这是拉祖米欣给她们安排的，从街上可以直接上楼。拉斯科尔尼科夫越是走近门口，脚步就越是迟缓，仿佛还在犹豫不决：进去，还是不进去？不过他是绝对不可能再回去的；他已经下定决心。“反正都一样，何况她们还毫不知情呢，”他寻思，“她们已经习惯于把我看作怪人了……”他的衣服惨不忍睹：由于整夜风吹雨打，衣服变得十分肮脏，破烂不堪。由于疲劳、淋雨、体力衰竭以及将近一昼夜的内心斗争，他几乎变得形容枯槁。只有上帝知道这一整夜他孤身一人是在哪里度过的。不过，至少他已经下定了决心。

他敲了一下门；给他开门的是母亲。杜涅奇卡不在家。就连女仆这时也不在家。普莉赫里娅·亚历山德罗芙娜起初惊喜交集，一时间说不出话来；然后一把抓住他的手，把他拽进屋里。

“喔，你总算来啦！”她高兴得结结巴巴地说了起来，“你别生我的气呀，罗佳，瞧我这样傻乎乎、泪盈盈地迎接你：我这是笑呢，而不是哭。你以为我在哭吗？不，我这是欢天喜地，可我就是有这么一种傻里傻气的习惯：动不动就流眼泪。自从你父亲死后，我就有了这个坏习惯，遇到什么事都要哭。坐吧，亲爱的，你大概累了，我看得出来。啊呀，你一身这么脏不拉几的。”

“我昨天淋了雨，妈妈……”拉斯科尔尼科夫开口说道。

“啊，不哇，不！”普莉赫里娅·亚历山德罗芙娜赶忙打断他的话，

“你以为，我又会犯婆婆妈妈们的老毛病，马上就盘问你吧，你别担心。我可明白着呢，什么都明白，现在我已经入乡随俗了，真的，我亲眼看到了，这里的规矩更明智些。我彻底想明白了：我哪能弄懂你的想法，要求你作解释呢？谁知道你脑子里装着些什么事情和计划，或者是出现了一些什么新想法；因此我不应该老是逼迫你回答：你在想什么？我真是……啊呀，主啊！我干吗老是没完没了地问这问那呢……我呀，罗佳，已经把你发表在杂志上的那篇文章读了三遍了，是德米特里·普罗科菲伊奇带给我的。我一看就惊叹不已：我真是个傻瓜，我心想，原来他在研究这个问题呀，这也就是谜底啊！也许当时他脑子里正酝酿着新的思想呢；他正在反复思索，可我却去折磨他，搅扰他。我的孩子，我正在读呢，当然，有很多东西我读不懂；其实，这也是理所当然的：我哪能都懂啊？”

“给我看看，妈妈。”

拉斯科尔尼科夫接过杂志，匆匆浏览了一遍自己的文章。不管这篇文章跟他眼下的处境和心情是多么枘凿不入，但他还是像每个初次看到自己发表作品的作者一样，体味到一种奇异的、既苦涩又甜蜜的感觉，何况他才二十三岁。这种感觉只持续了片刻。读了几行，他就皱紧了双眉，一种可怕的愁烦揪紧了他的心。最近几个月来的内心斗争，哗地涌上心头。他厌恶而恼怒地把杂志扔到桌子上。

“可是，罗佳，不管我多傻，但我还是能够看出，你很快就会在我国学术界即使不是成为头号大腕，那也会成为第一流人物。他们竟敢认为你疯了。哈——哈——哈！你不知道——他们就是这样想的呢！哎呀，这些卑鄙的小人，他们哪里会明白，什么叫智慧超群！要知道，就连杜涅奇卡都差点相信了——真是岂有此理！你父亲生前曾经向杂志投过两次稿——首先是一首诗（我连笔记本都保存着，以后我给你看看），而后来则是一整部中篇小说（我自己要求让我来誊抄），然后我们两人一起拼命祈祷，巴望能被采用，——结果硬没采用！罗佳，六七天前，我看到你那身衣服，看到你住的是什么地方，吃的是什么东西，穿的是什么衣物，我真是忧心忡忡。可是现在我明白了，我这又是傻里傻气，因为现在你想要什么，马上就可以凭聪明和才华得到一切。看来，你现在暂时还不打算这样做，因为你正在从事一些重要得多的大事情……”

“杜尼娅不在家吗，妈妈？”

“不在家，罗佳。家里经常见不到她的人影，她总是把我孤零零撇在家里。多谢德米特里·普罗科菲伊奇，他常常来陪我坐坐，总是谈论你的事情。他很爱你，尊敬你，我的孩子。至于你妹妹，我倒不是说她不孝顺。我本来就对她没意见。她有她的性格，我有我的脾气；她近来已经有了些什么私人秘密；唔，我对你们可没有任何秘密。当然，我深信，杜尼娅绝顶聪明，此外，她不仅爱我，而且也爱你……但是我不知道，这一切会引发什么样的结果。罗佳，你现在来看我，我打心眼里感到高兴，但她这会儿却到外面玩去了；她一回来，我就马上告诉她：就在你不在家的时候，你哥哥来过了，而你刚才到哪里玩去了？罗佳，你也不必太顺着我：你能来就来，如果不能来——那也是没有办法的事情，那我就等着好了。我毕竟已经知道，你是爱我的，我也就心满意足了。我将反复读你的文章，我将从大家那里听到你的情况，可是偶尔——你也亲自来看看我，不是再好不过吗？要知道，你现在不就是来安慰母亲了吗，我可是看得出来……”

说着说着，普莉赫里娅·亚历山德罗芙娜突然哭了起来。

“我又哭了！别管我这个傻瓜！啊呀，上帝啊，我怎么老是坐着呢，”她叫了起来，急忙站起身来，“不是有咖啡吗，我却没有煮给你喝！这简直是老太婆的小气。我马上就煮，马上就煮！”

“妈妈，别煮了，我这就要走。我不是来喝咖啡的。请您听我把话说完。”

普莉赫里娅·亚历山德罗芙娜怯生生地走到他身边。

“妈妈，不管发生什么事情，不管您听到关于我的什么消息，也不管别人在您面前怎样说我，您都会像现在一样爱我吗？”他突然满怀激情地说道，仿佛这些话是脱口而出的，并未斟酌过字句。

“罗佳，罗佳，你出了什么事吗？你怎么会问出这样的话来呢！谁又会来对你说长道短呢？而且，谁的话我都不会相信，不管谁来找我，我径直把他赶走。”

“我来这里是让您相信，我永远是爱您的，并且现在我感到很高兴，因为只有我们两人，我甚至为杜涅奇卡不在家感到高兴，”他同样激情洋溢地继续说，“我来这里是想诚心诚意地告诉您，尽管您将遭到不幸，但您还是应该知道，您的儿子现在爱您胜过爱他自己，您所认为的我冷酷呀，不爱您呀，所有这一切都不是事实。无论何时我都不会不爱您……唔，够了；我觉得，我应该这样做，就这样说了……”

普莉赫里娅·亚历山德罗芙娜默默地拥抱着他，让他紧紧地贴在自己的胸前，并且呜呜咽咽地哭了起来。

“罗佳，我不知道你出了什么事，”她终于说道，“这些日子我总是以为，我们只是使你厌烦，然而现在根据各方面的情况来看，你是大难临头了，因此你坐卧不宁。罗佳，这我早就预料到了。原谅我提起这件事；我常常琢磨这件事，每天夜里都无法入眠。昨天夜里你妹妹也说了一整夜的梦话，每一句话都说的是你。我听清了一些话，但什么也弄不明白。整个早晨我都像个死刑犯一样，在等待什么，预感到将要发生什么事情，瞧，这不是等到了吗！罗佳，罗佳，你究竟要到哪里去？难道你真要到什么地方去吗？”

“要去。”

“我料到你要去！可要知道，我也可以陪你一起去，如果你需要的话。还有杜尼娅；她爱你，她非常爱你，还有索菲娅·谢苗诺芙娜，也让她跟我们一起去吧，如果需要的话；你要知道，我甚至乐意收她做干女儿呢。德米特里·普罗科菲伊奇会帮我们一起收拾行装……可是……你究竟要……到哪里去呀？”

“别了，妈妈。”

“怎么！今天就走！”她大声叫道，似乎将永远失去他。

“我没法子呀，我该走了，我急需……”

“连我也不能跟你在一起吗？”

“不能，那就请您跪下替我向上帝祈祷吧。您的祈祷，也许上帝能听到。”

“就让我给你画个十字吧，为你祝福！就这样，就这样。啊，上帝呀，我们这是在做什么啊！”

是的，他喜笑颜开，他欣喜若狂，因为家里没有其他人，只有他和母亲两人单独在一起。在这些可怕的日子里，他的心仿佛还是第一次软了下来。他跪在母亲的面前，吻她的双脚，母子俩抱在一起，放声大哭。这一次，她既不感到大吃一惊，也不对他详加盘问。她早已明白，儿子发生了一件可怕的事，而现在他那可怕的时刻降临了。

“罗佳，我亲爱的，你是我的头生子啊，”她号啕大哭着说，“你现在又像小时候那样，也是这样来到我身边，也是这样拥抱我，吻我；当我跟你父亲过着艰难的生活时，只要有你跟我们在一起，就是对我们最大的安慰，而我安葬你父亲后，——我们有多少次像现在这样拥抱着，在他的坟前放声大哭啊。我之所以早就在哭泣，那是因为我这颗母亲的心早已预感到大祸即将临头。你可记得，我们刚到这里的那天晚上，我第一次见到你，一看你的目光我就猜到了一切，我的心当时就剧烈地颤动了一下，而今天刚一给你打开门，只看了一眼，唔，我就想到，看来那个决定性的时刻来到了。罗佳，罗佳，你可不会马上就走吧？”

“不会。”

“你还会来吗？”

“是的……我还会来。”

“罗佳，你别生气，我也不敢向你细问。我知道我不敢，不过，我只要你简单告诉我一句话：你要去很远的地方吗？”

“很远。”

“在那里究竟干什么呢，去找什么工作，什么职业吗？”

“听天由命……只是请您为我祈祷……”

拉斯科尔尼科夫朝门口走去，但她一把抓住他，悲痛欲绝地望着他的眼睛。她吓得脸都变歪了。

“行啦，妈妈。”拉斯科尔尼科夫说，他深深后悔，不该到这里来。

“不是永别吧？并不是永别吧？你可是还要来的啊，明天来吗？”

“明天来，明天来，别了。”

他终于脱身了。

这是一个空气清新、暖暖和和、晴朗亮丽的傍晚；一大早天气就放晴了。拉斯科尔尼科夫走向自己的住处；他急匆匆地往前走。他打算在日落之前了结所有事情。在这以前他不想见到任何人。他上楼回自己房间时，发现娜斯塔西娅离开茶炊，聚精会神地注视着他，一直目送着他上楼。“我屋里该不会有人吧？”他寻思。波尔菲里的幻影令人厌恶地出现在他眼前。然而，走到自己门口，打开门后，他看见的却是杜涅奇卡。她孤零零地坐着，在凝神沉思，看来已经等他很久了。他在门口停住脚步。她惶恐不安地从沙发上站起身来，挺直腰站在他面前。她的目光直定定地注视着他，露出惴惴不安而又肠断魂销的神情。一看这目光，他就立即明白，一切她都知道了。

“我究竟怎么办，是进屋呢，还是走开？”他犹豫不决地问自己。

“我在索菲娅·谢苗诺芙娜那里坐了一整天；我们俩都等着你。我们以为，你肯定会到那里去的。”

拉斯科尔尼科夫走进屋里，疲惫不堪地坐到椅子上。

“我不知怎的感到浑身发虚，杜尼娅；实在是太累了；而我真是希望现在这时候能完全控制自己。”

他怀疑地瞥了她一眼。

“你究竟在哪里待了一整夜？”

“记不清楚了；你知道吗，妹妹，我想一劳永逸地彻底解决问题，我多次在涅瓦河边来回徘徊；这我记得。我曾经想在那里投河自尽，然而……我下不了狠心……”他悄声细语着，又怀疑地望了一眼杜尼娅。

“感谢上帝！而我们担惊受怕的正是这一点，我和索菲娅·谢苗诺芙娜！看来，你对生活还有信心：感谢上帝！感谢上帝！”

拉斯科尔尼科夫苦笑了一下。

“我丧失了信心，可我刚才却跟母亲拥抱在一起，痛哭不已；我丧失了信心，可我却请求她为我祈祷。只有上帝知道这是怎么回事，杜涅奇卡，就连我自己对此也一头雾水呢。”

“你到母亲那里去了？你竟然也对她说了？”杜尼娅魂飞魄散地惊叫起来，“难道你横下心来告诉她了？”

“不，没有用语言……明说；但是许多事情她都明白。夜里她听见了你的梦话。我相信，她已经明白了一半。我去她那里，也许是做了件蠢事。就连为什么去她那里，我自己也不知道。我是个卑鄙小人，杜尼娅。”

“卑鄙小人，可你却甘愿去受苦受难！你这不真是要去吗？”

“要去。马上就去。不错，为了免受这种耻辱，我曾经一度打算投河自尽，杜尼娅，可是一站到河边，心里就想，既然迄今为止我认为自己是个强者，那么现在就不应该怕受耻辱。”他抢先说道，“这是自尊心吗，杜尼娅？”

“是自尊心，罗佳。”

仿佛有一星火光突然在他那暗淡的眼睛里闪现；他似乎由衷地感到高兴，因为他还有自尊心。

“妹妹，你不至于认为，我仅仅是怕水吧？”他望着她的脸，带着一脸苦笑问道。

“哦，罗佳，够了！”她愁肠百结地叫道。

沉默持续了两分钟光景。他低头坐着，眼睛望着地面；杜涅奇卡站在桌子的另一端，心如刀割地望着他。突然他站起身来：

“不早了，该走了。我这就去投案自首。可我不知道，我为什么要去投案自首。”

大颗大颗的泪珠顺着她的脸颊滚滚而下。

“你哭了，妹妹，可是你能不能跟我握握手？”

“你连这都表示怀疑？”

她紧紧地拥抱他。

“你去受苦受难，难道不就把你的罪行洗清了一半吗？”她大声叫道，紧紧地拥抱他，亲吻他。

“罪行？什么罪行？”他突然高叫起来，陷入某种突如其来的疯狂中，“我杀死的是一只可恶的、十分有害的虱子，是一个对任何人都没有益处的放高利贷的老太婆，一个饱吸穷人鲜血的吸血鬼，杀了她，四十桩罪①都可以赎清，这也能算罪行吗？我可不认为这是罪行，也不想去洗刷它。为什么所有人从四面八方把我团团围住，喋喋不休地指指点点：‘罪行！罪行！’直到现在，我才看清，我的胆怯是非常荒谬的，当我现在决定去承受这种不必要的耻辱的时候！我这样决定，只是由于自己的卑鄙和无能，也许还有某种好处，就像那个……波尔菲里……建议的那样！”

“哥哥，哥哥，你这是说的什么话呀。要知道，你可是杀了人呀！”杜尼娅绝望地大叫起来。

“大家都在杀人，”他几乎发狂地接嘴道，“世界上正在流血，并且从古至今一直在流血，像瀑布一样流，像香槟酒一样喷，正因为如此，才在卡皮托利给这种杀人狂加冕②，后来又尊称他为人类的恩主。你只要稍稍仔细地看看，就能看清楚！我自己也想为人们造福，做成千上万件好事来弥补这一件蠢事，这甚至连蠢事都算不上，而只是一种笨拙的行为而已，因为这个想法根本不像现在遭到失败时看起来那么愚蠢（一旦失败了，任何事情看起来都是愚蠢的！）……我干这件蠢事，只不过是想使自己赢得自立，跨出第一步，筹足经费，然后就用无数的好事来弥补……然而，我连第一步都没有熬过，因为我是一个小人！这就是整个问题的关键之处！但我还是无法苟同你们的观点：如果我成功了，我就会被戴上桂冠，而现在我却陷入了罗网！”

“可是，要知道，不是那么回事，完全不是那么回事！哥哥，你这是说的什么话呀！”

“啊！只是方式不同罢了，从美学上看，这种方式不那么雅观！唔，

① 陀思妥耶夫斯基很爱用“四十”这个数字，这源于《圣经·新约全书》的耶稣在复活后第四十日升天。

② 卡皮托利山是古罗马七丘之一，包括朱诺神殿、维尔图斯神殿和朱庇特神庙在内的诸多罗马重要宗教神殿都建立在该山上，也是元老院和民众大会的聚会场所。公元79年，罗马国家档案馆也在此设立。加冕，指公元前44年2月15日，古罗马执政官安东尼（约前83—前30年）向东征西讨一再大获全胜的恺撒（前102—前44，所以拉斯科尔尼科夫称其为“杀人狂”）献上一顶王冠。

我根本搞不明白：为什么对人们用炸弹轰炸、正规围剿这类杀人方式反倒更受人尊敬？害怕美学上的不雅观是无能的第一个特征！……对此，我从来，从来没有像现在这样心明眼亮，而且比任何时候都更不明白我有什么罪行！我从来，从来都没有比现在更坚定不移，更满怀信心！……”

他那煞白煞白、憔悴不堪的脸上甚至泛起了红潮。然而，当他发完最后几句感叹之后，他的目光无意中碰上了杜尼娅的目光，他在她的目光里，发现她为他而痛心入骨，这使他不由得醒悟过来。他感到，毕竟是他给这两个可怜的女人造成了不幸。这一切毕竟都是由他造成的……

“杜尼娅，亲爱的！如果我有罪，请原谅我（尽管我是不可原谅的，如果我有罪的话），别了！我们别争论了吧！该走了，实在该走了。你别跟着我，我求你了，我还得去……而你现在应该马上就回到母亲身边去。这是我对你最后的、最恳切的要求。时时刻刻陪伴着她；我把她吓得魂飞魄散，她未必承受得住：或者死去，或者发疯。你要好好陪着她。拉祖米欣会和你们在一起的；我对他说过……你别为我哭泣；我要力争做一个敢作敢当、襟怀坦白的君子，一辈子都是如此，虽然我现在还是个杀人犯。也许你总有一天会听到我的大名。我不会让你们丢脸，你定会看到的；我还要证明……现在暂且再见吧。”他匆匆把话打住，在说最后几句话并许下诺言的时候，他又发现杜尼娅的目光里露出一种奇特的神情。“你究竟为何这样哭呢？别哭了，别哭了；我们还没到永别的地步呢！……啊呀，对了！等一等，我忘了！……”

他走到桌子旁，拿起一本积满灰尘的厚书，打开它，取出夹在书页中间的一幅小小的彩绘象牙肖像。这是房东女儿的肖像，她是他以前的未婚妻，也就是那个一心想进修道院的古里古怪的姑娘，后来得热病死了。他仔细端详了一会这张表情丰富但弱不禁风的面孔，亲吻了一下肖像，便把它交给了杜涅奇卡。

“关于这件事，我也跟她多次谈论过，跟她单独交谈，”他若有所思地说，“后来离奇怪诞地实施了的那些事件，我都向她开诚布公地倾诉过。你放心，”他对杜尼娅说，“她也跟你一样，并不赞同，我很高兴她已经与世长辞了。重要的是，重要的是，现在一切都按新的方式进行了，又要折成两半了，”他突然大声叫了起来，重又变得郁郁不欢，“一切，一切啊，而我是否对此做好了准备呢？这是否就是我所希望的呢？据说，这是我必须的一种磨难！我为何，为何要去受这些毫无意义的磨难呢？这些磨难有什么用呢？服完二十年苦役后，我会被苦难和愚钝彻底摧毁，会变得头童齿豁，体弱多病，难道那时候我的思想会比现在更好吗？而且那时候我活着还有什么意思呢？现在我为什么要同意去过那种生活呢？啊，今天清早，当我站在涅瓦河边的时候，我就知道，我是个卑鄙小人！”

兄妹俩终于出来了。杜尼娅心里闷沉沉的，但是她很爱他！她走了，然而走了五十来步，又一次回过头来看了看他。还能看得到他。可是，走到拐角时，他也回头看她；他们的目光最后一次相遇了；但是他一发现她在看他，便不耐烦地、甚至恼怒地把手一挥，叫她快走，而他自己也陡地拐过街角。

“我很粗暴，这我知道。”他暗自寻思，过了一会儿，他因为向杜尼娅恼怒地挥了一下手而感到羞愧。“然而，她们一个个为什么都如此爱我呢，既然我不值得这样的爱！啊，如果我是孤身一人，谁也不爱我，我自己也从来没有爱过任何人，那该多好啊！所有这些事就都不会出现了！可是，我很感兴趣的是，难道在未来这十五年到二十年的时间里，我真的会变得那样俯首帖耳，竟会在人们面前毕恭毕敬、嘤嘤哭泣，口口声声称自己为强盗吗？是的，正是这样，正是这样！就是为了达到这个目的，他们现在才要把我流放，他们就需要这样做……他们所有人现在都在街上匆匆奔忙，来来往往，其实就其本性而言，他们个个都是坏蛋和强盗；更糟的是——他们都是白痴！如果我的流放获得赦免，那他们就会义愤填膺，群起而攻之！啊，我对他们这些人真是切齿腐心！”

他反复冥思苦想：“究竟要经历一个怎样的过程，他才会最终在他们面前俯首帖耳、奉命唯谨呢！可那又有什么，为什么就不会？这是理所当然的。难道整整二十年连续不断地压迫还不能彻底把人摧垮吗？水滴石穿啊。在那种情况下，为什么，究竟为什么还要活在世上；既然我自己知道，一切都正如书本上所写的那样，而不是另一种样子，那我现在为什么要去投案自首呢！”

从昨天晚上起，他向自己提出这个问题也许早已都满一百次了，然而他毕竟还是去了。

八

当他走进索尼娅的房间时，早已夜幕沉沉了。一整天，索尼娅都在提心吊胆地等待他。她和杜尼娅一起等他。杜尼娅想起斯维德里盖洛夫昨天说的一句话——“索尼娅知道这事”，一大早就来到她的住处。至于两位女性谈话的详情细节，以及她们怎样双双热泪滚滚，怎样深感情投意合，我们就不必细说了。杜尼娅在这次会面中至少得到一个安慰，那就是哥哥不会形单影只：他主动跑来找她，找索尼娅，向她尽诉衷肠；当他需要人的时候，他就在她身上找到了人①；不管命运将把他带到哪里，她都会紧随着他。杜尼娅并未询问，但她知道，必定会这样。她甚至满怀崇敬地望着索尼娅，起初索尼娅几乎被这种崇敬之情弄得很不好意思，甚至差点儿哭了起来：因为恰恰相反，她自以为连正眼看一眼杜尼娅都不配。当她们在拉斯科尔尼科夫住处初次见面时，杜尼娅那样彬彬有礼、满怀尊重地向她行礼，从那时起，杜尼娅的美好形象就成为她一生中所见到的最美丽、最不可企及的理想，永远铭刻在她的心中。

杜涅奇卡终于忍耐不住了，于是离开索尼娅，到哥哥的住处去等他；她老是觉得，他会先去那里。索尼娅孤身一人待在屋里，马上想到他也许真的会自杀，于是就深感心惊肉跳，痛苦不堪。杜尼娅也正是对此担惊受怕。然而，她们两人一整天总是争先恐后地抢着用各种理由互相让对方宽心，说这样的事是不可能出现的，而且两人待在一起的时候，心里也要安定些。可现在她俩刚一分开，两人心中也就只想着这一件事了。索尼娅想起，昨天斯维德里盖洛夫对她说过，拉斯科尔尼科夫面前只有两条路——要么是弗拉基米尔大道，要么……何况她还知道，他虚荣心重，自命不凡，心高气傲，而且不信上帝。“难道仅仅是由于胆怯和怕死，他才活在世上吗?”最后，她绝望地想道。这时夕阳正在西沉。她愁眉锁眼地站在窗前，聚精会神地望着窗外，——然而窗外只能看到邻楼那堵没有粉刷的主墙。最后，当她坚信这个不幸的人已经死于非命的时候，——他却走进了她的房间。

她迸出一声发自肺腑的欢天喜地的呼叫。可是，当她凝神看了一下他的面孔后，她的脸色唰地变白了。

“唔，是的!”拉斯科尔尼科夫冷笑着说，“我来拿你的十字架了，索尼娅。是你自己让我到十字路口去的；怎么啦，现在真要这样做了，你反倒害怕了?”

索尼娅目瞪口呆地望着他。她觉得这种语调古里古怪；浑身不禁打了个冷战，但是过了不多一会儿，她就醒悟到这种语调和这些话——全

① 此处寓意十分深刻。拉斯科尔尼科夫崇拜拿破仑，自视为非凡的人，是拿破仑，而非平凡的普通人。杀人后，他深感与人隔绝了，甚至与母亲、妹妹都隔绝了；但当他受到良心惩罚，感觉自己可能不是非凡的人，不是拿破仑后，马上深感他需要人，离开人他没法活，而索尼娅就是人的真正代表，也是他寻找的第一个人，她能帮助他重新成为人。

都是装出来的。他就连跟她说话时，都不知为何两眼望着一个角落，似乎避免正面与她对视。

“要知道，索尼娅，我再三思量过，这样做也许更有利些。有这么一种情况……唔，但说来话长，而且也没什么可说的。你知道我最痛恨的是什么吗？我深恶痛绝的是，这些冥顽不灵、豺狼成性的家伙马上会把我团团围住，圆睁双眼直勾勾地瞪着我，向我提出许多必须回答的愚不可及的问题，——还会伸出手来指指点点……呸！要知道，我绝不会去找波尔菲里；我对他腻烦透顶。我宁肯去找我的朋友火药桶中尉，让他大吃一惊，我定会获得自己的轰动效应。不过我应该从容不迫一些；近来我的火气太大了。你相信吗：我刚才差点用拳头威胁妹妹呢，就因为她回过头来最后看了我一眼。这种做法简直行同狗彘！哎呀，我竟然堕落到了何等地步！唔，怎么样，十字架在哪里？”

他似乎惶惶不知所措。他甚至都无法在一个地方站上一分钟，也无法把注意力集中在一件事情上；他思绪绵绵，但杂乱无章，他语无伦次；他的一双手在轻轻颤抖。

索尼娅一声不响地从一只匣子里拿出两个十字架，一个是柏木的，另一个是铜的，她先在自己身上画了个十字，又给他画了个十字，接着就把那个柏木十字架挂在他的胸前。

“这就是我背十字架的象征①，嘿——嘿！倒好像迄今为止我受的苦还嫌不够似的！柏木的，是普通百姓的；铜的——是莉扎薇塔的，你留给自己戴了，——给我看看行吗？我还知道两个同样的十字架，一个是银的，一个有小圣像。当时，我把它们都扔在老太婆的胸脯上了。说实话，那两个十字架现在正好用得着，正适合我戴呢……不过，我老是乱说一气，把正事给忘了；我有点神思恍惚！……你要知道，索尼娅，——我其实是特地来告诉你的，让你知道……唔，都说完了……我就是为这件事专门来的。（唔，不过，我还想再说几句。）你自己不是也想要我去吗，这下好了，我马上就要坐牢了，你的愿望也就快要实现了：唔，你到底哭什么呀？连你也哭？别哭了，够了；哎呀，这一切使我难受至极！”

然而，他毕竟还是动了感情；望着她，他的心都揪得紧紧的。“这个女人，这个女人是为什么呢？”他暗自寻思，“我是她的什么人？她为什

---

① 典出《圣经·新约全书·路加福音》第9章第23节，耶稣说：“若有人要跟从我，就当舍己，天天背起他的十字架来，跟从我。”

么要哭呢？为什么也像母亲或杜尼娅那样为我准备行装呢？她将是我的一个保姆！”

“你画个十字吧，哪怕就做一次祷告也好啊。”索尼娅用抖颤颤、怯生生的声音请求道。

“哦，好吧，你让我画多少次都行！而且是真心实意地，索尼娅，真心实意地……”

其实，他想说的是另一番话①。

他画了几次十字。索尼娅拿起自己的头巾，披在头上。这是一块绿色的德拉德达姆细呢头巾，大概也就是当时马尔梅拉多夫提到的“我们公用的”那块头巾。这个念头在拉斯科尔尼科夫的脑海里倏地闪过，不过他并未问她。真的，他已经开始感到，自己十足的心猿意马，而且不知为何深感魂不附体。他对此感到害怕。索尼娅想跟他一起去，这也使他大惊不已。

“你怎么啦？你到哪里去？你待在家，你待在家！我一个人去。”他胆怯而恼火地叫了起来，几乎是怒不可遏地朝门口走去，“这种事竟然还要带一批跟班！”他嘟囔着，往外走去。

索尼娅站在屋子中间。他甚至都没有跟她告别，他已经忘了她；他心里刷地冒出一个刻薄的、叛逆的疑问。

“真是这样吗，这一切真是这样吗？”他一边下楼，一边又这样想道，“难道不能再等一等，对一切重新修正……干脆不去算了？”

可他还是去了。他突然彻头彻尾地醒悟了，再也没有必要自我提问了。走到街上以后，他猛然想起还没跟索尼娅告别，她站在屋子中间，披着那块绿色头巾，被他的叫喊吓得一动都不敢动，于是他停住脚步，站了一会儿。就在这一瞬间，一个念头使他突然如醍醐灌顶，——这个念头似乎一直潜伏在脑海里，一有机会就要让他大吃一惊。

“唔，我刚才去找她是为了什么，有什么目的？我对她说：有事；究竟有什么事呢？根本就没有任何事！告诉她，我要去投案自首；那又怎样呢？多了不得的事啊！莫非我爱她？这可不会，不会吧？要知道，我刚才不是像赶一条狗一般把她赶开了吗？难道我真的需要她的十字架吗？啊，我堕落到了多么卑劣的地步！不，——我需要她的眼泪，我需要看到她那心惊肉跳的神态，需要看到她心如刀割，痛苦万分！我需要多少

---

① 也就是说，拉斯科尔尼科夫这里说的并不是真心话。

抓住点什么东西，拖延一下时间，看看这个人的反应！而我竟敢对自己寄予如此高的希望，对自己抱有如此大的幻想，我是可怜虫，我是卑贱货，我是卑鄙家伙，卑鄙家伙！”

他沿着运河的滨河街往前走着，剩下的路程已经不多了。然而当他走到桥边时，他站了一会儿，接着突然转身拐弯到桥上，朝干草市场走去。

他如饥似渴地左看右看，紧张兮兮地仔细端详每一样东西，但他总是无法把注意集中在任何一件东西上；一切都一闪即逝。“就在一星期后，或者一个月后，我将被关进这些囚车里经过这座桥，被押送到什么地方去，那时候我将会怎样看这条河呢？是否该记住它呢？”这个念头在他的脑海里一闪。“瞧这块招牌，那时候我会怎样念招牌上这些字母呢？瞧，这上面写着‘股份公司’，唔，应该记住这个a，字母a，一个月后再来看它，看这个a：那时候我会怎样看它呢？那时候我会有怎样的感觉和想法呢？……上帝啊，我现在关心的……所有这些事，真可谓鸡毛蒜皮！当然，这一切也许是饶有兴趣的……从某种意义上来说（哈——哈——哈！我在想些什么呀！）……我的所作所为就像一个小孩，自吹自擂；唔，我为何要羞辱自己呢？嘿，真是摩肩接踵啊！瞧这个胖子——大概是个德国佬，——推了我一下：哼，他可知道推的是什么人吗？一个抱小孩子的乡下女人在乞讨，真有趣，她以为我比她幸福呢。怎么样，给她几个钱开开心吧。哈，口袋里还有五戈比，哪里来的呢？给，给……拿着吧，大娘！”

“上帝保佑你！”女乞丐拖着哭腔说道。

他走进干草市场。他不喜欢，很不喜欢碰见人，然而他却偏偏向更人潮涌动的地方走去。只要能让他孤身独处，他情愿献出这世上的一切；可是他自己又感觉到，真让他孤身独处，他连一分钟都待不下去。人群中有一个醉鬼在发酒疯：总是想跳舞，却总是摔倒。人们围着他看热闹。拉斯科尔尼科夫挤进人群，看了那个醉鬼好几分钟，突然短促地、断断续续地哈哈大笑起来。过了一会儿，他已经全然忘记了那个醉鬼，甚至对他视而不见了，尽管两眼还在望着他。最后他走开了，甚至不记得他在什么地方了；然而当他走到广场中心时，心里倏地一动，一种感情哗地一下涌上心头，掌控了他的整个身心。

他突然想起了索尼娅的话：“站到十字路口，向人们跪下，吻一吻大地，因为你对它也犯了罪，然后大声告诉全世界：‘我是杀人犯！’”一想到这些，他就不禁全身发抖。在这段时间里，特别是最近这几小时里，一种走投无路的苦闷和惶惶不安，已经把他彻底压垮了，因此他一头扎进这种鲜灵灵、实搭搭的完整感觉之中。这种感觉像疾病发作一样，突然涌上他的心头：先是星星之火，突然燃成熊熊大火，笼罩了他全身。他一下子变得全身瘫软，泪水夺眶而出。他突然就在原地跪了下来……

他跪在广场中间，朝大地磕了一个头，怀着欢欣而幸福的心情吻了吻这片脏兮兮的土地。他站起身来，又跪下磕了一个头。

“瞧，喝高了！”他身边的一个小伙子说。

爆发出一阵哄笑。

“哥儿们，他这是要到耶路撒冷去朝圣呢，在跟孩子们和故乡告别呢，向全世界磕头，亲吻京城圣彼得堡和它的土地呢。”一个喝得醉醺醺的小市民补了一句。

“还是个年纪轻轻的小伙子呢！”第三个人插嘴道。

“还是个贵族呢！”有人用郑重其事的口吻说。

“而今你可分不清谁个是贵族，谁个不是了。”

所有这些反应和议论影响了拉斯科尔尼科夫，正准备脱口飞出的那句“我杀了人”便咽回去了。不过，他泰然自若地面对这些叫嚷，目不斜视地径直穿过一条胡同，朝警察分局的方向走去。半路上有个人影在他眼前闪了一下，但他并未大吃一惊；他已经预感到必定会如此。当他在干草市场第二次磕头的时候，扭头朝左边一看，看见索尼娅站在离他大约五十步远的地方。她躲在广场上的一排板棚后面，看来，她一直伴随着他那悲伤的历程！此时此刻拉斯科尔尼科夫感觉到，而且完全彻底地明白了，索尼娅现在将永远跟他在一起，将会跟随他走到哪怕是天涯海角。他不禁肠断魂销……然而——他已经来到那个决定命运的地方了……

他朝气蓬勃地走进院子。必须走到三楼。“上楼的时候还有一段时间。”他想。他总觉得，离那个决定命运的时刻还早呢，还有很多时间，还可以翻来覆去考虑许多问题。

螺旋形的楼梯上依旧满是垃圾和蛋壳，各个房间的门依旧敞开着，所有厨房依旧飘出阵阵油烟和臭气。自从那天以后，拉斯科尔尼科夫再也没有来过这里。他的双腿发麻发软，但他还在往上走。他停了一会儿，歇了口气，整了整衣服，以便进去时有个人样。“可这是为了什么呢？有何意义呢？”当他意识到自己的动作时，突然想。“既然必须喝下这杯苦酒，那不反正都是一回事吗？越龌里龌龊越好。”在这一瞬间，他的脑海里闪现了火药桶中尉伊里亚·彼得罗维奇的形象。“难道真的要找他？找别人不行吗？不能找尼科季姆·弗米奇吗？是否马上回头，到分局长家里去找他本人呢？至少有种家庭气氛嘛……不，不！找火药桶，就找火药桶！既然端杯了，那就一饮而尽吧……”

他全身发冷，几乎是心慌意乱地推开了办公室的门。这次办公室里的人倒是寥寥无几，只有一个看门人，还有一个普通市民。连警卫都没有从隔板后面向外探视一下。拉斯科尔尼科夫走进里面的房间。“也许，还可以不说呢。”他的脑海里倏地闪过这个想法。这里有个穿普通常礼服的司书，正坐在写字台前抄写什么东西。墙角里还坐着一个司书。扎苗托夫不在。尼科季姆·弗米奇当然也不在。

“没有什么人吗？”拉斯科尔尼科夫问坐在写字台前的司书。

“您要找谁？”

“啊——啊——啊！真是闻所未闻，见所未见，然而俄罗斯味道……童话里怎么说来着①……我忘了！您——好——啊！”突然一个熟悉的声音大声叫道。

拉斯科尔尼科夫开始哆嗦起来。火药桶中尉就站在他身旁；他忽然从第三个房间走了出来。“这真是命运的安排，”拉斯科尔尼科夫心想，“他为什么在这里呢？”

“您找我们？有什么事吗？”伊里亚·彼得罗维奇大声问道。（显然，他心绪极佳，甚至还有点兴奋。）“如果是办事情，那您来得早了点。我自己是偶然……不过我能帮忙。说老实话……您贵姓？贵姓？对不起……”

“拉斯科尔尼科夫。”

“唔，对了，拉斯科尔尼科夫！难道您以为我竟会忘记！您可别把我看作这样的人……罗季昂·罗……罗……罗曼诺维奇，似乎是这样吧？”

“罗季昂·罗曼诺维奇。”

“对，对——对！罗季昂·罗曼诺维奇，罗季昂·罗曼诺维奇！我正要找您。甚至还多次打听过呢。我实话对您说，那天我们对您有点儿……打那以后我确实感到很难过……后来听人说我才知道，您是一位青年作家，甚至还是一位学者……而且可以说，已经崭露头角了……哦，上帝啊！哪位作家和学者在初出茅庐时，不搞一些标新立异的把戏啊！我和内人——我俩都尊重文学，而内人简直就是文学迷！……痴迷于文学和艺术！一个人只要品德高尚，其他的一切都可以凭才能、知识、理性和天才去获取！比方说，帽子吧，帽子是个什么玩意儿呢？帽子就像

---

① 典出普希金的童话体长诗《鲁斯兰与柳德米拉》开头，原文是“那里有俄罗斯味道……那里有罗斯气息”（Там русский дух… там Русью пахнет!）

烙饼一样，我可以到齐默尔曼帽子店买到它；然而帽子底下的东西和被帽子盖住的东西，那可就不是我花钱能买来的了！……说实话，我甚至想到您那里去解释一下呢，然而转念一想，也许您……不过，我还没有请问：您真的有什么事吗？听说，您的亲人来了？”

“是的，母亲和妹妹来了。”

“我曾非常荣幸地见过令妹，她是一位很有教养又十分漂亮的姑娘。说实话，我感到非常懊悔，因为我们当时对您太过急躁。事出意外啊！因为您晕倒了，我当时就对您有了某种看法，——不过后来这件事彻底弄清了！那是一种残忍和狂热的态度！我理解您的愤慨。也许，因为亲人来了，您会换套房子住吧？”

“不——不，我只是……顺便进来问问……我以为，可以在这里找到扎苗托夫。”

“啊呀，对了！你们是好朋友，我听说了。唔，扎苗托夫已经不在我们这里了，——您来晚了。是的，亚历山大·格里戈里耶维奇离开我们了！从昨天起他就不在这里了；他调离了……临走前他甚至跟每个人都吵了一架……这简直是粗暴无礼……真是个轻浮的毛头小伙子；他本来是大有希望的；可您瞧，我们这些出类拔萃的年轻人真怪！他大概想去参加什么考试，却只会在我们这里吹牛皮夸海口，考试的事就这样不了了之了。他可跟你们不同，比方说，您或您的朋友拉祖米欣先生！你们是做学问的，你们经得起失败的打击！生活中的一切美对您来说，可以说——nihil est①，您是个禁欲主义者，修道士，隐士！……对您来说，书本，夹在耳朵后面的笔，学问，——这才是您精神翱翔的天地！我自己也多少了解……请问您读过利文斯通的游记吗②？”

---

① 拉丁文，意为“毫无价值”。

② 指大卫·利文斯通（1813—1873），英国传教士，非洲地理考察家。从1852年开始，他为了传教和开辟内陆的贸易通道，对非洲中南部进行了3次长途考察。第一次为1852—1856年，他横穿非洲大陆并成为历史上有记载的第一个横越非洲大陆的欧洲人。在考察中，他发现了赞比亚河上的大瀑布，并以英国女王的名字命名为维多利亚瀑布，还于1857年出版了《南非考察和传教旅行》。1858年他第二次去非洲，先后考察了赞比西河、希雷河和鲁伍马河流域及马拉维湖和尼亚萨湖地区，1865年发表了《赞比西河及其支流探险记》（一译《赞比西河游记》）。第三次考察从1866年开始直到1873年病逝非洲，主要是勘察中非分水岭和尼罗河的源头。此处的“游记”指《赞比西河游记》。

“没有。”

“可我读过。不过，而今虚无主义者比比皆是，大肆活动；唔，这倒是可以理解的；我请问您，这是什么时代？不过，我跟您……当然，您又不是虚无主义者！请您开诚布公地回答吧，开诚布公地回答！”

“不——是……”

“不，要知道，您对我要开诚布公，别羞羞答答，就像您自己跟自己说话一样！公事是一回事，而这是另一回事……您以为我是指友谊吧，不，您猜错了！不是友谊，而是公民和人的感情①，人道感情和对上帝的爱。在执行公务时，我是个政府官员，但我必须时时刻刻感觉到自己是个公民，是一个人②，并且意识到……您刚才提到扎苗托夫。扎苗托夫由于在妓院喝了一杯香槟酒或顿河葡萄酒，就像法国人那样胡闹一通，大出洋相，——您的扎苗托夫就是这号货色！至于我，也许可以说是一片丹心，品德高尚，此外，我还有身份、官衔，并且身负要职！我有妻室和子女。我在履行一个公民和人的义务，可是请问，他算老几？我把您当作一个富有教养、品德高尚的人。还有这些接生婆③也多如牛毛，比比皆是。”

拉斯科尔尼科夫表示疑问地抬了一下眉毛。显然，刚刚离开饭桌的伊里亚·彼得罗维奇的这番滔滔宏论，虽然音调铿锵，天花乱坠，但他却觉得大部分空洞无物。不过有一小部分他还是勉强听明白了；他询问地望着他，不知道这一切将会如何收尾。

“我说的是那些留短头发的姑娘，”高谈阔论成瘾的伊里亚·彼得罗维奇继续说道，“我把她们叫作接生婆，我认为这个称呼十分恰当。嘿——嘿！她们钻进医学院，学习解剖学；唔，请问，我要是生病了，难道会去叫个小姑娘来看病吗④？嘿——嘿！”

伊里亚·彼得罗维奇哈哈大笑，对自己的俏皮话感到非常得意。

“就算这是对教育的一种非同寻常的渴望吧；那么掌握知识也就够

---

① 此句由俄国成语：“公事归公事，友谊归友谊”演化而来。

② 源于涅克拉索夫的诗《诗人与公民》：“你可以不做一个诗人，但是必须做一个公民。”

③ 19世纪60年代，俄国妇女只能从事助产士和教师两种职业。此处隐射妇女教育的捍卫者。

④ 19世纪60年代基辅的《现代医学》报上有一篇文章，声称让女医生看专门属于男子的病，女医生会很尴尬。

了。又何必滥用呢？又何必去侮辱那些品德高尚的人，就像扎苗托夫那个坏蛋一样呢？请问，他为什么要侮辱我呢？瞧，这类自杀风行一时，触目尽是，——您简直无法想象。都是这样：把最后一点钱都花光，然后自杀。姑娘们，小伙子们，老人们……就在今天上午还接到报告，说是一位不久前来到京城的先生自杀了。尼尔·帕夫雷奇，尼尔·帕夫雷奇！刚才报案说在彼得堡区开枪自杀的那位绅士叫什么来着？”

“斯维德里盖洛夫。”另一间屋里有人用嘶哑的声音冷冰冰地答道。

拉斯科尔尼科夫打了个寒战。

“斯维德里盖洛夫！斯维德里盖洛夫开枪自杀了！”他叫了起来。

“怎么！您认识斯维德里盖洛夫？”

“对……认识……他来这里不久……”

“这就对了，来这里不久，妻子死了，是个道德败坏的家伙，突然开枪自杀了，而且闹得臭名远扬，简直无法想象……他在自己的笔记本里留下了几句遗言，说他临死前神志健全，并且要求不要把他的死归罪于任何人。据说，这个人很有钱。您究竟是怎样认识他的？”

“我……认识……舍妹在他家当过家庭教师……”

“噢，噢，噢……那么说，您可以向我们介绍一下他的情况了啰。您也没想到吧？”

“我昨天见过他……他……在喝酒……我什么都不知道。”

拉斯科尔尼科夫感到，似乎有个什么东西砸在他身上，把他紧压住了。

“您的脸色好像又变得白煞煞的了。我们这里太窒闷了……”

“对，我该走了，”拉斯科尔尼科夫嘟哝着，“对不起，打扰了……”

“哦，哪里的话，请常来！非常欢迎，而且我很高兴指明这一点……”

伊里亚·彼得罗维奇甚至向他伸出一只手。

“我只是想……我要找扎苗托夫……”

“明白，明白，非常欢迎。”

“我……十分高兴……再见……”拉斯科尔尼科夫微笑着说道。

他走出门去；一路摇摇晃晃。脑袋里天旋地转。他不知道自己是否还用腿站着。他用右手扶着墙，开始走下楼梯。他感到，有个看门人，手拿一本户口簿，迎面登楼走向办公室，撞了他一下；有只小狗在楼下的什么地方汪汪汪汪叫个不停，有个女人向它扔了一根擀面杖，并大声喝止它。他下了楼，走进院子里。就在院子里离入口不远的地方，站着索尼娅，她脸色煞白，状如泥塑木雕。他在她面前停住脚步。她脸上浮现出一种百爪挠心又疲惫不堪的神情，甚至还有某种绝望。她把双手一举一拍。他的嘴角挤出一丝极其难看、惘然若失的微笑。他站了一会，苦笑了一声，便转身上楼，又朝办公室走去。

伊里亚·彼得罗维奇已经端坐下来，正在翻寻文件。一个粗大的汉子站在他面前，就是刚才上楼时撞了拉斯科尔尼科夫一下的那个人。

“啊——啊——啊？您又来了！忘了什么东西吗？……您到底怎么啦？”

拉斯科尔尼科夫双唇苍白的，目光呆呆的，静悄悄地朝他走去，他走到桌子跟前，用一只手撑住桌子，想说什么，但又说不出来；只能听到一些断断续续的声音。

“您不舒服了，拿椅子来！快，请坐到椅子上吧，坐呀！拿水来！”

拉斯科尔尼科夫坐到椅子上，但却目不转睛地盯住伊里亚·彼得罗维奇那张露出讨厌和惊愕神情的脸。两人对视了将近一分钟，彼此都在等待。水送来了。

“是我……”拉斯科尔尼科夫开口说。

“先喝点水吧。”

拉斯科尔尼科夫伸手推开水，轻言细语、一字一顿但却十分清晰地说道：

“是我那天用斧头杀死了那个年老的官太太和她的妹妹莉扎薇塔，并抢走了财物。”

伊里亚·彼得罗维奇瞠目结舌。人们从四面八方蜂拥过来。

拉斯科尔尼科夫又重复了一遍自己的口供……

尾声

一

西伯利亚。在一条宽阔、荒凉的大河边屹立着一座城市，这是俄罗斯的行政中心之一；城内有座要塞，要塞里有个监狱[①]。二类流刑犯[②]罗季昂·拉斯科尔尼科夫已经在监狱里囚禁九个月了。从他犯罪那天算起，几乎已经过去一年半的时间了。

审判他这件案子，没有遇到太大的困难。犯人坚定、准确而又清楚地维护自己的口供，没有制造混乱，没有巧加掩饰，没有歪曲事实，也没有忘记最微小的细节。他一五一十地供述了谋杀的整个过程：说明了被杀的老太婆手里那件抵押品的秘密（一块绑着金属薄片的小木片）；详细交代了他怎样从被害人身上拿到那串钥匙，描述了那串钥匙和那只小箱子的式样，以及箱子里装着些什么物品；甚至还列举了其中的几件物品；解开了莉扎薇塔被害之谜；交代了科赫是怎样到来和怎样敲门的，

① 此处的城市指额尔齐斯河畔的鄂木斯克，是当时鄂木斯克省的省会；监狱则指城中的鄂木斯克囚堡。陀思妥耶夫斯基曾在这里服过四年苦役，后来在长篇小说《死屋手记》中把它比作“死屋”。

② 根据 1854 年颁布的俄国刑法，苦役犯按罪行轻重，分为三类：一、在矿场干活；二、在要塞劳动；三、在工厂（主要是酒厂和盐场）做工。各类苦役犯的囚服上有不同的记号，生活制度也有区别。苦役犯被褫夺一切公权，流放西伯利亚。陀思妥耶夫斯基服苦役时，也属第二类犯人。

以及随后来了一位大学生，转述了他们两人之间交谈的全部内容；他，也就是犯人，怎样跑下楼去，怎样听到米科尔卡和米季卡的尖叫；他怎样躲在一套空房子里，后来又怎样回到自己的住处，最后，他指明那块石头在沃兹涅先斯基大街一个院子的大门附近。后来那些东西和钱袋都在这块石头底下找到了。总之，案情已经水落石出了。然而，侦察员们和法官们都十分惊讶的是，他丝毫没有动用那个钱袋和那些东西，就把它们藏到了石头底下，而他们更为惊讶的是，他不仅记不得他亲自抢来的东西究竟是什么，而且对它们的数目都搞不清。他竟然一次都没有打开过钱袋，连里面到底有多少钱都不知道（钱袋里有三百十七个银卢布和三个二十戈比的硬币；由于在石头底下放的时间过长，上面几张票面最大的钞票已破损得相当严重），说实话，这种情况简直不可思议。人们花了很长的时间极力想弄清：既然被告对所有的一切都主动、如实地供认不讳，为什么偏偏要在这一点上撒谎呢？最后，一些人（特别是一些心理学家）甚至认为这也是完全可能的，他确实没有看过钱袋，所以不知道里面有什么东西，就懵懵懂懂地拿去藏到石头底下了。但是他们马上由此得出结论，犯人肯定是由于一时的精神错乱而犯罪的，可以说，这是一种病态的杀人狂和抢劫狂，没有更深的用意和谋财的企图。这恰好与最近流行一时的精神错乱的最新时髦理论十分吻合，当前人们往往力图用这种理论来分析某些罪犯的犯罪原因。而且许多证人，包括佐西莫夫医生、他从前的一些同学、女房东和一个女仆，都一致证明拉斯科尔尼科夫长期患忧郁症。这一切都相当有力地促使人们得出结论，拉斯科尔尼科夫跟那些普通的杀人犯、强盗和抢劫犯有所不同，这里面肯定另有原因。让持这一意见的人们深感遗憾的是，罪犯本人几乎并不试图为自己进行辩护；对于两个关键性的问题——究竟是什么促使他去杀人，究竟是什么促使他去抢劫，他回答得丁一确二，虽然粗略，但完全符合实情。他说，造成这一切的原因，是他境况恶劣，囊空如洗，无依无靠，指望至少从被害人那里弄到三千卢布，以便打下自己初入社会的生活基础。他之所以决定杀人，是轻率和怯懦的性格造成的，而贫困和失意更是对这种性格火上浇油。对于究竟是什么促使他投案自首这一问题，他直截了当地回答道，是由于诚心诚意悔罪。所有这些话几乎都说得过于粗鲁……

可是，就所犯罪行而言，判决比预料中的远为宽大①，这也许正是因为罪犯不仅不想替自己辩白，甚至还似乎故意夸大自己的罪行。案件的种种稀奇古怪和异乎寻常之处都被考虑到了，犯人在犯罪前的病情与穷困都毋庸置疑。至于他没有动用抢劫的财物，人们认为，一部分原因是产生了悔悟之心，另一部分原因是犯罪时神志并非十分正常。无意中杀死莉扎薇塔这一情况甚至成了证实下面假说的例证：一个人一举杀死了两个人，而与此同时他却忘了门是开着的！最后，正当案件被一个陷于绝望之中的狂热信徒（尼古拉）自称凶手的假供词搞得乱成一团，此外，对真正的罪犯不仅没有确凿的证据，而且甚至连怀疑几乎都不曾有过（波尔菲里·彼得罗维奇果然是一诺千金），就在这个时候，罪犯投案自首了，这一切大大促成了对被告的从轻处理。

此外，还完全意想不到地出现了一些对被告十分有利的情况。前大学生拉祖米欣不知从哪里弄到一些材料，并且提供了证据：罪犯拉斯科尔尼科夫在读大学时，曾经用自己仅有的一点钱，帮助过一个囊空如洗、身患痨病的同学，供养他几乎达半年之久。那位同学病故后，拉斯科尔尼科夫又去照顾亡友（他几乎从十三岁起就靠打工赡养自己的父亲）那仍旧在世、但却体弱多病的父亲，最后把这位老人送进了医院，而在老人去世后，又将他妥善安葬。所有这些材料对决定拉斯科尔尼科夫的命运都产生了一些有利的影响。拉斯科尔尼科夫从前的女房东，那位已故的未婚妻的母亲，寡妇扎尔尼岑娜也出面做证，当他们还住在五角场附近的另一栋公寓里的时候，有一天夜里发生了火灾，拉斯科尔尼科夫从一套火光冲天的房子里救出了两个年幼的孩子，而他自己却被烧伤。这一事实经过详细调查，并得到许多人的充分证实。总之，鉴于罪犯主动投案自首以及某些可以减刑的因素，他被判服二类苦役，刑期仅为八年。

还在审讯刚开始的时候，拉斯科尔尼科夫的母亲就病倒了。杜尼娅和拉祖米欣想方设法让她在整个开庭期间离开彼得堡。拉祖米欣挑选了铁路沿线且离彼得堡很近的一个城市，以便时常关注审讯的所有情况，同时也便于尽可能多地跟阿芙多季娅·罗曼诺芙娜晤面。普莉赫里娅·亚历山德罗芙娜的病是一种奇怪的神经性疾病，并且伴随着某种类似精神错乱的症状，即便不是完全精神错乱，至少也是部分错乱。杜尼娅最

① 按沙俄帝国当时刑法，有预谋的蓄意杀人罪，应判12~20年苦役。拉斯科尔尼科夫却按“一时冲动，并非蓄意”杀人罪，仅被判处8年苦役。

后一次跟哥哥见面一回家，就发现母亲得了重病，全身发烧，梦呓连连。当晚她就跟拉祖米欣商量定，如果母亲问起哥哥，究竟该如何回答，甚至跟他一起为母亲编造了一个完整的故事，说拉斯科尔尼科夫出远门了，到俄国的边境去了，他受私人委托去办一件事情，往后他会因此既获得金钱，也得到名誉。然而他们大感惊讶的是，无论是当时还是以后，普莉赫里娅·亚历山德罗芙娜始终都没有问起过与此相关的事。恰恰相反，她自己倒另有一整套关于儿子突然外出的故事；她泪流满面地讲述他来跟她告别的情景；同时还暗示，只有她一个人知道许多十分重要的秘密，还说罗佳有许多相当厉害的敌人，因此他甚至不得不躲藏起来。至于他未来的前程，她也认为，只要某些敌对状况冰消瓦解，那就是毋庸置疑的锦绣前程；她让拉祖米欣相信，她的儿子有朝一日定会成为国家要员，他的文章和他那卓越的文学才能就是明证。这篇文章她不厌其烦地反复阅读，有时甚至还大声朗读，连睡觉的时候也几乎总是攥在手心，至于罗佳现在究竟在什么地方，她却几乎不问，尽管大家在她面前对此刻意避而不谈，——光是这一点，就足以引起她的怀疑了。普莉赫里娅·亚历山德罗芙娜对于某些问题奇怪地保持沉默，终于引起了他们的恐慌。比方说，她甚至并不抱怨收不到他的来信，而从前她住在自己的县城的时候，她唯一的希望和期盼，就是尽快收到她心爱的罗佳的来信。这种情况简直无法解释，杜尼娅因此深感惴惴不安；她寻思，大概母亲已经预感到儿子的命运中发生了什么可怕的事，因而不敢询问，以免听到更可怕的事。不管怎样，杜尼娅已经清清楚楚地看到，普莉赫里娅·亚历山德罗芙娜神志不太健全。

不过，也有那么两次，她自己主动谈起了这个话题，因此在回答她时，就不可能不提到罗佳现在究竟在什么地方；这种迫不得已的回答难免让她很不满意，甚至使她产生怀疑，于是她忽然变得肠断魂销，郁郁寡欢，一声不吭，而且这种情况往往要持续很长一段时间。杜尼娅终于发现，撒谎和编造故事，很难骗她，于是得出结论，有些问题最好绝口不提；然而情况已经变得越来越清楚了，可怜的母亲已经怀疑发生了可怕的事情。与此同时，杜尼娅想起了哥哥的话，就在决定命运的头天夜里，也就是在她和斯维德里盖洛夫发生的那一幕之后的夜里，母亲曾经细听过她的梦话：她当时是否听出了什么东西呢？有时，母亲一连几天，甚至一连几个星期，都郁郁寡欢，日坐愁城，闷声不响，暗自饮泣，但突然不知怎的歇斯底里地活跃起来，开始大声说话，几乎一刻不停地谈自己的儿子，谈自己的希望与未来，这种情况经常出现……她的幻想有时候稀奇古怪。他们只好安慰她，对她的话随声附和（也许她自己早已清清楚楚地看到了，他们随声附和她，只不过是为了安慰她而已），但她还是滔滔不绝地说着……

投案自首五个月后，犯人的判决下来了。拉祖米欣一有机会就去狱中探望。索尼娅也不例外。终于离别的时候到了；杜尼娅对哥哥发誓，说这次离别绝不会是永别；拉祖米欣也这样说。拉祖米欣那年轻而狂热的大脑里，确凿不移地订下了一个计划：在最近三四年内，千方百计地为未来的社会地位打下一个基础，多少要攒下一笔钱，然后迁居西伯利亚，那里各种资源都极其丰富，而人力和资本却不足；他将定居在罗佳服刑的那个城市……大家一起开创新的生活。分别的时候，大家都眼泪潸潸。最后几天，拉斯科尔尼科夫一直都忧心忡忡，一再询问母亲的情况，经常为她惶惶不安，甚至为她愁肠百结，这使杜尼娅深感惴惴不安。当他得知母亲精神失常的详细情形后，突然变得十分阴沉。在整个这段时间里，不知为何他特别不愿意跟索尼娅说话。索尼娅早已用斯维德里盖洛夫给她的那笔钱办好了行装，准备跟随包括拉斯科尔尼科夫在内的那批犯人启程。她从未在拉斯科尔尼科夫面前有只言片语提及此事；但他们两人都知道，这是迟早会出现的事情。临行前，妹妹和拉祖米欣满怀激情地预言，当他刑满释放后，他们肯定会有幸福美满的生活，他对此仅仅报以异样的微笑，并且预言母亲的病情很快就会恶化成不幸。最后他和索尼娅启程了。

两个月后，杜涅奇卡嫁给了拉祖米欣。婚礼阴阴凄凄，冷冷清清。但是来宾中有波尔菲里·彼得罗维奇和佐西莫夫。最近一段时间以来，拉祖米欣总是摆出一副傲然屹立、坚持不懈的硬汉姿态。杜尼娅则盲目地相信他壮志能酬，而且也不能不相信：因为这个人意志如钢。顺便说说，他又到大学去听课了，以便完成学业。他俩一刻不停地制订未来的计划；两人都下定决心五年后迁居西伯利亚。而在此之前，他们把希望寄托在索尼娅身上……

普莉赫里娅·亚历山德罗芙娜欢天喜地地为女儿跟拉祖米欣的婚事祝福；然而办完婚事之后，她却似乎变得更闷闷不乐，更忧心忡忡了。为了让她稍稍开开心，拉祖米欣顺便把罗佳帮助那个大学同学及他那体弱多病的父亲的事情告诉了她，还告诉她，去年罗佳为了把两个孩子从大火中救出来，自己被烧伤了，甚至还大病了一场。这两件事使本来大脑就有点不正常的普莉赫里娅·亚历山德罗芙娜几乎达到狂热的状态。她无尽无休地大谈特谈这两件事，甚至在街上也逢人就说（虽然经常有杜尼娅陪伴她)。在公共马车上，在小铺子里，只要随便逮住一个听众，她就没完没了地谈自己的儿子，谈他那篇文章，谈他怎样帮助一个大学同学，谈他怎样在大火中被烧伤，等等。杜涅奇卡简直不知道怎样劝阻她。除了这种狂热的病态情绪将会导致危险之外，还可能引起麻烦：使人想起不久前审理的那个案件中的犯人拉斯科尔尼科夫，并且大加议论。普莉赫里娅·亚历山德罗芙娜甚至打听到了那两个在火灾中获救的孩子母亲的地址，一定要去拜访。最后她的烦躁不安情绪达到了极点。有时她会突然放声大哭，而且经常生病，全身发烧，梦呓连连。有一天清早，她开门见山地宣布，根据她的计算，罗佳很快就要回来了；说她记得，跟她告别时，他曾说过，刚好九个月以后，就能等他回来。她开始收拾屋里所有的东西，准备迎接他归来，并且把准备腾给他住的房间（就是她自己住的那间）重新装饰，擦拭家具，拖洗地板，换上新窗帘，等等。杜尼娅提心吊胆，却只能一声不响，甚至还得帮她布置房间迎接哥哥。在连绵不断的幻想中，在快乐的梦幻和喜悦的泪水中，她度过了激动不安的一天，夜里便病倒了，第二天早晨发起了高烧，神志不清了。她得了热病。两星期后，她就去世了。弥留之际她说了几句胡话，依照这几句话可以断定，她对儿子可怕命运的猜疑比大家料想的要严重得多。

拉斯科尔尼科夫在很长一段时间里都不知道母亲已经去世，虽然他刚一在西伯利亚安顿下来，便与彼得堡建立了通讯联系。这是通过索尼娅来联系的，她每月按时写信寄到彼得堡的拉祖米欣名下，而且每月都按时收到彼得堡的回信。起初，杜尼娅和拉祖米欣都觉得索尼娅的信写得有点枯燥乏味，不尽如人意；然而后来他们都认为，这些信写得再好不过了，因为从这些信中毕竟可以让他们对不幸的哥哥的命运有了最全面、最准确的了解。索尼娅的信通篇都写的是日常生活琐事，简明扼要地描述了拉斯科尔尼科夫苦役生活的种种情况。信中既没有讲到她自己的希望，也没有描述自己对未来的设想，更没有流露自己的情感。她在信中并未打算揭示他的精神状况和一般的内心生活，而只是写了一些事实，也就是他本人说了些什么话，他的健康状况的详情细节，在探监时他有些什么愿望，对她有些什么要求，托她办些什么事情，等等。所有这些，她都写得极其详尽。不幸的哥哥的形象终于呈现在他们面前，描写得准确而又鲜明；这不可能有什么错误，因为一切都是凿凿有据的事实。

然而，杜尼娅和她的丈夫根据这些情况，并未找到什么可高兴的东西，特别是在刚通信的那段日子里，索尼娅每封信都说，他总是愁眉锁眼，寡言少语，每当她把来信中的种种情况告诉他时，他几乎毫无兴趣；有时他也问起母亲的情况；当她发现他已猜到真相时，终于告诉他母亲已经离开了人世，可是使她大为惊讶的是，即便母亲去世的噩耗似乎也没有对他产生很大的震动，至少她觉得表面上是如此。她还顺便告诉他们，尽管他明显地沉溺于自己的内心世界，似乎隔断了与所有人的关系，——但他敢于直面自己的新生活，态度十分坦率，并且朴实自然；他对自己的处境十分清楚，并不奢望在短期内会有任何好转，也不抱任何痴心妄想（这是他的处境势所必有的），虽然身处一个跟以前大不相同的新环境，但几乎没有任何一件东西使他感到讶异。她说，他的健康状况还可以。他每天都去干活，既不偷懒，也不特别卖力。他对饮食几乎毫不计较，然而除了星期天和节日，平时的饭菜都十分糟糕，因此最终他终于乐意收下她索尼娅给他的一点钱，以便每天能够喝杯茶；至于其他种种事情，他请她不必操心，他坚决地说，对他的种种关照只会使他感到懊恼。此外，索尼娅还告诉他们，他在监狱里跟大家共住一个牢房，牢房内的情况她没有看到，但她断定，那里一定是窄憋憋、乱糟糟和脏兮兮的；她说，他睡的是铺板，铺一条毛毡垫上就行，其他任何东西他都不需要。不过，他过着如此简陋而穷苦的生活，完全不是出于某种预定的计划和打算，而仅仅是出于对自己命运的漠不关心和表面上的置之度外。索尼娅直言不讳地写道，特别是在开始的时候，他不仅不欢迎她去探望，而且几乎还恼恨她，寡言少语，甚至对她态度还很粗暴，不过后来她的探望使他习惯成自然了，甚至几乎成了他的一种需要，因此，当她病了几天，不能前去探望他时，他甚至还苦苦想念。每逢节日，她在监狱大门口或警卫室和他见面，他被叫到那里跟她见上几分钟；而平时呢——她就到工地去看他，要么在工场，要么在砖厂①，要么在额尔齐斯河边的板棚里。至于她自己，索尼娅告诉他们，她在城里都已经有了几个熟人和几个保护人；说她干起了缝纫，因为城里几乎没有做时装的女裁缝，于是她成了许多家庭必不可少的人；只是她没有提到，由于她的关系，拉斯科尔尼科夫也得到了长官的照顾，给他安排了一些较轻的活，等等。最后传来一个消息（杜尼娅甚至在索尼娅最近几封来信中觉察到某种特别的焦虑和不安的情绪），说他远避所有人，监狱里的苦役犯

① 此处描写有自传色彩，陀思妥耶夫斯基服苦役期间，曾两次到离监狱几俄里远的砖厂干活。

都不喜欢他；说他常常一连几天都一言不发，脸色变得煞白。突然，在最近的一封信中，索尼娅写道，他得了重病，住进了医院的犯人病室里……

二

他病了已经很长时间了；不过把他撂倒在病床上的，并非可怕的苦役生活，并非苦工，并非糟糕的伙食，并非剃光头，并非碎布头拼成的囚衣：噢！对他来说，这些苦难和折磨算得了什么！恰恰相反，他甚至喜欢干活：肉体上磨得精疲力竭之后，他至少可以安安宁宁地睡几个小时好觉。就算饭菜——是浮着蟑螂的清水菜汤，对于他来说，这又算得了什么？以前，当他还是大学生的时候，常常连这种饭菜都吃不上呢。他身上的囚衣暖暖和和，而且与他现在的生活方式十分相宜。他甚至感觉不到身上戴着镣铐。他是否会因剃了光头和穿着用双色布头拼制的囚衣①而感到羞耻呢？然而在谁的面前感到羞耻呢？在索尼娅面前吗？索尼娅还怕他呢，在她面前他怎么会感到羞耻呢？

那么究竟是怎么回事呢？原来他就连在索尼娅面前都感到羞耻，因此才用不屑一顾和粗暴无礼的态度折磨她。不过他之所以感到羞耻，并不是因为剃了光头和戴着镣铐，而是因为：他的自尊心遭到了严重的伤害；他病倒在床的原因也是他遭到重创的自尊心。哦，如果他能自己认定自己有罪，那该是多么幸福啊！那时他就可以忍受一切，甚至羞耻和屈辱。然而他对自己进行了严格的审判，他那变得残酷无情的良心，在他以往的行为中并未发现任何特别严重的罪过，除了任何人都难以避免的一般性的失误。他感到羞耻的正是，他拉斯科尔尼科夫，由于盲目的命运的捉弄，才如此无缘无故地、毫无希望地、无声无息地、糊里糊涂地毁掉了，如果他想使自己多少心平气和一些，那他就得顺从和屈服于某种“荒谬的”判决。

而今是无缘无故、没有目的的焦虑，而将来却只是绵绵不断、一无所得的牺牲，——这就是他在世界上所面临的命运。就是再过八年，他也才三十二岁，还可以从头再来，开始生活，那又有什么意思呢！他为什么而活着呢？有什么目标？追求的是什么？为生存而活着吗？然而以

---

① 在沙俄时代，为便于识别和防止囚犯逃跑，苦役犯一律剃光头，穿用两种颜色不同的布头缝制的囚衣，其中二类苦役犯的囚衣是灰、黑两色，背上缝有一块黄色方布作为标记。

前他早已上千次甘愿为一种思想，为一个希望，甚至为一个幻想而随时献出自己的生命。他始终认为，仅仅活着是远远不够的；他总是希望有更高的追求。也许仅仅由于感觉到希望的力量，当时他才把自己看作一个比别人享有更多权利的人。

即使命运能够让他悔恨也好啊，——一种炽烈如火的悔恨，一种撕心裂肺的悔恨，一种辗转难眠的悔恨，一种使人痛苦不堪，想要投缳上吊、投河自尽的悔恨！哦，要是能这样他该是多么兴高采烈啊！痛苦和眼泪——这毕竟也是生活啊。然而，他对自己的罪行并无任何悔恨之意。

至少他能对自己的愚蠢行为感到愤恨也好啊，就像以前愤恨自己那些使他身陷囹圄的荒谬绝伦、愚不可及的行为一样。然而现在，他已经身在牢房，在空闲的时间里，他又对自己以往的所作所为统统进行了一番审查和反省，却丝毫没发现这些行为像他以往在决定命运的时刻所感觉到的那样愚蠢和荒谬。

"在什么地方，在什么地方，"他寻思，"我的思想比这个世界存在以来所产生的多如牛毛而又互相冲突的思想和理论更愚蠢呢？只要用独出心裁、放眼四海而又超凡脱俗的观点来看问题，那么，毫无疑问，我的思想就根本不会显得那样……奇怪了。唉，否定论者们和一文不值的哲人们，你们为何半途而废呢！

"唔，他们凭什么认为我的行为是如此荒谬呢？"他自言自语，"是因为这是一种残暴行为吗？'残暴行为'一词是什么意思呢？我是问心无愧的。当然，我犯了刑事罪；当然，我触犯了法律条文，杀了人，唔，那就依照法律条文取下我项上人头吧……那也就够了！当然，如果依此办理，那么就连许许多多并非继承权力，而是自己夺取权力的人类的恩人，甚至一开始起步就应当被处死。然而那些人一举成功了，因此他们是正义的；而我失败了，因此我没有资格让自己迈出这一步。"

仅此一点，他承认自己有罪：他只是没有获得成功，而且投案自首了。

他也因这些想法而痛苦：当时他为何没有自杀？为何他当时都已站在河边了，却宁可去投案自首？难道这种活命的愿望竟有如此强力，竟如此难以战胜？怕死的斯维德里盖洛夫不是都已战胜了吗？

他常常痛苦不堪地向自己提出这个问题，而且无法理解，当时，也就是他站在河边的时候，也许已经预感到在自己身上和自己的信念里，有着极大的谬误。他不明白，这种预感可能成为他未来生活出现转折，他未来获得新生，以及他未来新的人生观的一种预兆。

他宁愿认为这仅仅是一种求生本能的重荷，他无法挣脱它，而且仍旧无力跨越它（由于意志薄弱和渺不足道）。他望着那些一起服苦役的难友，深感惊讶不已：他们大家也是多么热爱生活，多么珍惜生活呀！他觉得，正是在监狱里，他们比自由的时候更热爱、更珍惜也更重视生活。他们当中的一些人，比方说，那些流浪汉们，历经了怎样可怕的千难万险和艰苦卓绝啊！难道一缕阳光，一座密簇簇的森林，无人知晓的荒野里一泓凉沁沁的清泉，对于他们竟会如此重要吗？这泓清泉是一个流浪汉在两年多以前见到的，难道他会像向往与情人相会那样，幻想见到这泓清泉吗？他会梦见这泓清泉，梦见泉水周围的萋萋芳草，梦见在灌木丛中悠悠歌唱的小鸟吗？他继续观察着，发现了一些更加不可思议的事情。

在监狱里，在他周围的人们中间，当然有很多东西他没有注意到，而且也根本就不屑一顾。不知为什么，他总是闭目塞听地过日子：一看到周围的事物他就觉得反感透顶，无法忍受。然而，后来有许多事情开始让他感到大吃一惊，于是他有些不由自主地开始注意那些以前从未怀疑过的东西。总的来说，最使他大吃一惊的是，横亘在他与所有这些人中间的那条可怕的、不可逾越的鸿沟。仿佛他和他们分属不同的民族似的。他和他们互不信任，视若寇仇。他知道并了解这种隔阂的一些一般性原因；但是他以前从未料到这些原因实际上竟已如此深广和严重。监狱里还关着一些遭流放的波兰人，这是一些政治犯。他们简直把监狱里所有的人都看成大老粗和泥腿子，高高在上，不屑一顾；可拉斯科尔尼科夫却并不这样认为：他清清楚楚地看到，这些大老粗在许多方面都要比这些波兰人聪明得多。这里也有俄罗斯人——一个从前的军官和两个神学校的学生，他们也对这些人不屑一顾；拉斯科尔尼科夫对他们的错误看得清清楚楚。

他本人也不为大家所喜欢，他们都对他敬而远之。后来大家甚至开始恨他——为什么呢？他也不知道是什么原因。大家对他嗤之以鼻，讥讽嘲弄他，甚至那些比他的罪行严重得多的人也来嘲笑他的罪行①。

“你是个老爷！”他们对他说，“你挥得动斧头吗；这压根儿就不是老

① 作家1854年2月22日写给哥哥的信中谈道：“他们对我们这些贵族视若寇仇，对我们的痛苦幸灾乐祸……‘你们贵族都是铁啄，把我们啄死了。过去是老爷，折磨老百姓，现在可一文不值，跟我们一样了。’”因此，上述描写带有自传色彩。

爷干的事嘛。”

在大斋期第二周，轮到他和同牢房的人斋戒①。他和其他人一起到教堂去祈祷。他自已也不知道什么原因，有一次跟人吵起架来；大家咬牙切齿地马上展开对他的围攻。

“你是一个无神论者！你不信上帝！”他们对他大喊大叫，“真该宰了你。”

他从未跟他们谈起过上帝和信仰问题，可是他们却要把他当作一个无神论者宰了；他一言不发，也不对他们加以反驳。一个苦役犯怒火冲天地朝他扑来；拉斯科尔尼科夫安之若素、一声不吭地等着他：他眉毛都没有动一下，他脸上的肌肉也没有一丝颤动。看守及时赶来，堵在他和那个行凶者的中间——消除了一场流血的惨剧。

还有一个问题，他也没有搞清：为什么他们大家如此喜欢索尼娅呢？她并不讨好他们；他们也很难得见到她，有时只是在工地上才能见到她，她去那里待上一会儿，为的是看看他。然而大家全都已经认识她了，而且知道她是追随他而来的，知道她怎样生活，住在哪里。她并未给他们送过钱，也并未特别帮过忙。只有一次，在圣诞节那天，她给整个监狱的犯人送来了布施：馅饼和白面包②。不过他们和索尼娅之间慢慢建立起了某些更加密切的关系：她代他们给亲属写信，并代他们邮寄。他们的亲属来到这个城市，也往往按照他们的嘱咐，把带给他们的东西甚至金钱交给索尼娅保管。他们的妻子或情人都认识她，常常去看她。当她去工地看望拉斯科尔尼科夫，或者在路上遇到一批上工的囚犯的时候，——大家都会脱帽向她鞠躬问好：“妈妈，索菲娅·谢苗诺芙娜，你是我们的母亲，温柔的、亲爱的母亲！”——这些粗暴无礼、脸上烙有烙印的苦役犯③，对这个娇怯怯、瘦条条的女子说。她则笑盈盈地鞠躬还礼，而且大家都喜欢她那笑盈盈的样子，甚至喜欢她那走路的姿态，往

① 大斋期也称大斋节期（天主教称四旬期，新教信义宗称预苦期），是复活节前的斋期，从大斋首日（圣灰星期三/涂灰日）开始至复活节前日止，持续6个星期。在此期间，东正教徒（包括所有基督教徒）都改吃素食，还要去教堂祈祷。

② 在圣诞节那天周济苦役犯人是当时俄国民间的一种风俗。

③ 按当时俄国法律，普通百姓成为苦役犯，脸上烙上烙印，而贵族例外，因此作为贵族，陀思妥耶夫斯基和本书主人公拉斯科尔尼科夫在服苦役时都没有烙上烙印。

往回头看看她走路时的背影，对她赞不绝口；甚至赞美她那娇小玲珑的身材，甚至都不知道该赞美她什么才好。他们甚至还找她看病。

大斋期最后几天的复活节周，他都住在医院里。快要痊愈时，他记起了在发着高烧和神志不清时所做的一些梦。他在病中梦见，似乎全世界注定要毁于一场极其可怕、闻所未闻、见所未见的瘟疫，这是从亚洲腹地蔓延到欧洲来的。所有的人都死于非命，只有为数甚少，寥寥几个人中骐骥能够幸免。出现了一种新的旋毛虫①，一种能够侵入人体的微生物。不过，这些微生物是天生具有智慧和意志的精灵。它们一旦钻入人体，人就会立刻魔鬼附体，变成疯子②。然而，从来没有人像这些染上病菌的人那样，自以为聪明绝世，而且坚信真理。从来没有人如此坚信自己的决定、自己的科学结论、自己的道德信念和自己的信仰。一片片村庄、一座座城市、一个个民族都传染了瘟疫，都疯狂了。大家都惶惶不可终日，但又互不理解，每一个人都以为只有他一人掌握了真理，看见别人便感到难过，捶胸顿足，痛哭流涕，极其绝望。他们无法判别谁是谁非，对于什么是恶，什么是善，也各执一词。他们不知道谁有罪该控诉，谁无辜应辩护。人们怀着某种荒谬透顶的仇恨互相残杀。他们彼此都调集大批军队，准备攻打对方，然而军队在行进途中便自相残杀起来，队伍乱成一团，士兵们扭成一堆，互相砍杀，互相乱咬。所有城市都整天警钟齐鸣：召集全城的人，可是任何人都不知道，是谁在召集他们，召集他们干什么；然而所有人都惊慌不安。人们都放下了最普通的日常活儿，因为每个人都提出了自己的主张和自己的改良计划，却无法达成共识；农业荒废了。在某些地方，人们聚集在一块，商量采取共同的行动，并且发誓患难与共，永不分离，——可是他们又立即推翻自己的意见，干起截然相反的事情来，开始互相指责，大打出手，砍砍杀杀。火灾遍地，饥荒风行。所有的人和所有的东西都处于毁灭的边缘。瘟疫四处蔓延，范围越来越广。全世界能够幸免的只有寥寥几人，这是一些纯洁的人中骐骥，他们的使命是繁殖新的人种，开创新的生活，复兴和净

---

① 1865年底至1866年初，俄国报纸上刊载过一则搞得人心惶惶的消息：俄国医学界发现了一些至今鲜为人知的旋毛虫，由此产生了流行病。

② 此处暗用《圣经·新约全书·路加福音》第8章第32—36节的典故，魔鬼附于人体，后来又进入猪群（猪在陀思妥耶夫斯基笔下具有象征意义，象征那些脱离俄国人民的个人野心家）。

化大地①，然而，没有谁在任何地方见过这些人，也没有谁听到过他们的言论和声音。

拉斯科尔尼科夫感到痛苦不堪的是，这个荒谬绝伦的梦呓竟然如此忧伤、如此痛苦地萦绕在他的脑海里，以致热病发作时的梦境竟然如此长久地滞留在他的记忆中。已经是复活节后的第二周；暖洋洋、亮灿灿的春天来到了；犯人病房的窗户也打开了（窗上都装了铁栏杆，窗外有巡逻的哨兵）。在他生病的整个期间，索尼娅只能进病房探视两次；每次都得请求批准，而这是相当困难的事情。不过她常常跑到医院的院子里，站立在窗前，特别是在傍晚的时候，有时只在那里站立片刻，以便远远地望一眼病房的窗户。有一天傍晚，几乎已经痊愈了的拉斯科尔尼科夫睡着了；醒来以后，他无意中走到窗前，突然看见索尼娅远远地站在医院的大门口。她站在那里，似乎在等待什么。这时候，仿佛有什么东西猛地扎进他的心；他打了个哆嗦，赶忙离开了窗户。第二天，索尼娅没出现，第三天也没出现；他发现自己在牵肠挂肚地等着她。他终于出院了。回到监狱后，他才从囚犯们那里得知，索菲娅·谢苗诺芙娜病倒了，躺在家里，哪里也无法去。

他忧心忡忡，托人去询问她的病情。他很快就知晓，她的病没有危险。索尼娅得知他对她悬肠挂肚、另眼相看，便托人捎给他一封用铅笔写的便函，告诉他，她的病已经好多了，她不过是得了一点点的小感冒，她很快、很快就会到工地去看他。在看这封便函的时候，他的心剧烈而痛苦地跳动着。

又是一个亮灿灿、暖洋洋的日子。清晨，六点钟，他动身到河边去干活，河边的板棚里建有一座烧雪花石膏的窑，他就在那里捣碎石膏。派到那里去干活的一共有三人。一个囚犯跟看守一起到要塞领工具去了；另一个囚犯开始准备劈木柴，把它们装进窑里。拉斯科尔尼科夫走出板棚，来到河边，坐在板棚旁边的原木堆上，开始眺望那条宽阔、荒凉的河流。高高的河岸上视野开阔，周围广袤的土地尽收眼底。从遥远的对

① 拉斯科尔尼科夫的梦暗用了《圣经》中的多个典故：有世界末日来临前的预兆（见《马太福音》第24章第3—14节）；有关于世界过去与未来的“天启”（即用七印封严的书卷），尤其是当羔羊揭开第七印时所见到的情景（见《启示录》第8—17章）。这个梦具有象征性和预言性，揭示和预言各种各样的主义都以我为中心，提倡暴力，漠视人与人之间应有的爱心，会给世界带来灾难。

岸隐隐飘来一阵阵歌声。那边，在一望无垠、沐浴着阳光的草原上，隐约可见像黑点般星罗棋布的牧民的帐篷。那是一个自由的天地，生活着另一种人，他们与这里的人截然不同，在那里，时间仿佛凝固了，似乎亚伯拉罕①及其部族的时代依旧在延续。拉斯科尔尼科夫坐着，聚精会神地凝视着对岸；渐渐进入了幻想和冥思之中；他一无所思，但是却有某种忧虑使他心神不宁，让他回肠九转。

突然索尼娅出现在他身旁。她悄无声息地来到他身边，跟他并排坐了下来。时间还很早，清晨的寒气依然逼人。她身上穿着一件寒酸的、带风帽的旧大衣，头上包着一块绿色的头巾。她依旧是满面病容，瘦伶伶，白煞煞的，颧骨都突了出来。她亲热而快活地对他微微一笑，像往常一样，怯生生地向他伸出一只手。

她总是怯生生地向他伸出自己的手，有时甚至根本不向他伸手，仿佛害怕他会把她的手推开。他在跟她握手的时候，似乎总是怀着一种厌恶的心情，似乎见到她总是恼恨交加，有时在她探望的整个过程中他都执拗地一言不发。有时，她一见到他就战战兢兢，而离开的时候又心如刀割。然而现在他们的手没有分开；他飞快地匆匆瞥了她一眼，什么话都没说，只垂下双眼望着地面。只有他们两人，没有人看见他们。看守在这个时候也把头扭过去了。

这件事是怎样出现的，连他自己都不知道。然而，突然间，仿佛有个什么东西把他抓举起来，扔到她的脚边。他放声大哭，并且抱住她的双膝。在最初的一瞬间，她吓得面如土色。她从坐处一跃而起，全身哆嗦，直望着他。不过就在这一刹那，她马上明白了一切。她的双眼里闪耀着无限幸福的光辉：她明白了，而且再也毫无疑问了：他爱她，无限地爱她，这个时刻毕竟终于降临了……

他俩都想说点什么，然而又都说不出来。他俩的眼睛里都噙着泪水。他们两人都脸色煞白，身体消瘦；然而在这两张病恹恹、白煞煞的面孔上已经闪耀着焕然一新的未来的曙光，彻底复活获得新生的曙光。爱使他们复活了，对另一个人来说，这个人的心就是永不枯竭的生命的源泉。

他们决心等待并且忍耐。他们还得等待整整七年；而在那个时候到

① 亚伯拉罕（意为“多国之父”）也称易卜拉辛，原名亚伯兰（意为“尊贵之父”）或阿巴郎，是犹太教、基督教和伊斯兰教的先知，是上帝从地上众生中挑选并赐名和给予祝福的人，生于公元前约2000年，是传说中犹太民族和阿拉伯民族的族长和共同始祖。

来之前，他们还会承受多少难以忍受的痛苦，获得多少绵绵不绝的幸福！然而，他已经复活了，他自己也知道这一点，而她——仅仅为了他一个人的生命而活着！

当天晚上，牢房上锁以后，拉斯科尔尼科夫躺在铺板上想念着她。这一天他甚至觉得，所有的苦役犯——他过去的敌人，都已经用另一种眼光来看他了。他甚至主动跟他们交谈起来，他们也都亲切地回答他。现在他想起了这事，深感早就应该如此：难道现在一切不应该都随之改变吗？

他思念着她。他回想起，他怎样经常折磨她，让她伤心不已；他想起了她那苍白、瘦弱的小脸，不过现在他想起这些事情，几乎不再感到锥心疼痛了：他知道，他现在将怎样用一生一世的爱来补偿她所受的一切痛苦。

而且过去的这一切，一切苦难又算得了什么呢？现在，在激情初次迸发的时候，所有的一切，甚至他的罪行，甚至判决和流放，在他看来，似乎都是某种身外的、奇怪的事情，甚至好像不是他亲身经历的事情。然而，这天晚上，他却无法无时无刻、持之以恒地只想某一件事情，也无法全神贯注于某一点上；而且现在他也无法有意识地去解决任何问题；他只能感觉。生活已经代替了思辨，因此思想意识必须完全另起炉灶。

他的枕头底下放着一本福音书①。他无意识地拿出它来。这是她的书，就是她把关于拉撒路复活的故事读给他听的那本书。刚开始服苦役的时候，他以为她会用宗教来折磨他，喋喋不休地宣讲福音书，会把书硬塞给他。然而，使他大为讶异的是，她一次也没有对他谈到这个，甚至也没有一次提出要把福音书给他。是他自己在生病前不久主动向她要这本书，于是她一声不吭地把书带给了他。迄今为止他还没有把它打开过。

就是现在他也没有把它打开，但是一个念头在他的脑海里倏地闪过："难道她的信仰现在不也能成为我的信仰吗？她的感情，她的愿望至少……"

整个这一天，她也心潮澎湃，而在夜里甚至又病倒了。然而她无比幸福，以致几乎为自己的幸福而感到恐惧了。七年，仅仅七年！在自己

---

① 福音书即《圣经·新约全书》中的四福音：《马太福音》《马可福音》《路加福音》《约翰福音》。

的幸福之初，有时他俩都乐于把这七年看作七天①。他甚至还不知道，他是不可能径情直遂地获得新生活的，还必须为之付出高昂的代价，将来必须用丰功伟绩来回报它……

然而，这可就开始了另一个新的故事，这是一个人逐渐获得新生的故事，一个人逐渐脱胎换骨、逐渐从一个世界转入另一个世界的故事，一个人逐渐认识至今为止一无所知的新的现实生活的故事。这可以成为一部新的小说的题材②，——不过我们现在的这部小说到此就结束了。

① 典出《圣经·旧约全书·创世记》第29章第20节："雅各就为拉结服侍了七年；他因为深爱拉结，就看这七年如同几天。""七"在基督教神学和《罪与罚》中都具有神圣的象征意义，它是"三"（三位一体）和"四"（四方，象征世界秩序）的结合，也就是上帝和他的创造物——人的结合。

② 指长篇小说《白痴》。该小说原计划写一个人"逐渐获得新生"，后来却写成了一个"绝对美好的人"梅思金公爵的故事。